LES OISEAUX DE LA LIBERTÉ

1. L'HIRONDELLE AUX YEUX NOIRS

OCÉANE GHANEM

LES OISEAUX DE LA LIBERTÉ

1. L'HIRONDELLE AUX YEUX NOIRS

Plumes du Web

82700 Montech
www.plumesduweb.com
978-2-38151-141-2

MISE EN GARDE

Ce livre traite de sujets pouvant heurter la sensibilité des lecteurs.

Liste des Trigger Warning :

Violence
Torture et description de torture
Drogue
Prostitution
Agression sexuelle

PROLOGUE

Telle une hirondelle aux yeux noirs,
Dans la nuit sombre et pluvieuse,
Tu t'envoles...
Par pitié, emmène-moi !
Quels doux rêves, quels plaisirs dérisoires,
Enivrent ma subtile charmeuse ?
Tu t'isoles...
Quand je ne songe qu'à partir avec toi !

Loin, très loin d'ici, vers d'autres paysages,
Vers de grandes plages dorées
Bordées par la mer,
Vers des dunes arides
Accidentées dans le désert,
Peu m'importent la durée du voyage
Et notre destination,
Je me noie dans la sécheresse de tes silences,
Comme enfermé dans une prison,
L'âme meurtrie par ton absence.

Mon hirondelle aux yeux noirs,
Est-ce le son délicat de ta voix
Ou bien l'éclat brutal de ta fierté ?

Mais pour errer à tes côtés le soir,
Je crois que j'ai besoin, tout comme toi,
D'une paire d'ailes, symbole de liberté.[1]

---

[1] Inspiré du poème « Hirondelle qui vient de la nue orageuse... » de Louise Michel.

Albuquerque, 4 juin 2014

— Ramène tes fesses ici, King !

Affalée sur une banquette en vinyle rouge aux côtés de ma meilleure amie, Salomé García Lopès, je cale ma bière tiédasse sous mon menton et décoche un regard mauvais à Wolfgang Müller, mon petit ami par intermittence et, d'une façon plus générale, le fléau suprême de mon existence.

— Va te faire foutre, Wolf ! riposté-je d'une voix pâteuse. Je suis bien là où je suis.

Nos regards se croisent à travers la foule avinée d'adolescents dénudés et à divers stades d'une débauche qui sonne très adulte. Peut-être même un peu *trop* adulte pour la gamine de dix-sept ans que je suis, mais je m'en fiche...

C'est de la poudre aux yeux, et il le sait.

La triste vérité, c'est que je suivrais Wolfgang jusqu'en enfer s'il le fallait. En courant, en marchant, en rampant... les deux genoux pétés ou les jambes brisées... Rien ne m'empêchera jamais de le rejoindre, d'être avec lui. C'est l'amour de ma vie – eh oui, je sais à quel point ce genre de phrase semble stupide et puérile dans la bouche d'une adolescente qui n'a encore jamais réellement vécu !

En réponse à ma provocation, ses grands yeux d'un bleu polaire se plissent dans une expression de menace silencieuse. Sa glace acérée rencontre ma flamme intérieure, et elle est froide, si terriblement froide, que c'est moi qui brûle à son contact. Comme à chaque fois que je le vois, mon cœur caracole à l'intérieur de ma poitrine serrée par un violent sentiment d'amour.

Malgré l'usure du temps, Wolfgang exerce toujours la même emprise térébrante sur mes sens : c'est l'opium de mon âme, le poison de mon sang.

— King ! répète-t-il avec une patience mensongère qui s'aiguise sur ma gorge comme le tranchant d'une lame. On rentre. Tout de suite !

Les rires narquois de mes amies résonnent à mes oreilles. Elles se moquent de moi et de mon incapacité notoire à résister aux ordres lapidaires de Wolfgang. Elles estiment qu'il est trop âgé, trop intense et pas assez marrant pour une fille aussi pétulante et insouciante que moi... et même si ça m'agace profondément de le reconnaître, elles ont *presque* raison.

La Tempérance Clark que ces filles des meilleurs quartiers d'Albuquerque connaissent et côtoient au lycée est une petite gourde insipide, trop bête pour être dangereuse, mais assez jolie et délurée pour faire partie de l'élite populaire. Avec Salomé, on a ramé pour arriver à se faire une place à leur table de *mean girls*[2]... quand bien même une partie de moi les méprise au plus haut point, je suis forcée d'admettre que j'adore leurs juteux comptes bancaires et tous les avantages qui vont de pair avec leur immense richesse.

Je ne suis peut-être pas aussi vénale que Salomé – qui ne voit aucun inconvénient à coucher à droite à gauche en échange de quelques babioles – mais j'ai besoin de toute la générosité que ces filles sont prêtes à m'accorder pour survivre dans cette ville de sable et de sang. Après tout, j'habite à la lisière d'un bidonville, dans une cabane pourrie dont les murs de tôle froissée ondulent sous la chaleur désertique, et ma mère est une idiote irresponsable qui se traîne une sérieuse dépendance aux mecs tordus et bagarreurs. Son dernier exploit en date ? Arturo Sanchez, membre d'un gang de motards qui lorgne mes seins à longueur de journée avec une grimace de concupiscence à peine voilée... Et comme si cela ne suffisait pas, ma génitrice vient de se faire virer du bar où elle travaillait comme serveuse trois soirs par semaine. Je crois que son patron, un type plutôt correct, en a eu marre de la retrouver à quatre pattes dans les toilettes avec des clients louches pendant ses heures de « service ». Quant à mon père, inutile d'en parler : il a engrossé ma mère et s'est tiré au Mexique pour fuir la justice américaine – une sombre affaire de trafic de stupéfiants et de disparitions suspectes.

Certaines personnes tirent de mauvaises cartes dès la

---

[2] Filles populaires connues pour mépriser celles et ceux qui ne font pas partie de leur groupe.

naissance : une mère toxicomane, un père absentéiste, une maladie infantile, etc. Et puis d'autres, comme moi, viennent au monde avec un bon gros « **GAME OVER, BITCH !** » tatoué en travers du front – et n'est-ce pas délicieusement ironique, pour une fille que l'on surnomme King ?

Peu importent mes efforts et ma volonté à tenter de m'élever au-dessus de ma condition minable, je sais que je ne m'en sortirai pas. Au jeu sinistre de la vie, j'ai perdu avant même de pouvoir entamer la partie. Je suis un oiseau dépourvu d'ailes, privé de liberté, et je ne pourrai jamais m'envoler loin d'ici… Raison pour laquelle j'aime tellement me faire dévorer par les crocs acérés de Wolfgang.

Un lent sourire étire mes lèvres anesthésiées par le mélange d'alcool et de drogue qui circule librement dans cet appartement où l'on squatte toujours après les cours. Mon petit ami louvoie à travers la foule pour me rejoindre. Wolf est furieux contre moi, ce soir. Et sa colère est encore plus délicieuse que son amour doux-amer.

Parce qu'elle me fait mal, si terriblement mal…

La douleur, c'est bien la seule chose que j'arrive encore à contrôler dans ma vie.

— Tu veux jouer avec moi, King ? susurre-t-il d'une voix mielleuse en se penchant à mon oreille. Ce n'est pas très avisé…

Wolfgang n'est qu'obscurité et froideur : cheveux noirs, peau diaphane aussi blanche que de la poudre de craie, et lèvres du rose le plus pâle de la palette d'un artiste gothique. Ses traits aiguisés par ses origines nordiques – allemandes, plus précisément – cisèlent un visage à la beauté presque trop ombrageuse pour le commun des mortels. Il est la caricature virile et humaine de Monsieur Jack, et la vie à ses côtés se déroule toujours comme un étrange Noël à la Tim Burton[3]. Sa silhouette longiligne, bien que musclée, est d'une force

---

[3] *L'Étrange Noël de monsieur Jack* est un film d'animation américain réalisé par Henry Selick, sorti en 1993. Il raconte la découverte de la ville de Noël par Jack Skellington et sa tentative pour importer la fête de Noël dans la ville d'Halloween.

animale qui contraste étonnamment avec la finesse de ses mains tatouées. Il a des doigts longs et délicats de pianiste et, comme son homologue, Wolfgang Amadeus Mozart, c'est un véritable virtuose dans son domaine : le vol de voitures.

Et il traîne encore plus de casseroles que moi... mais lui, il a une famille soudée pour l'aider à recoller les pots cassés.

Sa mère, Isla Müller, vendrait un rein pour le protéger du côté sombre d'Albuquerque, et même si elle ignore toute l'étendue de la dangerosité de ses activités nocturnes, elle garde toujours un œil bienveillant sur lui. Ses petites sœurs, Dana et Gina, d'adorables jumelles de treize ans, le voient comme une sorte de super-héros de bandes dessinées et chantent ses louanges à la moindre occasion. Quant à son père... bien qu'il soit mort huit mois plus tôt des suites d'une longue maladie, ses derniers mots ont été pour son fils aîné, qu'il a couvert d'amour et armé jusqu'aux dents pour le futur – « Je t'aime et je serai toujours fier d'être ton père ». Ce genre de promesse de reconnaissance éternelle agit comme une potion magique : elle confère une force surhumaine, un cœur en titane et une carapace de métal inaltérable. Avec un tel arsenal, on peut affronter le pire et s'en relever sans aucune égratignure.

— Je ne suis pas folle, je ne jouerai jamais avec toi, Wolf ! persiflé-je en battant des cils. Tu es beaucoup trop fort pour moi...

Contrairement à lui, je suis chaude, dorée et étincelante. Mes origines mexicaines ont coloré ma peau d'une douce nuance de brun, dont l'éclat naturel est rehaussé par une multitude de grains de beauté. Mes iris foncés sont striés de fines lignes olivâtres, mes longues boucles noires s'enroulent autour de mon visage rond de femme-enfant et, même si je ne gagnerai jamais à un concours de beauté, je me défends plutôt bien au jeu de la bouteille. Petite et plantureuse, j'ai deux arguments de taille sous mon t-shirt pour rendre les garçons complètement stupides, et je n'irais pas jusqu'à dire que c'est mon plus bel atout, mais Wolf serait prêt à vendre sa superbe Mustang pour une jolie photo de mes fesses bronzées – ou, plus exactement, à la laisser au garage durant toute une soirée.

Alors, oui, mon ventre n'est pas aussi plat qu'une planche à repasser et mes cuisses se frôlent dès que je mange une barquette de frites à la mayonnaise, mais je n'échangerai jamais mon corps contre celui des mannequins que les magazines placardent sur leurs couvertures retouchées pour faire culpabiliser les vraies femmes – celles trop maigres, trop grosses, trop grandes, trop petites ou trop carrées.

Mon reflet dans le miroir m'enchante dans les bons jours, et m'amuse dans les mauvais. Cette philosophie simpliste de la vie parvient à rendre mon quotidien infernal un peu plus facile à supporter.

Coup de chance, l'assurance décomplexée agit aussi comme un puissant aphrodisiaque sur les sens rudimentaires de certains hommes.

— Arrête de faire la gamine et suis-moi, me tance Wolfgang, plus du tout amusé par mon petit numéro de bécasse. Je te ramène à la maison !

Quand je me risque à plonger dans ses yeux aux couleurs de l'hiver, j'ai l'impression qu'une dizaine d'échardes de givre s'insinuent sous ma peau enfiévrée par la bière et sa troublante proximité.

La maison... C'est un concept que je n'appréhende plus très bien en ce moment. Je vivote chez Wolfgang la plupart du temps, mais sa mère a trop de soucis personnels pour gérer la copine adolescente de son fils. Elle n'est jamais allée jusqu'à dire que ma présence était une source de gêne, bien sûr. Isla est trop gentille pour se montrer aussi explicite dans sa critique ! Toutefois, je le sens à sa manière de soupirer lorsqu'elle retrouve mes vêtements dans le panier à linge ou ma vaisselle sale dans l'évier de la cuisine. J'essaie de l'aider du mieux que je le peux, mais personne n'a jamais pris le temps de m'apprendre à m'occuper de moi – ou d'une maison. Et chez moi, mon *vrai* chez-moi, les fringues sales et les assiettes en carton s'entassent en piles branlantes pendant des jours et des jours avant que ma mère s'en débarrasse en jetant le tout à la poubelle.

— Je te l'ai déjà dit, chéri : ce soir, je reste ici et je m'amuse !

Salomé me flanque un coup de coude dans les côtes ; c'est sa façon à elle de me prévenir que Wolf est sur le point de péter un câble. Cette fille, c'est un véritable détecteur à humeurs. Elle possède un sixième sens pour flairer les embrouilles... ainsi que les mecs naïfs et fortunés.

— Tu as deux minutes, King. Si tu n'as pas posé ton cul dans ma voiture d'ici là, je me considérerai comme un mec célibataire, libre de baiser à droite...

— OK ! m'agacé-je, rouge de honte. Tu me fais chier, Wolf. C'est bon, j'arrive !

Mes copines se gaussent encore dans mon dos – alors que ces jalouses hypocrites tueraient leurs grands-mères pour se glisser dans le lit de mon mec.

Wolf siffle entre ses dents, exaspéré par mon attitude, et tourne les talons pour sortir de l'appartement comme une tempête d'hormones en ébullition.

« Tu vaux mieux que ça, King... » n'arrête-t-il pas de me répéter aux premières lueurs de l'aube, lorsqu'il m'enlace dans son grand lit. « Pourquoi t'accroches-tu à ces filles qui t'utilisent dans l'unique but de se mettre en valeur ? Un jour, si tu t'en donnes la peine, tu dirigeras le monde ! »

Il est tellement intelligent et doué en mécanique qu'il n'arrive pas à comprendre ce que l'on ressent à n'être qu'une pauvre gamine indésirable et dépourvue du moindre talent. La seule chose que j'ai pour moi, c'est une jolie frimousse et un décolleté vertigineux.

Spoiler alert : ça ne suffit pas toujours pour sortir de la rue.

Les joues écarlates, je feins de ne pas entendre mes « amies » chuchoter des horreurs sur mon compte et demande à Salomé si elle a besoin de Wolf pour rentrer chez elle.

— Oui, s'il te plaît, me répond-elle en rejetant sa longue chevelure noire par-dessus son épaule dénudée. Cette soirée craint à mort ! Il n'y a qu'une petite bande de commères aigries et des puceaux en chaleur... Tu es tellement plus intéressante que ces *losers*, King !

Un sourire indolent me monte spontanément aux lèvres. Je sais qu'elle a dit ça pour me venger des langues de vipère. Salomé est une amie fantastique. Une fois que l'on s'est habitué à sa superficialité exacerbée, sa compagnie devient un pur bonheur. C'est aussi la reine du lycée, et même s'il m'arrive parfois d'avoir envie de l'étrangler avec sa propre queue-de-cheval, elle est tellement vive d'esprit et maligne que c'est impossible de rester fâché contre elle. Belle à couper le souffle, sa vie commence à ressembler à celle d'une héroïne de film à l'eau de rose depuis que son grand frère, Heath, a été repéré par une agence de mannequins à New York. Fils prodigue, il envoie de plus en plus d'argent à ses parents et, ces derniers temps, il songe même à ouvrir un commerce pour assurer l'avenir familial... Salomé n'habite plus les bidonvilles, mais elle n'oublie pas d'où elle vient. Et surtout, elle ne m'oublie pas, *moi*... la raclure de caravane, comme les garçons me surnommaient au collège avant que mes seins ne se mettent à pousser.

— Allez, *mi guapa*...[4] Pas le temps de chicaner, ou je vais me faire larguer par notre chauffeur !

J'attrape sa main parfaitement manucurée et l'entraîne jusqu'à la sortie pour éviter qu'elle ne s'éparpille en cours de route – c'est la championne du monde du bavardage inutile.

Arrivée dans le couloir désert, je la relâche et décroche l'élastique enroulé autour de mon poignet pour nouer mes longs cheveux au-dessus de ma tête. Avec cette chaleur caniculaire, Albuquerque est devenue une véritable fournaise. C'est le nid douillet de Satan, selon Wolfgang. Et il n'a pas tort. Le mois de juin a commencé avec une sécheresse aride que les médias locaux qualifient déjà de désastre climatique. Cela dit, je dois admettre que j'adore les températures suffocantes, les tempêtes de sable rouge et les rayons brûlants du soleil à son zénith. L'odeur de la cambrousse, un mélange d'armoises desséchées et d'aiguilles de pin carbonisées, me chavire toujours le cœur d'une profonde allégresse.

On meurt, dans le désert.

---

4 « Ma belle », en espagnol.

Et moi, j'y crève avec le sourire.

— Pourquoi es-tu fâchée contre Wolfgang ?

La voix curieuse de Salomé me ramène au moment présent, alors que mon esprit alcoolisé cherche à s'évader vers les plaines stériles et les dunes mouvantes du désert de Chihuahua.

— Il trempe dans des affaires louches. Depuis quelques jours, j'ai un très mauvais pressentiment.

Nous descendons les escaliers, serrées l'une contre l'autre. Sa proximité parvient à apaiser mon trouble. Être l'amie de Salomé m'a toujours donné l'impression d'être une personne spéciale et importante.

Si elle déménageait loin d'Albuquerque, je ne sais pas ce que je deviendrais... Et pire, s'il arrivait quelque chose à Wolfgang, j'en mourrais ! Ces deux-là, je les aime presque trop fort.

— Tu ne connais pas ton mec, ou quoi ? L'affaire louche, c'est son pain quotidien !

Salomé a raison. Wolfgang est passé du mauvais côté de la loi dès qu'il a appris à conduire – et à trafiquer – une voiture.

— Ma vie dépend trop de la sienne pour qu'il puisse se permettre de flirter d'aussi près avec le danger, objecté-je, consciente d'être égoïste. S'il lui arrivait un pépin... Qu'est-ce que je deviendrais, moi ?

Je suis surprise par l'éclat de rire incongru qui secoue les épaules de mon amie.

— King, tu es à la masse !

Salomé pousse le portail de la résidence et s'efface pour me laisser passer devant elle. De l'autre côté de la rue, je discerne la carrosserie rouge cerise de la Mustang de Wolfgang. Son moteur vrombit agressivement dans l'atmosphère paisible de la nuit, en diapason avec l'humeur noire de son propriétaire.

— Wolf est dingue de toi. Il te mange dans la main, et si tu joues correctement tes cartes, tu n'auras jamais à craindre de perdre la partie.

Je fronce les sourcils tout en enfonçant mes poings dans les poches de mon mini-short et demande à mi-voix :

— Qu'est-ce que tu en sais, toi ? L'amour, ce n'est pas vraiment ton domaine de prédilection.

Salomé me décoche un sourire étrangement triste.

— Le mien, non. Mais c'est celui de mon grand frère. J'ai beaucoup appris sur l'amour en le regardant souffrir aux côtés de la mauvaise fille. Et je peux te dire que le cœur de ton loup est tissé dans la même étoffe que celui de Heath ; lui aussi, il irait jusqu'au bout du monde pour toi. Alors, s'il te plaît : ne l'y pousse pas trop fort, King.

Estomaquée par sa clairvoyance, je la dévisage, les yeux écarquillés et la bouche béante, incapable de parler pendant plusieurs secondes.

— Et s'il te largue, ajoute-t-elle, mutine, n'oublie pas : je me jetterai sur lui avec un gros paquet de capotes !

Là, je reconnais davantage ma meilleure amie et son humour piquant, toujours à la limite de la cruauté.

— Parfois, tu dis des choses vraiment magnifiques, puis ton caractère naturel revient au galop, et je me rappelle que tu n'es qu'une adorable salope.

Salomé passe un bras en travers de mes épaules et se presse contre mon flanc, un large sourire aux lèvres. Notre différence de taille me déséquilibre lorsque j'avance jusqu'à la voiture de Wolfgang, mais je n'essaie pas de me dégager de son étreinte.

Je ne refuse jamais un câlin ou une preuve d'affection... car je ne sais jamais quand j'aurai le droit à une autre chance de connaître une étreinte aimante.

— « Adorable Salope » : je veux que ce soit l'épitaphe de ma pierre tombale !

Je ris, amusée par sa joie de vivre, et ouvre la portière de la Mustang. Les yeux bleus de Wolf me poignardent à travers l'obscurité ; ça fait mal, mais j'adore la sensation de puissance qui enfle subitement dans mon cœur impénitent.

Les deux minutes sont largement passées, et il est toujours là...

— Tu peux ramener Salomé chez elle ?

Il hoche la tête, les mâchoires serrées. Je monte dans la voiture en réprimant un gloussement moqueur. Mon glaçon est peut-être un blizzard devant les autres, mais c'est un gentil bonhomme de neige dans l'intimité.

Wolfgang augmente le son de la musique – un rap assassin et vulgaire – avant de passer les vitesses et de filer telle une comète à travers les artères principales d'Albuquerque. Sa manière de conduire est agressive, violente et dominatrice. Sur la route, il ne fait aucune concession, il n'accepte aucune demi-mesure. C'est lui le mâle alpha, et personne n'ose le défier sur le bitume. Sa Mustang se soumet à ses mains expertes comme une pouliche docile et amoureuse. Elle avale les miles, heureuse de lui plaire et, contrairement à moi, elle ne rechigne jamais à s'en remettre complètement à lui.

La garce...

Wolfgang roule comme s'il était possédé par le fantôme de James Dean. Et je ne peux pas m'empêcher de craindre que sa fureur de vivre se termine par une explosion de carrosserie défoncée et de vitres brisées.

Nous déposons Salomé devant chez elle aux alentours de minuit, puis nous reprenons la route vers la partie la plus pauvre et désargentée de la ville. Le mutisme de Wolf est comme une irritation grandissante sur ma peau nue. Ça me démange et me donne envie de me gratter jusqu'au sang pour apaiser l'insupportable sensation de brûlure.

Et c'est sûrement pour cette raison que je mets autant de temps à comprendre qu'il ne me ramène pas chez moi.

— Où vas-tu ?

J'ai l'impression que nous sommes en train de prendre la route pour Santa Fe.

— Ne pose pas de questions, King... Tu n'aimerais pas les réponses, crois-moi.

Sa voix, aussi mordante et froide qu'une rafale de grêle,

m'arrache un long frisson d'appréhension. Mes mains se crispent sur le siège en cuir noir qui me colle aux cuisses. Wolfgang n'est plus en colère...

Au contraire, il a l'air triste et angoissé.

Et ça, je ne le supporte pas.

Torturée par des questions que je n'ose plus formuler à haute voix, je regarde le paysage désertique s'étirer au-delà du bas-côté poussiéreux. Bientôt, nous nous retrouvons dans une zone industrielle désaffectée, à la lisière de la route 66, où il fait effroyablement sombre. L'absence d'éclairage aiguise les ombres sinistres et accentue les zones de ténèbres impénétrables.

Rien ne bouge sur les côtés, rien ne passe devant la voiture.

En roulant presque au pas, nous dépassons plusieurs dizaines de conteneurs identiques, recouverts d'une immonde peinture bleue et dévorés par la rouille. Puis nous bifurquons dans une allée étroite où les cases d'acier s'élèvent si haut vers le ciel qu'elles me cachent la lune et les étoiles.

Quand Wolfgang finit par s'arrêter, je frôle la crise de panique.

— 120413, murmure-t-il dans la semi-pénombre. Retiens bien ce numéro, King.

Mon cœur se met à battre la chamade.

— C'est la date de notre première fois.

Le vendredi 12 avril 2013, une date que je n'oublierai jamais. Ce jour-là, j'ai cédé à mes désirs les plus vils et couché avec mon insupportable voisin, de deux ans plus âgé que moi, sur la banquette arrière de sa voiture. J'étais amoureuse de lui depuis... eh bien, si longtemps que je n'arrive même plus à m'en rappeler !

Mais ce n'était pas ma première fois.

Et ce n'était certainement pas la sienne, à lui non plus.

Pourtant, j'ai redécouvert mon corps grâce à lui. Et Wolfgang... je crois que je l'ai aidé à trouver – enfin ! – le chemin jusqu'à son cœur.

— C'est l'immatriculation de ce conteneur, là-bas.

Du doigt, il pointe une vieille caisse métallique similaire à toutes les autres.

— S'il devait m'arriver quelque chose, je veux que tu veilles sur ce qu'il y aura à l'intérieur, OK ? Je l'ai enregistré à ton nom, et j'ai payé deux années de loyer en avance. C'est toi, la propriétaire de ce conteneur. N'en parle jamais à personne. Même pas à ma mère ou à Salomé. C'est juste pour toi, d'accord ?

— Non, pas d'accord ! m'écrié-je à moitié hystérique. Qu'est-ce qu'il se passe, Wolf ? Je sais que tu es sur un gros coup. J'ai vu les mecs avec lesquels tu traînes, en ce moment ! Ils me font peur...

Horrifiée de constater que des larmes se mettent à couler sur mes joues, je porte une main tremblante à mon visage.

Je n'avais plus pleuré depuis que mon deuxième beau-père, Robbie le Barge, était entré dans ma chambre pour me fouetter les fesses avec sa ceinture. J'avais renversé sa bière sur le canapé en trébuchant sur l'un de ses amis, vautré dans son vomi sur le sol de notre salon, et cet imbécile s'était assis sur la tache d'humidité.

Ce matin-là, ma mère était restée stoïque sur le seuil de la porte, les bras croisés et les yeux mouillés, à le regarder m'humilier jusqu'à me faire saigner.

Sous les coups de cette brute, j'ai compris à quel point les larmes ne servent à rien face aux poings de personnes plus fortes que nous...

Soudain, les lèvres sèches de Wolfgang se pressent durement contre les miennes, et le baiser hargneux dans lequel il m'emporte est moucheté d'un sang plus noir que rouge.

— Ne pleure pas, ma petite hirondelle.

Ma petite hirondelle.

Il me surnomme ainsi depuis que je suis toute petite, même si je n'arrive toujours pas à comprendre pourquoi il le fait.

Je n'ai rien de l'oiseau symbole de liberté.

— Ne m'abandonne pas, Wolf ! reniflé-je, terrifiée à l'idée de le perdre. Je suis désolée, pour ce soir. Je voulais te prouver que, moi aussi, je peux passer mes nuits à faire n'importe quoi...

Sa grande main m'enveloppe l'arrière du crâne tandis qu'il me presse contre lui. Comme d'habitude, il sent le savon d'Alep, la lessive bas de gamme et la menthe givrée des chewing-gums qu'il mâche pour essayer d'arrêter de fumer.

— Je ne peux pas te le promettre, King.

Il a l'air aussi déchiré que moi par cette cruelle vérité.

— Je suis allé trop loin, je ne peux plus reculer.

Son soupir de lassitude soulève quelques mèches de mes cheveux.

— J'aurais dû t'écouter, ma petite hirondelle. J'ai merdé, putain. J'ai fait n'importe quoi.

Agrippée à son t-shirt, je murmure avec désespoir :

— On peut toujours s'enfuir, Wolf ! Toi, moi et ta voiture... On roule jusqu'à l'autre bout du pays et on recommence toute notre vie à zéro.

Il affiche une expression qui oscille entre la surprise et la colère.

— Tu crois vraiment que je pourrais abandonner ma mère et mes petites sœurs ?!

Non. Mais moi, si.

— Et on n'est même pas encore majeurs, King ! Putain, on est tellement jeunes, quand j'y pense...

Mon corps n'a peut-être que dix-sept ans, mais mon esprit, lui, approche déjà de la trentaine.

Dans un soupir, il se lamente :

— Pourquoi a-t-il fallu que je tombe amoureux de toi, ma petite hirondelle ?

C'est presque méchant lorsqu'il le dit avec cette voix glacée. Et pourtant, ça me donne chaud à la poitrine.

— Je l'ignore, Wolf. Vraiment.

Il laisse retomber son front contre mon épaule.

— Ouais, et c'est sûrement pour ça...

Ses mains se perdent dans ma chevelure et détachent ma queue-de-cheval.

— 120413, King, chuchote-t-il à mon oreille. Ne l'oublie pas.

Il marque une pause et joue avec l'une de mes boucles rebelles.

— Je sais que je n'ai pas le droit de t'arracher cette promesse, que je ne suis qu'une petite merde égoïste, mais... attends-moi, d'accord ?

Non, pas d'accord ! ai-je envie de me remettre à hurler. *Je ne suis pas du tout d'accord avec ça !*

Toutefois, je ne lui confie rien de ce que je pense. Parce que supplier, c'est comme pleurer : ça ne fonctionne jamais, et c'est juste humiliant.

— Si tu ne me lâches pas, murmuré-je à la place, je ne te lâcherai pas.

Wolf recule sur son siège et nos regards se heurtent dans l'obscurité – sa glace et ma flamme s'entremêlent l'une à l'autre, probablement pour la dernière fois.

— *Ich liebe dich, mein Schatz*[5]...

Je ne connais peut-être rien à l'allemand, mais je sais lire dans le cœur de mon loup.

— Moi aussi, je t'aime.

Et sur le moment, je le jure : j'ai vraiment cru que ça serait suffisant...

---

5 « Je t'aime, mon trésor », en allemand.

1

LIBÉRÉ DE PRISON

2020,
Albuquerque

Wolf

— Prêt à retrouver la liberté, Müller ?

J'écrase le mégot de ma cigarette sur le talon cranté de ma Ranger abîmée. Ces godasses, ce sont les seuls effets personnels que j'ai pu récupérer du jour où je me suis fait arrêter après un braquage à main armée qui a (très) mal tourné. Et leur poids me gêne maintenant que j'ai pris l'habitude de traîner en baskets, si bien que je me retrouve à avoir du mal à marcher avec des semelles aussi épaisses.

Putain ! Ça fait six ans que je passe mes journées – et mes nuits, aussi, en fonction de la stabilité mentale du mec que l'on collait dans ma cellule – avec une vieille paire de slip-on grises... Elles avaient beau être horribles, trouées et tachées de sang, elles étaient aussi confortables que des pantoufles et, lorsqu'une bagarre éclatait dans la cour intérieure de la prison, je pouvais me mettre à courir sans me soucier de me casser la gueule ou de trébucher sur l'un de mes lacets défaits. Le plus important, c'est qu'elles avaient si peu de valeur qu'on ne m'a jamais tabassé pour me les arracher des pieds. Un truc qui arrive constamment aux petits nouveaux qui ne comprennent pas qu'ici, c'est la loi du plus fort qui domine...

Et le plus fort, en prison, ce n'est pas nécessairement celui qui possède les plus gros muscles ou la plus grande gueule. Ces six dernières années, j'ai appris à me méfier des faux calmes.

Les pires prédateurs se dissimulent toujours derrière un masque placide et silencieux.

Après tout, c'est logique : c'est nettement plus facile de chasser une proie en passant inaperçu...

Agacé, je baisse les yeux sur mes Rangers : comment je faisais pour courir avec ces machins-là aux pieds ? Pas étonnant que les flics aient réussi à me rattraper aussi facilement, cette maudite nuit où j'ai perdu toutes les choses qui comptaient pour moi !

Si seulement j'avais eu mes slip-on...

Ma vie aurait été complètement différente... et moi aussi, surtout.

— Aussi prêt que possible, marmonné-je, la voix caverneuse, à l'intention de Raoul – le seul gardien à qui je n'ai pas envie de cracher à la gueule. Y'en a encore pour longtemps, m'sieur ?

Trapu et râblé comme un lutteur, le ventre proéminent et le visage couperosé, Raoul ressemble davantage à un camionneur imbibé d'alcool qu'à un surveillant pénitentiaire. Une rumeur récurrente circule à son sujet : elle prétend qu'il aurait postulé un peu par hasard, après une cuite à la bière qui aurait duré plus d'un mois. Cela expliquerait pourquoi il est aussi bienveillant et amical : il ne possède pas le gène sadique qui semble inscrit à l'encre rouge dans l'ADN de ses collègues chatouilleux de la matraque...

Raoul consulte sa montre et m'annonce, un peu gêné, qu'il est déjà midi moins le quart. Je ravale ma colère et expire bruyamment par les narines. L'anneau dans mon nez frétille contre ma peau froide. C'était à prévoir, mais j'ai une dégaine encore plus épouvantable qu'avant mon emprisonnement.

Le dicton a raison : la prison, ça te change un homme, tant physiquement que mentalement.

Cette garce commence par le démolir, par lui ôter toutes les couches de superficialité acquises au contact de la société de surconsommation, puis elle le remodèle, petit à petit, selon l'essence qui se dégage véritablement de son âme effeuillée. Des gros durs s'effondrent comme des châteaux de cartes, et des victimes se transforment en bourreaux impitoyables. Certains trouvent Dieu et le chemin de la rédemption, d'autres sont fauchés par la drogue et la dépression. La seule justice, c'est que tout le monde souffre le martyre derrière ces murs et ces barreaux.

Et personne n'en réchappe... même pas ceux qui s'en sortent !

— Haut les cœurs, Müller ! T'es bientôt libre.

Officiellement, ma condamnation a pris fin à dix heures, mais les guignols de l'administration ont perdu l'un des papiers les plus importants de mon dossier, et mon avocate, une vieille chouette à moitié décomposée, a mis une plombe à le renvoyer par fax.

Bordel de merde, elle ne connaît pas les mails, la mamie !?

— D'ici à vingt minutes, tu seras dehors.

Techniquement, je suis *déjà* dehors. Mais les grilles surmontées d'énormes rouleaux de barbelés m'enferment du mauvais côté de la porte, et les gardiens armés de fusils semi-automatiques, postés en faction dans les miradors, n'hésitent pas à tirer lorsqu'un prisonnier désespéré se sent l'âme d'un grimpeur...

— Ne t'inquiète pas, poursuit-il, toujours aussi bavard. Ça va aller pour toi, maintenant.

Je hoche la tête, incapable de parler sans trahir le sentiment de panique qui m'oppresse la poitrine, et me rassois sur le banc inconfortable installé près de la guérite bétonnée de gardiennage. La température est encore un peu fraîche pour la saison, mais les rares rayons de soleil parviennent à réchauffer ma peau blanche. Santa Fe n'est pas la ville la plus accueillante du monde à cette période de l'année. Le mercure frôle à peine les onze degrés, et même si le fond de l'air est sec, je ne serais pas étonné que la pluie s'invite à la fête pour gâcher mon retour à la vie civile.

— T'es un bon gars.

Un bon gars.

Ça pourrait être une blague, dans d'autres circonstances... mais Raoul ignore que je ne suis qu'un pauvre type. Une véritable enflure, un menteur et un voleur.

Je me suis toujours cru plus fort que je ne l'étais, en réalité. Je pensais être capable de me relever de toutes les merdes immondes que le ciel ferait pleuvoir sur ma tête, mais la vérité, c'est que je m'effondre au moindre croche-pied et que j'entraîne toujours les miens dans ma chute... Je ravage toutes les belles choses que je touche. Je détruis le cœur de toutes les personnes que j'aime. Et je loupe toutes les occasions de rédemption que la vie se risque à me faire miroiter, dans le lointain d'un futur qui n'est jamais tel que j'aurais voulu qu'il soit.

C'est comme si le soleil menaçait de s'éteindre pour toujours... et j'ai peur du noir, Wolf, j'ai tellement peur du noir... Ne me laisse pas errer dans l'obscurité lorsque tu peux être ma lumière.

Les dernières paroles de King flottent dans mon esprit, comme à chaque fois que je m'imagine à l'extérieur, près d'elle. Je sais qu'elle ne sera pas là pour m'accueillir et me serrer dans ses bras ; nous avons rompu depuis trois ans, déjà. Et sa trahison – douloureuse bien que prévisible – me reste toujours en travers de la gorge. Hélas, je n'arrive pas à m'arrêter de chercher l'esquisse de son visage angélique au-delà des grilles et des barbelés.

Bien sûr, elle n'est pas là. Pourquoi serait-elle venue ? Elle ne pense sûrement plus à moi : un ex-petit ami malchanceux parmi tant et tant d'autres qu'en faire le compte me donne inévitablement la nausée.

King a toujours été un oiseau libre et insaisissable... Une hirondelle aux yeux noirs, que j'ai essayé d'entraver et de mettre en cage avec moi. Évidemment, j'ai payé mon égoïsme avec les éclats du cœur brisé qu'elle m'a laissé dans le fond de la poitrine.

Aucune chaîne, aussi puissante soit-elle, n'arrivera jamais à retenir King là où elle n'a pas envie d'être...

Et elle ne voulait plus être avec moi.

La main tremblante, je sors une vieille photo de la poche arrière de mon pantalon déchiré sur les genoux. Cornée et jaunie, elle a été rafistolée avec de gros bouts de scotch marron lorsque l'un de mes codétenus, un raciste misogyne avec une croix gammée tatouée sur le torse, l'a déchirée pour m'éloigner du mal que les femmes « étrangères » représentaient à ses yeux. Ma carnation caucasienne et mes origines allemandes l'ont amené à croire que j'étais comme lui – un partisan de l'idéologie nazie et, plus généralement, une grosse merde.

Fou de rage, j'ai bien failli le réduire en charpie...

Qu'est-ce que je raconte, moi ?

J'avais envie de le tuer, de l'écraser sous mes poings et de faire couler les restes de sa cervelle atrophiée par toutes les orbites de sa boîte crânienne défoncée. Toutefois, mon meilleur ami est intervenu juste à temps pour m'éviter de commettre une terrible erreur.

Ambroise García Lopès, le grand frère de l'un de mes rares amis d'enfance, savait que je comptais faire réduire ma peine – de dix ans, normalement – en invoquant la bonne conduite. Une bagarre aurait bousillé toutes mes chances de retourner à la vie civile avant que je ne sombre définitivement dans la folie qui me guettait, à l'affût de mon âme, comme un rapace aux yeux sombres...

C'est pourquoi il a retenu mon poing et s'est chargé du raciste à ma place. Il a versé du sang pour moi – l'une des plus belles preuves d'amitié que j'ai reçues de toute mon existence.

Et de la personne la plus inattendue.

Dans cette prison, Ambroise est une légende. Ce n'est pas tant le fait qu'il ait tué deux hommes qui l'a rendu aussi célèbre que l'identité de celui à qui il a collé une balle dans la tête : Skelton, le bourreau des Sinner's et la terreur d'Albuquerque.

Deux jours après l'accident de la photo, les gardiens reprenaient l'épave méconnaissable du raciste et présentaient la cellule à un nouveau détenu : Jéricho Torres, le fils du juge Torres, et le gamin le plus malchanceux de la planète.

Même plus que moi, c'est dire...

J'étouffe un soupir de lassitude, la tête pleine de souvenirs. Un vent glacial se met à tourbillonner autour de mes chevilles. Pour me réchauffer, j'effleure du regard la photo usée que je tiens toujours dans la main.

Elle m'immole le cœur et me brûle le corps.

Un brin masochiste, assurément pathétique, je caresse des yeux le visage hâlé de King, vêtue d'un minuscule bikini blanc à pois noirs et cambrée dans une pose aguicheuse, les seins fièrement pointés vers l'avant. Elle souffle un baiser amoureux à l'objectif, les cheveux attachés en queue-de-cheval, et une étincelle de gaieté scintille dans ses iris changeants selon la luminosité ambiante – là, ils sont aussi dorés qu'une coulée de miel tiède.

Une bile acide remonte le long de mon œsophage.

Ce n'est pas moi qu'elle essayait de charmer avec son doux sourire. Cette photo n'a pas été prise à mon intention, et la question qui me taraude l'esprit depuis plus de trois ans, c'est : à qui sourit-elle avec tant d'amour et de tendresse ?

Petite menteuse. Petite vicieuse. Tu t'amuses bien, dans mon dos...

Du plus loin que je m'en souvienne, ce sourire-là a toujours été à moi – et rien qu'à moi. Et je ne supporte pas de savoir qu'elle l'a offert à un autre homme, libre de l'aimer et de lui donner à la fois son corps et son cœur.

Bien qu'à ses risques et périls.

— Eh, l'Allemand ! m'apostrophe une voix grave et enfumée par l'abus de whisky et de cigarettes. Qu'est-ce que tu fous là ? Tu n'étais pas censé sortir à dix heures ?

Étonné, je redresse la tête et fourre la photo dans ma poche, les joues rougies par la honte.

Ambroise me dévisage avec un petit sourire narquois au coin des lèvres. Escorté par trois gardiens lourdement armés, menotté aux chevilles et aux poignets, il a l'air encore plus dangereux que d'habitude, dans sa combinaison orange chiffonnée et ses bottes noires sûrement volées à l'un des nouveaux.

— Ces *Arschlöcher*[6] ont perdu l'un des formulaires, grogné-je en tapant du pied contre le béton du trottoir. Pas trop stressé pour ta visite chez le juge ?

Ambroise a décidé de suivre mon exemple : il a fait appel auprès du juge Torres pour réduire sa peine d'emprisonnement, alors même que son dossier est encore pire qu'avant son arrivée pour meurtres ! Je crois savoir ce qu'il a dans la tête, mais ça ne marchera pas et je n'ose pas le lui dire. Il s'imagine qu'avoir protégé Jéricho des gros bras de la prison jouera comme un élément positif en sa faveur. Et cela aurait été tout à fait possible, si Jéricho n'avait pas coupé les ponts avec son paternel et renié son nom… La famille Torres a complètement volé en éclats lorsqu'il s'est fait arrêter pour homicide involontaire à la suite d'une soirée alcoolisée qui s'est terminée par un magistral accident de voiture. Une femme de trente-cinq ans est décédée, un enfant de huit ans s'est retrouvé orphelin de mère, et Jéricho… je crois qu'il y est un peu mort, lui aussi. Et il ne pardonnera jamais à son père d'être intervenu lors de son procès pour lui éviter de purger la peine de huit ans qu'il aurait dû faire pour racheter son crime – et son âme.

Ambroise me gratifie d'un rictus empoisonné et les gardiens se raidissent, le doigt crispé sur la gâchette. Je me mets à rire de bon cœur, étrangement soulagé par cette scène familière.

C'est qu'il fout la trouille, ce con.

Avec ses tatouages glauques et sanglants, son crâne rasé à blanc sur les côtés et ses joues grêlées par d'anciennes cicatrices d'acné, il dégage une aura de tueur en série que ses yeux froids et vides amplifient au moindre regard de travers. Avant la taule, il avait une réputation de lâche et d'imbécile. Il traînait avec des mecs qui se servaient de lui et il vendait de la cocaïne aux bourgeoises qui couraient après la belle gueule de son petit frère, Heath. Son

---

6 « Connards », en allemand.

physique atypique, pas vraiment laid, mais flippant, rebutait les filles gentilles et attirait les excitées de la gâchette.

Puis il a buté Skelton et tout a changé. Et il ne s'est pas contenté de lui tirer dans la tête ; non, ça aurait été trop simple, trop propre. Il l'a complètement démoli ! Ce qu'il restait de son crâne tenait à peine dans un sachet plastique... Le mec qui a retrouvé le corps, quelques jours plus tard, était un ancien de la rue, un vétéran du bitume. Pourtant, il a gerbé en voyant la dépouille martyrisée de Skelton et sa cervelle grisâtre étalée sur les murs.

Cela a suffi pour faire d'Ambroise un nom à craindre et à respecter. Mais c'est aussi pour cette raison qu'il ne sortira jamais de prison : tout le monde sait qu'il n'hésiterait pas une seule seconde à recommencer, s'il le fallait.

— J'suis plutôt confiant, susurre-t-il, et une lueur de folie incroyablement intelligente illumine les profondeurs glacées de ses yeux noirs. C'est quitte ou double. Soit je réussis, soit je me plante. Et si je me plante... Bah, j'aviserai à ce moment-là !

Je tressaille, pas certain de comprendre où il veut en venir avec ces paroles ambiguës... Ambroise est beaucoup plus malin qu'il ne souhaite le faire croire à ses proches. C'est un véritable requin : il renifle le sang, analyse la situation et passe à l'attaque. Être faible devant lui, ça revient à se condamner à une mort lente et douloureuse.

Pourquoi suis-je ami avec un type aussi dingue ? Je ne le sais pas trop... Dès que je suis arrivé, il m'a pris sous son aile. Peut-être est-ce parce que je lui rappelle son ancienne vie, à Albuquerque... J'ai été son voisin pendant quinze ans et, même si l'on ne s'adressait pas la parole à cette époque, j'ai toujours fait partie du paysage. Ou peut-être se sentait-il incompris, ici. Peut-être avait-il besoin qu'un blanc-bec dans mon genre reste à ses côtés sans le juger ni épier ses moindres faits et gestes dans l'unique but de le trahir pour lui voler sa place.

Dans tous les cas, son amitié m'a sauvé la vie. Et c'est une dette de sang que j'acquitterai avec plaisir dès qu'il me le réclamera...

— Si tu as besoin de quoi que ce soit, tu sais où m'écrire, réponds-je, alors que les gardiens commencent à montrer des signes manifestes d'impatience.

— Je sais, Müller... se contente-t-il de répondre, la tête penchée sur le côté. Fais attention à toi, dehors. Tu n'as peut-être plus d'amis à l'extérieur, mais tes ennemis, eux, ne t'ont pas oublié.

Un frisson désagréable rampe le long de ma colonne vertébrale.

Oui, et ils ont cent cinquante mille bonnes raisons de venir me souhaiter la bienvenue.

— Je gère, mon pote. Ne t'inquiète pas.

Ambroise hausse les épaules, comme s'il se fichait de mon sort, mais je le connais bien... Il est dubitatif et anxieux.

— Si tu le dis... Et bon courage, avec ta femme. Elle sera difficile à reconquérir !

Cette fois, le frisson qui me traverse les reins n'est pas tout à fait désagréable.

— Ma femme ? Quelle femme ? Je compte bien coucher avec toutes celles qui accepteront de s'allonger sous moi !

À ma plus grande stupéfaction, Ambroise éclate de rire, la tête rejetée en arrière.

— C'est la meilleure, celle-là ! glousse-t-il, les larmes aux yeux. Oh, putain ! J'en ai mal au ventre !

Hilare, il s'essuie le visage d'un revers de manche. J'ai beau être mortifié par sa réaction, je n'arrive pas à me mettre en colère ; Ambroise connaît tous les détails de ma lamentable histoire d'amour avec King. Il m'a ramassé à la petite cuillère lorsque j'ai appris qu'elle se donnait à toute la ville alors qu'elle m'écrivait des lignes et des lignes de mots doux.

— On en reparlera dans quelques semaines, Müller. Cette fille, elle te tient par les couilles. Et crois-moi, ce n'est pas plus mal...

Sur ces paroles sibyllines, Ambroise me décoche un clin d'œil et laisse les gardiens le conduire vers l'accueil, de l'autre côté du portail qui mène à la sortie. Durant quelques secondes, mon regard reste fixé sur sa combinaison orange, identique à celle que j'ai portée, jour après jour, pendant les six dernières années. Cette vie-là est définitivement terminée pour moi. Et pourtant, je n'éprouve qu'une peur farouche à l'idée de me perdre de l'autre côté de ces grilles devenues si familières.

J'entends le *talkie-walkie* de Raoul grésiller lorsqu'il reçoit un appel. Les mots étouffés flottent jusqu'à moi : c'est l'heure de m'ouvrir la porte, de me foutre dehors. J'attrape mon sac de sport à moitié vide. Il ne contient que huit t-shirts sales et usés, trois livres sur la mécanique et... des lettres. Des dizaines et des dizaines de lettres pleines de mensonges et de promesses trahies.

— C'est bon, Müller : tu peux t'en aller ! s'exclame Raoul avec un immense sourire. Et je crois que tu seras plutôt content de voir qui s'est proposé pour être ton chauffeur.

Je me sens hausser les sourcils, étonné. Pour être honnête, je m'attendais à devoir prendre le bus jusqu'à Albuquerque avec les quelques billets que j'ai gagnés en réparant – au rabais – les voitures merdiques des gardiens.

Le sac sur l'épaule, je serre la main de Raoul et marche d'un pas hésitant jusqu'à la sortie, qui débouche sur un parking étroit et surveillé par une tripotée de caméras. La Chevrolet Corvette garée à l'arrache attire immédiatement mon attention. Mon œil de connaisseur s'empresse d'en caresser les courbes élégantes et raffinées, ourlées pour la vitesse et l'agressivité. Sa carrosserie jaune est légèrement éraflée sur les côtés du pare-chocs à l'avant, et une bosse disgracieuse dénature la ligne de son aile gauche, mais à part ces détails infimes, elle est géniale et je meurs d'envie de la conduire. Mes doigts tremblent du besoin de tenir le volant, de serrer le levier de vitesse dans mon poing, et mes pieds fourmillent dans mes Rangers, à la recherche des pédales.

— Elle est belle, hein ?

Une voix familière.

La peur qui me compresse la cage thoracique s'estompe à mesure que les traits de mon nouvel interlocuteur se précisent sur mes rétines. À contre-jour et plongé dans l'obscurité, j'ai du mal à reconnaître le visage rieur de Jéricho. Dépourvu de sa longue barbe rousse et habillé comme un motard des *Sons of Anarchy*, il fume une cigarette, adossé à la portière du conducteur.

— Putain ! m'écrié-je, éberlué. Sans tes poils de rouquin, je t'ai pris pour un bébé, mec !

Jéricho rit en frottant sa mâchoire lisse.

Il a été libéré six mois plus tôt et, durant ce court laps de temps, je n'ai pas reçu la moindre nouvelle de lui. Je pensais qu'il m'avait oublié, qu'il était passé à autre chose... mais j'aurais dû savoir qu'il serait là pour m'accueillir à ma sortie. Nous sommes presque des frères, à présent. J'ai fait pour lui ce qu'Ambroise a fait pour moi, et avec un juge comme père, il aurait raclé le fond des chiottes avec sa langue, si je n'étais pas intervenu pour le protéger – de lui-même, la plupart du temps.

Les bras de Jéricho se referment autour de moi, forts et puissants, tandis qu'il m'étreint d'une accolade virile. Je n'aime pas les contacts physiques et, pour avoir partagé ma cellule pendant dix-huit mois, il le sait pertinemment... aussi me relâche-t-il presque aussitôt et me colle-t-il un coup de poing joueur dans le haut du bras.

— Tu m'as manqué, mon frère ! Putain, tu as encore pris du muscle ! Hé, c'est un nouveau tatouage, là ?

Je m'ébouriffe les cheveux, gêné par ces effusions grandiloquentes, et m'empresse de dissimuler ma main droite derrière mon dos.

— Tu m'as manqué aussi, Jéricho. Oui, c'est... un jeu de cartes totalement insignifiant... Bref ! Qu'est-ce que tu fais là ?

C'est une question stupide, mais c'est la seule chose que je trouve à dire.

— Ambroise m'a appelé pour me prévenir que ta mère ne viendrait pas te chercher... m'avoue-t-il, et c'est à son tour d'être embarrassé. J'ai pensé que tu aurais besoin d'un visage amical. Et d'une chambre où dormir, aussi, le temps que tu décides de ce que tu comptes faire de ta seconde chance.

Sacré Ambroise ! songé-je, avec un pincement au cœur. *Il ne peut pas s'empêcher de prendre soin des gens qu'il aime, ce connard psychotique !*

— Tu me proposes d'habiter chez toi ? Ça ne va pas un peu trop vite, entre nous ? m'obligé-je à plaisanter, pour masquer le soulagement presque palpable que je ressens à l'idée de repousser mes retrouvailles avec ma mère et son nouveau mari.

— On a partagé une cellule, mec ! J'en sais plus à ton sujet que toutes les femmes qui sont passées dans ta vie, maintenant !

Il rit, mais pas moi – le spectre de King frémit dans ma mémoire.

— Je t'ai préparé une surprise, en plus !

Un lent sourire coquin monte à ses lèvres, et il me jette les clés de la Corvette, que j'attrape à la volée.

— Tu vas conduire ce petit bijou jusqu'à la maison où...

Il s'arrête de parler et m'examine de la tête aux pieds, les mains enfoncées dans les poches de sa veste.

— Je t'ai organisé une petite fête privée : de l'alcool à gogo, des filles chaudes comme la braise et de la bouffe très grasse de *fast-food* ! Tonton Jéricho va prendre soin de toi, à partir d'aujourd'hui.

J'hésite entre me mettre à chialer de gratitude et tourner les talons pour retourner en taule.

Bordel de merde, je ne me sens absolument pas prêt pour ça...

Mais j'ai trop envie de conduire pour fuir les mauvais plans de Jéricho, alors je hoche la tête, balance mon sac dans le coffre de la voiture et, juste avant de m'installer sur le siège conducteur, je ressors la vieille photo de King.

Si tu ne me lâches pas, je ne te lâcherai pas.

Est-elle toujours à Albuquerque ? A-t-elle un petit ami ? Un travail ? Arrive-t-elle à prendre soin d'elle ? Pense-t-elle encore à moi ?

En prison, mon amour pour King s'est transformé en véritable obsession, construisant une seconde cage dans ma cage, encore plus petite et étouffante. Ça ne peut plus durer. Ça ne *doit* plus durer.

Si je veux réellement retrouver ma liberté, il faut que je me débarrasse de King et du souvenir ardent de son amour qui me colle d'un peu trop près à la peau.

Dans une profonde inspiration, je laisse tomber sa photo sur le bitume défoncé du parking, l'écrase sous ma chaussure pour effacer son sourire de traîtresse et m'installe derrière le volant de la Corvette. Quand je tourne la clé dans le barillet et que le moteur se met à rugir comme une bête sauvage, un sentiment de plénitude s'installe dans la cavité béante de ma poitrine.

J'ai hâte de retrouver ma Mustang, mes petites sœurs, le soleil doré d'Albuquerque... et l'énorme paquet de fric que j'ai planqué en prévision de ma libération.

— Comment sont les filles que t'as invitées ?

Jéricho abaisse son siège à l'horizontale et s'ouvre une canette de bière.

— Faciles, réplique-t-il avec un sourire de connivence. *Très* faciles.

Ça tombe plutôt bien : ce sont mes préférées.

N'est-ce pas, King ?

Une semaine plus tard

J'émerge difficilement du sommeil, les paupières lourdes et la bouche pâteuse. J'ai l'impression qu'un marteau-piqueur me vrille l'intérieur du crâne, ou plutôt qu'une meuleuse me rabote les tempes. Un arrière-goût rance s'attarde sur la pointe effilée de ma langue. J'ai encore fini la soirée avec la gueule dans les toilettes, complètement bourré et incapable d'assurer avec les filles mignonnes que Jéricho s'obstine à me jeter à la tête.

Cet idiot refuse de comprendre qu'elles ne me plaisent pas, ses grandes blondes toutes minces avec d'immenses yeux bleus. Moi, j'aime les filles petites aux courbes naturelles, avec de longues chevelures noires et des iris encore plus noirs... et dangereuses.

De toute façon, mon corps est tellement courbaturé que je

n'arriverais probablement pas à assurer dans un lit. Le circuit de jogging d'une dizaine de miles que je m'impose tous les matins pour savourer ma nouvelle liberté me coupe les jambes durant toute la journée.

Avec un grognement rauque, je roule sur le ventre et enfouis mon visage sous la couette qui sent le whisky frelaté et la sueur musquée. Mon érection douloureuse cogne contre le matelas, m'arrachant un gémissement de pure souffrance, et l'étoffe rêche de mon caleçon se colle contre le bout humide de mon gland percé d'un anneau identique à celui que j'ai dans le nez.

Bienvenue en enfer, Wolfgang !

J'ai beau avoir pris mon pied avec la première femme que Jéricho m'a présentée, la semaine dernière, mes besoins n'ont jamais été aussi déchaînés et violents. C'était comme mettre un pansement sur le moignon d'un membre coupé : l'hémorragie est trop puissante pour être contenue ou apaisée par ce minable subterfuge. Pour être honnête, ces quelques minutes de plaisir ont été extrêmement... déplaisantes. La fille était peut-être jolie, mais je ne me souviens pas de son visage. La seule chose dont j'arrive à me rappeler, c'est de la vitesse humiliante avec laquelle j'ai joui dans sa bouche – alors qu'elle mettait tellement de coups de dents dans sa fellation que j'avais l'impression d'avoir enfoncé ma queue dans un putain de taille-crayon !

Heureusement, je l'avais déjà fait jouir avec mes doigts quelques secondes avant de lâcher la sauce en dehors de la marmite. Mais ce misérable interlude ne m'a pas donné envie de recommencer. Et c'est peut-être tout aussi bien... Dès qu'une fille m'approche avec l'intention évidente de m'attirer dans ses filets, mes pensées sont parasitées par le souvenir sensuel de King.

Je revois sa bouche rouge et enflée par mes morsures, ses seins fermes et pointus de la taille parfaite pour mes paumes, ses cuisses fuselées et bronzées, crispées autour de mes hanches, et ses fesses...

Surpris, je sens l'étreinte familière de ma main calleuse se refermer autour de mon sexe. Pendant quelques secondes, j'essaie de lutter contre mon irrépressible envie de m'astiquer en pensant à mon ex-copine... Hélas, ce combat contre moi-même a toujours été perdu d'avance ! King est peut-être une traîtresse perfide et menteuse, elle n'en reste pas moins ma plus grande obsession. Me débarrasser de sa photo n'a pas réussi à me soigner de cette addiction nocive et grotesque que je nourris pour son fantôme. Je suis resté focalisé sur elle pendant tant d'années que je n'arrive pas à reprendre le cours de mon existence, tout simplement.

C'est comme s'il manquait une pièce fondamentale à ma machine interne pour fonctionner.

King m'obsède depuis très longtemps, maintenant. Je ne compte plus le nombre de fois où je me suis masturbé en pensant à ses lèvres rieuses et à ses coups d'œil insistants.

Ma main perverse continue à aller et venir le long de ma verge tandis que les souvenirs d'un passé lointain m'enveloppent dans un cocon chaud, doré et moite – la description parfaite de Tempérance Kingsley Clark.

Je me remémore, haletant, l'audace dont elle a fait preuve au cours de cet incroyable après-midi de printemps, lorsqu'elle m'a poussé sur la banquette arrière de ma voiture pour me chevaucher comme une Amazone. Je venais de la surprendre à boire des bières en compagnie de minables qui bavaient devant son décolleté, alors qu'à cette heure de la journée, elle aurait dû être au lycée, à accumuler suffisamment de connaissances pour se tirer des bas quartiers.

Après de longues années passées à la regarder grandir et s'affirmer en tant que femme libre et indépendante, j'en étais arrivé à un point où la moindre provocation résonnait à mes oreilles comme le plus séduisant défi à relever. Je savais qu'elle se traînait une vilaine réputation mais j'ignorais, à ce moment-là, qu'elle avait déjà exploré une large partie de sa sexualité avec d'autres mecs que moi. King n'était pas vierge lorsque l'on a commencé à se fréquenter, et c'est moche à dire, mais je n'ai jamais pu m'empêcher d'en éprouver une pointe de déception... J'aurais voulu être son premier. Cela dit, j'aurais aussi pu faire en sorte qu'elle soit ma première, si seulement j'avais été plus courageux et moins stupide. Bref, elle n'avait que seize ans, et déjà plus de maîtrise que moi sur le sujet. Je venais de souffler mes dix-huit bougies, mais ma propre expérience se résumait à quelques rencards foireux lors de fêtes trop alcoolisées, avec des filles aussi mignonnes qu'inexpérimentées. J'avais beau plaire à la gent féminine, mon cœur était accaparé par mon agaçante voisine, et mes interactions avec le beau sexe se limitaient à des étreintes brèves et rapides, dépourvues de sentiments. Dans ces conditions, je n'avais aucune chance de résister à l'emprise sensuelle de King... et quand elle s'est jetée sur moi, complètement nue, je ne pensais déjà plus qu'à la posséder – d'une façon ou d'une autre.

Néanmoins, c'est *elle* qui m'a emprisonné. Sous ses doigts experts et sa langue agile, je suis devenu une bête domptée et dressée pour ne réagir de la sorte qu'en sa présence.

Et ça n'a pas changé.

Foudroyé par le plaisir fugace de mes propres caresses, j'arque le dos, resserre ma main autour de ma hampe secouée de spasmes et étouffe un grondement dans l'oreiller aplati sous ma tête.

Une semaine de frustration se déverse sur les draps sales et les bosses de mes abdominaux. Mon cœur gonfle et menace d'exploser à l'intérieur de ma poitrine. J'expire bruyamment par les narines, submergé par une vague d'extase et de honte.

J'ai recommencé.

Putain ! J'ai encore fantasmé sur King – que je ne connais même plus ! – pour réussir à jouir et à apaiser le désir brûlant qui me laboure les reins...

La dernière fois que je l'ai vue, c'était au mois de novembre, sur Facebook. En prison, j'avais un accès limité à internet, trois heures par semaine. D'ordinaire, je me contentais de suivre l'actualité automobile et les résultats de mes équipes de sport préférées... mais à cause d'une lettre de Gina, ma petite sœur, j'ai appris que King s'était créé un compte sur le célèbre réseau social – des années après tout le monde, lorsque c'est devenu un truc ringard, parce qu'elle ne suit jamais les tendances.

Au fait, j'ai ajouté King sur Facebook ! Ça fait des mois que je ne lui ai pas parlé. Tu veux que je reprenne mes investigations, Lieutenant ?

Avant qu'elle parte pour la fac, Gina a été ma principale source d'informations et mon ultime lien social avec le monde extérieur. Ma sœur gardait un œil vigilant sur King et, même si elles évoluaient dans des sphères complètement différentes, elle s'arrangeait toujours pour me rapporter le moindre potin à son sujet. Ça me faisait rire, au début. Et puis, c'est rapidement devenu... anxiogène. Avant même que King me trompe avec la moitié d'Albuquerque, je pressentais déjà que ses choix désastreux allaient l'éloigner de moi. Malheureusement, j'étais trop mal placé pour essayer de lui faire la morale. Alors j'ai assisté, impuissant, à l'inévitable...

Bordel de merde ! Il faut absolument que j'arrête de penser à King !

Agacé, je m'extirpe de mon lit, les jambes flageolantes, et me traîne jusqu'à la petite salle de bain qui jouxte ma chambre. Ça n'aurait pas dû me surprendre, mais l'appartement de Jéricho est démentiel. Luxueux et moderne, il se situe dans le centre-ville d'Albuquerque et même s'il n'est pas très grand, il dispose de deux chambres aérées et d'un salon beaucoup plus spacieux que la cellule étroite où j'ai dormi durant les six dernières années.

De très mauvaise humeur, je m'engouffre sous la douche, actionne le robinet d'eau tiède et me lave en pestant dans ma barbe contre mon incapacité à purger mon organisme de mes sentiments passés.

Jéricho est déjà parti travailler. Il bosse dans une usine qui prépare du pain et des viennoiseries pour les grandes surfaces. D'ailleurs, il a réussi à me décrocher un entretien d'embauche, programmé mercredi prochain à seize heures. Hélas, je n'arrive pas à m'en réjouir... Mon truc à moi, c'est la mécanique, pas la cuisine. J'aurais préféré trouver un boulot dans un garage ou dans une casse automobile, mais je sais que je n'ai pas le droit de faire la fine bouche. Jéricho est mon ami, et j'ai suffisamment abusé de sa gentillesse.

Le retour à la vie réelle m'a mis KO. Je ne m'attendais pas à m'effondrer dans le fond d'une bouteille de whisky – encore une fois, je me suis surestimé.

J'ai passé ma semaine à courir, à dormir, à boire et à manger n'importe quoi.

Je ne suis pas allé voir ma mère.

Je ne suis pas allé voir mes sœurs.

Je ne suis même pas allé chercher ma voiture...

— T'es à la masse, Wolf ! grogné-je en nouant à la va-vite une serviette autour de ma taille. Sors-toi les doigts du cul, mon gars !

J'ai été privé de mon libre arbitre pendant si longtemps que je ne sais plus comment mener mon existence en dehors des murs de la prison.

— Aujourd'hui, tu vas chercher ta caisse ! Et tu passeras dire à ta mère que tu...

Je m'étouffe avec ma salive. Qu'est-ce que je pourrais lui dire, après toutes ces semaines de silence radio ? Que je suis désolé d'avoir mal réagi à l'annonce de son mariage ? Que je la déteste d'avoir remplacé mon père ? Que je ne comprends pas son choix de tout recommencer ? Qu'elle aurait dû me l'annoncer avant de célébrer les noces et de partir en lune de miel à la Jamaïque ?

La vérité est tellement immonde que je n'ose même pas l'avouer à haute voix : je suis profondément blessé qu'elle ait réussi à trouver le bonheur sans mon père... et sans moi, aussi.

Ma propre mère ne m'a pas attendu pour refaire sa vie.

Je déglutis, la gorge sèche, et enfile un pantalon de jogging ample, un pull troué et une vieille paire de chaussettes. Puis je chausse mes slip-on, avale plusieurs gorgées de jus d'orange et attrape le double des clés que Jéricho m'a donné à mon arrivée. À côté de ma veste, je trouve une note manuscrite et un billet de cinquante dollars. Cet imbécile se conduit comme une véritable mère poule, avec moi !

« Passe une bonne journée, mec. Sors de ta chambre, traîne en ville et, par pitié, rachète-toi une nouvelle paire de baskets ! Elles me donnent la gerbe, tes godasses. Oh, et n'hésite pas à ramener des filles ! Mi casa es tu casa... »

J'omets l'insulte offensante envers mes slip-on, un sourire aux lèvres, et empoche le billet que je glisse dans mon portefeuille aussi vide que mon cœur.

Un ricanement sinistre vrombit dans ma poitrine.

Et dire que j'ai un véritable pactole, caché à l'extérieur de la ville.

Avec cette pensée rassurante en tête, je sors de l'appartement de Jéricho et prends la direction de l'arrêt de bus qui marque l'angle de l'immeuble. J'attends pendant un quart d'heure, adossé à la vitre crasseuse, en établissant une liste de choses à faire que je classe par ordre d'urgence. Ma priorité : retrouver ma Mustang et m'acheter un iPod. Mais je suis très vite déconcentré par les regards insistants des passants qui s'accrochent à mes tatouages, à mes piercings et à mes vêtements de mauvaise qualité. En taule, j'avais une apparence banale et dans la norme. Ici, j'ai l'air... eh bien, d'un ex-taulard. Ça inquiète les vieux et ça intrigue les jeunes. Quelques lycéennes me décochent des sourires intéressés et la plus jolie de la bande, sûre de son charme, se risque à venir me demander mon numéro. C'est une blonde – encore ! – et lorsque je lui réponds que je n'ai pas de téléphone, elle pique un fard et sprinte de l'autre côté de la rue, d'où elle me fusille du regard... comme si je venais de lui cracher à la figure.

J'étouffe un soupir de contrariété, les mains enfoncées dans les poches de ma veste, et prends mentalement note de m'acheter un iPhone plutôt qu'un iPod.

T'es plus en 2014, mec ! me tancé-je, furibond.

Après une demi-heure de bus, puis vingt minutes de marche, j'approche enfin de la zone industrielle désaffectée qui longe la bretelle d'autoroute de la section ouest d'Albuquerque. Je ne suis pas très à l'aise dans cette partie de la ville, et pour cause, elle appartient aux Sinner's... Grâce à Dieu, je ne croise personne de ma connaissance et, après un détour d'un kilomètre à cause de mon sens de l'orientation défaillant, j'arrive à repérer l'emplacement de mon conteneur rouillé.

120413

Je reste un long moment à fixer la plaque d'immatriculation dans l'allée déserte. Mon cœur me tiraille comme s'il n'arrivait plus à pomper le sang à travers mes veines.

C'est la date de notre première fois.

Un violent soubresaut à l'estomac m'oblige à courber l'échine, les mains plaquées sur le ventre. Trop de souvenirs, trop d'émotions... trop de déceptions et d'illusions brisées par une gamine inconsciente de son charme. Ça me bouffe de l'intérieur, tous les jours, toutes les nuits... cette haine farouche... cet amour déçu... C'est une plaie infectée qui entaille mon âme et refuse de cicatriser.

Mal à l'aise, je me redresse et m'essuie brièvement les yeux avec la manche de ma veste – la poussière du désert est une saloperie pour les rétines fragiles.

Soudain, le tatouage qui orne le dos de ma main droite attire mon regard assombri par les larmes. Le jeu de cartes qui s'y trouve est d'une banalité effarante... si l'on ne remarque pas les détails cachés à l'arrière-plan. Les figures représentent les quatre rois : pique, carreau, trèfle et cœur. Mais sur la lame du Roi de Cœur, une belle hirondelle aux yeux noirs est perchée sur son épaule et picore son emblème sanguinolent. L'expression de son visage est triste, lointaine et nostalgique. J'ignore si elle me représente, moi... ou si elle exprime l'état dans lequel j'aimerais retrouver King, après notre rupture.

Je ne suis pas un homme porté sur la vengeance, mais elle... je n'aspire qu'à la faire souffrir comme une damnée ! Si je pouvais lui briser le cœur, je n'hésiterais pas une seule seconde à lui apprendre à quel point ça fait mal d'être piétiné, humilié et trompé par la personne avec laquelle on espérait construire son avenir.

Ma main se serre pour former un poing rageur que je balance de toutes mes forces contre la porte métallique du conteneur, sur la plaque d'immatriculation qui se déforme sous l'empreinte de mes jointures.

120413

Le plus beau jour de mon existence.

Et la pire décision que j'ai prise de ma vie.

En frottant mes phalanges ensanglantées contre ma jambe, je me dirige vers le cinquième conteneur sur la gauche, me faufile dans l'interstice étroit laissé par les deux caisses, presque collées l'une à l'autre, et soulève une pierre de la taille d'une souche d'arbre.

La clé que j'y ai planquée est toujours là. Un inexplicable sentiment de désolation s'empare de mon être. Sa jumelle, je l'ai confiée à King... et peut-être ai-je toujours su que ça finirait comme ça : avec pertes et fracas, dans les larmes et la rancœur, tandis que les pétales de mon amour pour elle se flétrissaient sur les lèvres d'un autre homme.

Pourquoi aurais-je prévu un plan de secours, dans le cas contraire ? Je n'y croyais déjà plus...

Le début d'une migraine commence à me lacérer le lobe frontal. L'abus d'alcool ou les réminiscences constantes de la saveur des baisers de King ? Peu importe, les deux sont extrêmement mauvais pour ma santé...

Quand je tourne la clé dans la serrure, je ressens le même sentiment de plénitude qu'à la conduite de la Corvette de Jéricho. Savoir mes affaires à l'abri des vautours était l'un de mes seuls réconforts, à Santa Fe. J'ai pris dix ans de prison pour le contenu de cette vieille boîte rouillée... alors j'y tiens comme à la prunelle de mes yeux ! Quant à la Mustang, c'est mon rayon de soleil dans cette nuit éternelle. J'ai passé des heures et des heures, avec mon père, à la retaper et à bidouiller son moteur pour qu'elle ronronne comme un chat. C'est son héritage, en quelque sorte. Son dernier cadeau et la consécration de toutes ses leçons de mécanique – une passion qu'il m'a transmise à la naissance.

J'ouvre la porte, pressé de m'installer derrière le volant gainé de cuir de ma Mustang... et manque de tomber à genoux, le souffle coupé.

Le conteneur est vide.

Complètement vide.

Totalement vide.

Dans un réflexe absurde, je vérifie le numéro d'identification – 120413. Non, je ne me suis pas trompé de caisse. Je revérifie une seconde fois, la tête à l'envers. Mais c'est bel et bien mon emplacement...

Et cela ne peut signifier qu'une seule chose : King m'a baisé !

Encore une fois.

— Putain... m'écrié-je, fou de rage et accablé de chagrin. Putain ! Putain ! Putain !

Je frappe dans la porte, encore et encore, en hurlant à la cantonade toutes les injures de mon répertoire.

— Tu ne t'en tireras pas comme ça, *blödes Arschloch*[7] *!* Espèce de... *Flittchen*[8] *!*

Me cocufier avec toute la pire racaille d'Albuquerque ? OK. Mais toucher à ma bagnole et dilapider mes affaires à droite à gauche ? C'est la goutte d'eau proverbiale.

King vient de signer son arrêt de mort.

Et si je ne retrouve pas les bijoux en diamants planqués dans la boîte à gants, je ne tarderai pas à la rejoindre dans la tombe...

---

7 « Stupide connasse », en allemand.
8 « Putain », en allemand.

2

DANGER

King

Un sanglot s'étrangle dans ma gorge. Je refoule mes larmes, atterrée par mon comportement ridicule. Si je me risque à pleurer, mon maquillage sera ruiné... et je n'ai pas de temps à perdre avec ces conneries.

— Wolf, je n'y arriverai pas toute seule. J'ai fait des choses... c'était n'importe quoi... Il faudrait que je t'en parle, mais...

Un soupir agacé frotte contre mon tympan, et la ligne grésille à l'autre bout du fil. Est-ce qu'il va me raccrocher au nez ? Je sens bien qu'il se lasse de moi, je ne suis pas stupide ! Le problème, c'est que je ne sais plus quoi faire ni quoi dire pour le retenir.

— C'est ton problème, King... Pas le mien. J'en ai déjà assez à gérer, OK ? Arrête de m'appeler, maintenant. Passe à autre chose.

Il rit, mais ce n'est pas un rire : c'est une claque, et elle me brûle la joue.

— Tu l'as déjà fait, de toute façon. Mets-toi bien dans le crâne que toi et moi, c'est fini. Terminé. Quand je sortirai de prison, je ne gaspillerai plus mon temps à essayer de construire quelque chose de stable avec toi. Tu es une calamité, King !

Il marque une pause et je me demande s'il entend le vacarme que fait mon cœur en se brisant à l'intérieur de ma poitrine. Probablement pas. La musique du club est beaucoup trop forte pour ça.

— Alors... tu sais déjà ce que je...

Il m'interrompt d'une voix brutale :

— Ta réputation te précède, mein Schatz. *J'ai tellement honte, putain ! Tu m'as fait passer pour un con ! Quand je pense à toi, maintenant, j'ai simplement envie de vomir...*

Wolf ne raccroche pas, c'est moi qui coupe la communication pour éviter qu'il ne m'entende pleurer. Pour lui épargner le spectacle navrant de ma lente descente aux enfers. Pour préserver les dernières brides de fierté qu'il me reste... et surtout, pour m'empêcher de le supplier de me pardonner, comme je meurs d'envie de le faire. Parce que son pardon, je ne le mérite pas. Toutes les erreurs que j'ai commises m'ont rattrapée et achevée dans une mare de sang frais, comme l'avait prédit Salomé avant de partir à Durango – là où j'aurais dû la suivre.

C'est officiel, j'ai touché le fond. Et quelque part, c'est extrêmement libérateur : je n'ai plus besoin de me battre, à présent.

Je peux lâcher prise – ***enfin !***

Après avoir essuyé mes yeux humides en prenant garde à ne pas étaler mon mascara sur mes joues, je porte un regard éteint sur le podium scintillant qui s'érige comme une bouée de sauvetage au milieu de cet océan de perdition lubrique. Mes dernières hésitations partent à la dérive : quitte à me noyer... autant m'enfoncer moi-même la tête sous l'eau.

— Hé, King ! s'exclame Carlos, mon patron, un gros loubard à l'expression sévère. C'est à ton tour, la môme. Bouge ton cul !

Je range mon téléphone portable dans mon sac à main, ôte mon peignoir en satin et affiche un grand sourire factice qui refuse de monter jusqu'à mes yeux vides.

— Au fait, Carlos... je me demandais... tu ne connaîtrais pas un moyen pour moi de... tu sais, faire des extras ? Le striptease, ça

paye bien, mais j'ai besoin de plus d'argent depuis que ma tante m'a foutue à la porte.

Une flamme obscure s'allume dans les iris chassieux de Carlos. C'est un requin, dans le sens le plus cruel et sanguinolent du terme.

— Ah, ça tombe plutôt bien, la môme : tu as tapé dans l'œil d'Enrico !

Enrico Ibanez.

Ce nom suffit à me faire frissonner de la tête aux pieds. Dans les environs, il est synonyme de terreur... et d'argent sale, très sale – quoique facile. C'est un proxénète connu et reconnu, qui trempe dans le trafic de drogue et le vol à haut niveau. Rico, comme ses amis le surnomment, a l'air tellement inoffensif de prime abord, avec son visage d'ange, ses yeux gris et ses manières doucereuses... que l'on ne se méfie jamais de lui avant qu'il ne soit trop tard.

— Génial ! J'irai le voir ce soir, alors !

Beaucoup trop tard pour mon âme...

Une main puissante se referme sur mon bras. Je sursaute, le corps trempé de sueur, et hurle à pleins poumons avant de rouler sur le côté dans une position de défense instinctive. Les dernières bribes du sommeil s'effacent de mon esprit ankylosé par les mauvais souvenirs et j'entends, dans un brouillard cotonneux, les pleurs colériques d'un jeune enfant.

Mon petit bonhomme est affamé, songé-je avec un temps de retard, alors qu'une masse musculeuse s'installe à côté de moi sur le lit aux draps défaits.

Je bats des paupières, prisonnière d'un passé maussade dont je ne supporte plus le poids accablant sur ma conscience. Mon esprit se cabre comme un cheval de course et, même si je sais que je me fais du mal à titiller ainsi mes démons intérieurs, je me replonge brièvement dans les abysses de mon âme blessée pour trouver la force de revenir à la douceur du moment présent.

Des yeux d'un bleu glacial me dévisagent avec inquiétude.

J'aime tellement cette maudite couleur...

— Je ne voulais pas t'effrayer, s'excuse Danger en pinçant ses lèvres pleines à la courbe généreuse. Mais je n'arrive pas à le calmer.

Dans ses bras robustes, une petite boule de cheveux noirs et de peau sombre s'agite dans tous les sens en poussant des hurlements contrariés qui me vrillent les tympans. Je me sens sourire comme une idiote, amusée par la vigueur belliqueuse d'Asher. Âgée d'à peine six mois, cette terreur miniature a réussi à vaincre son père à plate couture. C'est lui qui fait la loi à la maison, désormais.

— Viens là, bébé, susurré-je, le cœur apaisé par sa présence et son odeur suave de poupon.

Je m'adosse à la tête du lit, éponge mon front moite d'un revers de la main et tends les bras, prête à m'occuper de mon petit rayon de soleil. Dès sa naissance, Asher est devenu mon unique raison de vivre. Je l'aime comme je n'ai jamais aimé personne, avec une force et une intensité capables de soulever des montagnes par-dessus le ciel et de séparer des océans en deux. Il a changé ma vie en lui donnant un sens — *enfin*. Toutes les épreuves que j'ai traversées, la peur et la haine chevillées au corps, ont trouvé une explication logique dans ses yeux aussi pâles qu'une écharde de glace. Je suis née pour lui. Pour le chérir. Pour l'aimer et l'aider à vivre une existence paisible, dépourvue des souffrances que j'ai connues, moi, avant d'arriver jusqu'à lui. Il est ma paix, ma liberté.

Ma première réussite...

Danger se penche vers moi, les yeux rieurs.

— Pas toi ! souris-je, en le repoussant avec le genou. Ton fils, espèce de crétin !

Il rit avec une bonne humeur contagieuse, attirant l'attention versatile d'Asher, qui cesse de s'époumoner tel un minuscule diable en couche-culotte. Torse nu et vêtu d'un caleçon blanc, Danger est beau à s'en retourner le cerveau. Avec sa peau sombre, d'une teinte brune bien plus foncée que la mienne, ses yeux bleus étirés sur les tempes et ses traits virils, il respire la masculinité et... le *danger,* inévitablement. Son crâne rasé à blanc et ses multiples cicatrices ajoutent du piquant à l'aura menaçante qu'exhale sa séduction pernicieuse. Le sexe et le mystère s'accrochent à son sourire carnassier, qu'il a aiguisé comme une lame à double tranchant. Son mètre quatre-vingt-dix et ses cent kilos de muscles déliés attisent fatalement la convoitise et excitent les jalousies ; son physique glorieux est un aimant naturel à la concupiscence et aux emmerdes. Quand il entre dans une pièce, l'air semble se raréfier autour de lui et s'électriser comme à l'approche d'un orage d'été sur les dunes de sable rouge. Ça ravage, mais c'est trop beau et trop bon pour vouloir s'en protéger.

J'ai failli tomber amoureuse de lui, à l'époque où les choses étaient encore simples entre nous. Puis il m'a rappelé d'une façon brutale que je n'étais pas faite pour l'amour, et même s'il m'a brisé un petit morceau de cœur, je n'ai jamais pu lui en tenir rigueur. Après tout, c'est lui qui m'a donné Asher...

— Je commence à être jaloux de votre complicité, me taquine-t-il avec un humour où se dissimule néanmoins une pointe de vérité. Il t'aime plus que moi.

Danger me dépose délicatement Asher dans les bras. Son corps chaud et fragile se plaque contre ma poitrine à moitié nue et il arrête presque immédiatement de pleurer. Mon bébé adore les contacts peau contre peau.

— Tu vois... se lamente Danger, en s'écroulant sur le lit. Il me déteste !

Asher niche son visage dans le creux odorant de mon cou et pousse un léger soupir de contentement. Notre lien est indéfinissable : il est mon univers, et je suis le sien. C'est difficile à expliquer, mais je crois qu'il sait que mon existence se résume à son bonheur, et que je serais prête à faire n'importe quoi pour lui... Cela n'est pas très juste pour Danger, qui aime désespérément son fils et s'implique corps et âme dans son éducation. Toutefois, je suis incapable de l'aider à se rapprocher de lui – toutes mes tentatives sont accueillies par des pleurs accusateurs et des crises de colère. Asher refuse de passer trop de temps en compagnie de son père, et je n'arrive pas à comprendre les raisons de son animosité.

Bien sûr, et à l'instar de tous les membres de la famille Thornton, Asher développe déjà un sacré caractère de cochon, mais ce rejet s'inscrit au-delà d'une mauvaise humeur passagère.

Sent-il la culpabilité et la fureur qui bouillonnent dans le cœur noir de Danger ?

Cela ne m'étonnerait pas.

— Est-ce que tu l'as nourri ?

Danger se relève sur un coude pour me décocher une œillade agacée.

— Il refuse de boire son biberon avec moi.

La seule chose que Asher accepte de son père, c'est le changement de ses couches, car il déteste avoir les fesses mouillées.

— Je vais m'en occuper, dis-je en me redressant sur les genoux. Ne t'inquiète pas.

Le drap glisse sur mes jambes nues et tombe en corolle autour de moi, dévoilant mon string léopard orné d'une lisière de dentelle rose. Les yeux de Danger s'illuminent dans la semi-pénombre, et je peux littéralement sentir la chaleur de son désir enflammer l'atmosphère. J'essaie de ne pas y prêter attention, mais c'est compliqué de feindre l'indifférence.

Treize mois d'abstinence émoussent ma volonté à lui résister.

Nous vivons ensemble depuis... deux ans, environ, et en plus de cela, nous travaillons tous les deux pour le garage automobile de son père : Jemar Thornton, l'homme fantastique qui m'a sortie de la spirale infernale dans laquelle je m'échinais à tourbillonner jusqu'à la nausée. Je gère l'accueil et assure une partie de la comptabilité tandis qu'il tripote les moteurs et jongle avec les courroies endommagées dans l'atelier adjacent à mon bureau.

Une très grande proximité qui n'a pas que des avantages.

Le fait est que notre association fonctionne mieux lorsque l'on s'en tient à des échanges platoniques, et même si le terme « amis » semble trop faible pour décrire l'état actuel de notre relation, c'est le seul qui ne me donne pas l'impression d'être une menteuse.

Pour résumer, Danger est mon meilleur ami – ainsi que mon

colocataire, mon collègue et mon ex-amant.

Et pourtant...

Ses mains agrippent mes hanches, exigeantes et possessives, tandis qu'il me suit jusqu'à la cuisine qui jouxte ma chambre. Notre appartement, situé au-dessus du garage, est devenu mon point d'ancrage. Bariolé de couleurs vives, il croule sous les meubles dépareillés, les tentures brodées et les peintures fantaisistes. On se croirait presque dans la casbah d'un nabab : c'est luxueux à outrance, avec un goût assumé et revendiqué pour l'opulence insolente et le décorum un tantinet vulgaire. Les origines jamaïcaines et arabes de Danger s'entremêlent à ma frivolité mexicaine, et le mélange de nos deux cultures s'est transformé en... un joyeux bordel.

À mes yeux, c'est le plus bel endroit sur terre. Et lorsque Danger m'a virée d'ici après une horrible dispute, quelques jours avant l'annonce de la conception d'Asher, j'ai bien cru que j'allais en mourir de chagrin. On m'a souvent jetée à la rue, pourtant. Ma mère, d'abord, puis ma tante du côté paternel, Alicia Di Laurentis, et surtout, Isla, la mère de... Bref ! Je n'aurais pas dû le prendre tant à cœur, mais c'était la première fois où je me suis réellement sentie dépossédée de quelque chose d'important...

Tu es une calamité, King.

Disons plutôt la seconde fois, pour être honnête. Même si les deux situations ne peuvent décemment pas être comparées l'une à l'autre. Danger m'a arraché mon sentiment de sécurité. Wolf, lui, a piétiné mon cœur et pissé sur mon âme.

Le pire, c'est que dans les deux cas, je le méritais.

— Tes mains, D ! grondé-je par-dessus mon épaule. Mets-les dans tes poches !

Danger coule un regard blessé dans ma direction, comme si je venais de lui cracher à la figure, et enlève ses mains de mes hanches. Soulagée, je cale Asher contre mon flanc et commence à lui préparer son biberon de lait chaud. Un coup d'œil à la pendule m'apprend qu'il est un peu plus de trois heures du matin ; j'ai dormi cinq heures d'affilée, un miracle !

Asher ne devrait plus prendre de lait la nuit, mais je n'arrive pas à le lui refuser. Pas après tout ce qu'il a déjà vécu.

— Il a été sage, aujourd'hui, constaté-je en mesurant la dose de poudre. À quelle heure es-tu rentré ?

Danger s'adosse au comptoir qui délimite l'espace cuisine de notre salon – un bourbier de coussins et de tapis persans – puis il croise les bras en travers de son torse et marmonne d'une voix belliqueuse :

— C'est typiquement le genre de question qu'une femme poserait à son époux.

Je le fusille du regard, exaspérée par la lourdeur de ses sous-entendus. Danger voudrait que l'on s'offre une seconde chance, en tant que couple. Et j'en ai envie, moi aussi... mais pour de mauvaises raisons.

— Danger...

Ma voix sèche claque comme un coup de fouet. Grandir dans la rue m'a permis de développer quelques talents intéressants... Et intimider les géants au caractère taciturne est incontestablement le plus amusant d'entre eux !

— Minuit, s'empresse-t-il de répondre avec un air penaud. King, s'il te plaît...

Asher l'interrompt en poussant un vagissement inarticulé. Il est très sensible à mes changements d'humeur. Dès qu'il sent que je suis tendue, il s'agite et râle comme s'il essayait de trouver une solution pour apaiser ma détresse. Dans son pyjama jaune aux pattes orangées, il ressemble à un lionceau féroce et hargneux. Soudain, la bouffée d'amour que j'éprouve pour lui est tellement puissante qu'elle me coupe la respiration.

Je m'efforce de réprimer mes émotions les plus intenses, mal à l'aise, et inspire profondément à plusieurs reprises pour calmer les battements de mon pouls.

— Asher n'a pas envie d'en parler, lui non plus, gazouillé-je avec ce timbre fluet que l'on n'emploie qu'avec les bébés et les petits animaux. Il est beaucoup plus intelligent que son papa, n'est-ce pas ?

Asher se met à sourire, exposant sa gencive rose et lisse. L'expression de Danger passe de la pugnacité rétive à l'admiration béate, et ses mains se mettent à trembler sur le comptoir.

— Il te sourit.

Je frotte le bout de mon nez contre celui d'Asher et c'est un bel éclat de rire que je récolte avec mes câlins envahissants. Ses petites mains potelées empoignent une mèche de mes cheveux et il m'attire vers lui pour plaquer sa bouche baveuse contre mon menton. C'est sa façon à lui de me retourner mes baisers.

Mon cœur se serre douloureusement dans ma poitrine lorsque j'entends le gémissement incrédule de Danger. Notre complicité indéfectible l'entaille jusqu'au sang dans son âme bafouée de papa refoulé.

— Pourquoi n'est-il pas comme ça avec moi ?

Je n'ai pas la réponse à cette question.

— Tu es un bon père, Danger... le rassuré-je, en réinstallant Asher contre mon ventre. Je pourrais te reprocher beaucoup de choses en tant qu'homme, mais tu es un père généreux, patient et à l'écoute de ses besoins. Tu verras : la situation finira par s'améliorer.

J'y crois du plus profond de mon cœur. Il réussira, d'une manière ou d'une autre, à gagner l'amour de son fils. Ce n'est qu'une question de temps avant qu'Asher ne baisse sa garde et se familiarise avec l'idée d'avoir un nouveau parent à ses côtés.

— Je l'ai abandonné à la naissance, King... Et je crois qu'il n'arrivera jamais à l'oublier.

Je déglutis, les larmes aux yeux, et continue à surveiller la température du lait. Pour m'occuper l'esprit et m'éviter de tendre la main vers Danger, je relave une seconde fois la tétine et le godet en polypropylène du biberon anti-colique préféré d'Asher – celui avec les poignées, qu'il peut martyriser à sa guise et envoyer à la figure des gens trop curieux.

— Tu as mis quelques semaines à accepter ton rôle de père, oui. Mais ce n'est pas un abandon.

Danger reste étrangement silencieux, accablé par le souvenir de sa lâcheté. Il ne devrait pas être aussi sévère envers lui-même ; c'est un père merveilleux. Quand Asher a fait une forte poussée de fièvre, le mois dernier, à cause d'un rhume particulièrement tenace, il l'a veillé avec une inquiétude démesurée pour les circonstances... Malgré les douze heures qu'il passait à travailler d'arrache-pied au garage, il ne fermait pas l'œil de la nuit et anticipait le moindre de ses besoins.

Je me frotte la poitrine, piquée dans mon âme par son manque de confiance en lui.

Danger est resté éveillé jusqu'à la guérison de son fils, mais la seule chose qu'il retient de cette période, c'est le moment où il s'est écroulé de fatigue.

– J'ai été abandonnée par mon père, D. Et par ma mère, aussi, lui rappelé-je en versant le lait à la bonne température dans le biberon. Tu as commis une erreur en te refermant sur toi-même, c'est vrai. Je ne te contredirai pas là-dessus... mais ce n'est que ça, une malheureuse erreur. À présent, le choix t'appartient : tu peux la réparer ou la laisser t'éloigner définitivement de ton fils.

Je referme la cuisinière et traîne des pieds jusqu'à notre canapé d'une vibrante teinte dorée. C'est un cadeau de Divine, la petite sœur de Danger, qui est partie étudier le commerce de l'autre côté du globe. Sa structure à ras du sol s'inspire des traditions japonaises et, bien qu'il m'ait fallu plusieurs jours et quelques fêlures au coccyx pour m'habituer à sa taille, je ne l'échangerais pour rien au monde.

Je cale mon dos courbaturé contre les coussins moelleux et positionne la tête d'Asher sur ma poitrine avant de lui donner son biberon. Il agrippe les poignées, comme à son habitude, et boit avec un appétit qui me rassure sur son état de santé.

Durant les deux premiers mois de sa vie, Asher refusait obstinément de s'alimenter autant qu'il le devait pour maintenir une bonne courbe de croissance. J'avais tellement peur qu'il meure ou développe une quelconque maladie infantile...

Danger s'assoit à côté de moi, sa cuisse nue aux poils drus effleure la mienne et son bras s'étend par-dessus mes épaules, qu'il caresse du bout des doigts. Il me regarde avec un sentiment que je n'ose pas nommer, et mes pommettes hâlées se mettent à rougir comme des fraises.

— Tu es tellement gentille et compréhensive avec moi, King.

Asher fronce les sourcils, agacé par la présence de son père. Peut-être que mon petit bonhomme a réellement la rancune tenace.

— Après toutes les erreurs idiotes que j'ai commises, moi aussi, je ne me sens pas le droit de juger celles des autres.

Les doigts de Danger remontent vers mes cheveux bouclés, qu'il essaie de lisser avec ses paumes.

— Si tu n'avais pas été là, Asher aurait été livré à lui-même.

Une hypothèse abjecte qui me glace le sang à l'intérieur des veines.

— Je serai toujours là pour lui.

Danger étouffe un soupir mélancolique.

— Ça devrait être ton fils... murmure-t-il avec un regret poignant qui apaise une partie trop sensible et pitoyable de mon être.

Je baisse les yeux vers Asher et ses boucles noires. Il a hérité de toutes les meilleures caractéristiques génétiques de Danger : peau sombre, iris pâles, traits affirmés et lèvres douces. Je ne retrouve aucune trace de la beauté fanée de sa mère dans son visage. Et c'est peut-être égoïste, mais ça me soulage.

Flor ne méritait pas de laisser une empreinte sur cet enfant qu'elle n'a jamais appris à connaître.

— C'est mon fils, le contredis-je, légèrement véhémente. Quand Flor s'est tirée, trois jours seulement après son accouchement, pour aller se défoncer à la coke avec des minables, c'est à moi qu'elle l'a confié, parce qu'elle savait déjà que je l'aimais plus qu'elle ne l'aimerait jamais...

La colère me transperce de part en part, comme à chaque fois que je repense à la véritable mère d'Asher : une ancienne stripteaseuse, elle aussi, qui ne vivait que pour s'enfiler sa prochaine dose de cocaïne. Jemar n'aurait jamais dû perdre son temps et son argent avec elle... mais Flor était déjà présente dans la bande avant mon arrivée, alors j'ai préféré garder mon opinion négative pour moi.

Cela dit, je n'aurais jamais cru que Danger finirait par coucher avec elle pour se venger de moi... et surtout, je ne pensais pas une seule seconde qu'elle arriverait à mener sa grossesse jusqu'à son terme.

— Pardonne-moi, King, s'excuse Danger en m'embrassant sur la joue. Tu as raison : c'est davantage ton fils que celui de Flor. Ou le mien, d'ailleurs.

Asher continue de vider son biberon, les yeux rivés sur moi, et je me surprends à me demander : *est-ce qu'il sait que je ne suis pas sa véritable maman ?*

— Tu as dû gérer la naissance d'un enfant à un moment très compliqué de ta vie et le décès de la femme qui l'avait mis au monde... Dans ces conditions, tu ne pouvais pas prendre un bon départ avec lui. C'était trop à encaisser, Danger. Il n'y a pas de mal à le reconnaître.

Danger s'affaisse contre moi, et je n'arrive pas à déterminer s'il est abattu ou soulagé par la vérité que je tente désespérément de lui ancrer dans le crâne : *il n'est pas trop tard pour conquérir le cœur d'Asher.*

— Ce n'était pas une grande perte, finit-il par avouer d'une voix lointaine. Sincèrement, je n'imaginais pas que ça se finirait autrement pour Flor. Elle a toujours été une morte en sursis.

C'est vrai : Flor avait déjà un pied dans la tombe, et jusqu'au genou, lorsqu'elle est tombée enceinte. Son overdose, survenue moins d'une semaine après la naissance d'Asher, n'a été une surprise pour personne.

Et si ce n'est pas effroyablement triste, ça...

— Parfois, je me hais de l'avoir laissée me raccompagner chez moi, après la cuite que je me suis prise pour noyer ma colère envers toi... et puis, je te regarde avec Asher, et je me dis que c'était peut-être le destin.

J'ai une boule dans la gorge qui m'empêche de déglutir ; il s'est passé tellement de choses dans ma vie au cours de ces trois dernières années qu'il m'arrive d'oublier à cause de quoi, ou plutôt à cause de *qui*, je suis incapable de prendre le risque d'accorder une deuxième chance à Danger.

Tu es une calamité, King.

— Je t'aime, Tempérance Kingsley Clark.

Dios mío *! Non, non, non et non !*

— Dang...

— Non, tais-toi et écoute-moi, s'il te plaît, m'interrompt-il en saisissant ma mâchoire pour m'obliger à le regarder dans les yeux.

Des yeux presque aussi bleus que ceux de Wolfgang, et la raison cruelle pour laquelle j'ai été attirée par lui.

— Je suis amoureux de toi depuis... le premier jour, ou presque, de ton arrivée au garage. Tu semblais être excessivement féminine pour un garage aussi sale et malodorant, mais avec ton caractère volcanique, tu m'as prouvé que mes a priori étaient stupides. J'ai eu l'impression que mes fantasmes les plus fous venaient de prendre une forme humaine ; elle était là, ma guerrière à la démarche chaloupée qui s'y connaissait en bagnoles et qui ne craignait pas de me tenir tête lorsque je dépassais les bornes. Alors, oui : je me suis comporté comme un connard avec toi. Au début, je pensais que tu étais comme Flor, et que mon père gaspillait encore ses ressources pour une femme perdue d'avance qui n'avait pas véritablement envie de s'en sortir dans la vie. Je me suis trompé, et je paye cette erreur de jugement tous les jours. Tu dis qu'il n'est pas trop tard pour Asher et moi, et j'ai envie de te croire, King... mais dès que j'essaie, tu me fais comprendre que pour nous, en revanche, c'est terminé. Et je ne sais plus comment faire pour être avec toi *sans être avec toi.*

Des larmes de tristesse perlent au coin de mes yeux embués. Danger est un homme dangereux. Je pourrais facilement me laisser convaincre par ses longs discours amoureux, mais... il n'est pas dans une position facile, il a l'impression de se noyer, et je crains qu'il ne s'accroche à moi comme à une bouée de sauvetage.

Il affirme qu'il m'a aimée dès le premier regard, pourtant c'est un mensonge. Des mois après mon arrivée, et alors que j'avais déjà succombé à son charme magnétique, il tenait des paroles complètement différentes.

King ? Ma petite amie ? T'es malade ! On baise, c'est tout. Je ne vais pas m'accrocher un autre boulet autour de la cheville, mec... C'est une épave, cette fille !

Moi, je commençais à m'attacher à lui. Mes sentiments étaient fragiles et inconstants, et il n'aurait jamais été capable de me faire éprouver les mêmes sensations vertigineuses que... *ce maudit Wolf*, mais j'étais prête à lui ouvrir une petite porte à l'intérieur de mon cœur. J'avais traversé l'enfer, et j'estimais que Danger et le garage étaient ma récompense à mon obstination à survivre, coûte que coûte. Hélas, avec ces mots-là, il m'avait fait voler en éclats, pour la première et la dernière fois.

Tu es une calamité, King.

Jusqu'à Asher, c'était l'ignoble vérité.

— Tu ne m'aimes pas, Danger... soupiré-je, pressée qu'Asher termine son biberon pour fuir ce mélodrame inutile. Tu as peur que je t'abandonne avec Ash, dont tu as du mal à t'occuper. Et ta reconnaissance te pousse à croire que c'est de l'amour que tu éprouves pour moi, alors que ce n'est que ça... de la reconnaissance.

Je ne m'attendais pas à ce que Danger se permette de me rire au nez avec une telle effronterie.

— King, tu es une incorrigible pessimiste ! se moque-t-il avec un sourire affectueux. Mais je vais te prouver que tu te trompes. Toi et moi, on finira par être ensemble. Après toutes les merdes par lesquelles on a été obligés de passer pour en arriver là, je ne vois pas ce qui pourrait réussir à nous séparer !

J'ouvre la bouche, prête à le contredire... mais je ne trouve rien à redire à son argumentaire, alors je la referme, interdite.

En effet... songé-je, déroutée par un mauvais pressentiment, *qu'est-ce qui pourrait bien nous séparer ?*

3
SOUVENIRS AMERS

King

Mon réveil sonne à sept heures et, comme tous les matins, je suis déjà levée et prête à entamer une nouvelle journée de travail. Avec ma tasse de café noir posée en équilibre sur mon genou, je feuillette le journal de la veille et grignote une tartine, pendant qu'Asher gigote dans son trotteur et s'amuse à tyranniser Filou, le chat de ma voisine qui adore s'introduire en catimini dans l'appartement pour voler la nourriture que je laisse traîner sur la table de la cuisine.

— Filou ! grondé-je en surprenant le regard vorace que le chat promène sur les restes de mon petit déjeuner. Dégage de là, espèce de crétin, ou Asher va t'écraser la...

Mon avertissement intervient une seconde trop tard. Asher roule sur la queue rousse de Filou qui se met à bondir dans tous les sens en miaulant à la mort. Mon petit bonhomme éclate d'un rire presque sadique et, même si j'adore l'entendre glousser avec autant d'entrain et d'énergie, je me hâte à la rescousse du pauvre chat roux aux allures de Garfield. Une épaisse touffe de poils s'emmêle dans les fibres de mon tapis. J'étouffe un soupir contrarié : c'est toujours la croix et la bannière à nettoyer !

Heureusement que cette petite bestiole possède neuf vies...

— C'est quoi, ce bordel ?! tonne une puissante voix masculine.

Je sursaute, surprise, et Filou se jette dans mes bras. Il plante ses griffes émoussées dans ma poitrine, terrifié par la violente explosion de colère de Danger. Mon colocataire déboule dans la pièce comme une tornade, l'air furieux et prêt à tuer. Ses yeux injectés de sang sont cernés par de lourdes poches violettes, sa mâchoire crispée est marquée par les plis disgracieux des draps, et ses cheveux sont hérissés dans tous les sens. Il a vraiment une sale mine. Et pour cause, réalisé-je, coupable, il n'a dormi qu'une heure... ou deux, peut-être. De fait, Danger n'a jamais été un homme très matinal, c'est plutôt un oiseau de nuit. Le réveiller avant midi revient à mettre sa tête dans la gueule béante d'un crocodile : un faux mouvement, et... *clac !* Il te décapite.

— Il lui a encore roulé sur la queue ?

Chiffonné par le sommeil, il porte un regard incrédule sur moi, puis sur le chat, et enfin sur son fils, qui n'a pas cessé de se fendre la poire.

— Oui, réponds-je en déglutissant de travers. Encore une touffe de poils d'arrachée. Filou n'aura bientôt plus qu'un minuscule spaghetti au bout des fesses...

— C'est un vrai diable, ce gosse !

Cajolant Filou avec des bisous et des caresses apaisantes, je hoche la tête, réduite au silence par la vue délicieuse qui s'offre à moi, et humidifie mes lèvres sèches avec la pointe de ma langue. Le caleçon blanc de Danger n'arrive pas à dissimuler son érection matinale et même si je sais que je ne devrais pas le regarder comme je le fais, à l'heure actuelle, mes yeux sont irrémédiablement attirés par cette exquise protubérance dont je connais déjà par cœur la forme et la douceur sur ma langue.

Plus haut, les yeux, King ! me rabroué-je, énervée contre moi-même. *Tu n'as pas le droit de te servir de lui pour apaiser tes bas instincts !*

Malheureusement, l'abstinence s'abat comme un fléau de plus en plus tempétueux sur mes hormones ! Et je sais que, tôt ou tard, je finirai par succomber à mes envies les plus sombres et perverses... Le sexe a toujours été une véritable drogue, pour moi. Une récompense. Une punition. Un cadeau et une corvée. La seule chose qui parvienne à me faire me sentir réellement aimée.

Réellement vivante.

— Il a l'air de bonne humeur, ce matin, s'enthousiasme Danger, inconscient de mes pensées. Asher ? Fais un sourire à ton papa !

Danger s'agenouille près du trotteur de son fils, qui l'ignore, comme à son habitude, tandis que j'entrouvre la fenêtre de la cuisine pour libérer Filou. Le gros chat roux s'empresse de filer le long du treillis de fleurs qui recouvre la façade du bâtiment en briques rouges.

Il a tout de même réussi à chiper un morceau de fromage, le vilain !

Avec un sourire, j'entreprends de me retourner pour informer Danger du changement de planning que son père a prévu pour la journée... lorsqu'un homme gigantesque, taillé comme une armoire à glace et habillé en noir de la tête aux pieds, attire mon attention sur le trottoir situé en face de mon appartement. Les bras croisés en travers de son torse massif et adossé à un lampadaire, il regarde fixement dans ma direction. Hélas, la nuit n'est pas encore totalement dissipée et, malgré tous mes efforts, je ne parviens pas à discerner les traits de son visage dissimulés sous la visière d'une casquette sombre. L'espace d'une seconde, j'ai l'impression que nos regards se croisent... mais il se détourne brusquement vers la gauche, l'air enragé, et écrase le mégot de sa cigarette sous la semelle de sa chaussure avant de redescendre la rue à pas vifs et désordonnés.

Bizarre...

Je le fixe, confuse, jusqu'à ce qu'il disparaisse dans l'ombre d'un immeuble couvert de graffitis. Un mauvais pressentiment vrombit dans mes entrailles nouées par l'appréhension. Mes ennuis avec Enrico m'ont laissé des séquelles et une paranoïa délirante envers toutes les petites bizarreries qui sortent de l'ordinaire. J'interprète sûrement la situation de travers, mais je ne peux pas m'empêcher de repenser à l'immense dette que j'ai laissée derrière moi en quittant le club de striptease du jour au lendemain.

Pars, King. Mais n'oublie jamais que tu m'es redevable. Ta vie m'appartient, et un jour, si j'en ai besoin, je te la reprendrai.

Des bras puissants s'enroulent autour de ma taille, un torse musclé se presse contre mon dos et des lèvres tendres se mettent à caresser langoureusement ma clavicule. Danger m'arrache à ma contemplation morbide en m'attirant dans son étreinte chaleureuse et familière.

— T'es superbe, King. Cette jupe fendue sur le côté me rend complètement dingue !

Pendant un instant, je m'accorde le droit égoïste de profiter de son câlin et de sa proximité pour m'aider à chasser le froid polaire que mes souvenirs distillent toujours dans mes veines. Le poids de mes erreurs passées est accablant, mais... j'en suis la seule responsable. Si je commence à me reposer sur Danger, je lui donnerai une nouvelle opportunité de me blesser au cœur. Et ce n'est pas un risque que je suis prête à reprendre avec lui.

Je n'offre jamais de seconde chance aux personnes qui m'ont fait du mal.

— Danger... rouspété-je, faussement agacée. Je suis chargée de l'ouverture du garage, ce matin. Et ta mère ne devrait pas tarder à arriver. C'est elle qui garde Asher, aujourd'hui. La nourrice s'est encore décommandée à la dernière minute.

Son étreinte se raffermit sur mes côtes jusqu'à m'oppresser douloureusement la poitrine. J'ai l'impression d'être enfermée dans une cage chaude et protectrice et, même si je tiens à ma liberté plus que tout au monde, c'est parfois rassurant de visualiser ses limites.

Sa bouche effleure ma joue et glisse le long de ma mâchoire pour s'approcher de mes lèvres entrouvertes. Il sent tellement bon que je suis forcée de bloquer ma respiration pour éviter d'être enivrée par son odeur.

— Je ne te lâcherai jamais, King, me promet-il avec ferveur. Plus jamais.

Menteur ! s'indigne mon cœur, aveuglé par le chagrin, alors que mon esprit, plus pragmatique, soupèse la sincérité de son serment. *Menteur*, confirme-t-il avec un regret imputable à mon besoin démesuré de trouver un refuge.

La vérité, c'est que je suis devenue trop méfiante pour faire confiance à un homme. Toutefois, cela n'a rien à voir avec les agissements irresponsables de Danger. Cette partie innocente – et peut-être même crédule – de mon être a été anéantie bien avant que je ne le rencontre...

Wolfgang Müller s'en est chargé à sa place.

L'image d'un homme grand et fin, d'une beauté froide et mélancolique, me traverse subitement l'esprit. Des yeux bleus, une peau blanche et de longues mains de pianiste font s'accélérer les battements de mon cœur. J'essaie de m'extraire du rêve éveillé qui m'emporte vers une période de mon existence que je me refuse à revivre, mais je crois que je n'arriverai jamais à fuir la gueule aux crocs acérés de Wolf.

Je le ressens encore dans mon corps, dans mon cœur... et jusque dans mon âme, comme s'il m'avait marquée au fer rouge.

Wolfgang Müller. Mon amour de jeunesse. Le premier... et probablement le dernier, aussi. L'Allemand taciturne et silencieux qui habitait à côté de chez ma mère, et sur lequel je fantasmais toutes les nuits. Un fruit interdit, mais facile à cueillir. Un mystère irrésistible, avec sa patience de prédateur et sa timidité étrangement attirante.

J'ai tellement cru en lui.

J'ai tellement cru en nous.

Un rire maussade s'étrangle dans ma gorge.

Je me suis mise à genoux pour lui. J'ai rampé à plat ventre pour le garder. J'ai été jusqu'à vendre mon âme au diable pour le protéger. Et ça n'a pas suffi... parce qu'il a toujours été trop intelligent pour croire à mes mensonges.

Un souffle brûlant me chatouille l'oreille. Danger, *encore*.

— Où pars-tu lorsque tes yeux se brouillent, King ? Je sens bien que tu n'es plus avec moi.

Mon regard vagabonde jusqu'au lampadaire contre lequel était appuyé l'inconnu à la casquette.

— Je suis là, riposté-je en séchant mes larmes. Je réfléchissais juste à... aux problèmes de ton père.

Mon mensonge est grossier, une véritable insulte à l'intelligence de Danger, mais il n'insiste pas. Et c'est l'une des choses que j'aime le plus, chez lui : il ne me force jamais à parler de mes problèmes. Il sait que je suis bousillée, et ça ne le dérange pas.

— Ne te tracasse pas avec le garage, King.

D'une pression de la main, il me retourne contre l'évier et me soulève par la taille pour m'asseoir sur le rebord en acier inoxydable. Mes bras se nouent d'eux-mêmes autour de sa nuque, et un agréable vertige me fait tourner la tête lorsqu'il se faufile entre mes cuisses. Avec la grâce sinueuse d'un serpent, il se plaque contre moi et remonte ma jupe en satin rouge sur mes hanches, dévoilant les attaches de mon porte-jarretelles.

— Mon père est comme Filou, il possède neuf vies. Et pour le moment, il n'a grillé que trois cartouches.

Je fais la moue, pas certaine d'y croire. Jemar Thornton est le père que je n'ai jamais eu, et je l'aime d'une façon qu'il me serait difficile à exprimer avec des mots. Il n'y a rien que je ne ferais pas pour l'aider à maintenir son garage à flot, et depuis que Hunk est parti à la retraite, les affaires commencent à baisser. Jemar adore la mécanique, mais il n'est pas très doué de ses mains. Son truc, c'est les chiffres et les investissements financiers à la limite de la légalité. Pour un ancien flic, c'est plutôt ironique... Quant à Danger et Zex, les deux mécaniciens de la boîte, ils sont trop jeunes et inexpérimentés pour réaliser les mêmes prouesses techniques que cet enfoiré de Hunk. Les clients sont satisfaits, mais ils n'espèrent plus des miracles de notre part. Alors ce qu'ils ne trouvent plus chez nous, ils vont le chercher ailleurs. Et ils y restent.

— Un huissier est venu lui rendre visite avant-hier. Ça sent mauvais, D.

Danger me décoche un sourire de travers et je lève les yeux au ciel, exaspérée. Il sait quelque chose que j'ignore, et si je ne le supplie pas, il ne me le dira pas.

— Va te faire foutre, grogné-je en le repoussant d'une main. Tu sais très bien que je me fais du souci pour ton père.

— Le garage ne fermera pas, King, affirme-t-il d'une voix qui ne souffre aucune hésitation. Mon père est à la recherche d'un nouveau Hunk.

Je secoue la tête, dépitée par son attitude nonchalante.

— Mais ça n'existe pas !

Et encore heureux : ce vieillard égocentrique est peut-être un génie de la mécanique, mais il n'en demeure pas moins aussi agressif et méchant qu'un requin-bouledogue.

— Peut-être pas, concède-t-il en jouant avec les quelques mèches bouclées qui s'échappent de mon chignon, mais il lui trouvera un remplaçant potable, et là, ça ira mieux.

Danger semble tellement sûr de lui que je n'ai pas le cœur à dissiper ses illusions. Jemar est dans une impasse. Le taux de fréquentation du garage a baissé de quinze pour cent au cours des six derniers mois, notre chiffre d'affaires amorce une lente descente vers les abîmes, et surtout... je vois bien qu'il est fatigué de se battre. De lutter contre les créanciers. De négocier avec les banquiers. De flatter les clients de plus en plus exigeants. En fait, Jemar commence à vieillir, mine de rien, et Danger n'est pas suffisamment mature pour lui ôter ce fardeau des épaules. Il n'a pas la passion. Il aime le garage, les voitures et les belles carrosseries, mais il pourrait faire autre chose. Être ailleurs. Et Jemar l'a compris : contraindre Danger à reprendre le garage ne servirait qu'à les faire couler tous les deux.

— Et s'il n'y arrive pas ?

Ma question en dévoile plus sur mes craintes personnelles que sur mon inquiétude pour Jemar.

— Il y arrive toujours, King. Tu verras... nous trouverons bientôt la réponse à nos prières.

Son front se presse contre le mien et, soudain, il m'envahit de sa présence virile, de son odeur suave et de ses caresses languissantes. Sa douceur me tente au-delà de toute raison, de toutes limites. Et lorsque ses hanches se mettent à onduler contre le repli secret de mon intimité, je cesse immédiatement de me mentir à moi-même et me soumets à l'urgence de la faim qu'il fait gronder dans mon ventre. *Je le veux.* Ma respiration s'accélère pour suivre le rythme de plus en plus frénétique de ses mouvements sensuels. Nos souffles se mêlent dans une exhalation épicée de désir moite avant que je ne plonge mes yeux dans son incroyable regard bleu.

Bleu comme l'océan à l'aube d'une tempête.

Bleu comme le ciel d'un hiver sous la neige.

Des yeux bleus, si bleus, aussi bleus que ceux de l'homme qui m'a fait pleurer jusqu'à m'arracher des larmes de sang.

Un gémissement enfle dans ma poitrine.

— Wolf...

Le corps de Danger s'immobilise brutalement contre le mien, et le plaisir se refuse à moi dans une explosion de souffrance liée à la frustration induite par ma propre stupidité. Un frisson électrique m'égratigne la colonne vertébrale et, tout à coup, je me sens tellement... *vide* que j'ai l'impression d'être prête à retourner à la poussière. C'est comme si je me repliais sur moi-même. Ou que je me dévorais de l'intérieur pour me soustraire à la douleur de mes sentiments passés et enfouis trop profondément pour être exhumés. Il ne reste plus rien de tangible en moi... Mais j'essaie tout de même de me raccrocher à l'instinct de survie qui m'a toujours aidée à surmonter les épreuves que la vie s'obstinait à mettre sur mon chemin.

Wolf.

— Qu'est-ce que tu as... dit ?

J'ouvre la bouche, dans un état second... lorsque le trotteur de Asher heurte Danger à la cheville. Une fois, deux fois. Avec un acharnement qui m'incite à penser que mon petit bonhomme a senti ma détresse... et qu'il vient à mon secours, comme à chaque fois que je me perds à l'intérieur de moi-même.

— Asher ! m'écrié-je, en donnant un coup de poing sur le torse de Danger pour le forcer à reculer. Attention, tu vas...

Là encore, j'interviens avec une seconde de retard. L'une des roulettes de son trotteur heurte la patte branlante de la table de la cuisine, et la carafe de jus d'orange, en équilibre sur un plateau, se renverse sur la dentelle blanche de la nappe.

— Ce môme est un véritable danger public, soupiré-je d'une voix dissonante alors que Danger me libère de son emprise. Je m'en occupe. Tu peux retourner au lit.

Avec des gestes mécaniques et un sourire factice, j'attrape une éponge, un torchon de vaisselle et du papier absorbant pour nettoyer les dégâts causés par Asher. Dans mon dos, j'entends Danger disputer son fils à voix basse. Il n'arrive jamais à élever le ton, avec lui... puis les roulettes du trotteur se remettent à grincer et je discerne du coin de l'œil une petite tête noire partir en trombe vers le salon. Le silence qui s'ensuit est gênant, mais je feins d'être occupée en me plongeant corps et âme dans la vaisselle. L'eau chaude me brûle les mains tandis que la mousse me pique le nez.

Soudain, je prends conscience que m'infliger une telle corvée est ridicule, puisque je dispose d'un lave-vaisselle parfaitement fonctionnel. Danger doit s'en rendre compte, lui aussi, parce que je le sens rôder près de moi... frustré par mon mutisme.

— C'est qui ? lâche-t-il, au bout d'une interminable minute.

Je ferme brièvement les yeux.

— Je ne vois pas de quoi tu parles.

Mentir n'arrangera pas la situation, j'en ai parfaitement conscience, mais je ne peux pas m'engager sur ce terrain-là avec lui.

— Bien sûr que tu le sais ! s'insurge-t-il, blême de colère. Dis-le-moi.

Il empoigne le haut de mon bras pour me tirer sèchement vers lui, et si le geste n'a rien d'agressif ou de violent, je comprends à l'expression tordue de son visage qu'il est profondément meurtri par mon erreur.

— Dis-le-moi, répète-t-il avec un mélange de peur et de colère. Est-ce qu'il y a un autre mec ? Est-ce que c'est pour ça que tu ne veux plus de moi ?

Il plisse les yeux, la bouche tremblante. Ça me fait mal de le voir souffrir à cause de moi, et en même temps... ce n'est qu'un juste retour des choses.

— Tu as perdu le droit de me poser cette question lorsque tu es rentré avec Flor, D.

Ma voix est d'une douceur trompeuse. Je suis furieuse qu'il ose m'interroger sur mes relations, ou plutôt leur absence, alors que je sais pertinemment qu'il n'est pas chaste de son côté. Il couche avec un tas de filles et, bien qu'il se plaise à prétendre qu'il est amoureux de moi, cela ne l'empêche pas d'aller prendre son plaisir là où il le trouve... dans les bras de filles folâtres et mignonnes, qui me rappellent l'ancienne King. Celle qui, parfois, me manque tellement que j'en pleure sous les couvertures.

— Arrête, s'il te plaît. Arrête de me repousser... me supplie-t-il avec désespoir. C'est qui, ce putain de Wolf ?!

Hors de question de rouvrir cette plaie infectée pour l'arroser de sel. Ça me tuerait.

— Je ne sais pas ce que tu as cru entendre, Danger, commencé-je en aiguisant mes mots comme des lames tranchantes, mais je suis bien contente que tu te sois arrêté avant que je ne fasse la bêtise de te retomber dans les bras !

Mes paroles acerbes le font reculer d'un pas.

— Est-ce que tu le penses vraiment, King ? Que notre relation est une connerie ? Que mes sentiments pour toi sont stupides ? Que les gens ne peuvent pas changer ? Qu'ils n'ont pas le droit à l'erreur ? À une deuxième chance ?

Ses yeux fouillent les miens, angoissés, à la recherche de la vérité. Et je n'arrive pas à la cacher... Je tiens trop à lui pour me protéger à son détriment.

— Tu as tellement peur, King... souffle-t-il, éberlué. Je n'ai pas pu te faire autant de mal, hein ? Ce n'est pas moi qui hante ton magnifique regard noir, n'est-ce pas ?

Je cille, prise à la gorge par une émotion nocive et acide.

— Va te recoucher, Danger... murmuré-je d'une voix étranglée. Ça ira mieux demain... Je te le promets.

Il me caresse la joue et recueille l'une de mes larmes traîtresses. La perle d'eau salée scintille au bout de son doigt abîmé. Elle est si belle dans sa fragilité cristalline... et si tragique dans la brièveté de son existence.

Si seulement nos malheurs pouvaient s'effacer aussi facilement que nos larmes.

— Asher et moi, on sera toujours là pour toi, King. Quoi qu'il arrive... et qu'importe l'état de notre relation : je te jure que je ne te lâcherai pas.

Une autre promesse, si ancienne qu'elle tient à peine de la réminiscence, se met à résonner dans ma tête tandis que je fixe le dos tatoué de Danger.

Si tu ne me lâches pas, je ne te lâcherai pas.

Quand j'entends la porte de sa chambre se refermer dans le fond de l'appartement, je me secoue et retourne dans le salon. Un coup d'œil à l'horloge murale : il me reste dix minutes à gaspiller avant d'aller ouvrir le garage. Sonja, la mère de Danger, ne devrait pas tarder à arriver.

Prise d'une impulsion subite, j'extirpe mon iPhone de mon sac à main et envoie un e-mail succinct à une personne que j'aurais préféré sortir définitivement de ma vie.

Appelle-moi à ce numéro...

Quelques minutes plus tard, et alors que je bouillonne de colère envers ma faiblesse de caractère, le grillon de la sonnette s'élève comme un chant d'oiseau. Asher sursaute, mécontent d'être interrompu dans son babillage inintelligible, et je le prends dans mes bras pour aller ouvrir la porte.

Une grande blonde d'un mètre quatre-vingts se tient sur le seuil, emmitouflée dans un long manteau de fourrure synthétique.

— Regarde, mon cœur : c'est mamie !

Le visage de Sonja, ridé par une vie passée à sourire, est d'une grande beauté, ciselé par ses origines arabes. Marocaines, plus précisément. Avec sa peau dorée, ses yeux bleus et ses boucles blondes, elle respire l'élégance et la joie de vivre. À l'instar de Jemar, c'est plus une mère à mes yeux que la femme égoïste qui m'a donné la vie. Sonja m'a directement intégrée à sa famille, comme si j'avais été un oisillon tombé du nid… et non pas une inconnue avec un lourd passif criminel. Quand ma relation avec Danger s'est détériorée, elle est restée à mes côtés, brave et honnête dans son affection, et m'a offert de précieux conseils. Sans elle, je n'aurais jamais tenu le coup avec Asher, après la mort de Flor et le départ de Danger.

— Bonjour, Asher, roucoule-t-elle, les joues rosies par le froid. Oh, mais il a encore poussé dans la nuit ! C'est fou !

Je me force à sourire et m'efface pour la laisser pénétrer à l'intérieur de l'appartement. C'est une situation que nous avons déjà vécue une centaine de fois, et les habitudes machinales me permettent de berner son œil inquisiteur. Elle pose les mêmes questions à chaque fois, dans le même ordre immuable, et je réponds de la même façon, avec la même intonation soigneusement polie… C'est facile. Une vraie mascarade. Alors que mon cerveau reste focalisé sur l'e-mail que j'ai envoyé à une adresse localisée dans la prison de Santa Fe.

Je n'aurais pas dû reprendre contact avec *lui*. C'est une régression qui ne contribuera qu'à compliquer ma relation déjà instable avec Danger. J'ai réussi à me tenir éloignée de ce genre de problèmes pendant… un an ? Un an et demi ?

Mince, j'avais l'impression que ça faisait beaucoup plus longtemps !

Pourquoi ai-je succombé à cette pulsion masochiste ? Pourquoi le souvenir amer de Wolf me colle-t-il à la peau ? J'avais presque réussi à tourner la page.

— Alors ? Tu es d'accord ?

Décontenancée par la tournure qu'a prise la conversation, je cligne des yeux et fixe Sonja d'un regard vide.

— Euh... oui ? bluffé-je, en boutonnant ma veste.

Le sourire rusé de Sonja me met immédiatement la puce à l'oreille.

— Très bien ! s'exclame-t-elle, malicieuse. Je garderai Asher tout le week-end dans ce cas, et tu seras libre d'accompagner Danger à la fête d'anniversaire de Zex !

Et merde !

— Sonja... je t'ai dit que je n'avais pas spécialement envie d'y aller. Ça ne me dérange pas de rester à la maison avec Asher. Au contraire.

Je caresse le visage ensommeillé de mon petit bonhomme, pelotonné comme un chaton dans les bras aimants de sa grand-mère, les seuls qu'il tolère après les miens.

— Kingsley, soupire-t-elle, tu n'as pas à sacrifier ta vie personnelle pour ménager la susceptibilité de Danger. J'aime mon fils plus que tout au monde, mais...

Je retiens mon souffle, plus qu'étonnée par cette attaque frontale. Contrairement à Jemar, qui n'arrête pas d'essayer de régenter ma vie sentimentale, Sonja ne s'est jamais mêlée de mes affaires. Et ce revirement de situation ne me plaît absolument pas.

— Il mérite d'être bousculé, finit-elle par avouer, légèrement honteuse. Pour être honnête, j'estime qu'il mériterait d'avoir le cœur brisé après ce qu'il t'a fait subir avec Flor. Ce n'était pas correct. À ta place, je n'aurais jamais réussi à lui pardonner aussi facilement. Et je ne te parle même pas du fait d'élever son fils comme s'il était le tien.

Je ne l'aimais pas, ai-je envie de répliquer, *alors c'était plus simple pour moi de l'excuser...* Mais je ne l'avoue pas à Sonja, pour la simple et bonne raison que je ne parviens pas à déterminer si c'est un mensonge... ou la vérité.

Mes sentiments pour Danger ont toujours été fluctuants : de l'amour à la haine, du désir à la répulsion... je l'adore parfois jusqu'à l'overdose. Et la seule chose dont je suis véritablement certaine, c'est que je n'arriverais plus à vivre sans lui.

— Je vais très bien, Sonja, mens-je avec un aplomb spectaculaire, tu n'as pas à t'inquiéter pour moi. Si tu insistes, j'irai à cette fête stupide. Mais je préfèrerais être avec Asher, devant la télévision, à regarder des films d'action en mangeant du popcorn.

Le regard de Sonja se voile de tristesse.

— Je veux que tu sortes, King. Tu as passé les six derniers mois à jongler entre le garage, Danger et Asher. Et toi ? Qui s'occupe de toi ?

Je pince les lèvres, agacée par le jugement implicite que je discerne dans ses prunelles.

— J'aime mon boulot, j'adore ton fils et je suis folle de mon petit bonhomme. Où est le problème ?

— Tu as presque vingt-quatre ans, King.

Elle englobe l'appartement d'un vague geste de la main.

— Est-ce vraiment la vie que tu souhaitais, lorsque tu étais une petite fille et que tu t'amusais à rêver de ton avenir ?

Non. La réponse fuse si vite dans mon esprit que j'en suis étourdie. *Non.*

— Je... euh... je... bégayé-je, désorientée. Elle n'est pas si terrible, ma vie. J'ai vécu tellement pire...

Encore de la tristesse dans les yeux de Sonja.

— Ce n'est pas parce que tu as vécu pire que tu n'as pas le droit d'espérer mieux. Tu le sais, hein ?

Je hoche la tête, incapable d'articuler le moindre mot. Ma langue pèse une tonne à l'intérieur de ma bouche. La panique m'assèche la gorge et rigidifie mes cordes vocales.

À vouloir s'approcher trop près du soleil, on finit toujours par se brûler les ailes.

C'est Wolf qui m'a inculqué cette leçon. Et c'est sûrement la chose la plus utile qu'il ait faite pour moi : tuer ma capacité à rêver.

— Je... Il faut que j'y aille. Je serai de retour à quatorze heures. Ses biberons sont propres, ses petits pots sont au frigo et je suis allée acheter un nouveau paquet de couches, hier après-midi. Si tu as besoin de moi...

— Tu seras à l'étage inférieur, King. Détends-toi, me taquine-t-elle en revenant à un échange plus superficiel. Tu es pire qu'une maman poule !

— Danger commence à dix heures, l'informé-je. N'oublie pas de le réveiller.

Elle rit, et je me penche par-dessus son épaule pour embrasser la joue d'Asher.

— À plus tard, mon cœur... Je t'aime.

Sans me retourner, je quitte l'appartement et dévale les escaliers qui m'amènent à l'arrière du garage, dans un parking privé où Jemar entrepose les voitures prêtes à retrouver leur propriétaire. La tête pleine de coton, je marche jusqu'à la porte du magasin, qui donne sur la rue principale, en cherchant mes clés à l'intérieur de mon sac à main. Je suis toujours la première à arriver, le matin. Ça ne me dérange pas. J'aime le calme qui règne dans mon bureau lorsqu'il est vide. La plupart du temps, Jemar commence à neuf heures – et même à dix heures, ces dernières semaines – tandis que Danger et Zex se relayent en fonction des réparations inscrites sur le planning... et des délais à respecter.

Un vent frais me fouette le visage et s'insinue sous les plis de mes vêtements. Je lève la main pour resserrer les pans de ma veste autour de moi, la tête baissée vers mon trousseau de clés, lorsqu'un violent coup à la tempe me fait tomber à genoux sur le macadam. Une douleur ignoble explose dans mon crâne. Des étoiles multicolores se mettent à clignoter sous mes paupières gonflées par des larmes acides, qu'une série de gifles brutales parvient à faire couler sur mes joues tuméfiées. Un arrière-goût métallique se dépose sur le plat de ma langue et ma vue se trouble, fragmentée par un kaléidoscope de lumières sanglantes. J'essaie de hurler pour alerter un passant – *n'importe qui, à l'aide !* –, mais je n'y arrive pas. Je ne parviens même pas à me défendre contre les attaques ou à me rouler en boule pour protéger ma tête. Les coups sont trop forts.

Trop rapprochés. Ma respiration est entrecoupée par des gémissements piteux, je commence à manquer d'oxygène, et le coup de pied que mon agresseur me balance dans l'estomac éjecte tout l'air de mes poumons.

Un gargouillis grotesque m'échappe tandis que je m'affaisse sur le côté, recroquevillée en chien de fusil. Un flot de sang rouge et épais s'écoule de mon arcade sourcilière. Ma lèvre fendue palpite au rythme des battements de mon cœur... et je suis à peu près certaine d'avoir deux ou trois côtes fêlées.

J'ai déjà été passée à tabac, mais c'est la première fois que je n'arrive pas à rendre les coups à mon agresseur. Pire, je n'ai même pas réussi à apercevoir son visage ! Et j'ai beau lutter contre moi-même pour retrouver un semblant de souffle, je sens que je suis sur le point de perdre connaissance lorsqu'une ombre gigantesque se met à planer au-dessus de ma tête.

La visière d'une casquette entre dans mon champ de vision. Une main froide zigzague à travers les éclaboussures de sang qui marbrent mes joues. J'amorce un mouvement de recul, aiguillonnée par un violent sentiment de répulsion, mais un vertige m'empêche de fuir l'intimité de ce contact forcé.

Un rire désagréable chatouille le lobe de mon oreille.

— Ah, King. Ma douce King.

Je connais cette voix rauque, enfumée par la cigarette, et cette tessiture éraillée.

Qui ? Où ? Quand ? Et comment ? Mystère ! Je ne m'en souviens pas. Un voile noir s'est déposé sur mes pensées décousues. Je roule des yeux, au bord de l'évanouissement. *Va-t-il encore me frapper ?* Mon cerveau a tellement été secoué que je n'arrive plus à réfléchir.

— Ça faisait si longtemps, King Kong...

Oh, mon Dieu ! Non, pas lui !

Saisie d'une indicible terreur, je ferme les yeux, rattrapée par mon passé, et m'évanouis sur l'asphalte réchauffé par mon sang.

4

PLAN DE VENGEANCE

Wolf

Les yeux perdus dans le vague et une clope coincée dans le bec, je regarde le soleil se lever à travers l'embrasure de la fenêtre de ma chambre. L'air frais me cingle le visage, aussi mordant qu'un revers de cravache, et congèle la pointe de mon nez, mais l'engourdissement que le froid provoque dans le haut de mon corps est agréable. Étrangement salvateur. Il m'aide à remettre de l'ordre dans mes pensées échauffées par une haine incandescente.

King m'a trahi… *encore une fois.*

J'ignore pourquoi cela me fait autant de mal… Mon cœur a déjà été piétiné par ses agissements passés, et je ne croyais sincèrement pas qu'il restait encore quelque chose à briser à l'intérieur de moi. Pourtant, la douleur insoutenable qui pulse dans ma poitrine est diaboliquement révélatrice : j'attendais encore un peu de loyauté de la part de mon ex-petite amie.

J'suis ridicule. Une putain d'arnaque.

Perdre ma voiture est un choc encore plus terrible, à mes yeux, que celui de perdre les diamants que j'ai planqués dans la boîte à gants. J'ai l'impression que l'on vient de me dérober le dernier lien qui m'unissait à mon père. Et comme à chaque fois que je pense à lui, les larmes me montent aux yeux et la honte me rougit les joues.

D'un côté, je suis soulagé qu'il soit mort avant de me voir partir en prison pour des crimes que j'ai commis en toute connaissance de cause. Mais son absence est une plaie toujours à vif sur mon âme, qui ne cicatrisera probablement jamais... J'aimais mon père plus que tout au monde. C'était mon héros, mon capitaine, mon phare dans la tempête. Une présence sûre et réconfortante qui me donnait toujours de bons conseils, même lorsque je ne le sollicitais pas... Surtout lorsque je ne le sollicitais pas, en fait. Il était fier de moi et de mon don inné pour la mécanique. Il n'arrêtait pas de me répéter qu'un talent comme le mien me procurerait la sécurité financière qu'il n'a jamais pu offrir à notre famille.

Un sourire amer retrousse la commissure de mes lèvres.

S'il m'arrive d'estimer que je suis un gars plutôt malchanceux dans mon genre, mon père, quant à lui, était un véritable poissard. Il a enchaîné les cancers, si bien que sa mort a été à la fois un terrible coup du sort... et une libération teintée de culpabilité.

Autant pour lui que pour ma mère, épuisée de porter la famille à bout de bras.

Parfois, en regardant le ciel, je ne peux m'empêcher d'interroger les étoiles : et s'il s'était battu une dernière fois contre la leucémie... serait-il parvenu à gagner la bataille ? Sincèrement, j'en doute, mais c'est une question qui m'obsède. La vie ne nous offre-t-elle qu'un nombre limité de victoires avant de nous achever dans un ultime revers du destin ?

J'étouffe un soupir chagriné et écrase ma cigarette dans le cendrier posé à côté de moi.

Mon père et ses conseils me manquent atrocement, mais je pense que je sais déjà ce qu'il me dirait, s'il avait pu être là : *sors-toi les doigts du cul, Wolf... et bats-toi pour obtenir ce que tu veux.*

— Tu as une sale tronche, mec.

La voix soucieuse de Jéricho me ramène à la dure réalité. Celle dans laquelle je n'ai plus rien pour me raccrocher au souvenir de l'homme qui a tant fait pour moi.

— J'ai mal dormi.

Ce n'est pas un mensonge : ma nuit a été agitée par des mauvais rêves où s'entremêlaient les images du conteneur vide et du baiser aguicheur de King, moulée dans son minuscule bikini à pois.

— Qu'est-ce qu'il s'est passé ? s'inquiète-t-il en hésitant sur le seuil de ma chambre. Quand tu es rentré, hier soir, tu avais l'air tellement furieux que j'ai cru que tu allais finir par m'assassiner dans mon sommeil.

Jéricho passe une main dans ses cheveux blond vénitien, gêné par mon silence.

— Tu sais que tu peux me parler de tout, Wolf... insiste-t-il. Je... L'été dernier, quand j'ai essayé de me pendre, tu as été là pour... pour m'en empêcher. Et tu n'as pas fait que ça, pour moi... Putain, je te dois tellement que c'en est ridicule !

Je détourne le regard, embarrassé par sa reconnaissance que je ne mérite pas. Jéricho a commis une erreur fatale, mais c'est un type bien. Trop bien, même. Il est sensible, loyal et généreux. Exubérant et insouciant, c'est vrai... Mais il est foncièrement bon, et on pourrait facilement profiter de sa gentillesse pour obtenir tout ce que l'on veut de lui.

— Je n'ai rien fait d'extraordinaire, mec, le contredis-je en rallumant ma clope. Pour une fois que je me retrouvais à partager ma cellule avec un gars normal, je n'allais pas prendre le risque de le voir remplacé par un taré ou une balance.

Ce qui est la plus stricte vérité : Jéricho a été le codétenu idéal à Santa Fe. Bien élevé, propre, silencieux et plus faible que moi, je savais que je pouvais m'endormir sans avoir à craindre de sentir un couteau contre ma gorge ou une bite contre mes fesses.

— Ne sois pas aussi cynique, me rabroue-t-il avec une ombre de sourire dans la voix. En taule, tu n'arrêtais pas de te plaindre que je ronflais comme une locomotive.

Un rictus me soulève le coin de la bouche. Moi qui ai le sommeil extrêmement léger, ses ronflements sonores ont failli me rendre dingue ! J'avais beau m'enfoncer des bouchons dans les oreilles, je l'entendais comme s'il s'était enroulé autour de moi et infiltré sous mon crâne.

— Allez, reprend-il avec un sérieux qui me déstabilise. C'est à cause d'elle ?

Elle. Inutile de préciser son prénom. Il flotte dans la pièce comme un putain de fantôme.

— Qu'est-ce qui te fait dire ça ? attaqué-je en aspirant la fumée toxique à pleins poumons.

— Ton regard, me répond-il à mi-voix. Il est aussi noir que l'encre qui tache tes doigts.

Avec ses paroles, je comprends qu'il a deviné les raisons pour lesquelles je me suis fait tatouer les mains, du poignet jusqu'aux phalanges. En même temps, la signification des rois qui ornent ma peau est plutôt éloquente.

— Elle s'est débarrassée de mes affaires.

Jéricho grimace une mimique de compassion qui me hérisse les poils des bras.

— Ta voiture ?

— Disparue, m'entends-je lui confier d'une voix lointaine, cisaillée par la douleur.

Il jure dans sa barbe.

— T'es sûr ?

Je ricane.

— Ouais. Et j'aurais dû m'en douter : elle a toujours été du genre à claquer l'argent des autres pour survivre.

Au lycée, elle traînait avec toutes les petites pimbêches friquées de la ville pour s'acheter des fringues et manger à l'œil dans des restaurants étoilés où, toute seule, elle n'aurait jamais pu mettre les pieds. J'avais beau essayer de satisfaire ses besoins, King était plus ambitieuse… et beaucoup moins patiente que moi.

Sacrifier dix années de sa vie pour se mettre définitivement à l'abri de la pauvreté ? Jamais !

Avec King, si ce n'est pas maintenant, c'est déjà trop tard.

— Sans vouloir te vexer, mon pote... Cette fille, tu ne la connais plus. Ça fait trois ans que tu ne lui adresses plus la parole. Elle a peut-être changé.

Je déglutis, la gorge sèche, et reporte mon attention sur mes mains marquées à l'encre.

La vérité, c'est que je n'ai pas envie de savoir qu'elle a changé. Non, je veux retrouver la fille que j'ai été obligé de quitter. Elle était parfaite pour moi : frondeuse, drôle, décomplexée et passionnée. C'était une tornade de flammes qui brûlait tout sur son passage.

— Oui, elle a forcément changé, finis-je par grogner pour me débarrasser de Jéricho. Tu pourrais m'avancer cent balles, s'il te plaît ? J'dois aller m'acheter un truc.

Il hoche la tête, sceptique, et sort de la chambre quand je commence à me déshabiller pour aller prendre une douche rapide avant de sortir et d'affronter une nouvelle journée merdique.

Un plan de vengeance s'esquisse doucement dans ma tête.

Première étape : m'acheter un flingue.

Deuxième étape : trouver l'adresse de King.

Troisième étape... je suppose que j'aviserai à ce moment-là.

5

MEIN LIEBER JUNGE

Wolf

Six heures plus tard, je monte à contrecœur les quelques marches qui me conduisent au joli perron fleuri d'une vieille bâtisse de banlieue. Le poids du Glock qui déforme la poche de ma veste est étonnamment sécurisant, et les six cartouches qui s'entrechoquent dans le chargeur me procurent un sentiment de puissance que je n'avais plus ressenti depuis... eh bien, mon emprisonnement.

J'ai l'impression que je pourrais soulever des montagnes et abattre des géants. C'est ridicule, je le sais... Seulement, je me suis senti vulnérable pendant si longtemps que la plénitude du pouvoir me tourne la tête presque plus vite qu'un rail de cocaïne.

Ce n'est sûrement pas le meilleur état d'esprit pour faire face à ma mère, mais je n'ai plus de temps à perdre à broyer du noir dans ma chambre.

La chance sourit aux audacieux.

Et putain... Dieu seul sait à quel point il va m'en falloir, de la chance, pour affronter les semaines et les mois à venir !

D'une brusque torsion du poignet, j'enfonce violemment le bouton de la sonnette. Un bruit étrangement éraillé résonne dans le fond de la maison à la façade blanche et aux devantures garnies d'énormes pots de géraniums. Avec un certain agacement, je reconnais les goûts conventionnels de ma mère dans cet extérieur soigné, quoiqu'un peu vieillot et usé par le passage intraitable du temps. C'est beaucoup plus luxueux que la maison de plain-pied que l'on habitait avec mon père, mais ce n'est pas non plus le grand luxe auquel je m'étais attendu après avoir appris qu'elle avait passé sa lune de miel dans les Caraïbes.

La Prius d'occasion garée dans l'allée et les bottes au vernis éraflé laissées sur le paillasson sont autant d'éléments qui apaisent le feu de ma rancœur.

Non, ma mère ne menait pas la *dolce vita* pendant que je tournais en rond dans ma cellule. La petite pourriture égoïste que je suis s'en réjouit inexplicablement... et ça me met en colère contre moi-même. Ce n'est pas par loyauté envers mon père que j'ai été blessé d'apprendre qu'elle s'était remariée. Pas du tout. Si je n'avais pas été enfermé, j'aurais certainement été heureux pour elle. Mais la seule chose à laquelle je pensais, c'était que la vie continuait... *sans moi*. Et ça me donnait le sentiment d'être déjà mort et enterré.

Soudain, un bruit de pas résonne dans le couloir... et je n'ai pas le temps de me recomposer un visage neutre que la porte s'ouvre sur ma mère.

Ma première pensée, c'est qu'elle n'a pas changé : elle est toujours aussi belle, avec son chignon blond, ses yeux bleus et sa peau diaphane. La simplicité de sa tenue ne fait que mettre en exergue son charme rustique. Ma deuxième pensée est plus amère, car son alliance ne ressemble pas du tout à celle que mon père lui avait offerte. Torsadée et décorée par un entrelacs de feuilles de vigne, elle s'entortille autour de son doigt comme le baiser d'un amant.

— C'est Jerry qui l'a faite pour moi, murmure-t-elle en suivant mon regard. C'est un artisan de talent.

Sa voix est plus grave que dans mon souvenir, mais c'est peut-être à cause de la surprise.

— Il est ébéniste, mais...

La fin de sa phrase s'étrangle dans un sanglot. Étonné, je relève la tête et croise son regard identique au mien. Puis j'ouvre les bras pour l'enlacer aussi fort que je le peux. Ma mère s'agrippe à mes épaules, en larmes, et niche son visage humide dans le creux de mon cou. J'essaie de refouler ma propre émotion, mais c'est difficile. Je suis de ces fils qui détestent voir leur mère se mettre à pleurer. Cela m'est tout bonnement insupportable.

— *Meine süße mutter*[9]... Ne pleure pas, s'il te plaît.

— *Mein lieber Junge*[10], souffle-t-elle à mon oreille, tu rentres enfin à la maison !

Ce n'est plus vraiment *ma* maison, mais je n'ai pas le cœur à contredire ma mère. Alors, je la tiens dans mes bras et lui frotte le dos jusqu'à ce qu'elle parvienne à se calmer suffisamment pour m'inviter à entrer.

— Oh, s'exclame-t-elle en me détaillant de la tête aux pieds. Tu es devenu si grand et si musclé !

D'une main fermement agrippée à mon bras, elle me traîne jusqu'à la cuisine, où elle me force à m'asseoir sur une chaise trop étroite pour ma nouvelle musculature et à manger une pleine assiette de *Kartoffelsalat*, une sorte de salade de pommes de terre, à dix heures du matin.

Tout en mâchant mes patates, je laisse un œil vagabonder sur la pièce. C'est à l'image de l'extérieur : bien entretenu, mais pas de première jeunesse. Visiblement, elle se sent bien et elle est heureuse, ici. Son bonheur nappe l'atmosphère d'une douce teinte rosée que l'on ne retrouve que dans les navets romantiques pour adolescentes. Et ça m'exaspèrerait... si je n'étais pas aussi soulagé d'avoir trouvé le courage de faire le premier pas vers elle.

— Alors... finis-je par dire en avalant une gorgée de bière brune. J'avais peur que tu ne sois pas là. Est-ce qu'il prend soin de toi ?

---

9 « Ma douce maman », en allemand.
10 « Mon garçon adoré », en allemand.

Ma mère s'adosse au plan de travail, un torchon à la main.

Cette scène me semble tellement familière que j'en suis légèrement déstabilisé. Pendant un instant, c'est comme si je n'étais jamais parti et que j'avais toujours dix-neuf ans.

— Je ne travaille pas, le lundi matin. Ni le mercredi après-midi, d'ailleurs. Et quant à ta deuxième question, Jerry me traite comme une princesse de conte de fées, sourit-elle, les joues rosies. Il m'adore, et moi aussi, je l'aime.

Elle marque une pause.

— C'est un homme formidable, Wolfgang. Je te le jure. Et il n'a pas vocation à remplacer ton père. Il a des enfants, lui aussi : trois garçons, plus jeunes que toi. Ils sont à l'université. Nous nous sommes rencontrés lors d'un groupe d'entraide pour veufs et veuves, à l'hôpital où je travaille les week-ends. Sa femme a été renversée par une voiture... et il a mis du temps à s'en remettre.

Je plisse les yeux, agacé par mon égoïsme pathologique.

— Je n'en savais rien, m'man.

Ma mère me décoche un sourire pincé.

— Tu ne m'as pas laissé l'occasion de te le dire. Dès que ta crétine de sœur a vendu la mèche, tu t'es refermé comme une huître et tu as révoqué mon droit de venir te voir au parloir... Ça m'a vraiment blessée, Wolf.

Un nœud me contracte l'estomac, la culpabilité est une chienne.

— C'était compliqué pour moi, là-bas, bredouillé-je dans une vaine tentative d'excuse. J'ai fini par... changer, par m'endurcir.

— Tu crois que je ne le sais pas ? Je n'en dormais pas de la nuit ! Savoir mon petit garçon adoré dans cette prison bourrée à craquer de criminels... C'était atroce ! Je faisais des cauchemars horribles, nuit après nuit. Je n'arrivais plus à manger, à réfléchir, à travailler.

Elle ravale un nouveau sanglot.

— La seule chose qui me permettait de tenir, c'était les deux heures de visite par semaine où je pouvais te voir de mes propres yeux !

La vérité, c'est qu'en prison, je n'ai pensé qu'à moi et à ma douleur. Mon monde s'est rétréci à une cellule de six mètres carrés, et mes centres d'intérêt se sont réduits à... mon nombril.

— Je m'en doute, m'man.

Même si je l'ai oublié...

— Mais le pire, ça a été de savoir qu'à cause de mes cachotteries, plus personne n'était là pour te raccrocher au monde réel... et au jeune homme bon, courageux et ambitieux que tu as été contraint de mettre en sourdine pour survivre.

Ma mère et King ont été les seules personnes autorisées à venir me rendre visite en prison. Et encore, King n'est venue qu'une seule fois... et ce jour-là, alors que j'aurais dû flotter sur un petit nuage, j'ai appris l'impensable au sujet de la fille que j'envisageais très sérieusement d'épouser dès que possible.

— Je n'aurais pas dû révoquer ton droit de visite, avoué-je, mal à l'aise. J'ai agi bêtement sous l'emprise de la colère.

— Et je n'aurais pas dû essayer de te cacher mon mariage avec Jerry. C'était un acte de lâcheté.

Un long moment s'écoule durant lequel nous nous contentons de nous dévisager en silence. C'est bête, mais cet embryon d'excuses maladroites me fait un bien fou. Mes épaules se relâchent, ma colonne vertébrale s'arrondit. L'arme dans ma poche n'est plus ma seule source de réconfort ; je retrouve peu à peu mes marques dans cette nouvelle réalité à la fois si différente et si familière de celle que j'ai perdue en même temps que ma jeunesse.

— Tu restes pour dîner ? enchaîne-t-elle après s'être raclé la gorge pour enrayer son envie de pleurer. Gina serait ravie de te voir !

Je baisse les yeux vers mes mains.

— Ne le prends pas mal, mais... est-ce que Jerry sera là ?

Elle hoche prudemment la tête.

— Alors, non, marmonné-je en triturant la fermeture de ma veste. Je crois que je ne suis pas encore prêt à le rencontrer. C'est trop tôt et...

Ma mère s'approche de moi et pose une main sur ma joue.

— Chut... Ne t'excuse pas. Je le comprends très bien. Ta sœur sera un peu déçue, c'est vrai, mais elle sait que tu l'aimes et que tu viendras la retrouver dès que tu te sentiras prêt.

Isla Müller a toujours aussi bon cœur... même si ce n'est plus tout à fait Isla Müller, maintenant, réalisé-je avec un drôle de pincement à l'estomac.

Nous continuons à parler de choses et d'autres pendant une vingtaine de minutes. Elle me retrace les grandes lignes des événements que j'ai manqués, me parle avec fierté des études de Dana, à l'autre bout du pays, et du travail de Gina, dans le centre-ville, puis la conversation dévie sur ses patients au dispensaire, son mariage à l'hôtel de ville et, fatalement, c'est à mon tour de me livrer à cœur ouvert...

— J'ai un entretien d'embauche, mercredi, l'informé-je, en passant sous silence mon manque d'enthousiasme pour le poste d'ouvrier à la chaîne. C'est mon pote, Jéricho, chez qui je crèche, qui m'a recommandé auprès de son patron. A priori, ça devrait le faire...

Ma mère plaque ses mains en travers de sa poitrine, soulagée... comme je devrais l'être, moi aussi. Mais à chaque fois que j'y pense, j'ai envie de vomir et de me rouler en boule.

Un ex-taulard a-t-il le droit d'avoir de plus grandes ambitions ?

— Je suis contente, lâche-t-elle en s'assoyant à côté de moi. Et je suis tellement soulagée de te voir, Wolf ! Quand Gina m'a annoncé que ta demande de remise en liberté avait été acceptée, je m'étais presque persuadée que tu allais disparaître dans la nature.

Si Jéricho n'était pas venu me chercher, la semaine dernière... peut-être aurais-je été tenté de me volatiliser pendant un petit moment.

— En dehors du fait que je n'abandonnerai jamais ma famille, commencé-je en trouvant enfin le courage d'aborder le véritable motif de ma visite, j'ai laissé certaines affaires en suspens avant de partir, et à présent, elles méritent que je m'y penche d'un peu plus près.

Ma mère s'immobilise sur sa chaise et je regrette immédiatement la tournure maladroite de ma phrase.

— Je me demandais quand tu allais trouver la force de m'en parler.

— Quoi ? cillé-je, surpris.

— Allons, Wolf... Ne te sens pas obligé de jouer la comédie avec moi. Depuis que tu as dix ans, tu es littéralement obsédé par cette fille !

Ma mâchoire menace de se décrocher : comment fait-elle pour toujours savoir à quoi je pense ?

— Quoi ? répété-je.

— Est-ce que tu veux des nouvelles de King ?

J'ouvre la bouche, prêt à nier, mais les mots s'agglutinent sur le bout de ma langue percée et refusent de sortir.

— Je n'en ai plus reçues depuis... presque un an, continue-t-elle sans attendre ma réponse. La dernière fois que je l'ai vue, c'était au restaurant où ton père aimait m'emmener dîner pour nos anniversaires de mariage. Elle était accompagnée d'une dizaine de personnes, qu'elle m'a présentées comme des collègues de travail. Et même si elle était entourée par des gens très corrects, elle ne m'a pas semblé très heureuse.

Mes sourcils se froncent par-dessus mes yeux écarquillés.

— Des collègues ?

En sachant où King bossait avant notre rupture...

— Je crois qu'elle travaille comme secrétaire au garage Thornton, dans le centre-ville.

Le choc me coupe le souffle. À l'époque où j'étais encore un adolescent à peu près vertueux, le garage Thornton avait la réputation d'être le meilleur de toute la ville. La nuit, je rêvais d'y être embauché et d'apprendre la mécanique aux côtés de Hunk, un colosse à la gueule effrayante et au doigté magique à qui je refourguais quelques-unes des pièces des voitures que je volais pour arrondir mes fins de mois.

— Comment a-t-elle...

Ma mère hausse les épaules avant même que je ne puisse terminer ma phrase.

— Ce n'est pas à moi que tu devras poser cette question.

— Tu m'incites à reprendre contact avec elle ? m'insurgé-je, incrédule.

Après toutes les choses que King m'a fait subir, j'ai du mal à y croire.

— Elle t'a trompé, murmure doucement ma mère, et je la déteste de t'avoir fait souffrir. Mais elle n'avait que dix-sept ans lorsque tu as été arrêté… C'était une enfant intrépide, livrée à elle-même et beaucoup trop maligne pour son propre bien.

J'ai envie de hurler que cette gamine m'a planté tellement de couteaux dans le dos que j'ai l'impression de m'être transformé en coussin à épingles, mais je me retiens *in extremis*.

Ma mère poursuit, implacable :

— J'ai longtemps regretté le coup d'éclat qui m'a poussé à la mettre à la porte. La situation n'était plus acceptable, évidemment. Mais je n'aurais pas dû agir sous l'impulsion de la colère.

Sa voix se fait plus douce et pénitente.

— Avant de commettre l'irréparable, mets-toi à sa place et pose-toi cette question : si les rôles avaient été inversés, serais-tu parvenu à l'attendre ?

Oui, je l'aurais attendue toute ma vie, s'il l'avait fallu…

Mais n'est-ce pas un peu hypocrite ? En réalité, je n'en sais absolument rien.

— Je ne veux plus en parler, tranché-je avec mauvaise humeur. Écoute, j'ai… encore… des tonnes de choses à faire. Je reviendrai dans la semaine. Quand es-tu disponible ?

Nous fixons une date pour un petit déjeuner tardif avec Gina, après mon entretien d'embauche. Puis je la reprends dans mes bras et l'embrasse sur la tempe avant de lui promettre de bien me comporter et d'éviter les ennuis. Elle se raidit un peu, comme si elle ne me croyait pas… ou qu'elle avait senti les contours de mon flingue, planqué dans ma veste. Je feins de ne pas avoir remarqué son trouble et marmonne des inepties frivoles jusqu'à la sortie.

Après avoir jeté un coup d'œil étonné à la Corvette, ma mère se tourne vers moi et s'exclame :

— J'aurais parié ma main gauche que la première chose que tu ferais en revenant à Albuquerque, ce serait de récupérer ta belle Mustang ! Cette voiture, c'était ton âme sœur, ton petit bijou... Et ton père en était tellement fier, lui aussi.

Une bile acide remonte le long de mon œsophage. Haine, vengeance et tristesse s'entremêlent dans ma poitrine tordue par une douleur lancinante.

— Je compte bien la récupérer, grondé-je, avant de prendre une profonde inspiration pour dompter ma colère. Ce n'est qu'une question de temps...

Maintenant que je sais où est King, pensé-je, d'une humeur noire, en repositionnant correctement le Glock à l'intérieur de ma poche.

6

BIENVENUE AU GARAGE THORNTON

Wolf

— Eh, mec… m’interpelle Jéricho alors que je m’apprête à sortir. Tiens !

Mon ami me colle un billet de cinquante dollars dans la main, comme si c’était un vulgaire morceau de papier froissé. Je le regarde de travers, embarrassé par sa générosité excessive… et soupçonneux, aussi. Une alarme interne se déclenche dans ma tête à chaque fois que Jéricho essaie de me refiler du fric. Et pour cause, il n’est plus le fils à papa trop gâté qu’il était avant la prison – et l’accident. Certes, il a gardé l’appartement, les fringues et les meubles hors de prix, mais à présent, il travaille à l’usine pour un salaire de misère qui peine à couvrir l’ensemble de ses besoins.

Alors…

— D’où sors-tu ce pognon, mon pote ?

Jéricho ébauche les prémisses d’un sourire narquois. Il sent que je commence à me poser des questions sur ses intentions, et je crois que ma méfiance naturelle titille son étrange sens de l’humour.

— De mon portefeuille.

Je fronce les sourcils et carre les épaules, prêt à lui extorquer la vérité à coups de poing. Ça ne serait pas notre première bagarre – et tant s'en faut ! Vivre à deux, l'un sur l'autre, dans une cellule à peine plus grande qu'un placard à balais, entraîne inévitablement des frictions.

— Sérieusement, Jéricho ! Il vient d'où, ce bifton ?

Mon ami s'obstine à me sourire, mais une étincelle d'incertitude s'allume dans ses yeux sombres. Après tant d'années de cohabitation plus ou moins forcée, je le connais par cœur : il me dissimule une information importante... et il sait que je finirai par découvrir de quoi il en retourne, puisqu'il est incapable de garder un secret.

Moi, je suis un fin limier pourvu d'un nez qui déterre les emmerdes plus vite qu'un cochon ne renifle les truffes.

— Si tu crois que j'irais jusqu'à vendre mon cul pour ta belle gueule, me répond-il d'une voix tremblante, tu te fourres le doigt dans l'œil... et jusqu'au coude !

Agacé par sa détermination à nier l'évidence, je lève les yeux au ciel et attrape ma fidèle veste en cuir, suspendue au portemanteau de l'entrée.

— Ce n'est pas à ça que je pensais, espèce d'abruti !

Jéricho finit par détourner le regard et, là encore, l'alarme dans ma tête se met à rugir sourdement.

— Tu mérites que l'on te donne un coup de main pour te remettre en selle, et je veux être là pour toi. Ce n'est que de l'argent, Wolf. Ne sois pas aussi suspicieux.

Cela reviendrait presque à demander au feu de ne pas brûler, ou à l'eau de ne pas mouiller, une impossibilité biologique !

— C'est l'argent qui m'a foutu dans la merde, je te rappelle... grogné-je en faisant les lacets de mes nouvelles baskets – des Vans Old School qui m'ont coûté la peau des couilles. Je me méfierai toujours des billets verts qui atterrissent mystérieusement dans mes poches !

Jéricho hausse une épaule dans un geste fataliste, et je comprends que je n'arriverai pas à lui tirer les vers du nez – pas dans l'immédiat, en tout cas.

— Où vas-tu ?

Son changement de sujet m'exaspère presque autant que la montagne de mensonges qu'il essaie tant bien que mal de me faire avaler. En prison, j'ai appris ma leçon : si certains secrets valent de l'or… d'autres sont prêts à faire couler le sang.

Et honnêtement, j'en ai marre de me saigner aux quatre veines pour abreuver la soif de mes ennemis. C'est à mon tour de boire.

— Je vais faire un tour.

Moi aussi, songé-je en sortant mes clés de voiture de la poche de mon jogging gris, *je peux jouer à ce petit jeu de dissimulation merdique.*

— OK ! Je suis en congés, alors je vais venir avec toi ! s'enthousiasme-t-il en tapant dans ses mains, prêt à me suivre.

Mon sang ne fait qu'un tour dans mes veines.

— Non ! m'écrié-je en le repoussant vers le salon. Non, mec. Pas aujourd'hui.

— Quoi ? s'étonne-t-il, déconcerté. Pourquoi ?

Parce que je risque de perdre mon sang-froid devant mon ex-copine, et que je n'ai pas envie que tu assistes à ce spectacle navrant.

— J'ai besoin d'être seul, mens-je, les yeux plongés dans les siens en un avertissement silencieux. Pour réfléchir à la vie, me morfondre sur moi-même et toutes ces conneries.

Je sais que la couleur froide et métallique de mes iris a tendance à déstabiliser les gens. Les femmes m'ont toujours envié cette teinte pâle, mais les hommes, eux, savent reconnaître la menace glaçante qui assombrit leur profondeur prédatrice. Un regard me suffit généralement pour obtenir ce que je veux. Et même si, dans la plupart des cas, ce n'est que du bluff, je n'ai encore jamais été mis en faute.

Hum… à une exception près, du moins.

La seule personne qui s'est risquée à me résister, à me taquiner et à me pousser au bout de mes limites a fini par découvrir qu'avec elle... je ne bluffais pas.

— Ça fait une semaine que tu traînes tout seul comme une âme en peine ou un fantôme ronchon. Casper a plus de substance que toi, mec !

Jéricho tente de poser une main sur mon épaule pour me forcer à l'attendre.

— T'es con, grogné-je, en le repoussant d'un coup de coude. C'est sympa de ta part, mais j'ai vraiment besoin d'être seul, OK ?

L'hésitation contracte une nouvelle fois les traits de son visage – c'est tellement facile de lire en lui ! J'ai beau l'apprécier et le considérer comme mon petit frère, ou presque, je commence à perdre patience. Ne sait-il pas qu'il ne faut jamais se mettre entre un loup affamé et sa proie blessée ?

— Mec... tu as acheté un flingue, souffle-t-il à mi-voix. Si tu crois que je vais te laisser replonger dans tes conneries, tu es complètement à la masse !

La crosse de mon Glock se presse contre mes reins lorsque je m'adosse à la porte d'entrée, les bras croisés sur la poitrine.

— Écoute, Jéricho : je t'aime bien. Vraiment. T'es comme un frère pour moi. Mais il y a deux choses sur lesquelles je ne transigerai pas : ma liberté et ma protection. Je sors quand je veux, où je veux et avec qui je veux. T'es pas ma meuf, t'as pas ton mot à dire. Quant au flingue, je peux comprendre que ça t'angoisse, mais... si la prison m'a fait perdre mes amis, elle n'a malheureusement pas effacé la mémoire de mes ennemis. Avant de me faire choper par les flics, j'ai contrarié un mec plutôt... rancunier.

Jéricho affiche une grimace sincèrement préoccupée. Parfois, j'oublie d'où il vient. C'est un gars bien. Il ne connaît rien à la rue et à ses règles strictes. Putain, il a grandi dans le satin et le cachemire, une tétine en argent plantée dans la bouche ! Comment pourrait-il comprendre que la rue ne pardonne pas ? *Jamais.* Tes erreurs, tu les traînes avec toi jusqu'à la fin de ta vie... et parfois, cette fin arrive beaucoup plus tôt que prévu. Tu as beau avoir payé ta dette à la société, la rue ne te libère pas pour autant de son emprise.

Et moi, elle me tient au centre de sa paume, prête à m'écraser et à me presser comme un citron, si je ne récupère pas ce qui me permettra de me tirer loin d'ici...

— Qui ? chuchote Jéricho, comme s'il avait peur de parler à haute voix.

Un réflexe de la prison, où les murs ont des oreilles... et des bouches, aussi, pour répéter à tout le monde des propos déformés et amplifiés. Il n'existe pas de pire commère qu'un détenu frustré par la monotonie de son quotidien.

— Tu ne le connais pas.

Et heureusement pour toi !

— Qu'est-ce que t'en sais ? s'agace-t-il en secouant ses boucles rousses. Je ne suis pas aussi innocent que tu sembles le croire.

C'est vrai : Jéricho aime la beuh, l'alcool et les putes. Il a un côté sombre et incontrôlable – comme tout le monde, ou presque. Avant que sa vie ne parte en vrille, il fumait autant qu'il payait pour des rapports sexuels tarifés. Je n'ai jamais compris pourquoi ça l'excitait autant d'acheter le corps d'une femme... Et honnêtement, je préfère éviter de me poser la question. Son ex-fiancée lui a brisé le cœur pour un plus gros portefeuille, et depuis, il le recolle avec des clous rouillés et du scotch de mauvaise qualité.

C'est son problème, pas le mien. Dieu seul sait que j'en ai déjà suffisamment pour m'occuper jour et nuit – et m'empêcher de trouver le sommeil, par la même occasion.

N'est-ce pas, King ?

— Il s'appelle Enrico, finis-je par dire avec un pincement d'appréhension dans le fond des entrailles. Je ne l'ai jamais rencontré, mais... il se pourrait bien que je lui aie grillé la priorité dans un braquage qu'il avait mis un temps fou à préparer.

Jéricho plisse les yeux, songeur.

— J'ai déjà entendu ce nom quelque part...

Je renifle d'un air goguenard.

— Ton père est juge, et je suis prêt à parier ma couille droite qu'il a déjà traité l'une de ses affaires ! Malheureusement, ce fils de pute d'Enrico est une vraie anguille, et il réussit toujours à passer entre les mailles du filet.

Jéricho hoche la tête, vaguement détaché. Comme à chaque fois que l'on mentionne son père dans une conversation, il se retranche à l'intérieur de lui-même.

Et oui, je l'ai fait exprès pour qu'il me lâche.

— Ne t'inquiète pas, mon pote : je sais ce que j'ai à faire pour survivre à Albuquerque. Et je te promets que je resterai aussi loin des ennuis que je le peux. Mais là... il faut vraiment que j'aille éclater le furoncle plein de pus qui m'empoisonne le sang.

Jéricho prend une profonde inspiration.

— OK, je te fiche la paix... mais ne te sers pas de ce flingue, d'accord ? S'il t'arrive quelque chose alors que je suis censé prendre soin de toi, Ambroise enverra des tueurs à gages pour me trouer la peau !

Mon flingue, c'est de l'esbroufe, de la poudre aux yeux. Moi, j'ai toujours été plus à l'aise avec mes poings.

— Oui, Papa. Promis, Papa. Tu peux rassurer Maman, je serai sage ! persiflé-je en coiffant mes mèches noires vers l'arrière de mon crâne. J'ai le droit de sortir, maintenant ?

Un sourire mutin revient éclairer le visage juvénile de mon ami. Dans le fond, ça me touche vraiment qu'il s'inquiète pour moi et ma sécurité. Toutefois, ça ne change rien au fait que j'arriverai à lui extorquer toutes les vérités douloureuses qu'il s'échine à me cacher – pour mon bien, comme il semble le croire...

— Oui, fiston. Et ramène-moi à manger, s'il te plaît. Oh, et ne rentre pas trop tard ! Tu as l'entretien d'embauche avec mon patron demain matin !

Ô joie. Ma future carrière de fourreur de beignets s'annonce palpitante !

Une heure plus tard, et après un rapide détour par une station-service pour me racheter des clopes, je gare la Corvette de Jéricho le long du trottoir qui jouxte le garage Thornton. Surpris, je fixe la grande bâtisse de pierres rouges à travers mon pare-brise. Cela ne ressemble en rien aux souvenirs émerveillés que j'en avais conservés dans un recoin de ma tête. L'ambiance vintage et rock'n'roll s'est largement aseptisée pour se calquer à l'atmosphère monotone d'une vieille concession de voitures d'occasion. Pire, le garage affiche un parc automobile défraîchi, jonché d'épaves rouillées et de pneus crevés ! Où sont passées les belles cylindrées chromées ? Les décapotables musclées ? Les sportives nippones ? Et les Américaines décomplexées ? Bordel, la rue est d'un calme mortel, pour un mardi matin !

On dirait que le garage est... au bord de la ruine.

Les mains tremblantes, je m'allume une cigarette et m'affale dans mon siège. Une vague de nausée acide malmène mon estomac. J'aurais dû prendre le temps de manger un truc avant de venir. J'ai la tête qui tourne, sûrement à cause de la faim, et des centaines de souvenirs défilent dans mon esprit échauffé.

Certains sont agréables, apaisants, et d'autres me serrent le cœur d'une émotion tragique.

Avec un chagrin doux-amer, je me rappelle la première fois où j'ai tenu la main de King. Elle avait six ans, moi huit, et je devais l'accompagner à l'école. Tout le monde l'avait prise pour ma petite sœur, et ça m'avait inexplicablement contrarié. Je crois que je savais déjà à cette époque qu'elle serait... mon rêve interdit.

Avec sa salopette rouge et ses cheveux frisés, elle est vite devenue la terreur de la cour de récréation. Et on avait beau passer notre temps libre à jouer ensemble devant nos maisons, elle m'ignorait cordialement à l'école. Je n'étais pas suffisamment populaire et intéressant à ses yeux de petite fille avide d'aventures rocambolesques.

À cette époque, j'étais d'une timidité maladive et je n'avais pas beaucoup d'amis – deux ou trois copains marginalisés par les autres enfants, comme moi.

King gouvernait une troupe de gamins bruyants qui l'encensait comme si elle était une reine miniature. Il faut dire qu'elle a toujours possédé un charme hypnotique et un charisme écrasant. Toutes les autres filles avaient l'air tièdes et ennuyeuses, en comparaison à sa flamme intérieure. Et c'est sûrement pour cette raison qu'elle a été la seule fillette de l'école à réussir l'exploit de se lier d'amitié avec Salomé García Lopès. Une fille aussi mignonne que prétentieuse, un défaut qui relève probablement de la tare familiale.

Salomé régnait par la terreur, mais King... ils l'aimaient tous. Oh oui, ils en étaient complètement fous et, malgré notre différence d'âge, je ne faisais pas exception à la règle.

Elle n'a jamais réalisé qu'elle détenait un pouvoir incroyable sur les gens. C'est dommage, elle aurait pu faire... tellement mieux que ce qu'elle a fait !

J'étouffe un soupir, le ventre noué, et jette le mégot de ma cigarette dans le cendrier qui empeste le tabac froid.

Allez, mec. Faut que tu bouges ton cul, là !

Je m'assène une violente claque mentale, déterminé à prendre le taureau par les cornes, et là... mon cerveau cesse immédiatement de fonctionner lorsque je la vois, aussi belle que dans les cauchemars que j'ai gardés d'elle, émerger de l'une des portes latérales qui se trouvent à l'arrière du garage.

King est là, devant moi.

À quelques mètres, à quelques pas.

Elle tient un paquet de linges bleutés contre sa poitrine, mais je reconnais presque instantanément les formes voluptueuses de sa silhouette en forme de sablier. Taille fine et hanches rondes ; la quintessence de la féminité, pour moi. Son ventre n'a jamais été plat, l'intérieur de ses cuisses se frôle et ses fesses charnues continuent à rebondir quelques secondes après qu'elle s'est arrêtée de marcher, mais c'est exactement la raison pour laquelle son corps est aussi... *parfait*.

King est belle. Et elle le sait. Pire, elle s'en sert comme d'une arme contre les hommes.

Toutes les filles de son lycée étaient vertes de jalousie. Elles avaient beau être grandes, fines et élancées, c'était toujours King qui tapait dans l'œil des garçons les plus populaires... pour la simple et bonne raison qu'elle n'a jamais essayé de plaire à une autre personne qu'à elle-même.

— Putain ! grogné-je en passant une main hésitante sur l'arrière de ma nuque hérissée de frissons. Pourquoi faut-il qu'elle soit aussi jolie ?

Ses longs cheveux noirs semblent encore plus rebelles et décoiffés qu'avant notre rupture. Et même si je suis toujours furieux contre elle, ce constat inattendu me donne l'étrange envie de sourire. À l'époque, elle détestait ses boucles indomptables et serrées, qu'elle a héritées de sa mère. Alors que moi, j'adorais tirer sur leur pointe pour les faire rebondir sur mes oreillers. C'était l'un de mes jeux préférés... et l'une des choses qui m'a le plus manqué, en prison.

De là où je me trouve, planqué dans ma voiture, je n'arrive pas à voir correctement les traits de son visage que je connais aussi bien que le mien. Yeux noirs, peau hâlée, bouche pulpeuse et nez retroussé. Une cicatrice à l'arcade, vestige d'une bagarre avec l'un de ses beaux-pères complètement tarés. Menton délicat, pommettes saillantes et sourcils arqués. Sa beauté gracieuse suggère un caractère fragile... Une grossière erreur d'appréciation que l'on ne commet qu'une seule fois ! Son apparence est comme le calme avant la tempête. Elle t'amène à baisser ta garde, à te rapprocher d'elle, coûte que coûte, pour la prendre sous ton aile... et lorsque tu penses l'avoir attrapée, elle t'explose entre les doigts et te ravage de l'intérieur comme un typhon.

Qui s'y frotte, s'y pique. Et avec King, tu finis inévitablement par t'empaler sur l'une de ses épines...

Arrivée sur le bord du trottoir, elle se retourne dans un geste saccadé avant de s'immobiliser sous le panneau où le message « *Garage Thornton – ce qui se passe au garage, reste au garage !* » clignote de mille et une lumières dans le contrejour grisâtre.

C'est le moment ou jamais...

Je bondis hors de la voiture si vite que je trébuche sur une minuscule aspérité de l'asphalte. À deux doigts de perdre l'équilibre, je vacille comme un alcoolique jusqu'à l'endroit où King se tient, dos à moi. La scène est presque... surréaliste. Et en même temps, elle représente avec une justesse assassine la triste réalité de notre relation.

Moi qui cours vers elle.

Elle qui me tourne le dos.

Moi qui n'arrive plus à garder l'équilibre.

Elle qui reste aussi stable et immuable qu'une montagne.

Tant d'années passées à la haïr... et rien n'a changé dans mon cœur.

Quelle injustice !

Quand j'arrive à moins d'un mètre de King – à peine la distance de mon bras tendu vers elle –, je remarque une toute petite main brune serrée en poing et posée sur son épaule. Mon univers se fige dans un élan de stupeur, dans un sursaut de douleur, et je me rigidifie avec lui, glacé jusqu'à la moelle.

Un bruit de gorge m'échappe. Le râle d'une bête sauvage que l'on vient de battre à mort.

La petite main se crispe et un vagissement de nouveau-né résonne à mes oreilles bourdonnantes. King sursaute, consciente de ma présence, et détourne son attention du garage pour reporter son regard perçant sur... *moi.*

Mon cœur sombre dans le néant.

Le vide s'installe dans mon esprit.

Toute ma colère disparaît dans un nuage de fumée écarlate.

Oh, King...

Ses lèvres enflées, son œil poché et ses ecchymoses bleutées sont autant d'éléments que je ne m'attendais pas à retrouver sur son visage de poupée – toujours aussi beau, même incroyablement dévasté. Ma gorge se noue sous le coup d'une émotion qu'elle est la seule à faire naître en moi ; un besoin inexplicable de protection qui dépasse toutes les limites de l'entendement.

Je suis venu pour la vaincre, mais elle m'a mis à terre dès le premier regard.

Scheiße[11] *!* Je n'ai jamais su lui résister ! Elle continue à faire de moi une vulgaire marionnette...

D'une main, je caresse la crosse métallique de mon flingue. Son contact froid me rassure et m'aide à ébaucher un premier tri dans mes pensées confuses.

— King... prononcé-je, d'une voix lointaine.

Où est ma putain de voiture ?!

C'est ce que je devrais lui demander.

Mais ce n'est pas ce que je lui dis.

— Qui t'a fait du mal ? Dans quel genre de merde tu t'es encore fourrée, espèce d'idiote ?

Et pour être honnête envers moi-même, je ne me soucie absolument plus de ma voiture et de mes diamants, là. Lorsqu'elle me dévisage avec ce regard stupéfait, où se mêlent une grosse dose de panique et une infime pincée d'incompréhension douloureuse, je ne songe plus qu'à la sauver d'elle-même.

— Wolf ? souffle-t-elle, comme si elle n'était pas certaine de mon identité.

Je n'ai pas tellement changé, pourtant... Je frôle toujours le mètre quatre-vingt-dix, et ma peau est aussi blanche qu'un cachet d'aspirine. Certes, mes muscles se sont développés grâce à la musculation et ma gueule a vieilli, mais j'ai gardé la même dégaine déglinguée qu'à mes dix-neuf ans.

— Surprise, *mein Schatz ?*

Je grimace intérieurement, irrité par le surnom affectueux qui m'a échappé. Les habitudes ont la vie dure, surtout lorsqu'elles sont mauvaises.

— *Dios mío !* s'écrie-t-elle alors que le sang reflue instantanément de son visage froissé.

Dans ses bras, le petit tas de linge sur lequel je me refuse à poser

---

[11] Merde, en allemand.

les yeux commence à s'agiter et à pleurnicher. King resserre son étreinte, protectrice, et marmonne d'une voix douce, *si douce*, qu'elle parvient à me caresser jusqu'à l'âme :

— Tout va bien, mon petit bonhomme. Ce n'est rien... Je suis là.... Je ne te lâcherai pas...

Si tu ne me lâches pas, je ne te lâcherai pas.

Je ricane avec méchanceté, profondément blessé par l'amour évident qu'elle porte à ce petit être innocent – et le fruit de son union avec un autre homme.

— Tiens ! J'ai déjà entendu le même genre de conneries sortir de ta bouche perfide... J'espère qu'il est moins crédule que moi, ton fils !

King relève brusquement la tête, saisie d'une fureur qui exalte le pire de ma personnalité. Ses yeux noirs se mettent à lancer des éclairs que je lui renvoie avec hardiesse. Toutefois, une expression haineuse masque tellement ses traits délicats que j'en ai la chair de poule.

— T'es pas son père, donc y'a pas de doutes !

Quelque chose de vital se fissure à l'intérieur de moi – *Crac !* Je suis en miettes. La colère revient au triple galop et achève de me piétiner sous ses coups de sabots meurtriers.

J'explose.

Le mal-être que je traîne avec moi depuis... Oh ! tellement d'années que je n'arrive plus à les compter vient de trouver un exutoire parfait : King, mon hirondelle aux yeux noirs.

Le fléau de ma vie, la fêlure de mon cœur.

La vision embrumée par un nuage de fureur sanguinaire, je l'attrape par l'avant-bras et l'amène contre mon torse. Son parfum de cannelle et de sucre roux submerge mes sens aiguisés par l'adrénaline, mais je m'efforce de bloquer ma respiration pour résister à la tentation d'en remplir mes poumons. Nos fronts se pressent l'un contre l'autre et nos regards se heurtent avec une violence silencieuse qui aiguillonne l'homme raisonnable que mes parents ont élevé dans le respect de la femme et des enfants.

Soudain, je sens le corps fragile du bébé se mettre à remuer. Il est coincé dans nos bras qui se poussent et se repoussent dans une lutte aussi vaine qu'acharnée.

— Où est ma bagnole, King ?! craché-je d'une voix enrouée, presque méconnaissable, tandis qu'elle lutte contre mon emprise. Dis-le-moi, et je te jure sur la tête de ma mère que tu ne me reverras plus jamais traîner dans les parages !

Mes paroles sont étouffées par les pleurs colériques de son fils, mais j'essaie d'en faire abstraction. Si je me laisse attendrir par la détresse flagrante de King, je risque de me sentir responsable de ses problèmes...

Et là, ce serait le début de la fin pour moi.

Ça me déplaît souverainement d'en être réduit à jouer les brutes avec une femme qui porte son enfant dans les bras, mais... elle a toujours réussi à faire ressortir le meilleur et le pire de mon être.

— Lâche-moi, espèce de connard ! Tu commences à faire peur à Asher !

La panique – réelle et poignante – dans sa voix tétanise mes muscles et ma cervelle.

King essaie une dernière fois de se débattre en tirant sèchement sur son bras, sauf que je n'arrive pas à la lâcher. C'est plus fort que moi. La couverture bleue qui protège la tête de son fils... *enfin, d'Asher*, me forcé-je à corriger... s'effondre sur le côté pour dévoiler un minois grognon, plissé par la contrariété et surmonté d'une impressionnante touffe de boucles noires. Deux yeux bleus comme des aigues-marines me poignardent d'un regard chargé de rancœur. J'ai beau chercher, je ne discerne aucune trace de la beauté exotique de King sur ce visage à la physionomie étonnamment saisissante.

— Je ne te le répèterai pas, Wolf : lâche-moi immédiatement, ou...

— Hé, toi ! T'approche pas d'eux ou je te casse la gueule !

Étonné par l'interruption belliqueuse, je redresse la tête et croise le regard haineux d'un homme immense, gaulé comme un catcheur dans la force de l'âge, qui sort précipitamment du garage.

Cheveux noirs, peau sombre et yeux bleus. Comme l'enfant que King presse de toutes ses forces contre son cœur.

C'est le père de son gamin, réalisé-je au bord de la nausée. *Et c'est sûrement le responsable de ses hématomes.*

La main chaude de mon ex-copine s'approche de ma joue, et alors que je m'attends à une gifle magistrale, j'ai le droit à une caresse aussi légère que rapide.

— Wolf ! chuchote-t-elle, alarmée. Il faut que tu t'éloignes d'un pas et que tu me lâches, ou sinon Danger va...

Elle n'a pas le temps de m'en dire plus qu'un poing énorme, lourd comme une enclume, me heurte au niveau de la tempe et m'envoie valser dans le caniveau. Je m'écorche les paumes jusqu'au sang sur l'asphalte tandis qu'un arrière-goût de rouille se diffuse sur la pointe de ma langue. Étourdi, je porte une main à ma joue endolorie et tressaille de douleur en sentant le canon de mon arme se planter dans ma fesse droite.

Le géant à la mine patibulaire repositionne son poing américain hérissé de piques métalliques sur ses doigts.

Pas étonnant que j'entende les cloches de Pâques sonner au mois de janvier, moi !

— Bouge-toi de là, King ! gronde-t-il. J'vais m'occuper de cette petite merde qui s'imagine avoir le droit de toucher à ce qui m'appartient !

Là, mon pote... pesté-je en crachant un mollard ensanglanté sur sa botte. *Tu viens de signer ton arrêt de mort !*

7

RETROUVAILLES AMÈRES

King

Le sourire ensanglanté qu'adresse Wolf à Danger me tire presque instantanément de ma stupeur hébétée. Une alarme s'enclenche dans ma tête, et la sirène hurle si fort qu'elle parvient à recouvrir les pleurs stridents d'Asher. Dans un élan de panique, je coince mon petit bonhomme sous mon bras et ouvre le coffre de ma Jeep, où j'ai rangé sa poussette. Je la sors d'une seule main et la déplie en serrant les dents lorsque je m'égratigne le petit doigt sur l'un des loquets métalliques.

Dans mon dos, j'entends les râles et les grognements d'hommes stupides qui se battent comme des bêtes sauvages dépourvues de raison.

Ah, le fléau de la testostérone...

Danger lutte peut-être à la loyale, avec ses poings énormes et son agilité naturelle aiguisée par des années d'entraînement à la boxe thaïlandaise... mais je connais la nature sombre et perfide de Wolf. Pour lui, l'important n'est pas de jouer : il n'aspire qu'à gagner et il adore les couteaux.

C'est l'un de nos rares points communs.

— Chut, mon bébé, marmonné-je d'une voix paniquée après m'être assurée que la ceinture d'Asher soit bien attachée. Je vais aller sauver les miches de ton idiot de papa.

Je coince les roues de la poussette que je cale contre l'arrière de ma voiture. Asher continue à pleurer, bien qu'il semble très intrigué par le combat qui se déroule devant lui. D'un bond mal assuré, je me retourne... et c'est là que je la vois, sous la veste de Wolf.

La crosse argentée d'un putain de flingue !

Mon cœur s'arrête de battre, figé dans une stase d'incrédulité et de terreur, tandis que mon esprit fiévreux se déconnecte dans une explosion incontrôlée d'adrénaline. Avant même que mon cerveau n'ordonne à mes jambes de se mettre à bouger, je me retrouve en face du visage ensanglanté de Wolfgang. Son expression macabre me lacère de part en part ; ce n'est pas l'homme dont je me souviens. Et pourtant, il ressemble bel et bien à mon premier amour.

À ma plus grande douleur.

J'aimerais dire qu'il a changé, que les années de prison l'ont endurci et enlaidi, mais ce serait un mensonge. Même s'il a perdu son sourire et son charme juvénile, il est toujours... l'homme que j'ai aimé plus que tout au monde, avec ses yeux pâles de loup, sa peau blanche comme de la craie et ses cheveux aussi noirs que la plus noire des nuits de l'hiver. De nouveaux tatouages aux lignes épaisses soulignent sa beauté sombre et gothique. De la mâchoire jusqu'aux mains, il s'est marqué à l'encre noire et au sang écarlate. Ça me fait un choc terrible d'être si proche de lui... et si éloignée de celui qu'il est devenu. À cette distance, ses yeux polaires sont comme deux mitraillettes braquées sur mon front. Et je sens bien qu'il meurt d'envie de me tirer dessus à bout portant.

Tant de colère... oh, oui... il y a tant de colère dans ce regard prédateur !

Wolfgang me déteste vraiment...

C'est peut-être stupide, mais j'ai l'impression qu'une partie trop naïve et optimiste de mon être s'est toujours refusée à y croire.

— King ! gronde-t-il avec une hargne assourdie par la fureur.

Il n'a pas le temps de m'en dire plus. Danger m'attrape par le bras et m'écarte vivement de mon ex-copain. Mes côtes contusionnées protestent vigoureusement de ce traitement indélicat en me comprimant la cage thoracique.

— Putain ! entends-je crier à mon oreille. Éloigne-toi de là ! Rentre à la maison !

L'invective de Danger me foudroie de la tête aux pieds, comme si je venais de planter une fourchette dans une prise électrique. J'occulte la douleur dans un recoin de mon esprit habitué à la souffrance et redresse le menton, prête à lutter contre ces deux forces opposées de la nature.

Une tornade de feu contre un blizzard de glace.

— Ne lui parle pas sur ce ton ! riposte Wolf, les pupilles dilatées par la rage.

Ses yeux bleus deviennent aussi noirs que les miens.

— Tu te fous de ma gueule ? s'insurge Danger en me repoussant lorsque j'essaie de m'approcher de lui. Après ce que tu lui as fait, tu oses me dire comment je dois me comporter avec elle !

Une volute d'incertitude tourbillonne brièvement sur le visage de Wolf qui s'obstine à le défier du regard. Prenant mon courage à deux mains, je tente de m'interposer une nouvelle fois... et mon intervention semble mettre le feu aux poudres. Irrité par ma présence, le mauvais caractère de Wolf refait violemment surface. Il n'attaque pas comme un loup, mais comme une vipère. Imprévisible. *Mortel.* Le poing qu'il décoche à Danger est si rapide que le mouvement ressemble à une traînée floue et intangible. J'entends plus que je ne vois le nez de mon ami craquer comme une allumette en bois. Un moment de flottement embrume mon cerveau réfractaire à ce genre de violences stériles. Mais l'impulsion sournoise de Wolf l'amène à renouveler son uppercut – dans la tempe de Danger, cette fois.

Mon géant vacille sur ses jambes, sonné. Un flot de sang poisseux s'écoule de ses lèvres éclatées et macule le devant de son t-shirt blanc.

— Ça suffit ! hurlé-je en retrouvant ma voix. Stop ! C'est ridicule !

Danger ne m'écoute pas. C'est devenu une question de fierté pour lui. Je le vois à la crispation de ses paupières et à son menton volontaire obstinément pointé vers l'avant.

— Danger, non !

Trop tard. C'est à son tour d'abattre son énorme poing lesté de métal sur le visage de Wolf... qui ne parvient pas à esquiver le coup.

— Merde, merde, merde ! pesté-je en voyant mon ancien amant s'écrouler sur le sol.

Désespérée, je m'accroche au bras de Danger.

— Ça suffit ! S'il te plaît, s'il te plaît...

Danger regarde Wolf, étendu à plat ventre sur le macadam, et semble satisfait de son œuvre. D'une main égratignée, il essuie le bas de son visage maculé de sang et rempoche son poing américain.

— Ouais, grogne-t-il avec arrogance, je crois qu'il a reçu son compte, le salaud !

Nauséeuse, je relâche Danger, m'avance vers Wolfgang, dont l'immobilité tétanise mon cœur à l'intérieur de ma poitrine, et m'agenouille près de lui.

— King ! s'insurge Danger, tiraillé entre l'envie de me traîner loin de Wolf et le besoin de prendre son fils dans ses bras. Qu'est-ce que tu fais, putain ?! Laisse-le crever, ce connard ! Moi, j'appelle les flics...

Je ne l'écoute pas. Toute mon attention est concentrée sur la joue écorchée de Wolf. Une blessure qui risque de laisser une cicatrice. De plus près, je remarque aussi sa lèvre fendue à la commissure, son arcade sourcilière contusionnée et l'effrayante lividité de son visage presque méconnaissable.

Il vient de prendre une sacrée raclée pour moi, et ça me rend malade.

Comme s'il lui fallait une autre raison de me détester...

— Wolf, murmuré-je d'une voix paniquée. Hé ! Réveille-toi !

Je suis étonnée de constater que ma voix parvient à l'arracher aux ténèbres opaques de l'inconscient, mais ce n'est pas l'homme qui s'éveille… c'est la bête à sang froid et aux réflexes meurtriers.

D'un mouvement aussi vif que l'éclair, il se redresse avec la grâce sinueuse d'un serpent, attrape son flingue caché sous les plis de sa veste et le pointe droit sur le cœur de Danger, qui s'empresse de lever ses deux mains au-dessus de sa tête.

Le temps s'enroule sur l'extrémité du canon.

J'appréhende le potentiel meurtrier de la scène en une fraction de seconde, trop habituée à ces dérapages incontrôlables pour perdre mon self-control. La main tatouée de Wolf ne tremble pas, son regard pâle ne vacille pas. Il est sûr de lui, complètement lucide et prêt à riposter de la plus terrible des manières.

Pour moi, c'est la goutte d'eau proverbiale. *Quelle bande de crétins !* Mes nerfs usés me lâchent dans un sursaut d'exaspération qui m'ôte toute once de prudence.

Dans un état de semi-délire, j'assène une gifle magistrale à Wolf.

Ma main moite claque contre sa joue brûlante. Sa tête part brutalement vers l'arrière et du sang tiède éclabousse la manche de ma chemise préférée. J'ignore qui est le plus surpris par mon geste suicidaire : Danger, Wolf… ou moi ?

Si l'on omet les pleurs colériques d'Asher et la musique lointaine qui provient du garage, un silence assourdissant s'empare de mon âme en proie aux pires tourments. Les yeux pâles et furieux qui se posent sur moi me rappellent tant et tant de mauvais souvenirs que je peine à rester ancrée dans la réalité du moment présent.

Le canon de l'arme de Wolfgang oscille lentement vers moi… avant de revenir vers Danger lorsque ce dernier fait mine de se rapprocher de nous.

— On ne t'a jamais appris à ne pas contrarier un homme qui braque un flingue sur ton mec ?

Sa question, dictée d'une voix si calme qu'elle en devient extrêmement menaçante, me fait sortir de mes gonds.

Encore une fois, Wolfgang réveille les pires défauts de l'ancienne King.

— On ne t'a jamais appris à ne pas braquer un flingue sur un inconnu alors que tu viens juste de sortir de taule ?

Nous nous dévisageons en silence pendant une longue minute durant laquelle Danger n'ose plus bouger ne serait-ce qu'un orteil. La tension est si palpable qu'on pourrait la couper au couteau.

— Qu'es-tu devenu, Wolf ? chuchoté-je, hantée par le souvenir du garçon doux et timide que j'ai été forcée de trahir pour survivre. Tu oses sortir une arme face à un bébé ? À *mon* bébé ?

L'horreur absolue qui se peint sur le visage de mon ex-copain soulage la faille dans mon cœur qui s'échine à l'aimer, envers et contre toute logique. Puis sa main aux jointures ensanglantées se met à trembler et là, je comprends qu'il ne s'est pas définitivement perdu dans sa cellule de prison. Mon Allemand mutique et mal à l'aise en société est toujours là, sous la surface sulfureuse qu'il s'est créée pour protéger son cœur trop sensible.

— Ce n'est pas moi, lâche-t-il dans un souffle presque inaudible. J'suis pas comme ça...

Non, tu ne l'es pas.

Son regard assombri par la culpabilité reflète toute l'étendue de la honte et de l'incompréhension qu'il ressent à cet instant, ouvrant son âme à la mienne. Il baisse son arme et la laisse tomber sur le sol, et je sens bien qu'il est désolé d'en être arrivé à une telle extrémité.

Ce ne sont peut-être pas de véritables excuses, mais ça me suffit.

Pour le moment...

— Tant mieux.

Danger expire bruyamment dans mon dos, soulagé. Là encore, et sans raison apparente, la colère me saisit entre ses griffes cruelles et aveuglantes.

— Toi ! m'écrié-je en bondissant vers mon colocataire pour l'empoigner par le devant de son t-shirt. Tu n'es qu'un abruti ! Ce n'est pas lui, bon sang ! Ce n'est pas le gars qui m'a agressée ! Tu viens de tabasser un innocent !

Bouche bée, Danger me dévisage comme s'il venait de me pousser une seconde tête particulièrement hideuse sur l'épaule. Je comprends sa stupéfaction : c'est la première fois que je perds mon calme devant lui. Pourtant, nous avons traversé des disputes épouvantables avant l'arrivée d'Asher... Mais j'ai eu tellement peur que ces deux idiots s'entretuent pour rien que j'en ai encore les jambes qui tremblent comme de la gelée.

— Ce n'est pas lui ?

Le ton piteux de sa voix parvient à m'adoucir – légèrement. S'il m'avait écoutée avant de frapper, nous n'en serions pas là.

— Non. Ce n'est pas lui ! asséné-je avec colère.

— Je ne poserai jamais la main sur King, intervient Wolf d'une voix dédaigneuse. Pas sans la protection d'une paire de gants en caoutchouc, en tout cas...

Je me retourne pour l'épingler d'un regard sévère. Je sais qu'il a formulé sa dénégation d'une façon aussi grossière dans l'unique but de me rabaisser et de me jeter à la figure sa haine pour la fille que j'étais avant de rencontrer Jemar.

— Parce que tu te protèges, maintenant ?

Dès que ces mots sortent de ma bouche, j'ai envie de me coller une gifle, à moi aussi. Je refuse de me rappeler de la sensation de communion incroyablement intense que je ressentais lorsque son sexe lisse et satiné allait et venait à l'intérieur de moi.

— Avec les filles que je culbute, ça vaut mieux... Hé ! J'y pense : ce sont peut-être d'anciennes collègues à toi ?

Je lui montre les dents comme un animal dans un simulacre de rictus, estomaquée par la violence de la jalousie qui me transperce l'estomac.

— Je ne sais pas. Mon truc à moi, ça a toujours été les hommes.

Lui aussi me jauge comme s'il ne me reconnaissait pas.

— Et non, reprends-je pour amener la conversation sur un terrain plus neutre, ce n'est pas non plus Danger qui m'a mise dans cet état !

Les paroles de Carlos flottent à l'arrière de mon esprit.

Tu passeras le bonjour à Wolf de ma part, King Kong.

Toutefois, je ne suis pas suffisamment stupide pour m'exécuter et entrer dans le jeu d'Enrico. Si ce dernier venait à comprendre qu'il peut atteindre Wolf par mon intermédiaire, je n'aurais plus jamais la paix.

— J'ai été... agressée par un drogué, samedi matin. Rien à voir avec des violences conjugales.

Je n'ajoute pas que j'ai trouvé l'ardeur de Wolfgang à me défendre absolument adorable. C'était probablement un réflexe d'une autre vie.

Tant de haine... oh, il y a tant de haine dans ses yeux lorsqu'il me regarde...

— C'est qui, ce type ? finit par s'écrier Danger en cédant à son besoin de consoler son fils.

Pour une fois, Asher ne rechigne pas à se laisser bercer par les bras puissants de son père. Au contraire, il se colle à son torse et frotte son visage écarlate contre son t-shirt, ses petits poings belliqueux crispés sur ses épaules. J'ignore pourquoi j'ai l'impression qu'il me lance une œillade craintive, mais Asher ne paraît pas très enthousiaste à l'idée que je m'approche de lui...

Non, réalisé-je en suivant son regard, *c'est Wolf qu'il fixe avec tant de méfiance.*

— C'est... un ancien ami, réponds-je, la gorge asséchée par l'amertume que m'a laissée mon histoire ratée avec Wolfgang Müller.

Ce mensonge fait naître un sourire narquois sur le visage de mon ex-copain.

— Ancien, oui. Ami, non... rectifie-t-il avec mesquinerie. À moins que tu ne continues à sucer et à baiser avec tes potes, King ?

Je tressaille, choquée par la cruauté et l'âpreté de son ressentiment envers moi. Quant à Danger, il vire à l'écarlate, prêt à refaire résonner le chant destructeur de ses poings.

— Wolf ! me révolté-je. T'es vraiment qu'un connard !

Danger s'immobilise à mes côtés, aussi raide que la justice, tandis que Wolfgang se relève en vacillant, une main plaquée sur l'entaille qui déchire sa pommette droite. Il a une tête d'accidenté de la route, mais mon ami n'est pas en meilleur état que lui... alors, je suppose qu'ils sont ex æquo.

— Wolf ? chuinte Danger, presque à bout de souffle. Alors, c'est lui...

Heureusement, le principal intéressé est trop sonné pour entendre ce murmure désespéré. Les pièces du puzzle que forme mon passé commencent à s'emboîter dans l'esprit rusé de Danger... et je sens qu'il n'aime pas ce qu'il y découvre.

— Ne fais pas cette tête, lâché-je en levant une main vers son nez rouge et enflé dans un geste plein de tendresse. Ça a l'air cassé...

Danger recule d'un pas, impassible. Asher remue, mécontent d'être éloigné de moi.

— Je vais bien. Ce n'est rien.

Sa voix est froide, lointaine et pleine d'une distance qui me saigne à vif.

— Danger, s'il te plaît... commencé-je, sans réussir à achever ma phrase.

Le baiser avorté par le nom de l'homme qui se tient derrière moi flotte comme un fantôme dans l'espace qui me sépare – tant physiquement qu'émotionnellement – de Danger.

— Qui t'a agressée, King ? riposte Wolf avec cet accent de colère qui me hérisse tous les poils du corps. Dans quel genre de coup foireux as-tu mis les pieds, cette fois ?

C'est plutôt à toi que je devrais poser cette question, Wolf.

— Je te l'ai dit : un drogué qui voulait me faire les poches.

Il se renfrogne, aussi sombre que Danger. La tension augmente d'un cran, de plus en plus épaisse et électrique. Visiblement, ils ne supportent pas d'être si près l'un de l'autre.

— Danger ?

Mon ami me jauge d'un regard prudent.

— Est-ce que tu peux me laisser une minute, s'il te plaît ?

Mon âme retient son prochain souffle, aussi glacé que mon corps par la déception douloureuse qu'affiche Danger.

— Va me chercher la trousse de secours, continué-je, le cœur lourd. Tu n'y as pas été de main morte. Il faut que je le rafistole...

Avoir une mission concrète semble l'apaiser et atténuer sa

rancœur, mais je ne m'y trompe pas : dès que Wolfgang sera parti, je n'échapperai pas à un interrogatoire musclé.

— OK. Je vais aussi en profiter pour amener Asher à ma mère... Je reviens dans quelques minutes, King. On discutera à ce moment-là.

Cette dernière phrase ne m'est pas destinée. Elle est pour Wolf, qui sourit d'un air bagarreur à cette provocation muette.

— J'ai rien à te dire, mec. La seule chose qui m'intéresse, c'est ma voiture.

Danger hausse les sourcils, mais il n'insiste pas. Rien que pour ça, j'ai envie de l'embrasser... et je choisis de ne plus m'en priver. Après m'être hissée tant bien que mal sur la pointe des pieds, je dépose un chaste baiser sur sa joue piquante et assombrie par un chaume de barbe. Quand il tourne la tête pour chercher mes lèvres, je ne lui refuse pas le baiser langoureux dans lequel il m'emporte pour marquer son territoire, même si je suis plus que jamais consciente du regard glacé de Wolfgang.... Et pour cause, il me vrille l'arrière du crâne.

— Je reviens, promet-il en reculant.

Je souris et caresse la joue d'Asher, étrangement calme dans l'étreinte sécurisante de son papa.

— Je t'attends.

Il hoche la tête, incapable de masquer le soulagement qui illumine ses yeux d'un bleu légèrement plus foncé que celui des iris atypiques de Wolf. En silence, j'observe Danger et Asher retourner à l'intérieur du garage. La porte de service s'entrouvre, mais elle ne se referme pas, permettant ainsi au rock'n'roll démodé qu'aime Zex de se répandre sur le trottoir. Lorsqu'ils disparaissent de ma vue, je sens une main glacée s'enrouler autour de ma nuque.

Ce n'est pas la peur. Ce n'est pas l'angoisse.

— Tu t'es trouvé un autre pigeon, susurre Wolf à mon oreille, en se plaquant contre mon dos. Il semble être prêt à tout pour toi.

C'est mon loup des glaces.

— Je croyais que tu refusais de me toucher sans une paire de gants, raillé-je en lui balançant mon coude dans les côtes.

Je savoure son gémissement de douleur, fière de ma repartie, et fais volte-face pour nourrir la fureur de son regard avec ma propre colère.

— Je dois être comme toi : un menteur compulsif.

— Peut-être que je l'ai fait désosser, ta voiture... mens-je pour le plaisir de le prendre au piège de son jeu puéril.

Wolf perd ses dernières couleurs. Avec son œil à moitié fermé, l'entaille barbare qui lui cisaille la joue et l'hématome rougeâtre qui s'étale de sa tempe jusqu'à son oreille, il ne devrait pas avoir l'air aussi effrayant... et pourtant, il réussit à me faire peur lorsqu'il resserre ses doigts autour de mon cou.

Où s'est envolé le garçon qui ne m'aurait jamais fait de mal ?

Ce n'est plus lui qui se tient en face de moi.

— Tu aurais osé me faire ça, *mein Schatz* ?

Il mériterait que je continue à lui mentir, à le torturer...

— Pourquoi pas ? Tu as bien osé braquer une arme sur le cœur de mon ami !

Il plisse les yeux.

— Lui aussi, c'est l'un de tes... *amis* ?

L'hésitation volontaire qu'il marque n'a vocation qu'à me blesser, je le sais. Hélas, ça fonctionne. Wolfgang sait toujours où me piquer pour me faire saigner.

— J'ai eu beaucoup d'amis par le passé, persiflé-je, mais je n'en ai jamais eu d'aussi... *bon* que Danger.

Wolf accuse le coup, l'œil mauvais. Moi aussi, je me souviens de là où frapper pour causer de gros dégâts à sa fierté.

— Danger... C'est un prénom de merde.

Je souris, amusée par sa perfidie.

— Jaloux ?

Il pince ses lèvres abîmées, conscient de s'être trahi avec cette rebuffade indigne de lui.

— Curieux, me contredit-il sèchement. Ma voiture, King. Ne m'oblige pas à me répéter.

Tatouages, piercings et vêtements noirs : Wolf s'est offert la panoplie classique du mauvais garçon. Mais pendant qu'il croupissait en cellule, j'ai appris à craindre les hommes qui font l'effort de dissimuler leur véritable nature sous les couches vernies d'élégance et de politesse.

— Ou sinon quoi ? Tu vas me coller ton flingue sur la tempe ? le provoqué-je, incapable de m'en empêcher.

Un tic nerveux fait tressaillir sa paupière.

— Ton copain avait un putain de poing américain !

— Et toi, tu as sorti un putain de pétard ! répliqué-je du tac au tac.

Il serre le poing si fort que je sens la pression de son sang augmenter dans la main qu'il maintient sur ma gorge vulnérable.

— Je l'ai chargé avec des balles à blanc, King ! J'suis pas pressé de retourner là d'où je viens... Ton mec ne risquait rien d'autre qu'une putain de bonne frayeur à s'en pisser dans la culotte !

Je camoufle ma surprise derrière la première repartie qui me traverse l'esprit.

— Arrête de dire « putain » ! C'est malpoli !

OK, c'était nul comme réponse.

Et Wolf doit le penser, lui aussi, car il a l'outrecuidance suprême de me rire au nez.

— C'est l'ancienne stripteaseuse ravie de faire des petits extras dans la loge VIP qui essaie de me donner des leçons de bonne conduite ?

Dios mío ! L'attaque est si violente que j'en ai le souffle coupé.

— Oui, *mein Schatz*. Je sais tout ce que tu as fait au Knockout. La danse, la drogue et le sexe... Il paraît que tu as gagné beaucoup d'argent en suçant des vieux six soirs par semaine. Pourquoi aurais-tu eu besoin de désosser ma voiture ? Te faire démonter te rapportait bien plus que les pièces détachées de ma Mustang !

KO. Ouais, c'est peut-être ironique, mais je suis littéralement... *knock-out*. Et j'ai tellement envie de me mettre à pleurer que mes yeux deviennent encore plus brûlants que mes joues.

— T'es un vrai con, Wolfgang.

Il reste indifférent à ma voix larmoyante et, quelque part, je l'en remercie. S'il s'était adouci, j'aurais éclaté en sanglots.

— Ma voiture, King.

Je déglutis, la gorge nouée, et réponds :

— Dans un garage en ville. J'ai eu... quelques petits soucis avec ce conteneur de merde que tu avais choisi de louer en plein territoire des Sinner's.

L'expression de Wolf ne change pas. Il se fiche comme d'une guigne des emmerdes que l'explosion de son business m'a créées après son emprisonnement.

— Amène-moi là-bas, dit-il avec un timbre plus rauque.

— Pas aujour...

Soudain, une voix bourrue s'exclame dans mon dos :

— Wolfgang ? Wolfgang Müller ! Putain, *Kleiner*[12] ! Ça fait une éternité que j'ai pas croisé ta jolie petite gueule !

Un grand homme rondouillard et pourvu d'une longue chevelure blanche s'avance vers nous – Hunk. Et il marche aux côtés d'un bel homme à la peau sombre – Jemar.

Malheur !

— Je t'ai déjà parlé de lui, Jem' : c'est le meilleur mécanicien de la ville. Après moi, bien sûr !

Jemar ne répond pas, trop occupé à fixer le visage ravagé de Wolfgang. Visiblement, Danger est allé me balancer à son père.

— Hunk ! sourit Wolf en me relâchant brusquement, comme s'il venait juste de se rappeler qu'il tenait ma gorge d'une main impitoyable. Ça fait longtemps...

— Hé, *Kleiner* ! s'inquiète Hunk, sans m'accorder ne serait-ce qu'un regard. Tu t'es pris une sacrée dérouillée ou je me trompe ?

Wolfgang hausse les épaules, mais je le vois examiner Jemar d'un œil critique.

— On est moins bien accueilli ici que dans mes souvenirs...

---

[12] Petit, en allemand.

Le sous-entendu m'est clairement adressé, mais je feins de ne pas l'avoir compris.

— C'est drôle, susurre Jemar avec sa belle voix cultivée. Mon fils se promène avec la même tronche de viande crue que toi, jeune homme.

Il n'attend pas que Wolfgang réplique et se tourne vers moi.

— As-tu besoin d'un coup de main, Tempérance ? Ce garçon t'ennuie-t-il ?

Hunk semble se faire un devoir d'être vexé à la place de Wolfgang.

— Qu'est-ce que tu racontes, Jem' ? Ce petit, là... c'est le fils de Osen Müller ! Jamais il ne ferait du mal à une femme !

La surprise de Jemar trouve un écho dans celle de Wolfgang.

— Vraiment ?

Le regard noir de Jemar se réchauffe.

— Ton père était un bon ami. Un mécanicien de talent et un homme de principes. Il me manque.

Wolf esquisse un sourire distant, même si je sens à quel point ce compliment distribué de bon cœur le touche.

— Merci. C'est lui qui m'a tout appris, m'sieur.

Jemar lui tend la main et Wolf s'empresse de la serrer dans la sienne. Puis Hunk l'empoigne dans l'une de ces accolades viriles qu'affectionnent les hommes.

— Tu ne chercherais pas un travail par hasard ? demande le vieil Allemand. Ce garage aurait besoin d'un gaillard aussi talentueux que toi !

J'écarquille les yeux, terrifiée par la suite que Wolf pourrait donner à cette folie.

— En fait... j'sors de taule, Hunk.

Wolf me coule un regard narquois.

— Et j'suis pas sûr que ma présence serait appréciée à sa juste valeur.

C'est un sacré euphémisme...

Et je le sens mal. ***Très*** mal.

8

ENTRETIEN D'EMBAUCHE

Wolf

Les yeux froids de l'homme qui se tient en face de moi sont plus éloquents que les mots stériles qui sortent de sa bouche à la pliure désapprobatrice :

— Désolé, nous sommes malheureusement dans l'incapacité de donner une suite favorable à votre candidature.

Sans surprise, mon entretien d'embauche se conclut sur l'échange d'une poignée de main hypocrite et distante, et même s'il le cache plutôt bien, je suis sûr que le RH va se jeter sur son gel antibactérien dès que j'aurai franchi la porte de son bureau étriqué aux murs blancs et impersonnels. C'était foutu d'avance. Avec ma gueule cassée, mes lèvres tuméfiées, mon œil au beurre noir et le sang coagulé sur mes phalanges, j'ai été éliminé de la course dès qu'il m'a aperçu, à moitié endormi et en pleine digestion, sur la chaise en plastique rouge appuyée contre le mur du couloir qui mène à son bureau.

Je l'avoue : je n'ai pas fait un gros effort de présentation. Mon corps n'est qu'un immense sac de nœuds douloureux qui m'arrache des grimaces à chaque pas vacillant que j'essaie d'esquisser vers la sortie.

Ma mère et ma sœur, Gina, avec qui j'ai déjeuné avant de venir ici pour m'humilier devant un bureaucrate snobinard, ont failli avoir une crise cardiaque en voyant les ravages qu'ont causés sur mon visage les poings lestés de métal du nouveau mec de King. Je ne sais pas comment je suis parvenu à les convaincre de ne pas aller mettre le feu au garage Thornton en guise de représailles ; ma mère était si furieuse et inquiète pour moi que j'ai eu l'impression d'avoir à nouveau huit ans... mais j'ai finalement obtenu gain de cause en expliquant pourquoi je suis revenu avec la trogne à Mickey Rourke : braquer un flingue – même s'il est factice – sur un gosse exalte toujours les instincts protecteurs des femmes.

King a un gamin, un homme prêt à tuer pour elle et une situation professionnelle plutôt enviable. Et moi, je me suis pointé comme une fleur pour... cracher sur toutes les choses qu'elle a réussi à accomplir durant mon incarcération. La vérité, c'est que ça me fout les boules qu'elle soit parvenue à s'en sortir sans moi. Et ce mec, là... Danger... il a l'air vraiment très amoureux d'elle. Dans ses yeux presque aussi bleus que les miens, j'ai reconnu l'ardeur d'une véritable passion brûler et consumer les vestiges de sa raison. Je ne devrais pas être jaloux de ce type – après tout, c'est moi qui me suis débarrassé de King... – et des sentiments réels et profonds qu'ils ont visiblement l'un pour l'autre, mais c'est plus fort que moi : ça me ronge le cœur comme de la rouille qui grignoterait la coque d'une vieille épave au fond de l'océan. Je me sens fragile et... plein de petits trous.

Après avoir salué mollement la jolie fille de l'accueil qui me bouffe de ses grands yeux de biche, je sors de l'usine située en périphérie d'Albuquerque et me dirige vers le parking où m'attend la Corvette de Jéricho.

Et merde ! Jéricho est là, lui aussi.

Adossé à sa voiture, les bras croisés en travers du torse et les doigts remuant au rythme de la musique, il affiche un visage si tourmenté que j'en éprouve presque de la peine pour lui... mais je suis trop anesthésié par les événements de la veille pour réagir à son trouble autant qu'il le mériterait.

— Alors ?

Je n'ai pas besoin de lui répondre, il lit la réponse à sa question sur mon visage affaissé par la déception. Ce n'est pas parce que je ne voulais pas de ce boulot merdique que je ne suis pas frustré d'avoir été rejeté… encore une fois.

— Merde ! peste-t-il en portant une main à son front, comme s'il souffrait d'une migraine. Bon, ce n'est pas grave. Je vais chercher dans les petites annonces.

Cette dernière phrase me sort de ma léthargie.

— Hé ! Ne t'en fais pas pour moi, mec ! Je sais encore lire, hein…

Ma blague tombe à plat et l'atmosphère devient si pesante que je la sens littéralement alourdir mes épaules.

— Écoute, j'ai peut-être un problème dont je ne t'ai pas parlé…

Je hausse un sourcil, glacé par l'expression sérieuse avec laquelle il me jauge. Le parking désert, embrasé par le soleil d'une fin d'après-midi particulièrement lumineuse, m'apparaît plus sinistre. Presque menaçant.

— Ambroise ne le sait pas, lui non plus.

— Qu'est-ce qu'Ambroise vient faire là-dedans ? m'étonné-je.

Les joues de Jéricho virent au rouge vif, mais il ne détourne pas le regard.

— Je sais que tu penses que je suis un privilégié qui gâche sa vie à bouder comme un petit enfant capricieux…

— Je t'arrête tout de suite, Jéricho ! le coupé-je, passablement énervé, en posant une main sur son épaule pour le forcer à m'écouter plus attentivement. Je n'ai jamais pensé une telle horreur sur toi. Oui, tu as eu plus de pognon et de chance que moi à la naissance, mais ce que tu as vécu… c'est moche, mec. Très moche. Je ne sais pas comment j'aurais réagi à ta place. Honnêtement, je ne peux pas t'affirmer que j'aurais géré la situation avec autant de bravoure que toi. Affronter ton erreur et vouloir en payer le prix fort, c'était beaucoup plus courageux qu'autoriser ton père à régler tes problèmes à ta place. Tu as mon respect, Jéricho. Et mon admiration, aussi.

Mon ami écarquille les yeux d'une façon légèrement grotesque, voire cartoonesque et, pour la première fois de la journée, un sourire sincère vient incurver mes lèvres déchirées. Ça fait mal, mais c'est bon. La gangue de glace qui recouvre mon esprit hanté par King commence à se fissurer – *doucement, tout doucement...*

Je la déteste d'être aussi forte.

Je la déteste d'être aussi faible.

Je la déteste d'être... oui, je la méprise d'être celle qu'elle est devenue sans moi.

Voilà encore une personne dans ma vie à qui mon absence a profité...

— Waouh ! s'exclame Jéricho, les bras ballants. Si tu n'étais pas aussi moche, je crois que j'aurais envie de te rouler une pelle, là.

J'éclate de rire, regrette très vite mon hilarité impulsive et gémis de douleur en me pliant en deux. Ma gueule cassée me fait aussi mal que mes côtes fêlées.

Putain de Danger...

— Alors ? relancé-je en reprenant mon souffle. Quel est ton problème ?

L'éclat rieur dans les yeux de Jéricho s'éteint brutalement, telle une flamme balayée par un courant d'air.

— Mon père veut revendre l'appartement.

Oh.

C'est un coup dur pour lui, je le sais. Et si l'on m'ajoute à l'équation, je suis un boulet de plus accroché à sa cheville alors qu'il se débat, la tête au ras de l'eau, pour éviter de couler à pic.

— Merde...

Jéricho se frotte le crâne des deux mains, ébouriffant ses cheveux dans tous les sens. J'y reconnais un signal d'alarme très critique, chez lui ; il le faisait aussi, en prison, lorsqu'il avait tant de mauvaises choses dans la tête qu'il lorgnait les draps et les barreaux avec des envies plus suicidaires les unes que les autres. Je ne sais jamais trop quoi dire ou faire dans ce genre de situation. Malgré toutes les merdes qui m'ont fait trébucher, je n'ai jamais envisagé de mettre un terme à mes jours. Je tiens beaucoup trop à la vie pour en arriver là, même si ça fait de moi un être légèrement masochiste sur les bords.

— C'était la seule chose... commence-t-il avant de s'interrompre en se mordant la lèvre jusqu'au sang. Bah, je ne vais pas me plaindre, hein ! J'en ai bien profité.

Ses paroles sonnent si faux que je ne prends même pas la peine de le contredire.

— J'ai jeté un œil aux appartements disponibles dans le secteur, et les loyers coûtent une fortune ! Avec mon salaire, et même si on choisit un studio minable, je ne crois pas qu'on arrivera à s'en sortir plus de trois mois.

Je pousse un grognement dubitatif.

— Et l'argent que tu n'arrêtes pas de me jeter à la figure ? Il vient d'où ?

Cette fois, Jéricho fuit mon regard et enfonce les mains dans les poches de sa veste de motard usée sur les coudes.

— J'ai quelques petites économies...

— Ne me mens pas, mec.

Ma voix grondante résonne bizarrement dans le parking vide. Les épaules voûtées, je sens la détermination de Jéricho se mettre à flancher.

— Ambroise ne sortira probablement jamais de taule... et puisqu'il a plus de fric qu'il n'en a besoin là où il est...

Je manque de m'étouffer avec ma salive.

— Tu te fous de moi ? C'est Ambroise qui me balance ces biftons de cinquante balles depuis ma sortie ?

Jéricho se racle la gorge.

— Ouais.

— Ce taré de psychopathe de mes couilles ! grondé-je, à la fois ému par la beauté de son geste et blessé par les cachotteries qu'ils complotent dans mon dos. C'est une putain de mère poule !

La comparaison peu flatteuse d'Ambroise à un gallinacé amène un large sourire sur la figure dépressive de Jéricho. Il passe si vite et si facilement du rire aux larmes que c'en est déstabilisant.

— Ne lui répète surtout pas que j'ai dit ça, OK ?

Mon ami rit aux éclats de ma requête faussement peureuse ; c'était justement le but. Je suis peut-être aussi solitaire et taciturne qu'un loup sauvage, mais je ne supporte pas de voir les gens que j'aime souffrir à mes côtés. Et même si je ne serai jamais le clown de la bande, je me débrouille comme je le peux pour arracher quelques rires et sourires par-ci par-là...

— Et ne t'inquiète pas pour l'argent. J'ai une autre option sous le coude.

Ce n'est qu'en le formulant à haute voix que je me rends compte que je privilégie cette option-là depuis le début... Dès que Hunk m'a parlé du poste disponible au garage Thornton, j'ai su intrinsèquement que c'était là que je me reconstruirais une identité à part entière.

Au diable King, Danger et leur marmot braillard.

C'est *mon* rêve à *moi*, ce garage !

— C'est-à-dire ?

Jéricho n'a pas l'air rassuré pour un sou, et il a raison...

— Un vieil ami m'a proposé un boulot dans un garage.

Sa mâchoire manque de se décrocher tandis qu'il émet une sorte de gargouillis étranglé.

— Qu'est-ce que tu fous ici, dans ce cas ?!

C'est une excellente question, et la seule réponse que je trouve, c'est qu'il fallait que je m'occupe l'esprit pour ne pas me pointer avec dix heures d'avance au rendez-vous que m'a donné King après sa journée de travail. Elle va m'amener là où elle a planqué ma précieuse voiture, et l'excitation que je ressens ne provient que de la perspective alléchante de reprendre le contrôle de ma Mustang... et de ses deux-cent-vingt chevaux qui grondent sous son capot.

Ça n'a rien à voir avec King.

Rien. Du. Tout.

— Justement, dis-je en souriant du bout des lèvres. Il faut que j'y aille. On m'attend pour un autre... entretien.

C'est à la fois un mensonge et une vérité. Si j'accepte le boulot chez Thornton, il faut que j'arrive à convaincre King et son pitbull de me laisser une chance de faire mes preuves.

— Tu devrais peut-être faire un brin de toilette avant d'y aller, non ? Si tu dégoulines de sang sur le bureau, ça ne risque pas de finir autrement qu'avec mon patron, hein !

J'inspecte brièvement ma dégaine dans le reflet de la vitre – ouais, c'est moche. J'ai effectivement une traînée de sang sur la joue, mes cheveux ont l'air d'avoir été coiffés avec un pétard et mes fringues sales exhalent une vague odeur de sueur rance.

Si ce n'est pas du sabotage, ça...

— T'es venu comment ? Tu veux que je te ramène à l'appart' ?

Jéricho secoue la tête avec un sourire.

— J'ai une meuf à aller voir dans le coin, et sans vouloir te vexer, je n'aimerais pas qu'elle prenne peur en te voyant... ou pire, qu'elle se mette en tête de vouloir te sauver de toi-même !

Nous échangeons un regard entendu. En prison, je recevais un nombre ridicule de lettres enflammées d'inconnues déterminées à faire de moi un homme honnête après avoir trouvé mon *mug shot*[13] sur internet.

— Profites-en pour moi, blagué-je en sortant mes clés de voiture. À plus, mec !

— Si tu étais moins difficile, tu pourrais en profiter toi-même, Wolf ! crie-t-il en s'éloignant vers l'accueil et la jolie réceptionniste.

Je ne relève pas. Dans le fond, je suis un gars extrêmement simple. La seule chose que je désire, c'est retrouver ce que j'ai perdu à cause de mes errances adolescentes.

Ma voiture.

Juste. Ma. Voiture.

Si je me le martèle suffisamment longtemps, je pense que j'arriverai à m'en convaincre, non ?

Comme le dirait mon père, l'espoir fait vivre... *mais la naïveté tue.*

Deux heures plus tard, je suis propre comme un sou neuf, criblé de pansements et tartiné de crème antiseptique. J'ai brossé mes cheveux,

---

[13] Photographie d'identité judiciaire.

caché mes tatouages et boutonné ma chemise jusqu'au col comme un pingouin. En passant la grille du garage Thornton avec mon pantalon noir et ma nouvelle paire de baskets, je me demande, nauséeux, si je n'en ai pas fait un peu trop...

King risque de croire que j'ai pris son rendez-vous pour un rencard... alors que la seule personne que je veux impressionner aujourd'hui, c'est son patron.

Jemar Thornton. Un ancien flic à la morale irréprochable et un brave type impliqué dans la communauté. Je me souviens de lui, à présent. C'était une sorte de légende urbaine dans mon ancien quartier. Il vient des bidonvilles, lui aussi, mais il a choisi la justice à la délinquance, et ce pari plus risqué qu'il n'y paraît lui a sauvé la vie. Hunk et mon père m'ont souvent parlé de lui, mais je ne l'avais jamais rencontré avant de prendre une raclée par son fils.

Mal à l'aise d'être attifé comme un employé de banque sous Prozac, je traîne les pieds jusqu'à l'accueil du garage, un bureau vitré sur trois côtés, où j'entrevois les boucles folles de King danser au-dessus sa tête tandis qu'elle agite vivement les bras pour tenter d'expliquer quelque chose à un client mécontent.

Je jette une œillade rapide à ma montre – 17 h 59. Elle m'avait ordonné de la rejoindre vers 18 h 15 dans le café situé au bout de sa rue.

Oups.

Avec un sourire légèrement narquois, je l'observe... et l'étudie pour mieux la piéger.

Elle règne sur son petit morceau de territoire comme une lionne sur la savane d'Afrique : avec une agressivité latente, prête à déverser le sang, et un charme prédateur qui hypnotise ses proies.

Le client, un homme d'une soixantaine d'années, n'en mène pas large. Des mots que je perçois à travers la vitre, j'en déduis qu'il n'est pas satisfait du montant des prestations facturées, mais qu'il n'arrive pas à exprimer ses griefs auprès de King. Elle est très douée pour lui faire dire ce qu'il voudrait taire et taire ce qu'il aimerait dire.

Je détestais déjà cet aspect fourbe et manipulateur de son

intelligence lorsqu'on était plus jeunes, et ça m'énerve de voir qu'il s'est considérablement affûté au fil du temps. C'est une arme qu'elle pourrait facilement utiliser contre moi, si je me risque à baisser ma garde...

King a toujours été plus maligne que moi.

Et plus maligne que la plupart des gens, d'une façon plus générale.

— Putain de merde ! s'insurge une voix grave en provenance de l'atelier baigné par la musique et le soleil. Tu vas t'emboîter, espèce de salope ! Danger, ramène-moi la machine à souder !

La machine à souder ?

Piqué par la curiosité, j'abandonne mon poste de voyeur et marche en silence jusqu'à la porte entrouverte sur le côté du bâtiment. C'est peut-être stupide, mais j'aime trop les voitures et la mécanique pour résister à l'envie de jeter un œil sur le cœur du garage : l'atelier. Vif comme un voleur, je m'insinue telle une ombre dans la pièce et m'adosse contre le mur le plus proche de la sortie, au cas où... mais ce que je vois me stoppe net dans mon élan.

Verdammte Scheiße[14] *!*

Pourquoi ce mec essaie-t-il d'enfoncer le moteur d'essuie-glace d'une Jeep à la place du moteur lève-vitre de la citadine qu'il a décortiquée comme une noix ?

Blasphème !

— Hé ! m'agacé-je, outré par sa rudesse, en trottinant jusqu'à lui. Tu vas casser la...

Un craquement sinistre m'interrompt dans ma tirade cinglante.

— Voilà ! C'est cassé, merde ! Tu sais que ça coûte une petite fortune ces clips ? On dirait que ça ne sert à rien, mais c'est grâce à ces deux morceaux de plastique dur que la vitre ne se casse pas la gueule sur la route !

Le mécano du dimanche, qui a visiblement une autre main gauche à la place de la droite, me dévisage d'un air choqué, la bouche béante. Avec ses cent dix kilos de muscles, sa peau brune, ses cheveux drus et

---

[14] « Putain de merde », en allemand.

son visage aussi bourru et viril que celui de LeBron James, c'est typiquement le genre de mecs qu'il faudrait que j'évite de contrarier… mais il vient de réveiller le monstre de mécanique qui sommeillait à l'intérieur de moi.

— Donne-moi ça, lui ordonné-je en lui ôtant la pièce inutile des mains. C'est le moteur à essuie-glaces d'un 4x4… et je suis à peu près sûr que tu sais que cette bagnole-là…

Je désigne du pouce les restes de la Toyota Corolla qui n'est plus de première jeunesse.

— C'est pas une Jeep, mon pote.

Un clignement d'yeux, et plus rien. Le type me fixe comme s'il venait d'atterrir dans une galaxie très, très lointaine peuplée d'extraterrestres qui parlent la même langue que lui. Il a beau comprendre ce que je lui dis, ça ne monte pas jusqu'au cerveau.

J'étouffe un soupir.

— On peut réparer ta connerie, mais ça prendra vingt minutes de plus que si tu avais pensé à simplement regarder la grosse pièce que tu tentais de fourrer dans le petit trou…

La double connotation de ma phrase ne fait rire que moi. Tant pis pour lui.

— Mais… putain ! T'es qui, toi ? explose-t-il d'un seul coup en dépliant ses deux mètres dix comme s'il était monté sur des ressorts.

Je hausse les épaules.

— Je m'appelle Wolfgang, et moi… je suis un *vrai* mécanicien.

Un éclat de rire très masculin résonne dans mon dos. Le géant sursaute, pris par surprise, et je tressaille, moi aussi… parce que je n'avais pas entendu Danger se glisser comme un serpent derrière moi. Une erreur d'inattention qui aurait pu m'être fatale, en prison.

Je me tourne légèrement sur le côté pour avoir les deux mastodontes dans mon champ de vision.

Putain, est-ce qu'il faut faire plus de deux mètres pour être embauché, ici ?

Je ne suis pas un petit modèle, mais à côté d'eux, on dirait que ma croissance s'est arrêtée à l'école primaire.

— Je trouve qu'il la ramène un peu trop, ce *vrai* mécano. Pas toi, Zex ?

Le dénommé Zex me considère toujours d'un œil incrédule.

— C'est lui qui t'a sauté à la gorge, D ? Punaise, tu l'as bien amoché !

Je pince les lèvres.

— Il avait un poing américain !

Danger me toise avec deux mitraillettes à la place des yeux.

— Tu avais un flingue !

— Oui, mais c'était un faux. Ton poing américain était *vraiment* en métal et hérissé de pointes !

Une étincelle de culpabilité passe brièvement sur son visage. Même si je l'ai cogné de toutes mes forces, il n'a que l'ombre d'un petit hématome sur la pommette et une estafilade sur l'arête du nez. Comparé à lui, j'ai l'impression d'avoir été passé à la broyeuse.

— T'es là pour le job ? attaque-t-il aussitôt. Désolé, il est déjà attribué.

Je ricane, maussade.

— Pitié, dis-moi que tu ne l'as pas refilé à ton pote !

Zex s'ébroue, éclaboussé par l'insulte.

— Hé, blanc-bec ! Je travaille ici depuis que j'ai seize ans, moi !

Pas étonnant que le garage soit au bord de la ruine.

— C'est encore pire… marmonné-je pour moi-même. OK, les mecs : première leçon. Pour sauver l'honneur de Hunk, je vais prendre vingt minutes pour vous apprendre à réparer un putain de moteur lève-vitre.

Sans attendre qu'ils me foutent à la porte, je me saisis des outils dont j'ai besoin, des pièces qui vont avec le modèle de la voiture et… je plonge mes mains dans le cambouis, plus heureux que je ne l'ai jamais été depuis ma libération sous caution.

— Il est culotté, ce blanc-bec, entends-je râler près de moi. Tu lui as peut-être cogné la tête un peu trop fort…

Pourtant, et en dépit de son scepticisme, Zex se penche vers moi, aussi attentif qu'un apprenti, pour examiner ma méthode de travail.

Et bientôt, je sens que Danger s'approche, lui aussi. Pour satisfaire sa curiosité ou pour tenter de m'intimider, je l'ignore. Un mélange des deux, sans doute.

Étape par étape, je déjoue les pièges que me tend la voiture, comme si cette vieille dame malade ne voulait pas être sauvée, et décèle trois autres foyers de panne que je rafistole avec moins de précision que je ne l'aurais fait si je n'avais pas mené un combat contre la montre. Quinze minutes plus tard, je tourne la dernière vis de fixation, démarre le moteur et actionne le mécanisme pour vérifier qu'il fonctionne aussi bien que je l'espère...

Oui ! Et mieux encore !

Je passe une main caressante sur la carrosserie rouge cerise qui me rappelle celle de ma Mustang.

— Et voilà, les mecs. Pas besoin de jouer à l'apprenti sorcier avec une machine à souder, ou j'sais pas quoi !

Un grand silence ponctue ma réplique pleine d'arrogance et d'autosatisfaction.

— Je crois que je te déteste, lâche Danger d'une voix atone. On galère sur cette portière depuis... trois ou quatre jours, je ne sais plus. Dès qu'on réparait un truc, ça éclatait de l'autre côté.

Son agressivité a complètement disparu, mais il me scrute toujours avec la méfiance d'un homme qui se sent menacé dans sa dominance.

— Quatre jours, le corrige Zex, avant de m'offrir un sourire d'une blancheur aveuglante. T'es plutôt doué, le louveteau. Dommage que King te haïsse !

— Oui, susurre Danger, c'est tellement dommage...

Je jette le chiffon sur le sol et me rapproche des deux géants à la peau sombre.

C'est *mon* rêve à *moi.*

— King ne me...

Soudain, j'entends la porte claquer contre le mur en brique rouge.

— King t'attend depuis plus de quinze minutes sur le trottoir comme une grosse conne ! s'écrie la principale concernée en faisant une apparition sensationnelle sur le seuil de l'atelier. Et ne t'avise surtout pas de faire un mauvais jeu de mots !

Vêtue d'une jupe-short très courte, d'une paire de collants noirs et d'escarpins à semelle rouge, elle respire la sensualité et la fureur. Si l'on ajoute l'ecchymose sous les cils de son œil noir et sa pommette écorchée, elle est incontestablement parfaite... pour faire le trottoir à la recherche d'un homme à vider – dans tous les sens du terme.

— Qu'est-ce que tu fous là, Wolfgang ? Je t'avais dit de m'attendre devant le café de Jacob !

— Chérie, craché-je d'une voix aussi enragée que la sienne, ça fait un moment que j'ai arrêté de faire ce que tu voudrais que je fasse...

Danger bande les muscles, piqué au vif par ce rappel à notre passé commun, alors que le rire de Zex gronde par-dessus la musique des années 80. Quant à King, elle retrousse les lèvres dans un simulacre de rictus.

Comment fait-elle pour mettre en exergue cette facette merdique de ma personnalité ? Il n'y a qu'avec elle que j'ai des réactions aussi épidermiques.

— Si tu veux récupérer ta voiture, siffle-t-elle, sourde à la désapprobation palpable de son petit copain, ramène-toi immédiatement. Je n'ai pas que ça à faire, moi. C'est à presque une heure de route !

Je ne sais pas à qui le fait que King et moi allons passer une heure dans la même voiture déplaît le plus : King, moi... ou Danger.

— Tu veux que je vienne ? demande-t-il, plein d'espoir.

Sûrement Danger.

— Tes parents ne peuvent pas garder Asher ce soir, lui rappelle-t-elle avec une douceur qui m'écorche la peau jusqu'à l'os. Je ne rentrerai pas tard, promis.

Il hoche la tête, aussi raide que la justice.

— Allez, ajoute-t-elle à mon intention. Plus vite tu récupèreras ta voiture, plus vite tu sortiras de ma vie !

Je dissimule un sourire moqueur derrière une expression neutre tandis que je la suis en dehors du garage.

Ne compte pas trop là-dessus, King.

9

COMME UN COUP DE COUTEAU...

King

— Je peux savoir ce que tu fais, là ?

À deux pas de ma voiture, Wolfgang croise les bras, une expression butée sur le visage. Le bleu intense de ses yeux semble encore plus vif avec les hématomes noirs qui cernent son regard de loup. Je l'ai toujours trouvé beau – et encore, ce terme me paraît trop faible pour décrire le magnétisme presque animal qu'il dégage. Mais là, avec sa carrure plus développée et l'étincelle dangereuse qui illumine ses pupilles...

J'en crève.

Pourtant, j'ai l'habitude de travailler avec des hommes pourvus d'une grande beauté – Danger, Jemar, Enrico... Ils sont peut-être même plus saisissants que lui, mais il leur manque ce qui a toujours fait de Wolf un être à part : l'absence totale et absolue de vanité.

Il ne sait pas, il ne comprend pas... ce qu'il est *et* ce qu'il a toujours été pour moi. Ma plus grande obsession, ma plus terrible désillusion ; l'amour de ma vie. Et c'est sûrement tout aussi bien.

— C'est moi qui conduis, annoncé-je, stoïque, en déverrouillant les portes à l'aide de la télécommande à distance.

— Hors de question, réplique-t-il du tac au tac.

Dans l'unique but de me contrarier, j'en suis certaine.

— Tu n'as pas trop le choix, Wolf : si je ne conduis pas, je n'y vais pas.

Je ne tiens pas vraiment à être enfermée avec lui, mais je peux m'y résoudre à la condition que ce soit la dernière heure que nous passions ensemble. En revanche, je refuse de m'en remettre à lui, ne serait-ce que pour me conduire là où je suis obligée d'aller à cause de mes erreurs idiotes. Le Wolfgang que j'ai quitté à dix-sept ans n'est plus celui qui se tient en face de moi. Il a changé, il s'est endurci. La prison, bien sûr, a joué un rôle prépondérant dans cette métamorphose. Toutefois, je pense que je ne suis pas complètement étrangère à l'ombre noire qui plane constamment dans les profondeurs de ses yeux bleus. Et pour cause, elle devient plus opaque lorsque je suis là, près de lui, à le défier et à le pousser à bout, comme il détestait déjà tant le fait qu'il aimait ça, à l'époque où j'avais encore ma place à ses côtés...

Wolf est devenu un homme, et cet homme-là n'est plus qu'un étranger pour moi.

— Aux dernières nouvelles, tu roulais aussi bien que ma grand-mère myope dont les articulations sont calcifiées jusqu'à la moelle !

Après la journée pourrie que j'ai passée au bureau – clients mécontents, clients impatients, clients désargentés –, je n'ai aucune envie de me disputer avec lui. C'est même la dernière chose que je veux, à cette heure-ci de l'après-midi, alors que mon bébé m'attend sagement à la maison. Mais si je cède à son caprice, il va croire que je suis toujours la même fille qu'avant ; celle qui le suivait partout comme un brave toutou fou d'amour et prêt à tout pour obtenir une grattouille derrière l'oreille. J'ai changé, moi aussi. Je me suis endurcie – une nécessité sans laquelle je n'aurais pas survécu à Enrico et aux choses qu'il m'obligeait à faire pour racheter ma liberté.

Je suis devenue une femme, et cette femme-là n'autorise personne à lui dicter sa conduite.

Plus jamais.

— Je ne crois pas t'avoir donné le choix, Wolf.

Il se raidit, serre les mâchoires et me regarde comme s'il ne me reconnaissait pas. C'est vrai, il ne me connaît plus. Et parfois, bien trop souvent au cours de ces derniers jours, j'ai l'impression de ne plus me connaître, moi non plus.

— Ne m'énerve pas trop, King.

De la glace sur ma flamme ; c'est bien la seule chose qui n'ait pas changé durant toutes nos années de séparation. Il sait toujours comment me refroidir jusqu'à me brûler...

Pourrait-il rendre ces tourments glacés aussi agréables qu'autrefois ?

Je chasse très vite cette pensée indécente de mon esprit et me concentre sur les traits incisifs de son visage, aussi durs et impénétrables que la porte de la prison qui l'a maintenu à l'écart du monde. L'image d'Asher et de Danger me traverse l'esprit, comme un éclair foudroyant, et m'aide à raffermir ma détermination à en finir avec Wolf.

C'est une question de survie. Si elle possède un brin de jugeote, l'hirondelle ne virevolte pas à proximité de la gueule du loup.

— Ou sinon... quoi ? le provoqué-je, un sourire narquois aux lèvres. J'ai ta voiture, Wolf. Ton petit bijou. C'est moi qui commande, pas toi.

Mauvaise idée, me souffle une voix à l'intérieur de ma tête, une seconde avant que le corps musclé de Wolf ne s'écrase contre le mien – *dur, si dur...* Il me plaque contre la portière de ma Jeep – *brusque, si brusque...* La violence chante dans son sang comme le sexe dans le mien. Nos démons, les ombres de nos âmes, se reconnaissent, même après tout ce temps, et s'emmêlent pour nous unir au-delà des blessures de notre passé. Je tressaille, il gémit. Ma respiration se bloque dans ma poitrine tandis qu'il exhale un lent soupir qui enfle dans mes poumons. Je ne bouge pas, et lui non plus.

La haine est une barrière infranchissable en amour, et ceux qui prétendent le contraire n'ont jamais véritablement aimé.

Soudain, sa main tatouée encercle ma gorge, plus défiante que menaçante, tandis que celle qu'il garde cachée sous un gant en cuir s'enroule autour de mes poignets pour m'immobiliser dans une position de soumission qui me hérisse tous les poils du corps. Son souffle tiède, légèrement mentholé, effleure ma bouche entrouverte sur une injure qui refuse de franchir la barrière de mes lèvres tremblotantes.

Mon corps se souvient de lui.

Mon cœur se souvient de nous.

Mon esprit ne l'a pas oublié.

Il est trop près, il est partout. Sur ma peau et dans l'air que je respire. Sa froideur me consume aussi vite que le baiser incandescent d'une flamme bleue. Toutes mes terminaisons nerveuses grillent les unes après les autres dans un feu d'artifice que je parviens à maintenir sous contrôle grâce à des années d'expérience en dissimulation et simulation – même si c'est la première fois que j'ai à feindre de *ne pas* prendre de plaisir...

— Je ne sais pas ce que tolère ton petit copain, mais je t'interdis de me parler comme si je n'étais qu'une merde, King... murmure-t-il contre la courbe de ma joue, qu'il effleure du bout des lèvres.

Ce n'est peut-être pas très malin de tirer sur la queue du loup, mais je n'arrive pas à retenir la repartie cinglante qui me picote la langue.

— Tu ressembles à un vieux chien, Wolf : tu aboies beaucoup, mais tu ne mords pas.

J'ai à peine le temps de finir ma phrase qu'une douleur aiguë, aussi vive qu'inattendue, m'oblige à refermer la bouche dans un glapissement sonore. Le sang afflue si vite dans ma lèvre inférieure que j'en ai la tête qui tourne comme si j'avais été catapultée dans un manège à sensations fortes.

Wolf m'a mordue.

Ses dents blanches et pointues se sont enfoncées dans ma lèvre aussi facilement que s'il avait croqué dans un bonbon à la gélatine.

Ça fait mal, et pourtant, c'est bon...

Un frisson de plaisir coupable tourbillonne en moi.

Danger est un amant insatiable, furieux, concentré davantage sur la recherche de son plaisir que sur celui de sa partenaire. Il n'est pas égoïste, mais c'est lui qui dirige les mouvements et contrôle les opérations. À son contraire, Wolf est patient et minutieux, un véritable élève studieux, comme avec ses voitures... Il touche à toutes les pièces pour comprendre le bon fonctionnement du mécanisme, et lorsqu'il a mis l'un de ses longs doigts sur le point le plus sensible, il sait très exactement comment le bouger pour obtenir ce qu'il désire de son amante.

Pour une chevauchée sauvage, rapide et débridée, Danger est l'homme idéal. Pour une lente montée en puissance et une explosion si violente qu'elle en devient salvatrice, c'est Wolf. Mais il faut toujours rester très prudente avec eux, car s'ils emportent votre corps, ils fragmentent votre cœur en tant de petits morceaux qu'ils le transforment en puzzle de dix mille pièces.

Et moi, j'en ai marre d'être brisée.

— Tu es sûre de toi, King ? J'ai peut-être appris à mordre. J'ai peut-être même appris à faire pire que ça...

Je sens qu'il y a un fond de vérité dans cette mise en garde ; il n'est plus gentil, timide et introverti.

— C'est une certitude, murmuré-je de ma voix la plus neutre, alors que l'adolescente de dix-sept ans que j'ai été dans une autre vie se met à pleurer sur les vestiges de son amour perdu. Et peut-être que moi, j'ai appris à retourner les morsures et... les choses pires que ça.

Les pupilles de Wolf se dilatent et deviennent aussi larges qu'une pièce de monnaie. Le bleu marmoréen de ses iris est englouti par un feu noir qui trahit l'obscurité du désir qu'il lui reste pour moi.

— Vas-y, chuchote-t-il en se rapprochant de moi, de mes lèvres. C'est à ton tour.

Il m'offre sa bouche et, même de là où je suis, aussi loin de lui que je le peux, j'arrive à goûter la haine qu'il a envers moi à travers son besoin de me reconquérir pour mieux me démolir.

— Mords-moi, *mein Schatz.*

Je frémis jusqu'au plus profond de moi-même, heurtée à un niveau fondamental par le souvenir de son corps se mouvant à l'intérieur du mien, mais je n'en montre rien à Wolf.

La petite fille a appris ses leçons.

— Recule, lui conseillé-je avant de lui faire sentir la pointe de mon couteau contre le pli de son aine, à la jonction de la cuisse. Ou je te prendrai le deuxième petit bijou auquel tu tiens si fort...

Wolf se fige contre moi, incrédule, et baisse les yeux vers la braguette de son pantalon sur laquelle j'appuie la lame argentée de l'arme qui m'a probablement sauvé la vie, la nuit où l'actuel mari de ma mère, un gros porc libidineux, m'a suivie jusqu'au club où je dansais pour maintenir un toit au-dessus de nos têtes.

— On dirait bien que tu me détestes encore plus que je ne le pensais... souffle-t-il, estomaqué.

Sa façon de se comporter comme si je ne possédais aucune raison valable de lui en vouloir, d'être furieuse contre lui, commence à sérieusement m'agacer.

— C'est toi qui me détestes, lui rappelé-je, et je ne te laisserai pas mettre en péril la vie que j'ai réussi à me reconstruire, ici. J'ai lutté pour ça. J'ai saigné pour être là. Tu ne me voleras pas ma place.

— Et pourquoi pas ? crache-t-il, en reculant hors de la portée de mon couteau. Tu m'as bien volé mes rêves !

Désarçonnée par la bile acide qui enrobe chacun de ses mots, je hausse les sourcils et laisse mon bras inerte retomber lourdement contre mon flanc.

— Ce garage, m'explique-t-il, c'était mon rêve à moi ! Tu n'as jamais aimé les voitures, la mécanique t'a toujours laissée perplexe. Tu n'as jamais voulu travailler derrière un bureau, prisonnière de quatre murs, ni dans un environnement salissant et bruyant qui t'indiffère au plus haut point. Et encore moins pour un salaire de misère qui peine à couvrir l'ensemble de tes besoins. Ce n'est pas toi, ce n'est pas ta vie !

Les yeux rivés sur l'enseigne clignotante du garage Thornton, il m'assène un coup fatal :

— C'est moi. C'est la mienne.

Il a raison. Putain, ouais... Il a vraiment raison, cet enfoiré. Je déteste la saleté du garage, l'odeur d'huile de moteur qui plane toujours dans l'atelier, les pièces et les outils bizarres qui traînent partout et que je ne sais jamais où ranger. Le contact avec les clients ne me dérange pas, mais il m'épuise. Quant à la comptabilité et au classement, je ne suis pas la meilleure dans ce domaine – au contraire. Les chiffres me donnent des maux de tête, la poussière sur les étagères me chatouille le nez et, pour être honnête, les trois quarts du temps, j'empile des bonbons pour vaincre les meilleurs scores de Candy Crush sur mon téléphone portable.

Tu es une calamité, King.

Une vérité qui n'a de cesse de se vérifier : je suis vraiment une bonne à rien.

— Tiens ! abdiqué-je en lui jetant mes clés de voiture au visage.

Malheureusement, Wolf a conservé de bons réflexes : il parvient à les attraper une seconde avant qu'elles ne le blessent à l'œil.

Quel dommage...

— Tu peux conduire, mais à une seule condition : tu fermes ta putain de grande gueule. OK ?!

Je le vois retenir un sourire satisfait, un brin moqueur et foncièrement mauvais. Il sait qu'il a gagné cette bataille, que sa raillerie a ébréché le vernis de ma carapace, mais il oublie que la guerre vient à peine de commencer... S'il veut jouer au plus bête avec moi, il va perdre. Personne n'est aussi stupide que Tempérance Kingsley Clark – même pas lui.

— La vérité est toujours douloureuse à entendre, King, susurre-t-il d'une voix empoisonnée avant de me pousser sur le côté pour ouvrir la portière qui donne sur le siège conducteur. Allez, viens là. Tu l'as dit toi-même : plus vite je récupère ma belle voiture, plus vite je sors de ta vie.

Il retourne mes mots contre moi, coup pour coup, et je vois bien que ça lui plaît de m'atteindre, encore et encore. En réalité, j'ai l'impression qu'il ne recherche que ça depuis qu'il a retrouvé sa liberté : me rappeler que je n'ai pas su être assez bien pour lui. L'homme bienveillant qui m'estimait capable de contrôler le monde n'existe plus que dans mes souvenirs. Il était comme un ange pour moi, à l'époque où je n'avais pas encore succombé aux charmes du diable.

J'étais son hirondelle, je chantais pour lui.

Il était mon loup, il chassait pour moi.

C'est peut-être un peu triste d'en être arrivée là, mais je n'ai pas eu le choix. Il m'a laissée seule, blessée, à la merci d'une ville qui engloutit les filles comme moi sous des tonnes de sable rouge et de poudre blanche. Lui, mon unique soutien, s'est cassé la gueule et m'a entraînée dans sa chute, et maintenant il me reproche d'avoir dégringolé avec lui et d'être parvenue à me relever... *toute seule.*

— Tu as raison. Dépêchons-nous de séparer nos chemins.

Alors que je m'installe sur le siège passager et que j'attache ma ceinture de sécurité, un sentiment de familiarité étonnamment douloureux saisit mon cœur perturbé par la proximité de sa plus grande blessure.

Combien de fois avons-nous fait ça ? Combien de fois m'a-t-il conduite dans des endroits où je n'avais pas envie d'aller ? Combien de fois a-t-il fait rugir le moteur d'un violent coup de pédale, avant de démarrer à toute vitesse, comme s'il avait le diable aux trousses ? Combien de fois ai-je prié pour qu'il m'emmène loin, très loin d'Albuquerque ? Combien de fois l'ai-je supplié de le faire ? Combien de fois a-t-il refusé ?

— Comment as-tu pu entrer dans le conteneur, Wolf ? Tu m'avais dit que j'en possédais la seule clé.

Ses mains resserrent leur étreinte cruelle sur le volant et, même si je ne le regarde pas, je sens que son visage exprime ce qu'il a toujours exprimé lorsqu'il essayait de me mentir – de la défiance.

— J'en avais caché un double pour moi, au cas où.

Parce qu'il a toujours su que ça ne marcherait pas entre nous...

Je pourrais en pleurer tellement cette prise de conscience me rabaisse plus bas que terre, mais j'ai déjà trop saigné pour Wolf.

Et puis, là encore, il avait raison.

— Et toi, pourquoi l'as-tu vidé sans m'en parler ? Tu aurais au moins pu m'envoyer un e-mail.

La culpabilité me poignarde le ventre, aussi acérée et effilée que la lame que j'ai dissimulée dans la poche de ma veste.

Je feins de ne pas avoir entendu sa question et, heureusement, il n'insiste pas.

La tête posée contre mon bras, je regarde Albuquerque défiler de l'autre côté de la vitre. Ma ville n'est pas belle, mais elle possède l'élégance usée d'une vieille dame qui a su célébrer comme il se doit la grandeur de sa jeunesse dorée. Elle est trop chaude et poussiéreuse pour les touristes, même en plein cœur de l'hiver, et les rares qualités que l'on pourrait lui trouver – à savoir les vues magnifiques qu'elle offre sur le désert de Chihuahua, le fleuve du Rio Grande et les monts Sandia – ne sont pas les raisons pour lesquelles ils l'adorent malgré ses allures inhospitalières. L'industrie du cinéma a très largement contribué à la ruine culturelle et à la richesse financière d'Albuquerque. *Breaking Bad* a été tournée dans cette ville, et son succès a amené d'autres grandes franchises à s'implanter ici – *Sicario, Avengers, Transformers...*

Les gens viennent admirer de faux décors en carton-pâte, ils achètent des goodies ringards et mangent des burgers trop gras et des frites trop salées dans des fast-foods.

J'ai aimé Albuquerque. *Vraiment.* Et puis elle m'a trahie et je l'ai détestée, comme Wolf.

Ce qu'il ressent pour moi est sûrement semblable à ce que j'éprouve pour le berceau de mes tourments : j'ai beau avoir envie de la fuir, de la voir brûler et mourir, il n'y a qu'avec elle que je me sens à ma place, comme à la maison.

C'est rassurant, même si ça t'asphyxie.

— Tu vois cette pizzeria, là ? dis-je en désignant la grande devanture verte et rouge, un classique du genre.

Wolf jette un rapide coup d'œil, trop concentré sur la route et les réactions qu'il obtient de ma voiture pour m'accorder plus d'une demi-seconde d'attention.

— J'y ai rencontré Benicio del Toro[15], l'année dernière.

Il se tourne brusquement vers moi, les sourcils dressés sur le front.

— Tu rigoles ? Francky « Quatre doigts » est venu bouffer une pizza dans ce bouge ?

Je souris, étrangement nostalgique. Wolf est un fan inconditionnel du film *Snatch*, de Guy Ritchie. J'ai été forcée de le regarder tant et tant de fois que, six ans plus tard, j'en connais encore les répliques sur le bout des doigts.

Comme le fait si bien comprendre le film : Il ne faut jamais sous-estimer le caractère prévisible de la bêtise humaine. Et de la bêtise, moi, j'en ai à revendre. *N'est-ce pas, Wolf ? Tu savais pertinemment que je ferais une connerie qui mettrait fin à notre relation, et c'est pour ça que tu as gardé une deuxième clé. Tu savais aussi que ma loyauté envers toi m'empêcherait de te trahir en jetant tes affaires à la poubelle, et c'est pour ça que tu m'as chargée de les surveiller.* J'ai toujours été lente à la comprenette, mais je retiens éternellement les leçons que j'ai acquises.

— Oui... reprends-je pour me détourner de mes pensées morbides. Je lui ai demandé un autographe, on a discuté de son nouveau film et, finalement, il m'a payé ma pizza et a dédicacé le carton. Je l'ai découpé, encadré et placardé sur le mur de ma chambre.

Wolf se met à rire, *pour de vrai*, et je suis tellement surprise que je me tourne vers lui, bouche bée.

— Toutes les filles sont folles de Brad Pitt, le beau gitan qui aime tellement sa mère, ou de Jason Statham, le chauve le plus ridiculement sexy de Londres, mais pas toi... Non, toi, quand tu

---

[15] Benicio del Toro est un acteur, réalisateur et producteur de cinéma américano-espagnol.

regardes *Snatch*, tu flashes sur Benicio Del Toro, le voleur pas très intelligent, avec de gros défauts, qui n'a vraiment pas de chance.

Le voleur qui n'a vraiment pas de chance.

Je ne sais pas pourquoi cette phrase résonne bizarrement à l'intérieur de moi.

— Il réussit l'un des plus gros braquages de sa carrière, il chope le plus beau diamant du monde qui le rendra riche pour le restant de ses jours et, lorsqu'il pense enfin s'être dépatouillé de la merde, des connards envieux de son succès le piègent presque trop facilement en usant de sa faiblesse et font de sa vie un enfer qui lui éclate à la tronche.

Wolf marque une pause, et moi, je retiens ma respiration.

— Mais c'est lui que tu préfères : le voleur malchanceux.

J'évite de m'appesantir sur cette phrase qui en dévoile un peu trop sur moi, sur mes sentiments, et sur... plein de non-dits que je n'ai pas envie d'expliciter avec Wolf.

— Il a du charisme, et j'aime ça chez un homme, me contenté-je de répondre, comme si c'était aussi simple que ça – une banale attraction physique.

Et je croyais que ça l'était, jusqu'à ce que Wolf ouvre sa bouche pour me balancer à la figure des vérités sur moi-même dont j'ignorais l'existence...

Pourquoi toutes les choses que j'aime et toutes les choses que j'entreprends me ramènent-elles inévitablement vers lui ?

Soudain, un brusque élan de colère me pousse à prononcer une phrase que je ne suis pas certaine de penser... mais que je n'arrive plus à m'enlever de la tête.

— Ce n'est pas de ma faute si tu te cherches dans tout ce que je dis ou fais !

Il cille, pris de court par ma véhémence. L'atmosphère dans l'habitacle de la voiture devient si pesante qu'elle parviendrait presque à plier la carrosserie. Les rues continuent à défiler de l'autre côté de la vitre. Les gens rient, parlent, marchent et courent comme s'ils ignoraient que la Terre s'est momentanément arrêtée de tourner pour moi depuis que Wolf est revenu semer la pagaille dans mon univers.

Dans ma tête.

Dans mon... non. Pas là.

Plus jamais.

— Ce n'est pas non plus la mienne si je suis bel et bien dans tout ce que tu es, riposte-t-il, avec un temps de retard, alors que nous quittons la ville. Tu as l'air un peu trop pressée de me fuir, King. Est-ce que tu aurais peur de recraquer pour moi ?

Dios mío ! Quelle insupportable arrogance !

— Très drôle, Wolfgang. La prison a aiguisé ton sens de l'humour... et elle a aussi considérablement développé ton égo. Laisse-moi deviner : avec ce si joli visage et ce beau petit derrière, tu as dû être le chouchou dans les douches. Ton succès t'est visiblement monté à la tête...

Une autre mauvaise idée, King ! me serine la voix de ma conscience, apeurée, tandis que la voiture dérape sur le bas-côté poussiéreux et que Wolfgang fait une embardée volontaire pour nous sortir de la route.

— Est-ce que tu te crois drôle ? Parce qu'un joli visage et une belle paire de fesses, ce sont plutôt tes outils de travail... pas les miens.

Outch. Encore un point accordé à Wolf. Encore une brèche dans mes défenses.

J'ouvre la bouche, prête à répliquer et à relancer les hostilités, lorsqu'il allume brutalement l'autoradio et tourne le bouton du volume à son maximum.

— J'ai touché un point sensible ?

À cause de la musique, Wolf ne m'entend pas, et c'est tout aussi bien. Sinon, il aurait décelé l'inquiétude sincère qui m'enrouait la voix et, rusé comme il l'est, plus renard que loup, il aurait immédiatement compris que... non, je ne le déteste pas. J'essaie de toutes mes forces, mais je n'y arrive pas.

Bien sûr que j'ai peur de te succomber une nouvelle fois, Wolf. Parce que, cette fois, je sais que je n'y survivrai pas.

10

AVANT LA CHUTE

Wolf

En règle générale, je suis toujours détendu lorsque je conduis une voiture qui se soumet aussi bien à mes exigences : *vitesse, souplesse et docilité.* Mais ce trajet jusqu'à Santa Fe est plus éprouvant pour mes nerfs que les six premiers mois que j'ai passés en prison. King est trop près de moi, sa jupe remonte trop haut sur ses cuisses, sa blouse fluide dévoile un aperçu trop alléchant de sa poitrine et... elle sent bon. Terriblement bon. La meilleure odeur du monde : le savon rehaussé d'une pointe d'huile de moteur et d'essence après une longue journée passée au garage. Mes deux passions, sexe et mécanique, réunies sur la peau dorée de la seule et unique femme que j'ai aimée plus que les rouages d'un moteur de voiture.

C'est une torture d'être là, avec elle, à la fois si proche et si éloigné du rêve qui m'a aidé à tenir les cauchemars à distance ; King et moi, sur la route, fuyant Albuquerque pour prendre un nouveau départ. Ailleurs, le plus loin possible de nos erreurs passées, là où nous ne sommes plus King et Wolf... mais Tempérance et Wolfgang, deux êtres brisés que l'amour a réconciliés avec eux-mêmes.

Ce n'est que ça, malheureusement : un rêve. Une idée idiote qui ne se réalisera pas. *Jamais*. Dans cette vie-là, la fin heureuse nous a filé entre les doigts.

— Putain ! pesté-je dans ma barbe en voyant le téléphone de King se mettre à vibrer. Encore...

Cet engin de malheur sonne pour la... honnêtement, j'ai perdu le compte. Depuis que nous sommes partis, j'ai l'impression qu'il n'a pas arrêté de chantonner *« I'll be there for you »* des Rembrandts. J'avais oublié que King était une fan inconditionnelle de la série *Friends*, l'une des rares que l'on pouvait regarder en prison – peut-être parce qu'il n'y avait ni violence, ni sexe, ni drogue.

D'une main aux ongles rongés, King baisse le volume de la musique et décroche en grommelant d'exaspération.

— Tu ne l'as pas retrouvé ?

À cause du bruit de la circulation et des pleurs colériques qui grésillent de l'autre côté de la ligne, je n'entends pas la réponse de Danger – parce que c'est à lui qu'elle a collé cette putain de rengaine, j'en suis certain.

— Il est dans mon lit.

Les doigts serrés sur le volant, j'essaie de chasser les images indécentes que ces mots éveillent dans mon esprit.

— Je te dis qu'il l'a laissé dans mon lit, insiste-t-elle, de plus en plus agacée. Il l'a réclamé hier soir, avant de s'endormir.

Une petite minute.

— Ma chambre n'est pas en bordel, grince-t-elle, en baissant inutilement la voix. C'est toi, le problème : t'es un maniaque du rangement. Retourne les couvertures et tu le trouveras.

Je n'en crois pas mes oreilles : *ils ne dorment pas dans la même chambre*. Cette information déclenche une réaction en chaîne à l'intérieur de mon corps que j'ai énormément de mal à maîtriser. Ma passion aveugle pour King oblitère complètement la vue d'ensemble qu'essaie de maintenir ma raison.

— Tu vois ? Je t'avais bien dit qu'il était là ! se réjouit-elle, triomphante. Donne-lui son doudou, une compote à la fraise et tiens-le contre toi. Il devrait s'endormir en quelques minutes.

Elle marque une longue pause, les yeux fermés et la bouche pincée, sûrement aussi atterrée que moi par les lamentables supplications de Danger. Je comprends mieux pourquoi elle n'est pas contente d'être là, si loin d'Albuquerque. Ce mec semble incapable de s'occuper de son propre enfant.

— Je ne serai pas longue, finit-elle par promettre avec une légère lassitude. S'il pleure trop, couchez-vous dans ma chambre. D'habitude, il dort à poings fermés de vingt heures à minuit. Je devrais être rentrée pour affronter le second round.

Danger marmonne quelque chose de drôle qui parvient à faire sourire King. Et ça m'énerve.

— C'est ta petite terreur, pas la mienne.

L'affection et l'amour qu'elle met dans cette phrase sont un véritable crève-cœur. Je savais qu'elle serait une bonne mère... mais je croyais aussi qu'elle ferait une bonne épouse. King rit encore, balbutie une vague réplique amusante que je n'écoute plus, trop sonné pour y prêter attention, puis elle raccroche et lève la main pour remonter le volume de la musique. Sur une impulsion que je ne comprends pas moi-même, je l'en empêche et garde sa main prisonnière de la mienne une seconde de trop pour être honnête. Son contact me brûle autant qu'il m'apaise. C'est pire que la morsure stupide de tout à l'heure, parce que cette fois, je n'essaie pas de l'intimider... mais je suis obligé de la relâcher, autant pour moi que pour elle et, dès qu'elle me quitte, j'éprouve une sensation irrationnelle de manque.

— Vous dormez dans des chambres séparées... dis-je, incapable de me taire. C'est bizarre.

— Ça ne te regarde pas.

Elle n'a pas tort, mais j'insiste. Il ne reste qu'une dizaine de miles avant d'arriver à Santa Fe, et je ne crois pas que j'aurai de meilleure occasion pour percer le mystère qui plane autour de sa relation avec Danger.

— Vous habitez ensemble, vous travaillez ensemble et vous avez un gamin en bas âge... mais vous ne dormez pas tous les deux ? C'est bizarre.

— Ça ne te regarde pas, répète-t-elle, comme un disque rayé, avant de se tourner vers la fenêtre. Évite de mettre ton nez dans mes affaires.

On a échangé tellement de méchancetés depuis nos retrouvailles que je ne peux pas dire que son refus obstiné de s'ouvrir à moi constitue une surprise. En réalité, c'est plutôt l'inverse qui m'aurait étonné... King a toujours été une créature farouche, difficile à apprivoiser.

Une hirondelle aux yeux noirs, impossible à attraper et à mettre en cage.

— Je suis curieux... admets-je en m'agitant sur mon siège. Après toutes les choses que l'on a vécues, j'ai l'impression de ne plus te connaître, et ça me fout les boules.

La tête appuyée contre la vitre, elle ne répond pas et croise les bras en travers de sa poitrine, dans une posture défensive. Pourtant, je sens bien qu'elle m'écoute – même si elle n'en a pas envie. Et peut-être ressent-elle la même chose que moi : un manque si profond, si terrible... qu'il en devient aussi destructeur qu'un trou noir.

— En prison, c'est comme si une partie de moi, de mon passé et de mon identité, était morte. Quand je suis avec toi, et même si c'est douloureux, j'ai le sentiment qu'elle me revient petit à petit.

King se tourne vers moi avec une lenteur presque insupportable.

— Tu n'as jamais dit à quel point c'était dur pour toi...

Je fronce les sourcils, le regard perdu sur la longue et interminable ligne droite de macadam qui s'étale devant moi, sous mes roues.

— De quoi ?

— La prison, explicite-t-elle, tu n'as jamais formulé aucune plainte à ce sujet.

J'ébauche un sourire doux-amer.

— Si tu savais comme j'étais terrifié ! me moqué-je de moi-même. Un vrai poltron. Mais je voulais que tu gardes une image positive de moi, que tu me considères comme une sorte de guerrier implacable... et pas comme un lâche qui a peur de sa propre ombre.

— Tu avais si peur que ça, là-bas ?

Oh ! Douce, si douce est sa voix et le sentiment qui migre vers mon cœur lorsqu'elle me parle comme si elle s'inquiétait encore pour moi.

— En permanence, avoué-je, séduit malgré moi par sa sollicitude. Pour tout et n'importe quoi.

Sa main effleure mon avant-bras. Celui que j'ai tatoué à son souvenir.

— Pour toi ?

— Oui, réponds-je avec honnêteté, et pour toi, aussi. Pour ma mère et mes sœurs. Pour les amis que j'avais en prison, et ceux que je pensais avoir à l'extérieur... même s'ils m'ont vite lâché.

Six mois après mon enfermement, je n'avais déjà plus rien pour me raccrocher à l'extérieur – hormis ma famille et King. Je n'ai jamais été une personne sociable et mes amis se comptaient sur les doigts d'une seule main, mais je pensais qu'ils étaient... de *vrais* amis, justement.

Hélas, ils ne l'étaient pas. Du tout. Ceux qui n'ont pas essayé de coucher avec King m'ont simplement rayé de leur existence.

— Tu avais l'air tellement... sûr de toi, chuchote-t-elle, les yeux flous, tournés vers le passé. Rien ne semblait t'atteindre ou te stresser. Au téléphone, tu me parlais comme si tu étais un jeune crâneur parti en vacances pour quelques jours, et non un pauvre mec de dix-neuf ans qui venait de faire la plus grosse erreur de sa vie et avait été puni trop sévèrement pour l'expier.

Elle n'a pas tort. J'étais tellement angoissé par mon nouvel environnement, sombre et violent, que je me cramponnais désespérément au masque de jeune blanc-bec prétentieux que je pensais devoir revêtir avec mes proches pour garder un semblant de dignité.

— Je l'étais, confirmé-je, et je le suis toujours. Je sais de quoi je suis capable, et surtout, j'ai conscience de mes limites. Comme tu l'as dit, je n'avais que dix-neuf ans, j'étais l'un des plus jeunes détenus de l'État à avoir écopé d'une peine aussi lourde et, disons-le sans langue de bois, j'étais aussi l'un des rares hommes blancs. Les gars qui m'entouraient n'étaient pas des enfants de chœur – loin de là. Ils portaient leurs crimes à même la peau, avec des cicatrices macabres ou des tatouages lugubres qui te feraient hurler de terreur. Si le grand frère de Salomé, Ambroise, ne m'avait pas pris sous son aile, je n'aurais pas fait de vieux os...

J'avais le désavantage revendiqué de n'appartenir à aucun des six gangs qui gouvernaient la prison, et puisque je ne comptais pas en rallier un pour sauver ma peau, je savais que l'un des clans finirait par se débarrasser de moi avant que je ne remette en doute leur autorité.

Rejoindre un gang n'est jamais une bonne idée. En effet, c'est comme si l'on te forçait à mettre ton bras dans un hachoir à viande : soit tu ne fais qu'un avec la machine et tu la nourris de ta chair jusqu'à ta mort, soit tu luttes pour en ressortir et tu perds un gros morceau de toi. En plus de m'engager dans une voie sans issue qui déviait complètement du projet que j'avais pour mon avenir, cela m'aurait forcé à m'amputer de ma liberté.

Je n'avais rien à donner, rien à perdre. Sauf mon âme, et j'ai toujours jugé préférable de mourir en la possédant plutôt que vivre en l'offrant à un autre.

— Est-ce que tu sais pourquoi il l'a fait ?

La question de King m'arrache un froncement de sourcils. Qui sait les intrigues qui se trament dans la tête d'Ambroise ? C'est un tel foutoir, là-dedans !

— Aucune idée. Peut-être se souvenait-il de moi. J'étais assez proche de son frère, Heath, au collège et au lycée.

King se mordille la lèvre, songeuse. Mon sang s'enflamme comme de la poudre à canon à l'intérieur de mes veines. C'est la lèvre que j'ai mordue. Celle que j'ai piégée sous mes dents, dans ma bouche...

— Peut-être... mais tu as toujours été trop timide et silencieux pour qu'on te remarque, objecte-t-elle. Parfois, tu es plus fantôme que loup.

Pendant un instant, j'ai envie de l'envoyer au diable, mais je me retiens *in extremis* en comprenant qu'elle me taquine.

— C'est vrai, mais ça ne pouvait pas être pire que le meilleur ami de Heath… mince, comment est-ce qu'il s'appelait déjà, le blondinet aux yeux verts ?

Je sais très bien comment il s'appelle, mais c'est le seul moyen que j'ai trouvé pour détourner la conversation de moi… ou du moins, de *l'ancien* moi.

— Max, soupire-t-elle avec une volupté gourmande. Monroe Alexandre Xadrel. Le plus beau garçon d'Albuquerque. Si je n'avais pas été légèrement obsédée par toi, à l'époque, j'aurais été l'une de ses groupies !

OK, j'aurais dû choisir une autre source de distraction. J'avais oublié à quel point ce mec-là rendait les femmes – et les hommes, aussi – folles de désir et d'amour.

Putain de bouclettes blondes…

— J'avais probablement plus de chance avec lui que toi… reniflé-je, avec une parfaite mauvaise foi.

— Tu te trompes ! s'exclame-t-elle vivement. Je le suis sur Instagram et Twitter, et il a une copine, maintenant !

Je n'arrive pas à imaginer Max – grand et blond, au visage racé et glacé, silencieux et hautain, toujours sur le qui-vive et d'une arrogance innée – s'exposer autant sur les réseaux sociaux, là où il ne peut rien contrôler. Il se défiait de toutes les marques d'attention et d'affection qu'il suscitait, comme s'il en avait peur… ou qu'il s'en sentait indigne. Je ne l'ai jamais compris, mais j'ai toujours senti qu'il avait traversé un enfer similaire à celui de King.

— Il le mérite, finis-je par reconnaître.

Elle sourit – *vraiment*. Et ça me coupe le souffle tant les souvenirs qui m'assaillent sont poignants et intenses. L'époque où ce sourire n'était destiné qu'à moi, son loup apprivoisé, me semble tellement lointaine, aujourd'hui…

— Oui.

Un long silence se glisse dans l'habitacle, à l'instar de l'eau s'écoulant dans le lit d'une rivière.

— Et Heath ? relancé-je dans le seul but d'entendre sa voix. Qu'est-ce qu'il devient ?

King s'anime, rayonnante.

Parce qu'elle apprécie Heath ou parce que l'on se parle comme si nous étions encore amis ?

— Mannequin à Londres, lui aussi. Il gagne très bien sa vie et... ça a l'air de plutôt bien marcher pour eux.

Je ricane, étonné de me sentir... *jaloux*.

— Il faut bien que ça marche pour quelqu'un, hein...

King se fige sur son siège, la tête penchée sur le côté comme un oiseau curieux, tandis qu'elle m'examine à travers ses paupières plissées.

— Je ne m'en sors pas trop mal, moi non plus.

C'est vrai, et pourtant... je ne peux pas m'empêcher de penser qu'il y a une forme de mensonge dans cette satisfaction d'elle-même qu'elle affiche comme si elle lui était vitale.

— Honnêtement ? murmuré-je, alors qu'elle hoche doucement la tête. Tu as une lueur triste dans le regard, King.

Elle déglutit, les joues empourprées. Je m'attends à ce qu'elle nie mon accusation portée sur un coup de bluff, mais elle ne le fait pas. Au contraire, elle révèle brièvement la vulnérabilité qu'elle s'efforce de cacher au reste du monde en portant une main tremblante à son cœur. Malheureusement, cette reddition ne dure qu'une seconde et notre animosité naturelle revient semer le trouble dans nos rapports.

— Tu t'es regardé dans un miroir, récemment ? riposte-t-elle, hargneuse. Tu n'as pas une meilleure tête que moi.

J'éclate d'un rire sans joie.

— Je sors de taule, j'ai perdu mes amis et ma copine, ma mère s'est remariée, mes sœurs ont tellement grandi que je les reconnais à peine, et pour couronner le tout, j'ai été recalé au seul entretien d'embauche que j'ai réussi à obtenir...

King m'interrompt avec une pointe de culpabilité :

— Tu avais un entretien pour un job ?

Je me gratte la nuque, mal à l'aise, et ralentis pour me concentrer sur les panneaux qui jonchent le bord de la route.

— Ce matin, oui. Mais avec cette gueule...

Je lui désigne mon œil au beurre noir.

— Le trou de six ans dans mon CV expliqué par un long passage par la case prison, à cause d'un braquage à main armée de surcroît, et mon style pas franchement commode, je n'ai aucune chance de me trouver un vrai boulot avant la fin du prochain millénaire.

King esquisse une moue charmante, involontairement séductrice, tandis qu'elle me caresse de ses grands yeux noirs. La température dans l'habitacle grimpe si vite qu'une perle de sueur roule le long de ma tempe bourdonnante sous l'afflux de mon sang échauffé par une abstinence prolongée. Mon rythme cardiaque s'accélère et ma gorge s'assèche lorsque je prends conscience des raisons pour lesquelles je persiste à m'enflammer d'un désir vorace dès lors que l'on se retrouve l'un à côté de l'autre : elle me manque... et je lui manque, moi aussi.

King a toujours envie de moi.

Dangereux.

— C'est vrai que c'est pas gagné, admet-elle avec une seconde de retard, comme si elle était confuse et désorientée.

Ça me plaît de penser que je lui trouble autant l'esprit qu'elle me chavire le corps, mais ce n'est pas le moment pour ressusciter les braises d'une passion que j'ai moi-même choisi d'étouffer en goûtant aux cendres de sa duplicité. Aussi m'efforcé-je de revenir à des sujets plus terre à terre.

— Hunk est le seul mec assez taré pour accepter de me...

King secoue vivement la tête.

— Non, Wolfgang. Non, pas ça. S'il te plaît !

Une vague de colère me submerge.

— Pourquoi ?!

Elle lève les bras au ciel.

— Pour une centaine de raisons toutes meilleures les unes que les autres ! s'énerve-t-elle. Tu récupères ta voiture et tu sors de ma vie, c'était le *deal* !

Toutes les émotions positives que je commençais à éprouver pour cette nouvelle version de King sont balayées par la violente répulsion que j'entends dans sa voix et que je lis sur son visage refermé sur lui-même.

— C'est vraiment ce que tu veux ? Que je disparaisse de ton existence ?

J'ignore pourquoi je retiens ma respiration. Sa réponse ne changera rien à mes plans.

— Tu te vois travailler avec moi ? biaise-t-elle avec pertinence. Et Danger ? Ou Asher ? Tous les jours, toutes les semaines, toute l'année...

— Je ne pense pas que je resterai aussi longtemps à Albuquerque, la contredis-je. Ça ne serait qu'une question de mois.

La stupéfaction agrandit ses yeux sombres, tourmentés. Quant à moi, je suis tellement obsédé par ses réactions que je loupe la bretelle d'autoroute menant au centre-ville de Santa Fe. Pestant dans ma barbe, je me reporte sur la voie de droite et cherche un endroit où faire demi-tour.

— Tu comptes... déménager ?

— Ouais, confirmé-je, alors que je n'ai pas vraiment de certitudes pour le moment. J'ai quelques affaires à régler ici, et puis... j'irai probablement faire un tour de l'autre côté de la frontière.

— Au Mexique ? s'étrangle-t-elle, comme si je venais de dire que j'allais prendre des vacances sur la Lune.

Je souris.

— Non, au Canada.

— Tu n'es pas sérieux ? explose-t-elle à ma plus grande satisfaction. Qu'est-ce que tu irais foutre dans le nord ? Il fait super froid, là-bas !

Et King déteste le froid presque autant qu'elle aime la chaleur.

— L'un de mes cousins s'y est installé pendant mon séjour derrière les barreaux. Il a ouvert un magasin de pneus.

— Et ton plan de carrière, c'est d'aller vendre des pneus à l'autre bout du continent ? me coupe-t-elle une nouvelle fois avec une incrédulité croissante.

Je passe une main nerveuse sur mon crâne et décoiffe mes cheveux que j'ai mis une éternité à dompter grâce au gel de Jéricho.

— Tu dis ça comme si je méritais mieux...

Elle se renfrogne, effaçant toute trace de sympathie dans son expression, et se renfonce dans son siège.

— C'est le cas. Tu es peut-être devenu un connard aigri et revanchard, mais tu n'es pas un sale type. Tu adores ta famille, tu aimes le désert presque autant que moi, et surtout, tu ferais un vendeur exécrable. En plus, l'accent canadien te taperait sur les nerfs.

Ce n'est pas faux. J'ai toujours été un enfant du sud et un admirateur des paysages dépouillés et escarpés qui se déclinent dans toutes les nuances de rouge.

— Ma famille s'est reconstruite sans moi, il ne fait pas aussi froid que tu l'imagines au Canada, et puis il n'y a rien qui me retient ici. Pourquoi resterais-je à Albuquerque ?

D'autant plus qu'ici, mes ennemis ne me laisseront jamais la possibilité de vieillir en paix.

— Hum... grogne-t-elle avec un désintérêt artificiel. Si tu le dis.

Inexplicablement déçu, je me concentre sur la route par crainte de louper à nouveau la bretelle de sortie. J'ai de moins en moins envie de passer du temps en compagnie de King... parce que ça me plaît de plus en plus d'être avec elle.

Nous roulons durant une poignée de minutes dans un silence presque trop bruyant et fissuré par les non-dits accablants qui tourbillonnent autour de nous. Le bruit ronronnant du moteur de sa Jeep est la seule chose qui m'empêche de prononcer des paroles que je regretterais... probablement. Je ressens l'étrange besoin de lui avouer qu'une partie de moi est fière de la femme qu'elle est devenue. Qu'elle s'en est bien sortie, qu'elle n'est plus une gamine perdue. Mais une autre partie vérolée de mon cœur s'insurge de la facilité avec laquelle elle s'est métamorphosée et des sacrifices qu'elle a consentis pour en arriver là ; notre relation amoureuse ayant été sa première victime...

— Danger et moi, on ne sort pas ensemble, lâche-t-elle de but en blanc alors que je m'insère dans le centre-ville a une vitesse qui pourrait me valoir le retrait de plusieurs points sur mon permis de conduire. C'est pour ça qu'on a des chambres séparées.

Sa révélation me stupéfie tellement que j'écrase la pédale de frein et pile net à un stop que j'étais sur le point de griller. La voiture derrière moi, une vieille Ford Ranger à la carrosserie orangée, freine dans un crissement de pneus qui brûle le bitume. Une désagréable odeur de caoutchouc cramé s'infiltre par le système de ventilation tandis que le conducteur de l'autre véhicule klaxonne comme s'il avait le diable aux trousses.

— Tu te fous de ma gueule ?!

Les yeux braqués sur la ligne blanche, je réprime mes réactions les plus violentes en faisant le compte de tous les noms des hommes avec lesquels je sais que King m'a trompé.

— Non, confirme-t-elle en replaçant l'une de ses longues boucles noires derrière sa petite oreille percée d'un diamant – un vrai. On a rompu... enfin, pour être franche, on n'a jamais vraiment formé un couple, lui et moi.

Le passage se libère devant moi, je redémarre dans un rugissement mécanique qui vibre jusque dans nos sièges tandis qu'elle m'indique le chemin. J'ai beau serrer les dents de toutes mes forces, les mots que je ne veux pas formuler à haute voix finissent par s'échapper de ma bouche.

— Il est fou amoureux de toi, King. La façon désespérée dont il te regarde me rappelle celle avec laquelle je te dévisageais, moi aussi, à l'époque où je pensais que je n'avais aucune chance de te plaire. Et toi aussi, tu as l'air de tenir à lui... plus que tu ne l'as jamais montré à un autre mec, d'ailleurs.

Elle lève les yeux au ciel.

— Oui, oui... Maintenant qu'il a besoin de moi pour élever Asher, il m'adore ! C'est toujours la même rengaine avec les gens qui passent dans ma vie. Ils m'aiment jusqu'à ce que je devienne inutile, puis ils m'abandonnent quand c'est à mon tour d'avoir besoin d'aide.

L'intensité corrosive qui immole ses cordes vocales me ronge la peau.

— Je ne suis peut-être pas le seul à être devenu aigri et revanchard...

Elle tressaille, piquée à vif.

— Non, peut-être pas... Tourne à gauche.

Je lui obéis – comme d'habitude.

— Il t'a fait du mal ? relancé-je en rétrogradant pour entrer dans l'étroite ruelle qu'elle me désigne à la périphérie d'un quartier résidentiel.

King rit comme si je venais de lui raconter une excellente blague, mais la conversation n'a rien de drôle.

— Moins que toi.

Non, vraiment rien de drôle.

Je serre les poings.

— Moi, je t'ai blessée ? N'inverse pas nos rôles dans cette histoire, s'il te plaît ! Tu m'as poignardé en plein cœur, lui rappelé-je avec colère.

King me désigne une autre ruelle, puis encore une autre presque trop étroite pour me permettre de circuler sans rayer les rétroviseurs de sa voiture. La venelle débouche sur un cul-de-sac, probablement l'arrière-cour d'un restaurant, et elle m'ordonne de me ranger sur le bas-côté, l'air encore plus tendue que moi. Décontenancé, j'inspecte les alentours : l'endroit où nous nous sommes arrêtés ressemble à l'un de ces espaces de livraison, vide et dépouillé, dont on se sert pour décharger les marchandises à l'aube. Une grande porte de garage blanche est dissimulée dans le fond, à proximité d'une benne à ordures à moitié fermée et d'une bouche à incendie couchée sur la chaussée.

— Je t'ai peut-être poignardé en plein cœur, me susurre King à l'oreille, la main sur la poignée et prête à sortir, mais c'est toi qui m'as donné le couteau, Wolfgang.

Sans ajouter un mot de plus, elle ouvre la portière et s'extirpe de la voiture. L'esprit trop embrouillé pour réfléchir, je la suis comme son ombre jusqu'au garage. Alors qu'elle sort un trousseau de clés de son sac à main, je remarque un entrelacs de fines cicatrices blanches autour de son poignet qui ne ressemblent pas à des marques de mutilation volontaire...

Soudain, King fait volte-face et me crache à la figure :

— Et tu ne m'as pas laissé le choix !

Je cligne des yeux, pris au dépourvu.

— Je ne sais pas de quoi tu parles...

Elle étrécit les yeux.

— Justement, Wolf... *justement*.

J'ouvre la bouche, déterminé à me défendre.

— Non, tais-toi. C'est le moment d'en finir une bonne fois pour toutes.

Ses cheveux me fouettent le visage lorsqu'elle se retourne pour enfoncer la clé dans la serrure. J'ai envie de l'attraper par le bras et la secouer dans tous les sens pour la forcer à m'expliquer ce que j'ignore, mais... peut-être que je ne suis pas prêt à abandonner ma colère. C'est la seule chose qui m'empêche de brader ma fierté et de la supplier de guérir les blessures qu'elle m'a elle-même infligées.

En silence, je l'aide à relever la lourde porte métallique. Une répugnante exhalation de pourriture humide me saisit à la gorge. Des larmes me picotent les yeux tandis que King s'étouffe à côté de moi, à la recherche de l'interrupteur que je suis le premier à trouver.

La lumière, jaune et artificielle, m'éblouit les rétines quelques secondes avant que j'aperçoive le contenu du garage. Dans mon dos, King pousse une exclamation outrée qui se répercute en écho sinistre dans l'espace vide... vide... vide...

Le garage est vide !

— Putain... tu te fous vraiment de ma gueule, là !

11

TÊTE DE MORT

King

Le garage est vide.

Putain, le garage est vide !

Enfin, si l'on omet la présence du petit « cadeau » qu'Enrico a laissé à mon ex-copain...

— Tu te fous vraiment de ma gueule, là ! siffle Wolf en faisant volte-face. Où est-elle, King ?! Où est ma bagnole ?!

La folie irradie dans ses yeux plissés par une colère si extrême qu'elle parvient à me liquéfier les entrailles – et j'en ai vu d'autres, pourtant... Ses pupilles sont dilatées, étrangement vitreuses, comme s'il était sur le point de perdre la raison. Un frisson sinistre dévale mon échine, hérisse mes poils dans tous les sens et déclenche une réaction instinctive dans mon cerveau – celle de la fuite. Une main sur la gorge pour retenir mon hoquet d'effroi, je recule d'un pas, puis d'un autre, apeurée par la haine brûlante qu'il projette vers moi comme une langue de feu. Mon pouls bat à vive allure sous mes doigts. Confuse, je m'aperçois que, pour la première fois, j'ai peur de Wolf.

— Je ne sais pas...

Ma voix se brise lorsqu'il envahit délibérément mon espace vital. Il est trop grand, trop sombre, trop furieux. Avec ses tatouages noirs, ses muscles noueux et son visage littéralement défiguré par la rage, j'entrevois un aspect de sa personnalité que je n'avais jamais rencontré jusqu'à présent... et dont j'aurais préféré ignorer l'existence. C'est la partie de lui qui l'a poussé à participer à un braquage au cours duquel deux personnes ont perdu la vie. La partie de lui qui m'a abandonnée, seule et terrifiée, dans le noir le plus complet où il savait pertinemment que j'allais m'éteindre. Celle qui explique pourquoi Wolfgang est passé très tôt du mauvais côté de la loi, alors qu'il était promis à faire... *tellement mieux que ce qu'il a fait.*

— Tu me prends pour un con, King ? murmure-t-il, glacial. Toi qui as l'habitude de manipuler les hommes... Est-ce que je t'ai donné l'impression d'être une proie facile ?

Wolfgang avance, je recule. Encore et encore. Ça pourrait ressembler à une danse, mais c'est une lutte de dominance. Un combat de volonté que je perds si vite que c'en est embarrassant. En quelques secondes, je me retrouve acculée contre le mur du fond, où une gigantesque tête de mort rouge a été peinte à la bombe acrylique.

Le deuxième avertissement qu'Enrico adresse à Wolf – le premier étant l'œil au beurre noir et la lèvre fendue que je traîne avec moi depuis plusieurs jours.

Que lui a-t-il fait ? Comment a-t-il pu être assez stupide pour se mettre à dos le « *Big Boss* » des gangs d'Albuquerque ? Et surtout, connaît-il la signification d'une telle menace ?

Rouge, tu peux encore t'en sortir, mais tu risques d'y laisser un gros morceau de toi.

Noir, tu peux déjà commencer à rédiger ton testament, parce que c'est la fin des haricots.

— Je te jure que je n'y suis pour rien ! m'écrié-je tandis qu'il remplace ma main par la sienne sur ma gorge. Ce n'est pas moi ! Ce n'est pas ma faute...

Wolf resserre les doigts et j'en perds le souffle. Une goulée d'air salvateur s'étrangle à mi-chemin de mes poumons.

— À part toi, *mein Schatz*, qui savait où tu planquais ma voiture ?

J'ouvre la bouche pour lui répondre, mais rien ne parvient à en sortir, si ce n'est un faible gargouillis sinistre.

La seule fois où je souhaiterais qu'il me lâche, c'est le moment qu'il choisit pour me retenir encore plus fort.

— Ah, King... susurre-t-il en desserrant très légèrement sa prise pour me permettre de respirer. Ce que je lis dans tes yeux me vexe au plus haut point... mais ça me ravit, aussi.

Moi, la violence froide et farouche que je discerne dans les siens m'effraie... et elle m'énerve d'autant plus que je n'arrive pas à l'expliquer de façon rationnelle.

Ce n'est qu'une voiture, putain !

Ma vie a toujours été un champ de bataille semé d'embûches, où je suis contrainte de combattre avec le désavantage de la taille, du poids et du sexe. Mes seuls moments de paix se sont passés dans ses bras, contre son torse... et voilà que cela aussi se transforme en affrontement à mort.

Ce n'est pas juste.

Oui, je lui ai fait du mal. Oui, je lui ai menti. Oui, je l'ai trahi. Mais s'est-il seulement demandé pourquoi ? Ou plutôt : pour qui ?

Salomé avait raison, comme d'habitude : j'ai poussé Wolf trop fort et jusqu'à l'autre bout du monde, certaine qu'il me reviendrait lorsqu'il réaliserait que je ne disposais pas d'un autre choix, d'une autre carte que la sienne à sacrifier.

Mais il le sait et il ne l'a pas compris.

Pire, il ne me revient pas...

Le cœur serré par un sentiment de défaite, j'inhale une grande bouffée d'air frais et renâcle à mi-voix :

— Va te faire foutre, Wolfgang !

Je le repousse brutalement vers l'arrière, mais il est trop fort pour moi. Trop lourd et massif. Cet imbécile refuse obstinément de bouger, de me laisser plus d'espace ou de liberté. Dans ses bras bandés par la colère, je me sens comme prisonnière d'une cage étouffante.

— Ce garage me coûte trois fois plus cher que le putain de conteneur que tu avais loué au sud de la ville ! craché-je en perdant mon sang-froid. Quel intérêt ai-je à dépenser mon argent là-dedans s'il est vide ? Merde ! Tu peux m'expliquer ta logique ?

Pendant une seconde, j'aperçois une lueur d'espoir vaciller dans les tréfonds noirs de son regard pâle... mais elle s'éteint si vite que je ne suis pas certaine de son existence.

— Tu vas me faire croire que tu ne l'as pas revendue pour te faire un peu de tunes sur mon dos ? argue-t-il à brûle-pourpoint. Ne me prends pas pour un con, s'il te plaît : tu as été jusqu'à vendre ton corps pour te remplir les poches !

Je tressaille, abasourdie par la pure méchanceté de ses paroles.

— Tu crois que ça a été facile pour moi d'en arriver là ? murmuré-je, brisée. C'est ça que tu penses, Wolf ? Que j'ai éprouvé du plaisir en faisant ce que j'ai été forcée de faire pour survivre ?

Incapable de supporter plus longtemps le dégoût que je lis dans ses yeux, je me détourne, au bord des larmes, et fixe mon attention sur les piles de cartons éventrés qui jonchent le trottoir défoncé, près du local à poubelles, à l'arrière du restaurant.

— Survivre ? raille-t-il avec une acidité corrosive. Un job chez McDo aurait largement pu te convenir, si tu avais accepté de rester chez ta mère ou la mienne... Tu aurais pu accorder plus de temps à ta tante, aussi, ou refaire ta vie à Durango, avec Salomé.

Je me raidis, glacée par la rancœur. Les mains crispées sur les manches de ma blouse, j'essaie de compter mentalement jusqu'à dix pour retenir la réplique cinglante qui m'immole la langue.

Un, deux, trois, quatre...

— Tu as cédé à la facilité, ajoute-t-il, piétinant mes dernières brides de retenue. Assume-le, King.

Tu mens, Wolfgang. Et tu te mens à toi-même.

Quant à moi, je n'ai plus la patience de jouer à son petit jeu merdique. Il me tire dessus à balles réelles ? Eh bien, c'est à mon tour de répliquer avec des cartouches de fusil à pompe.

— Ma mère m'a foutue à la porte quand son nouveau mari a essayé de me baiser ! lui rappelé-je, bien qu'il le sache déjà. Quant à ta mère, elle n'en pouvait plus de moi. Elle soupirait à chaque fois qu'elle me voyait... J'étais une gêne, un fardeau ! Comment crois-tu que je me sentais, moi, à me savoir indésirable auprès de la seule famille qui me rattachait à toi ?

Je refoule un sanglot défaitiste, d'une tristesse à fendre le cœur, et lève mon visage humide vers le ciel, aussi bleu que les yeux de mon bourreau. Cette blessure-là est toujours aussi douloureuse, suppurante. Et je m'en veux de lui avoir montré à quel point ça m'a achevée d'être rejetée ; encore. C'est une faiblesse... et la vie s'est chargée de m'apprendre qu'il ne fallait jamais avoir l'air faible en face d'un prédateur à l'appétit féroce.

Il en profite toujours pour te tuer, te dévorer, t'anéantir.

Toujours.

Et Wolf ne fait pas exception à la règle.

— Et pour en revenir à ma tante... Disons que je comprends pourquoi ma cousine est morte si tôt ! Alicia est cinglée ! feulé-je en direction des nuages. Tous les soirs, après les cours, je me demandais si j'allais la retrouver pendue au lustre de la cuisine ou évanouie sous la table du salon, près d'une boîte vide de somnifères et d'un verre de vodka.

Soudain, j'ai envie de rire. Mais c'est un rire atroce, défiguré et ensanglanté, comme moi.

— J'aurais pu supporter ses pulsions suicidaires... admets-je, après avoir poussé un long soupir fatigué. Je ne l'aimais pas, cette connasse, et sa mort ne m'aurait fait ni chaud ni froid !

C'est peut-être un raisonnement cruel, mais grandir dans la rue m'a rendue impitoyable.

Famille, amis et ennemis ; ils sont souvent les trois à la fois.

— Sauf que les murmures empoisonnés qu'elle chuchotait à mon oreille menaçaient de me rendre folle, moi aussi. Tous les jours, et à longueur de journée, elle essayait de me convaincre d'en finir avec elle. De mettre fin à nos jours, *ensemble*.

Les souvenirs disparates des semaines que j'ai passées auprès d'Alicia font partie des plus traumatisants de ma vie. Parce qu'à certains moments, j'ai été tentée de l'écouter... Oh, terriblement tentée d'en finir une bonne fois pour toutes avec cette douleur constante qui pulsait sous mes côtes.

— Elle sait se montrer convaincante...

Alicia vénère la mort comme certains adulent la vie, mais l'ironie du sort, c'est qu'elle est absolument incapable de l'embrasser toute seule. Son baiser est sa plus grande terreur, son plus funeste désir. Encore aujourd'hui, je me demande comment Vega, ma cousine, a réussi à survivre aussi longtemps sous le joug maléfique de sa mère.

— Alors, non, ce n'était pas facile, conclus-je en le gratifiant de mon regard le plus sévère. Et ce n'était certainement pas une partie de plaisir.

Les joues de Wolfgang deviennent aussi rouges que ses lèvres, qu'il mordille nerveusement. La culpabilité suinte par tous les pores de sa peau blanche, et je ne ressens pas le besoin de l'en absoudre ; qu'il souffre, lui aussi ! C'est à cause de ses erreurs que je me suis retrouvée seule et perdue !

— Certains soirs, c'était horrible. Et d'autres soirs, c'était l'enfer.

Je déglutis, la gorge nouée par les réminiscences de toutes les mains sales et perverses qui ont caressé mon corps, écorché mon cœur, pénétré mon âme. Et souillé irrémédiablement la femme que je suis devenue trop vite, trop tôt.

— King... laisse-t-il échapper dans une expiration tourmentée.

Je ferme les yeux. La réalité est encore plus dure à affronter lorsque je le regarde, *lui*. Le poison de mon sang.

— Pour une fois dans ta vie, Wolf : ferme ta gueule, OK ? J'en ai marre de t'écouter, avoué-je, courbaturée par la lassitude. Figure-toi que tu ne détiens pas le monopole de la souffrance !

Et moi non plus, d'ailleurs. C'est difficile à croire, mais il y a toujours pire. Et parfois, c'est la seule justice que l'on est en droit de revendiquer sur la vie.

Flor m'en est témoin : il y a bien pire destin que le mien.

Soudain, je sens le souffle tiède de Wolfgang s'écraser contre l'arrière de ma nuque. Sa chaleur m'enveloppe dans un cocon rassurant, protecteur – un mensonge sucré de plus, une vérité acidulée de trop. Wolf ne me protège pas. Il ne m'a jamais protégée. C'est toujours moi qui ai encaissé les coups à sa place.

— Je me doute bien que ça n'a pas été facile, finit-il par reconnaître, un malaise palpable dans la voix. Et tu ne vas sûrement pas me croire, mais j'aurais préféré que ce soit le cas... L'un de nous deux, au moins, n'aurait pas eu à en souffrir.

C'est probablement la plus belle chose qu'il m'ait dite depuis son retour fracassant.

— Je ne peux m'en prendre qu'à moi-même, je suppose, persiflé-je, volontairement blessante. Je n'aurais pas dû te donner tant d'importance et d'influence sur mon avenir.

Je repousse une mèche de mes cheveux bouclés derrière mon oreille et utilise ce prétexte pour jeter un coup d'œil à Wolfgang par-dessus mon épaule.

Il me fixe avec un regard... perdu.

— Au moins, je sais que je suis capable de subir le pire et de m'en relever plus forte, à présent, ajouté-je, rien que pour le plaisir d'enfoncer le clou.

Wolf murmure mon prénom du bout des lèvres. Comme une supplique. Comme une malédiction. Je sens son désir planer autour de moi, réchauffer l'atmosphère et allumer une flamme inavouable dans un endroit secret de mon anatomie. Il a toujours été fasciné par les femmes fortes, frondeuses et bagarreuses. Celles qui rendent œil pour œil, dent pour dent. J'ai rarement répondu aux coups par d'autres coups, mais j'ai toujours su manipuler la loi du talion pour faire tourner la roue en ma faveur.

— Pour en revenir à ta voiture, le coupé-je, agacée de me sentir dépossédée de ma colère, je pense qu'elle n'est plus là depuis un bon bout de temps... Le garage sentait le renfermé et il y a plein de poussière.

À contrecœur, Wolf suit mon regard jusqu'à la tête de mort ensanglantée et figée sur le mur en briques disjointes.

— Et ce truc, là ? C'était déjà là quand tu as loué le garage ?

Je m'immobilise, atterrée par sa naïveté.

— Tu ignores ce qu'elle est censée signifier pour toi ?

C'est à son tour d'être pris d'une raideur tétanique.

— Pourquoi ?

Son inquiétude est aussi tangible et désagréable que la crasse qui crisse sous les semelles éraflées de mes chaussures.

— Est-ce que tu as eu des problèmes en prison, Wolf ?

Il hésite, mais finit par répondre :

— Pas vraiment. Pourquoi ?

Ce n'est pas un mensonge – je le vois toujours lorsqu'il essaie de mentir. Mais il n'a pas dit la vérité, *toute* la vérité, et ce qu'il me cache pourrait être à double tranchant. Tant pour lui que pour moi, puisqu'il est clair qu'Enrico m'a choisie pour le soumettre à sa volonté.

— Pourtant, tout le monde le sait, ici ! C'est un avertissement !

Wolf ne me demande pas de qui il est signé : il le sait.

Mais il ne le dit pas.

— La peinture ne semble pas être de première fraîcheur...

J'acquiesce.

— La dernière fois que je suis venue, c'était au cours de l'été 2018, quelques jours après la fête nationale. Ta voiture était toujours là, contrairement au crâne sanglant.

Si je l'avais vu, je n'aurais jamais accepté d'accompagner Wolf jusqu'ici... Relier mon nom au sien ne servira qu'à me damner auprès de ceux qui lui veulent du mal. Bien qu'ils aient déjà commencé à me rattacher à lui.

Et peut-être n'ont-ils jamais arrêté.

— Pourquoi l'as-tu déplacée ?

Je suis horrifiée de sentir mes joues se mettre à rougir, rougir, rougir...

— Avant notre rupture, j'ai... vécu quelques semaines dans ta voiture, expliqué-je alors qu'il se décompose. Je ne voulais pas te le dire parce que je savais que tu m'aurais dit non. Je bossais déjà au club, mais je ne... Bref, je me contentais de faire le ménage, de servir des bières les midis et quelques soirs par semaine. Je ne gagnais presque rien, je n'avais nulle part où aller.

Il s'étrangle, éberlué :

— Tu *vivais* dans ma voiture ?

J'ébauche une moue coupable.

Et dire qu'il ne supportait même pas que l'on suce une pastille pour la gorge dans son précieux bijou à quatre roues, aux sièges en cuir grainé et à la carrosserie immaculée !

— Ouais, et je dormais de temps en temps au conteneur pour éviter d'attirer l'attention des mauvaises personnes, en ville. Enfin... jusqu'à la nuit où j'ai été suivie par deux mecs bizarres. Au lieu de me garer, j'ai continué à rouler et à tourner n'importe où, au petit bonheur la chance. Au bout de quelques détours hasardeux, j'ai réussi à les semer... mais je savais qu'ils savaient où je me rendais, le soir.

Un endroit où personne ne m'entendrait crier, hurler et supplier.

— J'ai supposé qu'ils en avaient après moi, qu'ils m'avaient repérée comme une femme seule et vulnérable. Une proie facile.

Pour me vider les poches, me violer, voler mes organes ou me tuer ? C'est l'une des rares questions existentielles à laquelle je suis soulagée de ne pas avoir obtenu de réponse.

— Le lendemain, j'ai planqué ta voiture dans l'ancien garde-meuble de Salomé, où sa famille avait laissé des affaires et des meubles à disposition de leurs cousins et...

Je n'achève pas mon explication bancale. Et cela aurait pu être une petite bénédiction, si seulement mon interruption n'avait pas été provoquée par le bruit d'une moto lancée à toute berzingue dans l'impasse... et le son nettement identifiable d'une arme semi-automatique que l'on recharge avant de tirer.

— King ! s'écrie Wolfgang tandis que je fais volte-face dans un stupide réflexe de curiosité morbide. Bouge de là !

J'ai à peine le temps d'apercevoir le symbole gravé sur le réservoir d'une énorme bécane noire, chevauchée par deux hommes cagoulés, qu'une première rafale de balles balaie le ciment à mes pieds et soulève un épais nuage de poussière qui me brûle les rétines.

Je ne vois plus rien, mais je les entends rire et hurler des menaces dans une langue que je ne connais que trop bien.

— De la part d'Enrico, *hijo de puta*[16]!

La seconde rafale atteint sa cible.

Je pense à Asher.

Je pense à Danger.

Et surtout, je pense à l'homme qui s'abat sur moi comme une hache sur une bûche et me projette à plat ventre sur le sol.

— Merde ! éructé-je, alors que l'oxygène déserte mes poumons atrophiés.

Le corps de Wolfgang s'écroule sur le mien, aussi lourd qu'une plaque d'acier laminé, et là, je le sens comme dans un cauchemar diurne... l'écoulement du sang tiède sur mes mains.

Dans un état de semi-délire, j'entends le vrombissement agressif du moteur s'éloigner vers l'unique sortie de la rue. Ces salauds ne tirent plus. Ils n'en ont plus besoin : le message est passé.

Il a même transpercé, songé-je, affolée, en regardant la petite flaque écarlate qui se forme près de ma tête. Mais j'ignore si c'est le sang de Wolf...

Ou le mien.

---

[16] « Fils de pute », en espagnol.

12

DES PÉTARDS ET UN *FLASH-BALL*

Wolf

Un mal de crâne atroce me cisaille le lobe frontal. Incapable d'ouvrir les yeux, je presse ma joue poisseuse contre la chape de béton, froide et brute, qui s'étale sous moi comme un linceul funèbre. Les secondes passent, les minutes défilent, je me perds dans la douleur et m'égare dans les ténèbres. La sensation de brûlure qui enflamme mes veines, de mon front jusqu'à mes orteils crispés dans mes chaussures, me renvoie à mes pires passages à tabac, en prison. Les deux premiers mois ont été les plus rudes : j'étais constamment pris pour cible, traqué et harcelé par les gangs qui voulaient me recruter et/ou m'éliminer. Certaines nuits, j'avais si peur que je n'arrivais plus à réfléchir, à dormir ou à respirer. Paralysé par la panique, je priais et suppliais une mère qui ne pouvait plus rien faire pour moi.

J'étais au bord du gouffre, et dans le fond de l'abysse, j'apercevais l'éclat terne du cercueil que la mort me réservait... Quelques planches de bois et une poignée de clous.

Ça me faisait presque envie.

Puis Ambroise a pris pitié de moi et, grâce à lui, je suis parvenu à acquérir un certain statut social. Pas intouchable, mais suffisamment protégé pour être mis à l'écart. Les plus mauvaises langues pensaient que j'étais devenu sa pute, même s'ils n'y croyaient pas vraiment...

Mon obsession passionnelle pour King a toujours été connue – ici ou ailleurs, tout le monde sait que je lui appartiens corps et âme. Après tout, je l'ai ancrée sur ma peau comme une cicatrice, une mutilation.

— WOLF ! Putain, réveille-toi !

J'ai presque réussi à retrouver la maîtrise de mon esprit embrumé par la douleur lorsqu'une paire de mains tremblantes m'agrippent par les épaules et me secouent dans tous les sens.

— Réponds-moi ! Wolf ! Est-ce que tu m'entends ? Putain ! Je ne trouve pas le point d'entrée de la balle !

La voix paniquée de King se fraye un chemin dans mon cerveau à coups de griffes et de crocs. Elle réduit en charpie le voile de brume qui s'est tissé autour de mes pensées.

— Lâche-moi, bredouillé-je d'une voix pâteuse. Arrête de bouger.

Ses mains restent sur moi, prêtes à me soutenir ou à me repousser, mais au moins, King ne me secoue plus comme un pitbull qui a trouvé un jouet à mâcher.

— Tu saignes...

Bien sûr que je saigne ! Les balles de *Flash-Ball* que ces connards ont tirées sur nous m'ont frappé à la tête, plusieurs fois. Mon oreille droite et mon arcade sourcilière sont en miettes. À la fin de cette journée, et si je ne trouve pas un pochon de glace pour lutter contre les œdèmes, je ressemblerai au Quasimodo de Notre-Dame !

— Je ne vois pas le point d'entrée de la balle ! répète-t-elle avec une hystérie qui m'insuffle un regain d'énergie. Wolfgang !

La tête lourde, je me redresse sur les coudes, vacillant comme un soûlard, et me rattrape *in extremis* à la main qu'elle tend vers moi pour m'aider à me stabiliser.

Trop proche. Trop loin.

King envahit mon univers, alors qu'elle ne veut même pas le

conquérir. Son parfum est l'air que je respire. Son visage est la seule chose que je vois. Son corps est l'unique point de stabilité dans ce brouillard de souffrance. Je n'entends plus qu'elle... et la petite voix dans ma tête qui m'ordonne de goûter à ses lèvres – pour de bon, cette fois.

— Pas de balles, marmonné-je en essuyant le filet de sang qui me coule devant les yeux. Des pétards et un *Flash-Ball.*

Quelque chose d'incroyablement doux m'effleure la tempe, la joue et la mâchoire. Je mets plusieurs secondes à réaliser que ce sont les doigts de King qui me caressent avec autant de délicatesse tandis qu'elle tâtonne les bleus et les plaies qui me bossellent le crâne.

— Qu'est-ce que ça te fait quand j'appuie là ?

Une douleur effroyable me fait papillonner des cils et monter les larmes aux yeux.

Aïe. AÏE !

— Je me sens comme une merde écrasée par un 4x4 et jetée dans une poubelle avant qu'on y foute le feu.

En pire. Mille fois pire.

— Ah... lâche-t-elle, c'est imagé. Combien vois-tu de doigts ?

Elle en lève cinq, mais en replie trois, et les agite sous mon nez.

— Deux. Et l'un de tes ongles est abîmé. Tu t'es blessée.

King regarde le bout de son doigt où l'ongle cassé a entamé la première couche de son épiderme. Elle saigne. Oh, à peine quelques gouttes, mais je considère cette blessure superficielle comme un affront personnel...

— Des pétards et un *Flash-Ball*, marmonne-t-elle en regardant autour de nous. Pas de balles ?

Dans ses grands yeux trop écarquillés, aux pupilles dilatées, je vois briller l'étincelle d'une peur aveugle, incontrôlable. King l'intrépide, la Reine des Grandes Gueules, est terrifiée. Ses mains tremblent et son torse se soulève au rythme haletant de sa respiration.

— Non, soufflé-je, en utilisant ma voix la plus calme. Ce n'était pas un flingue. Il voulait nous faire passer un message, pas nous refroidir.

Elle dodeline de la tête, sonnée par le contrecoup du choc. Pendant une seconde, j'ai l'horrible impression qu'elle va se mettre à pleurer... mais elle parvient à se ressaisir juste à temps, même si des larmes cristallines restent suspendues sur le bord rougi de ses paupières. Sa détresse me fend le cœur et son courage m'impressionne. Je la prends dans mes bras et la serre contre moi, aussi fort que je le peux, aussi fort qu'elle me le permet.

King se fige dans mon étreinte, indécise. Quant à moi, je la berce contre mon cœur en murmurant des paroles apaisantes dans le creux de son oreille.

— N'ai pas peur, *mein Schatz*...

J'ai envie de lui dire qu'elle n'a plus rien à craindre, que je suis revenu pour elle et qu'elle n'aura plus jamais à faire face à ses problèmes – et aux miens – toute seule. Mais je ne suis pas réellement de retour dans sa vie et je n'ai pas le cœur à lui mentir.

Je ne resterai pas à Albuquerque.

Même pas pour elle.

Surtout pas pour elle.

— Ma petite hirondelle. Tu trembles, mais je vais bien.

Soudain, King s'effondre comme un château de cartes et s'écrase contre mon torse. Je ne l'entends pas pleurer, mais une humidité suspecte commence à imprégner le devant de ma chemise, là où elle a plaqué son joli visage si expressif. Ses sanglots ont toujours été ma kryptonite. Mon talon d'Achille. Dès qu'elle se met à pleurer, je perds la tête. Rien ne compte plus à mes yeux que d'essuyer ses joues, d'effacer ses maux et de panser les plaies de son cœur. Cette compulsion protectrice est toujours là, en moi, comme une malédiction qui me pousse à me haïr moi-même.

King ne pleure jamais. *Jamais.* Il faut vraiment qu'elle ait été poussée au-delà de toutes ses limites pour céder au découragement et ouvrir les vannes de sa tristesse.

— Qu'est-ce qui t'arrive ? m'affolé-je alors qu'elle s'agrippe à mon cou et plante ses ongles dans mes épaules. Hé, Kingsley... S'il te plaît... Parle-moi...

La panique assèche le timbre de ma voix.

— Je ne sais même pas... pourquoi... je pleure...

Je la retiens plus fort, touché par sa vulnérabilité, et elle se cramponne à moi, comme s'il ne lui restait plus que cette solution pour ne pas se noyer dans ses larmes.

Nous restons un long moment dans les bras l'un de l'autre, soulagés d'être vivants et terrifiés d'avoir failli mourir.

Quand King se remet à parler, je n'ai plus qu'un seul désir : créer une machine à remonter dans le temps et m'empêcher d'aller cambrioler cette stupide bijouterie. Mais le passé ne peut pas être changé ou effacé, et dans le présent, la fille que j'ai aimée plus que ma vie a reconstruit la sienne sans moi.

— Mon père, ma mère, toi, et tous les autres... chuchote-t-elle dans mon cou, m'arrachant des frissons, vous m'avez abandonnée. Vous m'avez laissée me débrouiller toute seule. Et ça m'a presque tuée, Wolf. Je ne peux pas faire subir ça à Asher... Je ne peux pas l'abandonner, lui aussi, comme vous m'avez abandonnée, moi.

Voilà pourquoi elle pleure : Asher. Elle a cru qu'elle allait mourir aujourd'hui, dans ce garage sale et poussiéreux, en laissant son enfant derrière elle, à un père qui ne sait même pas s'en occuper, et cette vision lui a été insupportable. Est-ce que c'est douloureux ? Oui. Mais je suis ému, aussi, de constater qu'elle est devenue une excellente mère. Je savais qu'elle se comporterait avec ses enfants comme une lionne avec ses petits.

Je croyais juste qu'elle porterait les miens...

— Il a déjà tellement souffert.

Je fronce les sourcils et essaie de reculer, mais elle refuse de me relâcher et presse son corps contre le mien, à l'agonie. Une autre forme de brûlure me poignarde à la base des reins. J'ai envie de l'allonger sur le dos, de lui écarter les jambes et de lui faire des choses qu'elle adorerait... Toutefois, je n'arrive pas à chasser de mon esprit les ombres de toutes les autres mains qui l'ont caressée pendant qu'elle prétendait m'aimer.

— Ce n'était qu'un avertissement avec des pétards, King ! grogné-je avec une impatience née de la frustration. Tu n'as même pas été touchée.

Tout à coup, sa chaleur ardente et son odeur sucrée me sont arrachées tandis qu'elle se défait de mon étreinte pour s'asseoir à plus d'un mètre de moi. Les bras croisés sur la poitrine et le visage impassible, elle me fixe durant de longues secondes comme s'il lui fallait affronter un ennemi particulièrement féroce... Puis elle voûte les épaules et entreprend de déboutonner sa chemise, un bouton après l'autre, avec une sensualité involontaire qui me coupe le souffle. Mon sang se transforme en lave bouillonnante à l'intérieur de mes veines dilatées par une violente flambée de désir. Mon corps se raidit, mes muscles se durcissent, je suis prêt à passer à l'attaque. Mon besoin d'entamer une danse érotique avec King se heurte aux avertissements de ma raison refroidie par l'absence de passion dans ses yeux noirs.

Sa blouse rouge tombe sur le sol, dévoilant un soutien-gorge à balconnet qui flatte les rondeurs naturelles de sa poitrine. Je suis hypnotisé par l'étendue de peau dorée qu'elle dévoile sans pudeur. Douce et satinée, veloutée et parfaite. Elle est comme dans mes souvenirs : délicieuse. Et lorsqu'elle lève la main pour tracer une ligne le long de sa gorge, puis de sa clavicule, avant de descendre vers ses seins, que je dévore du regard comme un affamé, je me surprends à retenir ma respiration.

Elle est belle, tellement belle...

Sa main s'aventure encore plus bas, vers son nombril percé d'un diamant bleuté que je rêve déjà de faire tourner sur la pointe de ma langue. Dans un état d'excitation indécent, je m'entends haleter comme un chien. Face à elle, je n'ai plus rien du loup. Elle me dresse d'un simple regard – dans tous les sens du terme.

— En plein cœur, lâche-t-elle d'une voix rauque, en arrêtant sa main sous le ruban noir de son soutien-gorge. Je l'ai prise en plein cœur...

C'est là que j'aperçois la tache rouge et bleue qui grandit et noircit sous la pulpe de ses doigts ensanglantés.

Elle a été touchée... en plein cœur.

Si ça avait été de véritables balles, elle serait morte sur le coup.

Cette prise de conscience est si violente qu'elle m'ébranle de la tête aux pieds. J'ai l'impression de me fendre en deux, comme une bûche martelée par une hache, et la tête de mort peinte en rouge derrière King ne m'aide pas à rassembler les morceaux éparpillés de mon être. Je ne vois plus que des giclées de sang, des fontaines de larmes et son corps inerte, étendu sur le dos, à jamais dépourvu de la moindre étincelle de vie.

— Je suis vraiment dans la merde, hein ? chuchoté-je, le regard perdu dans le vague.

King se contente de hocher la tête.

— Et tu ne m'aideras pas, n'est-ce pas ? C'est à mon tour d'être seul et abandonné...

Je n'aurais jamais dû me frotter aux gangs d'Albuquerque, mais l'appât du gain a été plus fort que la raison, et j'ai succombé à la tentation éphémère de l'argent facile. Les six années de prison que j'ai faites n'ont pas suffi à régler mes dettes, et j'aurais dû me douter qu'Enrico ne m'oublierait pas...

Ambroise n'est plus là pour surveiller mes arrières, et de toute façon, ces deux-là se détestent et se livrent une guerre d'usure qui dépasse les frontières de la prison.

Enrico se serait fait une joie malsaine à l'idée de buter l'un de ses amis... mais à sa décharge, je lui ai donné d'excellentes raisons de me viser, moi. Après tout, je lui ai volé plus de cent mille dollars de bijoux. Pire, j'ai indirectement contribué à la mort de l'un des siens, abattu par la police lorsqu'on essayait de fuir la scène du crime.

La dette de sang qu'il pense que j'ai contractée envers lui ne sera acquittée que par... eh bien, le sang.

— Comment as-tu rencontré Enrico ? m'interroge King en remettant sa blouse avec des gestes alourdis par la douleur. C'est le plus gros poisson de la mare.

Je baisse les yeux vers le sol jonché de balles pour éviter qu'elle ne devine la tournure morbide qu'ont prise mes pensées.

— En fait, je ne l'ai jamais vu.

Elle s'immobilise, les yeux écarquillés.

— On a fait affaire à plusieurs reprises, mais mon principal interlocuteur a toujours été Dario. Lors du dernier braquage que j'ai fait pour Enrico, il s'est pointé avec un vrai flingue et...

— Il a descendu le propriétaire de la boutique, achève-t-elle à ma place, en me tendant un paquet de mouchoirs. Puis il s'est fait surprendre par les flics en tentant de sortir par la porte de service. Ils l'ont criblé de balles.

Je prends un mouchoir et commence à me nettoyer le visage. Ça brûle, ça pique, mais c'est un bon remède contre l'érection qui persiste à tendre l'avant de mon pantalon. J'essaie de me trouver des excuses : longue abstinence, paire de seins parfaits, souvenirs sensuels et flirt avec la mort qui m'a retourné le cerveau. Mais la vérité, c'est que j'ai King dans la peau...

— Dario était un idiot, ajoute-t-elle, dédaigneuse. Il se croyait invincible grâce à l'argent et à l'influence d'Enrico... qui n'est pas véritablement de sa famille, en réalité. Ils ont grandi ensemble en foyer d'accueil, mais ils n'ont pas de lien de sang. Dario était un démon ténébreux aux yeux de velours là où Enrico n'est qu'un ange de blondeur.

Mon cœur s'arrête de battre.

— D'où te viennent tes informations, King ?

Elle n'a pas besoin de le dire, je lis la réponse dans ses yeux. D'une façon ou d'une autre, Enrico m'a baisé en la baisant, elle. Et ça tue quelque chose à l'intérieur de moi.

— J'ai travaillé pour lui...

Je riposte, fou de rage :

— Tu veux plutôt dire que tu as couché avec ce fils de pute !

Je me redresse d'un bond, le feu aux tripes, et fais les cent pas à l'entrée du garage. La colère me consume du cœur jusqu'à l'âme, à l'instar d'un torrent de haine qui détruit tout sur son passage. J'en ai les joues brûlantes et un goût de cendres épaissit ma salive.

Trois mois après mon jugement, Enrico a envoyé l'un de ses sbires à Santa Fe pour me transmettre un message.

« Je ne te laisserai pas m'oublier, mon petit loup. Profite bien de tes vacances à l'ombre pour réfléchir à ce que tu m'as volé... car je vais te prendre le double. »

Je ne l'ai pas vraiment pris au sérieux. Que lui restait-il à me voler ? On venait déjà de me dépouiller de ma fierté et de ma liberté ! Puis les années ont passé, rien de mal n'est arrivé et je n'ai plus entendu parler de lui...

Jusqu'à maintenant.

– Pas exactement ! me contredit King, au-delà de la fureur. J'étais déjà perdue lorsqu'il m'a remarquée, dans un club de striptease qu'il venait de racheter. Tu m'avais larguée comme une merde, je n'avais plus rien à quoi me raccrocher, et quand il m'a invitée chez lui... je l'ai remercié, Wolf. Je me suis assise à ses pieds et j'ai dit merci !

Elle se lève en frappant le sol du plat de la main, prise d'une colère majestueuse.

– J'ai été à lui pendant six mois. Il m'aimait plus que toutes les autres, et ça les rendait folles de jalousie. J'étais sa préférée, presque sa petite copine. Il me retrouvait toutes les nuits. Plusieurs fois par nuit. À la fin, il n'y avait plus que moi dans son lit.

Elle avance vers moi d'un pas agressif, comme si elle voulait me piétiner sous la semelle de ses chaussures.

Est-ce qu'elle l'a aimé ? Et surtout, pourquoi la réponse à cette question est-elle aussi importante à mes yeux ?

Je suis vraiment un imbécile.

– Je le détestais, et ça l'amusait de me torturer en m'obligeant à me comporter comme s'il était le roi de mon cœur. Je pensais qu'il m'avait choisie par hasard...

King s'immobilise à un centimètre à peine de mes lèvres, que son haleine chaude effleure d'une caresse. Des larmes gonflent ses paupières – encore. Et c'est ma faute – une nouvelle fois. Toute ma colère s'évanouit dans un nuage étouffant de honte.

— Alors que c'était à cause de toi, m'achève-t-elle, aussi belle qu'impitoyable. C'est toujours à cause de toi que j'ai mal, Wolfgang.

C'est peut-être vrai, mais je pense qu'Enrico aurait jeté son dévolu sur King, avec ou sans moi. Parce que c'est typiquement le genre de femmes qu'un homme de pouvoir rêve de posséder : belle et brisée, mais létale comme une lame affûtée par le sang.

— Je suis désolé, avoué-je en lui prenant la main. Pour tout. Sincèrement. Je m'excuse.

King ouvre la bouche, surprise par ma reddition.

— Mais tu m'as brisé le cœur, toi aussi ! Et tu as pris de mauvaises décisions, comme moi. J'assume mes erreurs, King, et tu devrais assumer les tiennes. On s'est plantés tous les deux. Et en beauté.

Je déglutis, la gorge sèche. La perte de sang commence à me faire tourner la tête. Je me sens faible et meurtri. Déboussolé, aussi, comme un petit enfant qui s'est pris une bonne correction après une vilaine bêtise et n'arrive plus à remettre son monde à l'endroit.

— Je comprends que tu ne veuilles plus de moi dans ta vie, mais il faut que tu saches une chose : je retournerais en prison et j'y resterais jusqu'à la fin de ma vie, si seulement ça pouvait effacer le mal que je t'ai fait sans le vouloir... C'est le pire de mes crimes. Tu comptais sur moi, et je t'ai laissée tomber. Oui, tu m'y as poussé... mais j'aurais dû rester ton ami. Je n'avais pas compris que tu avais besoin de moi, toi aussi. Je n'avais pas compris, King, que ma chute signerait la tienne.

J'avais dix-neuf ans. Elle en avait dix-sept. Nous aurions dû nous en remettre... non ? N'étions-nous pas trop jeunes pour nous gâcher la vie ?

— Je veux rentrer chez moi, Wolf, finit-elle par souffler, le visage ravagé par la fatigue, en se détournant de moi. Je veux juste rentrer à la maison.

Et avant, sa maison, c'était moi.

13

UNE DOULEUR SOURDE

King

J'essaie de me concentrer sur la route, mais c'est difficile avec Wolf qui saigne sur le cuir de mes sièges et la douleur sourde qui m'enflamme la cage thoracique, là où la balle du *Flash-Ball* m'a creusé un petit trou. Les doigts crispés sur le volant, je tente de chasser les pensées qui me viennent à l'esprit en me rejouant toutes les nuits de solitude que j'ai connues après le départ de Wolf.

Danser jusqu'au bout de la nuit sur une piste étroite et sombre, juchée sur des talons trop hauts pour mes chevilles fragiles, vêtue d'un string ficelle minuscule et d'une paire de cache-tétons en forme de cœur brisé...

Dormir sur la banquette glacée d'une voiture qui ne m'appartient pas, dans un conteneur rouillé et exilé dans le désert, avec la certitude angoissante, *agonisante*, que personne ne m'entendrait crier s'il m'arrivait quelque chose...

Crever de faim sur le trottoir, à chercher mon premier repas de la journée dans les poubelles, l'odeur des ordures pourrissantes dans les narines et le goût humiliant des larmes sur la langue...

Subir les assauts moites et agressifs d'un homme que je déteste, dans un lit qui témoigne de ma honte nuit après nuit, et faire semblant de jouir pour le convaincre que j'aime ce qu'il me fait, terrifiée que je suis à l'idée qu'il m'abandonne, lui aussi...

Rester allongée sur le sol, contusionnée par les coups et les maltraitances, à regarder le ciel noir et les étoiles étincelantes en priant pour que le sable m'étouffe et me disperse par-delà les dunes rouges sur lesquelles je veille comme une veuve éplorée...

Mon souffle s'accélère et mon cœur se tétanise dans ma poitrine. J'ai laissé cette vie-là derrière moi. Je m'en suis sortie. J'ai quitté la rue et tourné le dos à ses excès.

Alors pourquoi refuse-t-elle de me laisser en paix ?

Soudain, le visage bourru et sévère de Jemar traverse mon esprit. Puis ceux de Danger, de Sonja et d'Asher le suivent dans une cascade de sentiments qui va de l'amour à la haine, de la joie à la peur, de l'espoir au découragement.

J'ai réussi à me créer une nouvelle famille sans Wolfgang. *Ma famille.* Je ne peux pas prendre le risque de la perdre pour lui. Même s'il s'est excusé, même s'il avait ses raisons pour faire ce qu'il a fait, pour dire ce qu'il a dit. Je ne suis plus la jeune fille stupide d'autrefois. Celle qui l'a aidé à lui briser le cœur, persuadée qu'elle était sur le point de vivre une histoire d'amour épique.

Peu importe qu'il ait besoin de moi.

Moi, je n'ai plus besoin de lui.

J'assume mes erreurs, King, et tu devrais assumer les tiennes...

Plus. Du. Tout.

— Si tu veux retrouver ta voiture, tu devrais demander à Marco s'il en a reçu des morceaux à la casse ou s'il l'a croisée sur le circuit des courses illégales.

Putain de merde, King ! Tu es une abrutie ! m'insulté-je mentalement en resserrant ma prise sur le volant.

Le cuir souple gémit sous la pression de mes doigts blanchis jusqu'à la deuxième phalange.

— Marco ? s'étonne Wolf en tournant sa gueule cassée vers moi. C'est qui ?

Je fronce les sourcils.

— Marco Ibanez, lui rappelé-je d'une voix involontairement douce. Nounours.

Marco est l'un des rares types à qui je fais confiance dans cette ville. Tout le monde le traite comme s'il était infecté par la peste ou la gale, mais personne n'ose le contrarier. Pas même son cousin / frère d'adoption, Enrico.

— Nounours ?! s'étrangle Wolf en se tournant vers moi. C'est à cette couille molle que tu veux que je m'adresse ? Tu veux ma mort, ou quoi ?!

Je grimace, agacée par son dédain.

Marco fait deux mètres et cent cinquante kilos. Il est très grand, très large, mais pas aussi gras que les gens le disent. Gentil et doux comme un agneau, il déteste la violence et fuit le monde sanglant que son cousin dirige d'une main de maître. Son physique atypique fait de lui une cible de choix pour les moqueries et les railleries stupides, mais il ne s'en offusque pas. Jamais. Il s'accepte comme il est, avec ses qualités et ses défauts. Ses kilos en trop et son visage bouffi, ses mains énormes et ses pieds de clown, son visage balafré et sa dent cassée. C'est Nounours, un vrai ours brun et poilu que l'on a pourtant envie de câliner.

— Je ne l'aime pas, ce type. Hors de question.

Je lève les yeux au ciel.

— Tu ne l'aimais pas lorsqu'il était encore à la botte d'Enrico, le contredis-je, mais il a changé. Ce n'est plus le petit chien-chien de son cousin. Il s'est retiré de la course au pouvoir et maintenant, il gère l'une des plus grosses casses de la ville. De temps en temps, il organise des rodéos illégaux, mais c'est toujours en terrain neutre, loin de l'influence des gangs.

Wolf me regarde comme s'il venait de me pousser une deuxième tête sur l'épaule. Ça aurait été drôlement pratique pour lui asséner le coup de boule qu'il mériterait pour ce qu'il s'apprête à me dire...

— Tu as couché avec lui, n'est-ce pas ?

J'en étais sûre.

Tu es vraiment trop prévisible, Wolf.

— Je te signale qu'il était très amoureux de ma cousine.

Wolf grince des dents et me dévisage avec cette lueur noire et farouche qui me rappelle l'année douce-amère que l'on a passée ensemble, dans les bras l'un de l'autre, avant qu'il ne soit enfermé loin de moi.

— Ce n'est pas une réponse.

Non, ce n'en est pas une, parce qu'il a perdu le droit de m'interroger sur les hommes que j'ai fréquentés par le passé.

— Je n'ai pas couché avec lui. Il me considère comme une... sorte de petite cousine, je crois.

Et je suis à peu près certaine que c'est lui qui a parlé de moi à Jemar. Ce dernier n'a jamais confirmé mes soupçons, mais c'est inutile. C'est le seul endroit que nous avions en commun, lui et moi. La casse de Nounours. Il y récupérait des pièces à bas prix pour son garage. J'y dormais de temps en temps, lorsque Enrico devenait trop... agressif dans son affection pour moi.

— Il est marié, maintenant. Il a deux filles sublimes et une femme qui l'adore au-delà des mots.

Maria est une sainte, comme son nom l'indique. Petite, frêle et maigre comme un roseau, elle ne parle pas un mot d'anglais et passe son temps libre à travailler bénévolement dans un foyer d'accueil mis en place pour les enfants d'immigrés clandestins. C'est un ange de douceur et de bonté, qui a vécu des choses horribles de l'autre côté de la frontière. Elle n'en parle jamais à personne, mais ça se sent dans toutes ses actions. Et par chance, elle a trouvé l'un des rares hommes sur cette planète à comprendre l'importance de ne pas froisser les moignons d'ailes d'une femme brisée. Il lui offre la sécurité dont elle a besoin pour s'épanouir et voleter hors du nid, sans jamais l'étouffer sous une vigilance accrue ou une possession jalouse.

Leur couple est d'une beauté qui me donne parfois l'espoir de... mais, non. Ce genre de relation n'est pas fait pour moi.

— Et comment pourrait-il m'aider ? Le voudra-t-il seulement ?

Wolfgang marque une pause tandis que j'emprunte la bretelle d'autoroute qui nous ramènera à Albuquerque.

— J'étais l'ami de Heath et de Max. Et maintenant, je suis celui d'Ambroise.

Ambroise.

Un frisson me traverse le corps, de la racine des cheveux jusqu'à la pointe des pieds.

J'espère qu'il n'oubliera jamais que ses secrets sont aussi les miens, et vice versa. Je l'ai payé trop cher pour qu'il me trahisse par amitié pour Wolf. Plus que de l'argent, j'ai confié à Ambroise des choses qui pourraient bien me valoir une mort lente, très lente, dans un sinistre terrain vague.

— Marco s'en fiche. Contrairement à nous, il ne vit plus dans le passé.

Les lèvres cruelles de Wolf dessinent un sourire aiguisé.

— Tu vis toujours dans le passé, King ?

Merde.

Je ne veux surtout pas qu'il comprenne à quel point j'en suis prisonnière – corps, cœur et âme.

— Je n'y suis pour rien, c'est lui qui ne veut pas me lâcher, raillé-je, en lui décochant un regard éloquent. Je l'ai chassé, mais il s'accroche.

Wolf se renfrogne. *Touché.*

Ça devrait me soulager, mais ce n'est pas le cas. Je n'éprouve plus le même plaisir à l'idée de lui faire du mal. Ses excuses ont changé la dynamique de nos rapports, que je le veuille ou non...

— Admettons qu'il n'ait rien contre moi, reprend-il avec une moue sceptique. Pourquoi m'aiderait-il ? Pourquoi risquerait-il de se mettre son cousin à dos ? Ce serait de la folie !

J'ouvre la bouche pour le contredire une nouvelle fois, mais il a raison. Marco n'a aucun intérêt à l'aider – au contraire. Il est peut-être gentil et serviable, mais ce n'est pas un idiot. Et soyons honnêtes : ce serait incroyablement stupide que de soutenir Wolfgang au mépris des ordres d'Enrico.

— Il faut vraiment que je retrouve ma voiture, King. C'est une question de vie ou de mort.

Je l'avais déjà compris avec le coup des pétards, du *Flash-Ball* et de la tête de mort écarlate.

— Conduis-moi à lui. C'est la seule chose que je te demande : mets-moi en contact avec Nounours, et j'arrêterai de te mêler à mes problèmes, me promet-il en me regardant droit dans les yeux.

En apparence, c'est une requête raisonnable. C'est même plutôt censé : si je lui en fais personnellement la demande, Marco ne refusera pas de rencarder Wolf au sujet de sa voiture et des rumeurs qui circulent à son propos. Déjà, parce qu'il m'adore. Ensuite, parce qu'il y aurait une autre tête à couper que la sienne pour satisfaire la soif de sang d'Enrico. Comme il le dit si bien : prudence est mère de sûreté. Mais j'ai mis un terme à cette partie de ma vie depuis deux ans, maintenant. Et même si je suis toujours en relation avec Marco à cause de la gestion des achats-ventes du garage, je ne tiens pas à replonger dans les eaux tumultueuses d'Albuquerque.

— Tu te souviens de notre *deal*, King ? insiste Wolf en essuyant le sang qui lui coule devant les yeux à l'aide d'un mouchoir en papier. Je sortirai de ta vie dès que j'aurai récupéré ma voiture...

— C'est du chantage !

Il jette le mouchoir imbibé de sang par la fenêtre, en ressort un autre de la boîte à gants, qu'il plaque contre sa tempe écorchée, et pousse un grognement de pure douleur qui m'atteint droit à la poitrine. C'est en partie ma faute s'il ressemble à l'une des pièces de bœuf que Rocky utilisait pour s'entraîner à la boxe. Et je ne supporte pas de le voir souffrir, cet idiot qui m'a bousillé le cœur.

— C'est ta promesse, pas la mienne, riposte-t-il avec rudesse, les mains crispées sur la lanière de sa ceinture tandis que j'écrase la pédale de frein pour éviter de griller un feu rouge. Le loup solitaire meurt, mais la meute survit.

Je cligne des yeux, ébahie, et redémarre en faisant crisser mes pneus sur l'asphalte.

— Tu viens de citer *Game Of Thrones* ou je rêve ?

Il prend un air gêné.

— Un ami m'a prêté les livres, en prison. C'était plutôt intéressant...

L'image qui me vient en tête est aussi douce qu'amère. Je le vois dans sa tenue orange de prisonnier, allongé sur le côté, un bras replié sous sa tête pendant qu'il dévore le roman aux milliers de pages qu'il tient à la main, les yeux écarquillés par la seule source d'évasion qu'il lui reste : les livres auxquels il n'aurait même pas jeté un coup d'œil à l'extérieur des murs de sa prison.

— Je ne t'imaginais pas en amateur de lecture.

Wolfgang a toujours été d'une intelligence vive et précise, mais ce n'est pas un homme de patience. Il est l'attaque, l'action, la bataille. S'il réfléchissait plus avant d'agir, il éviterait la plupart des déconvenues qui essaient de le faire chuter de son piédestal.

— Les gros livres m'aidaient à digérer plus rapidement le temps qui refusait de se hâter pour moi.

Je lui jette un coup d'œil en biais.

— Une belle formule.

Il me foudroie du regard.

— Tu aurais dû lire, King. Peut-être aurais-tu passé des nuits plus agréables...

Je serre les dents, furieuse. Certes, il s'est excusé de m'avoir entraînée dans l'abîme avec lui, à sa chute, mais il est évident qu'il a toujours du mal à accepter que je m'en sois sortie sans lui. Et d'une façon qu'il prend visiblement comme une offense à sa personne.

— Continue à me susurrer des mots doux, mon loup, persiflé-je. Je crève d'envie de t'aider, maintenant.

Il tique, les mâchoires crispées dans une moue belliqueuse, involontairement provocante.

— Ne me demande pas de te mentir, King. Tu es probablement la seule personne qui puisse m'aider à déblayer la merde qui ne cesse de me tomber sur la gueule, mais j'ai aussi ma fierté. Elle est peut-être en sang, brisée et défigurée, comme moi, mais elle est toujours là. Et crois-moi, elle s'enflamme dès qu'elle se trouve à proximité de toi.

Acculée par le regard glacial qu'il pose sur moi, je tourne un peu trop brusquement le volant pour éviter un cycliste suicidaire et accroche ma roue sur le bord d'un trottoir. Les cahots de la voiture me soulèvent l'estomac, mais je m'efforce d'avaler ma salive acidifiée par mes sucs gastriques et de garder les yeux rivés sur la route. Wolf marmonne une insulte peu élégante sur ma manière de conduire et me qualifie de danger public. Je feins de ne pas l'avoir entendu.

S'il savait ce que j'ai fait subir à sa Mustang, il me claquerait entre les doigts.

— Je n'irai pas voir Nounours sans toi... lâche-t-il dans un souffle. Je ne vais pas m'abaisser à quémander des miettes que je sais pertinemment que l'on ne me donnera pas.

Il m'énerve. Il m'énerve. Il m'énerve !

Ce sont les mots de trop. Que connaît-il des miettes ? A-t-il seulement une idée de ce que l'on ressent vraiment lorsque l'on crève de faim ?

Sans réfléchir, je siffle d'une voix hargneuse :

— Je ne te pensais pas aussi cliché, Wolf ! Finalement, tu es aussi con que tous les autres gamins de la rue qui se prennent pour de véritables gangsters sous prétexte qu'ils ont fait un peu de taule !

Vexé, il me hurle au visage :

— Tu ne connais rien à la prison !

Je ricane, si furieuse que j'en tremble.

— Non, je n'y connais rien ! Mais je connais la rue, moi. J'y suis née, j'y ai vécu, j'y ai survécu. Je l'ai saignée jusqu'à la dernière goutte, alors que tu n'as jamais entr'aperçu qu'un dixième de ses vices !

Ma colère se ressent sur ma conduite. Je roule vite, trop vite, et n'importe comment.

— Que sais-tu de ce que j'ai...

— Tu n'es jamais tombé aussi bas que moi, Wolf ! le coupé-je, en grinçant des dents. Tu as toujours ta fierté ? La mienne m'a été volée avant même que je n'en connaisse la valeur. Les vrais gangsters sont comme les putes. Ils n'ont plus rien à perdre, et c'est justement cette déchéance totale qui les rend aussi dangereux. Fierté ? Qu'importe ! Ils font tout ce qu'il faut pour rester en vie. Tu crois que voler est difficile ? Mentir ? Trahir ? Tuer ? C'est le plus facile, putain ! Tout le monde en est capable ! Mais se taire ? Rester silencieux ? Savoir avaler quand on t'en fourre plein la gorge ? Accepter d'être ridiculisé, usé, utilisé comme un objet ?

Je m'arrête quelques secondes pour reprendre mon souffle.

— Les vrais gangsters sont comme les putes, Wolf, répété-je en ralentissant à une intersection réputée pour accueillir la police. Ils te piègent avec leur façade aguichante. Ils t'appâtent avec leur nom grandiloquent. Alors que leurs mains sont aussi sales que leur cœur. Ils sont pourris de l'intérieur, vérolés jusqu'à la moelle. Ils bouffent de la merde matin, midi et soir, parce qu'ils savent qu'ils en chieront de l'or. Ils n'ont plus de fierté à faire valoir, car ils l'ont vendue sans remords pour en arriver là où ils sont. Si tu veux jouer au gros dur, si tu veux avoir une chance de t'en sortir, tu devrais arrêter de brandir tes principes, tes valeurs, tes souffrances et ta fierté comme s'ils pouvaient te servir de bouclier ! Comme s'ils pouvaient inspirer de l'admiration ou de la pitié à tes ennemis !

Je rabats ma voiture sur le bas-côté, en face de l'immeuble de bourgeois où vit Wolf. Un bâtiment soigné, implanté au centre d'un quartier branché, où la richesse suinte des briques et des allées comme une odeur nauséabonde de lys et de rose.

— La rue n'a ni valeurs ni principes, encore moins de fierté. Elle a des putes. *C'est* une pute. La meilleure. Quand elle te suce, quand tu crois que tu la baises, c'est elle qui te prend même si tu la payes. Et les vrais gangsters n'essaient pas de la dompter ou de la faire changer.

Je suis rouge et essoufflée lorsqu'il tente de me couper la parole.

— King...

Je ne suis le roi de rien. Je ne suis la reine de personne. Ni Kingsley ni Tempérance. Ma mère n'aurait pu se tromper davantage en choisissant ces prénoms pour moi.

— Ils sont comme elle, reprends-je comme s'il ne m'avait jamais interrompue. Ils la respectent, même s'ils ne l'aiment pas, parce qu'ils savent qu'ils ne valent pas mieux qu'elle et qu'ils ne pourront jamais la quitter. *Jamais*. Tu comprends ?

Je tourne le visage pour le regarder, mais il a les yeux rivés sur le bout de trottoir, près de sa porte d'entrée, éclairé par un lampadaire.

— Si tu essaies de te mesurer à elle dans cet état d'esprit, elle va te rétamer. Aussi vite et facilement qu'on chasse un moucheron indésirable. Parce qu'il n'y a rien derrière ta façade, Wolf. Et ça te rend facile à démolir, et encore plus à faire crever.

Je me penche au-dessus de lui. Il se raidit, tétanisé par ma proximité, et je le surprends à retenir sa respiration lorsque je lui ouvre sa portière.

— Si tu as toujours ta fierté, alors tu as déjà perdu. Et je refuse de continuer à perdre avec toi, Wolfgang.

Je me rassois dans mon siège pour lui faire comprendre que cette conversation est terminée.

Mais ce n'est jamais fini, avec lui.

— Comment tu sais où j'habite, King ?

Un courant d'air glacial souffle sur mon corps. Mon estomac se contracte dans un spasme douloureux. Je viens de faire une grosse connerie.

— Sors de ma voiture et rentre chez toi, articulé-je avec difficulté.

Il ne lâche pas.

— Comment ?

Prise en faute, incapable de me défendre, je passe à l'attaque.

— Je... et toi ? Comment as-tu su où je travaillais, hein ?

Il me répond du tac au tac :

— J'ai demandé à ma mère.

Merde. Je ne peux pas lui parler d'Ambroise. Ce serait comme ouvrir la boîte de Pandore.

— Tu as tes espions et j'ai les miens, résumé-je sèchement en désignant la sortie du pouce.

Wolf croise les bras en travers de son torse.

— Alors, tu m'as espionné ? Vraiment ? Et qu'as-tu appris sur moi ? À part mon adresse, bien sûr.

La fatigue me tombe dessus comme une chape de plomb. Soudain, je n'ai plus qu'une seule envie : rentrer chez moi et dormir jusqu'à ce que mon cœur soit moins douloureux.

S'il le devient un jour, ce dont je commence à douter...

— Je n'ai pas envie de jouer, Wolf. Asher m'attend à la maison. Rentre chez toi et réfléchis à ce que tu es prêt à faire pour survivre assez longtemps à Albuquerque et avoir une chance de partir au Canada vendre des pneus.

Une lueur de doute s'allume dans ses yeux.

— Ça ne sert à rien que j'y aille seul, et tu le sais.

— On ne sait rien tant que l'on n'essaie pas.

Mais il a raison : Nounours ne l'aidera pas sans moi.

— Ma voiture est toujours garée devant chez toi, réplique-t-il en changeant d'angle d'attaque.

Et merde. Deuxième erreur. Je n'ai plus qu'une seule solution pour m'en sortir et protéger mes secrets : abdiquer.

— Demain matin, j'appellerai Nounours pour lui parler de toi. C'est la première et la dernière chose que je ferai pour t'aider, alors ne me le fais pas regretter... Et ne t'avise surtout pas de débarquer avant midi !

Wolf reste bouche bée, étonné par mon revirement à cent quatre-vingts degrés.

— Je n'arrive même pas à te dire merci, King... finit-il par murmurer, sous le choc, en sortant de la voiture.

Je le gratifie d'un majestueux doigt d'honneur.

— C'est parce que t'es qu'une merde.

Wolf semble sur le point d'ajouter quelque chose, mais je n'ai plus envie de l'entendre. Il me blesse à chaque fois qu'il ouvre la bouche, et j'ai atteint les limites de ma tolérance à la douleur. D'une manœuvre brusque qui arrache un rugissement de colère au moteur de ma voiture, je redémarre en trombe et donne un violent coup de volant sur la gauche pour laisser à l'apesanteur le soin de refermer la portière. Ma dernière vision de lui me perfore le cœur avec plus de facilité qu'une cartouche de fusil à pompe.

Seul, paumé, perdu. Abattu. Il me regarde partir, les bras ballants le long de son corps, abandonné de tous... comme je l'ai été lorsqu'il s'est fait passer les menottes aux poignets.

Si tu ne me lâches pas, je ne te lâcherai pas.

La promesse d'une enfant, le regret d'une femme.

Je n'ai pas le droit de faire machine arrière.

Hélas, j'en ai envie...

Wolf est revenu dans ma vie depuis moins de vingt-quatre heures et pourtant, il y fout déjà un sacré bordel ! C'est ma tornade de glace, ma tempête enneigée. J'ai beau avoir peur de lui, de sa capacité d'absolue destruction, je suis inexorablement attirée par son vortex. Je me répète qu'il ne peut pas y avoir de fin heureuse, pour nous. Que je n'ai pas le droit de le laisser ravager le foyer que j'ai reconstruit à partir de rien. Qu'il ne me regardera plus jamais comme il le faisait avant, lorsqu'il considérait que j'étais encore assez bien pour lui. Je me martèle le crâne avec ces vérités, de plus en plus fort, mais j'ai toujours eu la tête dure. Et si mon cerveau finit par accepter l'évidence, mon cœur, lui, ne pense qu'au passé et à ce que nous avons été l'espace d'un temps... Oh ! à peine une fraction de seconde, que j'aimerais vivre, encore et encore, jusqu'à la fin de mes jours.

Avec un coup au cœur, je prends conscience que je ne m'étais plus sentie aussi vivante depuis mes dix-sept ans.

Six ans de brouillard. Six ans de flou. Six ans de solitude.

Perdue dans mes pensées, je me gare derrière la voiture jaune et tape-à-l'œil de Wolfgang.

Mon dernier bon souvenir remonte à l'anniversaire des jumelles, une semaine avant le braquage qui m'a coupé les ailes... et celles de Wolf, aussi. J'avais préparé un gâteau à la fraise avec sa mère, siroté des bières fraîches en bavardant avec ses petites sœurs et, à la nuit tombée, je m'étais mise à danser dans le jardin, pieds nus dans l'herbe sèche, pendant qu'il me regardait en fumant des clopes.

— Ich liebe dich, mein Schatz.

Il l'avait chuchoté d'une voix basse, feutrée, intime. Tellement sincère. Je m'étais sentie à la fois puissante, ivre et heureuse. Tellement vivante.

Rien n'était plus beau que lui.

Rien n'était plus vrai que son sourire.

Rien ne semblait plus éternel que son amour.

Et rien que pour ça, j'aurais dû savoir que ça ne durerait pas.

— Je suis à toi pour toujours, Wolf.

Ce n'était pas un mensonge.

Non, sur le moment, ce n'en était pas un... Mais là encore, c'était la promesse d'une enfant qui deviendrait une source de regrets pour la femme.

Les yeux brûlants et humides, je serre les poings et marche à pas rapides jusqu'à la porte arrière du garage qui mène à mon appartement. La rue est calme...

Trop calme ! réalisé-je, aiguillonnée par le sixième sens qui m'a déjà sauvé la vie plus d'une fois. *Attention.*

C'est là que je le vois.

Trop tard pour fuir.

Trop tard pour courir.

Enrico.

Assis sur les marches métalliques qui desservent mon appartement, il me dévisage en silence, les jambes étendues devant lui et croisées au niveau des chevilles. La peur se mêle à la haine dans mes entrailles et m'immole les tripes. Il a toujours cette beauté pure et éthérée qui lui donne l'air d'un ange tombé du ciel, et je trouve ça terriblement injuste. Aussi blond et doré que le soleil, avec des yeux en forme d'amande de la couleur de la fumée et une bouche pulpeuse dans un visage juvénile, il respire l'élégance surannée du sud et la douceur des gentils garçons bien élevés par leur mère. Mais c'est une douceur trompeuse, cruelle. Biaisée par le sens de l'humour étrangement pervers de la nature qui s'amuse parfois à magnifier des prédateurs et à enlaidir des proies fragiles.

Enrico est aussi beau à l'extérieur qu'il est hideux à l'intérieur – et putain, c'est vraiment pourri, là-dedans ! Contrairement à toutes les autres filles qui gravitent autour de lui, je n'ai jamais été dupe quant à sa véritable nature. Je l'ai su dès que je l'ai vu. Ses yeux gris n'ont jamais réussi à me tromper : la porte de son âme est entrebâillée sur une parcelle VIP en enfer.

— Bonsoir, Kingsley. Tu m'as manqué.

Un lent sourire paresseux étire ses lèvres.

Celui qu'un chat pourrait décrocher à une souris, deux secondes avant de la déchiqueter et de lui bouffer le cœur.

— J'espère que tu n'es pas trop fatiguée. La nuit s'annonce encore très longue, pour toi...

14

AVALER OU CRACHER

King

Je ne suis pas une personne impressionnable. Petite, j'ai vécu des horreurs. Adolescente, j'ai fait des horreurs. Adulte, j'ai combattu des horreurs. La carapace qui protège mon cœur s'érige comme un rempart infranchissable, ou presque, autour de mes sentiments. C'est ainsi, je ne prends pas facilement peur et n'éprouve rien avec trop d'intensité.

Mais le retour de Wolf m'a dépouillée d'une partie de ma force. Pire, il a fait tomber mes barrières les unes après les autres, me laissant le cœur à vif et l'âme vulnérable. Cet après-midi, j'ai ressenti de la panique, de la colère, de la folie, du désir. Avec une intensité à faire rougir de honte une centrale nucléaire...

Et à cause de lui, ainsi que du pouvoir lénifiant qu'il détient sur mon être, je me sens incapable de faire face à l'apparition de cauchemar qui me lorgne avec une avidité perverse.

Hélas, il est là, à quelques mètres de moi, trop beau pour être honnête et si peu humain qu'il m'en donne la chair de poule. Quant à la longue et sensuelle expertise qu'il fait subir à mon corps, elle me tétanise de la tête aux pieds.

Terreur. Panique. *Sortez-moi de là, par pitié.* Effroi. Horreur.

— Tu as perdu ta langue, King Kong ? murmure Carlos, l'homme de main d'Enrico, en se glissant derrière mon dos. Dommage. Il paraît qu'elle fait des miracles...

Ses grosses mains sales et moites qui m'ont cognée jusqu'à l'évanouissement se mettent à descendre le long de mes bras nus, puis sur mes hanches, qu'elles empoignent avec une rudesse douloureuse avant d'imprimer à mon corps une vive poussée vers l'avant qui me déséquilibre. Je chancèle sur mes hauts talons, le cœur au bord des lèvres, et tombe à genoux devant Enrico, m'écorchant les paumes jusqu'au sang et filant mes collants sur une aspérité pointue de l'asphalte.

À cette distance, je peux littéralement sentir la délectation qu'éprouve Enrico à me voir ainsi rabaissée devant lui, en position de faiblesse. Elle flotte autour de lui comme un parfum pervers, opulent et capiteux.

Enrico lisse les pans de sa veste de costume et tire sur ses manches, avec une ostentation qui me laisse le temps d'apercevoir la crosse argentée du flingue qu'il a passé dans la ceinture de son pantalon.

Message reçu cinq sur cinq.

— C'est tout de suite mieux, non ? me charrie-t-il en se penchant dans ma direction. Toi, à genoux devant moi, comme autrefois. Ça m'avait manqué. Plus que je ne saurais le dire... Tu es la première à me faire cet effet-là, King.

Le regard d'Enrico s'aiguise sur ma gorge. Je le sens effleurer le pouls qui pulse de façon erratique dans ma jugulaire, prêt à trancher dans le vif et à répandre le sang.

— Tu es aussi la seule à avoir réussi à me baiser.

Je m'étrangle avec ma salive, au bord de l'hyperventilation. J'ai la bouche sèche et les poumons oppressés par un sentiment mortel qui s'inscrit au-delà de la terreur.

Que sait-il exactement ?

— Et elle m'a bien baisé, hein... Tu ne trouves pas, Carlos ?

demande-t-il à son sbire, sans élever la voix de crainte d'attirer l'attention du voisinage. Je me sens presque obligé de la payer !

L'espace d'un fragment de seconde, je prie pour que Danger surprenne une bribe de voix et vienne me sauver de moi-même. Mais cela signerait probablement notre arrêt de mort à tous les deux, et Asher ne s'en remettrait pas.

— King est la meilleure pute de la ville, répond Carlos avec un accent de désir malsain qui me dresse les poils sur les bras.

Il s'impose à moi, large et massif, en s'approchant si près de mon dos qu'il cache mon ombre dans la sienne. C'est une présence obscure, dangereuse, assassine. L'air émet une vibration assourdie de violence et de meurtre autour de lui, comme pour mettre en garde les gens suffisamment stupides pour lui chercher des noises : *passez votre chemin ou mourez.* Pourtant, aussi détraqué soit-il, je me jetterais à son cou sans aucune hésitation s'il pouvait m'amener loin de l'ange blond qui me dévisage avec une lueur dans les yeux qui n'a définitivement rien d'angélique.

— King n'a jamais été une pute, le contredit Enrico, alors qu'il lève une élégante main aux ongles manucurés pour me caresser le visage, là où les poings de Carlos m'ont laissé des hématomes. C'est une brillante simulatrice. Une actrice de talent. Savais-tu, ma douce, que je t'ai presque crue ? Pendant quelque temps, j'ai été persuadé que tu étais bel et bien tombée amoureuse de moi. Quand tu es partie, je me suis dit : ce n'est pas grave, Rico, elle reviendra !

Un rire acide s'échappe de sa bouche perfide.

— Elles reviennent toutes, tu sais... Oui, toutes. Sauf toi.

Enrico enroule une main autour de ma gorge. C'est la deuxième fois aujourd'hui que l'un de mes ex-amants essaie de m'étrangler.

Je me demande ce que cela révèle sur moi...

— Tu m'as fait mal au cœur, King.

Une seconde de stupeur, puis mes lèvres se tordent et un rire hystérique me secoue brutalement la poitrine. Les doigts d'Enrico ont beau resserrer leur étreinte menaçante autour de ma gorge, je ris aux éclats, la terreur cédant place à une hilarité pleine de colère que je me refuse à lui dissimuler.

— Ça t'amuse ? siffle-t-il comme une vipère.

— Tu as autant de cœur que j'ai de couilles, Enrico, finis-je par répondre lorsque mon rire s'éteint de lui-même.

Il me montre les dents, abandonnant son masque d'homme propre sur lui et civilisé. Voilà son véritable visage, celui d'une bête à sang froid, d'un animal à l'instinct de prédation exacerbé par son amour de la chair tendre et du sang chaud. C'est le même rictus de folie pure et suintante qu'il affichait pendant qu'il me baisait et m'obligeait à lui dire « je t'aime », « tu es le meilleur » et « je ne te quitterai jamais ». S'il y a vraiment cru, ce dont je doute fortement, c'est qu'il est encore plus égocentrique que je ne le pensais...

Mais comme pour Wolf, je crois que c'est surtout une question de fierté mal placée.

— Pour me dire ça en face, King... c'est que tu as une sacrée paire de couilles, justement, souffle-t-il à quelques millimètres de mes lèvres pincées. Plus que les trois quarts des gars qui travaillent pour moi.

Je tourne la tête une seconde avant qu'il n'essaie de m'embrasser. Sa bouche s'écrase contre ma joue, qu'il mordille juste assez fort pour me faire comprendre qu'il me fera bien plus de mal... plus tard dans la nuit.

— Lève-toi, ma douce. On va aller faire un petit tour en ville, tous les deux.

Hors de question. Si je le suis jusqu'à sa voiture, je n'arriverai jamais à l'arrêter avant qu'il ne me fasse saigner et supplier. Ici, je suis protégée par la présence des caméras et du voisinage à portée de voix. Pour Enrico, le sexe n'est pas qu'un simple échange de plaisir dans le respect consenti des limites de l'autre. C'est un combat à mort, une prise de pouvoir et une lutte de domination. Il mord fort. Il baise fort. Il défonce, tout. Et si tu oses lui résister, alors il te suce jusqu'à la dernière goutte et te recrache là où personne ne pourra jamais te retrouver.

— Non.

Le mot s'échappe de ma bouche avant que je ne parvienne à l'enrober de sucre et de miel.

— Non ? répète-t-il, sincèrement étonné. Tu me dis non à moi, King ?

Dans mon dos, j'entends le rire surpris, presque admiratif, de Carlos.

— Je n'irai nulle part avec toi, dis-je en campant sur mes positions. Et si tu essaies de m'y forcer, je me mettrai à hurler si fort que j'alerterai toute la flicaille du coin.

Enrico étudie les traits de mon visage, comme pour y chercher une faille, un doute, une faiblesse. Je reste impassible, les yeux rivés aux siens dans une attitude provocante qui l'aurait fait sortir de ses gonds, à l'époque où il me prenait encore pour une poupée cassée.

— Vraiment ?

Bizarrement, cette idée semble l'amuser.

— C'est dommage, j'avais quelque chose à te montrer...

Je redresse le menton, étourdie de soulagement par ma victoire. Mais je m'interroge, aussi. Enrico a lâché le morceau bien trop vite.

— Je m'en fiche ! le provoqué-je pour voir jusqu'où il est prêt à me laisser aller.

Il ne réagit pas.

Oh, putain ! Je suis dans la merde !

— Ah ? susurre-t-il, faussement déçu. Je pensais que tu aimerais savoir que ta mère travaille pour moi, maintenant... Tu la verrais tenir mon bar ! C'est à se tordre de rire.

Un calme glaçant m'étreint la poitrine. C'est bien ce que je pensais, Enrico a un plan derrière la tête, et il m'en a attribué le rôle principal. Voilà pourquoi il se montre aussi magnanime et coulant avec moi, ce soir. Il a besoin que je reste fonctionnelle, en parfait état de marche. Du moins, le temps pour moi d'accomplir le sale boulot qu'il va sûrement m'imposer en menaçant la vie de mes proches.

Il continue :

— Parfois, je la regarde, et je me demande comment une telle bonne à rien a réussi à élever une guerrière aussi farouche que toi.

Dans un coin sauvage et inexploré de mon cœur que je serais bien incapable de dompter, ce compliment inattendu me fait rougir de plaisir. Même s'il vient de lui. Surtout parce qu'il vient de lui, pour être honnête. C'est le seul homme à m'avoir vue au plus bas, dans la déchéance la plus totale et l'indécence la moins pudique. Et il pense quand même que je suis une guerrière...

— Je me suis élevée toute seule, lui rappelé-je, mordante.

Une étincelle effroyable traverse ses prunelles.

— Comme moi.

Je frissonne, révulsée par le dégoût.

— Nous n'avons rien à voir l'un avec l'autre !

Ma rebuffade irritée le fait rire à gorge déployée. Dans ces instants d'abandon sincère, il est d'une beauté si lumineuse que c'en est presque difficile de le regarder.

Le visage d'un ange, l'âme d'un démon.

La vie a un sens de l'humour qui me dépasse, et de loin.

— C'est vrai, renifle-t-il en s'essuyant les yeux. Si tu avais eu plus d'ambition, tu aurais pu diriger cette ville à mes côtés.

Je jette un coup d'œil à Carlos, qui s'est encore rapproché de moi, et lance en direction d'Enrico :

— Si j'avais eu plus d'ambition, je t'aurais poignardé en plein cœur dans ton sommeil.

Encore une fois, il éclate de ce rire puissamment masculin qui charme tant d'hommes et de femmes assez stupides pour s'en éprendre et espérer le changer, le sauver de lui-même. Si l'enfer avait un son pour exprimer la joie, ce serait celui-là. Parce qu'il parle de torture indicible, d'esquilles d'os blanchis et de paillettes de sang séché sur des jointures abîmées par les coups de poing. C'est l'expression la plus tordue et dépravée du bonheur qui existe en ce bas monde. Celle que l'on retire à faire souffrir une autre personne que soi-même.

— Voilà pourquoi tu me manques, King. Tu n'hésites pas à te salir les mains quand tu sais qu'il le faut...

Je détourne le regard, incapable de soutenir plus longtemps le poids écrasant des souvenirs qui passent dans le sien. Profitant de mon inattention, Enrico se penche sur moi et glisse une main sur mes fesses.

— Bas les pattes ! m'horrifié-je en bondissant en arrière.

Les jambes hypertrophiées de Carlos m'empêchent de fuir aussi loin que je l'aurais voulu, mais je parviens tout de même à me mettre hors de portée des caresses fourbes d'Enrico.

Ses mains si élégantes qui m'ont cassé le bras, un jour où, sur un coup de tête que je ne saurais m'expliquer, j'ai refusé de mettre la robe qu'il avait spécialement achetée pour moi. Elle était magnifique, pourtant... Mais elle me faisait penser à une cage qui me privait de ma liberté.

— Tu oublies que c'est à moi, tout ça...

Je commence à en avoir assez des hommes qui s'imaginent avoir des droits sur mon corps, sous prétexte que j'ai accepté qu'ils me pénètrent quelques instants pour une union de plaisir précipité.

— On avait un deal, King, me rappelle-t-il. Ta protection en échange de ton âme. Ta vie m'appartient, désormais.

Il faut vraiment que j'arrête de faire des promesses stupides.

Quand Enrico m'a trouvée, j'étais à la rue, pauvre, souillée et prête à abandonner. J'aurais dit oui à n'importe quoi... *J'ai* dit oui à n'importe quoi. La seule chose qui m'importait, c'était de sortir de la rue. Et lorsqu'il l'a fait, je l'ai embrassé à pleine bouche et je lui ai dit merci. Les deux premiers mois, j'étais persuadée d'avoir réussi à tromper le destin. Puis j'ai compris où j'avais atterri – même si je le savais déjà plus ou moins, dans le fond – et j'ai réalisé que je venais de plonger tête la première dans une mare où les requins se dévorent entre eux.

— Je n'ai plus besoin de ta protection.

Jemar m'a sortie de la rue – pour de vrai, cette fois. Grâce à lui, j'ai coupé les ponts avec la délinquance et souscrit à une vie décente. Sans conditions. Juste de la confiance. Il me protège de moi-même grâce à son amour paternel et dénué d'un quelconque intérêt.

— Toi, non. C'est vrai, consent à reconnaître Enrico. Mais ta mère peut-elle en dire autant, King ?

C'est plus fort que moi, je lui ris au nez.

— Tue-la, baise-la, fais-en ce que bon te semble ! Je m'en fiche. Elle n'a jamais levé le petit doigt pour moi, alors je n'en ferai pas davantage pour elle.

C'est peut-être cruel, mais je ne mettrai jamais ma vie en péril pour cette femme qui n'a de mère que le nom. Elle n'a toujours été qu'un boulet accroché à ma cheville, qu'une enclume posée sur ma poitrine. Son rejet a été extrêmement salvateur pour moi – même si très douloureux à encaisser. Il m'a libérée des chaînes que je m'étais moi-même enroulées autour du cou. Sans elle pour me retenir, pour me nuire, je suis enfin parvenue à voler en dehors du nid... et je ne me brûlerai pas les ailes pour la sauver du serpent qu'elle y a invité.

— Tu es si dure...

Il y a de l'admiration dans la voix d'Enrico. Et c'est en partie grâce à elle que je suis toujours vivante, je le sais.

— J'adore ta face cachée, King. Tu devrais l'exprimer plus souvent.

Je le foudroie du regard, à bout de patience.

— Si tu savais comme je m'en fous... Lâche-moi, Enrico. Trouve-toi une autre fille à malmener. Tu ne peux pas briser quelque chose qui est déjà cassé. Alors, arrête de nous faire perdre notre temps !

Pour faire bonne mesure, je me relève en ignorant le cri de protestation de mes muscles endoloris, époussette ma jupe et rejette mes cheveux par-dessus mon épaule, droit dans les yeux de Carlos qui ronchonne comme s'il venait de se prendre une gifle.

Je me sens plus forte, plus déterminée, plus...

— Et Asher ? demande Enrico à mi-voix. Lui non plus n'a pas besoin de protection ?

Je me fige, complètement abattue.

Plus stupide. Je suis juste plus stupide.

— Tu ferais du mal à un enfant ?

Je n'arrive pas à croire ce que j'entends. Ça a toujours été la seule limite d'Enrico.

Il me décoche un sourire incisif.

— Pour toi ? Je mettrais le feu à des écoles et je raserais des orphelinats.

Si Carlos ne m'avait pas retenue par le coude, je crois que j'en serais tombée à la renverse.

Il prépare un truc atroce...

Enrico ne joue plus. C'est l'heure de passer aux choses sérieuses.

— Qu'est-ce que tu veux ? attaqué-je en me défaisant de l'étreinte intimidante de son chien de garde.

Enrico fait signe à ce dernier de s'éloigner de quelques pas. Une distance salutaire pour mes nerfs électrisés par l'adrénaline.

— Ce n'est pas vraiment la bonne question, ma douce. Demande-moi plutôt ce que tu dois faire pour que j'accepte d'assurer la protection de ton bébé.

Mon bébé.

Je ne trahis rien de ma surprise : Enrico ne sait pas qu'il n'est pas de moi. Dans le cas contraire, il s'en serait donné à cœur joie pour me le faire savoir. J'ignore encore si c'est un atout ou une carte pourrie, mais je joue la prudence en la gardant soigneusement dans ma manche.

— Sans toi, riposté-je, mon bébé n'aurait pas besoin d'une autre protection que la mienne.

Enrico étire les bras.

— Mais je suis là, King, et je ne compte aller nulle part. Cette ville est à moi !

C'est trop vrai pour que je prenne le risque de le contredire.

— Qu'est-ce que tu veux ? répété-je, même si je sais déjà que cela a un rapport avec Wolf.

C'est toujours à cause de lui.

— Trois choses, me répond Enrico, en m'obligeant à m'asseoir près de lui.

Je serre les dents, raidis la colonne vertébrale et le laisse m'attirer sur l'escalier, où je me glisse le plus loin possible de ses mains.

— Alors tu devras m'accorder trois faveurs, toi aussi.

Il hausse un sourcil, intéressé.

— On s'essaie à la négociation ?

Je croise les bras sur ma poitrine... parce que je ne tiens pas à ce qu'il remarque que j'ai les mains qui tremblent.

Si je veux m'en sortir vivante, il va me falloir sortir l'artillerie lourde.

— Mon patron est un ancien flic, commencé-je, enrobant mes mensonges dans les vérités qu'il connaît déjà. Tu es peut-être une grosse merde, mais tu as toujours récompensé la loyauté. J'aurais pu te faire tomber, Enrico. Et je ne l'ai jamais fait.

Un immense sourire lui balafre le bas du visage.

— J'ai attendu les flics pendant six mois, ma douce, avoue-t-il en me prenant de court. Quand j'ai vu qu'ils ne venaient pas, j'ai compris que tu étais une vraie fille de la rue.

Si tu savais à quel point tu as raison... pensé-je, avec un contentement pervers et sadique.

Je ne veux pas qu'il soit arrêté et jugé par une justice trop raciste et fluctuante. Je veux qu'il meure. Et je sais être patiente.

— En échange de la vie de ton bébé, tu me retrouves la voiture de ton ex-copain.

Je cligne des yeux, estomaquée par cet aveu auquel je ne m'attendais absolument pas.

Où est passée cette putain de bagnole ?!

J'étais sûre que c'était lui qui l'avait.

— La voiture de Wolf ? demandé-je bêtement.

Enrico hoche la tête, l'air sombre.

— Oui. Il me la faut. Tu te démerdes comme tu veux, mais s'il met la main dessus avant moi, je t'enverrai ce qu'il restera de ton fils dans une boîte d'allumettes.

Enfoiré.

— OK, grondé-je, prise de sueurs froides, consciente que cette mission-là est sûrement la moins compliquée de celles qui m'attendent.

Satisfait, Enrico poursuit :

— Je veux aussi que tu gardes un œil sur lui. Wolfgang Müller...

Il crache son nom comme s'il s'agissait d'une insulte, d'un poison.

— Je veux connaître le moindre de ses faits et gestes. À qui il parle, où il va et pourquoi, ce qu'il projette de faire maintenant qu'il est de retour en ville... Tu me feras un compte rendu détaillé tous les soirs à ce numéro.

Sans me laisser le temps de me défiler, il enfonce une carte de visite blanche dans mon décolleté. Je me retiens *in extremis* de le gifler lorsqu'il en profite pour me caresser les seins.

— Pourquoi ? Qu'est-ce qu'il t'a fait ? exigé-je de savoir, en le repoussant.

Il redresse vivement la tête, les pupilles dilatées par un mélange de folie et de désir.

— Tu ne le sais pas ?

Peut-être.

— Dis-le, insisté-je pour savoir si Wolf m'a raconté toute la vérité.

S'il m'a menti...

— Ce chien galeux m'a volé, gronde Enrico, enragé. Personne ne me vole !

Non, personne qui tient à la vie ne le fait. Et Wolf s'est bien gardé de me le dire.

— Est-ce que je dois le baiser pour toi, lui aussi ?

Un long silence s'abat entre nous. Toutes les fois où Enrico m'a utilisée pour sonder ses ennemis se bousculent dans nos regards, accrochés l'un à l'autre. Non, je n'ai jamais été une pute. Du moins, pas dans le sens classique du terme. J'étais *sa* pute. Et son espionne, aussi.

— Parce que ce n'est pas déjà fait ?

C'est à mon tour de lui montrer les dents dans un simulacre de rictus animal.

— Il me déteste.

Et peut-être que cela lui sauvera la vie.

— C'est ce que je croyais, moi aussi. Mais les hommes que j'ai embauchés pour le suivre m'ont dit qu'il a été plutôt... pressé de te retrouver.

Wolf ne sait définitivement pas à quel point il est dans la merde.

— Et ils m'ont dit qu'à toi, il te parlait. Contrairement aux autres filles que j'ai réussi à glisser dans son lit. Alors, tu l'écouteras pour moi. Ce que tu fais avec lui, ça te regarde. Garde juste en tête que c'est un homme mort. Dès que j'aurai récupéré ce que je cherche, je me débarrasserai de lui.

Je ne sais pas ce qui me blesse le plus : le fait que Wolf ait couché avec d'autres filles que moi ou la sentence de mort qui se balance au-dessus de sa tête comme le couperet d'une guillotine prêt à le décapiter.

— Si je fais ça, m'entends-je dire d'une voix lointaine, tu devras jurer de ne plus jamais chercher à remettre la main sur moi. Tu me rendras ma liberté.

Donner la vie de Wolf à Enrico en échange de la mienne ? C'est une aberration à laquelle je n'aurais jamais cru avoir à réfléchir.

Enrico hausse un sourcil.

— Une vie pour une vie, poursuis-je d'une voix rauque. Tu me rendras la mienne.

Il marque une pause interminable, puis...

— Accordé.

Mon âme a un haut-le-cœur. Je me vomis moi-même, mais je m'efforce de ravaler mon dégoût pour relancer la conversation sur le véritable sujet qui l'intéresse :

— Ensuite ?

Enrico ne parvient pas à dissimuler la lueur vorace qui s'allume dans ses yeux.

— On en vient à la partie la plus intéressante.

Je frissonne, même si je savais déjà qu'il me réservait le pire pour la fin.

— Ambroise.

Mon cœur loupe un battement, puis un autre, et encore un autre.

— Ambroise ? répété-je, comme une idiote.

La fureur transfigure le visage d'Enrico.

— Ne joue pas à l'imbécile avec moi, King ! Je sais très bien que tu le connais. Après tout, c'est le grand frère de ta meilleure amie...

Le joli minois de Salomé me traverse l'esprit. C'est en partie à cause d'elle que je suis tombée aussi bas... En pensant me sauver, elle m'a jetée droit dans la gueule du loup. Mais un loup bien plus méchant que Wolf.

— Je te signale qu'il a pris trente ans de taule quand je portais encore des couettes. Je ne le connais pas !

Mensonge, ton nom est King.

— Alors, fais sa connaissance. Passe par Wolf.

Et voilà pourquoi Wolf n'est pas déjà éparpillé au fin fond du désert : Enrico a besoin de lui pour percer les défenses d'Ambroise. La vraie question, c'est...

— Pourquoi ?

Enrico siffle entre ses dents.

— Attention, King !

Je ne tiens pas compte de son avertissement. Je suis déjà dans la merde jusqu'au cou, alors autant savoir pourquoi je risque de m'y noyer.

— Si je ne sais pas ce que je cherche, je ne peux pas le trouver.

Une remarque pertinente qu'il soupèse longuement avant de me répondre :

— Il a déposé une demande de remise en liberté auprès du juge Torres. Grâce à mes contacts au sein du bureau du procureur, j'ai appris que son dossier allait être accepté. S'il arrive à mettre son plan en œuvre, il sera libéré d'ici à la fin de l'année prochaine. Je veux que tu trouves comment il a fait...

Ambroise, libéré ?!

Je dois mobiliser toute ma volonté pour éviter qu'il ne lise la sombre satisfaction teintée de peur qui se répand dans mes veines.

— Et alors ? Qu'est-ce que ça te fait qu'il soit libéré ?

Évidemment, Enrico ne me répond pas. J'ignore ce qu'il s'est passé entre ces deux caïds du bitume, mais c'est une rancœur encore très vive, qui se soldera forcément par la mort de l'un de ces deux requins affamés par le pouvoir.

— Comment veux-tu que je fasse ça ?

Je suis faite pour passer à l'action, pas pour discutailler stratégie pendant des heures. Pour moi, les mots ne se substitueront jamais aux actes ; et pour cause, ils ne procurent pas le même plaisir...

— Il se trouve que le colocataire de Wolf est le fils du juge Torres. Jéricho. Comment crois-tu qu'il a fait pour sortir aussi vite ? Il a appris à s'entourer, le salaud. Trouve-moi tout ce que tu peux sur eux, King. Absolument tout !

Je me sens hocher la tête, alors qu'un plan absolument machiavélique commence à se former dans ma tête.

C'est risqué.

Oh, tellement risqué !

— À une seule condition, objecté-je en sacrifiant l'un de mes secrets inavouables pour appâter le sens des affaires d'Enrico.

— Je t'écoute.

Oh, oui... tu vas m'écouter, Enrico.

— Si j'arrive à te trouver ces informations, tu dois me promettre d'épargner Wolf. Ne le tue pas. Laisse-le fuir. Chasse-le de cette ville.

La réponse fuse aussi vite que je le pensais.

— Non !

Je lui souris.

Ça passe ou ça casse...

— Je connais Ambroise, lui avoué-je. Je le connais même très, très bien.

Enrico se fige avec l'immobilité d'un prédateur qui vient de réaliser qu'il est devenu la proie d'un animal plus gros et plus malin que lui.

— On s'est parlé à de nombreuses reprises, ces dernières années, lui expliqué-je, en déformant une nouvelle fois la vérité pour y implanter quelques mensonges. Quand Wolf a été arrêté et que j'ai appris qu'il serait incarcéré à Santa Fe, j'ai demandé à Salomé de me mettre en contact avec lui. Je l'ai payé pendant quatre ans pour qu'il assure sa protection. Au fil du temps, nous nous sommes rapprochés. Il m'aime bien. Il me parle. J'ai sa confiance.

C'est à la fois vrai et faux, mais je sais qu'Enrico est incapable de faire la différence entre les deux.

— Tu es décidément pleine de mystères et de secrets, King.

Et ce n'est pas tourné pour être un compliment.

— Épargne la vie de Wolf, et je te donnerai celle d'Ambroise.

Enrico n'hésite même pas... et cela me donne la réponse à toutes les questions que je me posais : en réalité, Wolf et moi ne sommes que des pions dans une guerre qui nous dépasse l'un comme l'autre.

— D'accord.

Le soulagement me transperce la poitrine.

— Mais j'ajoute une dernière clause à notre arrangement...

Tu es stupide d'avoir baissé ta garde, King, me morigène la petite voix de ma conscience.

Enrico n'a pas besoin de parler, je sais déjà ce qu'il va me demander.

— Une nuit, exige-t-il avec le démon au fond de ses yeux gris.

— Non.

Enrico me gratifie d'un sourire presque... attendri.

— Oh, si ! me contredit-il en me caressant la joue. Une nuit, King. Toi et moi. Quand je le veux, comme je le veux, de la façon dont je le veux.

Je repousse l'une de ses mains, mais il me gifle violemment de l'autre. Un goût de rouille se répand sur ma langue tandis que ma peau se met à me brûler.

— Non, supplié-je sans vraiment supplier.

Une autre gifle, bien plus violente, avant qu'il ne se lève et époussette sa veste.

J'ai la tête qui tourne et les larmes aux yeux.

— Alors, nous n'avons pas d'accord et je ferai comme je le fais toujours : sans l'autorisation de personne, dans une effusion de sang, avec des flingues et des corps brisés à faire disparaître dans le désert.

Une mare de salive ensanglantée se forme dans ma bouche. J'hésite à l'avaler ou à la cracher.

— Et en plus de ton bébé, je tuerai aussi le mec qui t'a engrossée. Pour être honnête, raille-t-il, l'œil noir, je comptais le buter de toute façon.

Avaler ou cracher.

— Tu n'imagines pas ma surprise lorsque je suis revenu de Rio et que j'ai appris que ma douce Tempérance s'était fait mettre un polichinelle dans le tiroir. Ça a failli me rendre fou... et je ne l'ai épargné que parce que je savais que tu finirais par m'être de nouveau utile.

Avaler ma haine ou la lui cracher à la figure ?

— OK, grimacé-je, la mâchoire déjà enflée. Une nuit. Quand tu veux, comme tu le veux et de la façon... dont tu le veux.

J'avale.

Évidemment que j'avale... La fierté, comme je l'ai dit à Wolfgang, est une valeur désuète et dangereuse dans la rue. Selon mon expérience, elle vous tue aussi facilement qu'une balle dans la tête.

— Souris, King ! se moque Enrico en regardant les convulsions de ma gorge tandis que je ravale mon sang. Tu récupères ton âme, tu protèges ton bébé et tu épargnes la vie minable de ton ex-copain. C'est plutôt une bonne affaire, non ?

Oui, mais à quel prix...

15

PLUS DE FIERTÉ

Wolf

Depuis que je me suis réveillé, je ressasse encore et encore les dernières paroles de King.

Avec le recul, je suis forcé d'admettre qu'une grande part de vérité se cache dans ses mots aussi durs que tranchants, mais... ça m'inquiète, aussi.

Qu'a-t-elle vécu ? Qu'a-t-elle fait ? Comment s'en est-elle sortie ? Je me pose tellement de questions à son sujet que je n'arrive plus à dormir. Elle est dans mes pensées, dans mes songes, dans mes cauchemars. Dès que je ferme les yeux, je la vois à genoux, devant un type sans visage, à attendre sagement qu'il la rétribue pour l'orgasme artificiel qu'elle vient de lui offrir en quelques coups de langue.

Les vrais gangsters sont comme les putes.

C'est presque mot pour mot ce que m'a dit Ambroise, un soir où l'on discutait de ce que l'on ferait si seulement on pouvait se libérer des murs qui nous écrasaient les ailes.

Je conduirais une grosse voiture. Rapide et souple. Et je laisserais la moitié de ses pneus sur le bitume.

Il m'avait regardé d'un air songeur, lointain.

Moi, j'irais buter le fils de pute qui m'a planté un couteau dans le dos.

Sa réponse m'avait étonné.

Mais tu retournerais directement en taule, si tu faisais ça... T'as pas compris la leçon ?

Dans sa combinaison orange, avec ses tatouages glauques et ses cicatrices, j'avais réalisé qu'Ambroise n'était pas en prison. Il *était* la prison, jusqu'au fin fond de son âme. Alors, quand il m'avait ri au nez, je n'avais plus été aussi surpris...

Si tu veux être en paix avec toi-même, Wolf, tu dois savoir faire le boulot des putes et des dealers et bouffer de la merde comme si tu dégustais du caviar. Plus bas tu tombes, plus haut tu montes.

Peut-être que King et Ambroise ont plus été marqués que moi par la rue. Peut-être ai-je gardé une part d'innocence grâce à l'amour inconditionnel de mes parents, ce qui risque fort de me tuer, aujourd'hui. Peut-être ne suis-je pas encore tombé suffisamment bas pour les comprendre... parce que je ne les comprends pas. J'essaie, mais je n'y arrive pas. C'est plus fort que moi : j'ai les tripes en feu rien qu'à la pensée de me rabaisser auprès d'un type que je déteste pour obtenir des miettes d'informations qui ne m'aideront certainement pas à retrouver ma voiture.

King aurait foncé tête baissée, la rage chevillée au corps comme un putain de gilet Kevlar. Ambroise n'aurait pas tergiversé, lui non plus. Mais je ne suis pas tissé dans la même étoffe qu'eux, et je suis littéralement incapable de ravaler ma fierté... parce que l'estime que j'ai de moi-même m'interdit de baisser ma culotte et de tendre mes fesses. Et j'ai l'impression que loin de faire de moi un homme dont mon père aurait été fier, cette prétendue qualité que je me targue de posséder n'est qu'un énième défaut de caractère qui m'empêche d'être l'homme dont King aurait besoin pour *vivre* au lieu de *survivre*.

— Tu sors ? Encore ? m'apostrophe Jéricho d'une voix pâteuse, une canette de Coca à la main et une fille à moitié nue sur les genoux. T'es sûr que tu ne veux pas rester avec nous ? Solange risque de se sentir seule, sans toi.

Je jette un rapide coup d'œil à la brune à la beauté légèrement chiffonnée qui regarde le couple d'un air fatigué, affalée sur le sofa où elle s'est écroulée sans grâce quelques minutes plus tôt. Si j'en crois les cris que j'ai entendus depuis la chambre de mon ami, hier soir, Solange a profité de toute la compagnie dont elle avait besoin pour la journée... et là, sa seule envie, c'est manger et dormir.

— Je suis sûr que Solange n'y verra aucun inconvénient, le contredis-je en enfilant ma veste et mes baskets.

Je suis tellement pressé de retrouver King que je ne prends même pas le temps d'avaler un petit déjeuner. Il faut que j'arrive à la convaincre de m'aider. Je ne sais pas comment je vais faire, mais sans elle... je ne survivrai pas. Je le sens jusqu'au fond de mes tripes. King est la clé de mon salut, l'unique espoir de ma rédemption.

— Je ne suis pas contre un dernier rodéo, cowboy, marmonne Solange, le regard éteint et la bouche tombante.

Je frémis.

— Tu vas bien ? m'inquiété-je en revenant vers elle. T'as l'air... un peu sonnée.

Elle ébauche un sourire flou, vibrant d'une confusion qui me serre les tripes.

— C'est la cocaïne. Elle m'a tapée dans le front.

Je fais volte-face pour foudroyer Jéricho d'un regard où se mêlent désapprobation et dégoût. Il connaît mon opinion au sujet de la drogue : pas chez moi, jamais devant moi.

— Doucement, mon pote ! Je ne prends rien, moi !

Je l'examine de la tête aux pieds, soupçonneux, mais je crois qu'il me dit la vérité. Après tout, c'est lui qui a le plus à perdre à me mentir. S'il est libre, c'est parce qu'il a promis à la justice de ne plus toucher à une seule ligne de cocaïne, sous peine de retourner *manu militari* en prison. C'est à cause de son amour inavoué pour la poudre blanche qu'il a planté sa voiture de sport dans celle d'une jeune mère de famille qui rentrait du boulot après vingt-quatre heures de garde à l'hôpital. Une leçon apprise dans le sang et la mort ne s'oublie pas aussi facilement... du moins, je l'espère.

— Fais attention avec ces conneries, Jéricho. Une fois, c'est une erreur. Deux fois, c'est un crime. Et tu n'es pas un criminel, mon pote.

Il se contente de hocher la tête, l'air honteux. Les filles se fichent complètement de nous et continuent à somnoler sous l'effet combiné de la cocaïne, de l'alcool et d'une nuit de débauche qui a marqué leur visage défraîchi par les excès.

Au moins ne semblent-elles pas avoir conscience de la vacuité de leur existence...

Je garde cette pensée mauvaise pour moi, me fustigeant pour mon manque de compassion et mon habitude à juger les gens qui m'entourent aussi sévèrement... comme si j'étais meilleur qu'eux.

King a raison : je suis une merde.

Je croyais connaître la souffrance, mais il semblerait que je n'aie expérimenté qu'une infime fraction de son pouvoir destructeur. Et elle n'a pas fait de moi un guerrier, mais une tête à claques.

— Où est-ce que tu vas ? m'interroge Solange, alors que j'ouvre la porte et m'empare de mon trousseau de clés. Ne me laisse pas toute seule...

Une étincelle étrange perce le brouillard dans ses yeux noirs tandis qu'elle m'aguiche en jouant avec ses seins comprimés dans un minuscule débardeur jaune. La couleur de son vêtement est la seule touche de vitalité, chez elle. Le reste, il ne parle que de mort et de désespoir. Pas de quoi me filer la gaule.

— Tu t'en remettras, chérie.

Elle sourit – bizarrement, c'est à glacer le sang.

— Moi, peut-être. Mais pas toi.

Jéricho se met à rire de bon cœur, comme si elle avait dit quelque chose de drôle, et je grimace en refermant la porte derrière moi. Il va falloir que j'aie une petite discussion avec mon ami sur ce qu'il est possible ou non de faire dans le salon. Ses parties de jambes en l'air ne me gênent pas, tant qu'il les cantonne à sa chambre.

L'esprit dérangé par des visions sensuelles où une autre brune aux yeux noirs me prend dans sa bouche sur le canapé de Jéricho, je grimpe dans le bus et m'assois près de la fenêtre pour observer la ville qui m'a aidé à grandir... et poussé à tomber. Elle n'a pas changé, elle n'est pas devenue plus jolie, c'est resté la même fille désargentée qui séduit grâce à ses dunes arides où il est si facile de disparaître.

Elle me fait penser à King.

Belle, mais dure. Facile, mais rancunière. Ardente, mais solitaire. Un joyau caché sous la poussière, une perle égarée dans le sable. L'amour qu'on lui donne est comme une gifle qu'elle nous retournerait dans la gueule ; l'aimer, oui, mais à ses risques et périls.

Quand mon bus se gare à l'arrêt qui marque le coin de la rue où meurt silencieusement le garage Thornton, j'ai des fourmis dans les jambes et la bouche pleine de coton. J'avance en me promettant à moi-même que, cette fois, je resterai froid et poli envers King. Qu'elle n'arrivera plus à me faire démarrer au quart de tour avec ses allusions acides et ses reproches déguisés. Je m'ordonne aussi d'agir avec le calme et la logique mécanique qui m'ont permis de défendre mon cas, au tribunal. D'exposer mon problème de façon à lui faire comprendre que je suis prêt à faire ce qu'il faut pour rester en vie et devenir un homme meilleur – même si je n'en suis pas entièrement convaincu.

Fort de mes nouvelles résolutions, je pénètre dans le parking, les mains dans les poches, l'air faussement détendu et... trébuche sur mon propre pied. Ma voiture est toujours là où je l'ai garée la veille. Mais je ne m'attendais pas à ça. La vision qui s'offre à moi est d'une beauté saisissante, et tellement choquante que j'en suis électrisé jusqu'à la moelle.

King est là. Assise sur le capot. Dans une petite robe en laine rouge et des cuissardes noires qui lui montent jusqu'à mi-cuisses. Elle a les cheveux détachés, du rouge à lèvres de la couleur d'une cerise trop mûre et un sourire qui chante le sexe, vénère le sexe, adule *mon* sexe. Hypnotisé par son regard brûlant, je ne fais même pas attention à la poussette qu'elle berce du bout du pied et au bébé gazouillant qui lui parle dans un langage qu'elle est la seule à comprendre.

Il n'y a plus qu'elle.

Il n'y a plus que moi.

Plus rien n'existe lorsqu'elle me regarde comme ça... oui, comme si elle m'aimait encore et qu'elle était prête à tout pour retrouver le nous que j'ai perdu et qu'elle a tué.

— Tu es en retard, Wolfgang, me réprimande-t-elle avec l'ombre d'un sourire dans la voix.

Je frissonne.

— Je ne m'attendais pas à cet accueil.

Elle se laisse glisser le long du capot avec une grâce sensuelle qui court-circuite les derniers neurones qui fonctionnaient encore dans mon cerveau.

— Tu sais ce qu'on dit, non ? La nuit porte conseil... et j'ai pensé à toi toute la nuit.

OK. Je flaire l'embrouille, mais je suis incapable d'y résister. King a visiblement envie de jouer, et ça fait trop longtemps que je ne m'amuse plus...

— Et comment as-tu pensé à moi ?

Elle baisse les yeux et papillonne des cils tout en jouant avec l'ourlet de sa robe pour attirer mon attention sur sa cuisse gainée de cuir.

Putain, King est en train de flirter avec moi !

Toutes mes alarmes intérieures s'allument sous mon crâne et me hurlent de fuir, de prendre mes jambes à mon cou, de sauver ma peau avant qu'elle ne m'avale tout entier et me recrache en mille morceaux. Toutefois, je ne les écoute pas. J'ignore ce qui a changé entre la veille et aujourd'hui, mais je sens que cela peut jouer en ma faveur, si j'abats correctement mes cartes...

— Je t'ai trompé, Wolf. Oui, je t'ai trahi, lâche-t-elle comme une bombe. Et même si ce n'était pas pour le plaisir, contrairement à ce que tu penses, la vérité est aussi moche que les mensonges que tu t'es racontés pour m'oublier.

Elle prend une profonde inspiration. Moi, je ne respire plus – elle l'a dit. Enfin. Elle reconnaît ses torts et avoue ses crimes. Je n'y crois pas. Non, je n'en crois pas mes oreilles... Et pourquoi cela ne me soulage-t-il pas ? Pourquoi ai-je toujours l'impression d'avoir les tripes en feu et le cœur en vrac ?

King rampe à mes pieds... et la seule chose qui m'empêche de me jeter au sol avec elle, c'est le trou béant qu'elle m'a laissé dans la poitrine en emportant mon cœur dans les bordels d'Albuquerque.

— Si tu ne me lâches pas, je ne te lâcherai pas, dit-elle en prenant Asher dans ses bras. Tu t'en souviens, Wolf ?

Je hoche la tête, incapable de répondre, et la regarde tandis qu'elle berce son bébé emmailloté contre sa poitrine.

— On s'est perdus de vue, on s'est tourné le dos... mais je ne t'ai jamais lâché. Et je ne commencerai pas aujourd'hui.

Elle s'approche de moi, le regard franc et ouvert, avec une invitation qui m'embrouille l'esprit.

Mensonge. Mensonge. Mensonge.

C'est peut-être une excellente manipulatrice, mais elle a oublié que je la connais depuis sa plus tendre enfance.

À quoi joues-tu, ma petite hirondelle ? Si tu continues, tu vas te brûler les ailes.

— Vraiment ? murmuré-je alors qu'elle s'arrête à un souffle – à peine – de moi pour me noyer dans son parfum. C'est un sacré revirement...

King me décoche un sourire parfait – suffisamment triste pour me faire croire à ses remords et légèrement railleur pour adoucir l'incohérence de son comportement.

— Je vais t'aider à retrouver ta voiture, Wolf.

Elle te donne exactement ce que tu veux. Accepte et ferme ta gueule ! m'ordonné-je, furieux de me sentir aussi ému par sa fausse mélancolie. Un gars moins méfiant que moi s'y serait cassé les dents. Mais comme dit le dicton : *trahis-moi une fois, honte à toi, trahis-moi deux fois, honte à moi.* Et il y a déjà suffisamment de choses dont j'ai honte pour prendre le risque de rajouter une encoche à mon cœur aussi troué qu'un gruyère.

— À quelles conditions ?

D'une main, elle cale la petite tête brune d'Asher contre son sein, qui s'empresse d'y enfouir son visage rayonnant de bonheur, à la recherche de lait.

— Tu ne l'allaites pas ? m'étonné-je, avant d'inspecter sa silhouette plantureuse et parfaite. Tu n'as pas le corps d'une femme qui viendrait d'accoucher.

King rougit, détourne la tête vers la poussette, d'où elle sort un biberon préparé à l'avance, et le donne à Asher, qui se jette sur la tétine comme s'il mourait de faim. L'une de ses mains minuscules s'extirpe de l'amas de couvertures pour se poser sur celle de King, et là, mon cœur part à la dérive...

Ils sont beaux, tous les deux. Même si ça me torture l'esprit.

— Non. Il boit au biberon, me répond-elle. Bref. Aucune condition, Wolf. Tu l'as dit toi-même : si on était restés amis, ma vie aurait été plus facile. Aujourd'hui, c'est toi qui as besoin de mon amitié, et je suis disposée à te la donner.

Je fronce les sourcils.

— Tu viendras avec moi à la casse ?

Asher s'agite, comme s'il n'aimait pas le son de ma voix, et fait tomber sa sucette accrochée au revers de sa gigoteuse. Je me penche pour la ramasser et surprends le regard noir que Danger vrille sur moi depuis l'entrée du garage. Un sourire narquois redresse la commissure de mes lèvres. En me relevant, je le gratifie d'un clin d'œil discret qui signifie : « Va te faire foutre ». Il n'y répond pas – au contraire... Avec une expression désespérée, il tourne les talons et rejoint son ami près de l'énorme SUV dont il est évident qu'il faut changer les roues arrière.

— Le jeudi, c'est mon jour de repos et je le passe avec Asher. Mais je peux t'y accompagner dimanche après-midi, me dit King en rangeant la tétine dans le sac à bandoulière qui repose sur sa hanche et que je n'avais pas remarqué. Tu ne travailles pas, ce week-end.

— Je sais très bien que je ne travaille pas ! répliqué-je, piqué au vif. Je suis libre comme l'air et aussi utile qu'une brosse à cheveux chez un chauve. Pas la peine de retourner le couteau dans la plaie...

Le sourire qu'elle m'adresse du bout des lèvres est aussi venimeux qu'une morsure de cobra.

— En fait, tu commences à neuf heures, demain, et tu finis à vingt heures. Tu auras une pause de deux heures le midi, mais ne t'habitue pas à ce rythme : le garage a un retard monstre et Jemar compte sur toi pour mettre un coup de pied aux fesses de Danger et Zex.

Je la fixe sans comprendre, les bras ballants, pendant qu'elle donne le biberon à Asher.

T'es foutu, mec.

— Quoi ?

Elle se moque gentiment de moi.

Trop gentiment.

— T'es embauché, Wolf. Bienvenue au garage Thornton, le fief des putes à la retraite et des voyous au chômage. Zex, par exemple, a passé sa jeunesse dans les prisons pour mineurs. Tonya, la femme de ménage, est une ancienne stripteaseuse qui élève seule trois gosses de trois pères différents. Danger est peut-être le fils du patron, mais il a un casier judiciaire long comme le bras...

Elle désigne le garage d'un revers de la main.

— Quant à moi, je n'ai pas à te rappeler la liste de mes exactions, n'est-ce pas ?

Je ne trouve rien à redire. Mon rêve le plus fou vient de se réaliser, là, en quelques mots sortis de la bouche de mon plus vil fantasme... Et alors que je devrais sauter de joie, un mauvais pressentiment me pèse sur l'estomac comme une bille de plomb échauffée par tous les soupçons qui brûlent en moi.

King va me baiser sans préliminaires.

Et que quelqu'un me vienne en aide, car je ne vois aucune raison de ne pas la laisser faire...

— Tu es partant, Wolf ?

Je verrouille un regard fou sur elle, puis sur le garage, et même si je sais qu'elle va s'en servir comme d'une arme contre moi dans un avenir proche... je bouffe la merde puante qu'elle me vend comme du caviar.

— Putain, ouais. J'suis partant !

Si tu veux jouer avec moi, King... N'oublie pas que je suis un tricheur, moi aussi.

16

SI SEULEMENT

King

Un corps dur et chaud se presse contre mes fesses, m'arrachant un long soupir de bien-être. Cette proximité troublante parvient à m'extirper du cauchemar dans lequel mon esprit s'égarait – sang, violence, mort. *Albuquerque*. Mon cœur est si froid depuis ma dernière conversation avec Enrico que je ne prends même pas la peine d'user de ma salive pour ordonner à Danger de retourner dans sa chambre. Au contraire, je me tourne sur le côté et me plaque contre son torse nu, dont la peau sombre est si ardente qu'elle parvient à me réchauffer jusqu'aux tréfonds de mon âme. Son odeur familière m'enivre et se mêle à la fragrance, plus riche et capiteuse, de son désir pour moi. Ah, si seulement je l'aimais...

— King ? murmure-t-il le plus doucement possible pour ne pas réveiller Asher, qui dort paisiblement dans son berceau installé près de mon lit.

Mon petit bonhomme commence à faire ses nuits. Je suis la plus heureuse des femmes.

— Oui ?

Danger noue ses bras autour de moi. C'est comme un cocon, une chrysalide. Mais le retour d'Enrico m'a rappelé une leçon que j'avais presque réussi à oublier : les attaches, et même les plus infimes, sont des menottes autour de nos poignets qui nous enferment à l'intérieur de cages trop étroites pour nos ailes. Un oiseau attaché ne vole pas, il s'épuise en essayant de rejoindre le ciel et meurt dans la poussière pour être finalement bouffé par les asticots.

Non merci...

— Est-ce que tu l'aimes encore ?

Il ne donne pas de nom. C'est inutile. Il ne cherche pas à préciser sa pensée. C'est dérisoire. L'ombre de Wolf plane au-dessus de mon lit comme un fantôme, et cela, depuis le début de notre relation.

— Je l'aimerai toujours, D. C'est comme ça, j'y peux rien, avoué-je, terrifiée par la résurrection de ces sentiments si anciens et intenses qu'ils semblent s'être imbriqués dans l'étoffe même de mon âme. Pendant les trois quarts de mon existence, il a été mon unique raison de vivre.

Il n'y a rien que je n'aurais pas fait pour Wolf. Pour le protéger, pour le sauver de lui-même. Quitte à le perdre. Quitte à ce qu'il me haïsse. Ce qu'il a fini par faire.

Danger se raidit contre moi. Je sais qu'il a mal, je sens qu'il a le cœur qui saigne... mais il mérite de savoir où j'en suis et où les élans de mon cœur me conduisent : droit au cimetière pour des hommes qui s'estiment plus fort qu'ils ne le sont.

Je connais Enrico comme s'il était l'autre moitié de l'âme que je renie. Cette nuit qu'il m'a imposée sera la dernière que je vivrai.

S'il est toujours là pour me la réclamer, bien sûr...

— C'est pour ça que tu as forcé mon père à l'embaucher ? demande-t-il en élevant légèrement le ton de sa voix.

J'entends la respiration d'Asher se modifier presque imperceptiblement. Danger se redresse sur les coudes pour m'encercler et m'enivrer de son parfum létal pour les sens.

— Moins fort, le tancé-je, après avoir jeté un coup d'œil au berceau. Ton père le voulait dans notre équipe, je n'ai fait que lui donner mon accord.

Jemar a failli sauter au plafond lorsque je lui ai dit que je ne voyais pas d'inconvénients à ce qu'il embauche Wolfgang. Il était heureux, soulagé... et suspicieux, aussi. Ce n'est pas un ancien flic pour rien : il renifle les embrouilles plus rapidement qu'un porc flaire les truffes. Et il va me garder à l'œil, maintenant.

— Je ne l'aime pas, gronde Danger, toujours aussi fort.

Je lui balance un coup de coude dans l'estomac et tente vainement de le repousser sur le côté, mais il ne se laisse pas faire. Danger est trop grand et trop fort et, quelque part, ça me plaît.

Est-ce mal d'être rassurée de savoir qu'il sera là pour me rattraper lorsque je tomberai ?

Parce que je tomberai, c'est une certitude.

Si j'échoue, je suis morte et Wolf aussi. Si je réussis, je suis libre et Wolf... *aussi*. Il pourra s'en aller vendre des pneus au Canada. Loin, si loin de moi. De toute façon, si je parviens à mener à bien mon plan, Wolf me détestera encore plus qu'aujourd'hui... et je me retrouverai aussi seule et brisée qu'à l'époque de son emprisonnement.

Comme je l'ai déjà dit, il n'y aura pas de fin heureuse pour nous.

— Il ne t'aime pas non plus, tu sais... reprends-je, en durcissant le ton.

Les pupilles de Danger se dilatent et recouvrent le bleu si lumineux de ses yeux extraordinaires.

— Il te veut.

Son murmure me tombe sur les lèvres et m'électrise le sang à l'intérieur des veines. Rien à voir avec Danger. C'est plutôt le souvenir du corps vigoureux de Wolf tandis qu'il me plaque au sol, dans le garage, qui me hante l'esprit d'un chant lubrique.

— Il me déteste, objecté-je en essayant de ne pas l'oublier.

À certains moments, sa haine est tellement palpable que je pourrais presque lui modeler une forme : celle d'un cœur brisé, écrasé, écrabouillé. Et à d'autres, j'ai l'impression... oui, j'ai l'impression que rien n'a changé. Qu'il est toujours mon loup, et que je suis encore son hirondelle. C'est faux, bien sûr. Un mensonge de plus à ajouter à la liste longue comme le bras de ceux que je me raconte pour justifier mon comportement. Je n'ai plus rien de la jeune fille optimiste et rêveuse que j'étais autrefois – et pour cause, Enrico s'est chargé de détruire jusqu'à la moindre poussière de cette idiote naïve qui espérait encore qu'un miracle se produise grâce à lui...

— Ça n'empêche pas le fait qu'il te désire, King. Il te regarde comme s'il voulait te dévorer de la tête jusqu'aux pieds.

La voix sifflante de Danger m'arrache aux souvenirs d'Enrico qui se mêlent d'un peu trop près à ceux que m'a laissés Wolf ; les hommes de ma vie m'ont taillée en pièces et, à présent, ils se disputent les morceaux.

— Il me méprise.

Et c'est probablement ce qui me fait le plus de mal. Wolf ne m'a même pas laissé le bénéfice du doute ; il m'a jugée et condamnée sans prendre le temps d'entendre ma version des faits. J'ai honte de ce que j'ai dû faire pour survivre, et je n'ai pas besoin que l'on s'en serve pour me rabaisser. Les gens qui n'ont jamais touché le fond ne comprennent pas à quel point c'est difficile de creuser encore plus profond pour se trouver une petite cachette douillette, le temps de panser ses blessures et de consolider ses os cassés.

— Pourquoi ?

Danger a l'air sincèrement surpris. Rien que pour la spontanéité de cette réaction, je sais que je l'aime un peu plus que la veille et un peu moins que demain.

— À cause de mon passé de stripteaseuse et de prostituée, lui rappelé-je, bien inutilement.

— Il ne m'a pas donné l'impression d'être bégueule... s'étonne Danger en se rallongeant près de moi.

J'étouffe un ricanement sarcastique.

— Oh, il ne l'est pas, confirmé-je. Mais il aurait voulu que moi, je le sois...

Danger suspend son geste. Il allait me caresser le visage et, probablement, essayer de m'embrasser. Depuis que Wolf est revenu, il passe son temps à tenter de se rapprocher physiquement de moi.

Pas qu'il ne le faisait pas déjà, mais je sens le désespoir dans chacun de ses gestes, dans chacune de ses paroles. Il s'imagine que je vais le quitter, et je lis dans son regard bleu la peur viscérale qu'il a de me perdre à chaque fois que nos yeux se croisent… L'adorable idiot ! Je ne le quitterai pas. Jamais. Son amitié, sa présence et son fils sont les seules choses positives que je possède. Je ne les abandonnerais pour rien au monde.

Même pas pour toi, Wolf.

— Le fou… Tu es parfaite ! s'exclame-t-il en se ressaisissant. Vraiment, King. La femme que tu es à l'heure actuelle est… une véritable reine.

Je lui souris, même si j'ai envie de pleurer.

La reine des idiotes et des menteuses, peut-être.

— Pas à ses yeux, soupiré-je, en muselant impitoyablement le gémissement éploré de mon cœur. Et pas aux tiens non plus, au début…

Même s'il fait sombre, je vois ses pommettes tranchantes s'empourprer de honte tandis qu'il détourne le regard.

— Tu vas m'en vouloir encore longtemps ?

Sa voix douce m'effleure l'épaule.

— Je ne t'en veux plus…

C'est un mensonge enrobé dans une vérité que je garde précisément pour moi. Je ne suis plus en colère contre lui, mais je n'aurai plus jamais confiance en ses sentiments. Ses actions vont perpétuellement à l'encontre de ses paroles, et je n'ai confiance que dans les actes. Les mots sont trompeurs, les mots sont joueurs. Et si l'on n'y prend pas garde, les mots peuvent être meurtriers.

Croyez-en mon expérience…

— Alors épouse-moi et adopte mon fils, lâche-t-il à brûle-pourpoint, en s'emparant de ma main gauche pour la plaquer sur son torse, là où son cœur bat la chamade.

Le choc me fait presque bondir hors du lit. Je me redresse si vite en position verticale que je cogne ma tête à celle de Danger. Sonné, il laisse échapper un petit cri aigu, pas du tout viril, qui menace de me faire éclater de rire. Mais je suis trop stupéfaite pour ça... Mon rythme cardiaque s'accélère, ralentit, puis s'accélère de nouveau en éjectant un sang aussi glacé que brûlant à travers mes artères dilatées par l'afflux de l'adrénaline. Les sentiments que j'éprouve dans un pêle-mêle de sensations toutes plus intenses les unes que les autres me prennent de court. De la surprise et de l'incompréhension, évidemment, ainsi qu'une envie et une terreur qui me coupent le souffle et se rencontrent au cœur de ma poitrine pour former une boule d'hésitation qui... pourrait peut-être me faire dire : *oui, je le veux.*

Asher, mon petit bébé. Danger, mon meilleur ami. À moi, pour toujours.

— Pardon ?

En se massant le crâne d'un air confus, Danger répète :

— Marions-nous, faisons des gosses et vivons heureux jusqu'à la fin de nos jours.

Sueurs froides. Sueurs chaudes. Envie et terreur. Terreur et envie.

Je. Ne. Sais. Plus. Ce. Que. Je. Suis. Censée. Ressentir.

— T'es pas sérieux, là ?

J'ai parlé un peu trop fort, mais Asher ne se réveille pas.

— Non, sourit-il, avec l'air vicieux d'un chat sur le point d'avaler une souris.

Je l'assassine du regard, affligée par sa stupidité. Mon cœur se serre étrangement sous mes côtes, et alors que je devrais être rassurée, je me sens... déçue.

Oh, tellement déçue.

— Mais j'y pense, King. Avec toi, j'y pense vraiment.

Être la mère d'Asher : c'est mon rêve. Ma raison d'exister. L'absolue perfection que je frôle du bout des doigts sans jamais parvenir à la toucher.

— Danger... murmuré-je en le regardant s'allonger sur le côté, un genou relevé contre le ventre et un bras replié sous la tête, comme s'il s'apprêtait à dormir. Tu ne peux pas me lâcher cette bombe à la figure et t'assoupir comme si de rien n'était !

Je ne suis plus fatiguée, moi. Il a allumé un feu à l'intérieur de ma poitrine qu'il ne prend même pas la peine d'éteindre.

L'infâme salaud !

Il se met à rire, l'air satisfait de lui-même. Puis il reprend brutalement son sérieux et murmure :

— S'il te brise une nouvelle fois le cœur... et crois-moi, il le fera... Est-ce que tu nous donneras une chance ? Je veux dire, une véritable chance ?

Il prend ma main dans la sienne et noue ses doigts aux miens. Il croit que je fais tout ça pour Wolf, mais il se trompe. Danger compte pour moi, lui aussi. Et si je pensais que nous pouvions avoir un réel avenir tous les deux, je n'aurais jamais laissé passer cette occasion inespérée de mener une vie normale. Mais ce n'est pas le cas : Danger s'est perdu en chemin, et depuis qu'Asher est là, il s'imagine que je suis la voie sur laquelle il réussira à se retrouver...

Mais je suis un cul-de-sac. Une impasse. Un aller sans retour.

— Oui, j'y réfléchirai, lui assuré-je, sincère.

Ça ne m'engage à rien, et j'y ai déjà tellement pensé que c'en est ridicule. Si Danger est toujours là pour me ramasser à la petite cuillère après le départ de Wolf, je me connais trop bien : je soignerai mon cœur brisé dans ses bras. N'est-ce pas ce que j'ai fait avec Enrico ?

— Promets-le-moi, insiste-t-il en m'attirant contre lui.

Je m'alanguis dans son étreinte, trop affaiblie par la peur de ce qui m'attend demain pour résister à sa douceur enivrante.

Retrouver la voiture de Wolf, arracher ses secrets à Ambroise et piéger Enrico à son propre jeu : n'ai-je pas le droit de profiter un peu de l'amour de Danger avant de sombrer de nouveau dans les affres tumultueuses d'Albuquerque ?

Dieu seul sait que, cette fois, je n'en ressortirai certainement pas en un seul morceau...

— Je te le promets.

Danger me serre fort, très fort contre lui.

— Je t'aime, King, soupire-t-il dans mes cheveux détachés.

Ah, si seulement c'était vrai...

17

GARDE-LA DANS TON FROC

Wolf

— Jemar veut te voir. Il est dans son atelier, m'accueille sèchement King lorsque je franchis le seuil qui sépare l'accueil de son bureau. C'est la deuxième porte à ta gauche.

Un peu brusqué par son timbre cassant, je retire mon bonnet et mon écharpe avec une lenteur faite pour l'exaspérer, et marmonne entre mes dents serrées :

— Bonjour à toi aussi, Tempérance.

King me fusille du regard, les yeux cernés et le teint anormalement pâle. Une ecchymose assombrit le haut de sa pommette. C'est léger, mais je la vois... parce que je connais son visage par cœur, dans tous les détails et jusqu'au moindre grain de beauté.

— Va chier, Wolf ! grogne-t-elle, d'humeur bagarreuse. J'ai passé une nuit de merde...

Une boule d'angoisse se forme dans mon estomac.

— Le petit ? m'inquiété-je, pour une raison inexplicable.

King marque une hésitation, l'air adouci par ma réaction instinctive. Je ne sais pas pourquoi je m'en fais pour son gosse ; ce n'est certainement pas mon job. Mais c'est plus fort que moi : je me sens responsable de King et de tous les morceaux de son âme qu'elle a semés derrière elle. Et ça ne changera jamais. Depuis que ma mère m'a demandé, à l'aube de mes six ans, de veiller sur la petite fille sale et bruyante qui s'amusait à semer la terreur dans notre jardin, j'ai toujours gardé un œil sur elle. *Toujours*. Même, et surtout, lorsque je ne le voulais pas.

— Non, répond-elle avec un temps de retard. Son père.

On repassera pour la compassion.

— Par ma faute ?

J'éprouve un malin plaisir à savoir qu'ils se sont probablement disputés à cause de notre petite escapade à Santa Fe. C'est pathétique, mais je me réconforte en songeant à toutes les nuits d'angoisse que j'ai vécues en me demandant où elle était, ce qu'elle faisait et si elle était heureuse.

— Ne t'accorde pas autant d'importance, me rabroue-t-elle en rejetant ses longs cheveux noirs par-dessus son épaule. Tu n'es pas le centre du monde.

Peut-être pas, mais à une époque pas si lointaine, j'étais le cœur de son univers et ça m'aidait à combler le vide abyssal dans le mien.

J'encaisse l'attaque en silence, accroche mes affaires au portemanteau et baisse les yeux sur la combinaison de travail que je suis allé acheter avant de venir. Jemar va probablement m'en fournir une avec le nom du garage floqué sur le pectoral, mais je ne veux pas avoir l'air d'un paumé qui débarque à l'improviste en se reposant sur le piston pour assurer sa place. J'ai un véritable talent pour la mécanique et c'est le boulot de mes rêves ; je n'aimerais pas qu'on me l'offre par pitié envers moi ou amitié pour mon père, je veux le mériter à la sueur de mon front et au sang sur mes mains.

— Ne tire pas cette tronche de constipé en manque de laxatifs. Jemar veut te parler de ton contrat, rien de plus.

Je lui décoche un coup d'œil en biais. Elle semble mal à l'aise et contrariée de l'être... Le paradoxe de King dans toute sa splendeur : une langue de vipère et un cœur trop tendre.

— Les tentatives de séduction sont finies, alors ? la raillé-je, furieux de me sentir... *rejeté*. Zut ! Je n'ai même pas eu le temps d'en profiter.

King a le culot de rougir comme une collégienne. Et encore, au collège, elle était déjà prête à faire fondre tous les hommes à portée de ses flammes. C'est peut-être la première fois que je la vois s'empourprer de la sorte... et c'est très intrigant.

— Ne joue pas au con, Wolf. On va devoir se supporter un petit bout de temps, toi et moi.

Ça ne devrait pas me faire plaisir. Ça ne devrait pas m'exciter. Ça ne devrait pas me faire me sentir enfin libre et entier. Non, ça ne devrait pas être aussi important pour moi. Hélas, ça l'est... comme toujours avec King.

— Ça va être dur.

C'est déjà difficile. J'ai envie de l'étrangler et de l'embrasser à chaque fois qu'elle ouvre la bouche pour me fouetter avec ses reparties cinglantes. Les prochaines semaines vont mettre mes nerfs à rude épreuve.

— Depuis que tu es sorti de taule, je suppose que c'est toujours dur pour toi...

Le sous-entendu involontairement coquin m'arrache un puissant rire de gorge, éraillé par une brusque flambée de désir au creux des reins. King rougit de plus belle, les joues nappées d'une jolie teinte écarlate qui fait ressortir le noir crépusculaire de ses yeux. Cette facette maladroite et timide de sa personnalité m'est complètement inconnue, et je ne suis pas sûr de l'aimer... parce qu'elle me plaît un peu trop, *encore plus*.

— Ah, King ! Tu n'as qu'à venir voir par...

— Wolfgang ? m'interrompt Jemar en sortant de son bureau pour venir à ma rencontre, la main tendue vers moi.

Comme un gamin pris en faute, je m'empresse de la saisir et m'excuse de ne pas être venu le trouver dès mon arrivée. Pour ma défense, il faut avouer que King est une distraction bien trop tentante, avec sa robe près du corps, ses escarpins noirs et son rouge à lèvres lie-de-vin.

— Ne t'excuse pas, petit. Tu es en avance de vingt minutes !

Le visage aimable de Jemar se tord imperceptiblement lorsqu'il examine les hématomes et les bosses qui déforment encore ma gueule presque clichée d'ex-taulard. Je sais que j'ai l'air d'un repris de justice qui s'est frotté d'un peu trop près à une matraque, mais c'est l'un des avantages d'être mécanicien : le contact client est réduit à son strict minimum.

— J'avais l'intention de poursuivre notre conversation d'hier au sujet de ton contrat, mais je me suis rendu compte que je n'avais plus de café. Ça te dérange si on va s'en prendre un au bout de la rue ? On pourra discuter de la direction que l'on compte donner à notre collaboration.

Les mots sont sympathiques, le sourire, aimable, et pourtant... ça pue. Je ne suis pas né de la dernière pluie, et mon petit séjour en prison a aiguisé mes instincts de survie et ma perception des mensonges. Les yeux de Jemar sont devenus plus froids, plus sombres. La menace est implicite, mais je la devine dans chacun de ses traits tendus sur un masque de fausse bonhomie ; j'ai merdé et il va me sonner les cloches pour me remettre les idées en place.

Je hoche la tête en essayant de garder mon calme, mais j'ai l'estomac noué et les paumes moites de sueur.

— Je vous suis, m'sieur.

Pas dupe pour un sou, King m'offre un sourire narquois, légèrement acide sur les bords, lorsque je passe devant elle pour ressortir dans l'air froid et piquant de janvier. Je ne prends pas la peine de renfiler mon bonnet et mon écharpe. Le patron est en t-shirt, et je me sentirais un peu con d'être emmitouflé jusqu'aux oreilles à côté de lui. En silence, je suis sa silhouette massive jusqu'au bistro où j'étais censé retrouver King, avant-hier. Jemar commande deux tasses de café noir, échange quelques banalités avec le patron d'une trentaine d'années et me présente comme sa nouvelle recrue. Ça me rassure. Au moins, j'ai toujours le poste...

— Habitue-toi à le voir traîner dans le coin et n'appelle pas les flics si tu le vois rôder près du garage.

Ça fait rire le patron et la serveuse qui me dévore d'un regard aussi explicite qu'une caresse entre les jambes. Mal à l'aise, je tripote mes gants et attends mon café en restant muet comme une tombe.

— Tiens, Jem. C'est offert par la maison.

Jemar s'empare du plateau où le patron a ajouté deux barres au chocolat. Mon estomac se met à gronder à la vue de ces douceurs.

— Merci, Jo'. C'est sympa.

Jo' rejette son torchon sur son épaule, prêt à retourner à ses clients, lorsqu'il fait soudainement volte-face et s'exclame d'une voix assourdie par l'inquiétude :

— Au fait ! Tu ferais mieux de dire à King de faire plus attention à elle.

Le grand corps de Jemar se raidit en même temps que le mien. Ses muscles se tendent sous sa peau noire et je me surprends à reculer d'un pas, intimidé par la violence sourde que je sens pulser dans son sang.

C'est qu'il en impose, le daron de Danger.

Plus que son fils, en tout cas...

— Pourquoi ?

— Deux types louches sont venus boire un café, avant-hier soir, explique Jo, alors que toutes mes alarmes se mettent à clignoter. Ils se sont assis près de la fenêtre et ils semblaient surveiller le garage. Au début, j'ai cru qu'ils préparaient un mauvais coup. Surtout le grand avec sa gueule de bouledogue. Mais j'ai surpris un bout de leur conversation et visiblement, le blondinet un peu trop propre sur lui pour être honnête en avait après ta jolie secrétaire.

Une rage violente et destructrice dépose un voile rouge en travers de mon champ de vision.

— Qu'est-ce qu'il a dit, exactement ?

Je reconnais à peine le son de ma propre voix, déformée par une colère si froide qu'elle pourrait congeler une flamme.

— Qu'il allait lui remettre la main dessus et qu'il ne lui permettrait pas de s'en aller, cette fois.

Un court-circuit me grille le cerveau. L'homme blond, je suis presque certain qu'il s'agit de ce fils de pute d'Enrico. Trop propre sur lui pour être honnête ? C'est une description similaire à celle que King m'a faite de lui à Santa Fe et, à part ce taré dévoré par la folie des grandeurs, je ne vois pas quel autre mec aurait l'outrecuidance de penser que retenir ma petite hirondelle serait une tâche facile.

Je vois rouge – sang, sang, sang.

S'il ose s'en prendre à King à cause de moi, je le tuerai de mes propres...

Une minute.

L'étrange changement de comportement de King à mon égard n'aurait-il pas un lien avec Enrico ? Son revirement est sorti de nulle part, et même si j'ai désespérément envie de lui refaire confiance, j'ai senti les mensonges perler comme des larmes dans sa voix.

La veille, elle me haïssait et me suppliait de sortir de son existence et puis, d'un coup, le soleil s'est levé et je suis redevenu l'homme qu'elle prétend n'avoir jamais lâché.

L'a-t-il chargée de me surveiller ? De me garder à l'œil ? De m'espionner, peut-être ? Pourquoi tisse-t-il une toile si étroite autour de moi ? Cela ne serait-il pas moins compliqué de me buter, une bonne fois pour toutes, pour venger la mort de son frère ? À moins qu'il n'ait des soupçons sur l'authenticité de la version des faits que j'ai donnée aux flics ? A-t-il compris que je n'ai pas dit toute la vérité ? Se sert-il de mon obsession pour King pour me forcer à dévoiler mes secrets ?

Non, réfute immédiatement mon âme, insensible aux doutes qui germent dans mon esprit. King ne me trahirait pas. Elle ne marchanderait pas ma vie. J'en suis intimement convaincu : au nom de notre amour passé, elle refuserait toute collusion avec ce cinglé qui a essayé de la détruire, elle aussi. Toutefois, elle a peut-être pris peur en apercevant l'ombre d'Enrico planer au-dessus de nos têtes. Oui, peut-être se sent-elle plus en sécurité en sachant que je traîne dans les parages ? Elle sait très bien que je ne le laisserai plus jamais poser la main sur elle.

— Hé, petit ! m'interpelle Jemar en me poussant jusqu'à une

banquette matelassée. Tu as l'air à côté de tes pompes.

Je me laisse tomber comme une masse en face de lui, l'esprit en ébullition, et attrape mon gobelet de café que je vide d'une traite, la tête renversée en arrière. Le liquide amer est bouillant, mais je l'avale en appréciant la sensation de brûlure qui se répand dans mon ventre au fil de mes déglutitions.

— Ne t'en fais pas pour King, lâche-t-il de but en blanc lorsque je repose mon gobelet vide. Je veille sur elle.

Je cligne des yeux, partagé entre la jalousie de voir qu'elle s'est déniché une nouvelle famille et une pointe de soulagement égoïste de savoir qu'elle ne sera plus jamais dépendante de moi.

— Bonne chance, grommelé-je en essayant de garder mes émotions profondément enfouies sous un masque de désinvolture. Elle attire autant les emmerdes que moi...

Je sais que ce n'est pas la bonne chose à dire à son patron, mais c'est la vérité : King et moi sommes des aimants à problèmes.

Et des *amants* à problèmes, aussi.

— Justement... ajoute-t-il en durcissant le ton.

Je me mets immédiatement sur mes gardes.

Nous y voilà...

— Garde-la dans ton froc, OK ?

Je le regarde, penaud. Est-ce que j'ai bien entendu ce qu'il vient de dire, là ?

— Pardon ?

Les traits sévères de Jemar se contractent pour former une moue belliqueuse, protectrice et... *paternelle*. Je n'ai jamais reçu la moindre mise en garde sur ma relation avec King ; sa mère a toujours été indifférente à son sort, et son père, inconnu au bataillon, s'est tiré avant même qu'elle ne pointe le bout rose de son petit nez. C'était une adolescente libre et rebelle lorsque je l'ai attrapée – ou plutôt, lorsqu'elle m'a passé un collier autour du cou. Et maintenant que je vois l'amour briller dans les yeux de Jemar, je comprends... oui, je commence à comprendre à quel point King était seule et perdue avant que l'on se trouve. Et pourquoi elle a replongé dans ses vieilles et mauvaises habitudes lorsqu'elle s'est sentie abandonnée – une nouvelle fois.

— Je sais que tu sors de prison, Wolf. Et je ne te dirai pas comment tu dois te comporter avec les filles. Dieu seul sait que je n'ai jamais réussi à éduquer correctement mon fils dans ce domaine !

Jemar pousse un profond soupir.

— Mais King, je la considère comme ma fille. C'est la femme la plus courageuse, altruiste et modeste que j'aie rencontrée de toute ma vie. J'ai beaucoup d'admiration pour elle, et je ne te laisserai pas lui briser le cœur. Danger s'en est déjà servi pour se torcher les fesses, et c'est hors de question que l'histoire se répète. Pas si je peux l'en empêcher.

La curiosité me brûle la langue, mais Jemar enchaîne trop rapidement :

— Alors, tu gardes ta queue dans ton froc. Tu peux la regarder, tu peux l'asticoter et flirter avec elle. Mais si tu la touches, je te vire.

Je me redresse brusquement sur mon siège, vexé d'être traité comme un adolescent boutonneux.

— C'est légal, votre truc ? Et je vous signale que vous ne savez rien de ce qu'on a vécu, elle et moi, avant que je ne sois arrêté et...

Il me coupe, intransigeant :

— Je sais qu'il y a de la haine et de la colère dans tes yeux lorsque tu la regardes. Tu la désires, c'est évident. Mais dès que tu auras satisfait tes besoins, tu te souviendras des raisons pour lesquelles tu l'as quittée et tu la blesseras encore plus.

Comment pourrais-je le nier ? C'est vrai. Trop vrai. Et il ne devrait pas le savoir !

Jemar ajoute plus gentiment :

— Elle a déjà suffisamment morflé, crois-moi. Et toi aussi, il me semble. Passe à autre chose.

Passer à autre chose ?

Je ricane, les épaules tombantes. Est-ce qu'il croit que je n'ai pas déjà essayé un millier de fois ? Un million de fois ? Je l'ai dans la peau, cette fille. Je l'ai dans le corps, dans le cœur. Dans l'âme. Elle m'a marqué jusqu'à l'os.

— On est d'accord, petit ?

Je regarde Jemar, mon futur patron, un ancien ami de mon père et, bizarrement, je ne tiens pas à le décevoir.

— Oui, m'sieur.

Alors, je lui mens effrontément en le fixant droit dans les yeux.

Une fois.

Juste une fois.

En souvenir du bon vieux temps.

18

PAS DE SECONDE CHANCE

Wolf

Ma première journée de travail au garage Thornton s'achève dans le ronronnement satisfait du moteur de la vieille Golf III que je bricole depuis plus d'une heure. C'est l'un des bruits que je préfère au monde : celui d'une voiture qui revient doucement à la vie grâce à moi. Les mains noircies par le cambouis, je m'essuie le front avec la manche de ma combinaison et esquisse un large sourire victorieux.

J'ai gagné contre une panne généralisée, j'ai survécu à ma première journée sans me heurter aux sarcasmes de King, ou pire, aux poings de Danger, et j'ai retrouvé la passion qui m'anime depuis que je suis tout petit...

C'est le boulot de mes rêves.

C'est ma raison d'être.

C'est temporaire, me forcé-je à penser, en rangeant les outils que j'ai empruntés dans l'établi au fond du garage. *Alors, ne t'y habitue pas trop vite, mon gars.*

Avec la musique particulièrement agaçante de Zex dans les oreilles, je me familiarise avec le rangement plutôt anarchique des lieux et entreprends de me nettoyer les mains en songeant à toutes les galères qui m'ont amené jusqu'ici... et à toutes celles qui m'attendent encore sur le bord du chemin. Un léger sentiment de découragement me tombe sur les épaules, mais je ne l'autorise pas à s'installer et à assombrir mon humeur. Au final, quoi qu'il arrive, ce sera toujours une ligne de plus à ajouter sur mon curriculum vitae.

— Tu t'es plutôt bien débrouillé aujourd'hui, blanc-bec.

Je ne sursaute pas, mais je dois fournir un véritable effort pour ne pas trahir ma peur. En prison, ce moment d'inattention aurait pu me valoir un coup de couteau entre les côtes. Les muscles raides, je jette un regard par-dessus mon épaule et surprends le petit sourire sournois qui plisse les lèvres de Zex et m'aide à comprendre qu'il a fait exprès de débouler dans mon dos comme un voleur.

— Merci.

Ma réponse est sèche, distante. En silence, je termine de me récurer les ongles comme s'il n'était pas là, derrière moi, à épier le moindre de mes faits et gestes.

— J'ai rien contre toi, tu sais.

Le silence est une arme. Si vous voulez faire parler quelqu'un, ne lui posez pas de questions. Restez muet et attendez qu'il craque.

Parce qu'ils craquent toujours...

Nos millénaires d'évolution n'ont jamais réussi à nous ôter cette peur viscérale du silence, du vide.

— Danger, c'est mon pote depuis mon premier jour de cours au collège. On a fait les quatre cents coups, lui et moi. Et King, c'est le capitaine du navire, tu vois ?

Je fronce les sourcils.

— Elle ne travaille ici que depuis... quoi... deux ans, non ?

Zex hoche la tête et fléchit les muscles de ses épaules, comme pour se débarrasser d'une douleur dans la nuque.

— Ouais, mais c'est King. Si tu ne plies pas, elle te casse.

Oh, oui. Ça, je le sais...

— Elle a redressé la famille d'une main de fer. Quand les choses sont parties en couille, elle n'a rien lâché. Au contraire. C'est grâce à elle qu'on a tenu jusque-là.

Je sens mes yeux s'écarquiller devant ce discours proclamé avec une admiration farouche et sincère.

— Tu la respectes.

Zex se renfrogne.

— Comment ne pas la respecter, mec ? me tance-t-il, avec une hargne qui m'ébranle. C'est une véritable guerrière, cette fille !

La bile me monte aux lèvres tandis que je marmonne :

— Plutôt une courtisane...

Zex se raidit et, malgré la semi-pénombre du garage, je vois sa peau noire rougir de colère.

— Ah, dit-il, déçu. T'es de ceux-là, alors ?

Le jugement implicite dans ces quelques mots m'atteint comme un coup de poing dans le ventre.

— De quoi ?

Zex retrousse les lèvres dans un rictus qui tire sur la grimace.

— Les gens qui jugent les autres uniquement sur leurs erreurs pour se sentir plus grands..., m'explique-t-il, inamical. C'est décevant.

Je tressaille, frappé par son animosité, et recule d'un pas. Mon coude se cogne contre le bord métallique de l'établi, mais la douleur ne m'atteint pas ; c'est mon cœur qui déguste, comme à chaque fois que je pense à l'homme amer et maussade que je suis devenu au fil des années. J'aimerais rejeter la faute sur King, sauf que... c'est moi qui me suis laissé corrompre par la haine et la solitude.

— Non, ce n'est pas ça... avoué-je, hanté par les souvenirs. Écoute, King m'a poignardé dans le dos, et j'ai du mal à pardonner les gens qui me blessent aussi profondément.

L'expression meurtrière de Zex s'adoucit – oh ! à peine...

— Lourd passif ?

Je ricane en me frottant les tempes.

— On était ensemble depuis un an quand j'ai pris dix ans de prison ferme. C'était une gamine irresponsable et moi, j'en étais trop amoureux pour ne pas être égoïste. Elle m'a promis... toutes les choses que je lui ai demandé de me promettre. Mais elle n'a pas tenu parole et, honnêtement, je ne m'attendais pas à ce qu'elle le fasse.

Zex penche la tête sur le côté en s'adossant à l'établi, près de moi. Il croise ses bras gros comme des troncs d'arbre sur sa poitrine aussi large que je suis haut, et me dévisage avec... une compréhension qui dépasse les limites d'un intérêt poli. Ce géant aux deux mains gauches s'est fait briser le cœur, lui aussi.

— Et toi ? me demande-t-il d'une voix étrangement douce. Qu'est-ce que tu lui avais promis, en échange ?

Si tu ne me lâches pas, je ne te lâcherai pas.

— Rien, avoué-je, penaud.

— Et ça t'étonne qu'elle se soit cassé la gueule ?

J'ouvre la bouche pour me défendre, mais il a raison... Et ça se lit sur mon visage.

— Elle avait promis.

Impitoyable, Zex enfonce le clou et gronde à voix basse :

— Mais pas toi.

Pris en faute par un type que je ne connais même pas.

— Pas moi, non.

Zex pousse un long soupir qui achève de me mettre mal à l'aise.

— Écoute plutôt ça, blanc-bec : on est une famille, ici. J'suis prêt à t'accueillir à bras ouverts. Danger aussi, même s'il t'enlacerait sûrement dans le seul but de t'étrangler... Tant que tu ne touches pas à King, tu as une véritable place à te faire dans l'équipe. Jemar est un patron honnête. Il y a suffisamment de travail pour trois. Kingsley gère tous nos tracas, et Sonja, la mère de Danger, est un vrai cordon-bleu qui ramène à manger presque tous les jours. C'est un petit paradis, pour les mecs dans notre genre.

Pas touche à King : c'est une véritable obsession, ici.

— Mais ? sifflé-je.

— Il n'y a pas de « mais », Wolf ! me contredit Zex, avec un regain de sympathie qui me rassure. C'est ta seconde chance, et même si je ne te connais pas, tu m'as l'air d'être plutôt doué pour foutre ta vie en l'air. Mon seul conseil, c'est : lutte contre cet instinct !

Il m'a vraiment bien cerné, et ça me fait chier. Je déteste sentir qu'on m'analyse, qu'on m'étudie, qu'on me décrypte. Ambroise m'a suffisamment passé sur le grill pour que je développe une farouche rancœur envers les gens trop clairvoyants et perspicaces.

Un loup solitaire lèche toujours ses plaies à l'écart de la meute.

— C'est plus facile à dire qu'à faire.

Zex me tapote l'épaule.

— Crois-moi, je le sais. On le sait tous, ici. La vie est pourrie, dehors. Mais entre ces murs, on peut trouver un peu de répit.

Il me regarde droit dans les yeux.

— Et t'as l'air d'avoir besoin de repos.

Tu n'as pas idée d'à quel point je suis fatigué, ai-je envie de me plaindre, les paupières lourdes et humides.

Mes rêves sont hantés par le spectre d'une femme qui a tourné la page sur notre histoire depuis si longtemps qu'en réalité, c'est moi, le fantôme. Ma famille s'est reconstituée sans moi, et même s'ils sont prêts à me refaire une place, nos liens se sont inévitablement distendus. J'ai perdu mes rares amis dès que les flics m'ont passé les menottes à l'arrière de leur voiture de patrouille. Et alors que je devais simplement récupérer ma Mustang et mon pactole pour me tirer loin d'ici et recommencer une nouvelle vie à l'écart des ennuis, je suis pris à la gorge par le baron de la pègre locale et je sens l'étau se refermer lentement, mais mortellement, autour de mon cou.

Oui, je suis fatigué. Épuisé, même. Mais les problèmes ne font que commencer, pour moi.

— T'es un mec sympa, Zex... m'entends-je dire, en recoiffant mes cheveux vers l'arrière de mon crâne.

Il me décoche un sourire à la fois joueur et mélancolique. Il a compris que j'étais en équilibre au bord du gouffre, et si je sais qu'il ne me tendra pas la main pour m'aider à en ressortir, il ne me cognera pas non plus pour que j'y tombe.

C'est toujours mieux que rien...

— J'suis un amour, blanc-bec. Sagesse, c'est mon deuxième prénom !

Son trait d'humour m'arrache mon premier vrai sourire de la journée.

— Putain, les conneries qu'il ne faut pas entendre ! s'exclame une voix féminine dans notre dos. Je croyais que c'était Mini-pénis.

Belle à mourir dans sa robe d'inspiration chinoise, King déboule dans l'atelier comme une tempête, les bras serrés autour du petit corps gesticulant d'Asher, qui babille en secouant énergiquement sa girafe en plastique.

— Hé ! se vexe Zex en faisant la grimace. T'es pas sympa, King ! Ce jour-là, j'avais pris une douche super froide !

Elle s'arrête près de nous et éclate d'un rire chantant qui me fait frémir. Dans ses bras, Asher semble s'illuminer de l'intérieur, lui aussi, et se met à rire avec elle. La mère et le fils partagent un lien fusionnel, intense et incroyable. C'est une scène à la fois touchante et atroce, pour moi. Si j'avais été seul, je crois que je me serais mis à chialer comme un bébé.

— Bien sûr, Zex. Bien sûr..., le taquine-t-elle en agitant ses sourcils.

Danger choisit ce moment-là pour rappliquer, le torse nu et les mains pleines de cambouis. Sa combinaison déboutonnée lui tombe si bas sur les hanches que j'en vois beaucoup plus de son anatomie que je ne le voudrais. On dirait le déguisement d'un personnage débile d'un mauvais film porno, mais je garde mes commentaires malveillants pour moi.

— Vous parlez de quoi ?

Danger attire King contre son torse en prenant le soin de me jeter un regard éloquent par-dessus son épaule. Il semble prêt à lui pisser sur les chevilles pour marquer son territoire.

— De la petite bite de Zex, l'informe aimablement King en se décalant pour éviter ses mains sales.

Bien fait, connard.

— Hé, bébé ! s'esclaffe-t-il, sincèrement amusé. T'es pas sympa. Il avait pris une douche super froide, ce jour-là !

Ils se marrent tous les trois, et je sens qu'il y a une vieille histoire derrière ces taquineries qu'ils se jettent à la tête. Leur amusement me fait esquisser un vague sourire, et ça me troue le cul...

J'ai le sentiment de capituler devant l'ennemi.

— Ma mère a ramené un gros plat de lasagnes, mec ! lâche Danger, à l'intention de Zex. Tu viens manger à la maison ?

Le géant se tapote le ventre en s'empressant d'acquiescer.

— Ça marche !

Soudain, je me sens de trop... et je sais que c'est exactement pour cette raison que Danger a lancé cette invitation devant moi. Mais King l'a senti, elle aussi. Et bizarrement, ça semble l'embêter encore plus que moi.

— Tu veux dîner avec nous, Wolf ?

Sa proposition me laisse sans voix. Je la regarde, elle me regarde. Asher gesticule nerveusement contre sa poitrine et le bras de Danger se raidit au-dessus de ses épaules, mais elle ne revient pas sur ses paroles et attend sagement que je lui donne une réponse qui ne vient pas. Dans un coin de ma tête, je me fais la réflexion que tous les trois, ils renvoient vraiment l'image de la famille parfaite.

Une famille que j'ai envie de détruire. De punir. De maudire.

Lutte contre cet instinct.

— Non, merci... soufflé-je après une longue minute d'un silence embarrassant. Mon pote organise une fête à notre appartement.

Le mot « fête » attire immédiatement l'attention de Zex.

— Y'aura des belles meufs ?

Pour une fois que les soirées orgiaques de Jéricho me servent à quelque chose.

— Connaissant mon pote, oui.

Une expression avide passe sur les traits burinés de Zex.

— Tu m'invites ? Je n'ai rien de prévu, moi.

Danger se renfrogne, vexé. Et moi, je jubile intérieurement en veillant à ne rien laisser transparaître dans mon expression.

— Et les lasagnes de ma mère ?

Zex lève les bras au ciel.

— Ma petite bite a besoin de prendre l'air, mec ! s'écrie-t-il, théâtral. Je crois que tu peux comprendre ça...

Danger rougit, et je jubile encore plus fort – il ne couche toujours pas avec King.

Merci, l'univers.

— C'est tellement classe et élégant, Zex ! persifle King.

Je rêve peut-être éveillé, mais j'ai l'impression qu'une pointe de jalousie se cache dans le regard de King.

Ma petite hirondelle n'a pas l'air contente.

— C'est ton vrai nom, au fait ? demandé-je à Zex, en me tournant vers lui pour apaiser la tension nerveuse qui m'habite à chaque fois que King se tient près de moi.

Le géant me toise de toute sa hauteur.

— Ouais, pourquoi ?

Je cligne des yeux, surpris.

— C'est... original.

Je surprends un rire étouffé dans mon dos.

— Fais gaffe, Wolf, me prévient King. Il est plutôt chatouilleux à ce sujet...

Un moment de flottement ponctue sa mise en garde. Puis Zex lève une nouvelle fois les bras au ciel et s'exclame bruyamment en direction du plafond :

— J'aurais tellement voulu m'appeler Sex ! Pourquoi Zex, maman ? Pourquoooiiiiii ?

Je suis tellement étonné que j'éclate de rire en même temps que King et Danger, sans me soucier de l'animosité qui flambe entre le fils de Jemar et moi.

— Ce mec est taré... soupire King, en essuyant une larme au coin de ses yeux.

Zex frappe dans ses mains, un large sourire accroché à ses lèvres.

— Allez, en route, le loup ! Conduis-moi dans ton antre plein de brebis...

— Taré et glauque, surenchérit Danger en riant encore un peu. Bonne soirée, les mecs. Ne vous amusez pas trop sans moi.

Je vois un muscle tressauter sous l'œil de King, comme si elle avait compris un sous-entendu caché que j'aurais loupé.

— T'as qu'à venir, dis-je sur une impulsion, avec un petit rictus hypocrite.

Danger se fige, l'air indécis.

L'hésitation.

Et si je la vois, King aussi.

Danger a envie de venir s'amuser avec nous, mais il sait que s'il le fait, il perdra des points dans l'estime de King. Je n'aurais pas dû le tenter avec cette proposition malhonnête, et il n'aurait pas dû hésiter à la refuser.

Lutte contre cet instinct.

Putain...

Garde-la dans ton froc.

Ça commence mal.

— Tu peux y aller si tu veux, lui dit-elle, alors qu'il est évident qu'elle n'en pense pas un mot.

Ses bras se resserrent autour d'Asher, comme si elle avait besoin de sentir qu'elle n'était pas complètement seule. Et moi, je me sens comme une merde.

— Non, répond-il parce qu'il la connaît presque aussi bien que moi. Je préfère largement passer la soirée avec Asher et toi.

Moi aussi, réalisé-je, le feu aux tripes.

— Menteur, sourit-elle, avec une tristesse qui me coupe le souffle. Mais c'est gentil, merci.

L'entendre le remercier de ne pas l'abandonner me fait l'effet d'une gifle dans la gueule, et je ne sais même pas pourquoi...

Quand Zex et moi arrivons à l'appartement de Jéricho, la fête bat déjà son plein. La musique électronique vibre du sol jusqu'au plafond, lancinante et agressive, tandis qu'une trentaine de personnes que je ne connais ni d'Adam ni d'Ève se déhanchent au milieu du salon reconverti en piste de danse. Hommes et femmes flirtent, rient et crient en enchaînant les verres d'alcool fort et les joints. C'est un vrai lupanar, et même si je commence à m'y habituer, j'ai mal à la tête rien qu'à l'idée de supporter ces crétins jusqu'aux premières lueurs de l'aube.

On traîne une vingtaine de minutes dans la cuisine, à l'écart de la foule, où on mange les restes d'une pizza aux poivrons en bavardant de nos exploits respectifs auprès de la gent féminine. Mon inexpérience le fait rire aux éclats, et même si j'essaie de ne pas en prendre ombrage, je réalise à quel point j'ai été obnubilé par King durant mon adolescence. Zex me raconte son histoire avec Sina, le grand amour de sa vie... qui l'a quitté pour aller tenter sa chance sur les planches de New York. Il a des étoiles dans les yeux lorsqu'il me parle d'elle, et du film dans lequel elle incarne Cassie, la fille d'un homme trop sévère qui se découvre une passion pour la pole dance.

– C'est une future star ! se réjouit-il, sans rancœur. Je savais qu'elle valait mieux qu'Albuquerque.

Quand il ne reste plus rien à manger, nous retournons dans le salon, où Jéricho s'improvise jongleur avec les vases hors de prix de sa mère. J'étouffe un soupir de lassitude, le front barré par une future migraine. Je sais qu'il s'adonne à ce genre de conneries pour fuir les mauvaises pensées qui lui polluent l'esprit, mais à ce rythme, Jéricho risque de sombrer encore plus profondément qu'il ne le pense... Et moi, je ne peux rien faire pour l'aider. Je peux à peine m'aider moi-même.

À grand renfort de coups de coudes, nous nous frayons un chemin jusqu'au bar où l'alcool est en libre-service. Une grande blonde presque nue se jette dans mes bras, l'œil vitreux, et tente de m'embrasser sur la bouche. Je la repousse avec une douceur qui l'amène à penser que je suis quelqu'un de bien, aussi s'accroche-t-elle encore plus fort à moi. Il me faut durcir le ton pour réussir à m'en débarrasser, et lorsqu'elle se met à pleurer, je n'ai plus qu'une envie : m'enfuir à toutes jambes.

J'aurais préféré passer ma soirée devant la télévision, avec un bon plat de lasagnes, une femme magnifique à mon bras et un bébé malin comme un singe.

– Arrête de penser à elle ! me sermonne Zex en nous servant

deux verres de vodka. Regarde autour de toi, le loup : toutes ces filles sont folles de toi !

Je retiens un juron et le suis jusqu'au canapé sur lequel nous nous laissons tomber l'un après l'autre.

— N'importe quoi.

Zex me décoche un petit coup de poing dans l'épaule.

— Rappelle-moi de ne plus traîner avec toi quand j'ai envie d'une bonne baise ! T'es comme Danger : tu attires toutes les plus jolies avec ton expression taciturne et tes hématomes de mauvais garçon.

Je fais la moue et désigne une fille d'un revers du menton.

— Tu plais à la rousse, là-bas.

Voyant qu'on la regarde, elle rougit et gratifie Zex d'un petit sourire timide.

— Trop petite. Je risque de la plier en deux.

Pas faux.

— Rassure-moi, enchaîne-t-il en oubliant complètement les filles pour lesquelles il m'a suivi jusqu'ici. T'as déjà tiré un coup depuis que t'es sorti de taule ?

Les joues brûlantes, je feins de ne pas l'avoir entendu et ne lui réponds pas.

— T'es pas sérieux ?! s'écrie-t-il, attirant l'attention vers nous. Oh, putain ! Mais tu dois avoir des couilles de la taille de ma tête, mec !

Ça le fait rire aux éclats, et pendant un instant, j'hésite à lui foutre mon poing dans la gueule.

— Il n'aime pas les filles que je lui présente, se moque Jéricho en se joignant à notre conversation. Il fait son difficile !

Mon ami se laisse tomber à côté de moi sur le canapé, les pupilles si dilatées que ses yeux ont l'air intégralement noirs. Génial ! Il est aussi défoncé qu'une groupie des Rolling Stones.

— Ah, les dangers de l'amour... se lamente Zex en sirotant sa vodka. On n'en fait pas de prévention à la télévision !

— On devrait, pourtant ! approuve Jéricho en roulant un joint. C'est encore plus mortel que le tabac.

La migraine recommence à me titiller le lobe frontal.

— Ça n'a rien à voir avec l'amour... ou je ne sais pas quoi... me défends-je, mal à l'aise. C'est juste que je n'ai pas la tête à ça...

C'est un mensonge, et ils le savent aussi bien que moi. Je pense au sexe en permanence : matin, midi et soir. Mais c'est toujours King que je baise dans mes fantasmes et, au-delà de la colère brûlante et de la méfiance sournoise qu'elle m'inspire, mon corps persiste à se refuser aux autres filles plus douces... moins dangereuses...

— C'est exactement pour cette raison que je n'ai jamais rien tenté avec King, lâche Zex.

Jéricho fronce les sourcils et pose la question que je n'arrive pas à formuler.

— Laquelle ?

— Cette tronche de dépressif en manque de Xanax, réplique Zex en me pointant du doigt. C'est le genre de fille qui te retourne comme un gant. Non, merci. Pas ma came.

C'est ma fête, ce soir, pensé-je, maussade.

— Parle-moi d'elle, mec, demande Jéricho, l'air intéressé. Pour moi, cette fille, c'est le diable en personne à cause des histoires que m'a racontées ce crétin.

Un autre doigt de pointé sur moi.

— C'est une petite bombe, dans tous les sens du terme, commence Zex, en fourrant une poignée de cacahuètes dans sa bouche. Je la considère comme une petite sœur. Au début, on se chamaillait à propos de... eh bien, absolument tout. Elle est arrivée au garage comme un cyclone en plein été. Jemar l'avait présentée à la bande comme une fille douce et perdue dont il fallait prendre soin, mais il s'était trompé en beauté, ce qui ne lui arrive pas souvent.

Zex sourit d'un air tendre.

— Danger n'avait aucune chance de lui résister. Dès qu'elle a posé ses petites fesses dans le garage, j'ai su qu'il avait écopé d'une condamnation à perpétuité. Elle a porté l'entreprise à bout de bras pendant un an. Sans elle et cette facilité déconcertante qu'elle a d'embobiner les clients, on aurait déjà mis la clé sous la porte.

Au garage Thornton, King a manifestement trouvé un royaume et des sujets sur lesquels elle peut régner sans partage.

— Et puis, Danger a foutu la merde, comme à son habitude. J'ai beau adorer ce mec, sur ce coup-là... j'ai eu envie de l'étrangler avec ses propres viscères.

Ma curiosité l'emporte sur ma fierté.

— C'est-à-dire ?

Zex me dévisage avec de grands yeux. La vodka commence à lui monter à la tête – tant mieux.

— Bah, tu sais... Asher ! me répond-il comme si j'étais censé être au courant. Jemar a piqué une colère noire. Je ne l'avais jamais entendu crier aussi fort.

Je grimace au souvenir du gros coup de pression que le père de Danger m'a mis ce matin... sans même élever la voix.

— Ça doit être impressionnant.

Zex hoche la tête.

— J'ai pas eu de père, moi. Mais quand Jemar se met à crier, c'est comme si j'avais de nouveau huit ans et que j'avais fait une grosse connerie !

— Et King ? relance Jéricho, en allumant son joint distordu et mal roulé.

Ouais, il est vraiment défoncé.

— Elle l'a mal pris, au début. Tu parles ! Elle était amoureuse de Danger, mais ce crétin ne voyait pas plus loin que le bout de sa bite. Il n'arrêtait pas de dire des trucs méchants sur elle, parce qu'il était persuadé qu'elle s'amusait avec lui avant de passer au suivant.

Ses révélations me déchirent le bide. Je suis obligé de boire une longue gorgée de vodka pour ne pas me mettre à hurler dans tout l'appartement que la vie est pourrie.

Elle était amoureuse de Danger.

— King n'est pas du genre à montrer ses sentiments, continue Zex en alternant l'alcool avec la beuh. Elle a grandi dans la rue, toute seule, et je suis à peu près sûr qu'elle s'est fait défoncer plus souvent que moi... Mais Danger a besoin de mots pour croire à l'amour. Les gestes ne suffisent pas avec lui. C'est un colosse à l'égo fragile.

Jéricho ricane, à moitié allongé sur moi.

— J'crois qu'on dit « colosse aux pieds d'argile », mais bon...

— On s'en fout, rit Zex en tirant une nouvelle taffe sur le joint, avant de me le tendre. Un jour, il a dit que King était une cause perdue... ou une calamité... je ne sais plus...

Mon cœur se fige d'effroi à l'intérieur de ma poitrine tandis que j'inhale la drogue à pleins poumons.

Quand je sortirai de prison, je ne gaspillerai plus mon temps à essayer de construire quelque chose de stable avec toi. Tu es une calamité, King !

— Il n'avait pas vu qu'elle était là. Moi, si. Et son visage, les gars... Son si joli visage... Quand elle a entendu ses paroles, je vous jure que j'ai vu son cœur se briser en mille morceaux.

Je déglutis, la gorge sèche et l'estomac troublé. Je n'arrive presque plus à respirer. La culpabilité est un poids énorme sur ma poitrine qui m'empêche d'acheminer correctement l'oxygène jusqu'à mes poumons.

— Mais c'est King ! relance-t-il avec une affection qui transpire dans chacun de ses mots. Et sa fierté est plus forte que tout. Au lieu d'en faire une affaire d'État, de crier et de pleurer en lui balançant des assiettes à la figure... elle a choisi de lui faire ravaler ses paroles en le rabaissant plus bas que terre.

Ouais, c'est bien King. La vengeance coule dans ses veines comme le sang dans les miennes.

— Comment ?

— Elle a ramené un gars chez eux et l'a baisé toute la nuit. Danger est resté dans le salon, à les écouter s'envoyer en l'air... Puis son cerveau a vrillé et il a décidé de faire la même chose qu'elle, mais ce crétin a choisi la mauvaise fille.

J'ai l'impression d'avoir un fruit pourri dans la bouche ; le goût de la trahison.

— Difficile de lui donner tort... commenté-je, alors que c'est ma propre douleur qui s'exprime à travers ma voix.

Zex secoue la tête, la mine sombre.

— Oh, si ! Crois-moi ! On n'a pas le droit de traiter les gens comme de la merde et de s'étonner lorsqu'ils se comportent exactement comme s'ils en étaient une.

J'ouvre la bouche, mais la referme presque aussitôt, incapable de le contredire.

— C'est vrai, approuve Jéricho en me décochant un regard que j'ai du mal à interpréter.

Je redonne le joint à Zex et fais passer le mauvais goût sur ma langue avec une grande rasade de vodka.

— Bref... Danger et King se sont explosés à la figure. Et quand il l'a foutue dehors, j'ai vraiment cru qu'elle allait prendre ses affaires et démissionner en nous laissant en plan.

Jetée à la rue, encore une fois.

J'en suis malade, malade, malade...

— Mais elle est plus forte que ça, King. Elle est restée, elle a continué à donner le meilleur d'elle-même au travail, et surtout, elle n'a jamais baissé la tête devant Danger et Flor.

Je répète, intrigué :

— Flor ?

Zex pince les lèvres.

— La femme de ménage et la meuf que Danger s'est tapée pour se venger. Une connasse, droguée jusqu'à la moelle. Je la détestais, cette fille.

Une autre taffe. Une autre gorgée. Zex et moi sommes bientôt aussi défoncés que Jéricho.

— Pendant deux mois, j'ai marché sur des œufs tellement la tension au garage était insupportable. Et puis, King et Danger ont reçu le coup de grâce quand l'annonce de la grossesse est tombée...

— Ça a dû lui faire un choc, murmuré-je, en essayant de me mettre à sa place.

J'aurais été anéanti... mais en vérité, j'aurais déjà lâché l'affaire et posé mes valises dans une autre ville pour fuir les déconvenues récurrentes d'Albuquerque.

La fuite, c'est mon truc.

— À Danger ou à King ? Parce que c'est Danger qui s'est écroulé en l'apprenant.

Je tourne la tête vers lui, étonné.

— Vraiment ?

— Je te le jure, grogne-t-il avec une pointe de rancœur dans la voix. C'est comme si le ciel lui était tombé sur la tête. Il en a pleuré comme un bébé. King s'est sentie humiliée, mais elle a serré les dents et relevé la tête pour gérer la situation au mieux.

Ma petite hirondelle aux yeux noirs.

Je ne pensais pas que mon cœur se rebriserait pour elle.

— Finalement, ils ont réussi à se réconcilier malgré toutes ces épreuves... intervient Jéricho, en somnolant sur mon épaule.

Zex fait un signe de tête qui électrise une partie de moi dont je ne suis toujours pas prêt à admettre l'existence.

— L'arrivée d'Asher a été un véritable coup de tonnerre, et ils avaient besoin de ça pour faire éclater l'abcès qui les infectait tous les deux.

— King l'aime plus que tout au monde.

Et plus que moi, à présent.

— Oui, je l'admire énormément pour l'amour qu'elle parvient à donner à ce petit bonhomme, approuve Zex. Moi, je n'en aurais pas été capable.

Je tourne si brusquement la tête vers lui que mes cervicales craquent comme des brindilles sèches sous une chaussure.

— Quoi ? Pourquoi ?

Zex me tend son majeur.

— Hé, je t'interdis de me juger, mec ! Tu te vois, toi, élever le fils d'un autre comme s'il était le tien ? Après avoir été rabaissé, jeté à la rue et humilié d'une centaine de façons différentes ?

Le vide se fait dans mon esprit. Plus de son, plus d'image. Juste le néant.

— Pardon ?

— Bah, quoi ? s'agace-t-il, en vidant son verre d'une traite. C'est vrai, non ? King devrait le détester, ce gosse !

J'ai peur de comprendre...

— King n'est pas sa mère ?! s'écrie Jéricho, tout à fait réveillé à présent.

J'ai la tête qui tourne, le cœur en vrac et les neurones en ébullition. Mes pensées refusent de se regrouper les unes avec les autres, éparpillées comme des papillons hystériques, et forment un épais brouillard où ne résonne qu'une seule phrase.

King n'est pas la mère d'Asher...

King n'est pas la mère d'Asher.

King n'est pas la mère d'Asher !

— Euh... bredouille Zex, l'air effaré. Vous ne le saviez pas ? Elle ne te l'avait pas dit ?

— Non.

J'ai passé tellement de temps à l'insulter et à la rabaisser qu'elle s'est bien gardée de m'offrir un aperçu de ses blessures les plus intimes.

— Oh, putain ! Si elle apprend que j'ai vendu la mèche, elle va m'arracher les couilles et s'en faire des boucles d'oreilles !

J'essaie de compatir, mais la seule chose qui m'importe à l'heure actuelle, c'est...

— King n'est pas la mère d'Asher.

La fête n'existe plus. Les gens ne sont plus là. Je suis seul et perdu dans mon passé. Je suis seul et perdu dans mon avenir. Les portes qui s'étaient refermées sous mon nez commencent à se rouvrir, à s'entrebâiller. Et d'autres me claquent à la figure.

— Non, elle ne l'est pas, confirme Zex, en se massant le front. Danger a mis Flor enceinte dès le premier coup. Il en était malade. Cette fille, c'était une sorcière. Pas jolie, pas gentille, bête à manger du foin. Trois jours après l'accouchement, elle a confié Asher à King et s'est tirée pour aller se défoncer dans les caves avec des junkies déjà à moitié morts. Son overdose n'a surpris que Danger et, même s'il ne l'aimait pas, sa mort l'a achevé. Il s'est retrouvé seul, avec un enfant à charge dont il n'avait jamais voulu...

King, King, King – c'est comme une litanie dans ma tête.

— Il s'est tiré deux mois, en laissant Asher derrière lui. Jemar et Sonja, ses parents, ont failli en mourir de chagrin. Mais là encore, King n'a rien lâché. Elle s'est comportée comme une mère pour Asher, comme une fille pour les Thornton, et elle a continué à veiller sur le garage.

Une reine. Une guerrière. La femme que je savais qu'elle deviendrait si elle réussissait enfin à prendre conscience de sa force.

— C'est... horrible.

— Ouais, c'est moche. Quand Danger est rentré à la maison, je ne l'ai presque pas reconnu. Il s'était complètement métamorphosé. Plus mature, plus réfléchi, plus calme. C'est un gosse trop gâté qui s'était fait la malle, mais c'est un adulte prêt à réparer ses erreurs qui est revenu à sa place. À peine avait-il posé ses valises qu'il se traînait déjà aux pieds de King pour la supplier de lui laisser une seconde chance.

Mon ventre se contracte dans un nœud qui malmène mes entrailles.

— King n'accorde pas de seconde chance.

Elle en donne déjà rarement une.

— Non, confirme-t-il, elle n'en donne pas. Mais elle adore Asher. C'est son cœur, son trésor. Et pour lui, il n'y a rien qu'elle ne ferait pas... Rien. Danger le sait et il ne la lâchera plus.

Je sens mon visage se figer dans une expression de dégoût et de rage qui s'aligne sur les pensées cruelles qui me viennent à l'esprit.

— Il n'aura peut-être pas le choix.

Pas si je reste dans les parages...

— Non, le loup... riposte Zex, avec un sérieux qui me glace l'échine. Tu n'as pas compris.

Soudain, il plonge des yeux noirs et parfaitement lucides dans les miens et là, je comprends dans un flash éblouissant que ce n'est pas l'alcool et la drogue qui l'ont poussé à me révéler tous les détails sordides de cette histoire.

— Danger aime King. King aime Asher. Asher est le fils de Danger. Y'a plus de place, le loup. Tu comprends ? Y'a plus de place pour toi.

Non. C'est une mise en garde, un avertissement. Et je choisis délibérément de ne pas l'écouter.

— Sans vouloir être méchant, ton pote a l'air d'être un gros enfoiré qui ne mérite pas de seconde chance.

Une petite voix dans ma tête me souffle que je ne vaux guère mieux que lui...

— C'est vrai, approuve Zex en se détendant dans son siège. Danger est un connard, mais il l'aime plus que tout au monde et il vénère le sol qu'elle foule. Et après toutes les gifles dans la gueule qu'elle s'est ramassées, King mérite qu'on la traite comme une reine.

Il tire une nouvelle taffe sur le joint.

— T'as compris, le loup ? insiste-t-il en tendant la fin à Jéricho, qui reste étrangement silencieux près de moi. Il y a plein de jolies filles, ici. Tu devrais en choisir une.

Je ne jette même pas un coup d'œil à toutes ces filles qui ne connaissent rien de moi.

— King ne donne pas de seconde chance, répété-je, le cœur lourd.

Mais si elle devait en accorder une, à qui choisirait-elle de l'offrir ? À Danger ou à moi ? Parce que je crois... oui... je crois que j'aimerais bien reprendre là où on s'était arrêtés, elle et moi. Peut-être pas pour toujours, mais...

Juste une fois.

Au moins une fois.

19

DANSE POUR MOI

King

Avec son air le plus féroce de maman ours, Sonja m'oblige à lâcher Asher qui se débat en s'accrochant à mes cheveux, et m'ordonne sur un ton péremptoire :

— Tu ne louperas pas cet anniversaire, jeune fille ! Va te préparer, immédiatement.

Je me renfrogne, agacée d'être obligée de passer une soirée à l'extérieur alors que je n'ai qu'une seule envie : me rouler en boule dans mon lit, Asher calé contre moi, et regarder la dernière saison de *Stranger Things* sur Netflix. Ce n'est pas que je n'aime pas Zex – au contraire –, mais j'ai trop de soucis en tête pour prendre du plaisir à sortir en boîte. Je suis une mère, maintenant. En prenant Asher contre moi, à la clinique, je me suis promis de laisser cette partie-là de ma vie derrière moi.

— Bébé, soupiré-je en frottant le poing d'Asher. Lâche mes cheveux.

L'adorable visage d'Asher se chiffonne, comme s'il s'apprêtait à piquer une grosse colère. Je me penche, dépose un baiser sur son front et lui caresse la nuque. Doucement, je le sens se détendre, puis se blottir contre Sonja, et ses doigts relâchent petit à petit ma crinière.

— Il est trop dépendant de toi, murmure Sonja en le berçant contre son épaule.

Je recule d'un pas, puis d'un autre, et grimace en répondant :

— Je l'ai remarqué, oui. Mais c'est ma faute. Je me plie à tous ses caprices.

Ma petite terreur me mène par le bout du nez, et je crois que ça risque de se retourner contre lui. Je n'ai pas l'impression d'être une bonne maman, j'ai le cœur trop tendre et une seule de ses larmes parvient à me faire tourner en bourrique. Il faudrait que j'arrive à me montrer plus sévère, plus stricte, mais son amour inconditionnel est la seule chose qui m'empêche de sombrer dans la noirceur des pensées qui m'envahissent depuis le retour de Wolfgang... et celui d'Enrico.

— Ce n'est pas parce que tu lui imposes des limites qu'il ne t'aimera plus.

Je regarde Sonja, les yeux vitreux.

— Je n'ai pas été élevée... commencé-je, avant de m'interrompre. Ma mère ne s'occupait jamais de moi. Elle passait son temps à me crier dessus, à me faire comprendre que j'étais plus une gêne qu'autre chose, et dès qu'elle élevait la voix, je me sentais... tellement seule. Abandonnée et indésirable. Je ne supporterais pas qu'Asher éprouve ce sentiment à son tour.

Le beau regard bleu de Sonja s'humidifie en même temps que le mien.

— Je t'aime, King, lâche-t-elle, de but en blanc en écrasant ma main dans la sienne. Danger et Divine sont mes enfants, et malgré leurs défauts plutôt spectaculaires, je les adore plus que tout au monde... mais je suis vraiment admirative de la femme que tu es devenue. Je suis tellement fière de toi. C'est comme si j'étais ta mère. Et je sais que tu m'aimes, toi aussi, alors que je te crie parfois dessus et que je t'impose certaines choses.

Bien sûr que je l'aime ! C'est la maman dont j'ai rêvé toute ma vie. Celle que je n'aurais jamais cru mériter après toutes les choses terribles que j'ai faites pour survivre.

— Sonja... m'étranglé-je en luttant pour ne pas fondre en larmes. C'est trop gentil.

Elle me décoche l'un des sourires les plus tristes que j'ai reçus de toute mon existence.

— C'est toi qui es trop gentille, King. Ne te laisse pas bouffer par les autres.

C'est l'un de mes plus grands défauts : ma loyauté. Mon sens du sacrifice. Il n'y a rien que je ne ferais pas pour aider et protéger les gens que j'aime. Enrico l'a très vite compris, et c'est à cause de ce trait de caractère, à la fois force et faiblesse, que je suis dans une telle merde, aujourd'hui.

— J'essaie.

Mais j'échoue, et on le sait toutes les deux.

Avec un sourire contrit, je prends congé de Sonja et marche jusqu'à ma chambre, dans laquelle Danger dort toujours à poings fermés. J'hésite à le réveiller, assise près de lui sur le lit aux draps défaits, et contemple les traits parfaits de son visage en essayant vainement d'éprouver... de l'amour. Mais ça ne vient pas, et ce n'est pas ma faute. J'ai vu l'envie dans son regard, hier après-midi ; celle de se joindre à Zex et Wolf pour une soirée alcoolisée auprès de jolies filles chaudes et mignonnes. Il n'a pas réussi à le cacher, et ça m'a fait mal. Très mal. Le pire, c'est que Wolf l'a fait exprès pour me plonger le nez dans ma propre misère – un prêté pour un rendu, j'imagine. C'était un coup bas, et en même temps, un rappel à l'ordre nécessaire : je ne me bats pas pour eux.

Je lutte pour Asher.

Je combats pour moi.

Je vaincrai pour nous.

Étouffant un soupir de lassitude, je me relève, les jambes tremblantes, pour attraper mes vêtements préparés à l'avance et étalés sur la commode. Ensuite, je m'enferme une bonne heure dans la salle de bain, où je me prépare comme si j'étais toujours cette fille frivole et insouciante de vingt ans qui aime faire la fête et draguer les beaux garçons. J'enfile un string blanc aux coutures invisibles, puis une minirobe noire en satin et à dos nu qui descend jusqu'à mi-cuisses... ou presque. Je dompte ma chevelure bouclée à l'aide de gel coiffant, d'élastiques et de pinces que j'entortille en chignon flou au sommet de mon crâne. J'aime avoir la nuque dégagée quand je danse, alors j'en profite pour mettre de longues boucles d'oreilles en argent qui me frôlent les clavicules ; un cadeau de Jemar, pour Noël. Le maquillage est l'étape qui m'intéresse le moins, aussi me contenté-je d'un peu de crème teintée, d'une touche de mascara et d'une pointe de gloss rouge sur les lèvres.

L'image que me renvoie le miroir est d'une douceur amère que je déguste avec des crampes à l'estomac.

Sexy à la limite du vulgaire.

Avec un maquillage un peu plus prononcé et une robe plus courte de quelques centimètres, je pourrais retourner danser sur les planches qui ont damné mon âme aussi vite qu'elles l'ont sauvée.

J'inspire une grande goulée d'air pour me donner du courage, et alors que je m'apprête à sortir, je sens les vibrations de mon téléphone à travers ma pochette glissée contre ma hanche. Les mains moites de sueur, je m'en saisis et retiens ma respiration lorsque je déchiffre le numéro inscrit presque agressivement sur l'écran.

C'est lui.

L'espace d'une seconde, j'hésite à lui répondre, même si c'est moi qui lui ai demandé de m'appeler. Ce n'est pas le genre d'homme duquel on peut se jouer en toute impunité. S'il soupçonne ne serait-ce qu'une once de traîtrise dans mes intentions, il me brisera les os un par un et donnera les restes de mon cadavre à manger aux charognards du désert.

— Ambroise, lâché-je dans un souffle précipité, merci de me rappeler. Je ne pensais pas que tu le ferais...

Un silence froid et pesant me parvient de l'autre côté de la ligne.

Ma relation avec Ambroise n'a jamais été facile. J'ai toujours su qu'il me détestait... et qu'il détestait le fait qu'il m'appréciait malgré lui et sa vision absolument effroyable des femmes. Ce salaud sans scrupules m'a vidé les poches pour assurer la protection de Wolfgang, et lorsque je n'ai plus réussi à lui donner l'argent qu'il me réclamait pour ses services, il a habilement manœuvré pour passer à une monnaie d'échange beaucoup moins recommandable : les secrets. Pas les miens, bien sûr. Il s'en fichait royalement de moi. Il convoitait plutôt ceux d'Enrico et de ses sbires.

Il sait que je ne suis pas stupide. Il sait aussi que j'ai compris pourquoi Salomé m'a recommandé d'aller bosser au Knockout pour me faire un peu d'argent facile. Ambroise m'a agitée sous le nez d'Enrico comme une jolie petite friandise qui gigote au bout d'un hameçon... et cet idiot m'a mordue de toutes ses dents, refermant sur lui le piège de son plus ancien ennemi.

La vision d'un homme grand, froid et vicieux me traverse l'esprit. Je n'ai pas revu Ambroise depuis qu'il a été emprisonné pour meurtre, mais si je devais le comparer à un animal... ce serait à l'un de ces grands rapaces aux serres longues et aiguisées comme des poignards. Un vautour... ou un aigle. Prêt à déchiqueter et à bouffer toutes les plus faibles créatures qui traversent son territoire.

Mais je ne suis pas faible. Et ce territoire est aussi le mien.

— *Mi Querida.*

« Ma chérie », me salue-t-il toujours d'une voix langoureuse et sucrée. Alors qu'il n'en pense pas un traître mot.

— Je suis perplexe et curieux. Tu préfères les messages, d'habitude. Ou les e-mails. Que me vaut l'honneur d'entendre ta belle voix ?

Je perçois du bruit de l'autre côté de la porte : sûrement Danger qui s'est enfin réveillé de son interminable sieste. Dans un souci d'intimité, j'actionne l'eau du robinet et m'assois contre le mur le plus éloigné de la sortie.

Ambroise est ma carte maîtresse. Mon atout et mon joker, soigneusement dissimulé dans ma manche. Si je joue correctement mes cartes, Enrico sera mort et enterré avant la fin de l'année. Et moi, je serai libre...

Libre. Libre. Libre.

— Les petits oiseaux chantent au-dessus de nos têtes, et leur belle mélodie risque de perdre de son intérêt si je te l'envoie par écrit.

En langage codé, je viens de lui demander si la ligne est sécurisée et s'il sait que ses messages privés sont espionnés par ses ennemis.

— J'adore le chant des oiseaux, soupire-t-il faussement désinvolte. Il me manque.

Il y a de la glace et du poison dans sa voix.

Nous sommes bel et bien sur écoute.

— Et tu me manques, toi aussi. Pourquoi ne viendrais-tu pas me rendre visite ?

Les battements de mon cœur s'accélèrent dangereusement au centre de ma poitrine. Les parloirs de prison, ce n'est pas du tout mon truc. La seule fois où je suis allée rendre visite à Wolfgang, j'ai croisé l'un des anciens clients du Knockout et compris dès le premier regard qu'il dévoilerait toutes mes ombres à mon petit copain que j'avais toujours pris soin de baigner dans ma lumière. Et ça n'a pas manqué. Quand Wolf a appris que je n'étais plus la gentille petite fille qu'il avait aimée avant de tomber de son piédestal, il m'a larguée comme on se débarrasse d'une merde sur un trottoir : d'un coup de pied rageur et dégoûté, direction le caniveau.

— Cela risque de prendre un peu de temps...

Un rire bas, rauque et masculin. Je me sens frissonner de la tête aux pieds, surprise par l'intensité cruelle de sa voix qui fait vibrer quelque chose de profondément déviant à l'intérieur de moi.

Enrico se proclame comme le roi d'Albuquerque... mais je pense qu'il risque d'avoir une très grosse surprise à la libération d'Ambroise.

S'il arrive à sortir, évidemment.

— Dis à Jemar Thornton d'appuyer ta demande et de la faire passer en priorité. Il lui reste des amitiés intéressantes, ici.

Mon souffle se bloque dans mes poumons.

— Comment connais-tu Jemar ?

Ma voix est montée d'une octave, mais je m'en moque. C'est une surprise à laquelle je ne m'attendais pas... et qui pourrait remettre toute mon existence en question.

— La vraie question, c'est plutôt : et toi ? Grâce à qui le connais-tu, King ?

Dios mío !

Ambroise m'a jetée dans la gueule d'Enrico, c'est un fait avéré. Mais m'aurait-il aussi glissée sous l'aile protectrice de Jemar ?

J'ai toujours cru que c'était Marco, alors que.... non, c'était Ambroise. Et là, je ne sais plus du tout quoi penser de lui. Ni de moi.

Qui es-tu, Ambroise ? Un vautour ou un aigle ? Un charognard sans foi ni loi, ou un prédateur avec des valeurs royales ?

— Prépare-toi à me voir très vite, Ambroise, réponds-je, avec un nœud dans la gorge.

Il rit encore, et je frissonne plus fort.

— Mets une jolie robe, King. Fais-toi belle pour moi. Je te demanderai peut-être de danser.

Je pince les lèvres, le feu aux tripes. Mais je pense qu'il s'amuse à me provoquer pour se divertir de l'ennui et tester mes limites, et non pour me rabaisser plus bas que terre, comme le fait Enrico.

— Peut-être que c'est toi qui auras envie de danser pour moi, Ambroise.

Je peux presque l'entendre roucouler de plaisir.

— Attention, ça fait longtemps que je n'ai pas dansé avec une fille. Tu pourrais me donner envie de chanter, si tu es trop jolie.

Je lis entre les lignes, consciente qu'il ne flirte avec moi que pour tromper d'éventuels espions ; si je lui plais, il m'aidera. Si je lui fais mauvaise impression, je devrai me dépatouiller toute seule avec ma merde.

— Il paraît que je suis très douée pour faire chanter les hommes. *Tous* les hommes.

Une menace autant qu'une promesse. S'il pense qu'il peut continuer à me traiter comme une vulgaire poupée de chiffon que l'on balance d'un coin à l'autre d'Albuquerque, il se fourre le doigt dans l'œil. Et jusqu'au coude.

— Tu n'es pas la meilleure amie de Salomé pour rien, King.

Salomé. Mon cœur se serre et mes yeux s'embuent de larmes que je me refuse à laisser couler sur mes joues. Je n'aurais jamais cru qu'elle me trahirait pour aider son grand frère à assouvir ses plans de vengeance, mais à la lumière des dernières révélations, je me dis que... peut-être... elle savait que c'était le mieux pour moi.

— Et je n'oublie pas non plus que tu es la cousine de Vega.

Amie ou ennemie ?

Ambroise n'arrive pas à trancher et, honnêtement, moi non plus.

— Ne sois pas méchant avec moi, Ambroise, ou tu perdras une amie très gentille.

Un grognement moqueur me parvient de l'autre côté du téléphone.

— Je n'ai pas besoin d'amis, ma mignonne.

Je m'empresse de le contredire :

— On a tous besoin d'amis.

Ambroise marque une longue pause et j'attends, haletante, qu'il prenne sa décision : amie ou ennemie ? S'il m'envoie sur les roses, il signe notre arrêt de mort. S'il accepte de jouer le jeu, alors peut-être... oui, peut-être que l'on s'en sortira indemnes, lui et moi.

— Et notre loup ? Comment va-t-il ?

Je cligne des yeux, prise de court par le changement brutal de conversation.

— Il travaille comme mécanicien pour Jemar. Je crois qu'il est à sa place.

Et il a de l'or dans les mains. Ce matin, j'ai pu rendre la vieille Golf III à son propriétaire qui y était très attaché – un cadeau de sa défunte mère. J'ai reçu des éloges qui ont presque réussi à me faire rougir et, pour une fois, j'ai ressenti l'accomplissement d'un travail bien fait. Rien que pour ça, j'aurais pu embrasser Wolfgang.

— Oh ! Si près de toi ?

Je réplique du tac au tac, sans réfléchir :

— Je le garde à l'œil.

Dans tous les sens du terme, ajouté-je en moi-même, alors que l'immonde goût de la duplicité se répand sur ma langue.

— Encore ?

— Toujours.

Et c'est sûrement le plus triste, dans cette histoire. Je ne pourrai jamais arrêter de m'inquiéter pour lui, même s'il ne le mérite pas, et j'aurai toujours à cœur de le savoir... heureux. Au moins un peu.

— À très vite, King.

Je retiens difficilement un soupir soulagé.

— À très vite, Ambroise.

La première étape de mon plan s'est plutôt bien déroulée, même si le plus dur reste encore à faire – convaincre Jemar de m'ouvrir les portes de la prison de Santa Fe et... manipuler Ambroise afin qu'il me donne juste assez d'informations pour apaiser Enrico, en évitant au passage de nous causer encore plus d'ennuis.

Rassérénée, je me regarde dans le miroir et esquisse un sourire qui ne monte pas jusqu'à mes yeux noirs. Mes pupilles sont dilatées par un flot d'adrénaline qui colore aussi mes joues d'une obscure teinte rouge... *oh, rouge sang*.

Quand Enrico baissera sa garde, appâté par la mort d'Ambroise que je lui ferai judicieusement miroiter avec mes mensonges, je le tuerai.

Peut-être n'appuierai-je pas sur la gâchette.

Peut-être ne plongerai-je pas le couteau dans son cœur.

Peut-être ne verrai-je pas la mort voiler son regard gris.

Mais je saurai que sa vie lui échappe grâce à moi, et d'une manière ou d'une autre, sa mort portera mon emblème.

Seul un Roi peut en tuer un autre, et ce n'est pas pour rien que l'on me surnomme King.

Enrico n'aurait jamais dû menacer les miens.

— Bébé, t'es prête ? m'interpelle Danger de l'autre côté de la porte.

Un rictus de pure malveillance me monte aux lèvres.

Oh oui, je le suis...

20

UN PARI RISQUÉ

King

En me voyant sortir de la salle de bain, Danger s'immobilise à l'entrée de ma chambre et me dévisage, la bouche béante et l'air idiot.

Un sourire faussement modeste étire mes lèvres écarlates.

J'ai toujours aimé m'habiller de façon sensuelle et tape-à-l'œil. Les étoffes riches, les couleurs sombres et les vêtements moulants forment la première couche de l'armure qui me protège du reste du monde. Je ne comprendrai jamais pourquoi les femmes se sentent aussi mal à l'aise à l'idée de mettre leurs atouts en valeur ; le corps féminin est toujours beau lorsqu'il est traité avec déférence et amour. Ce n'est pas tant pour séduire que pour être séduite par l'image que me renvoie mon miroir que je fais attention à mon apparence. J'aime me plaire à moi-même avant toute chose, et je n'éprouve aucune honte à admettre que des sous-vêtements affriolants reboostent énormément ma confiance en moi. Je prends du plaisir à me faire belle, j'adore me sentir désirable dans de jolies petites robes, et ceux que ma féminité assumée dérange, je les emmerde royalement – *avec un grand sourire.*

— Tu es magnifique, King ! s'exclame Danger, en ceignant ma taille de ses grandes mains pour me faire tourner sur moi-même.

Je le gratifie d'un clin d'œil joueur en ondulant des hanches autour de lui.

— Tu n'es pas mal non plus, dans ton genre...

Vêtu d'un pantalon noir qui lui moule étroitement les cuisses, d'une chemise en coton d'une vibrante teinte bleue et d'une cravate argentée qui s'accorde à merveille aux paillettes grises qui illuminent ses prunelles, Danger est beau à se damner. Pendant un instant, je me sens chanceuse d'avoir réussi à conquérir le cœur d'un tel homme. Puis je me remémore l'hésitation dont il a fait preuve hier après-midi avant de me suivre, et ce sentiment chaleureux s'estompe au profit d'un abattement et d'une rancœur qui me brûlent la poitrine comme une giclée d'acide. C'est ridicule, j'en ai parfaitement conscience. Je ne couche pas avec lui, et il est libre d'aller chercher ailleurs ce que je me refuse à lui donner ici. Mais c'est plus fort que moi, comme une rengaine entêtante : je lui en veux d'avoir hésité et de m'avoir rappelé à quel point mon avenir avec lui est flou. Mon futur à ses côtés, incertain.

— J'ai hâte de te faire danser, me murmure-t-il à l'oreille.

Et tu n'es pas le seul...

Piquée au vif, je dissimule une grimace de contrariété en pinçant les lèvres, la tête baissée vers mes pieds. J'ai beau savoir qu'il n'a pas voulu se montrer désobligeant, la conversation abrupte que je viens de mener avec Ambroise m'a laissé le cœur avec plein de petits trous. Mon passé à écumer les clubs de striptease m'a sevrée de ce besoin presque cathartique que j'avais de danser, encore et encore, jusqu'au bout de la nuit, pour occulter le monde qui m'entourait et m'oublier moi-même sur le rythme d'une musique qui m'emportait ailleurs... oh, si loin de la misère crasse dans laquelle je me vautrais !

— Allons-y, ou nous risquons d'arriver en retard.

Pour fêter dignement son vingt-sixième anniversaire, Zex a réservé une table dans un petit bistro de notre quartier où les frites sont extraordinairement grasses et succulentes. Mon estomac bourdonne de plaisir rien qu'à la pensée de la délicieuse barquette de friture noyée sous la sauce mayonnaise que je vais m'enfiler ce soir, avec une bière bien fraîche et une énorme part de gâteau au chocolat.

— Toi, tu penses à la bouffe ! se moque Danger en m'accompagnant hors de ma chambre. Tu as de la bave au coin des lèvres.

Je le pousse du coude en riant, ravie de jouer avec lui pour me distraire de mes pensées noires, puis je l'attrape par la main pour le traîner derrière moi. Je m'accroche à la chaleur presque obscène de son corps – c'est agréable. Sa présence sulfureuse m'aide à lutter contre le froid inhabituel qui se répand dans mes veines à mesure que les secondes défilent sur le cadran digital de ma montre. J'ai un mauvais pressentiment, mais j'ignore d'où il me vient, et ça me tracasse plus que je ne saurais le dire...

Dans le salon, je retrouve Sonja et Asher, allongés l'un contre l'autre sur le canapé et occupés à déguster la compote de pommes que j'ai préparée la veille pour m'occuper l'esprit tandis que je songeais à toutes les filles avec lesquelles Wolf s'amusait... et à toutes celles qui auraient pu mieux convenir que moi à Danger.

— S'il y a le moindre souci, tu n'hésites pas à m'appeler, d'accord ? dis-je à Sonja pendant que Danger m'aide à enfiler ma veste.

Les yeux bleus de Sonja se mettent à pétiller de malice derrière sa longue frange blonde.

— Tu sais quoi, King ? Louez-vous une chambre en ville, ce soir. Je dormirai ici et m'occuperai d'Asher pendant que vous... prendrez un peu de temps pour vous *détendre*.

Je me sens rougir, le visage brûlant d'embarras, lorsque je surprends le regard plein d'espoir et de désir que me décoche Danger du coin de l'œil.

— Même pas en rêve ! le rabroué-je un peu vertement. On rentrera directement à la maison !

Loin de se vexer, Danger esquisse le sourire satisfait d'un chat qui s'apprête à gober une souris grasse et dodue.

— À la maison, ça me va aussi !

Je lève les yeux au ciel en feignant de ne pas entendre les gloussements idiots de Sonja.

Telle mère, tel fils.

Les joues toujours rosies par une gêne qui se transforme peu à peu en amusement, je me penche sur le canapé et embrasse mon petit bonhomme qui somnole en couche-culotte. Il me sourit et agite ses petits poings, à moitié dans les vapes. Je l'aime si fort que, l'espace d'une seconde, j'envisage très sérieusement de le prendre dans mes bras et de fuir le pays – peut-être même le continent. Mais je n'ai pas le droit de le retirer à sa véritable famille, même si mes intentions sont nobles. Et surtout pas pour le protéger de *mes emmerdes à moi*.

Tourmentée par un brutal vague à l'âme, je passe la bandoulière de mon sac en travers de mon épaule, prête à partir, et me tourne vers Danger. Son visage aux traits doux et familiers me donne la force de ravaler ma peur, ma colère contre moi-même et mes doutes. Je l'observe, l'âme légèrement apaisée, tandis qu'il serre sa mère dans ses bras... mais lorsqu'il n'ose pas s'approcher d'Asher, son propre fils, et qu'il se contente de lui souffler quelques mots d'amour près de l'oreille, mon cœur se brise en mille éclats tranchants.

Émue par sa détresse qui, même s'il l'ignore, fait écho à la mienne, j'entremêle mes doigts aux siens et lui colle un baiser sur la joue.

Surpris par ma démonstration d'affection, Danger tourne la tête vers moi et nos lèvres s'effleurent, une fois, deux fois, avant de se quitter à regret – autant pour lui que pour moi. Une tension palpable se met à enfler comme une tumeur maligne entre nous et, alors que je vois le bleu de ses yeux virer au noir obsidienne, je comprends dans un brusque éclair de lucidité que je vais le perdre.

Pas maintenant, mais bientôt...

Si je ne me décide pas à lui redonner une chance, il ne restera pas avec moi. Qu'importe ce qu'il me promet, je sais qu'il n'arrivera pas à m'attendre aussi longtemps qu'il aimerait à le croire. Danger est un être profondément charnel, tout en sang chaud – et même bouillant – et en testostérone portée à ébullition par son cœur trop impulsif. Il est une éruption volcanique là où Wolf est une tempête de neige.

Si je ne me consume pas avec lui, je gèlerai jusqu'à me brûler avec celui qui m'a déjà cryogénisé l'âme de son baiser glacé.

Sans un mot, nous sortons de l'appartement, main dans la main, troublés par nos pensées, nos hésitations, nos espoirs et nos craintes. Je sais pertinemment ce qu'il attend de moi, et je ne suis pas prête à le lui donner ; pas encore, pas maintenant. C'est à lui de voir si je vaux la peine qu'il s'accroche encore un peu...

Et honnêtement, non. Je ne le mérite pas. Parce que je ne l'aimerai jamais comme il voudrait que je l'aime. C'est-à-dire, comme j'ai aimé – *et aime peut-être encore* – Wolfgang.

— King... commence-t-il, alors que je me hisse sur le siège passager de son pickup rutilant. Si Wolf ne t'avait pas laissée tomber, est-ce que tu aurais continué à sortir avec lui ?

Sans attendre ma réponse, il démarre le moteur d'un violent tour de clé et s'engage dans les rues animées du centre-ville d'Albuquerque. La ville que j'aime et déteste à la fois, comme une victime du syndrome de Stockholm légèrement schizophrène sur les bords, est assombrie par la tombée d'une nuit où les embrouilles sentent le soufre et l'essence.

Pourvu que personne n'allume le feu...

— Est-ce que je l'aurais attendu jusqu'à la fin de sa condamnation ? C'est ça, la question que tu essaies de me poser ?

Danger hésite en se mordillant la lèvre inférieure. Inexplicablement impatiente, j'assène sans ambages :

— Oui.

Tu veux savoir à quel point j'ai été pathétique avec Wolf, n'est-ce pas ? Régale-toi.

— Oui, répété-je plus fort, en me sentant étrangement déloyale envers lui. Je l'aurais attendu six mois, six ans, soixante ans. Toute ma vie, s'il avait fallu en arriver jusque-là...

Danger se raidit sur son siège, blessé par mes aveux d'une sincérité trop brutale. Lorsqu'il s'arrête à un feu rouge et se recroqueville en chien de fusil, comme si je venais de lui décocher un uppercut à l'estomac, le front appuyé contre le volant, j'ai tellement mal au ventre que je pourrais en vomir sur mes chaussures.

— Putain ! Qu'est-ce qu'il a de plus que moi ? chuchote-t-il du bout des lèvres. Dis-le-moi. J'peux essayer de changer, tu sais.

Son murmure contient tant de souffrance et d'injustice que je plaque une main sur ma poitrine, accablée par le désespoir.

Son désespoir.

— Rien, lui avoué-je, une boule dans la gorge. Il n'a rien de plus que toi et je ne veux pas que tu changes. Tu es quelqu'un de bien, Danger. Et je t'aime, toi aussi. Mais c'est différent.

Si je l'avais rencontré en premier, ou si je n'avais jamais croisé le chemin de Wolfgang, peut-être Danger aurait-il été mon « grand amour ». Ou peut-être pas. Ce genre de choses ne se contrôlent malheureusement pas ; croyez-moi, j'ai pourtant essayé sans relâche de dompter les élans inconsidérés de mon cœur.

Toutefois, j'ai découvert auprès de Wolf un sentiment bien plus fort et viscéral que l'amour : la passion. Destructrice. Aveugle. Dévorante. Mortelle. Obscure. À double tranchant, pour s'y couper autant que s'y empaler. Dans le sang et les larmes, dans la douleur et le désespoir, elle a été l'unique rose à fleurir dans mon jardin des horreurs.

Mais la passion, c'est l'âme de l'amour. Et sans elle, l'amour n'est que... de l'amitié.

— Ne me quitte pas ! me supplie-t-il avec une brusquerie qui confine presque à la folie, tandis qu'une série de klaxons et de récriminations virulentes s'élèvent derrière nous.

Confuse, je m'aperçois que le feu est repassé au vert. Mais la seule chose que je vois, c'est la détresse dans les yeux de Danger.

— C'est toi qui vas me quitter, prédis-je, en le forçant à redémarrer pour faire taire les automobilistes impatients. On parie ce que tu veux là-dessus.

Une étincelle pas tout à fait rassurante s'allume dans ses prunelles.

— D'accord. Si je gagne, tu m'épouses.

Je ris jaune.

— Tu oses encore me parler de mariage après la mauvaise blague que tu m'as faite l'autre soir ?!

Il me gratifie d'un large sourire de connivence.

— Ce n'était pas une blague. Je prenais simplement la température avant de plonger tête la première dans le grand bain... Et mon petit doigt me souffle que tu ne refuserais pas ma proposition.

Je dirais même « oui » s'il me le proposait. Mais ça serait une erreur monumentale et il le sait, c'est pourquoi il n'abat pas cette dernière carte pour me contraindre à lui rouvrir mon cœur. Faire partie d'une famille. Avoir un mari. Avoir un enfant. Une maison à moi. Et peut-être un chien... C'est mon rêve le plus cher, le plus fou. Je veux appartenir à quelqu'un. J'ai *besoin* de relier ma vie à celle d'un autre. Et peut-être... oui, peut-être n'aurai-je plus le sentiment d'être aussi vide et... *perdue* dans cette existence trop difficile pour moi.

— Deal : si tu gagnes, je t'épouse, approuvé-je, alors qu'une idée lumineuse me traverse l'esprit. Mais si c'est moi qui gagne, alors tu me laisseras adopter officiellement Asher avant de te tirer de la maison.

Je retiens ma respiration, les yeux rivés à son profil de médaille. Mon cœur bat à cent à l'heure et le sang rugit à mes tempes dans un fracas qui parvient presque à couvrir le son de sa voix lorsqu'il riposte :

— Je ne me tirerai pas, King. Non, pas cette fois. Je compte rester avec vous. Avec toi. Pour toujours.

J'aimerais le croire, *vraiment*... mais peut-être qu'à l'instar d'Asher, je n'ai jamais pardonné à Danger de nous avoir abandonnés, ce jour-là, alors que l'on venait à peine de sortir de la maternité. Si ça avait été la première fois qu'il me faisait faux bond, j'aurais pu trouver la force d'en faire abstraction. Mais Danger a la fâcheuse habitude de se carapater quand les choses commencent à devenir trop compliquées ou trop sérieuses.

— Crois-moi, je te le prouverai, conclut-il, l'air résolu. Alors, OK : on a un deal, tous les deux. Si je gagne, tu m'épouses. Et si je perds, tu adoptes Asher.

Mon sang se transforme en lave dans mes veines ; j'ai terriblement chaud, tout à coup, et l'euphorie me fait tourner la tête dans tous les sens. C'est un pari gagnant-gagnant, pour moi. Dans tous les cas, je deviendrai officiellement la mère d'Asher.

Plus personne ne pourra me l'enlever. Quoi qu'il arrive, je serai là pour veiller sur lui, pour prendre soin de son petit cœur fragile. Il ne se sentira plus jamais seul, triste ou perdu. Et contrairement à sa génitrice, je ne le laisserai jamais être englouti par les vices cachés d'Albuquerque. Il est ma bouée de sauvetage, et je suis la sienne. Jusqu'à la fin.

Mon petit bonhomme... à moi pour toujours.

— *Deal* ! répété-je, surexcitée, en tapant dans la grande main brune aux extrémités calleuses que Danger vient de tendre vers moi.

Il s'empare de mes doigts et porte le dos de ma main à ses lèvres, qu'il embrasse en me regardant droit dans les yeux.

— Pour moi, c'est jusqu'à la mort, King, lâche-t-il avec une intensité qui m'effraie plus que je ne m'autorise à le lui montrer.

Ses paroles se heurtent à une partie inexplicablement craintive de mon âme. Mon mauvais pressentiment flambe sous la virulence des flammes dans ses yeux.

Ça sent le soufre et l'essence.

Ouais, songé-je, pétrifiée par la stupéfaction.

Danger se gare à l'entrée du parking jouxtant le bistro devant lequel Zex, Wolfgang et un grand blond que je ne connais pas, à l'allure débraillée de *biker*, se partagent un joint en compagnie de filles très jolies et... très peu vêtues.

Cette soirée pue l'embrouille.

21

SOIRÉE SOUS HAUTE TENSION

King

La fille à la minuscule robe rouge pendue au bras de Wolfgang est la première à remarquer notre présence. Son regard charbonneux se promène sur ma robe, coupée à la mode de la saison précédente, puis sur mes chaussures aux talons élimés, avant de tracer dédaigneusement les courbes de ma silhouette plus rondelette que la sienne, effilée comme celle d'un mannequin haute couture.

Un sourire narquois ourle ses lèvres artificiellement gonflées et, jugeant manifestement que je ne suis pas digne d'être considérée comme une rivale à sa beauté, elle se tourne vers Danger pour le gratifier d'une œillade ouvertement sexuelle.

Une colère sourde se met à gronder dans mon ventre, mais je dégaine mon plus joli sourire d'hypocrite et lui retourne son examen impoli. La vérité, c'est qu'elle est splendide dans le genre sylphide des temps modernes. Ses longs cheveux blonds et ses pommettes ciselées n'ont rien à envier à ma tignasse hirsute et à mes joues rebondies. Toutefois, j'ai envie d'être aussi insultante qu'elle l'a été avec moi, et comme je suis la reine de la simulation, je n'ai besoin que d'un simple pincement des lèvres pour lui faire perdre sa belle assurance. En revanche... je crois... Non, je suis certaine de la connaître. Une chose dans la forme parfaite de son visage et l'éclat grisâtre de ses yeux me semble terriblement familière...

Une piste de danse enfumée, un string rose à paillettes et des cache-tétons en forme de pointes. Les jambes enroulées autour de la barre verticale, elle me décoche un sourire venimeux en voyant mes genoux trembler et crie par-dessus la musique :

— Enrico t'a laissé un petit mot, sale chienne. Prends-le et dégage de là !

La haine – voilà ce que j'ai reconnu chez elle.

Cette fille dont je ne me souviens plus du nom est l'une des danseuses préférées d'Enrico et, a priori, elle me déteste toujours autant...

— Ah ! Vous êtes enfin là ! On commençait à s'impatienter ! grommelle Zex, déjà passablement éméché, en trottinant jusqu'à nous. Waouh ! King ! T'es jolie !

Mon collègue se penche vers moi pour déposer un baiser fraternel sur mon front tandis que je lui souhaite un joyeux anniversaire d'une voix robotique. Il sent l'herbe, la fumée rance du tabac froid et l'alcool frelaté. Une odeur de débauche que j'associe systématiquement à mes premières années de vie auprès de ma mère. La sensation de nausée s'intensifie dans mon ventre, une fine pellicule de sueur humidifie mon front, mais je serre les dents et lutte de toutes mes forces contre la brusque montée de panique qui bouillonne à l'intérieur de moi. J'ai les nerfs en pelote.

La présence immuable de Danger, pressé contre mon dos, est la seule chose qui m'empêche de tourner les talons. Son soutien silencieux me rassérène suffisamment pour que je consente à me prêter au cirque des bonnes manières : sourire, dire bonjour, comment ça va, oui, moi non plus, je n'en ai rien à foutre, puis se présenter en quelques mots polis. Et surtout, me retenir de planter mes griffes dans les yeux de la blonde qui s'accroche désespérément au bras de mon ex-copain en lorgnant sur l'homme qui partage actuellement ma vie.

Une blonde qui mène un double-jeu aussi dangereux que le mien...

Désolée, chérie. Mais je ne te laisserai pas marcher sur mes plates-bandes.

— Alors c'est toi, la fameuse King ? se marre le grand blond débraillé aux cheveux trop longs et au début de barbe broussailleuse. Je suis un peu déçu. Je t'imaginais plus grande.

Ne. Pas. S'emporter.

J'oblige mes lèvres à se mouvoir vers le haut de mes joues pour former ce qui, je l'espère, est un rictus bienveillant.

— Tu sais ce que l'on dit : quand on sait ce que l'on fait, la taille ne compte pas.

Le motard cligne des yeux, perplexe. Son regard erre sur les rondeurs de mon corps, sans pudeur, et s'arrête sur mes seins lorsqu'il me demande d'un ton sarcastique :

— Et s'il y a bien une fille qui sache le faire, c'est toi... n'est-ce pas ?

Danger et Wolfgang affichent la même grimace comique, presque grotesque, mais je ne me démonte pas.

Rester. Calme. Et. Polie.

L'insulte me blesse ; il semblerait que mon passé se plaise à revenir sur le devant de la scène, aujourd'hui. Wolfgang a visiblement raconté les grandes lignes de notre histoire tumultueuse à son ami, et l'opinion qu'il s'est forgée sur moi est aussi négative que l'on pouvait s'y attendre. À ses yeux, je ne suis qu'une pute au rabais qui a trompé son petit ami avec la moitié de la ville.

Tu te méprends fortement à mon sujet, le blondinet... J'ai encaissé un maximum de tunes pour sauver les fesses de ton pote !

Une furieuse envie de rire me saisit à la gorge et fait ressortir mon plus beau sourire arrogant. Après l'avoir jaugé de la tête aux pieds, en insistant sur sa braguette, j'articule avec un dédain ostensible :

— Je sais surtout *ce que je ne veux pas* me faire.

Un moment de flottement ponctue ma repartie cinglante,

trempée dans le vitriol. Le rouge de la rage m'embrase le visage d'une chaleur à faire fondre l'acier, et alors que je suis prête à cracher des flammes, l'éclat de rire spontané et agréable du blondinet éteint progressivement les braises de ma colère.

— Wolf m'avait prévenu que tu avais la langue piquante... lâche-t-il en reprenant son souffle. Je suppose que je ne le croyais pas lorsqu'il prétendait qu'une fille aussi mignonne que toi pouvait être plus hargneuse qu'une teigne.

J'ai un mouvement de recul en totale contradiction avec l'émotion qui m'étreint la poitrine : y a-t-il vraiment de l'admiration dans sa voix ?

— Je n'ai jamais dit que... commence Wolf, pour se défendre, avant d'être interrompu par son ami.

La main tendue vers moi, il se présente :

— Jéricho Torres. Je suis enchanté de faire ta connaissance, King.

Je glisse ma main dans la sienne, méfiante. Sur mes gardes. Il y a un truc qui cloche chez ce type. Mon côté sombre reconnaît le sien.

— Je ne me présente pas. J'ai l'impression que tu en sais déjà long sur moi.

Jéricho me gratifie d'un clin d'œil joueur qui parvient presque à me dérider.

— Le plus ennuyeux, seulement, tempère-t-il avec l'espièglerie d'un enfant roublard. Le reste, j'ai hâte de le découvrir par moi-même.

Est-ce qu'il me drague ou je rêve ?

Wolfgang doit s'être fait la même réflexion que moi, parce que le coup de coude qu'il lui balance dans les côtes est d'une telle puissance qu'il l'envoie valser sur le côté, où attendent deux autres filles plutôt jolies en petites robes de soirée. Je ne les connais pas, celles-là. Mais ça ne veut rien dire...

Enrico a visiblement placé ses pions sur l'échiquier, à la recherche d'une faille qui lui permettra de faire échec et mat.

— C'est qui, ce mec ? grogne Danger à l'intention de Zex,

Wolfgang et sa fatale conquête. J'suis pas sûr de l'aimer !

Peut-être est-ce une réaction idiote, mais sa jalousie me flatte. C'est plutôt l'inverse qui se produit, d'habitude. Danger est un aimant à filles. Où qu'il aille, les petites culottes tombent sur son passage et les propositions licencieuses abondent sur toutes les lèvres – vraiment *toutes* les lèvres... à commencer par celles qui ne parlent pas !

— C'est mon colocataire. Il est bourré. Ne t'occupe pas de lui.

Wolfgang frotte la partie tatouée de son crâne, l'air embêté. Avec sa veste en jean défoncée, son t-shirt blanc étiré au col, son pantalon noir trop serré aux chevilles et ses Dr. Martens cloutées, il est sexy à mourir dans le genre grunge à la Kurt Cobain.

— On fête l'anniversaire de Zex depuis hier soir, et je crois qu'on n'a pas vraiment dessoûlé de la journée.

D'où le parfum « *pilier de bar et vieilles cacahuètes* » qu'ils exhalent par tous les pores.

Quelle délicieuse soirée en perspective !

Zex étouffe un rot avec son poing.

— Ces deux gars-là sont mes nouveaux meilleurs potes !

Danger tique, mécontent. Jaloux, encore. De s'être fait voler le titre de meilleur ami par deux mecs sortis de nulle part ou de ne pas avoir été faire la fête avec eux ?

— Même si je te préfère toujours, D ! le rassure-t-il, mort de rire, en s'agrippant à son épaule pour se stabiliser.

— Hé ! s'offusque Jéricho, les bras enroulés autour de la taille des deux filles muettes. Après toutes les bières qu'on a partagées, mec ? T'es pas sympa...

Zex gratifie Danger d'une vigoureuse claque dans le dos qui le pousse contre moi... et me fait trébucher directement dans les bras de Wolfgang.

— Je n'ai pas partagé que des bières, avec ce mec ! glousse Zex, complètement bourré, alors que les oreilles de Danger virent au rouge pivoine.

Le souffle alcoolisé de Wolfgang s'écrase contre ma joue tandis que je sens les battements de son cœur s'accélérer sous la paume de ma main. Nos corps sont plaqués l'un contre l'autre, des épaules aux genoux. Je peux même discerner les contours durs et virils de sa...

Mierda !

Comme si je venais de me brûler à la plaque d'un fer à repasser, je bondis hors de son étreinte, affolée par la sensation de chaleur humide qui coule en moi, avant de m'emmêler les chevilles avec celles de sa conquête. Basculant vers l'arrière, je m'étale sur les fesses en plein milieu du trottoir bondé.

La scène n'a duré qu'une minuscule seconde, mais j'ai l'impression que tous les passants ont les yeux braqués sur moi, la mine hilare et moqueuse. Sans me laisser le temps d'encaisser le ridicule de la situation, une paire de mains froides se glisse sous mes aisselles et me hisse sur mes jambes tremblantes.

Un regard bleu polaire plonge en moi et me vrille jusqu'à l'âme. Une flamme si froide qu'elle en devient brûlante. Un souffle glacial qui me marque la peau comme au fer rouge. C'est l'une des rares tempêtes de neige que connaîtra ce désert de sable et de sang.

Wolfgang Müller est en colère.

— Tu t'es fait mal, *mein Schatz ?*

Un frisson de pure extase dégringole le long de ma colonne vertébrale. Mes poils se hérissent, mes tétons se redressent. Tous mes organes vitaux se mettent à fondre tandis que ma température corporelle augmente de façon exponentielle. Le passé se télescope avecs le présent et, l'espace d'un instant, j'ai dix-sept ans, je suis amoureuse et Wolfgang ne m'a jamais quittée.

Je suis son hirondelle, il est mon loup. Et alors qu'il devrait me dévorer toute crue, il me garde contre lui et m'offre un nid où je me sens enfin en sécurité.

— Non, parviens-je à articuler, la respiration haletante. Non, je n'ai rien. Je vais bien.

Mais la sécurité, c'était un mensonge. Et le nid, un piège où me retenir contre mon gré pendant qu'il chassait des proies trop grosses pour lui.

Je baisse la tête et fixe la main qu'il a enroulée autour de mon poignet.

— Tu peux me lâcher, maintenant.

Wolfgang pose son autre main, toujours aussi froide, sur celle que j'ai glissée sous sa veste pour m'agripper à son t-shirt blanc floqué d'une horrible tête de mort sanguinolente. Ce dessin de mauvais goût me rappelle les menaces d'Enrico qui planent au-dessus de nos têtes. Mon envie de me blottir contre lui expire son dernier souffle sur les lèvres des souvenirs qui me mordent cruellement.

— Si tu ne me lâches pas… commence-t-il à chuchoter en se rapprochant de moi, la bouche à quelques centimètres de mon oreille… je ne te lâcherai pas.

Mon cœur s'arrête de battre.

Connard, connard, connard.

Pourquoi prononce-t-il les seuls mots qu'il n'a pas le droit d'utiliser contre moi ? J'ai tenu toutes les promesses que je lui ai faites – sauf une, mais c'était pour lui sauver la vie. C'est lui qui s'est parjuré en renonçant aussi vite, sans chercher à savoir ce que mon silence meurtri essayait de lui épargner.

— Bon ! C'est fini, là ! intervient Danger en me tirant vers lui pour me forcer à mettre de la distance avec Wolfgang. Je crève la dalle…

Je suis la première à lâcher, cette fois. Wolfgang n'essaie pas de me retenir ; et pourquoi le ferait-il ? Dès que je recule, la blonde lui saute dessus et s'enroule autour de lui comme un ruban de scotch.

— Karla… grogne-t-il, en secouant son bras comme s'il tentait de l'en déloger.

Karla Fridolf.

Son nom explose comme une bombe nucléaire à l'intérieur de ma tête, et l'horreur me broie le cœur tandis que je la regarde droit dans les yeux pour lui faire comprendre que je l'ai reconnue.

Ce n'est pas *tout à fait* une pute. C'est aussi – et surtout – l'une des filles à avoir grandi dans la même famille d'accueil qu'Enrico.

Une prédatrice de la pire espèce : les veuves noires. Et comme ces araignées meurtrières, Karla se traîne une sale réputation de cannibalisme sexuel.

Si elle te baise, t'es mort.

Son sourire aiguisé m'entaille la carotide – une menace explicite.

Elle et moi, on est censées être dans le même camp : les pions noirs d'Enrico. Et visiblement, ça la dérange autant que moi... même si nos raisons sont complètement différentes.

C'est moi qui vais te baiser et te bouffer la tête, salope !

Échangeant des regards en chiens de faïence, nous suivons la bande et entrons dans le restaurant, où nous nous installons à une table réservée à l'avance par Zex, près de la fenêtre. Avant de nous asseoir, et alors que Danger m'aide à ôter ma veste, Karla me gratifie d'un clin d'œil dans le dos des garçons qui me glace le sang à l'intérieur des veines. Sous la table, elle profite du fait que la conversation soit monopolisée par les discours enflammés de Jéricho sur les différentes sortes de bières pour me balancer un coup de pied vicieux dans le tibia. Puis elle se colle à Wolf, qu'elle embrasse doucement à la commissure des lèvres.

Cet idiot ne dit rien, même s'il n'a pas l'air à l'aise d'être acculé de la sorte, telle une proie sacrificielle.

— Ce soir, c'est moi ton dessert ! fait-elle mine de lui chuchoter à l'oreille d'une voix volontairement forte pour que je n'en perde pas une miette.

Elle coule une œillade satisfaite dans ma direction, et je comprends que la bagarre est inévitable. Je souris de travers, les lèvres retroussées sur mes dents, prête à la tailler en pièces.

La nuit, d'une façon ou d'une autre, s'achèvera par une baston de filles.

22
BASTON DE FILLES

Wolf

Le dîner est un véritable cauchemar. Zex et Jéricho sont bourrés et beuglent des insanités toutes les deux secondes, Danger se colle à King comme un putain de morpion, et Karla, la fille qui m'a sucé quand je suis sorti de taule, me suit à la trace depuis que l'on s'est recroisés à la fête de Jéricho. Heureusement, la bouffe est excellente, la bière goûteuse et le décolleté de King, assise en face de moi, suffisamment affriolant pour que je m'y perde en attendant que la mascarade se termine.

— On sort en boîte, les gars ? s'écrie Jéricho au moment du dessert, comme s'il venait d'avoir la meilleure idée de sa putain de vie. J'ai envie de danser avec mes deux petites chéries.

Les filles assises près de lui se mettent à glousser, presque aussi ivres que mon ami. J'ai beau tirer une tronche d'enterrement en secouant sèchement la tête, personne ne m'écoute et, quinze minutes plus tard, notre groupe quitte le restaurant pour la boîte de nuit préférée de Karla, située à deux pâtés de maisons. Nous y allons à pied, bien que la température extérieure soit un peu fraîche pour la saison. Malgré ma veste et mon t-shirt en coton, je frissonne, transi de froid, et glisse mes mains dans les poches de mon pantalon. Devant moi, King chancèle sur ses talons hauts, légèrement pompette après les cinq bières qu'elle s'est enfilées comme de l'eau, et Danger la rattrape avant qu'elle bascule une nouvelle fois sur les fesses.

Et quelle belle paire de fesses... songé-je en suivant leurs mouvements chaloupés d'un regard gourmand.

Les réminiscences de son corps heurtant le mien parviennent à me réchauffer le sang. Je sens encore la courbe plantureuse de ses seins pressés contre mon torse, le frottement involontairement sensuel de ses hanches appuyées contre mon bas-ventre et l'effleurement timide de son souffle sur ma peau embrasée par le désir.

— Alors... soupire Karla, en resserrant son emprise étouffante autour de moi. C'est quoi, ton histoire avec cette fille ?

Distrait par les pensées licencieuses qui m'occupent l'esprit, je lui jette un regard agacé et continue à marcher sans répondre à sa question indiscrète. Ce n'est pas parce qu'on a partagé un petit moment olé olé que je suis prêt à lui déballer ma vie.

La pipe n'était pas suffisamment bonne pour me délier la langue.

— T'es vraiment une tombe, toi.

Je hausse les épaules, faussement contrit. Je n'ai rien contre elle, mais elle commence à me soûler. Notre intermède sensuel m'a laissé sur ma faim, si bien que ses propositions de remettre le couvert me laissent complètement indifférent et, alors que l'on aurait pu devenir amis, je n'ai pas du tout apprécié le croche-pied qu'elle a fait à King, sur le parking.

Karla ressemble à une poupée Barbie shootée au crack, et ce n'est pas du tout mon style ; trop sournoise, pas assez garce.

J'aime les filles qui ont plus de tempérament. En fait, j'aime surtout les filles qui ont une longue chevelure sombre et indomptable, une langue piquante et des yeux noirs à vous mitrailler le crâne comme une cible de tirs.

— Vous êtes sortis ensemble, non ? revient-elle à la charge, à l'instar d'une petite copine jalouse et possessive.

Je suis de moins en moins à l'aise avec elle, et si elle persiste sur cette voie sans issue, je vais finir par être à court de patience. J'ai une sainte horreur de blesser les filles qui ne m'ont rien fait de mal, mais son interrogatoire assommant sur King m'énerve au plus haut point.

— Y'a longtemps. C'est de l'histoire ancienne.

Elle ricane dans sa barbe.

— Ouais, ouais. C'est ça... Tu devrais peut-être la mettre au courant, parce qu'elle te regarde comme si tu lui appartenais toujours.

À quelques mètres sur notre gauche, les néons de la discothèque illuminent le trottoir de diverses couleurs allant du rouge sanguin au rose fluorescent, en passant par l'orange criard des uniformes de prisonniers. Le Candy'B, avec sa façade vulgaire et ringarde, ressemble à l'enfant non désiré d'un club de striptease et du bal de promo d'un lycée de campagne.

— Ah bon ? demandé-je innocemment, en feignant le désintérêt. C'est l'impression qu'elle donne ?

Les doigts de Karla se crispent sur mon avant-bras tandis qu'on se range au bout de la file d'attente interminable, derrière Danger, King et Zex. Plus loin devant eux, je surprends Jéricho murmurer des cochonneries à l'oreille de l'une de ses conquêtes.

Au moins, il y en a un qui s'amuse...

— Ouais, grogne Karla, en vrillant un regard haineux sur l'arrière du crâne de King. C'est même plus qu'une impression.

Un silence inconfortable s'installe – de mon côté, du moins. Karla ne semble pas s'en formaliser. Au contraire. Elle me caresse le torse par-dessus mon t-shirt en s'émerveillant bruyamment sur la dureté de mes abdominaux, le tracé viril de mes tatouages à l'encre noire et le côté « méchant garçon » de mes piercings aux tétons. J'endure stoïquement l'inventaire lourdingue des attributs physiques qu'elle préfère chez moi ; ma bite n'arrive qu'à la troisième place, devancée par mes yeux et mes lèvres. C'est un peu vexant, mais je me borne à faire la sourde oreille, affreusement gêné.

Et c'est de pire en pire lorsqu'elle se met à énumérer, une par une *et* dans les moindres détails, toutes les positions sexuelles qu'elle a l'intention de tester avec moi, ce soir.

— Est-ce que tu savais que lors d'une éjaculation, le sperme est expulsé à trente miles à l'heure... Soit la même vitesse qu'une voiture en ville !

Un court moment de flottement m'embrume le cerveau. *Hein ?* Puis mes connexions neuronales s'enclenchent dans une avalanche d'incrédulité qui me laisse sans voix. Je baisse les yeux vers Karla, la bouche ouverte... mais le bruyant éclat de rire de King me coupe dans mon élan. Et c'est tout aussi bien, parce que je n'ai aucune idée de ce qu'il faut répondre à ce genre de conneries.

Les yeux brillants de larmes, King se tourne vers Karla. Je suis de plus en plus embarrassé par la tournure bizarre que s'obstine à prendre la soirée, et je n'ai plus qu'un seul désir : rentrer à la maison et me mettre au lit, où je pourrai tranquillement rêvasser à ce que je crève d'envie d'infliger à la bouche narquoise de mon ex-copine.

— C'est comme ça que tu dragues, Karla ? se moque-t-elle dans un reniflement de mépris. Je comprends mieux pourquoi il persiste à faire appel à moi.

Je fronce les sourcils, intrigué par la dernière phrase. C'est étrange, mais je n'ai pas l'impression qu'elle parle de moi.

Le teint de porcelaine de Karla vire à l'écarlate. Ses yeux teigneux se plissent dans une expression de haine pure et de rage meurtrière qui me plombent l'estomac d'un mauvais pressentiment.

Il y a un lourd passif, entre elles.

— Ta réputation te précède, King. Être la meilleure pute de la ville n'est pas un titre très reluisant. Je te le laisse avec plaisir.

Le sourire de King se fige tandis que Danger s'interpose entre les filles, prêtes à se sauter à la gorge.

— Vous vous connaissez, toutes les deux ?

Karla roucoule à l'intention de Danger, tout en le caressant d'un regard ardent :

— Qui ne connaît pas King ? Elle s'est fait tringler par la moitié de la ville ! Ça laisse forcément des traces.

Loin de se vexer, King rit encore plus fort.

— C'est l'hôpital qui se fout de la charité, chérie ! L'autre moitié, c'est ton cul qu'elle a raboté !

Je grimace en entendant la foule se mettre à rire de bon cœur. Ils ont tous les yeux braqués sur nous, dévorés par la curiosité, alors que je déteste être au centre de l'attention.

— Moi, au moins, je n'ai jamais rampé devant personne ! crache Karla avec un dégoût manifeste. T'es tombée si bas, Tempérance, que tu ne mérites même plus qu'on t'appelle « King » !

Les traits si gracieux de King se durcissent pour former le visage le plus cruel et haineux que j'aie vu de toute ma vie. Une peur irrationnelle me lacère l'abdomen et je tends instinctivement le bras vers Karla pour la faire reculer d'un pas, hors de la portée des poings ou des dents de mon ex-copine.

J'ai fait de la taule avec des gars qui donneraient des cauchemars à des vétérans de la guerre du Vietnam. J'ai dormi à quelques mètres, à peine, d'un type qui adorait bouffer – *littéralement* – des chatons pour le petit déjeuner, et un autre qui traquait les enfants de dix ans comme des perdrix... Pourtant, ces tarés n'ont jamais réussi à me foutre la trouille comme King parvient à le faire d'un simple regard.

La mort brille dans ses yeux noirs aux pupilles fixes et dilatées. Dans la nuit agitée, et sous l'éclairage psychédélique des néons fluorescents, j'assiste, complètement impuissant, à la transformation de ma jolie petite hirondelle en vilain corbeau.

— Je ne reculerai devant rien pour survivre, Karla. Tu devrais peut-être t'en souvenir, à l'avenir... réplique-t-elle calmement.

Trop calmement.

Je m'éloigne encore d'un pas, entraînant involontairement Karla dans mon sillage. Danger, qui a compris que King avait atteint ses limites, passe un bras autour de ses épaules et l'attire contre lui, avant de plaquer un baiser sur le coin de ses lèvres. Il s'attarde près de sa bouche, caresse sa joue, cajole son petit corps agité par la colère en murmurant des mots doux à son oreille. L'éclair de jalousie qui me foudroie de la tête aux pieds est si violent qu'il me laisse étourdi et... *anxieux.*

Ont-ils décidé de se laisser une autre chance ?

Dans un état de confusion avancée que j'attribue davantage à l'alcool qu'à King, je m'entends pousser un grognement enragé. Heureusement, mon cri du cœur se confond avec le beuglement d'alcoolique que pousse Jéricho, près des videurs, pour nous faire signe d'entrer dans la boîte. Pendant un instant, King refuse de bouger, les bras croisés sur la poitrine et le regard résolument braqué sur Karla, qui se dandine contre moi pour essayer de la fuir sans perdre la face.

Viens, chérie. Approche-toi de mes poings ! semble-t-elle la défier avec ses yeux noirs.

Mais la blonde n'est pas complètement folle, et après avoir baissé la tête vers ses pieds, elle marmonne :

— Bon... On entre, ou quoi ?

King pince les lèvres, déçue que la bagarre ait été évitée de justesse. Une étincelle malveillante persiste néanmoins à briller dans ses prunelles opaques. Sans un mot, elle cède sa main à Danger et l'autorise à l'escorter à l'intérieur de la boîte. Ils disparaissent dans la foule, me laissant à la traîne.

— Salope... l'insulte Karla, agrippée à ma veste. Espèce de grosse salope.

J'étouffe un soupir, décroche ses doigts les uns après les autres de mon avant-bras et pénètre à mon tour dans le vestiaire de la discothèque. Karla continue à regimber dans sa barbe, consciente d'avoir été humiliée par King. Avant de me suivre, elle embrasse le videur sur la joue, et j'entends le colosse lui demander de transmettre ses respects à son chef.

Indifférent à sa présence, je tends ma veste à la guichetière en échange d'un ticket et, sans l'attendre, j'entre directement sur la piste de danse. La boîte est noyée sous les corps transpirants qui ondulent au rythme de la musique lascive volontairement évocatrice. Il me faut une longue minute pour repérer la touffe de cheveux hirsutes de Jéricho, attablé à l'autre bout de la piste, dans un coin relativement sécurisé – sûrement le carré VIP. Je traverse la mer malodorante des noceurs en jurant à chaque fois qu'une paire de seins ou de couilles se frotte contre mon dos et mes fesses. Soudain, un doigt se glisse dans la ceinture de mon jean : c'est Karla, qui se fait bousculer dans tous les sens par des mecs aux mains baladeuses. Compatissant à son sort, je mets de côté mon exaspération et l'attire sous mon bras pour la faire passer devant moi, à l'abri des attouchements indésirables. Elle me jette un regard sincèrement surpris par-dessus son épaule, et je bougonne quelques paroles incompréhensibles en lui montrant la table où nos amis – *et ennemis* – se sont installés.

— Merci, Wolfgang, souffle-t-elle lorsqu'on arrive à l'entrée du carré VIP.

Elle se hisse sur la pointe des pieds pour atteindre mon visage, et je la regarde, perplexe.

— De ri...

Ses lèvres s'écrasent brutalement contre les miennes, et nos dents se heurtent dans un bruit de fissure qui me ratatine les couilles dans mon caleçon. La douleur lancinante qui pulse dans mes molaires fait courir une violente impulsion électrique à travers mes gencives. Sans subtilité, et alors que j'ouvre la bouche pour l'envoyer au diable, elle enfonce sa langue au fond de ma gorge, verrouille ses mains autour de mon cou en plaquant le bas de son corps contre le mien, et me roule une pelle où il y a plus de salive que de baiser. Sa jambe droite s'enroule autour de ma hanche tandis qu'elle m'escalade comme un tronc d'arbre, et le talon aiguille de sa chaussure se plante dans ma cuisse. On est tellement proches l'un de l'autre que je sens la chaleur moite de son sexe à travers ma braguette, et loin de m'exciter, son manque de subtilité suffit à faire retomber la demi-molle que je me traîne depuis que j'ai pris King dans mes bras.

— Putain ! grogne une voix rauque après m'avoir envoyé un méchant coup de poing dans les reins. Libère-moi le passage, espèce de connard !

Un autre coup rageur me laboure le bas du dos.

— Deux minutes ! râlé-je en reprenant mon souffle, secrètement soulagé d'avoir un prétexte pour me débarrasser de Karla.

Je repousse la blonde sans ménagement, m'essuie la bouche d'un revers de la main et me tourne vers... *Et merde !* King, furibarde, qui profite de ma stupéfaction pour m'envoyer un troisième coup de poing dans le bide. Cette fois, elle vise mon estomac, et les bières que j'ai sifflées au restaurant protestent en me soulevant les tripes.

— Tu es une cause perdue, Wolfgang ! m'assène-t-elle d'une voix blanche avant de me bousculer d'un puissant revers de l'épaule pour s'enfuir à toutes jambes, tremblante de rage, vers la sortie.

— Tu vois ? se réjouit Karla en époussetant sa robe minuscule. Elle crève de jalousie. Pauvre Danger ! Il semble vraiment amoureux, lui.

Je n'arrive pas à retenir les mots qui sortent de ma bouche – et honnêtement, je n'essaie même plus d'être poli.

— Ferme ta gueule, OK ? Ça suffit !

La blonde a le culot d'afficher une expression scandalisée, mais je l'ignore et tourne les talons, à la poursuite de King. Avant de faire volte-face, j'ai le temps d'apercevoir le regard lugubre de Danger, qui broie du noir devant l'énorme carte des cocktails, et l'avertissement silencieux de Jéricho, qui affiche un visage étrangement sérieux pour un homme sur le point d'entamer une partouze.

N'y va pas. Ne la suis pas. N'entre pas dans son jeu ou elle va te briser encore une fois le cœur.

Ouais, c'est ça...

J'y vais. Je la suis. J'entre dans son jeu, car mon cœur n'a jamais quitté la partie.

Il n'a jamais oublié King.

La foule l'engloutit et je la perds pendant quelques minutes. Un élan de panique me rigidifie le corps, mais je l'étouffe dans l'œuf, impitoyable envers moi-même. Ce n'est pas le moment de douter, il est l'heure d'agir. Je presse l'allure, distribue des coups de coude à la pelle et écrabouille des orteils en pestant contre tous les crétins qui osent se mettre en travers de mon chemin. Je suis presque arrivé au bout de la piste lorsque je repère son chignon de boucles brunes.

King change de direction, étonnamment rapide pour une fille juchée sur de telles échasses, et court plus qu'elle ne marche en direction des toilettes pour femmes. Je suis à deux doigts de la rattraper lorsqu'elle me claque la porte au nez. Heureusement, il n'y a pas de verrou, et personne ne m'arrête quand j'entre à sa suite, prêt à en découdre. Surpris de trouver les toilettes vides, je freine des quatre fers et... *Vlan !*

Une gifle monumentale fait partir ma tête sur le côté tandis qu'un goût de rouille m'inonde la bouche. Les cloches de Pâques résonnent sous mon crâne dans un vacarme infernal et, dans le brouhaha assourdi de mes perceptions, je sens deux mains puissantes m'agripper par les épaules pour me repousser sans douceur contre la porte close.

— Est-ce que tu essaies de te faire tuer, putain ?! Hein ? C'est ça ? T'as envie de mourir, Wolf ? Parce que si c'est le cas, laisse-moi en dehors de tes conneries !

Cette explosion de rage m'estomaque tellement que je ne trouve rien à répondre. J'encaisse une nouvelle salve d'insultes qui n'ont pas de sens, toujours sonné par la gifle, et observe attentivement le visage défait de King. Sous la colère, il y a de la tristesse. Et derrière la tristesse, de la peur.

Une peur panique.

— Arrête de crier et explique-toi, *mein Schatz*. Je ne te comprends pas.

Comme à chaque fois que j'utilise le surnom que j'employais lorsque l'on formait un couple, ses traits s'adoucissent d'un plaisir qui en dit long sur la profondeur de nos sentiments passés.

— La fille avec qui tu sors, là... Ne me dis pas que tu ne sais pas qui c'est ?!

Je sens la porte trembler dans mon dos, comme si quelqu'un essayait d'entrer, mais je ne bouge pas. Appuyée contre moi, le visage à quelques centimètres du mien, il n'y a qu'un souffle qui me sépare des lèvres tentatrices de King. Et le plus délicieux, c'est qu'elle ne s'aperçoit même pas qu'elle a trouvé refuge dans mes bras. C'est toujours aussi évident, pour nous, de fusionner nos corps dans la tourmente.

— Putain ! Tu m'écoutes ou quoi ?!

Je cligne des yeux, pris en flagrant délit.

— Si tu veux que je t'écoute, recule-toi d'un pas. Sentir tes seins contre mon torse, ça me fait bander comme un fou.

King sursaute, choquée, et ses joues s'empourprent violemment lorsqu'elle abaisse son regard sur l'érection qui dresse un chapiteau de cirque dans mon pantalon.

Dans un coin de ma tête, je suis ému qu'après tous les sévices qu'elle a endurés, elle soit encore capable de rougir pour une bêtise.

— T'es à la masse, Wolf... gémit-elle, incapable de se détourner de mon sexe qu'elle contemple d'un œil gourmand. C'est du sérieux, là.

Si c'était humainement possible, je jurerais que je durcis encore un peu plus dans mon caleçon. Mais je me suis déjà complètement déployé pour elle. À cause d'elle. Dans le vain espoir d'aller m'anéantir une bonne fois pour toutes... en elle.

— Je ne la connais pas, lui avoué-je en reprenant le fil de notre conversation, les yeux rivés sur le plafond pour m'empêcher de jouir dans mon pantalon. C'est l'amie d'une amie à Jéricho.

Garde-la dans ton froc.

La seule condition que Jemar m'a imposée pour que je puisse conserver mon nouveau boulot est sur le point de voler en éclats.

Garde-la dans ton froc !

Six ans que je n'ai plus été en elle. Six ans que je n'ai plus goûté à la chair moite d'une femme. Six ans que je me masturbe en essayant de recréer le souvenir du paradis humide de King.

J'suis pas un saint, moi... j'suis un pécheur, putain !

— Pourquoi ? demandé-je, soudainement alarmé, en glissant un doigt sous son menton pour la forcer à me regarder dans les yeux. Qu'est-ce que tu me caches, King ?

Les pupilles dilatées, elle s'humidifie les lèvres de la pointe rose de sa langue. Mon estomac se contracte sous l'impact à couper le souffle de la luxure, de l'envie, de la passion.

— C'est Karla. La veuve noire d'Albuquerque.

Je bats des cils, interdit.

— Putain ! C'est de pire en pire ! rit-elle comme une hystérique. Tu ne te renseignais pas sur les gens avec qui tu travaillais, à l'époque ?

— J'étais le chauffeur, King. Pas le cerveau.

Elle me toise avec dédain.

— C'est clair : tu n'as pas de cervelle !

Je fronce les sourcils, agacé par cette insulte plus que méritée. À ma décharge, j'avais dix-neuf ans et aucune connaissance de la délinquance. Moi, je roulais comme un fangio, je connaissais le circuit de la police et surtout, je savais où et comment semer les patrouilles. Mes qualités de chauffeur n'ont jamais été à prouver.

Celles de voleur, en revanche...

— Bon ! Qu'est-ce que tu crois qu'elle va me faire, la blonde ? Tu sais, je n'avais pas l'intention de la revoir après cette soirée !

Ce n'était pas la bonne chose à dire.

— Tu lui roules une grosse pelle juste après qu'elle m'a traitée de pute, et tu me dis que tu ne comptais même pas la revoir... Hum, OK ! Je ne sais pas si je me sens plus insultée pour elle ou pour moi !

Je l'attrape par les épaules pour me retenir de l'étrangler.

— T'es jalouse ? C'est ça, ton problème ? Tu pètes un câble parce qu'une autre fille s'intéresse à moi ? C'est ridicule, King ! T'es presque mariée, bordel !

Et toute la soirée, ça m'a tué à petit feu de la voir avec Danger. Ils forment un couple de rêve, tous les deux. Le beau métis au regard rêveur et la jolie Mexicaine au sang chaud ; c'est comme dans les contes de fées pour fillettes. Avec Asher, le bébé mignon et intelligent, c'est la cerise sur le gâteau.

— Ne mêle pas Danger à cette conversation, s'il te plaît !

— Mais de quoi parle-t-on, King ? m'agacé-je, en élevant la voix. De toi et moi ? Ou...

Elle me coupe, impitoyable :

— Toi et moi, ça n'existe plus.

Le coup est d'une violence inouïe. J'ai un mouvement de recul, un peu comme le soubresaut que l'on affecte après avoir reçu une balle dans la poitrine. Je me cogne l'arrière du crâne à la porte, ravale une plainte de douleur et prononce les premiers mots qui me passent par la tête :

— Alors, dis-moi... Qu'est-ce que ça peut te foutre, bordel de merde, que je passe la soirée avec une meuf qui a adoré me sucer la bite ?!

Le visage de King se révulse de dégoût, et un voile de fureur écarlate se dépose devant mes yeux exorbités.

J'ai envie de l'étrangler.

J'ai envie de l'embrasser.

Pour mon bien, il faudrait qu'elle disparaisse.

— T'as mis ta bite dans sa bouche ? Elle a la réputation de sucer comme un taille-crayon ! Tu dois avoir le bout drôlement pointu, là ! se moque-t-elle en me repoussant contre la porte par pure provocation. Tu devais vraiment être en manque, toi !

Est-il possible de haïr et de désirer une fille aussi fort que je hais et désire King ? Je ne le pense pas. Putain, je ne souhaiterais même pas cette relation de merde à mon pire ennemi ! Même s'il l'a connue, lui aussi...

Et avec la même fille, me rappelle la bête noire et vorace que j'abrite dans les profondeurs de mon âme.

— Toutes les putes ne peuvent pas être aussi bonnes que toi, King ! riposté-je, dans la volonté immature de la blesser autant qu'elle me blesse avec ses reproches insensés. Mais il faut reconnaître qu'elles n'ont sûrement pas le quart de ton expérience.

Ma stratégie fonctionne, elle est touchée. Une ombre sinistre tombe comme un rideau de velours devant ses yeux mélancoliques.

— On avait dit plus d'insultes.

— On avait aussi dit que tous les deux, c'était pour toujours ! lui hurlé-je au visage, la respiration aussi haletante que la sienne. Et regarde ce qu'on est devenus...

Elle se fige, et moi aussi. Le fait est que l'on s'est fait autant de mal l'un à l'autre que l'on s'en est infligé à nous-mêmes. Dans le fond, je n'en retire aucune satisfaction, et je suis sûr qu'elle non plus. Sa douleur est la mienne, et vice versa. Il n'y a pas de trophée à soulever, pas de récompense à gagner.

— C'est la cousine d'Enrico, finit-elle par lâcher d'une toute petite voix, les épaules avachies par un désespoir que je n'arrive pas très bien à comprendre. Les gars avec qui elle couche finissent toujours par... disparaître.

OK. C'est effectivement problématique.

— Tu ne me le dis que maintenant ?! m'écrié-je d'une voix blême.

King esquisse une moue bagarreuse, retrouvant un peu de sa belle assurance.

— J'étais censée te le dire quand, exactement ? Devant elle ? À table ? Au moment où tu lui examinais les amygdales avec ta langue, peut-être ?

Je siffle entre mes dents :

— Ne joue pas à la plus maligne avec moi !

— Alors arrête de jouer au plus con avec tes réflexions débiles !

Et voilà... songé-je, la mort dans l'âme. *On recommence à se disputer comme des chiffonniers.*

— Pause. Arrêtons de nous battre, ça ne mène à rien. Réfléchissons plutôt à notre problème. Est-ce que tu la connais bien ? Tu as travaillé avec elle, c'est ça ? dis-je en réfléchissant à l'avantage indéniable que cette révélation me procure sur Enrico. Je pourrais peut-être l'utiliser contre lui...

Et la manipuler pour découvrir tes secrets, mein Schatz.

Quelque chose passe sur le visage de King, comme si elle m'avait entendu penser, mais je n'arrive plus à lire en elle. Elle s'est refermée comme une huître, et je n'ai pas le bon couteau pour l'ouvrir.

— On a dansé dans la même boîte pendant quelques jours, mais...

King est interrompue par le martèlement d'un poing contre la porte, sur laquelle je persiste à m'appuyer, empêchant les femmes d'accéder aux toilettes. Je me décale pour l'entrebâiller, m'attendant à me retrouver face à un videur mécontent... mais c'est Jéricho et ses deux copines qui m'accueillent avec d'énormes sourires.

— Désolé, mec ! dit-il, hilare, en me bousculant pour entrer. Les filles et moi, on a besoin d'un endroit où baiser.

Les deux brunes se mettent à glousser, pendues à son cou comme si c'était une espèce de dieu vivant ou de rock-star légendaire. Aux dernières nouvelles, il n'est ni l'un ni l'autre... et à moins qu'il ne les ait payées à l'avance, ce qui ne m'étonnerait pas, je trouve ça vraiment triste d'en arriver là avec un mec qui ne se souvient même plus de votre prénom.

— Au fait... me retient-il, alors que King se rue déjà hors des toilettes. T'es sûr que tu sais ce que tu fais ?

Je m'immobilise, le cœur en vrac.

— C'est une connerie ?

Mon ami sait ce que je lui demande vraiment : est-ce moi qui lui cours après, ou est-elle elle aussi à mes trousses ?

Depuis que Zex m'a dit qu'Asher n'était pas le fils biologique de King, je ne pense qu'à rattraper le temps perdu avec elle. Briser le cœur de Danger, ça ne me fait ni chaud ni froid. Mais séparer un couple qui élève un enfant, ce n'est pas mon délire. Même pour King, je ne me serais pas adonné à ce genre de bassesse.

Du moins, j'aime à le croire...

— Non, mec ! me rassure Jéricho avec douceur, tandis que l'une des filles plonge la main dans son slip. Ce n'est pas une connerie. Mais je crois que j'avais raison quand je te disais que tu ne la connaissais plus, et il faut que tu le gardes à l'esprit... Ah, Lisa ! C'est bon, putain !

Je hoche la tête, détourne les yeux du numéro de prestidigitation de Lisa qui fait disparaître la bite de Jéricho dans sa bouche, et sors des toilettes, à la poursuite de King.

*Je serai **toujours** à la poursuite de King.*

Mais je ne vais pas loin.

Cette fois, elle m'a attendu.

— Hé ! crie-t-elle par-dessus la musique pour attirer mon attention. On n'en a pas fini, toi et moi...

Ah, ça non ! On n'en aura jamais fini !

— Suis-moi ! ajoute-t-elle, avant de se décoller du mur contre lequel elle s'est adossée, sur ma droite, et de se diriger vers le coin le plus sombre, le plus inquiétant de la boîte.

Je marche derrière elle, hypnotisé par la peau subtilement dorée de sa nuque, dans laquelle je rêve de planter mes crocs. Quand elle s'arrête brusquement devant moi, je suis tellement accaparé par mes rêveries érotiques que je lui fonce dedans et la bouscule par-derrière. Elle fait volte-face, et c'est à son tour d'être plaquée contre le mur, livrée à mes caprices. À l'abri des regards indiscrets, nous sommes cachés sous les escaliers qui mènent à la terrasse extérieure, et je sais, sans avoir besoin de le demander, que ce coin-là est réservé aux couples aussi audacieux que celui de Jéricho et ses copines.

Ici, la musique est plus forte que dans les toilettes, si bien que King est obligée de s'appuyer contre moi, dressée sur la pointe des pieds, pour me parler – ou plutôt, me crier – à l'oreille :

— Ne t'approche plus de Karla, Wolf !

Je feins l'innocence et hausse les sourcils, mais King n'est pas dupe. Elle me connaît trop bien... alors que moi, je ne la devine plus qu'à travers les mensonges qu'elle me force à avaler comme des vérités.

— Je sais que tu as une idée derrière la tête ! m'accuse-t-elle à juste titre.

Je me penche vers elle et l'emprisonne dans l'étau de mes bras. Le long frisson qui lui hérisse les poils n'échappe pas à mon œil de lynx, pourtant je m'efforce de ne pas y réagir. J'ai déjà suffisamment de mal à me retenir de lui voler un baiser.

— Elle pourrait m'aider à comprendre ce qu'Enrico a *sur* moi et *contre* toi ! Je pourrais aussi lui poser quelques questions sur ma voiture, la suivre discrètement et...

King secoue vivement la tête, m'envoyant une bouffée de son parfum en pleine figure. Je déglutis, le cœur battant la chamade, mais je sens que j'ai encore de la salive sur le bord des lèvres.

— Non, non, non ! Tu risques de nous faire tuer avec ce plan ridicule !

Un nœud se resserre dans ma poitrine. J'avance encore d'un pas, complètement plaqué contre King, qui est elle-même pressée contre le mur.

— Ne t'inquiète pas pour moi, *mein Schatz*... lui soufflé-je dans le creux de l'oreille. Je surveillerai nos arrières.

Elle s'agrippe à mon t-shirt, chancelante, et une lueur de panique transperce le brouillard dans lequel baigne le regard fou qu'elle promène sur moi.

— Ne joue pas avec le feu, Wolfgang ! Elle ne t'apprendra rien d'intéressant sur Enrico, je te le jure.

Elle essaie de me cacher quelque chose ! réalisé-je, la boule au ventre, tandis que l'instinct que j'ai développé en prison me murmure une sinistre mise en garde.

Un doute m'effleure, encore et toujours... *Je comprends mieux pourquoi il persiste à faire appel à moi.* Non, je m'y refuse. Non, non, non.

— S'il te plaît, Wolfgang ! me supplie-t-elle, en usant de son charme pour me joindre à son opinion. Je t'en prie... Pas elle... Je ne le supporterais pas...

Sa confession me coupe le souffle. Elle est *vraiment* jalouse.

— Pourquoi ? exigé-je de savoir, la voix éraillée par le désir. Dis-le-moi, ma petite hirond...

Les lèvres tièdes de King atterrissent sur les miennes, écrasant mes mots tendres sur nos bouches et pulvérisant ma boîte crânienne. C'est un contact léger, fugace, comme la caresse d'une aile de papillon. Et lorsqu'elle se recule pour m'échapper, aussi étonnée que moi par son baiser, mon âme s'écrie qu'on n'a pas le droit d'en rester là. *Non.* C'est hors de question ! Le corps ravagé par le feu de la concupiscence, je succombe à l'ardeur incontrôlable qui me brûle la poitrine, agrippe son visage à pleines mains, dans un geste que l'impatience alourdit de maladresse, et m'empare de sa bouche dont je revendique l'entière possession dans un baiser fiévreux.

Après une seconde de stupéfaction durant laquelle King reste passive, les lèvres inertes, elle finit par se résigner à l'inéluctabilité de notre attirance mutuelle et enfonce à son tour sa langue à l'intérieur de moi.

Je retrouve enfin la saveur inoubliable de ce paradis exotique qu'elle est la seule à pouvoir me faire goûter.

C'est comme de l'ambroisie...

Je m'abats sur elle et l'épingle contre le mur en coinçant ses bras frêles dans son dos. Elle essaie de se débattre, tel un oiseau avide de liberté, mais c'est *moi*. Et c'est *nous*. Son corps ne m'a pas oublié, il est toujours acquis à ma cause. Et lorsqu'elle s'immobilise dans mon étreinte, comme si elle s'était prise à son propre piège, je comprends que son cœur n'a jamais cessé d'être à moi.

C'est mon début et ma fin. L'aboutissement de ma chute. La dernière épreuve avant la rédemption.

Mon sang se met à rugir dans mes veines, de mes tempes à mon sexe, charriant une lave incandescente vers certaines parties de mon corps dont j'avais oublié jusqu'à l'existence.

Notre baiser est brutal, avide et charnel.

C'est *elle* qui me marque, *moi*.

Je suis son chien et elle vient de me remettre mon collier.

Faible et vaincu, je la laisse prendre possession de mon être, anéanti de la plus divine des façons par la moins angélique des femmes.

Tempérance Kingsley Clark.

L'instrument de ma perte.

Profitant de ma reddition pour glisser ses doigts agiles dans mon pantalon, elle écarte l'élastique de mon caleçon d'un mouvement brusque, intensifiant la fougue de sa langue dans ma bouche, et empoigne avec rudesse mon sexe palpitant d'un désir indomptable. Un gémissement rauque s'élève de ma gorge nouée, irritant mes cordes vocales, et se meurt dans son souffle tiédi par notre salive. C'est comme une plainte, une prière. Du pouce, elle étale la première goutte de ma jouissance sur la couronne enflée de mon gland, avant de remonter, puis de redescendre, encore et encore, le long de ma hampe dure comme de la pierre. Incapable de m'en empêcher, je remue des hanches dans sa main douce, étonné par la facilité avec laquelle elle parvient à contrôler mon orgasme tout en déchaînant ma passion.

À bout de patience, je finis par mordre ma propre lèvre inférieure pour éviter de me mettre à la supplier de me prendre dans sa bouche.

Ce n'est ni le lieu ni le moment.

La respiration saccadée, elle murmure dans mon cou moite de sueur :

— Est-ce qu'il t'arrive encore de faire... *ça*... en pensant à moi ?

Je ricane dans ses cheveux défaits, les jambes flageolantes de plaisir.

— Tous les jours, avoué-je sans honte. Tous les jours depuis six ans.

Elle rit, elle aussi. Même si ça n'a rien de drôle.

— Tu resteras loin de Karla ? Hein, Wolf ? Tu me le promets ?

La lave dans mes veines se transforme en glace. C'est un véritable électrochoc. Je pose ma main sur la sienne, complètement défait, et l'oblige à me relâcher, même si mon corps réclame l'apaisement de la jouissance à grands cris douloureux dans les couilles.

— C'est pour ça que tu me branles, King ? Pour me manipuler, pour que je me plie à tes caprices ?!

Je referme la braguette de mon pantalon, écœuré par son attitude.

— Il faut toujours que tu obtiennes quelque chose en retour pour le sexe, hein ? craché-je en la plantant là, sous l'escalier où j'ai failli oublier *pourquoi* je lui ai tourné le dos.

Je sens un poing me heurter à l'épaule, mais je continue à tracer ma route. Loin d'elle. Loin de ses manigances. Loin des déceptions qu'elle m'inflige, les unes après les autres.

— Va te faire foutre ! hurle-t-elle à mon dos, la voix cassée par un sanglot qui me poignarde en pleine poitrine.

Habité d'une fureur extrême, je retourne à notre table, où attendent toujours Danger, Zex et Karla. Mes deux collègues boivent un verre en discutant, pas tout à fait joyeux, mais loin d'être tristes. Quant à Karla, elle s'est désormais accrochée à l'impressionnant biceps de Danger, qu'elle caresse du bout des doigts en le regardant comme s'il était la huitième merveille du monde. Loin de s'en formaliser, Danger l'ignore sans la repousser, aimant visiblement jouer avec le feu…

Alors que je grimpe les quelques marches qui séparent la piste du carré VIP, je me fais bousculer par une petite brune aux formes affriolantes qui fonce comme un boulet de canon sur Danger… et la fille à son bras.

Estomaqué, je regarde King se jeter sur Karla et lui asséner un violent coup de poing sur le nez. Le craquement sinistre parvient à se faire entendre par-dessus la musique, poussée à l'extrême dans cette partie de la discothèque. Le hurlement de la blonde alerte les fêtards, qui ont le réflexe stupide de former un cercle autour des deux femmes, m'empêchant de les rejoindre pour… je ne sais même plus ce que je dois faire !

Intervenir ? Regarder ? Attendre ?

Allongée sur le sol crasseux de la boîte, Karla essaie de se défendre tant bien que mal, mais elle ne sait visiblement pas se battre… alors que King frappe avec l'aisance d'une guerrière surentraînée.

— Ne t'approche plus de lui ! vocifère-t-elle, enchaînant les coups de poing meurtriers. Ne t'avise plus jamais de poser la main sur lui !

Est-ce qu'elle parle de moi… ou de Danger ? Je l'ignore, et ne pas le savoir me ronge les tripes comme si elles baignaient dans un bain d'acide.

— Si je te revois à tourner autour de lui, je te tue ! Tu m'entends ? Je t'en colle une dans le crâne !

Lui, lui, lui. Je me sens minable d'avoir envie que ce soit moi...

Le visage de Karla se met à saigner de tous les côtés et, même si je ne l'aime pas et qu'elle est apparentée à l'homme qui cherche à me faire la peau, je commence à avoir mal pour elle.

— Baston de filleeeees ! hurle un abruti dans mon oreille, en agitant frénétiquement les bras au-dessus de sa tête. Arrosez leurs nichons !

Dans tes rêves, mon pote !

Je me fraye un passage jusqu'à elles, bien décidé à mettre un terme définitif à cette soirée infernale, lorsque Karla parvient à placer un judicieux coup de tête dans la bouche de King, la projetant sur le flanc. Assommée, cette dernière passe sa langue sur ses dents rougies par le sang, perdant de précieuses secondes. Son inattention lui coûte une longue mèche de cheveux sur l'arrière du crâne, que Karla lui arrache en la tirant de toutes ses forces vers le haut. Loin d'être aussi stupide que la blonde, King suit le mouvement, se servant de l'impulsion de sa rivale pour se remettre debout, et lui envoie un redoutable uppercut dans l'estomac.

Les pieds de Karla quittent le sol tandis que le poing de King la soulève comme un fétu de paille. Ce n'est plus une bagarre, mais un règlement de comptes.

King part avec un avantage indéniable. Petite, elle a reçu tellement de raclées par les copains de sa mère qu'elle encaisse mieux les coups qu'un champion d'*Ultimate Fighting*.

— Ça suffit ! scandé-je, en retenant son poing une seconde avant qu'il ne s'abatte sur la tempe de Karla. T'es devenue folle, ou quoi ?!

Des huées scandalisées me transpercent les tympans.

— King ! s'écrie Danger en l'attirant contre lui pour l'éloigner de moi. Stop !

Mais il n'arrive pas à l'emmener très loin : trois videurs nous tombent dessus à bras raccourcis et, après avoir accompagné Karla dans une autre pièce, que je soupçonne être l'infirmerie, ils nous virent comme des malpropres en houspillant King sur les dérives de l'alcool. Leur sermon à deux balles ne dure qu'une minute. Le grand sourire satisfait qu'elle affiche, rayonnant, suffit à les dissuader de gaspiller leur salive.

C'est là que je comprends.

Elle n'a pas fait ça pour moi ou pour Danger.

Non. King s'en est pris à Karla pour l'empêcher de me parler, de répondre à mes questions, de me dévoiler ses secrets.

Oh, oui ! Elle est prête à tout pour garder ses squelettes cachés dans le fond de son placard. La seule question à laquelle je dois impérativement trouver une réponse, c'est : le fait-elle pour elle... ou *contre* moi ?

23

GUEULE DE BOIS

King

Je me réveille avec un mal de crâne carabiné, la bouche pâteuse et le poignet foulé. Je suppose que ça aurait pu être pire, mais je déteste avoir la gueule de bois. La pièce tourne comme un manège autour de moi, la nausée me submerge et j'ai l'impression que mon estomac est gorgé d'un mélange de vieille bière rance et de frites mal digérées.

Ah, putain...

– J'arrive, mon bébé. J'arrive... marmonné-je, les yeux toujours fermés, alors que les pleurs d'Asher augmentent en intensité.

À la recherche de ma robe que j'ai enlevée et roulée en boule avant de me coucher, je tâtonne le sol et crache des insultes à chaque fois que je me cogne la tête à un truc pointu.

– C'est bon ! hurle une voix grave depuis le salon. Je m'en occupe !

Jemar.

Tout à fait réveillée, je me redresse d'un bond, enfile ma robe chiffonnée – qui était en réalité suspendue à l'abat-jour de la lampe – et saute dans la première paire de pantoufles qui croise mon chemin. Un rapide passage dans la salle de bain pour me laver les dents et atténuer l'odeur pestilentielle de mon haleine, et je déboule dans le salon comme une fusée, prête à m'occuper de mon bébé alors qu'il n'est que...

Je jette un coup d'œil à l'horloge et manque de m'étouffer avec ma salive mentholée.

— Onze heures ! Il est déjà onze heures ! m'affolé-je en sautillant dans tous les sens sous le regard circonspect de Jemar, installé sur le canapé. Putain ! J'avais mis mon réveil à huit heures ! J'ai plein de...

Je marque une pause, horrifiée.

— Oh, merde ! T'es là depuis combien de temps ? Qui s'est occupé d'Asher avant que tu n'arrives ? Il se lève toujours à sept heures, d'habitude !

Jemar cligne des yeux, visiblement perplexe. Ma crise d'hystérie ne lui fait ni chaud ni froid. Et c'est pour ça que c'est lui le patron : une phrase, et il m'apaise comme si j'étais une fillette, et lui, mon papa.

— Sonja a dormi ici, et je suis venu la relayer à huit heures.

Je m'immobilise au milieu du salon, les bras ballants et les yeux ronds.

— Sonja a dormi ici ?

Il hoche la tête, un léger sourire aux lèvres.

— Oui, et elle vous a mis au lit, Danger et toi. Vous étiez sacrément ivres, hier soir. Et a priori, tu aurais mis une belle raclée à une fille qui tournait autour de mon fils... Jolies phalanges, ma puce. Je vois que tu lui as refait le portrait !

Il désigne ma main droite d'un coup de tête, et je baisse machinalement les yeux. La douleur dans mon poignet s'explique à l'état de mon poing, j'ai cogné comme un marteau sur un clou. Sans subtilité, avec toute ma force. Pour l'instant, la douleur pulsatile est gérable, mais je sens qu'un rien pourrait me blesser plus sérieusement. Et pour cause, c'est le bras qu'Enrico m'a cassé. Des souvenirs flous me reviennent en mémoire dans un pêle-mêle à me refiler la gerbe. Karla, Wolfgang, leur baiser, *notre* baiser, et la chaleur étouffante de la boîte de nuit. Je me rappelle aussi les propos délirants de mon ex-copain complètement stupide, du goût divin de sa bouche, de la dureté de son sexe dans ma main et de la folie qui m'a ravagé l'esprit lorsque j'ai réalisé que cet abruti comptait se servir de Karla contre Enrico... *et* contre moi.

Le salaud !

Wolf n'a vraiment aucune idée de la laideur de la merde dans laquelle il a enfoncé le pied. Et la bite, aussi, à ce que j'ai cru comprendre....

— Elle le draguait sous mon nez alors qu'elle était venue avec Wolfgang, m'entends-je marmonner d'une voix lointaine, toujours inerte.

Jemar se met à rire de bon cœur.

— J'en étais venu à croire que tout était fini entre D et toi. Je suis soulagé d'apprendre qu'il n'en est rien ! me confie-t-il, trop heureux, tout en berçant Asher contre son torse impressionnant. Est-ce que tu peux lui préparer son biberon, s'il te plaît ? Sonja lui a donné un gâteau avant de partir, mais je crois qu'il a encore faim. Moi, je m'occupe de changer sa couche.

Ce n'est pas pour Danger que je l'ai fait, ni pour Wolfgang, mais je n'en dis rien à Jemar. La vérité, c'est que j'en avais envie depuis longtemps, et que Karla m'a enfin donné une bonne excuse pour laisser libre cours à ma rage.

Sans plus attendre, je file à la cuisine pour préparer le repas de mon petit bonhomme, l'esprit chamboulé par toutes les conséquences que mon numéro de catcheuse risque d'avoir sur mes relations déjà tendues avec Enrico. Karla est sa « cousine » préférée, et il ne jettera certainement pas l'éponge sur cet affront. En plus d'avoir saboté ses chances de l'utiliser contre Wolfgang, je lui ai cassé le nez et poché un œil, la rendant ainsi inutilisable pour ses autres « activités professionnelles ». Une nuit avec elle vaut des centaines de dollars ; une perte sèche qu'il m'obligera à compenser, d'une façon ou d'une autre. Je me demande simplement si Enrico requerra mes services en espèces ou en nature, même si j'ai déjà ma petite idée sur la question.

Je suis dans une belle merde, moi aussi.

— J'ai un truc à faire, ce matin… dis-je à Jemar, en lui tendant le biberon d'Asher.

Dans les bras de son papi, mon petit bonhomme a l'air minuscule. Ses grands yeux bleus sont voilés par le sommeil, mais il semble détendu et serein. C'est l'effet qu'a Jemar sur les gens.

— Aller à la casse avec Wolfgang ?

Je me fige, les fesses à mi-chemin du canapé.

— Oui.

Je le fixe, les sourcils froncés, et m'assois en tailleur près de lui.

— Comment tu le sais ?

Son sourire s'élargit tandis qu'il me dévisage d'un air faussement innocent.

— J'ai mes sources.

Une pensée horrible me traverse l'esprit. Parfois, il m'arrive d'oublier que Jemar a été flic la majeure partie de son existence.

— Rassure-moi : tu n'as pas fait poser un micro dans mon bureau ?

— Non, rit-il, amusé par ma réaction. Mais je t'avoue que j'y ai déjà pensé.

Un frisson d'angoisse me dévale l'échine.

— Jemar !

Une vague d'inquiétude traverse son visage habituellement serein. Ses yeux se posent sur moi, et je lis une telle affection dans son regard que j'en perds le souffle. C'est beau, si beau… Notre première rencontre a été tellement chaotique et humiliante que j'ai encore du mal à croire qu'on en est arrivés là, tous les deux.

C'est fou comme la vie est surprenante, parfois.

Je dansais encore au Knockout quand il est venu me proposer la seule chose que je ne désirais pas : la rédemption. Installé dans l'un des coins les moins éclairés de la boîte, il sirotait un grand verre de Coca-Cola, les yeux perdus dans le vide. Son apparence propre sur lui, soignée et sérieuse, m'a directement interpellée. Jemar n'a pas la tête du client habituel. En fait, il ressemble à ce qu'il est : un flic d'âge mûr, à l'aise dans ses baskets. Carlos m'a prise à part dès qu'il l'a remarqué pour m'interdire de m'approcher de lui. Enrico n'aimerait pas me savoir avec ce type, a-t-il argumenté, en me donnant immédiatement envie de me jeter à son cou. J'ai opiné et promis de l'éviter ; un mensonge, bien sûr. Une minute plus tard, je fonçais à travers la piste, juchée sur mes plus hauts talons et vêtue de mes plus infimes sous-vêtements, et m'assoyais à califourchon sur les genoux de Jemar. Sa réaction instinctive de rejet m'avait vexée. Je l'avais pris pour l'un de ces types hypocrites qui aiment regarder les danseuses, mais les détestent pour quelques vieux principes débiles.

— Tu as envie que je te suce, mon cœur ? Si tu me le demandes gentiment, je peux même le faire en t'appelant papa...

Jemar avait rougi, et alors que je m'attendais à une réaction plus... charnelle, il m'avait prise dans ses bras, le regard triste, pour murmurer à mon oreille :

— Tu n'en as pas marre de cette vie complètement vide de sens, King ?

J'en avais marre depuis si longtemps que je ne me souvenais même plus de la saveur du bonheur, mais je ne l'ai jamais avoué à Jemar. Au contraire, persuadée que c'était un piège tendu par Enrico, j'avais pris mes jambes à mon cou et refusé d'aller lui faire une *lap dance* lorsqu'il m'avait rappelée. Il lui a fallu trois semaines, à venir tous les soirs et à me harceler de questions trop intimes, pour réussir à me convaincre de l'écouter autour d'un café.

Deux jours plus tard, j'emménageais chez son fils et reprenais les rênes de sa comptabilité.

— Je m'inquiète pour toi, King... soupire-t-il, en prenant ma main. Je t'aime beaucoup, et je ne supporterais pas qu'il t'arrive quelque chose.

Les larmes me montent aux yeux.

— Il ne m'arrivera rien.

Mensonge, mensonge, mensonge. Ton nez s'allonge, Pinocchio !

Mais ce sont mes problèmes, et je dois les régler moi-même – *à ma façon.* J'ai trop laissé traîner cette histoire puante avec Enrico. Si je n'interviens pas, il me tuera à un moment ou à un autre. C'est ma seule chance de m'en débarrasser, et je compte bien la saisir.

— Je sais que tu as des problèmes, ma puce, s'entête Jemar. Je ne suis pas stupide.

Je serre sa main dans la mienne.

— Rien de grave, le rassuré-je en mentant comme une arracheuse de dents. Mais je sais comment tu pourrais m'aider...

Jemar hausse un sourcil, dans l'expectative. Je prends une profonde inspiration, le cœur battant la chamade.

— J'ai besoin de parler à Ambroise en face à face.

Voilà, la bombe est lâchée.

Surpris, Jemar cligne lentement des yeux et me dévisage comme s'il n'arrivait pas à comprendre les mots qui sortent de ma bouche.

— Ambroise ? répète-t-il bêtement.

Je lui souris du bout des lèvres.

— Jemar... tu l'as dit toi-même : tu n'es pas stupide.

L'incompréhension s'efface subitement de son visage pour révéler une expression froide et distante – son masque de flic.

— Pourquoi ? demande-t-il en me fixant sans ciller. Qu'est-ce qu'il se passe, King ?

— Parce que j'ai appris quelque chose sur lui... biaisé-je.

Si je laisse Jemar interférer dans mon plan, je risque jusqu'à cinquante ans de prison. Cette histoire ne se finira qu'avec la mort d'Enrico, celle d'Ambroise... ou la mienne.

— Dis-moi.

Je secoue négativement la tête.

— Si Ambroise m'en donne l'accord, je te le dirai. Sans ça, je ne bouge pas.

Et quand Ambroise entendra ce que j'ai à lui dire, il fera tout pour m'éloigner de l'aile protectrice de Jemar. Je le sens, je le sais. La poudre appelle la poudre, et un flic ne tire qu'avec l'accord de la loi. Il faut un voyou pour régler son compte à un autre voyou. Sinon, c'est reculer pour mieux sauter.

— Je ne suis pas d'accord ! s'enflamme-t-il, mécontent, en faisant sursauter Asher.

Je croise les bras sur ma poitrine dans une vaine tentative de défense. Ses colères sont rares, mais elles m'intimident toujours autant.

— Je ne te demande pas ton autorisation. Je sollicite un simple coup de main.

Sans attendre une réponse, je lui reprends Asher des bras, le cale contre ma poitrine et l'enlace pour lui donner son biberon de lait chaud. Mon petit bonhomme se jette sur la tétine, affamé, et se met à boire à grandes goulées gourmandes. Le sentir contre mon cœur m'aide à clarifier mes esprits.

C'est surtout pour lui que je fais ça...

— C'est lui qui t'a dit de faire appel à moi ?

La voix de Jemar a baissé d'une octave, plus sombre et d'un calme trompeur.

— Oui, lui avoué-je. C'est Ambroise.

Les épaules raidies par la colère, Jemar relance :

— Que t'a-t-il dit d'autre à mon sujet ?

Oh... Ça sent mauvais.

Genre, *vraiment* mauvais.

Possède-t-il des secrets honteux, lui aussi ? S'est-il fait avoir par Ambroise, tout comme moi ? A-t-il trempé dans des affaires louches, à l'instar de la moitié de la population d'Albuquerque ?

Rien n'est jamais ce qu'il semble être, dans cette ville.

— Il m'a aussi dit que c'était lui qui t'avait dirigé vers moi.

Ce dont j'aurais dû me douter plus tôt. Ambroise a toujours été un excellent marionnettiste. Il tire tant et tant de ficelles dans le dos des gens que ce n'est jamais une surprise d'en retrouver un pendu au plafond à cause de lui.

— Et ?

Je hausse les épaules, fataliste. Ambroise n'est pas un homme très loquace.

— C'est tout.

Je marque une pause vibrante de suspicion.

— Il restait des choses à dire ?

Jemar détourne le regard dans un aveu implicite de culpabilité. OK... Ce n'est plus une anguille, mais une baleine qu'il y a sous la roche !

— Rien qui te concerne, finit-il par trancher, complètement refermé sur lui-même.

Sauf que ça, je n'en suis pas tout à fait sûre. Il semblerait que nous soyons tous plus ou moins piégés dans le jeu d'échecs pervers qui oppose Enrico à Ambroise.

Et pour le moment, c'est malheureusement Enrico qui gagne...

C'est avec cette réflexion en tête que je retourne dans ma chambre pour me préparer à affronter une nouvelle journée auprès de Wolfgang. Sur ma table de chevet, je vois l'écran de mon téléphone portable s'illuminer tandis qu'un bruit étouffé de vibration me fait grincer des dents.

C'est un message d'Enrico.

[Œil pour œil, dent pour dent. C'est la loi du talion, King. Tu m'as cassé Karla, c'est à mon tour de briser une personne que tu aimes...]

Quelques secondes plus tard, mon téléphone me signale l'arrivée d'un nouveau message – toujours de la part d'Enrico. C'est un MMS et, avant même de l'ouvrir, je sais déjà ce qu'il contient.

L'image est de piètre qualité, mais je reconnais immédiatement le visage tuméfié de ma mère, prostrée au fond d'une pièce crasseuse, les mains levées au-dessus de sa tête pour se protéger des coups qui pleuvent sur son corps abîmé, ensanglanté. Ses cheveux noirs et bouclés, comme les miens, pendouillent en mèches grasses devant ses yeux écarquillés par la terreur. Son nez, sa bouche et ses ongles sont encroutés d'une épaisse couche de sang séché qui s'émiette en paillettes noires. Elle pleure, elle supplie, elle marchande... comme je l'ai fait, tant et tant de fois, pendant que ses copains me tabassaient pour un oui ou pour un non. Même si ce n'est qu'une photographie sombre et floue, prise à la va-vite avec un smartphone, j'ai l'impression que je peux l'entendre crier d'ici. Peut-être hurle-t-elle mon nom. Ou peut-être pas. Moi, ce n'était jamais elle que j'appelais à l'aide...

Non, c'était Wolfgang. Et il venait – *parfois.*

Les doigts tremblants, je rédige une réponse sèche et succincte pour Enrico.

[Ta cousine avait une trop grande gueule. Je sais ce que je fais. Ça n'a pas l'air d'être ton cas.]

Puis j'enfile la première tenue qui me tombe sous la main, attache mes cheveux ébouriffés en queue-de-cheval bancale sur le sommet de mon crâne, fourre mon téléphone dans la poche de mon sweat-shirt et retourne dans le salon, où Jemar feint de regarder la télévision en s'occupant d'Asher.

— Je veux parler à Ambroise avant la fin de la semaine prochaine ! exigé-je, les poings sur les hanches.

C'est un ordre, pas une suggestion. Et Jemar en prend instantanément ombrage.

— Ce n'est pas possible ! Il faut...

Je le coupe :

— Possible ou non, je m'en cogne ! Fais-moi entrer dans le parloir d'Ambroise d'une façon ou d'une autre, ou sinon... je risque d'avoir un *vrai* problème !

J'en ai déjà un. J'en ai même déjà *trop*.

— Un problème de quel genre ? demande-t-il avec sa voix glaciale de gros dur à cuire.

Je glisse mes pieds dans une vieille paire de baskets et attrape les clés de ma voiture avant de me tourner vers lui.

— Le genre qui débouche sur la découverte d'un cadavre avec un trou énorme au milieu du front et des morceaux de cervelle éparpillés sur le sol.

Jemar ne prononce pas la moindre parole durant de longues secondes. Il se contente de me fixer, l'air impassible. Je lui rends son regard en m'efforçant d'être aussi expressive qu'une pierre, même si mon esprit est hanté par les mauvais traitements infligés à ma mère.

Je n'ai pas de pitié pour elle, mais je suis furieuse qu'elle se retrouve mêlée à mes histoires. Je ne ressens pas de tristesse, plutôt une forme vague et distante d'agacement. Elle s'est pris une raclée à cause de moi, mais j'en ai essuyé des dizaines par sa faute, alors j'ai du mal à me sentir responsable de son état. Je suppose que c'est pitoyable de ma part de considérer ce châtiment comme l'intervention d'une justice divine amplement méritée. Toutefois, comme l'a dit Enrico : *œil pour œil…*

C'est le putain de credo d'Albuquerque.

— OK, King, abdique Jemar, le regard noir et les mâchoires crispées. Je te mènerai à d'Ambroise.

J'étouffe un soupir de soulagement, prête à m'en aller.

— Mais laisse-moi te dire une chose : on n'échappe pas à un monstre en signant un pacte avec le diable.

L'espace d'une seconde, j'ai presque envie de me mettre à rire à gorge déployée, comme une hyène hystérique.

— Je ne veux pas échapper à un monstre… me contenté-je de lui répondre, avant de tourner les talons et de sortir de l'appartement.

Je veux le tuer en lui tirant une balle en pleine tête. Et pour répandre sa cervelle sur le sol, il faut que le diable accepte de sortir des Enfers pour participer à cette grande partie de roulette russe avec moi.

24

RÈGLEMENT DE COMPTES

Wolf

— Tu me fais la gueule ?

Tous les muscles de mon corps se crispent, comme si je me préparais à recevoir un coup dans les couilles. Dès que King ouvre la bouche, les sensations indescriptibles qu'elle a éveillées dans mon corps avec son petit numéro de manipulatrice me reviennent à l'esprit, et ça relève de la torture pure et dure que d'être assis à côté d'elle, dans l'espace confiné de la voiture, où son odeur m'enivre les sens.

— Non.

Mais c'est un mensonge, et elle le sait pertinemment. Je n'ai jamais su lui cacher mes états d'âme, mes coups de cœur ou de colère. Elle lit en moi comme dans un livre ouvert et dévore chaque page avec l'œil avisé d'une lectrice avide. En même temps, mon histoire ne parle que d'elle, même lorsque je la déteste... Elle est mon début et ma fin – mon injustice suprême.

— Si, tu me fais la gueule, insiste-t-elle, incapable de lâcher le morceau.

Mes doigts se serrent sur le volant. Ils blanchissent de la jointure de mes ongles jusqu'à la moitié de mes phalanges.

— Non, je te dis ! m'agacé-je avec une colère qui me trahit mieux que des aveux. Je ne te fais pas la gueule, merde !

King renifle avec dédain et se renfonce dans son siège, les bras croisés en travers de la poitrine. Habillée sans recherche particulière et le visage complètement démaquillé, elle ressemble à la petite fille que la prison m'a fait quitter. J'ai l'étrange impression d'avoir retrouvé l'adolescente qui m'a charmé par son audace, son courage, sa pugnacité. Et je dois concentrer toute mon attention sur la route pour éviter de céder à la tentation presque irrésistible de tendre la main vers elle. Pour la caresser ou l'étrangler ? Le jury délibère encore sur la question...

— T'es un bel ingrat ! finit-elle par rugir, à bout de nerfs.

Je suis tellement estomaqué par son insulte qu'il me faut quelques secondes pour réagir.

— Pardon ? T'es sérieuse, là ?!

Un sourire triomphant ourle ses lèvres de pécheresse ; je suis tombé tête la première dans son piège. Comme d'habitude.

— OK, j'ai déconné hier soir, mais n'oublie pas que c'est grâce à moi que tu as obtenu le travail de tes rêves ! me jette-t-elle au visage, sans aucune pitié pour ma fierté. En plus, je te consacre mon dimanche après-midi, alors que je pourrais être tranquillement à la maison, emmitouflée sous les couvertures, avec mon bébé.

Je me renfrogne, touché par le dernier point. C'est vrai qu'elle n'était pas obligée de me suivre jusqu'à la casse. J'aurais pu – *j'aurais dû ?* – y aller sans elle. Mais je savais que Nounours ne m'aurait pas accueilli à bras ouverts et... peut-être avais-je aussi envie de passer un peu de temps avec elle, et rien qu'avec elle. Une très mauvaise idée, hélas ! Plus je m'approche de King, et moins j'arrive à penser de façon cohérente. Quand je ne la déteste pas, je la désire au point d'en avoir mal au ventre. Et puis, tous les moments qu'elle passe avec moi, c'est du temps dont Danger ne dispose pas pour la reconquérir...

— Je ne te fais pas la gueule, soupiré-je, ne sachant plus très bien si je mens ou si je dis la vérité.

— Merde ! souffle-t-elle, en pressant son front contre la vitre. C'est encore pire, tu as l'air déçu !

Je le suis, c'est vrai. Je suis déçu qu'elle n'ait pas confiance en moi, même si je comprends qu'elle ne le puisse pas, alors que de mon côté, je m'en remets complètement à elle. Elle tient ma vie entre ses mains déjà tachées de mon sang, et j'ai peur qu'elle finisse par se lasser de me voir traîner dans les parages et ternir le paysage de sa petite existence presque parfaite.

— King...

Elle m'interrompt vivement :

— Je m'excuse, OK ? Je suis désolée !

Je reste bouche bée, incapable d'en croire mes oreilles. King ne s'excuse *jamais*. C'est une guerrière dotée d'une fierté farouche et ombrageuse ; ses erreurs, elle les répare par des actes, et non par des mots, avec lesquels elle ne s'est jamais sentie à l'aise.

Ça doit lui arracher la bouche de me présenter des excuses en face à face...

— D'avoir défoncé Karla sans aucune raison valable ? demandé-je un peu sournoisement, pour le seul plaisir de l'énerver.

Elle a un brusque mouvement de recul. Moi, j'essaie de focaliser mon attention sur ma conduite, mais c'est extrêmement difficile. J'ai envie de me tourner vers elle et de la secouer dans tous les sens pour lui faire avouer ses secrets – tous ses secrets. Et surtout ceux qui nous empêchent de nous retrouver comme je l'aimerais, envers et contre tout.

— Non ! s'exclame-t-elle, féroce. Je ne suis pas désolée d'avoir foutu une branlée à ta copine ! Cette fille, elle est dangereuse...

J'étouffe un rire moqueur et marmonne dans ma barbe :

— C'est l'hôpital qui se fout de la charité.

Aucune fille à Albuquerque n'est plus dangereuse que King. Sa couronne est faite de pics sur lesquels s'embrochent les cœurs des hommes qui l'approchent d'un peu trop près.

— Quoi ? Qu'est-ce que t'as dit ?

Je me mordille la lèvre inférieure, tiraillé par des envies

extrêmement contradictoires. L'apaiser ou l'énerver, l'adoucir ou l'enflammer, la garder ou la fuir.

— Rien, préféré-je nier, pas certain d'avoir envie de rajouter de l'huile sur le feu. Laisse tomber, King.

Cette conversation, en plus d'être dangereuse, ne mène nulle part. Ou du moins, elle ne me conduit pas là où je voudrais tant aller : à l'intérieur de King. Son corps ou son cœur – à ce stade, peu m'importe. Mais j'ai besoin de me glisser sous sa peau pour me retrouver, pour me sentir de nouveau entier et complet. Et j'ai bien peur que cela ne m'arrive plus jamais...

Notre rupture m'a dépouillé d'un fragment de mon être que je me désespère de récupérer : *elle*. Parce qu'elle est l'autre moitié de ce que je suis, l'autre partie de mon cœur et, même si je ne crois pas du tout à ces conneries, avec elle, le concept d'âme sœur a presque du sens.

Une longue minute s'écoule dans un silence gênant, bourré de non-dits. Heureusement, nous ne sommes plus qu'à quelques miles de la casse.

— Je suis désolée pour ce qui s'est passé entre nous, lâche-t-elle subitement, dans un souffle de voix précipitée. Tu avais raison, Wolfgang. Pour moi, et même si j'en ai honte, le sexe est et restera toujours une monnaie d'échange ou un moyen de parvenir à mes fins.

L'oxygène déserte mes poumons. King s'imagine probablement que c'est ce que j'ai envie d'entendre, mais elle se trompe. Moi, je ne regrette rien. Ni ses baisers ni ses caresses. Oui, il fallait que ça s'arrête... mais, putain ! Il fallait surtout que ça commence !

Elle et moi, c'est inévitable.

Comme respirer.

Elle est ma flamme, je suis sa glace. Sans elle, je gèle, sans moi, elle brûle.

— Ah ! grincé-je, vexé. C'est ma branlette à moi que tu regrettes.

Ses joues s'embrasent, mon cœur s'affole.

Dis non. Par pitié, dis non...

— Oui. J'ai commencé à le faire pour de mauvaises raisons. Après, je me suis laissée emporter, comme à chaque fois qu'il est question de toi, et je t'ai blessé. Ce n'était pas bien, et je m'en excuse sincèrement.

J'écarquille les yeux, de plus en plus surpris. Et bien qu'elle me fasse un mal de chien, je m'accroche à l'idée qu'elle non plus, elle ne contrôle plus rien lorsqu'il s'agit de ce « nous » dont on ne sait plus quoi faire.

— Laisse tomber, abdiqué-je. Y'a rien à ajouter.

Et cette fois, j'arrive à le dire sans amertume.

— Je n'ai pas couché avec un homme depuis plus de treize mois... m'apprend-elle, de but en blanc, alors que j'écrase la pédale de frein pour éviter d'emboutir le cul de la Toyota qui vient de piler devant nous.

Ma ceinture me coupe le souffle... à moins que ce ne soit la révélation stupéfiante de King qui me broie les poumons.

— Oh !

Et c'est tout. Je ne parviens pas à en dire plus, je suis trop abasourdi.

— Oui, rit-elle, désabusée. C'est dur à croire, je le sais. Mais le sexe, c'est devenu... difficile, pour moi. Je m'en suis trop servie avec de mauvaises intentions. Survivre, manger, me faire aimer. En cours de route, j'en étais venue à croire que je n'étais bonne qu'à ça, et certaines nuits, je ne me résumais plus que par le nom de ma prochaine conquête. Bref, j'étais perdue, je suis pathétique et je le suis toujours.

Je lui confie sur un coup de tête :

— Je n'ai pas couché avec une femme depuis plus de six ans, King ! J'ai essayé, pourtant. Tu peux me croire.... Mais j'ai un fantôme dans la tête qui m'empêche de passer à l'acte. *Ça*, c'est pathétique ! Moi, je suis perdu !

Sa stupéfaction teintée d'une joyeuse incrédulité m'empourpre les joues – de honte ou de plaisir ? Je n'aurais peut-être pas dû lui en dire autant.

— T'es sérieux ?! s'écrie-t-elle, les yeux exorbités. Et Karla ?

Je grimace au souvenir de la blonde.

— Je te l'ai déjà dit : elle m'a sucé, c'est tout. En plus, tu avais raison. Sa bouche, c'est un putain de taille-crayon !

King éclate de rire, presque aussi étonnée que moi d'entendre le son de sa bonne humeur s'élever dans la voiture.

— Après ce que je lui ai fait, elle n'aura plus l'occasion de mettre les dents, de toute façon.

C'est à mon tour de rire et d'en être surpris. Je ne devrais pas cautionner son comportement, mais je la comprends. Et je la connais. C'est toujours King – *ma* King. Ma petite hirondelle aux yeux noirs rêve d'amour autant que de liberté.

— On ne pourra pas t'accuser d'avoir une langue de bois !

Elle se frotte le crâne, joueuse.

— Non, mais j'ai une sacrée *gueule* de bois !

On échange un sourire. Et là, juste comme ça, six années de frustration, d'incompréhension, de désillusions et de déceptions s'envolent et partent en fumée.

Salut, mein Schatz. *Ça faisait longtemps...*

— On fait la paix ? chuchote-t-elle du bout des lèvres.

Je réponds avant même de réfléchir à ce qu'il est bon, ou non, de faire avec elle, avec moi... avec *nous*.

Ce « nous » qui s'est brisé à cause de moi.

— On fait la paix, approuvé-je, alors que le bâtiment qui abrite les bureaux de la casse automobile se dessine de l'autre côté de la rue. Je ne veux plus jamais être en guerre contre toi, King.

Elle gagne à tous les coups, et je suis las de la perdre.

Je ralentis et gare ma voiture le long du trottoir, à une vingtaine de mètres de l'entrée de la casse. Mieux vaut jouer la carte de la prudence. Je ne veux pas qu'Enrico sache quel modèle de voiture je conduis, en ce moment. Et je n'ai pas confiance en Nounours. King l'apprécie, et c'est son droit, mais ce n'est certainement pas pour ça que je vais baisser la garde devant lui. Après ce qu'il a fait subir à Heath avec Vega, mon ami d'enfance et le frère d'Ambroise, j'ai même toutes les raisons du monde de rester méfiant et distant.

Difficile d'oublier que c'est le cousin de l'homme qui veut me tuer… et qui a peut-être demandé à King de l'aider.

— On est dans le même camp, Wolf.

Je coupe le moteur et me tourne vers elle. Son visage franc et ouvert me hurle de la croire, de croire en elle. Mais je la comprends *et* je la connais : elle croit pouvoir me duper, *encore*.

Oh, comme elle se trompe…

— Parfois, lui avoué-je en lui offrant bêtement mon âme, j'en doute. Et ça me tue à petit feu.

Elle rougit et baisse les yeux, comme si elle était taraudée par la culpabilité. Puis elle sursaute et relève vivement la tête vers moi, affichant une expression défiante, pleine de colère, qui confirme certains de mes soupçons.

King a un secret – et d'une façon ou d'une autre, il est lié à Enrico et moi.

— Si tu ne me lâches pas… commence-t-elle, presque timidement.

Je termine, inexplicablement triste :

— Je ne te lâcherai pas.

Nos regards se heurtent, s'affrontent, s'apprivoisent.

— Ne me lâche pas, la supplié-je à mi-voix, en craquant le premier – comme à chaque fois.

Pour elle, je n'ai plus de fierté, de volonté, de mémoire. Je pourrais tout lui pardonner, si seulement elle me le demandait !

— Ne m'y oblige pas…

Encore une fois.

King ne le dit peut-être pas, mais je l'entends aussi fort que si elle me l'avait crié dans les oreilles. Soudain, je comprends qu'elle ne m'a jamais pardonné de l'avoir abandonnée, à dix-sept ans, alors que je savais pertinemment que toute son existence reposait sur moi. Je tenais sa vie entre mes mains, son cœur entre mes doigts, et… j'ai lâché.

— Je te le promets.

Et pour bien lui faire comprendre à quel point je suis sérieux, je scelle mon serment sur ses lèvres par un baiser qui me brûle jusqu'à l'âme.

25

ÇA PASSE OU ÇA CASSE

King

Wolfgang m'embrasse. Sa bouche est sur la mienne, ses doigts sont sur mes cuisses. Oh, ça m'avait tellement manqué ! Il me serre contre lui comme s'il s'était résolu à ne plus jamais me lâcher. Moi, je ne demande que ça ! Qu'il ne me lâche plus – jamais, jamais, jamais. Mais je n'ai pas confiance en lui, et alors que je devrais profiter de son baiser tendre à m'en briser le cœur, je ne peux m'empêcher de penser à toutes les choses que je risque de perdre si je lui redonne une chance.

Danger, Asher, Jemar.

Ils ne me pardonneront pas.

Et pire, il y a toujours l'ombre d'Enrico qui plane au-dessus de nos têtes, comme une épée de Damoclès prête à nous trancher la gorge.

Je pose une main sur l'épaule de Wolfgang. Pour le repousser ou le rapprocher de moi ? Je n'en sais rien... Et à l'instant où je me décide à passer à l'acte, un bruit sourd m'arrache à ses lèvres dans un sursaut de terreur instinctive.

BOUM.

Je bats des cils, désorientée, la respiration haletante, et promène un regard frénétique autour de moi. Quand je repère la source du bruit, je rougis comme une idiote. Ce n'est rien d'autre que le pet de fumée noire d'un pot d'échappement encrassé d'une vieille guimbarde au bord de la ruine.

Le rire rauque de Wolfgang retentit dans l'habitacle et exacerbe mon embarras.

— Tu as l'air nerveuse, se moque-t-il.

Sans blague, Sherlock...

Le chef du gang le plus actif de la ville est déterminé à lui trouer la peau – *et la mienne, par la même occasion* –, et ça l'étonne que je sois nerveuse ? Des fois, je m'interroge très sérieusement sur ses capacités intellectuelles.

— Nous sommes peut-être en zone neutre, mais la casse appartient au cousin d'Enrico. S'il ne la fait peut-être pas surveiller, je suis néanmoins certaine qu'il la protège d'une façon ou d'une autre. Son cousin est une cible. Pars du principe qu'il t'a à l'œil, ici.

Et dans toute la ville.

Enrico est comme l'hydre à neuf têtes – c'est un monstre tentaculaire qui étend son emprise dans toutes les venelles sombres et dangereuses d'Albuquerque. Un faux pas, et hop ! Il te dévore tout cru et recrache tes os dans la fosse commune. Et tu as beau lui couper une tête, il en repousse deux autres prêtes à tout pour te le faire payer.

— Et toi, King ? susurre Wolf en retrouvant son sérieux. Est-ce qu'il te surveille ? Te protège ? Hein ? Est-ce qu'il t'a à l'œil, toi aussi ?

Je lui renvoie son regard – noir contre noir.

Il n'est peut-être pas si bête, finalement...

— Bien sûr qu'il me tient à l'œil !

Toutes ses têtes sont braquées dans ma direction, guettant le moment propice où il pourra me tailler en pièces – enfin. Toutefois, j'ai bien retenu la leçon sur les mythes grecs que ma professeure d'histoire m'a inculquée au lycée. Pour tuer l'hydre, il faut tricher et retourner son poison contre elle. Héraclès a demandé de l'aide – *moi aussi.* D'une façon ou d'une autre, je trancherai et enterrerai la tête d'Enrico, encore sifflante, sous un énorme rocher. Le reste, je le ferai disparaître dans les flammes.

— Est-ce que c'est pour ça que tu as ordonné à Jemar de m'embaucher ?

Wolf croit avoir compris ce qu'il se passe, mais il se trompe.

— Pour me surveiller et m'avoir à l'œil ? ajoute-t-il sans colère particulière.

Sa douceur m'énerve encore plus que s'il m'avait accusée à grand renfort de cris et d'insultes. C'est comme s'il s'attendait à tout instant à subir une nouvelle trahison de ma part, et qu'il n'était pas du tout surpris que je le déçoive – *encore.*

— Je te protège du mieux que je le peux, Wolfgang. Et va te faire foutre si tu penses le contraire !

Je sors de la voiture en claquant la portière. Mes jambes me portent jusqu'à l'entrée de la casse, alors que je n'ai qu'une seule envie : appeler un taxi et rentrer chez moi pour m'enfouir sous la couette avec mon bébé pressé contre mon cœur douloureux. Wolf me rattrape en quelques pas, et seulement parce que je le laisse faire.

— King, m'appelle-t-il, agacé. Arrête ! Ne me tourne pas le dos...

J'en serais bien incapable, mon loup.

Et c'est là que le bât blesse. Je le protège, encore et toujours, et lui, il persiste à s'attendre au pire venant de moi. Pour sa sécurité, j'ai été jusqu'à patauger dans la merde et, comble de l'ironie, il m'a reproché ma mauvaise odeur sans réfléchir à ce qui l'avait causée : *lui.* Maintenant, il se bouche le nez pour essayer de m'aimer, tout en feignant d'ignorer que le parfum nauséabond de mes échecs passés lui pique les yeux.

Mais ça ne me suffit plus qu'il *essaie.* J'en suis arrivée à un point dans ma vie où j'ai besoin d'un homme prêt à se rouler dans la fange pour moi, *avec* moi.

Danger n'est pas cet homme... et je crois que Wolfgang non plus.

— Viens, soupiré-je, abattue. Allons retrouver ta putain de voiture. Le reste, on en discutera plus tard.

Il me retient par le coude.

— Promis ?

— Juré, lui assuré-je, sincère.

On doit crever l'abcès, lui et moi. Peut-être que ça guérira nos plaies. Ou peut-être que ça les infectera… Dieu seul sait où nous allons, Wolfgang et moi.

— Très bien, *mein Schatz*. Je te suis.

Je fronce le nez dans une expression belliqueuse.

— T'as plutôt intérêt, oui.

Il se met à rire, d'une humeur trop bonne pour les circonstances, et noue ses doigts aux miens. Lui tenir la main me procure des sensations bizarres – nostalgie, désir, peur et incertitude. Un clignement d'yeux et j'ai dix-sept ans, je l'aime si fort que je me sens prête à soulever des montagnes et à séparer des océans. Mais l'instant d'après, j'en ai de nouveau vingt-trois, et ma tête flotte dans le brouillard tandis que mon cœur erre dans la brume. Le passé, ce n'est pas un endroit où j'aime me promener…

— Où as-tu développé ce mauvais caractère, ma petite hirondelle ?

Dans la rue, tard le soir, lorsque je m'écorchais les genoux sur l'asphalte en me faisant défoncer… de toutes les façons possibles et imaginables.

— Pour survivre, il faut s'endurcir. Tu en sais quelque chose, non ?

Ses doigts se resserrent autour des miens.

— Dans mon malheur, j'ai eu de la chance. Ambroise a veillé sur moi. Je lui dois beaucoup.

Je tique et me mords les lèvres. Wolf ne lui doit rien du tout. C'est moi qui ai payé ses dettes.

— C'est important d'avoir un ange gardien, concédé-je en poussant le portail rouillé qui gémit comme une bête à l'agonie. Mais ne fais pas l'erreur de confondre un ange avec un démon sous prétexte qu'il s'est mis quelques plumes dans le cul.

Wolfgang tire sur ma main, les sourcils froncés, pour me forcer à m'arrêter et à me tourner vers lui.

— Ça veut dire quoi ?

Je prends un air innocent.

— C'est juste une expression !

Tirée d'un film que j'adore – *Fight club*.

Il ne suffit pas de se mettre une plume dans le cul pour ressembler à un coq.

Si seulement les petits voyous d'Albuquerque pouvaient se l'imprimer au fer rouge sur le corps ! Ces idiots adorent jouer aux gros bras, mais dès que le vent commence à tourner en leur défaveur, ils s'écroulent comme des châteaux de cartes et entraînent leurs proches dans leur chute.

Wolfgang a perdu son beau plumage en prison. Et c'est une bonne chose. Pourquoi être un coq... lorsqu'on peut être un aigle ?

— Un jour, articule-t-il très lentement en plongeant un regard insondable dans le mien, tu me livreras tes secrets, King.

En silence, et toujours main dans la main, nous pénétrons à l'intérieur de la casse où s'entassent tant de carcasses de voitures que l'on dirait un cimetière de ferraille. Partout où se pose mon regard, je vois des pare-chocs rouillés, des jantes pliées et des sièges troués. À quelques mètres d'une espèce de grue dotée d'une pince énorme, un bâtiment étroit en briques dépolies s'élève sur trois étages. Le rez-de-chaussée est aménagé comme un magasin tandis que le reste semble réservé à l'habitation des propriétaires. La porte d'entrée est floquée des mots « casse automobile et vente de pièces de rechange », écrits en grosses lettres vertes, et une camionnette neuve, d'un blanc éclatant, est garée près d'un platane de fleurs sauvages qui apporte une touche féminine à cet endroit légèrement glauque et sinistre.

Je toque à deux reprises, l'estomac noué. L'étreinte de Wolf est un ancrage qui m'aide à rester concentrée sur mon objectif : me venger d'Enrico et protéger mes proches. Marco a beau être un homme bien, j'ai peur de sa réaction lorsqu'il comprendra *qui* m'accompagne et *pourquoi* je l'ai emmené avec moi.

Si Enrico me soupçonne de vouloir le doubler... ce qu'il a fait subir à ma mère sera une partie de rigolade en comparaison à ce qu'il m'infligera, à moi !

— King ? s'étonne Marco, en ouvrant la porte. Qu'est-ce que tu fous là ?!

Et voilà, songé-je en inspirant à pleins poumons, *c'est reparti !*

Je plaque un grand sourire sur mes lèvres, lâche la main de Wolf et la tends à Nounours, qui s'en empare plus par réflexe que par politesse.

— Ça fait longtemps, hein ! Comment vas-tu ? Je ne te dérange pas, rassure-moi ?

Marco me gratifie de son sourire un peu niais qui lui confère un charme doux, agréable. Il est aussi grand et imposant que dans mon souvenir, et son système pileux persiste à le faire ressembler à un énorme ours en peluche. Toutefois, de fines ridules sont venues souligner le coin de ses yeux rieurs et de sa bouche prompte à manifester sa joie et ses colères.

— Tu ne me déranges jamais, ma belle. Qu'est-ce que je peux...

Son regard brun se décale d'un centimètre sur la droite et il remarque enfin la présence de Wolfgang, crispé contre mon flanc depuis qu'il l'a entendu m'appeler « ma belle ».

— Hé ! Je le connais, ce blanc-bec.

Wolf fronce les sourcils.

— T'as pris de la masse, l'Allemand ! le complimente Marco, en lui tendant la main comme s'ils étaient amis. T'es sorti de taule récemment, non ?

Ce qu'ils ne sont absolument pas.

Une alarme s'enclenche dans ma tête.

— Y'a trois semaines, répond Wolf, sur ses gardes lui aussi. Comment tu le sais ?

Le sourire de Marco s'élargit et devient piquant, un brin méchant. Mon alarme interne hurle si fort, à présent, que je manque le début de sa phrase.

— ... le salaud qui a fait buter mon cousin !

Mon instinct est plus réactif que mon cerveau. Sans réfléchir, je bondis devant Wolfgang et intercepte le poing énorme que Marco tente d'abattre dans sa direction, le teint blême de colère. Accrochée à son bras comme un bébé singe au dos de sa maman, je lui balance un coup de genou dans le ventre – *merde, autant frapper un mur !*

— Arrête d'être con, putain ! lui crié-je, alors qu'il essaie de se défaire de ma prise sans me faire de mal. Écoute-moi, espèce de brute !

Du coin de l'œil, je vois Wolfgang reculer de plusieurs pas, les mains levées devant lui dans un geste d'apaisement qui ne suffit pas à calmer les ardeurs belliqueuses de Marco.

Aux grands maux, les grands remèdes.

Je lui lâche le bras et profite de son déséquilibre pour prendre de l'élan et lui envoyer un coup de boule dans le plexus solaire – je suis trop petite pour l'atteindre au visage. Marco trébuche sur ses propres pieds, le souffle coupé, à la recherche de sa respiration, et se plie en deux pour éviter de tomber sur les fesses.

— Mais... Putain ! s'énerve Wolfgang en me tirant par la manche. T'es sérieuse ? D'où tu te jettes devant moi, comme ça ? T'es malade !

Ses grandes mains froides se glissent de part et d'autre de mon visage, qu'il soulève délicatement avec ses pouces rugueux, comme s'il avait peur de le faire tomber en morceau avec un mouvement trop violent. Sonnée, je le regarde quelques secondes en essayant de remettre de l'ordre dans mes pensées.

Bon, ça n'a pas très bien commencé...

J'ai les yeux qui pleurent et un mal de crâne apocalyptique, mais je feins de ne pas remarquer l'inquiétude de Wolfgang et le repousse pour parer une éventuelle contre-attaque.

— Marco ne lèvera jamais la main sur une femme, dis-je en essuyant mes joues mouillées. Hein, Marco ?

Mon gros nounours se redresse tant bien que mal, la respiration haletante, pour me jeter un regard à glacer le sang.

OK, j'ai peut-être pris un peu trop d'élan...

Là, ça passe ou ça casse.

— Pour toi, je serais peut-être prêt à faire une exception, grommelle-t-il. Putain, King ! T'as la tête dure !

Je lui adresse mon plus beau sourire.

— C'est ce que mes profs du lycée n'arrêtaient pas de me dire !

Il plisse les yeux, mais je sens que la colère se dissipe progressivement de son regard.

— Parce que t'es allée au lycée, toi ?

Je prends la mouche.

— Hé ! Espèce de connard ! J'ai peut-être pas réussi à finir mes études, mais je suis allée jusqu'en terminale !

Puis son frère m'a embauchée, et au lieu de passer mon diplôme, j'ai enfilé un string à paillettes et des bas en résille pour tournoyer autour d'une barre verticale pendant que mes copines sélectionnaient les universités dans lesquelles elles voulaient étudier.

— Ne te vexe pas, ma belle. T'as un gros moteur sur le capot, hein ?

— Ouais, c'est pour ça que ça sent le brûlé partout où je passe. Je laisse la moitié de mes pneus sur le bitume !

Il rit.

— Tu sais que je t'adore ?

Je fais la moue, volontairement aguicheuse.

— La vraie question, c'est : est-ce que tu m'adores suffisamment pour ne pas abîmer mon copain ?

Marco se raidit, et Wolf aussi. La tension qui avait baissé d'un cran s'électrise comme un câble de courant dénudé par une tempête.

— À cause de lui, l'un de mes cousins s'est fait buter ! Putain de lâche ! Traître !

— C'est faux ! s'insurge Wolfgang, en avançant d'un pas. Dario était un idiot. Il a provoqué la police au lieu de se faire la malle, comme c'était prévu à la base, et à cause de lui, je me suis fait arrêter ! Je l'ai attendu aussi longtemps que j'ai pu, mais il n'en avait rien à foutre... Ce qu'il voulait, c'était saigner du flic !

Un frisson d'horreur parcourt ma colonne vertébrale lorsque j'imagine Wolfgang dans cette bijouterie, avec la police et des balles qui fusent dans tous les sens.

— Il a même tué l'agent de sécurité, alors qu'on l'avait déjà maîtrisé et attaché dans le fond de la boutique !

Wolfgang avance encore d'un pas, les yeux noirs et la lèvre supérieure retroussée sur ses dents, comme un animal prêt à mordre.

Et merde... Le loup s'est réveillé.

— Ton cousin n'était qu'une merde, et dès que j'en aurai l'occasion, j'irai pisser sur sa tombe ! À cause de lui, j'ai passé six ans de ma vie dans une cellule aussi petite que tes chiottes ! Et tu sais quoi ? Je t'emmerde, mec ! Le lâche, c'est celui qui n'a jamais bougé son gros cul pour essayer d'aider sa famille !

Je suis tellement stupéfaite par le coup d'éclat de Wolfgang que je n'ai aucune réaction lorsqu'il me prend par la main pour me traîner vers la sortie.

— Hé ! nous interpelle Marco, alors qu'on est presque arrivés à la voiture. Attendez !

Wolfgang jette un rapide coup d'œil par-dessus son épaule, les yeux glacés par la haine. Je tente de le freiner, mais il a l'air décidé à se tirer d'ici et, à cet instant, il me fait tellement froid dans le dos que je le suivrais probablement jusqu'au bout du monde.

La prison a *vraiment* changé Wolf.

Peut-être se roulerait-il dans la merde, maintenant ?

— L'Allemand ! s'écrie Marco, essoufflé. Je sais pourquoi tu es venu et je peux t'aider à la retrouver, ta bagnole !

Wolf se fige si brusquement que je le percute de plein fouet, emportée par mon élan. Ma tête, déjà douloureuse, se cogne contre son épaule et se vide de toute forme de pensée cohérente pour s'emplir de douleur. Je suis à deux doigts de tourner de l'œil lorsqu'il crochète ses bras autour de ma taille et me plaque contre lui, à l'endroit où son cœur martèle sa cage thoracique. Pendant une seconde, je me demande si c'est moi ou la perspective de retrouver sa voiture qui affole son rythme cardiaque... Puis je me mets à rire de ma bêtise – bien sûr que c'est la voiture !

Wolfgang l'a toujours aimée plus que moi, cette salope à la carrosserie rouge criard.

— Pourquoi tu ferais ça ? J'suis pas stupide, mec...

— À quoi tu joues, Marco ? enchaîné-je, les tympans titillés par des acouphènes particulièrement désagréables. Et comment tu sais pour la bagnole ?

Marco s'arrête à distance prudente et croise les bras sur sa poitrine.

— Enrico m'a passé au grill avant toi, King.

Bien sûr qu'il l'a fait...

— Et ? l'encouragé-je.

Mais Marco ne me regarde plus, toute son attention est concentrée sur Wolfgang.

— Il m'a dit que tu n'avais pas attendu Dario.

Wolf crache une insulte.

— J'ai fait plus que l'attendre, ton cousin ! Je l'ai supplié d'arrêter de se prendre pour Al Pacino dans *Scarface*, mais je te l'ai déjà dit, il n'en avait rien à foutre ! Il était assoiffé de sang comme un foutu vampire !

Marco ferme les yeux, les bras ballants le long de son corps, et prend une profonde inspiration, l'air tourmenté. Puis ses épaules s'affaissent et sa colonne vertébrale s'arrondit. Un poids énorme semble le quitter à mesure qu'il intègre les paroles de Wolfgang.

— Je devais venir avec vous, ce soir-là... mais j'ai eu la trouille, confesse-t-il, la voix hantée par la culpabilité. Enrico m'a dit que c'était ma faute s'il s'était fait tuer. Il m'a dit que si j'avais été là, j'aurais pu l'aider à fuir la police et t'empêcher de te tirer avec le magot.

Le magot ? Quel magot ?!

26

LE MAGOT

Wolf

— Le magot ? Quel magot ?! s'écrie King, outrée.

Je sens mon visage se figer sous une fine pellicule de sueur. L'appréhension m'enserre les entrailles comme un poing vengeur, prêt à me les arracher du bide et à les balancer sur le trottoir. Je jette un regard d'avertissement à Nounours, mais ce dernier l'ignore royalement pour révéler à King :

— Une centaine de milliers de dollars en bijoux ont été volés pendant le braquage. Enrico est persuadé que ton petit copain s'est fait la malle avec le pactole.

Et merde !

Je n'ai pas besoin de voir le petit minois de King pour lire dans sa tête et deviner les pensées qui s'y entrechoquent comme des quilles sur une piste de bowling. Elle a toujours été trop maligne, trop rusée. Trop belle et empoisonnée pour moi.

— Si tu avais été là, reprends-je vivement à l'intention de Nounours, ça n'aurait rien changé pour Dario ! Ce mec était fêlé, il avait un pète au casque, mais je ne l'ai pas abandonné. Peut-être te serais-tu fait tuer avec lui, par contre. C'est même fort probable...

Quant aux bijoux volés, après toutes les emmerdes que ses imbéciles de cousins m'ont causées, ce n'est qu'un juste retour des choses. Point à la ligne.

— Tu me le jures, Wolfgang ?

Je regarde Nounours – *Marco,* corrigé-je en moi-même – droit dans les yeux et acquiesce sans émettre le moindre mot. Parfois, le silence est d'une vérité plus éloquente que la parole. Et c'est la vérité : il n'avait aucune chance de sauver Dario. Certains hommes se perdent de l'autre côté de la ligne, et rien ne peut les ramener à la raison... pas même l'amour de leurs proches. C'est l'une des nombreuses leçons que la prison m'a inculquées : tu ne peux pas être sauvé par un autre que toi-même. En d'autres mots : *hilf dir selbst, dann hilft dir Gott.* Aide-toi et Dieu t'aidera.

Ambroise s'est tatoué cette phrase sur le corps, moi, je l'ai gravée dans ma mémoire.

— On s'en fout de cette enflure de Dario ! s'emporte King en avançant vers Nounours, les poings serrés le long du corps. C'est Enrico, le problème ! Pourquoi pense-t-il que Wolfgang a volé les bijoux ? Il est fauché comme les blés, ce connard ! T'as vu ses godasses ?

D'un même mouvement de la tête, nous baissons les yeux vers ma vieille paire de slip-on trouées sur le côté et tachées de sang. Je n'arrive toujours pas à m'habituer aux autres chaussures que je me suis achetées en sortant de taule – trop lourdes, trop serrées, trop *neuves.*

— Hé ! grogné-je, vexé. Elles ne sont peut-être pas à la dernière mode, mais elles ont au moins le mérite d'être confortables !

King esquisse une moue de dégoût et éructe d'un ton écœuré :

— Elles sont dégueulasses !

Puis elle se tourne vers Nounours et rajoute :

— S'il avait volé cent mille balles à Enrico, tu crois vraiment qu'il se baladerait avec ces horreurs aux pieds ? Qu'il squatterait le canapé de son pote ? Qu'il travaillerait dans le garage de Danger, le père de mon fils ? Qu'il perdrait son temps à chercher sa vieille bagnole de merde que j'ai complètement bousillée au lieu de s'en racheter une plus belle, sans bosses ni rayures sur le pare-chocs ? Hein ? Vous êtes tous cons dans la famille, ou quoi ?!

Deux émotions contradictoires s'affrontent dans ma poitrine. La reconnaissance et l'horreur absolue.

Je suis reconnaissant envers King de saisir cette opportunité plutôt grossière de détourner les soupçons d'Enrico en insistant sur toutes les sources d'embarras et les échecs de ma – *minable* – vie. S'il pense que je ne sais pas où est son pognon, il me laissera peut-être tranquille. Même si j'en doute, c'est toujours une possibilité. Mais tout mon être frémit d'horreur en imaginant l'état de ma pauvre Mustang. Les mots « bosses », « rayures » et « bousillée » sont autant de coups portés à mon cœur de petit garçon amoureux de sa première voiture.

– Ne t'énerve pas, King ! s'excuse Nounours en me gratifiant d'une œillade pleine de pitié. Je ne le savais pas. C'est vrai qu'elles sont à chier, ces godasses.

Je rougis comme un con, mais parviens à fermer ma gueule avant de dire un truc stupide.

Avec les cent mille balles de ton cousin, je m'achèterai des slip-on incrustées de diamants, espèce de grosse merde !

– Dis-le à ton cousin, crache-t-elle toujours énervée. Et dis-moi ce que tu sais au sujet de sa bagnole !

Y'a pas à dire. Cette fille a plus de couilles que la plupart des mecs qui ont partagé ma cellule.

– À l'époque où tu roulais avec, Shelby l'avait à l'œil. Il attendait que mon cousin te largue pour te la faucher.

King redresse le menton, une flamme de mauvais augure dans le regard. Moi, je suis au bord de l'apoplexie.

King roulait avec ma bagnole ?!

– Et ?

Nounours s'agite, mal à l'aise.

– Et il y a de grandes chances pour que ce soit lui qui te l'ait dérobée en douce.

J'ignore qui est ce Shelby, néanmoins s'il m'a volé ma voiture, il a intérêt à l'avoir remise en état !

— Il habite toujours dans Old Town ?

Nounours hoche la tête.

— Mais il est parti en « voyage d'affaires », explique-t-il en mimant des guillemets qui m'apprennent tout ce que j'ai besoin de savoir sur Shelby – c'est un dealer. Il doit rentrer de Colombie à la mi-février.

Soit dans trois *putains* de semaines !

— Il organise encore des fêtes costumées pour la Saint-Valentin ?

— Ouais, soupire Nounours, dépité. Ce genre de mec ne change pas, King.

— Tant mieux, sourit-elle d'un air sombre. Ils n'en sont que plus faciles à abattre.

Un frisson me dévale la colonne vertébrale. Albuquerque a changé King. C'était déjà une guerrière, mais cette ville de sable et de sang l'a élevée au rang de chef de guerre.

Sans plus tarder, nous prenons congé de Nounours, qui semble retourné comme une crêpe par ce petit entretien en dents de scie. Il me remercie – de quoi, je l'ignore – et je lui serre la main en songeant qu'il a bien fait de se retirer du jeu tordu de la rue. Ce type n'a pas les épaules pour gagner contre Albuquerque. Je me sens coupable lorsque je songe que moi non plus, je ne suis pas suffisamment armé pour remporter la partie, et que je m'y suis engagé pour le seul bénéfice de ma cupidité. Toutefois, mes pensées noires s'effacent complètement de mon esprit lorsque King se rapproche de moi, aussi royale et venimeuse qu'un cobra.

Dès que l'on sort de la casse, elle s'arrête, me retient par la manche de mon sweat-shirt gris et chuchote à mon oreille :

— Les bijoux sont dans la voiture ?

Trop. Intelligente.

— Ouais, lâché-je dans un souffle précipité. Ouais.

King ferme brièvement les yeux, atterrée par ma stupidité.

— Putain... gémit-elle, avant de se mettre en colère. Tu te rends compte que si tu m'avais fait confiance, on n'en serait pas là, hein ?!

Ses deux poings s'abattent sur mon torse avec une force hostile qui me meurtrit la peau. Je recule d'un pas, puis d'un autre pour échapper à sa colère, mais elle est si forte, si brûlante, qu'elle me consume et me transforme en cendres grises.

Plus que la rage, c'est la tristesse sur son visage qui me blesse.

— Comment ça ?

Les yeux noirs de King me crucifient sur place.

— Toutes les choses que j'ai faites pour toi...

Elle me regarde, pourtant elle ne me voit plus. Le passé a envahi son esprit. J'ignore de quoi elle parle, et une petite voix dans ma tête me conseille de ne pas chercher à le savoir, mais je sens qu'elle me déteste pour ça. Pour ne pas avoir été là pour elle... alors qu'il est évident qu'elle l'a été et le sera toujours pour moi.

Si tu ne me lâches pas, je ne te lâcherai pas.

Moi aussi, je me déteste, aujourd'hui.

— *Mein Schatz*... commencé-je, le cœur à vif. Je ne voulais pas te brûler les ailes, ma petite hirondelle.

Elle éclate d'un rire sans joie.

— C'est trop tard, Wolfgang. Et par ta faute, ça fait longtemps que je ne vole plus.

Elle me plante là, comme un imbécile, et je la suis, bien sûr, parce que *je suis* un imbécile. Des dizaines de questions s'emmêlent dans ma tête, mais je les garde pour moi. Je la sens prête à m'exploser à la figure comme une grenade.

Je l'ai encore déçue.

— T'avais dix-sept ans, King, dis-je à son dos pour me défendre d'un crime que je ne suis pas tout à fait certain d'avoir commis. J'essayais de te protéger !

Nouveau rire, nouvelle insulte déguisée sous le couvert d'une hilarité irritée.

— N'inverse pas les rôles, bébé.

Elle accélère l'allure, les mains enfoncées dans les poches, et je dois presque me mettre à courir pour ne pas la perdre de vue.

— Tu étais encore mineure, relancé-je de plus en plus agacé.

J'étais censé faire quoi, hein ? Te refiler le fric et prier pour que tu ne te tires pas à l'autre bout du pays comme une enfant pourrie gâtée ? Je venais d'écoper de dix ans de prison pour ces merdes !

King fait volte-face, les yeux fixés sur moi, à l'instar de deux mitraillettes prêtes à m'abattre.

— Une enfant, tu dis ? Laisse-moi rire, Wolfgang ! Je n'ai jamais été une enfant ! Et la seule chose qui m'a gâtée, c'est la nature en m'offrant une aussi belle paire de seins !

Je grimace et promène un regard gêné autour de nous. Heureusement, nous sommes seuls.

— Tu n'as jamais cru en moi, m'accuse-t-elle d'une voix blanche tandis que ses épaules s'affaissent. Tu étais tout pour moi, Wolf. Tout ! Notre amour était ma religion, mon unique raison de vivre. La seule chose en laquelle j'arrivais à croire, envers et contre toutes les merdes qui me tombaient sur la gueule. Mais ce n'était pas ton cas.

J'ouvre la bouche pour m'en défendre... sauf qu'elle a raison. Qu'on me pardonne, mais je n'ai jamais réussi à lui faire *totalement* confiance.

— Tu t'attendais tellement à ce que je te trahisse que tu m'as poussée à le faire.

Je détourne les yeux, incapable de supporter les larmes qui envahissent son regard affligé.

— Et tu sais quoi, Wolf ? Je te pardonne.

Ces derniers mots me font l'effet d'une gifle. King ne pardonne que les gens qu'elle n'aime plus.

— Je te pardonne, continue-t-elle, intransigeante, parce que ça n'a plus la moindre importance.

Et visiblement, elle ne veut plus m'aimer.

Mais je ne compte pas la laisser me rayer de sa vie. Hors de question. *Je viens à peine de te retrouver, ma petite hirondelle !* Pour la récupérer, je suis prêt à ramper, comme elle l'a fait pour moi, car pour elle, ça ne me dérange pas de m'écorcher les genoux jusqu'au sang.

— King...

À deux pas de ma voiture, elle s'immobilise si brusquement que je la bouscule par-derrière et lui marche sur les pieds. Les yeux écarquillés, elle porte une main à sa bouche pour étouffer un cri de détresse qui déclenche toutes mes alarmes internes.

La peur au ventre, je suis son regard… et manque de m'étouffer avec ma salive.

Une immense photo de King est collée sur le capot de ma voiture. Complètement nue et penchée entre les jambes musclées d'un type sans visage, elle le suce avec une fougue sauvage et impudique qui lui creuse les joues. Pris sur le côté, le tirage met en lumière la queue rougeâtre du gars à moitié enfoncée dans sa bouche pulpeuse et ses mains délicates qui lui malaxent les testicules. Les paupières closes, les pointes des seins tendues et la croupe en l'air, elle est à genoux dans une chambre que je ne reconnais pas et, près de son string rose, il y a une liasse de billets de cent dollars et un petit sachet de cocaïne.

King est d'une beauté à couper le souffle… et à ruiner des vies. Et même si le contexte me dégoûte au point de m'en donner la nausée, je ne peux m'empêcher d'être excité par la vision de ses fesses dorées et de ses seins généreux.

— C'est qui, le type ? m'entends-je demander, la voix éraillée.

Que je puisse lui coller une balle entre les deux yeux, à cet enfoiré.

King se raidit de la tête aux pieds, comme si je venais de la frapper, et la surprise horrifiée qui chiffonnait son visage se transforme soudainement en moue hautaine.

— Qu'est-ce que j'en sais, bordel ?! Tu te souviens de toutes les bites que tu suces, toi ?!

— T'es sérieuse, putain ? m'énervé-je. S'il m'arrivait d'en sucer une, ouais, crois-moi, je m'en souviendrais !

— Eh ben, pas moi ! Cette scène-là…

D'un doigt rageur, elle désigne le capot de ma voiture que je me refuse à regarder.

— Elle se produisait toutes les nuits, et même plusieurs fois par nuit ! Alors, évite de faire ton coincé. Accepte-le une bonne fois pour toutes ou va te faire foutre !

Je tressaille sous la violence de ces mots qu'elle me jette à la figure avant d'arracher la photo et de la déchiqueter en milliers de petits morceaux de papier coloré.

— Le savoir et le voir sont deux choses très différentes, King !

Merde ! Ce n'était pas la chose à dire...

— OK ! Va te faire foutre !

Elle me balance les confettis au visage.

— Arrête de me gueuler dessus, putain ! lui hurlé-je dans les oreilles, en l'attrapant par le bras pour éviter qu'elle s'en aille. Regarde-moi, King !

Mais elle s'y refuse et se dissimule derrière le voile de ses longs cheveux noirs. Ah... ma petite hirondelle a trop honte pour me faire face... et moi, j'en rajoute une couche avec ma connerie de jalousie à deux balles.

— *Mein Schatz*, soufflé-je, épuisé. Je suis désolé.

— Pourquoi ? marmonne-t-elle, toujours cachée. Parce que j'ai été une pute et que ça te répugne ?

Je lui effleure les cheveux d'un baiser.

— Non.

Puis je lui caresse la joue d'un doigt avant d'incliner son visage vers moi.

— Je suis désolé de ne pas avoir été là pour te protéger de tout ça.

Ses yeux s'emplissent de larmes – *encore* – et je ne peux rien y faire.

— Ramène-moi à la maison, s'il te plaît.

J'acquiesce et la relâche à contrecœur. Puis j'ouvre la voiture, allume le moteur et reconduis King jusqu'à chez elle en me posant une question : à qui était destinée cette photo ? Bizarrement, je n'ai pas l'impression que c'était pour moi. On aurait dit une vengeance ou un rappel. Une humiliation plus qu'une menace.

Enrico s'est-il décidé à récupérer King ?

Une colère monstrueuse s'allume à l'intérieur de mon ventre.

Il faudra me passer sur le corps, cette fois !

— Je n'ai jamais pris de cocaïne, lâche-t-elle après une demi-heure de silence durant laquelle j'ai ressassé toutes les choses que je sais au sujet d'Enrico. Je ne suis pas tombée aussi bas que ça...

Sans un mot, je me stationne près de la porte principale du garage Thornton et coupe le moteur. J'ai l'esprit trop agité pour retourner chez Jéricho et m'affaler devant la télévision. Ce qu'il me faut, c'est un moteur à réparer. La mécanique m'aide à réfléchir, et j'ai besoin d'analyser la situation avant de faire une connerie qui pourrait m'envoyer à la morgue.

— Tu peux m'ouvrir le garage, s'il te plaît ? J'ai besoin de...

— Bidouiller une voiture pour éviter de péter un câble ? devine-t-elle, maussade. Suis-moi.

Je sors de la voiture et marche à ses côtés.

— J'essaie de me contenir, lui expliqué-je en la suivant à l'intérieur, mais j'ai envie d'aller dans l'un des clubs d'Enrico et de lui tirer une balle dans la tête.

King se fige, la main sur l'interrupteur.

— Parce que tu crois que le tuer résoudrait tes problèmes ?

J'étouffe un ricanement sinistre.

— Je m'en bats les couilles de mes problèmes ! C'est pour toi que je le buterais. Pour que tu n'aies plus jamais à rougir de ton passé !

Quelque chose passe dans le regard de King, mais elle se détourne trop vite pour que je puisse le déchiffrer avec exactitude.

— Je sonnerai chez toi pour te faire savoir quand tu pourras refermer le garage.

— OK.

Je reste près d'elle, pas certain de comprendre pourquoi je ressens le besoin de m'attarder. King ne bouge pas d'un pouce, aussi inexpressive qu'un mur de béton. Elle garde les yeux rivés sur l'interrupteur et tripote ses clés.

— OK, soupiré-je, vaincu. À plus.

Elle ne répond pas, et je n'attends plus. Je sors mon téléphone portable et mes écouteurs, pour écouter de la musique – un morceau violent et enragé pour me purger de ma colère. Satisfait par le rap d'Eminem, je monte le son au maximum, puis je file vers l'établi au fond du garage, attrape une paire de gants et inspecte la boîte à outils. Il me reste une vieille Hyundai à réparer pour une jeune maman qui doit passer la récupérer demain dans l'après-midi. C'est une banale courroie de distribution à changer, et je pensais le faire dès mon arrivée, mais ça me fera gagner du temps de m'y mettre maintenant. Je prends la pièce neuve, la boîte à outils, et m'élance vers le pont hydraulique...

— Putain de merde ! juré-je en manquant d'assommer King avec ma clé à molette. Tu m'as fait peur ! Je croyais que tu rentrais chez toi !

Mes écouteurs me tombent des oreilles en même temps qu'Eminem s'écrie :

Can I hold grudges, mind is saying: "let it go, fuck this"

Puis-je garder mes rancœurs, mon esprit me dit : « lâche-toi, on s'en fout »

Heart is saying: "I will once I bury this bitch alive"

Mon cœur me dit : « Je le ferai lorsque j'enterrerai vivante cette salope »

Hide the shovel and then drive off in the sunset.

Je planquerai la pelle et puis je m'en irai au coucher du soleil.

— Dis-moi la vérité, Wolfgang. Avant la prison, est-ce que tu m'aimais ?

Après toutes les conneries que j'ai faites par le passé, je suppose qu'il est légitime qu'elle en doute.

— J'étais fou de toi, *mein Schatz*. Et je voulais t'offrir une vie dans laquelle tu n'aurais plus été obligée d'arnaquer de riches connasses pour t'acheter les choses que tu voulais... et que tu méritais.

Ma voix résonne bizarrement dans le grand espace vide.

— Est-ce que mon passé te dégoûte de moi, à présent ?

Je fronce les sourcils.

— T'es folle, ou quoi ?!

Je lâche la boîte à outils, qui tombe sur le sol dans un vacarme de tous les diables, et attrape sa petite main pour la presser contre la bosse qui déforme l'avant de mon pantalon.

— Je suis dans cet état en permanence quand tu es près de moi ! Dès que tu t'approches, je bande. Dès que je te sens, je bande. Dès que je pense à toi...

Sa main se referme sur moi.

— Tu bandes ? susurre-t-elle avec une douceur qui me caresse le cœur. Je suis flattée.

— Et moi, grondé-je, enflammé, je suis malade. Malade de toi, King ! Et ton passé ne change rien à ce que j'éprouve pour toi !

— Et ça te rend fou, hein ? Si tu le pouvais, tu te soignerais de moi, non ?

Je ricane avec amertume.

— Et toi, King ? Est-ce que tu te souviens de moi ? Ou est-ce que ma bite aussi n'est qu'une tache floue à tes yeux, comme celles de tous les autres ?

Je déglutis ma salive de travers lorsqu'elle agrippe brutalement ma queue bandée à travers le tissu de mon pantalon. Elle le tire jusqu'à mes chevilles et emporte mon caleçon dans le même mouvement. En moins d'une seconde, j'ai le cul à l'air au milieu du garage, et mon érection se déploie dans toute la longueur de sa chair tendue. Mes jambes s'affaiblissent sous la brusque montée du sang à travers les veines de mon sexe, et je suis obligé de m'adosser à la portière de la Hyundai pour ne pas m'écrouler sur les genoux. D'une main experte, King me branle en s'agenouillant devant moi, les yeux noirs d'un désir qui m'évoque davantage la colère que la concupiscence, puis elle me guide vers sa bouche – l'antre de toutes mes perditions, mentales comme physiques.

— C'est la première fois que je vois un piercing à cet endroit, dit-elle en lorgnant l'anneau à mon gland. Un Prince Albert ?

Sa langue l'effleure avec délicatesse.

— Ça m'aidera peut-être à me souvenir de toi, cette fois... souffle-t-elle une seconde avant de m'avaler.

— *Scheiße !* m'écrié-je en arquant les hanches. Merde, King !

Mon gland cogne contre le fond de sa gorge – ça fait mal tellement c'est bon.

— Désolé, m'excusé-je, les mains enfouies dans sa chevelure bouclée. C'est trop... trop... trop...

C'est trop bon, putain !

Sa bouche s'arrondit et s'active sur mon membre qu'elle lustre à la perfection, la tête légèrement inclinée vers moi pour m'observer par-dessous la frange de ses cils. Sa peau est empourprée, ses lèvres mouillées, ses joues creusées par la vigueur de sa succion ; elle est tellement belle que j'en perds l'esprit.

King m'aspire profondément à l'intérieur de sa bouche, me suçant comme si elle ne vivait que pour savourer le sel de mon plaisir. Elle se joue de mon corps à la manière d'une flûtiste expérimentée, arrachant une musique langoureuse à mon cœur à l'agonie.

Je geins, je gémis, je *chante*.

Ah, ma petite hirondelle...

Elle monte le long de ma verge, puis redescend en serrant les lèvres pour contrôler mon souffle, moduler ma voix, accélérer mon pouls. L'une de ses mains flatte ma hampe tandis que l'autre soupèse mes testicules alourdis par ma sève brûlante.

Sa langue joue avec mon piercing, et je la sens sourire contre ma peau échauffée lorsque je la supplie de mettre fin à mes souffrances.

Elle s'amuse à me torturer.

Moi aussi, je profite des tourments qu'elle m'inflige avec tant de virtuosité qu'elle frôle le chef d'œuvre. C'est un pur délice que d'être maltraité par cette bouche, par cette langue, par cette *femme*. La jouissance se profile à l'horizon, comme le spectre d'une émotion oubliée, oppressant ma cage thoracique du besoin de hurler mon plaisir en direction de la lune. Mon esprit se brouille, se délite. L'anticipation de l'orgasme me déconnecte brièvement les neurones. Je ferme les yeux...

Les dents blanches de King tirent sur les boules de l'anneau qui transperce mon extrémité.

Elle m'égratigne, me mordille, et une lueur d'avertissement brille dans ses yeux de feu. Alors je la regarde, moi aussi. Pour être honnête, je suis incapable de faire autrement. Ses prunelles noires m'hypnotisent tandis qu'elles me chuchotent des paroles que ses lèvres incarnates ne peuvent formuler à haute voix.

Ne me quitte pas, reste avec moi.

L'exigence dans son regard acéré est explicite.

C'est toi et moi jusqu'à la fin.

Quelque part, je suis sûr que ça doit être écrit. Elle et moi. Jusqu'à la fin. Ça sonne trop juste pour être faux.

— King, éructé-je, proche de la combustion spontanée. C'est parfait… Putain, je vais jouir !

Mon orgasme arrive si rapidement que j'en éprouve de la honte – *un peu*. Pour ma défense, je n'ai plus éjaculé ailleurs que dans ma main depuis la pipe ratée de Karla. Et avant, j'étais en taule et je m'astiquais honteusement sous les draps en priant pour que personne ne surprenne mes halètements – ou ne se propose de m'aider à finir plus vite.

— Ah, *mein Schatz !* C'est trop… *Du bist zu gut für mich*[17] *!*

Oh, oui ! Oui, oui. Elle est beaucoup trop bonne pour moi.

Malgré mon avertissement étranglé, King ne s'arrête pas. Au contraire, elle accélère le rythme et intensifie la pression de sa succion. Je tente vainement de repousser l'explosion de ma jouissance en serrant les dents, puis les poings et les fesses, mais c'est une cause perdue. Niché tout au fond de sa gorge, je me liquéfie comme du beurre sur une tartine de pain chaud et doré. Une vrille de chaleur moite s'enroule à la base de ma colonne vertébrale, et les prémices d'un feu d'artifice éclatent dans mes reins. J'arque le dos et rejette la tête en arrière tandis que l'orgasme me coupe la respiration et m'empêche de hurler.

Un nom éclate comme une bombe atomique dans ma poitrine.

King !

---

17 « Tu es trop bonne pour moi » en allemand.

Je baisse les yeux vers mon membre agité de soubresauts et prisonnier de la plus exquise des cages. La vision qui s'offre à moi est d'une sensualité absolument insoutenable. La petite langue rose de King tournoie autour de mon gland tandis qu'elle lèche le mince filet blanc qui s'écoule de ma couronne enflée à sa bouche gourmande.

Cette image érotique s'inscrit à jamais sur mes rétines, et dans un même temps, je maudis tous les hommes qui ont reçu le privilège de jouir d'un tel spectacle au cours des six dernières années – à commencer par celui de la photo...

Loin de se douter des pensées meurtrières qui m'assaillent en rafales, King me sirote jusqu'à la dernière goutte, comme si j'étais un vin hors de prix. Et quand elle relève la tête, il ne reste plus rien de moi, à l'exception d'une masse de chair informe et pantelante qui ne sait plus où elle termine.

Un sourire satisfait fleurit sur son visage.

King se relève, essuie la commissure de ses lèvres contre son avant-bras et repousse l'une de ses mèches bouclées derrière sa petite oreille percée d'un diamant.

— Peut-être que je m'en souviendrai de celle-là...

Son sourire s'agrandit tandis qu'elle se penche pour murmurer à mon oreille :

— Ou peut-être pas.

J'ai envie de l'étrangler... ou de la baiser, je ne sais plus très bien.

— Espèce de harpie... haleté-je dans ses cheveux, complètement perdu.

Pressée contre moi, le visage enfoui dans mon cou, elle réplique :

— Espèce de chien.

Ça me fait sourire, et en même temps, ça me fout la trouille.

À partir de là, elle et moi, ça passe ou ça casse.

27
UN REQUIN DANS UNE PETITE MARE

King

Assise sur une chaise en plastique inconfortable, je tire sur l'ourlet de ma jupe rouge trop courte et rive un regard assassin sur l'horloge dont les aiguilles semblent faire du surplace. Je suis là depuis une heure – un véritable supplice ! Je n'aime ni les prisons, ni les flics. Et la salle d'attente du parloir du centre pénitentiaire de Santa Fe est aussi accueillante que l'antichambre des Enfers : pas de magazines pour passer le temps, pas de distributeur à café pour se réchauffer et compenser l'absence de chauffage, pas de rembourrage sur les sièges. Un calvaire ! En plus, le gardien, trop gros pour son uniforme, me fixe d'un air pervers. C'est la troisième fois en moins d'une minute qu'il reluque ma poitrine engoncée dans un pull noir moulant.

Je suis sûre qu'il me prend pour une prostituée.

Et il n'aurait pas complètement tort.

Avec un soupir de lassitude, je verrouille mon téléphone pour économiser les six pour cent de batterie qu'il me reste et croise les bras en priant pour que le temps s'accélère... ou s'arrête.

Je n'ai pas du tout envie de me retrouver face à Ambroise. Même si j'ai eu plus de deux semaines pour me préparer à l'idée de le voir, je ne sais toujours pas à quoi m'attendre de cet entretien. Je pensais que Jemar arriverait à m'obtenir un droit de visite plus tôt, mais le nom d'Ambroise a déclenché une petite alarme dans la base de données de l'État et, contrairement à la fois où je me suis inscrite pour les parloirs de Wolf, j'ai dû montrer patte blanche avant d'être autorisée à le rencontrer.

Sans l'aide de Jemar, je ne pense pas que ces quarante-cinq minutes de visite m'auraient été accordées – *et pas une de plus*, le gardien joufflu a été très clair là-dessus.

Il est quinze heures cinquante, et j'ai rendez-vous avec Ambroise à seize heures. Comme Jemar me l'a recommandé, je suis arrivée avec une heure d'avance, avec tous mes papiers, et j'ai enduré en silence une fouille complète de mes affaires et une vérification acharnée de mon identité. Pendant une seconde, à la mine suspicieuse de la femme qui me tâtait les poches, j'ai cru qu'ils allaient pousser la paranoïa jusqu'à me faire subir un examen rectal. Heureusement pour mes fesses, ils m'ont simplement passée au détecteur de métaux. Évidemment, je n'ai pas déclenché les alarmes. Jemar m'avait prévenue d'enlever les baleines de mon soutien-gorge et mon piercing au nombril.

D'un autre côté… j'aurais peut-être préféré me faire virer *manu militari* de la prison.

J'ai la nausée rien qu'à m'imaginer en face d'Ambroise, avec tous les espions d'Enrico aux aguets, comme des rapaces, prêts à rapporter le moindre de mes faits et gestes à leur patron.

J'avale ma salive de travers en repensant aux derniers messages d'Enrico.

[Tu as aimé mon petit cadeau ?]

Bien sûr, il parlait de cette immonde photo de moi en train de le sucer qu'il avait placardée sur le capot de la voiture de Wolfgang. Sur le coup, ça m'avait tellement énervée que j'avais répliqué d'une façon extrêmement stupide – et *brutalement* honnête.

[Il a fait bander Wolf comme un âne. Merci. Ça faisait longtemps que je n'avais pas goûté à de la saucisse allemande... Ça m'avait manqué.]

Je n'aurais jamais dû le provoquer, mais j'avais trop envie de lui faire mal.

Sa réponse avait été à la hauteur de ma bassesse.

[Je te laisse un mois pour me rapporter quelque chose d'utile, King. Si tu me déçois, mon prochain cadeau te coûtera nettement plus cher.]

Une menace explicite qui a résonné à mes oreilles comme un ultimatum. À présent, il ne me reste plus qu'une semaine pour dénicher une information intéressante sur Ambroise ou la voiture de Wolfgang... et je suis au point mort dans les deux cas.

J'entends le tic-tac de l'horloge s'agiter dans mon esprit. Il me nargue, le salaud. Rien n'avance et pourtant, le temps me file entre les doigts comme de l'eau. J'ai du mal à croire que ça fait déjà un mois que Wolfgang travaille au garage. Il faut dire que je l'évite soigneusement depuis... l'incident de la « pipe ».

Un frisson de désir m'oblige à serrer les cuisses.

Je m'en bats les couilles de mes problèmes ! C'est pour toi que je le buterais. Pour que tu n'aies plus jamais à rougir de ton passé !

L'écho des mots de Wolfgang fait s'emballer les battements de mon cœur, comme à chaque fois que j'y repense.

C'est la plus belle chose qu'un homme ait pu me dire... et il fallait bien que ce soit lui qui me dise cela, après m'avoir vue complètement nue sur un tirage 30x30 imprimé sur du papier glacé, alors que je suçais la bite d'un autre mec pour une poignée d'argent sale.

Pourquoi t'amuses-tu à me faire perdre la tête, Wolfgang ? Ne m'as-tu pas assez tourmentée ?

Ces dernières semaines, je l'ai ignoré, le cœur à la dérive, et lui aussi, il a gardé ses distances.

Je vois bien que ça le tue autant que ça me saigne, mais je crois qu'il n'en mène pas plus large que moi. Qu'est-ce qu'on est censés faire, maintenant ? Reprendre notre relation comme si rien ne s'était passé ? Impossible ! Et même si ça l'était, je ne le voudrais pas. Les six années que j'ai vécues sans lui ont existé, et elles m'ont changée – à jamais. J'aimerais qu'il les accepte, et qu'il m'accepte, *moi*, comme je l'accepte, *lui*, avec toutes ses qualités et ses défauts... mais Wolf est trop intelligent, trop prudent, trop intuitif. Et avec le pactole qui l'attend dans la boîte à gants de sa putain de Mustang, on sait tous les deux que sa vie n'est plus ici, avec moi, à Albuquerque. Dès qu'il aura remis la main sur les bijoux, il se fera la malle au Canada.

Loin, si loin de moi...

Wolfgang est le rêve d'une autre vie. Je l'ai compris pendant que je le faisais jouir dans ma bouche : nos corps s'aiment, à la vie à la mort, mais nos cœurs ont trop souffert. Lui, il pense à tous les autres mecs qui m'ont possédée pendant que je le touche, l'embrasse, *l'aime*. Et moi, je pense à lui, rien qu'à lui, et je me surprends à regretter qu'il n'ait pas été directement au Canada à sa sortie de taule.

S'il n'était pas revenu, j'aurais fini par dire « oui » à Danger. Je me serais mariée et j'aurais adopté Asher. Oui, j'aurais mené la vie *presque* parfaite qui m'a toujours fait rêver. Elle aurait été pleine de mensonges et de secrets, mais ça ne m'aurait pas dérangée.

Question d'habitude.

Aujourd'hui, je n'ai plus qu'une seule certitude : Wolfgang Müller m'aime aussi fort qu'il me craint. Et il a *vraiment* peur de moi. Mais ça veut aussi dire qu'il n'aura ***jamais*** confiance en nous.

Je me bats contre moi-même pour lui. Et c'est une bataille perdue d'avance.

— Mademoiselle Clark ? C'est à vous.

La voix bourrue du gardien m'extirpe de mes pensées. Je me lève et le suis à travers les couloirs impersonnels de la prison. Je ne croise pas âme qui vive sur ma route, mais le poids du regard robotique des caméras pèse sur ma nuque. Les locaux sont ultra-sécurisés et je devrais en éprouver du soulagement... Toutefois, je me sens plus surveillée que protégée, et c'est extrêmement anxiogène.

— C'est là, m'informe le gardien, en louchant une dernière fois sur mes seins. Quarante-cinq minutes, ma mignonne.

Je pince les lèvres, agacée, et pénètre à l'intérieur de la pièce neutre où une dizaine de tables circulaires sont installées, çà et là, et permettent à des familles, à des amis et à des amants de se retrouver dans un simulacre raté d'intimité. Elles sont toutes occupées, sauf une : la mienne. Je traverse la pièce d'un pas faussement assuré, cachée sous un masque d'arrogance. Cela dit, j'ai bien conscience des œillades désapprobatrices que me jettent les femmes en avisant la mine concupiscente de leurs hommes. Il me semble reconnaître quelques visages... cette fille brune, là-bas, et ce mec roux, de l'autre côté... mais je ne m'attarde pas sur leurs traits, de crainte de me trahir auprès des gardiens, ou pire, des espions d'Ambroise.

Parce que je me doute bien qu'il en a dissimulé dans la pièce, lui aussi.

L'estomac serré et soulevé par la nausée, je m'assois et attends, les bras croisés sur la poitrine, qu'Ambroise fasse son apparition.

Il arrive *presque* trop vite.

— Salut, bébé.

Je relève vivement la tête, surprise par le son rocailleux de sa voix et le frisson d'appréhension qui rampe le long de ma colonne vertébrale.

Ambroise est là, devant moi, dans une combinaison orange qui exacerbe l'aura de violence et de folie qu'il exhale par tous les pores de sa peau tatouée.

— Euh...

Les mots me manquent, le courage me déserte.

Ambroise me gratifie d'un rictus empoisonné, et les gardiens se raidissent, prêts à intervenir. Je tressaille sur ma chaise, une boule d'angoisse nichée dans le fond de la gorge.

Cet homme est absolument terrifiant... et étrangement attirant.

Avec ses cheveux noirs rasés à blanc sur les tempes, ses yeux froids et vides de la couleur de l'obsidienne, ses joues grêlées de petites marques circulaires et ses tatouages glauques, il ressemble à un tueur en série avide de sang frais. Son sourire bancal, étiré sur un seul côté, dévoile une dentition blanche, mais irrégulière, qui souligne la courbe douce de ses lèvres abîmées par une longue estafilade. Sous l'épaisse frange de ses cils inférieurs, une phrase s'étale en lettres gothiques : *kill me.* De l'autre côté, un poignard dirige sa pointe ensanglantée vers le pli irrégulier de la cicatrice qui longe l'arête de son nez aquilin.

Je me rends compte que je la fixe bêtement lorsqu'il se met à parler :

— Tu ne me prends pas dans tes bras, bébé ? Ça fait longtemps...

Je fronce les sourcils, perplexe. Je ne suis pas certaine de comprendre ce qu'il attend de moi.

— Allez, King. Je ne mords pas.

Son sourire s'élargit et ses cicatrices se plissent. Il est incroyablement sexy dans le genre *« je te baise, puis je te bute »*. Salomé disait toujours de son grand frère qu'il ne plaisait qu'aux folles furieuses et aux tarées névrosées. Je n'ai pas l'impression d'être folle ou suicidaire... mais il est indéniable qu'Ambroise m'attire d'une façon profondément malsaine.

— Ou pas trop fort, se moque-t-il de moi en passant sa langue sur ses dents de travers.

Il a senti ma peur, le chacal. Et il s'en amuse.

Piquée dans ma fierté, je me redresse sur ma chaise, contourne la table et m'approche de lui.

Ambroise sent le savon et la violence – une odeur de poudre, de sang souillé et de musc sauvage. Beaucoup plus grand que moi, aussi musclé qu'un nageur olympique, il me surplombe de toute sa hauteur avec l'air sardonique d'un chat qui s'apprête à gober une souris. Mais je ne suis pas une proie, et je ne me laisserai certainement pas intimider par cet enfoiré. J'ai besoin de lui, c'est vrai... cela dit, il a besoin de moi, lui aussi.

S'il veut survivre à la tempête qui se prépare, Ambroise devra mettre de côté ses a priori nauséabonds sur les femmes...

Je lui décoche un sourire revanchard et tends les bras pour

l'enlacer, comme il me l'a demandé… mais c'est un piège. Ses mains jaillissent des poches de sa combinaison si vite que je n'ai même pas le temps de reculer. Il m'attrape par les fesses, me plaque contre son torse et me roule une pelle magistrale. J'étouffe un cri dans sa bouche lorsque sa langue me pénètre avec une brutalité qui me rappelle de *très* mauvais souvenirs. Ses mains glissent sous ma jupe, qu'il soulève, dévoilant mon postérieur à la foule bourdonnante d'agitation – et de désapprobation. J'essaie de me débattre, mais ça l'excite. Contre mon ventre, je sens les contours de son érection qui se gorge d'un sang brûlant, et même si elle n'est pas très impressionnante, elle est aussi dure et rigide qu'une barre à mine. Ses dents me mordillent les lèvres, ses ongles me raclent la peau, son corps écrase le mien. Sa violence est aussi sexuelle que celle d'Enrico ; pour eux, l'amour est un combat à mort, une prise de pouvoir, une lutte de dominance.

Mais je sais me battre, moi aussi. Et j'aime le goût du sang autant que ces deux charognards.

Énervée par son petit jeu de dupes, je tire sur ses cheveux et incline sa tête vers moi pour approfondir notre baiser. Dans un même temps, je soulève la jambe pour rouler des hanches contre lui. Un gémissement s'étrangle dans sa gorge – *bien fait pour toi, connard !* Ma langue combat la sienne, nos dents s'entrechoquent, un arrière-goût de rouille se mêle à nos salives.

Je raffermis ma prise autour de lui.

Il tremble dans mes bras.

J'ai gagné, et il le sait.

Ambroise recule, le souffle haletant, les joues empourprées et l'œil flou. Mes lèvres saignent, mais je n'en ai cure. Cette victoire, je la savoure dans le sang qui me coule dans la gorge.

— Raoul ! siffle Ambroise, en me fixant sans ciller, les pupilles dilatées. T'as une chambre, pour nous ?

Tous les poils de mon corps se hérissent de répulsion. Peut-être n'ai-je pas tout à fait gagné, en fin de compte…

Le gardien hoche la tête, l'air un peu mal à l'aise.

— King et moi, on te la réserve pour la prochaine demi-heure.

Ambroise ne demande pas. Il *exige*. Et à mon plus grand étonnement, le gardien se plie à ses caprices. Je sens tous les regards se braquer sur moi lorsqu'il crochète ma taille de son bras musclé, me soulève du sol et me guide d'un pas martial vers une porte métallique, près de la sortie de secours, qui mène vraisemblablement à des petites cellules aménagées pour les couples.

Moins d'une minute plus tard, et alors que mon cerveau a cessé de fonctionner, je me retrouve complètement seule, à l'abri des regards, dans une chambre de neuf mètres carrés qui ne contient qu'un lit et un W.-C. cloué au mur.

Ambroise me jette sur le lit et soudain, la terreur qui m'enserre la poitrine est si forte que je suis à deux doigts de m'évanouir.

— Tu es à la hauteur de ta réputation, King ! se marre-t-il en s'adossant contre la porte fermée.

Je tire sur ma jupe pour recouvrir mes fesses tandis qu'il me détaille de la tête aux pieds.

— Une vraie bombe.

Le ronronnement dans sa voix grave est explicite – il aime ce qu'il voit. Je le foudroie d'un regard noir et me protège de mes bras.

— Je ne coucherai pas avec toi, Ambroise !

Il hausse les sourcils.

— C'était pour le spectacle, bébé. Détends-toi, je ne vais pas te toucher.

L'une de ses mains réarrange son érection dans sa combinaison – ça ne me rassure pas.

— J'suis peut-être un sale type, mais je n'ai jamais forcé une femme à baiser avec moi.

Soudain, une lueur malsaine brille dans les profondeurs opaques de ses yeux noirs.

— Cela dit, je n'avais jamais été enfermé avec une fille aussi jolie que toi, King.

Un requin dans une petite mare. Ambroise est un prédateur, et moi, que je le veuille ou non, je suis bel et bien une proie.

Sa proie.

— Je ne suis pas là pour ça ! lui rappelé-je, agressive.

Il sourit, et c'est à mon tour d'avoir les genoux qui tremblent.

— Non, c'est vrai, admet-il, hilare. Tu es là pour danser, King. N'est-ce pas ? Tu vas danser pour moi, hein ? Et peut-être qu'au lieu de te coincer des billets dans le string, je te glisserai des secrets à l'oreille.

Oh, le salaud !

— Je ne danserai pas ! m'écrié-je complètement hors de moi. Jamais ! Va te faire foutre !

Les traits d'Ambroise s'aiguisent sous sa peau sombre pour révéler toute l'étendue de la noirceur qui le consume, corps et âme.

— C'est une proposition ? Parce que je l'accepterais avec plaisir, bébé.

J'amorce un lent mouvement de recul, entre tentative de fuite et sursaut d'indignation, pour me redresser et descendre du lit, mais Ambroise est trop rapide. *Toujours* plus rapide que moi. Il me tombe dessus comme un marteau sur une enclume, sans douceur ou subtilité, et s'allonge sur moi, clouant mon corps récalcitrant au matelas avec une férocité dénuée de la cruauté à laquelle je m'attendais. Ivre de rage, je me débats contre l'étau de ses bras, mais sa prise est intransigeante.

Il m'immobilise sans réellement me blesser, il m'emprisonne sans vraiment me contraindre.

Au moment où je sens ma panique se transformer en colère viscérale, ses lèvres boudeuses capturent les miennes pour m'entraîner dans un simulacre de baiser qui en mérite à peine le nom.

On n'échappe pas à un monstre en signant un pacte avec le diable.

Je le regarde et il me regarde, lui aussi.

Pas de langue, pas d'excitation.

La porte de la cellule s'ouvre dans un chuintement métallique, et soudain, je comprends – c'est encore pour le spectacle.

— Oh, pardon ! J'pensais qu'elle était vide, c'te cellule ! s'exclame le gros gardien rondouillard de l'accueil, en s'attardant sur le seuil pour nous mater sous toutes les coutures. Hum, hum...

La bouche d'Ambroise relâche la mienne pour cracher une insulte à l'intention du gardien. Il lui ordonne de partir, la voix vibrante d'une autorité qui me donnerait presque envie de me soumettre à sa volonté, moi aussi. Le gardien grimace, rouge de honte, conscient de son humiliation, mais sort de la cellule et referme la porte derrière lui.

Ambroise se relève, et je me détends – *un peu.*

Je crois avoir cerné le personnage.

Il est aussi vif et dangereux qu'un cobra, aussi intelligent et rusé qu'un renard, et même si je ne commettrai plus l'erreur de croire que mes liens avec sa famille me protègent de ses attaques, je sais qu'il ne me mordra pas... *tant que je ne le provoquerai pas.*

— Ce *pendejo*[18] ne reviendra pas, chuchote-t-il. Mais ça ne m'étonnerait pas qu'il ait collé son oreille à la porte.

Je déglutis, écrasée par le corps dur comme la pierre d'Ambroise.

— C'est qui ?

Il pose une main sur ma joue pour tourner mon visage vers lui. De l'autre, il entoure mon cou de ses doigts froids et s'amuse à faire rouler mon pouls erratique sous la pulpe de son pouce, comme s'il aimait en sentir la pulsation terrifiée. D'aussi près, je distingue toutes les paillettes claires qui pétillent dans ses yeux noirs de jais. Son regard métallique est d'une beauté sanglante, d'une douceur cruelle. Je crois qu'Ambroise pourrait m'étrangler, là, maintenant, sans éprouver ne serait-ce qu'un soupçon de remords.

De toute façon, avec ou sans ses mains autour de mon cou, j'ai de plus en plus de mal à respirer.

— Le chien de garde d'Enrico, m'explique-t-il dans un murmure rauque, qu'il accompagne d'un sourire si froid que j'en ai le cœur qui

---

[18] « Connard » en espagnol.

gèle dans la poitrine. Il va lui faire un rapport très salé...

Ses pupilles se dilatent sous l'effet du désir vicieux que cette pensée semble lui procurer.

— Ça te fait bander de l'humilier ?

Ma voix n'est pas aussi accusatrice que je l'aurais souhaité, et pour cause, ça me fait plaisir, à moi aussi, de rabaisser Enrico plus bas que terre.

— Pas toi ?

Il hausse un sourcil, comme s'il était curieux, mais je sais qu'il m'a cernée dès le premier coup d'œil, lui aussi.

— Moi, lui murmuré-je d'un ton déterminé, je ne veux pas l'humilier...

Je marque une petite pause durant laquelle je plonge mon regard dans le sien. Je veux qu'il comprenne à quel point je suis sérieuse. Ce n'est pas un jeu, pour moi. C'est une question de vie ou de mort.

Et la mort d'Enrico, de préférence.

— Je veux le tuer.

Ambroise cligne lentement des paupières, pourtant il n'a pas l'air surpris.

C'est notre premier point commun.

On s'analyse en silence, allongés l'un en face de l'autre sur un lit trop petit pour deux. Ses mains se resserrent autour de ma gorge, et les miennes, que j'ai plaquées contre son cœur dont les battements se sont accélérés quand j'ai parlé du meurtre de son plus grand rival, se crispent sur les plis de sa combinaison.

— Il a menacé la vie de mon bébé, lui révélé-je en craquant la première. Je ne sais pas ce que tu lui as fait, mais il est déterminé à t'empêcher de sortir d'ici. Et pour ça, il n'hésitera pas à faire du mal à mon fils.

— Les enfants sont intouchables, objecte-t-il, les sourcils froncés par la contrariété.

Je secoue la tête, désabusée, tandis que les larmes me montent aux yeux.

— Il a d'abord commencé par menacer ma mère, mais je n'en ai rien à faire de cette idiote. Je lui ai dit qu'il pouvait la baiser ou la tuer, que ça ne me faisait ni chaud ni froid et, je te l'accorde, ça n'a pas été très malin de ma part.

Je pousse un long soupir et repose ma tête contre le matelas inconfortable. Cette guerre n'a même pas vraiment commencé qu'elle m'épuise déjà les nerfs.

— Alors il est passé à la vitesse supérieure : il a menacé Wolfgang, puis Danger, le père de mon fils... et moi, aussi.

Un rictus maussade se fige sur mes lèvres tremblantes.

— Ça ne t'a pas fait plier ?

— Si, presque. J'ai tellement peur que ça m'empêche de dormir la nuit. Mais je ne suis pas stupide. J'aurais pu lui donner ce qu'il voulait, et plus encore, il m'aurait tout de même baisée, à la fin.

Les grandes mains d'Ambroise s'adoucissent imperceptiblement sur ma gorge.

— Jolie, intelligente et assoiffée de sang, me complimente-t-il, les paupières lourdes. Wolfgang a de la chance...

Je ne relève pas – *terrain miné.*

— Asher a six mois. Je l'aime plus que tout au monde. Pour lui, je détruirais cette ville, je soulèverais des montagnes, je séparerais des océans et, surtout, je couvrirais mes mains du sang de nos ennemis.

Ambroise exhale un profond soupir qui s'évente sur mes joues et s'égare dans mes cheveux.

— Je suis à deux doigts de te respecter, King.

Quel piètre menteur, celui-là...

— Tu me respectes déjà, Ambroise. Sinon, je ne serais pas là, avec toi, à jouer cette comédie romantico-pornographique !

Il ne répond pas, mais une étincelle moqueuse s'allume dans son regard noir.

— Je sais que tu espères sortir d'ici, et nous savons tous les deux que, si tu réussis, Enrico ne te laissera pas revenir à Albuquerque. Pas vivant, en tout cas. C'est lui ou toi.

Et moi aussi, ajouté-je en mon for intérieur.

— Ça a toujours été lui ou moi, me fait-il remarquer, d'une voix dénuée de malice ou d'arrogance.

J'aimerais qu'il me dise pourquoi et comment ils en sont arrivés là, mais je suppose que la raison est évidente : l'attrait du pouvoir. Ils en sont assoiffés tous les deux. Pour eux, c'est plus qu'une drogue, c'est devenu une véritable maladie.

— Eh bien, moi, soufflé-je avec douceur, je veux que ce soit toi.

Ma confession à cœur ouvert ne lui arrache pas l'ombre d'un sourire. Peut-être s'y attendait-il. Ou peut-être ne me croit-il pas.

— Pourquoi, King ? As-tu songé au fait que je puisse être pire que lui ?

Le vide dans ses yeux réussirait presque à m'en convaincre.

— Peut-être, concédé-je, pragmatique. Je n'oublie pas que tu m'as jetée dans sa gueule pour mieux le surveiller...

Le tressaillement au coin de sa paupière gauche me confirme son implication dans ma lente et insidieuse descente aux enfers.

— Mais tu m'as aussi aidée à m'en sortir lorsqu'il est devenu évident que j'en crevais à petit feu. Tu m'as pris mes plus belles années, tu m'as pris mon argent et, d'une certaine façon, tu m'as aussi volé Wolfgang. Toutefois, tu m'as donné Jemar, un vrai boulot et une situation honnête.

Ambroise rougit, la bouche pincée et la mine légèrement interloquée. C'est la première fois que je le surprends, et ça n'a pas l'air de lui plaire. Mais j'en suis heureuse. Ainsi, je lui prouve que je peux lui être *vraiment* utile. Plus qu'une marionnette, moi aussi, je sais tirer quelques ficelles.

— *Trop* intelligente.

Pour naviguer dans les eaux infestées de requins d'Albuquerque, une fille – et, a fortiori, une pute à la retraite – n'est jamais *trop* intelligente.

— Tu es un enfoiré, continué-je, en feignant de ne pas l'avoir entendu, mais tu ne feras jamais de mal à mon bébé, toi, et rien que pour ça, je suis de ton côté.

Il hoche la tête avec réticence, me concédant ce point. Je viens de passer une première étape, mais ça ne m'ouvre toujours pas les portes de son jardin secret. Ça ne les entrebâille même pas !

— Qu'est-ce qu'il t'a demandé ? relance-t-il pour changer de sujet.

Il n'aime visiblement pas que l'on pointe du doigt ses – *rares* – qualités.

— Deux choses : la voiture de Wolfgang et... toi.

Un éclat de rire éraillé se coince dans sa gorge.

— Moi ?

C'est le moment de dévoiler mon jeu, au risque de perdre la partie et de me faire plumer. Sans réfléchir aux conséquences, j'abats toutes mes cartes et balance tous mes jetons sur le tapis.

— Il veut savoir qui t'aide à retourner à la vie civile. C'est devenu sa nouvelle obsession, et toute son attention est focalisée sur toi. Wolfgang et moi, on fait office de dommages collatéraux. Ce qu'il désire vraiment, c'est ta tête.

Je marque une pause, troublée dans mes pensées par un long frisson qui me hérisse tous les petits cheveux à l'arrière de la nuque. Je sens une présence derrière la porte, je vois une ombre rôder sur le seuil...

Ambroise a raison : le gardien ventripotent de l'accueil continue à nous espionner ! Dans cette prison, les murs ont des yeux *et* des oreilles. Devoir être sur mes gardes vingt-quatre heures sur vingt-quatre finirait par me rendre complètement folle. À la place d'Ambroise, je ne le supporterais pas. Plutôt mourir que d'être enfermée dans une cellule où mes ennemis sont partout... et toujours là !

— Une nouvelle preuve a été apportée à mon dossier, m'explique-t-il. En conséquence, j'ai demandé à mon avocate, Maître Terrence, de rédiger une déclaration d'appel, qu'elle a délivrée à la greffière de la Cour d'appel quelques semaines avant la libération de Wolfgang.

J'étouffe un soupir agacé.

— Ne m'assomme par avec ton jargon juridique ! Je connais la procédure.

Et pour cause, je me suis battue pendant des mois pour convaincre Wolfgang de faire appel de son jugement, mais il ne voulait pas prendre le risque d'écoper d'une peine encore plus lourde. Son braquage foireux s'était soldé par deux morts, une fusillade et un accident de voiture. Il pensait mériter les dix années de réclusion criminelle que les jurés avaient requises contre lui... et peut-être avait-il raison. Toutefois, je l'aimais trop pour me faire à l'idée d'être privée de sa présence pendant une décennie, et j'aurais été jusqu'à l'aider à s'évader à la Michael Scofield[19] s'il me l'avait demandé.

— Le verdict sera rendu par le juge Torres dans sept semaines et trois jours.

Je me présente, Jéricho Torres. Enchanté de faire ta connaissance, King.

— Le père de Jéricho ?

Il me fait signe de baisser d'un ton tandis que son expression arrogante s'altère de façon presque imperceptible – il ne s'attendait pas à ce que je fasse le rapprochement. J'aimerais m'en réjouir, mais... une pensée atroce vient de s'immiscer dans mon esprit.

— Je suppose que tu l'as rencontré par l'intermédiaire de Wolfgang.

— Oui. Il me l'a présenté au cours d'une soirée qui ne s'est pas très bien déroulée et...

J'hésite à aller jusqu'au bout de ma phrase.

— Et ? m'encourage-t-il, soupçonneux, en se redressant sur les coudes.

Dans cette position, il me domine de toute sa hauteur et obstrue complètement mon champ de vision, réduisant mon univers à son visage. C'est à la fois une menace et une promesse : il peut m'écraser comme me protéger.

Ce rappel passif-agressif est inutile. J'ai déjà choisi mon camp.

— Et je crois que ce type va te mettre dans la merde, avoué-je, en priant pour qu'il ne se mette pas en tête de refroidir son ami. Il aime

---

[19] Michael Scofield est un personnage de fiction tiré de la série Prison Break, qui élabore un ingénieux plan d'évasion pour sauver son frère, condamné à mort pour un meurtre qu'il n'a pas commis.

les jolies filles et, plus particulièrement, les jolies *putes*. Enrico s'est servi de sa préférence pour les rapports tarifés pour introduire des taupes dans son entourage...

Une colère sourde et violente ravive les braises fumantes de la jalousie qui couve dans mon ventre depuis que j'ai surpris Karla au bras de Wolfgang.

— Karla a sucé Wolf à sa sortie de taule, et si je n'avais pas été là, elle lui aurait soutiré plus qu'une giclée de sperme.

Tous les muscles d'Ambroise se crispent tandis qu'il encaisse le choc de cette révélation. Son masque d'impassibilité se fissure et s'émiette sous mon regard mi-satisfait, mi-inquiet. Ça non plus, il ne le savait pas, et c'est une raison supplémentaire pour lui de se fier à moi : je peux être ses yeux et ses oreilles en dehors de ces murs austères.

Après avoir retrouvé son calme, Ambroise réplique :

— Comment as-tu géré la situation ?

Je grimace, un peu honteuse.

— J'ai fait une scène de jalousie à Wolfgang, puis j'ai défoncé la gueule parfaite de Karla à grands coups de poing et, pour te la faire courte, je me suis complètement ridiculisée.

Ambroise écarquille les yeux, incrédule.

— Tu as défoncé la petite chouchou d'Enrico ? Belle paire de couilles, King ! me félicite-t-il, admiratif. Ça t'a coûté cher ?

Parler avec quelqu'un qui connaît la rue et ses dérives aussi bien que moi me procure un sentiment étrangement libérateur.

— Il s'en est pris à ma mère, lui révélé-je d'une voix atone. Donc, non. Je m'en suis plutôt bien sortie.

C'est peut-être méchant, mais je refuse de mentir à ce sujet. Je ne me sens pas responsable du mal qu'Enrico lui a infligé pour me punir ; ce n'est qu'un juste retour des choses.

Le cycle de la vie, version Albuquerque.

— Pour en revenir à Jéricho...

Ambroise m'interrompt avec fermeté :

— Ne t'inquiète pas pour lui. J'ai la femme qu'il lui faut, et crois-moi, avec elle, il ne songera plus à besogner les jouets cassés d'Enrico.

C'est à mon tour de me raidir.

— Jouets cassés ? C'est aussi comme ça que tu me vois ?!

Si tel est le cas, il va droit dans le mur, et je ne ferai rien pour amortir la collision.

Au contraire...

Je ne suis pas un jouet. Je ne suis pas cassée. Et surtout... Je. Ne. Suis. Pas. À. Enrico !

— Ah, rit-il en s'adoucissant. Non. Toi, tu étais un petit morceau de charbon, et sous la pression d'Albuquerque, tu es devenue un véritable diamant.

Je cligne des yeux, étonnée par son compliment.

— Je te l'ai dit : Wolfgang a de la chance. Si tu n'étais pas à lui, tu serais déjà à moi.

Je le repousse d'un coup de poing dans le pectoral, agacée par la chaleur qui se diffuse dans ma poitrine. J'aime l'idée d'être à Wolfgang, et toute ma féminité se révolte contre ce sentiment d'appartenance que je ressens, envers et contre toute logique, pour mon loup aux yeux polaires.

Pas parce que j'ai honte de me sentir liée corps et âme à un homme... mais parce que ce n'est pas réciproque.

Il n'est pas à moi.

Pas encore.

— Je n'appartiens à personne, tête de nœud.

Ambroise rit de ma mauvaise foi, comme s'il me trouvait attendrissante, puis s'adosse contre le mur, en position assise, et cale sa tête dans sa paume pour m'observer par-dessous ses longs cils noirs.

— Il faut que je sorte d'ici, King, finit-il par lâcher, hanté par un mal que je ne connais que trop bien.

Pour la première fois, je perçois l'extrême solitude qui pèse sur son cœur comme une enclume prête à l'écraser. Elle résonne à l'intérieur de moi et, en le regardant, je me revois à Albuquerque, libre peut-être, mais seule et abandonnée. À cette époque, j'étais perdue et j'errais dans les rues à la recherche d'un lien, d'une main tendue ou d'une miette d'attention cordiale.

— Qu'est-ce que je peux faire pour toi ?

Visiblement, c'était la question qu'il attendait, car il s'empresse de m'ordonner :

— Reviens me voir mercredi prochain.

Je hausse les sourcils, perplexe.

— Et maintenant... enchaîne-t-il sans me laisser le temps d'exiger de plus amples explications, déshabille-toi !

— Quoi ? Hors de question ! m'écrié-je derechef.

Ambroise me dévisage avec l'air de s'amuser comme un petit fou.

— Le gardien reviendra dans moins d'une minute, et il faut qu'il nous surprenne dans une position compromettante pour enfumer Enrico. Si tu viens me revoir sans qu'il s'imagine que tu me manipules par le biais du sexe, il t'en collera une dans le crâne dès que tu auras franchi les portes de la prison.

Cette enflure a raison, putain !

— D'accord ! grondé-je en me déshabillant de mauvaise grâce. Mais je t'interdis de me reluquer et je garde mes sous-vêtements. On fera semblant d'avoir fini nos galipettes...

Il me décoche un sourire ravageur.

— Tu peux garder tes sous-vêtements, mais je n'en porte pas, moi ! se marre-t-il en enlevant sa combinaison pour m'exposer fièrement sa nudité décomplexée. Et je vais te mater jusqu'à me faire saigner les yeux, bébé.

Je me retourne, les joues brûlantes, et sursaute lorsqu'il passe ses grandes mains dans mes cheveux pour les ébouriffer dans tous les sens.

— Parce que maintenant, pour les gens de cette prison, t'es ma petite copine !

Un pincement au cœur me fait tressaillir et je baisse la tête vers mes collants roulés en boule autour de mes chevilles.

J'espère que Wolfgang n'en saura jamais rien...

28

UN SOUTIF SUR LE RÉTROVISEUR

Wolf

Je gare la voiture de Jéricho le long d'un trottoir défoncé, à l'angle d'un dépotoir qui ne m'inspire aucune confiance, et promène un œil anxieux autour de moi ; *putain, ça craint, ici !*

— T'es sûre de toi ? J'y tiens, à cette bagnole. Elle est peut-être jaune, mais je ne voudrais pas la perdre, celle-là aussi.

Sur le siège passager, King étouffe un soupir et détache sa ceinture de sécurité. J'essaie de ne pas loucher sur le décolleté provocateur de son débardeur aussi moulant qu'une seconde peau, mais c'est un combat perdu d'avance, et alors même que je me fustige de ma faiblesse, mes yeux se rivent d'eux-mêmes sur ses seins enduits d'une huile pailletée.

Ces trois dernières semaines, j'ai réussi à la tenir à distance et à l'éviter au garage... pourtant je sens que, ce soir, toutes mes bonnes résolutions vont me revenir dans la gueule comme un boomerang. Son parfum de fleurs sauvages m'enivre et s'accroche à ma peau pour mieux me torturer, m'attacher à elle. King a soumis mon corps, dompté mon cœur et enchaîné mon esprit. J'ai beau lui en vouloir de m'avoir laissé en plan après notre interlude érotique dans le garage, je lui reste fidèle, corps et âme.

Peut-être que je m'en souviendrai de celle-là... ou peut-être pas.

Moi, je me souviens d'elle dans les moindres détails : la pression de sa main, la douceur de sa bouche, l'agilité de sa langue et la passion de son regard noir, si noir qu'il m'a dévoilé un paradis interdit voilé sous de délicates ténèbres satinées.

Je suis toujours amoureux de King.

King est peut-être encore amoureuse de moi.

Et à partir de là, je ne sais plus très bien ce que l'on doit faire, tous les deux. Redonner une chance à notre couple ? Cela reviendrait à poser ma démission, et je ne veux pas quitter le garage Thornton. Oublier nos sentiments ? Passer à autre chose ? J'en suis incapable, et elle aussi. Une force invisible nous pousse l'un vers l'autre. Destin, amour ou hasard, je n'en sais rien, mais c'est là, en moi, et dès que King me frôle, une petite voix dans ma tête me souffle que ma véritable place est à ses côtés. Que je ne serai heureux qu'avec elle, entier qu'auprès d'elle.

— Tiens. Accroche ça à ton rétroviseur.

Mon cerveau se met au point mort.

— Euh...

Perplexe, je la regarde, elle, puis je baisse de grands yeux écarquillés sur le soutien-gorge rouge à dentelle qu'elle agite sous mon nez, comme une cape de toréro.

Qu'elle ne s'étonne pas si je lui rentre dedans à la fin de la soirée...

— C'est ton soutif ?

Elle lève les yeux au ciel, visiblement agacée.

— Non, c'est celui de Jemar ! persifle-t-elle d'une voix acide. Évidemment que c'est le mien, crétin !

Je pince les lèvres, de plus en plus exaspéré par son attitude méprisante. Je sens bien qu'elle est en colère après moi, mais j'ignore les raisons de son emportement. Après tout, c'est *elle* qui m'a sucé. C'est *elle* qui m'a fait tourner la tête. Et c'est *elle* qui m'a insulté en feignant la nonchalance. Moi, je me suis contenté de suivre le mouvement qu'elle avait initié...

— Et ? insisté-je.

— Et un soutif sur le rétroviseur signifie que la voiture sert à faire des passes. Personne n'y touchera, de peur de se mettre le mac de la pute à dos.

King n'a pas seulement la rue dans le sang, elle *est* la rue. Belle et dure. Intelligente et cruelle. D'une logique intransigeante. Comparé à elle, j'ai l'impression d'être un débile privilégié qui ne connaît rien à rien.

Et dire que je sors de six ans de taule...

Elle a raison : le plus difficile n'est peut-être pas d'être enfermé dans une prison, mais de survivre dans les rues sombres et dangereuses d'Albuquerque.

— OK, abdiqué-je, gêné, en accrochant son soutien-gorge à mon rétroviseur. C'est bon, là ?

— Hum...

Elle hausse les épaules, enfonce ses mains dans les poches de sa veste en cuir noir et se met à marcher en direction de la maison à deux étages complètement décrépie – une réplique de celle que mes parents habitaient avant que je commence à gérer mes affaires louches. Un rap agressif s'échappe des fenêtres cassées, rebouchées par des plaques de tôle rouillée, et un doberman accroché à une laisse en métal surveille l'allée en grognant. Avec ses cuissardes en peau de serpent à talons aiguilles, son short en jean noir effiloché sur les fesses, son débardeur échancré et les breloques qui pendouillent à son cou de cygne, King ressemble comme deux gouttes d'eau aux filles que l'on peut croiser le soir dans cette partie de la ville. Plus vulgaire que sexy dans cet accoutrement extravagant, elle a entortillé ses cheveux sur le sommet de son crâne dans un chignon qui dévoile les traits si purs de son visage de femme-enfant, et l'effet en est pour le moins... perturbant.

Un ange et un démon, réunis dans le même corps. Sa bouche

rouge et pulpeuse susurre : *viens là, goûte à mes lèvres*. Mais ses yeux noirs soulignés d'un épais trait de khôl crient : *n'approche pas trop près, je mords*.

— Hé ! Attends, s'il te plaît.

King s'immobilise sur le bord du trottoir, et l'image qu'elle renvoie dans sa tenue provocatrice me perturbe au plus haut point, parce que ce n'est pas qu'une image, mais une réminiscence d'un passé pas si lointain...

Si je l'avais croisée à cette époque-là, au bord de la route, je me serais arrêté et ruiné pour une nuit... *ou même une heure*... avec elle. Mais je ne l'aurais jamais laissée repartir à l'aube, et je lui aurais acheté toutes les minutes de sa vie qu'elle aurait daigné m'accorder.

— C'est quoi, le plan ? lui demandé-je, en m'efforçant de reconcentrer mes pensées sur la recherche de ma voiture. Tu le connais bien, ce Shelby ?

Un sourire ironique, un brin dédaigneux, incurve ses lèvres empoisonnées. Si je succombais à la folie d'y goûter, j'en mourrais. Mais ce serait une belle mort.

— Je le connais dans tous les sens, si c'est ta question.

Une bile acide remonte le long de mon œsophage. Je la ravale avant de débiter les paroles moralisatrices que ma jalousie maladive essaie de déverser par ma bouche.

King ne s'en est jamais cachée : je l'accepte telle qu'elle est ou je sors de sa vie. Soit je me réconcilie avec son passé et je ferme ma gueule, soit... je passe à autre chose. Et il est hors de question que je la lâche.

Plus jamais.

— Ex-copain ou ex-client ?

Elle hausse un sourcil.

— Est-ce que ça fait une différence ?

— Oui, lui réponds-je, en frottant l'une contre l'autre mes mains qui commencent à s'engourdir à cause du froid. Si c'est un ex-copain et que tu l'as largué, il ne sera peut-être pas ravi de te revoir et...

— Tu pars du principe que c'est *moi* qui l'aurais jeté, *lui* ? me coupe-t-elle, étonnée. Dois-je le prendre comme un compliment ?

Je me rapproche d'un pas, puis d'un autre, incapable de résister à la tentation de me tenir près d'elle tandis que je lui murmure à l'oreille :

— Quel homme sain d'esprit serait assez fou pour renoncer à toi, King ?

Sensible à ma présence, elle tente de me cacher le long frisson de volupté qui lui hérisse les poils, mais je la sens s'alanguir contre mon torse tandis qu'elle humidifie ses lèvres de la pointe de la langue. Ses pommettes s'empourprent et son pouls s'accélère. Ses mains s'agrippent à ma veste dans un geste presque désespéré, comme si elle n'était plus tout à fait sûre de tenir sur ses jambes, et c'est à mon tour de frissonner, subjugué par son odeur de femme impétueuse.

Dans notre tempête, je suis la pluie, froide et statique, et elle, c'est le vent, violent et passionné.

— Toi, Wolfgang. Toi, tu l'as été.

Je passe mes mains autour de ses hanches et l'attire dans mes bras. Sa poitrine s'écrase contre mon torse, allumant un brasier incandescent dans mes reins, à la base de ma colonne vertébrale. Toutes mes alarmes internes se déclenchent, mais je feins de ne pas les entendre me hurler de faire marche arrière avant qu'il ne soit trop tard. C'est déjà trop tard, pour moi. Et ce soir, je n'ai plus envie de me protéger de l'emprise toxique que King détient sur mon âme. Au contraire, je veux qu'elle me dépouille de toutes mes craintes, de toutes mes hésitations... et qu'elle finisse par m'ôter mes vêtements, aussi.

C'est à mon tour de te lécher, mein Schatz.

— Je n'arrête pas de penser à toi, King. Et à ce que l'on a fait dans le garage... Crois-moi, je n'ai jamais renoncé à toi. Et ça n'arrivera pas de sitôt. Je t'ai dans la peau, *mein Schatz.*

Pendant un bref instant, King se repose sur moi, dans mes bras, comme autrefois, le front pressé contre ma joue qu'elle embrasse lorsqu'elle relève la tête pour plonger ses yeux tristes, si tristes, dans les miens. Je sais ce qu'elle va dire avant même qu'elle n'ouvre la bouche.

— C'était à la fois mon client et mon copain. Enrico voulait que je l'espionne, et je l'ai fait. Ce n'est pas un gars bien, et je n'ai eu aucun scrupule à le manipuler comme une marionnette.

— Pourquoi Enrico voulait-il que tu l'espionnes ?

Et combien d'autres mecs lui a-t-il demandé de surveiller ? En fais-je partie ? Je ricane en moi-même – c'est un rire jaune et grinçant. La réponse me semble évidente…

— Certaines de ses plus belles voitures disparaissaient, et il pensait que c'était Shelby qui s'organisait avec d'autres types pour lui voler ses bagnoles.

Si Shelby aime les belles voitures, c'est sûrement lui qui a dérobé ma Mustang.

— Était-ce le cas ?

Une étincelle prédatrice s'allume dans le regard profondément intelligent de King.

— Oui, c'était lui.

Je penche la tête sur le côté, attentif à la moindre de ses expressions : fierté, défi, bravoure et… une pointe de résignation morose.

— Est-ce que tu le lui as dit ?

Non, deviné-je, étrangement satisfait. *King jouait à son propre jeu, et les seules règles qu'elle acceptait de suivre étaient celles qui n'allaient pas à l'encontre des siennes.*

— Shelby m'en doit une, et il le sait, conclut-elle en confirmant mes soupçons. Laisse-moi lui parler en tête à tête, et n'interviens que si tu le vois m'entraîner de force à l'écart. Il aime…

Son regard se perd dans le vague, et les souvenirs que j'y lis ont l'air affreusement dérangeants.

— Shelby ne prend son pied qu'à travers la douleur qu'il inflige à ses copines. C'est un sadique qui a une prédilection pour le fouet et les ceintures.

Ses derniers mots transpercent le brouillard libidineux qui flotte dans mon esprit et me poignardent le cœur d'une vive inquiétude.

— Quoi ?! Il est dangereux ?

King recule d'un pas, abandonnant mon étreinte pour le baiser glacé de l'hiver.

— Les hommes dangereux, c'est mon pain quotidien. Ne t'inquiète pas pour moi.

Je renifle.

— Ne pas m'inquiéter pour toi ? Impossible ! Demande-moi plutôt de ne plus respirer. Ça me serait beaucoup plus facile.

Son regard s'adoucit imperceptiblement en se posant sur moi.

— N'interviens que si je te le demande, OK ? Promets-le-moi.

Je me renfrogne.

— Est-ce qu'il t'a fait souffrir ?

— Oui, m'avoue-t-elle avec une honnêteté brutale qui me défie de la prendre en pitié. Il m'a battue jusqu'au sang à de multiples reprises, et il en a savouré chaque seconde. Mon seuil de tolérance à la douleur est très élevé, et j'étais piégée avec lui, alors il s'en donnait à cœur joie.

Shelby l'ignore, mais c'est un mort en sursis. D'une façon ou d'une autre, je lui ferai payer ce qu'il a infligé à King.

Œil pour œil, dent pour dent.

Et je vais lui briser les mâchoires.

— Promets-moi de te tenir à carreau, Wolfgang. Tu as déjà suffisamment d'ennemis et je suis capable de me défendre toute seule.

Elle l'est, c'est sûr. Mais j'aimerais lui faire comprendre qu'elle n'y est plus obligée.

— OK, biaisé-je, sans rien lui promettre. Je serai sage...

Au début.

King pousse un petit soupir soulagé qui me provoque un léger sentiment de culpabilité. Je me retiens de lui dire qu'elle se trompe : s'il s'avise ne serait-ce que de la regarder de travers, je me ferai un plaisir d'intervenir à grands coups de poing. Et s'il se montre trop insistant ou menaçant, j'ai un nouveau joujou coincé dans la ceinture de mon jean que m'a fait livrer Ambroise, avant-hier, accompagné d'un petit mot énigmatique : « *Protège ton cœur, pendejo* ». Je n'ai pas compris, mais je lui ai dit merci.

Un flingue, ça peut toujours servir, ici...

— Et surtout, continue-t-elle, rassurée, ne me colle pas aux fesses !

Je lui décoche un sourire coquin.

— Là, par contre, je ne te promets rien. Tu sais très bien que c'est la partie de toi que je préfère.

King lutte contre le sourire qui lui chatouille les lèvres, et ça me fait sourire encore plus fort.

— Espèce de chien.

Je lui fais un clin d'œil.

— Espèce de harpie.

Je suis peut-être fou, mais j'ai l'impression que c'est devenu notre façon de nous dire « *je t'aime encore* ».

29

JOYEUSE SAINT-VALENTIN

King

Je le repère dès que j'entre dans la maison : Harrison Shelby, alias Shelby aux doigts de fée. Le meilleur voleur de voitures d'Albuquerque – après Wolfgang, évidemment. Nos regards se croisent à travers l'épais nuage de fumée blanche dégagée par les cigarettes et les joints qui tournent dans le salon. Ça pue la beuh, la vieille bière et l'humidité. Une odeur familière qui fait remonter un peu trop de souvenirs dans ma tête.

Joyeuse Saint-Valentin, King.

J'ai l'impression d'être de retour au bercail, comme si je n'avais jamais vraiment quitté la rue et son trottoir. Et peut-être est-ce vrai. Peut-être n'ai-je jamais cessé d'être la marionnette d'Enrico. Parce qu'un sourire coquin étire automatiquement mes lèvres et que mon buste se redresse de lui-même pour mettre en valeur ma poitrine. Les joues de Shelby s'empourprent et ses paupières s'alourdissent sous l'effet lénifiant de l'anticipation ; c'est dans la poche.

Un frisson de répulsion se faufile le long de ma colonne

vertébrale mais j'ignore la réaction instinctive de mon corps à la concupiscence de Shelby et me tourne vers Wolfgang. Son regard polaire, aussi pâle qu'une lune pleine, est braqué sur moi. La jalousie flambe dans ses prunelles où tourbillonnent des éclats de givre.

Sa glace acérée rencontre ma flamme intérieure et, comme d'habitude, c'est moi qui en ressors brûlée jusqu'à l'os. Calcinée jusqu'à la moelle.

Oh, comme j'aime ça...

— N'interviens pas ou je t'en colle une, le menacé-je, un doigt accusateur pointé dans sa direction.

Sans me quitter des yeux, Wolfgang se penche vers moi et referme ses lèvres autour de mon doigt qu'il suce très, très lentement. Une onde de chaleur moite s'épanouit dans mes reins et se déverse au fond de mon bas-ventre. La légère morsure qu'il inflige à ma dernière phalange m'arrache un gémissement de plaisir. J'ai les genoux qui flageolent et le cœur qui bat à cent à l'heure.

Dios mío.

Mon loup est affamé.

— Reviens-moi vite, ma petite hirondelle.

Quel ignoble tricheur ! Comment veut-il que je me concentre sur Shelby lorsqu'il me regarde comme s'il allait m'aimer toute la nuit ? Toute la vie ? C'est un supplice !

— Ne dis ton nom à personne, répliqué-je d'une voix rauque. Ils ne connaissent pas ton visage, mais ils savent qui tu es. Reste discret.

Wolf me décoche un sourire rusé.

— Je ne suis pas complètement stupide.

Je lui caresse brièvement la main.

— Je m'inquiète pour toi, moi aussi.

— Y'a pas de raisons, répond-il du tac au tac en pensant me rassurer, alors que c'est tout le contraire.

Il ne comprend pas à quel point la situation est dangereuse, pour lui comme pour moi. Cette maison est truffée de sbires d'Enrico. Un mot de travers et une lame se faufilera entre ses côtes pour lui transpercer la rate.

Je m'autorise une dernière caresse de sa peau, *froide*, contre la mienne, *brûlante*. Puis je plaque une moue séductrice, légèrement désabusée, sur mes lèvres, et tortille des fesses jusqu'à Shelby, sur les genoux duquel je me laisse tomber sans aucune forme d'élégance. Plus c'est vulgaire, plus c'est violent, et moins il résiste. Ses mains agrippent immédiatement mes hanches tandis qu'il me cale contre l'érection qui tend le devant de son survêtement miteux. Un début de nausée malmène mon estomac, mais j'inspire profondément par le nez, inhalant une grosse bouffée de fumée toxique, et enroule mes bras autour de sa nuque. Tous les regards sont fixés sur nous, et dès mon arrivée, les conversations se sont arrêtées dans le salon noyé sous la musique. Ces gens-là, je les connais bien. Prostituées, dealers, camés et pauvres gosses perdus. Ils se demandent d'où je sors et pourquoi je suis revenue, même s'ils le savent : je suis la marionnette d'Enrico. Ils attendent des explications, des excuses, des potins croustillants, et même si ça me débecte, je m'empresse de leur offrir ce qu'ils veulent.

— Alors, les connards ! m'exclamé-je, d'un ton volontairement haut perché. Quoi de neuf ? Qu'est-ce que j'ai loupé ?

Ils me regardent tous avec des grands yeux ronds, complètement défoncés, et ça me donnerait presque envie de rire. Mais j'ai un plan, un but, un objectif : la mort lente et douloureuse d'Enrico. Et on ne rigole pas avec la douleur...

On la supporte en serrant les dents jusqu'à ce qu'elle cesse.

— On m'avait dit que tu avais repris du service, lâche Shelby en jouant avec mon chignon. Mais je n'y croyais pas. Tu t'en étais bien sortie, poupée.

Les rumeurs courent plus vite que les gangsters.

— Tu sais ce qu'on dit, bébé : tu peux quitter la rue, mais la rue ne te quitte jamais.

Un silence effaré tombe dans la pièce, que les paroles du morceau de Juice WRLD s'empressent de combler, et elles se calquent si bien à ma situation que j'en frémis à l'intérieur.

Who knew evil girls had the prettiest face?

Qui aurait cru que les mauvaises filles avaient le plus beau visage ?

— Contente de te revoir, King ! intervient Paula, une jolie noire à la silhouette aussi douce que son cœur. Tu m'as manqué !

Je lui retourne un sourire, aiguillonnée par un sentiment de culpabilité qui m'irrite les nerfs. Paula est une brave fille, mais elle est aussi vive d'esprit qu'un caillou bien roulé. Sa candeur et sa naïveté l'ont propulsée là où elle n'aurait jamais dû mettre les pieds : le Knockout. Maintenant, elle danse et s'effeuille sur la piste miteuse du club d'Enrico comme si elle se trouvait sur une scène de Broadway, et elle confond le désir avec l'amour, perdue dans un amas de ténèbres qu'elle n'arrive même pas à discerner de la lumière des spots fluorescents. Un beau gâchis.

— Tu reviens à la maison ? ajoute-t-elle en applaudissant.

À la maison.

J'étouffe un rire cynique : ça n'a jamais été chez moi. Et cette fille trop gentille et pas assez intelligente pour survivre au monde pervers dans lequel elle évolue n'a jamais été mon amie. C'est une cause perdue d'avance. Un jour ou l'autre, l'un des mecs qui l'utilise pour se faire plaisir, au mépris de son manque flagrant de capacités intellectuelles, ira trop loin et... soit elle tombera dans la drogue, soit elle se fera buter. Dans tous les cas, Paula n'est déjà plus là. Et c'est terrible, mais je ne peux pas m'attacher à une fille qui va disparaître trop vite, trop tôt. Comme un songe qui se dissipe à l'aube.

— Si Enrico a besoin de moi là-bas, j'y retournerai.

Mensonge.

Mais le nom est lâché comme une bombe, sans subtilité, et les tensions s'apaisent. Je suis toujours le jouet dont ils se souviennent.

Les idiots...

— J'suis content de te revoir, moi aussi, reprend Shelby, en se penchant sur mon épaule.

D'un point de vue extérieur, il a l'air de l'embrasser. Mais en réalité, il la mordille en me lorgnant par-dessous ses longs cils de la même couleur que le sable du désert. Une question brille dans ses yeux bleus aux paupières tombantes : *est-ce que tu es là pour ça ?*

Ma gorge se noue tant mon besoin de fuir cette maison et son ambiance malsaine est intense, mais je m'efforce de conserver un visage lisse. Je ne peux pas lui dire non. Ma vie tout entière repose sur un seul coup de bluff : je les dupe tous ou j'y laisse ma peau.

Jouer ainsi à la roulette russe avec mon destin était infiniment plus facile à l'époque où je ne possédais rien, si ce n'était un corps que je maltraitais par dépit.

— Comment se portent tes finances, Shelby ? balancé-je sur le ton de la conversation, en faisant mine d'avoir renoué avec mes vieux démons.

Plus personne ne se soucie de moi – je ne suis qu'une ancienne chienne qui a repris du service quand son maître l'a sifflée. De plus, Gröer a accepté de faire tourner son bang et tout le monde se piétine pour tirer une douille. La sensation déplaisante de déjà-vu que me provoque cette vision amère de l'espèce humaine me déconcerte durant quelques secondes. J'ai été à leur place, et plutôt mourir que de retomber là-dedans. Shelby réussit à lire une partie de ma mélancolie sur les traits de mon visage, pourtant il se trompe sur son origine et marmonne d'une voix tendue :

— T'es trop cher pour moi, maintenant ?

Ne surtout pas le vexer.

Avec son physique avantageux de jeune premier de la classe, Shelby passe très facilement entre les mailles du filet de la justice. Pourtant, c'est un gros taré. Peut-être est-ce une légende urbaine, mais il se chuchote dans les rues qu'il a déjà tué un mec pour une simple histoire de jante pliée. Et honnêtement, il faut être complètement ravagé du cerveau pour voler Enrico d'une façon aussi éhontée. Si je n'avais pas couvert ses crimes, il ne serait déjà plus qu'un petit tas de cendres répandues sur le bord d'une route quelconque du Nouveau-Mexique.

— J'ai toujours été trop bien pour toi, Shelby, le taquiné-je, en roulant des fesses contre son sexe. Mais je suis partante pour te faire une petite remise. On est toujours amis, non ?

Ses yeux rougis par sa consommation excessive de joints me décortiquent avec une intelligence relativement élevée, mais trop basique pour réellement m'effrayer. Il ne m'a jamais fait peur, et il s'est toujours demandé *pourquoi*. Shelby a beau être plus dégourdi que la moyenne, il n'arrive pas à la cheville d'Enrico et d'Ambroise. Eux, ils ont le vice dans le sang, le crime dans la peau et le pouvoir sur la langue. Un mot, un seul, et ils peuvent te détruire à tout jamais. En comparaison, Shelby n'est qu'un petit garçon avec un flingue en plastique. Il peut te faire mal – et très mal, même. Mais il ne laissera jamais de marque sur ton âme.

Quand on a plané au-dessus du désert avec un aigle, on ne s'impressionne pas de l'envolée – aussi réussie soit-elle – d'un pigeon.

— Bien sûr, chantonne-t-il – mais sa voix sonne faux. Je serai toujours ton ami, King.

Le rictus dont il me gratifie est aussi désagréable qu'une giclée de citron vert dans les yeux.

— Et en parlant d'amitié, justement... C'est qui, le type que t'as ramené et qui fait la causette à ma petite sœur ?

Je ferme brièvement les yeux, atterrée, tandis qu'un horrible fou rire nerveux enfle dans ma poitrine.

Bien sûr, de toutes les femmes présentes dans la pièce, il fallait que Wolfgang jette son dévolu sur Bianca, la sœur chérie de Shelby.

Avec un soupir résigné, je dirige mon regard vers Wolf, adossé à un mur de l'autre côté de la pièce, une bière à la main et Bianca dans les bras. La jolie blonde a posé ses mains sur son torse et le contemple d'un air rêveur, énamouré. Avec sa gueule de tombeur et ses tatouages, mon ex-copain est le plus beau et le plus ténébreux des hommes présents dans le salon. Rien qu'à le regarder, j'en ai des papillons dans le ventre et des fourmis dans les doigts. Il ne détonne pas tout à fait, mais on sent qu'il n'a rien à faire là. Il y a quelque chose de... *meilleur*, en lui. Une lumière, une étincelle, un murmure à l'éclat de diamant. Malgré la prison, Wolfgang a gardé son aura de « mec bien », et au milieu de tous ces requins, c'est comme s'il pissait le sang.

N'a-t-il toujours pas compris que les blondes ne lui réussissaient pas ?

— C'est un mec qu'Enrico m'a demandé de garder à l'œil.

Shelby hausse l'un de ses sourcils blonds.

— Alors, c'est à cause de lui que tu as repris du service ?

Je hoche la tête, sans entrer dans des détails qui ne le concernent pas.

— Tu dois vraiment le détester, lance-t-il, comme une perche tendue pour me tirer les vers du nez.

Sa tentative de rapprochement n'est pas suffisamment subtile pour me faire tomber dans le piège des confidences, aussi me contenté-je de lui sourire du bout des lèvres.

— C'est un mec bien. Ta sœur ne craint rien avec lui.

Shelby rit – un rire sombre, tortueux et enfumé. Je ris, moi aussi. Mais de lui, pas de Wolfgang. Cet abruti se prend pour un dur, un caïd. La bonne blague. Il est trop centré sur lui-même et ses petits jeux pervers au lit pour se rendre compte de la merde dans laquelle il s'est fourré en acceptant d'être l'émissaire de Enrico à l'étranger. C'est une manière discrète et efficace de se séparer des éléments récalcitrants ; le prochain voyage de Shelby en Colombie sera sûrement son dernier. Il sera victime d'un « malencontreux » accident qui le fera disparaître de la circulation sans soulever une vague de questions et de recherches.

Ni vu, ni connu.

— Je n'aime pas la manière dont il me regarde. Tu l'as baisé ?

Je m'oblige à garder l'œil rivé sur Shelby pour ne pas trahir le mélange de jalousie et de curiosité que j'éprouve en sachant Wolfgang avec une autre fille.

— Pas récemment.

— Il a envie de recommencer, grogne-t-il en se trémoussant sous mes fesses. Et moi aussi.

Je serre les poings derrière sa nuque, les entrailles vrillées par le dégoût. Si Shelby réussit à m'entraîner à l'écart, je vais m'en prendre plein la tronche. Au sens littéral du terme, avec lui.

—Tu n'as pas envie de discuter un peu avant de passer aux choses sérieuses ?

Shelby affiche une grimace narquoise.

— King, King, King... soupire-t-il à mon oreille. Je sais pourquoi tu es ici. La Mustang rouge que tu conduisais à l'époque et qui m'avait tapée dans l'œil. Enrico m'a dit qu'on te l'avait volée et comme toi, il veut la récupérer coûte que coûte.

Par miracle, je parviens à conserver une expression impassible, même si c'est le chaos absolu dans ma tête. En le voyant aussi détendu, j'ai baissé ma garde et dévoilé une partie de mon jeu. Toutefois, je ne m'attendais pas à ce qu'il en sache autant sur mes motivations.

Erreur de débutante.

Deux possibilités : Enrico l'a déjà interrogé et Shelby a additionné deux plus deux... ou alors, et c'est ce dont j'ai le plus peur, je ne suis pas la seule taupe dans l'entourage d'Enrico. Si mon nom ressort d'une façon ou d'une autre, je risque de me faire trouer la peau. *Cent mille dollars, putain !* Dans les rues d'Albuquerque, on tue pour beaucoup moins que ça...

— Je l'ai vue passer dans Old Town y'a pas si longtemps. Et oui, me devance-t-il sournoisement, j'ai reconnu le conducteur.

Je retiens mon souffle, dans l'attente d'un nom. D'une cible.

— Et non, continue-t-il en prenant visiblement son pied à me faire languir, je n'en ai pas parlé à Enrico. Ça paye ma dette envers toi, poupée.

Loué soit le jour où j'ai décidé d'épargner la vie minable de cet abject individu !

— Alors ?! le pressé-je, excitée à la perspective d'en finir. Qui ?!

Les mains de Shelby se resserrent sur mes hanches. La fumée des joints ne lui a pas complètement déconnecté le cerveau.

— C'est donnant-donnant, King. Tu n'as rien dit à Enrico sur moi, je n'ai rien dit à Enrico sur toi. Maintenant, tu veux un nom... mais que m'offres-tu en échange, poupée ?

Évidemment.

Shelby est un négociateur, il ne donne jamais rien gratuitement. Dans un sens, je peux le comprendre... À une époque, je raisonnais de la même façon que lui ; le calcul des profits et des pertes passait largement avant le don de soi et la satisfaction que l'on retire d'un acte de charité.

— Allons droit au but, Shelby : qu'attends-tu de moi ?

Shelby prend ma main dans la sienne. C'est un geste d'une douceur trompeuse, malicieuse, qui parachève sa perversion lorsqu'il fait glisser mes doigts engourdis le long du cuir rugueux de sa ceinture.

Message reçu cinq sur cinq.

— Maintenant ? couiné-je d'une voix pincée.

La souffrance est l'élixir de vérité de Shelby. Il n'y a que le sang qui lui délie la langue. Et je sens que je vais devoir en verser une généreuse quantité avant d'entendre le nom qu'il me cache.

— Oui, souffle-t-il, les pupilles dilatées par le désir. Filons à l'étage avant que ton « ami » ne s'aperçoive de notre disparition.

C'est plus fort que moi, je jette un coup d'œil à Wolfgang, trop passionné par la conversation de la pétillante Bianca pour faire attention à moi.

Soudain, j'ai l'impression d'être tombée dans un piège...

— Marco t'a prévenu ! l'accusé-je, estomaquée par la trahison de celui que je considère comme un ami.

Shelby ne confirme pas – mais il n'en a pas besoin, j'ai compris. Au contraire, il m'oblige à me lever, et même si toute mon âme se révulse à la perspective de partager le lit de ce pervers, je le suis docilement à travers le salon et jusqu'à l'étage où se trouve sa chambre. Dans les escaliers, je profite de son inattention au moment où l'un de ses amis l'interpelle pour envoyer un petit message à Wolfgang.

[Ne me suis pas. J'ai une piste. Pas touche à la gamine.]

J'espère qu'il va m'écouter, et en même temps... j'espère qu'il n'en fera rien.

La simple idée de m'allonger près de Shelby me donne la nausée. Je tremble de froid, mais je transpire à grosses gouttes. J'ai envie de pleurer, de me sauver, de me laver à l'eau de Javel... alors qu'il ne m'a même pas encore touchée !

Moins de vingt minutes après mon arrivée à cette fête pourrie et organisée pour « célébrer » l'amour, j'écoute d'une oreille distraite la porte de la chambre de Shelby se refermer dans mon dos. Puis il y a ce bruit... oh, ce bruit si familier... celui d'une ceinture que l'on déboucle.

Je prends une inspiration, puis une autre, et encore une autre pour m'armer de courage. Les dents serrées, je me tourne lentement vers Shelby...

Le premier coup de ceinture me prend par surprise, et la douleur qu'il m'inflige est absolument ignoble. La languette de cuir imprime une marque rouge et enflée sur ma pommette, à laquelle je porte une main tremblante. Pas de sang, mais ça pique. Les larmes me montent aux yeux, prêtes à me trahir.

T'es plus forte que ça, King ! me sermonné-je, la peur au ventre, alors que Shelby arme son bras pour me frapper une nouvelle fois. *Tu peux le supporter. Rappelle-toi toutes les choses horribles que tu as vécues...*

Le deuxième coup me cueille à la poitrine et déchire le col de mon débardeur. Toujours pas de sang, mais j'appréhende tellement le coup suivant que j'en ai les jambes qui flageolent et la raison qui flanche.

Je crois que je n'y arriverai pas.

— Shelby... commencé-je, des sanglots dans la voix. Écoute...

Troisième coup. Sur la bouche. Et là, bien sûr, ça saigne.

— Ta gueule, poupée. C'est l'heure d'écouter. Le gars qui t'a volé ta voiture...

Quatrième coup, sous l'œil. Encore du sang. À l'intérieur de mon esprit bouleversé par la douleur, je hurle à m'en briser la voix.

— C'est un gars que tu connais.

Je vacille, la tête pleine de coton, prête à m'évanouir pour fuir la morsure de son fouet de fortune.

— Qui ?

Vlan. Vlan. Vlan.

La ceinture me fouette l'extérieur de la cuisse à plusieurs reprises, et mes jambes refusent de me soutenir plus longtemps : je m'écroule à plat dos sur le lit, les bras levés devant le visage pour me protéger d'une éventuelle récidive.

— Un gars que tu connais très, très bien... se moque Shelby, en se hissant au-dessus de moi, les genoux appuyés de part et d'autre de mes hanches. King ! Ne triche pas !

Il m'agrippe par le bras pour me dégager le visage et contempler les filets de sang tiède qui me dégoulinent sur les joues.

Son souffle s'accélère de plaisir. Le mien ralentit de souffrance.

— Un nom, Shelby. Donne-moi un nom ou laisse-moi partir !

— Déjà ? s'écrie-t-il, déçu. Mais on vient à peine de commencer, ma poupée.

Je dois me retenir de toutes mes forces pour ne pas lui cracher à la figure.

— Un indice, au moins... Quelque chose à quoi m'accrocher...

Shelby me tord le bras dans le dos, et je ne parviens plus à retenir les gémissements de douleur qui m'éclatent dans la bouche.

— Il est grand, noir et très, très proche de toi...

Je cligne des yeux, décontenancée par cette description qui pourrait s'appliquer à plus d'un homme de mon entourage : Danger, Zex, Jemar.

— Maintenant que tu saignes, se réjouit-il en ouvrant sa braguette, suce-moi et mets du cœur à l'ouvrage.

Il sort son sexe – *pas franchement impressionnant* – de son pantalon et me l'agite sous le nez, comme s'il partait à la pêche à la truite. J'ai la tête qui tourne, mais les réflexes de mon passé sur le trottoir ont la vie dure ; je sais que si je le suce, j'échapperai à ses coups. Et c'est toujours mieux que la ceinture.

Je glisse une main le long de sa verge, la mort dans l'âme, et entrouvre les lèvres pour l'attirer à l'intérieur de ma bouche.

C'est donnant-donnant.

— Stop, lâche la voix basse et rauque de Wolfgang, que je n'avais pas entendu entrer dans la pièce. Ou je te colle tellement de plomb dans la cervelle que je transformerai ta boîte crânienne en passoire.

Je sursaute, étonnée par l'entrée furtive de mon ex-copain... qui braque un énorme flingue sur la tempe de Shelby.

— Hé, mec ! Elle est consentante ! Casse-toi !

Wolfgang l'ignore et, sans m'adresser le moindre regard, m'ordonne sèchement :

— On y va, King.

Je fronce les sourcils, à la fois agacée et soulagée par son interruption.

J'étais si près du but !

— Mais je n'ai pas...

— ON Y VA ! se met à hurler Wolfgang, fou de rage. Tout de suite, King ! Ou je le bute. Je te promets que je le bute !

Quelque part entre le salon et l'étage, Wolfgang a perdu son aura de « mec bien ». Et je le sens, il est à deux doigts de faire la peau à Shelby... ou à moi, je ne sais plus trop bien.

— Tu vaux bien plus à mes yeux que cette putain de voiture, *mein Schatz*, ajoute-t-il plus doucement.

Ce murmure languissant, caressant, absorbe toute la douleur que je ressens et la transforme en amour indéfectible.

Si on ne trouve pas la voiture, on est morts. Mais à cet instant-là, et grâce à lui, je pourrais presque m'en foutre...

30

SI SEULEMENT…

Wolf

J'arrache le soutien-gorge de King de mon rétroviseur et le fourre dans ma poche avant de m'installer derrière le volant de ma voiture. J'ai les mains qui tremblent et le cœur qui bat à cent à l'heure ; mon corps brûle du désir de retourner sur mes pas et de loger une balle dans la tête de l'immonde enflure qui a osé blesser ma petite hirondelle. Je ferme les yeux, terrassé par la vision de son visage abîmé, et cogne l'arrière de mon crâne contre l'appui-tête pour chasser de mon esprit les mises en garde de Bianca, la petite blonde qui m'a dragué pour mieux détourner mon attention de King.

Elle a la réputation d'être une vraie garce, prête à tout pour un billet vert. Arrête de la regarder, mon joli. Tu pourrais choper la syphilis rien qu'en respirant à côté de cette traînée.

Bien sûr, je ne l'ai pas écoutée et j'ai continué à fixer King d'un regard affamé, jaloux. Possessif. Mon ex-petite amie semblait tellement à l'aise sur les genoux de ce type qui, selon ses propres dires, lui avait cassé la gueule à de multiples reprises, que je m'étais demandé, nauséeux, si elle ne m'avait pas menti à son sujet. Puis Bianca s'est glissée dans mes bras pour me murmurer des mots qui m'ont déchiré de l'intérieur.

Tu sais qu'elle bosse toujours pour Enrico, hein ? Tiens, si tu ne me crois pas : demande-lui où elle est allée, mercredi.

— Euh... si tu veux éviter les emmerdes, il vaudrait peut-être mieux que tu démarres. Shelby n'a pas dû apprécier de se faire humilier sur son propre territoire.

La voix de King, éraillée par la douleur, m'arrache au brouillard rougeâtre qui embrume mon esprit. Par automatisme, je tourne la clé dans le barillet et démarre en trombe, faisant gronder le moteur de la Corvette. Puis je m'engage dans la rue principale, le pied au plancher, tant pour fuir la baraque que je rêve de brûler que pour faire taire la voix de la suspicion qui me hurle dans les oreilles.

— T'as besoin d'aller à l'hôpital ? parviens-je à gronder, les dents serrées par la rage.

À l'aide du petit miroir enchâssé dans le pare-soleil, King examine la balafre enflée qui lui strie le haut de la pommette, à quelques millimètres à peine de son œil, et la plaie sanglante qui déforme sa lèvre inférieure. Des larmes scintillent sous la frange de ses cils noirs, mais elle ne pleure pas. Et je ne sais pas pourquoi ça m'énerve.

— Non, lâche-t-elle en soupirant, c'est bon. Il n'a pas cogné aussi violemment que d'habitude.

Mon flingue me démange si fort que je suis à deux doigts de faire demi-tour pour soulager mon envie presque irrépressible de tuer Shelby... et Enrico... et tous les hommes qui l'ont blessée.

— Un peu de désinfectant et il n'y paraîtra plus ! dit-elle avec une nonchalance qui me fait l'effet d'ongles raclant un tableau noir. Putain... quel dommage que tu te sois pointé comme une fleur ! J'étais à deux doigts de...

— Lui sucer la bite ? aboyé-je en donnant un coup de volant pour éviter une bouche d'égout mal refermée. Elle était déjà presque dans ta bouche !

King sursaute, les yeux écarquillés. Je prends une profonde inspiration pour essayer de me calmer, mais c'est peine perdue. Et bien sûr, elle se fait un plaisir d'ajouter de l'huile sur le feu de ma jalousie.

— Espèce d'abruti congénital !

Je ricane.

— Congénital, carrément ? Est-ce que tu connais au moins la définition de ce mot ?

King retrousse les lèvres comme un animal et là, je sais qu'elle va m'attaquer droit à la jugulaire.

— Ouais, crache-t-elle, furieuse, ça veut dire que tu le tiens de ta mère !

Mes mains se crispent sur le volant. L'adrénaline déferle dans mes veines comme un torrent de lave. Je suis au bord de l'explosion.

— Ne parle pas de ma mère, King, ou je risque de me mettre à parler de la tienne !

Elle réplique avec un dédain assumé :

— C'est une traînée, comme moi. Une égoïste et une abrutie, aussi, comme toi. Y'a rien que tu puisses dire à son sujet qui réussisse à m'atteindre. Ça fait longtemps que j'ai tiré un trait sur ma maman.

King marque un point : elle déteste profondément sa mère, qui mérite à peine de porter ce qualificatif. C'est triste, et je me sentirais presque minable d'avoir mis le sujet sur le tapis si ce n'était pas elle qui avait commencé à parler de la mienne.

— Est-ce que tu l'aurais vraiment sucé ? m'entends-je demander alors que mon cœur hurle à mon cerveau de se taire.

On dit que le cœur a ses raisons que la raison ignore, mais dans mon cas, c'est faux. Je sais très bien pourquoi je devrais garder mes distances avec King : c'est une bombe à retardement et, très probablement, une espionne à la solde d'Enrico.

Malheureusement, le truc qui me sert de palpitant s'en fiche royalement. Il n'aspire qu'à retrouver la félicité qu'il ne ressent qu'à ses côtés.

— Qu'est-ce que tu crois qu'il m'aurait fait si, après avoir passé la soirée à le chauffer, j'étais partie sans lui donner ce qu'il voulait ?

Comme je n'ai pas arrêté de le dire à Jéricho : à trop jouer avec le feu, on finit toujours par se brûler.

— Il t'aurait insultée, peut-être bousculée, et...

King m'envoie un petit coup de poing dans l'épaule.

— Oh, ta gueule ! J'ai fait un choix, Wolf, et j'en assume les conséquences. Même celles qui m'obligent à mettre une vieille bite toute molle dans ma bouche.

L'image trop explicite m'arrache une grimace que je n'arrive pas à lui dissimuler tandis que je réplique du tac au tac :

— Comment fais-tu pour vivre avec ça ?

Elle hausse une épaule et se détourne vers le trottoir. Rien n'est agréable à regarder de l'autre côté de la vitre, mais je crois que King se plaît à contempler la laideur d'Albuquerque pour se souvenir de l'endroit d'où elle vient. C'est une rose qui a poussé dans la crasse et la poussière. Et comme toutes les roses de la rue, elle se nourrit du sang qui coule de ses épines. La violence ne fanera jamais ses pétales, parce que c'est elle qui les fait s'ouvrir et étinceler d'un profond rouge carmin.

— Je me lave les dents et je passe à la suivante.

Lapidaire, mais pragmatique, concédé-je en mon for intérieur.

— Parce qu'il y en a toujours une autre, hein ?

L'amertume dans ma voix est diluée par le sentiment fier et féroce que j'éprouve en songeant à toutes les épreuves qu'elle a surmontées avec une facilité qui me fait paraître faible et geignard, en comparaison.

— Toi, tu attires les emmerdes blondes et bien roulées, et moi, les bites. À chacun sa croix à porter.

Soudain, j'éclate de rire, incapable de m'en empêcher. Arrêté à un feu vert, noyé sous un déluge de klaxons furieux, je me bidonne comme un taré, le souffle coupé et les larmes aux yeux. King ne rit pas, mais elle sourit du bout des lèvres en me lorgnant d'un œil mystérieux. Je ne m'explique pas ma réaction ; peut-être est-ce dû à l'excès d'adrénaline dans mon organisme ? À la fatigue que j'ai accumulée ces dernières semaines ? À l'absurdité de cette conversation ? Ou à la justesse de ses propos ?

Il me faut une bonne minute pour m'en remettre et redémarrer – à un feu rouge, cette fois. Conduire aux côtés de King est un exercice périlleux dans lequel je n'excelle définitivement pas.

Un silence paisible s'installe dans l'habitacle et, curieusement, je le trouve agréable. Je roule les yeux rivés sur la route, mais l'esprit concentré sur la boursouflure qui mutile le visage de King et le sang qui s'écoule de la commissure de ses lèvres. La voiture avale les miles et bientôt, je me gare... devant l'appartement de Jéricho.

Merde !

King hausse un sourcil.

— C'est un peu présomptueux de ta part, Wolfgang.

Je rougis en balbutiant des excuses minables, mais elle ne m'écoute pas. Au contraire, elle ouvre sa portière, sort de la voiture et me décoche une œillade incendiaire par-dessus son épaule.

— Bah, alors... tu viens ?

En moins de temps qu'il n'en faut pour dire « oui », je me retrouve dehors, à ses côtés, et l'attrape par la main pour la tirer – l'attirer – jusqu'à chez moi. Je ne m'autorise pas à réfléchir aux implications de ce que l'on s'apprête à faire – si j'ai bien compris la situation... Je ne m'accorde pas le droit de douter d'elle – ou de moi... Je fonce, tête baissée, en remerciant mentalement ma bonne étoile et en priant pour que Jéricho n'ait pas profité de mon absence pour organiser l'une de ses célèbres fêtes orgiaques.

Heureusement, mon colocataire pervers n'est pas là ! L'appartement est vide. Sale et ravagé par les vestiges d'une soirée trop arrosée, aussi, mais sans femmes prêtes à casser l'ambiance. J'étouffe un soupir de soulagement, étrangement intimidé, et aide King à se débarrasser de sa veste, que je suspends à côté de la mienne sur le portemanteau. C'est peut-être stupide, mais j'aime voir ses affaires à côté des miennes – comme autrefois, quand on partageait tant bien que mal l'espace réduit de ma chambre d'adolescent. J'aligne nos chaussures sur le paillasson tandis qu'elle explore le séjour en louvoyant entre les cendriers, les canettes de bière et les bouteilles d'alcool à moitié vides.

— Hum... marmonne-t-elle en inspectant les lieux. J'ai du mal à t'imaginer ici. Tu es tellement maniaque.

Je me racle la gorge, la nuque brûlante, et marmonne :

— C'est Jéricho. Une petite apocalypse à lui tout seul.

King se penche au-dessus de l'accoudoir du canapé pour s'emparer... d'une culotte rouge qu'elle agite sous mon nez avec un air mi-irrité, mi-amusé.

— Oui, ironise-t-elle en tenant le slip du bout des doigts, quel vilain colocataire !

La rougeur de ma nuque s'étend à tout mon visage, désormais.

Jéricho, t'es vraiment un putain de queutard !

— Tu devrais poser ce slip, *mein Schatz*. Je ne sais pas du tout sur quelle paire de fesses il a traîné !

Fronçant le nez de dégoût, King le jette sur la table basse, où il s'étale dans un mélange de vomi et de vodka.

— Tu... euh... tu ne préfères pas qu'on aille dans ma chambre ? lui proposé-je, mal à l'aise. C'est la seule pièce à peu près propre de l'appartement.

King sourit, et son beau regard noir pétille d'une malice qui allume un véritable feu d'artifice à l'intérieur de mon cœur.

— C'est la pire excuse que j'ai entendue de toute ma vie de la part d'un mec qui cherche à m'entraîner dans sa piaule ! se moque-t-elle en se dirigeant vers la porte qui mène à la chambre de Jéricho.

Je me mordille la lèvre, le corps raidi par l'impatience, et attrape son avant-bras lorsqu'elle passe à côté de moi.

— De l'autre côté, *mein Schatz*. Là, tu t'aventures sur le territoire de Jéricho.

Elle fronce les sourcils.

— Non, merci. C'est la tienne que j'ai envie de voir.

— Et il n'y a plus que la mienne que tu vas voir, riposté-je sans réfléchir, en la plaquant contre moi pour lui voler le baiser que je rêve de lui donner depuis... eh bien, toujours.

Mais je n'ai pas le temps de l'embrasser qu'elle a déjà posé ses lèvres sur les miennes et noué ses bras autour de mon cou.

Notre baiser est sauvage, intense, *intrépide.*

Mes lèvres se referment sur les siennes avec une avidité intransigeante, prédatrice. King gémit à la fois de plaisir et de douleur contre ma bouche, complètement emportée par la passion, elle aussi, et nos langues en profitent pour se rencontrer à mi-chemin de nos soupirs enfiévrés. Je m'immisce plus profondément en elle pour savourer l'arôme divin de ses baisers – un arrière-goût de sucre et de fraise s'attarde dans sa salive, et je me rappelle brusquement qu'elle adore les sucettes Chupa Chups. Ce petit souvenir me fait perdre la tête. Je l'embrasse avec une fougue incontrôlable qui peine à masquer la pointe d'agressivité qui coule dans mes veines et l'affole autant qu'elle l'excite. J'ai envie de me perdre dans son corps. J'ai besoin de me retrouver dans son cœur. Ma main s'égare dans ses cheveux que je détache, arrachant rudement l'élastique qui emprisonne ses merveilleuses boucles noires dans un chignon trop serré. Sa chevelure indomptable glisse comme de l'eau sur ses épaules.

Elle est belle... si douloureusement belle...

Pris d'une fièvre qui n'égale que la maladie de mon cœur, j'empoigne sa nuque pour repositionner sa tête dans un angle plus doux, afin de plonger en elle aussi profondément que possible sans lui faire de mal.

D'une vigoureuse pression de la main, je l'emmène jusqu'à ma chambre et l'allonge sur mon lit, dont j'aurais aimé avoir changé les draps avant de l'y accueillir. Le souffle court, je m'immobilise au-dessus d'elle, et alors que je m'attends à ce qu'elle examine l'endroit d'un air curieux, je constate, surpris, que King n'a d'yeux que pour moi.

— J'ai pleuré toutes les larmes de mon corps quand tu m'as quittée, lâche-t-elle à brûle-pourpoint. C'est pour ça que je t'ai raccroché au nez. Je ne voulais pas que tu m'entendes, j'avais trop honte...

J'ouvre la bouche pour répondre... je ne sais pas... quelque chose de stupide et de maladroit, sûrement... mais King n'en a pas terminé.

— Tu ne m'as pas seulement brisé le cœur, Wolfgang. Tu as déchiré mon âme.

Une boule énorme se loge dans ma gorge. Je n'arrive plus à respirer, et ça n'a rien à voir avec le désir qui m'étrangle d'une main impitoyable.

— Et les morceaux que j'avais réussi à recoller, tu les as piétinés en revenant dans ma vie comme si tu en avais encore le droit.

Elle cligne lentement des yeux et me caresse la mâchoire. Ses mots sont durs, mais ses mains, indolentes. Je ne suis pas sûr de comprendre ce qu'elle cherche à me dire, aussi la laissé-je s'exprimer à ma place.

— Je devrais le laisser te mettre une balle dans le crâne. Ça irait plus vite et ça serait moins douloureux pour moi... mais je ne peux pas m'y résoudre, me confie-t-elle d'une voix résignée. Je sais qu'à la fin, tu t'en iras. Tu me laisseras tomber encore une fois. De toute façon, tu n'as même pas le choix : ta place n'est plus ici, et la mienne n'est pas ailleurs.

J'ai envie de la contredire, mais elle a raison. Dès que j'aurai retrouvé ma voiture et les bijoux, je devrai prendre la fuite à toute vitesse pour sauver ma peau. King a Asher, maintenant. Elle ne peut pas me suivre.

Et je ne peux pas rester.

— La cabane me manque, Wolf. La vie était plus simple, là-bas. Et même quand c'était dur, c'était toujours plus facile qu'aujourd'hui, parce que tu étais là et que j'avais le sentiment que tu serais toujours là pour moi...

Ma gorge se dénoue momentanément pour me permettre de bredouiller :

— Mais je serai toujours là, ma petite hirondelle. Et j'ai toujours été là, même quand tu ne me voyais pas.

C'est un mensonge, et King n'est pas suffisamment stupide pour y croire. Pour la première fois, je le regrette.... Elle mérite un homme qui le dise et le pense de toute son âme. J'ai été cet homme, autrefois. Mais ça a failli me détruire, et j'ignore si je serais à nouveau capable de m'impliquer aussi entièrement avec une fille.

— Pas de fausses promesses, Wolfgang ! me prévient-elle sèchement. Ça ne se produira qu'une seule fois, et nous n'en reparlerons plus jamais. Après cette nuit, nous reprendrons le cours de nos vies, et lorsque le moment sera venu de nous séparer, nous n'aurons pas le cœur brisé. Ni toi ni moi. Une fois, et c'est tout.

— Une fois, ça ne suffira pas, lui avoué-je, mécontent.

King m'embrasse doucement sur la joue, et tout mon être frémit à ce chaste baiser.

— Il le faudra bien, Wolf. C'est maintenant ou jamais. Une fois ou pas du tout.

Un choix impossible.

— Je ne te laisserai plus jamais l'opportunité de me couper les ailes, mon loup.

Elle tremble sous moi, et ce n'est pas à cause du froid. Décontenancé par la douleur que je lis dans ses yeux voilés par le chagrin, je caresse la boursouflure sous son œil et glisse ma main dans ses cheveux étalés sur mon oreiller.

Soudain, mon cœur s'exclame d'une voix discordante :

— Même quand je te haïssais, je t'aimais.

— Même quand je te haïrai, reprend-elle avec un sourire aussi triste que déterminé, je t'aimerai.

Cette prédiction sinistre met le feu aux poudres, et notre désir éclate dans une gerbe d'étincelles qui me calcine jusqu'à l'os.

Je me jette sur elle – ma petite hirondelle.

Elle s'offre à moi – son loup affamé.

Nos vêtements volent à travers la pièce tandis que nos lèvres se livrent une bataille acharnée dont je ressors aussi perdant que victorieux.

Quand elle est complètement nue, je prends quelques instants pour admirer la beauté incomparable de son corps. La lumière légèrement tamisée souligne les traits gracieux de son visage tuméfié, ses lèvres gonflées par mes baisers, l'aréole rose foncé de ses tétons pointés vers moi et la douce vallée de son ventre et de ses cuisses aux courbes charnues.

— Tu es magnifique, lui chuchoté-je à l'oreille en aventurant une main entre ses jambes. Tu es la seule chose que je désire retrouver après ma mort.

King ne répond pas, mais elle écarte les cuisses dans un appel silencieux que je m'empresse de satisfaire. Mon doigt plonge en elle, aussi profondément que possible, et je grogne de plaisir en la voyant se mordiller les lèvres tandis que ses muscles intimes se contractent autour de mon majeur recourbé. Je déchire l'emballage du seul préservatif que j'ai gardé dans ma chambre et le déroule d'une main tremblante sur mon érection, en prenant soin de ne pas le déchirer avec le métal de mon piercing.

King glousse contre mon cou, et ses mains m'effleurent tendrement les flancs. A-t-elle surpris mes tremblements ? Je ne l'espère pas.

Prenant appui sur le matelas pour garder l'équilibre, je me hisse sur les genoux de manière à me positionner à l'entrée de sa féminité, que mon doigt explore dans un lent mouvement de va-et-vient qui la fait se tortiller de plaisir.

Mais il m'en faut plus, et à elle aussi.

Garde-la dans ton froc, m'a ordonné Jemar. *Ou je te vire.*

Mon rêve a toujours été de devenir un bon mécanicien et de travailler pour un type droit dans ses bottes, comme Jemar Thornton. Mais King est plus importante que mes rêves.

C'est ma réalité, même si elle ne l'est que pour une nuit.

— King...

— Wolf...

On se regarde et là, on le sait : c'est notre première et dernière fois.

J'attrape ma queue, effleure les pétales humides de son sexe et titille son clitoris avec la boule de mon piercing, lui tirant un long gémissement d'extase. Puis je me fige lorsque ses doigts fins se referment autour de moi pour me guider en elle. L'odeur caractéristique du sexe, un mélange de sueur saine et de stupre, imprègne l'atmosphère d'un parfum âpre et opulent. Mon cœur bat la chamade, ma peau est fiévreuse, mes testicules enflés, et je me surprends à frémir comme un puceau inexpérimenté qui va lâcher la sauce beaucoup trop tôt.

— *Mein Schatz !* Je ne sais pas si... suffoqué-je, le souffle haletant, tandis qu'elle s'empale sur mon sexe en s'agrippant à mes fesses. C'est trop... bon ! Putain ! T'es toujours aussi délicieuse ! Comment est-ce possible ?

King ne m'écoute pas, abandonnée au plaisir qu'elle retire à se démener sous moi. Ses doigts se crispent sur mes fesses, ses yeux se révulsent vers l'arrière et elle pousse une longue complainte rauque qui me poignarde à la base des reins.

Elle sait exactement comment se faire plaisir avec un homme sans qu'il ait besoin de bouger le petit doigt. Mais c'est hors de question qu'elle jouisse sans moi !

Si c'est notre seule danse, alors je veux la mener avec elle jusqu'à ce que s'achève la dernière note de notre mélodie.

— Pas sans moi, *mein Schatz !* la menacé-je en calquant mon rythme sur le sien.

— Alors bouge, Wolfgang ! s'écrie-t-elle, éperdue.

Je ferme les yeux, décontenancé par la réponse fervente que lui formule mon cœur en perdition. Tout en continuant à me mouvoir en elle à un rythme implacable, je perçois son agitation dans la crispation de ses mains sur mes fesses et de ses jambes enroulées autour de ma taille ; elle non plus, elle ne sait plus où nous en sommes. Son cœur chavire autant que le mien, et je crois qu'elle est aussi déstabilisée que moi par la puissance de notre connexion.

C'est plus fort qu'avant. C'est meilleur qu'au début. C'est encore plus vrai qu'autrefois.

— Tu es si chaude, grondé-je, l'esprit en vrac. Tellement humide...

Six années d'abstinence forcée m'ont fait oublier à quel point le corps d'une femme est merveilleux.

— Ça fait si longtemps, continué-je à marmonner en la pilonnant de plus en plus fort. Je ne me souvenais plus... C'est tellement... et avec toi, c'est encore mieux...

J'arque le dos pour m'enfoncer plus profondément en elle.

— Ton piercing me rend folle, Wolf ! s'exclame-t-elle, à l'orée de la jouissance. Quelle putain de bonne idée ! C'est exquis...

Enhardi par ses aveux, je plaque ma paume sur son pubis et caresse son clitoris d'une vigoureuse pression circulaire. Ses muscles internes se mettent à palpiter, de plus en plus contractés, et m'emprisonnent comme un poing. J'entrouvre les paupières, l'esprit errant dans le brouillard concupiscent de la luxure, et l'observe tandis qu'elle se cambre de plaisir sous l'assaut brutal de mes hanches. Nos peaux poisseuses claquent l'une contre l'autre et mes testicules frottent contre ses fesses charnues.

Elle est tellement belle, allongée ainsi sous moi, auréolée de sa longue chevelure noire et illuminée par l'éclat passionné qui brûle dans ses yeux, que j'en crève...

Son corps voluptueux est tiraillé par le besoin instinctif de jouir le plus vite possible, et ses yeux roulent dans leurs orbites lorsque je déniche le point le plus sensible de son être, niché dans les tréfonds secrets de son corps, et que je martèle avec une frénésie qui nous laissera aussi courbaturés l'un que l'autre. Sa tête se presse avec un désespoir presque palpable contre le matelas, dodelinant à droite, puis à gauche, comme si elle luttait de toutes ses forces contre son plaisir, *contre moi*. Comme si elle craignait de s'y abandonner, de s'y perdre...

Ma petite hirondelle a peur de s'envoler.

À cause de moi.

J'accélère le rythme et la vigueur de mes poussées pour l'obliger à déployer ses ailes.

— Ne résiste pas, *mein Schatz*, lâché-je entre mes dents serrées. Lâche-toi. Je te promets que je serai toujours là pour te rattraper !

Cette sombre promesse, la plus sincère de toutes celles que je lui ai faites, exalte ses bas instincts encore plus violemment que je ne l'espérais ; notre passion explose dans un enchaînement d'une rare brutalité. D'un puissant coup de reins, je l'empale presque entièrement sur ma queue, et c'est tellement bon que ça fait mal. Un gémissement inarticulé m'échappe avant que je ne parvienne à le retenir : je suis enfoncé si profondément en elle que j'ai l'impression de sentir les battements de son cœur.

— Plus fort, exige King en rivant son regard au mien. Plus fort, Wolfgang !

J'obéis sans broncher, m'arrimant de plus en plus fort à elle, et fais une abstraction totale de la douleur inconfortable qui se répand à l'arrière de mes cuisses. Mon corps commence à fatiguer, mais je refuse de m'arrêter. J'accélère, j'accélère, je ralentis. Puis j'accélère encore, et je ralentis un petit peu. Je perds le rythme, marque une pause, retrouve mon souffle et recommence à la faire danser avec moi, sous moi, dans tous les sens dans lesquels elle m'autorise à l'emmener.

Soudain, King hurle de plaisir, les pommettes écarlates, m'empoigne par les cheveux et m'oblige à me rapprocher de sa bouche tandis que ses seins tressautent au diapason de mes coups de reins. Elle écarte encore plus les jambes, s'ouvrant spontanément à moi, et m'avale jusqu'à la garde. La température de son corps grimpe, des perles de sueur roulent sur ses tempes et mouillent ses cheveux. Je m'incline vers elle, fasciné par son plaisir, et fais tourner le bout de ma langue dans son cou, récoltant le sel de sa peau avec un rictus de délice.

— J'y suis presque, me supplie-t-elle, déjà brisée par la jouissance. Ah ! Il n'y a que toi pour me baiser comme ça !

Je m'enfonce en elle avec une fougue renouvelée, et un aiguillon de plaisir mêlé de douleur me transperce à la base de la colonne vertébrale quand elle se cambre pour venir à ma rencontre. Nos regards se verrouillent l'un à l'autre. J'y vois le passé, le présent... mais pas d'avenir, et ça m'anéantit.

Une vague de volupté se déchaîne à l'endroit où nous sommes si étroitement imbriqués et elle me ravage tandis que King scelle nos lèvres dans un baiser bouleversant de sentiments refoulés.

Là, je réalise que nous sommes aussi désespérés l'un que l'autre par la fin inévitable de notre histoire.

— Si seulement... murmure-t-elle, et des larmes s'échappent de ses yeux.

— Oui, si seulement... répété-je en les effaçant d'un coup de langue.

Si seulement on ne s'aimait pas autant...

King se soumet complètement à mon ardeur, à ma folie, comme si elle s'était elle-même perdue dans notre passion.

C'est maintenant ou jamais. Une fois ou pas du tout.

Et alors qu'elle tremble de la tête aux pieds, je réalise que mes poussées hargneuses m'ont propulsé droit vers l'orgasme... avant elle, et beaucoup trop tôt ! Me sentant faiblir, sa main m'agrippe par la nuque pour m'immobiliser au moment où les spasmes de la jouissance irradient à travers tout mon corps, si violemment que King se retrouve à jouir, elle aussi. Elle explose pendant que je vole en éclats, les yeux ancrés dans les miens. Hypnotisé par son incroyable regard noir aussi profond qu'un puits de ténèbres, je connais la plus folle extase de toute mon existence.

— Je ne veux pas que ça s'arrête, m'écrié-je, les cordes vocales à l'agonie. J'en veux encore, encore, encore...

Les doigts enfoncés dans la chair tendre de ses hanches, je continue à la besogner furieusement, comme si je la punissais de me faire perdre l'esprit, de me briser le cœur, l'emplissant totalement et irrémédiablement de mon être à chacune de mes poussées erratiques. Puis j'éjacule dans un rugissement animal, à l'instar d'un loup sauvage, et m'écroule sur King, qui m'accueille à bras ouverts.

— Oh, Wolfgang... pleurniche-t-elle, prise de violents sanglots, en se plaquant contre moi. Pourquoi ça ne peut plus être aussi simple que dans la cabane ?

Je l'enlace aussi fort que je le peux, la berçant contre mon cœur qui ne bat plus... ou peut-être qu'il bat si vite que je ne le sens plus.

— Parce qu'on a grandi, *mein Schatz*... dis-je, même si je sais qu'elle n'attendait pas de réponse.

King renifle, le visage niché dans le creux de mon cou, et lorsqu'elle relève la tête, quelques minutes plus tard, il n'y a plus aucune trace de ses larmes.

— Je crois que je sais qui a volé ta voiture, lâche-t-elle, la voix cassante, et le changement de sujet est si brutal que j'en reste muet de stupéfaction. Mais ce n'est qu'une supposition, pour l'instant.

— Qui ? finis-je par demander lorsque je retrouve un semblant de cohérence.

Avec un soupir que je n'arrive pas à interpréter, King se relève sur les coudes et m'oblige à rouler de l'autre côté du matelas.

— Jemar.

Face à mon air ahuri, elle précise :

— Shelby m'a dit que c'était un homme noir et proche de moi. La seule personne de mon entourage actuel qui correspond à cette description et qui est susceptible de le connaître, c'est Jemar. Il l'a sûrement arrêté ou interrogé au cours d'une enquête.

— Jemar Thornton... notre patron... balbutié-je, comme un imbécile. Mais... pourquoi ?!

Les yeux de King se voilent tandis qu'elle tourne la tête vers la fenêtre.

— Je l'ignore.

Je n'insiste pas.

— Viens là, exigé-je en la ramenant dans mes bras. On va à la douche, on mange un morceau, et après, on retourne dans cette chambre pour le deuxième round.

King écarquille les yeux, stupéfaite.

— Quoi ?! On avait dit *une* fois !

Je lui décoche un sourire narquois.

— Non, c'est toi qui l'as dit. Et je t'ai répondu que ça ne serait pas suffisant. Accorde-moi au moins une nuit, *mein Schatz*.

Elle hésite – c'est bon signe.

— Je ne...

— Tu n'en as pas envie ? la piégé-je, en titillant la pointe de ses seins. Tu veux que je te ramène chez toi ?

King m'observe durant un long, très long moment.

— J'espère que la douche est plus propre que le reste de l'appartement... abdique-t-elle, vaincue.

Je dissimule mon rictus triomphant en enfouissant mon visage dans ses cheveux.

— Je vais te faire virevolter à travers les étoiles, ma petite hirondelle, et ça sera sublime...

King se colle contre moi, prête à recommencer.

— Tu l'as déjà fait, Wolfgang. C'est l'atterrissage qui m'effraie...

— N'atterrissons plus jamais, dans ce cas !

Elle rit, *mais pas tout à fait*.

— Si seulement, soupire-t-elle.

— Oui, si seulement... répété-je, le cœur meurtri.

Parce qu'il n'y a pas d'échappatoire. La chute est inévitable, puisque s'aimer... rime avec tomber.

31

LE BAISER DE LA DAME

King

Quand je quitte le lit de Wolfgang aux alentours de cinq heures du matin, je lui laisse un morceau de mon cœur – le dernier qu'il me reste. Désormais, je sais que je ne pourrai plus jamais aimer un autre homme que lui. Inutile de continuer à me voiler la face : je suis raide dingue de mon loup. Ça a toujours été lui. Ça sera toujours lui. Il est mon début et ma fin. Et je vais le sauver de lui-même.

Les larmes coulent sur mes joues, je suis soulagée qu'il dorme à poings fermés ; ainsi, il ne me voit pas m'écrouler à ses pieds, le cœur en miettes. J'ai si mal que, l'espace d'un instant, je suffoque dans ma propre douleur.

Si seulement... si seulement... ne cessé-je de me répéter, l'âme à la dérive dans un océan de possibilités qui ne se réaliseront jamais. *Si seulement j'étais différente...*

– Je t'aime, lui chuchoté-je à l'oreille en caressant ses cheveux noirs. Et je ne te lâcherai pas. Jamais. Je vais t'aider à te tirer d'ici, mon amour.

Je fixe son visage paisible, abandonné dans le sommeil, pour l'imprimer sur mes rétines noyées sous un torrent de larmes. C'était notre dernière nuit, notre dernière danse. Et il a raison, ce n'est pas suffisant, mais si je lui en donne plus, je ne m'en relèverai pas. Et Asher a besoin de moi.

— Je t'aime, répété-je, même s'il ne m'entend pas. Ne m'oublie pas. Et pardonne-moi toutes ces années de silence et de mensonges. Ce que j'ai fait, c'était pour toi. Tout ce que je suis n'a toujours été qu'à toi. Tu es ma liberté, Wolfgang. Il n'y a qu'avec toi que j'arrive à m'envoler.

Et tu n'en sauras jamais rien.

Il me faut toute la force de ma volonté pour m'arracher au lit – et plus particulièrement, à Wolfgang et à son corps nu – et me diriger vers la porte.

Soudain, je m'immobilise, hébétée, en croisant le regard froid de l'homme qui se tient devant le seuil de la chambre, les bras croisés sur le torse et l'épaule appuyée contre le chambranle.

— T'es là depuis combien de temps ? m'étranglé-je à mi-voix, le cœur battant la chamade.

Jéricho me décoche un sourire sombre, un brin menaçant, et me fait signe de le suivre dans le salon. J'obtempère, malade de honte à l'idée qu'il ait surpris mes tendres confidences, et rabats la porte derrière moi. Le bruit de fermeture me donne la nausée.

C'est *vraiment* fini.

Les jambes tremblantes, je suis un Jéricho étrangement mutique à travers le couloir et jusqu'au salon. Je choisis de rester debout lorsqu'il se jette sur le canapé défoncé, un pétard à la main.

— Pourquoi tu ne te tires pas avec lui ? me demande-t-il, sans gêne, en allumant son joint.

Je plisse les yeux, agacée par son indiscrétion, et redresse les épaules. Il m'a prise au dépourvu dans un moment de faiblesse, mais ça ne se reproduira pas. Mes secrets sont à moi.

— Ça ne te concerne pas.

À ma plus grande surprise, il s'empresse d'acquiescer.

— Non, en effet. Mais c'est mon meilleur pote, et t'as pas l'air d'être une connasse.

Malgré la fatigue et la tristesse que je ressens comme une tache noire sur mon âme, j'ébauche un début de sourire.

— J'en suis une, pourtant. Je peux même être pire que ça... Ne te mêle pas de mes affaires, et je ne me mêlerai pas des tiennes.

Une étincelle s'allume dans ses yeux bleus, et si je ne m'y trompe pas, c'est de la raillerie.

— Petit cœur, ronronne-t-il en me crachant la fumée de son joint au visage, tes affaires sont aussi les miennes. On est dans le même bateau, toi et moi.

— Vraiment ? Ça m'intéresse, tiens... Et où allons-nous, hein ?

Cette fois, c'est un véritable feu d'artifice qui illumine ses prunelles délavées, injectées de sang et d'ombres mouvantes.

— Dans le mur, petit cœur. Droit dans le mur.

Il marque un point, mais je ne suis pas d'humeur à jouer aux devinettes. J'ai le cœur brisé, le corps courbaturé et mon bébé m'attend à la maison.

— Qu'est-ce que tu en sais, le blondinet ? Crache le morceau, ou je vais m'énerver. Et crois-moi, ajouté-je en lui arrachant son joint avant d'en écraser la braise rougeoyante sur la peau nue de son avant-bras, c'est vraiment pas le moment de me faire chier !

Jéricho ne tressaille même pas, et c'est tout à son honneur. Au contraire, il profite du fait que je me sois rapprochée de lui pour m'envoyer une nouvelle salve de fumée malodorante dans les narines.

— Toi et moi, on est foutus.

Un constat sans appel, qui me provoque un violent frisson dans le dos.

— Tu me menaces ?

Il m'attrape par le poignet lorsque j'essaie de reculer et m'immobilise d'un regard tourmenté, *torturé*, qui trouve un écho terrible à l'intérieur de moi.

Jéricho a contemplé les abysses, comme moi, et il s'y est laissé couler, lui aussi.

Oui, songé-je, en lui renvoyant les ténèbres de son regard, *on a peut-être plus de points communs que je l'imaginais...*

— J'essaie de t'aider, au contraire, objecte-t-il, la voix rendue pâteuse par la défonce. Je sais exactement comment tu te sens, à l'intérieur. C'est une douleur qui m'est familière.

— Comment est-ce possible ? Tu ne me connais même pas !

— Moi aussi, je suis la marionnette d'Ambroise. Il s'est servi des morceaux brisés de mon âme pour mieux me sauver et maintenant, il s'attend à ce que je lui en sois reconnaissant...

Je retiens mon souffle, choquée.

— Qu'est-ce qu'il t'a fait ? Qu'est-ce qu'il t'oblige à faire ?

Jéricho détourne brièvement les yeux, comme s'il ne supportait plus de me faire face, puis il expire par les narines et ricane dans sa barbe, aussi paumé que moi. Touchée par sa détresse, je m'assois à côté de lui et m'accorde le droit de le regarder – *vraiment*. Il est beau, dans le genre motard débraillé et accro à la drogue. Les abus ont commencé à creuser des sillons amers autour de ses yeux et de sa bouche, mais il reste une trace de juvénilité attendrissante dans les traits de son visage à la beauté angélique. Sa barbe est mal taillée, hirsute et broussailleuse, et s'il la rasait, il perdrait dix ans d'un coup, mais je suppose qu'il le fait exprès. Quand on a vécu l'enfer, on se sent tellement vieux et fatigué...

— Est-ce que tu couches avec lui ? me demande-t-il au lieu de répondre à ma question.

J'ai un mouvement de recul.

— Wolfgang ?

— Ambroise, précise-t-il, irrité par mon incompréhension. Je sais que tu as été le voir en prison, et selon les quelques contacts que j'ai gardés là-bas, vous avez couché ensemble. Si je le sais, Wolfgang finira par l'apprendre, lui aussi. Ce qui se passe en prison... ça n'y reste pas.

Il grimace, l'œil flou, et martèle d'une voix pleine de rancœur :

— Ça n'y reste *jamais !*

Les secrets sont comme les diamants : précieux, mais convoités par tant de monde qu'il est presque impossible de les garder sans en payer le prix le plus élevé... celui du sang.

— Que sais-tu exactement sur Ambroise ?

Il tique, ayant perçu la note soupçonneuse dans ma voix. Je ne sais pas très bien de quoi je l'accuse, mais j'ai appris à me méfier de tout le monde, et en particulier des hommes blonds à qui l'on donnerait le bon Dieu sans confession.

— Il veut sortir, et pour ça, il t'utilise comme il m'utilise, moi.

Je penche la tête sur le côté. Ce que je m'apprête à lui révéler est dangereux. S'il me vend à Enrico, je suis morte. Mais c'est un risque que je suis prête à courir pour déterminer si Jéricho est, ou non, une personne digne de confiance. S'il s'avère qu'il ne l'est pas, alors Wolfgang n'est pas en sécurité ici, et tout ce que je fais pour le sauver ne sert à rien.

— Je ne trahirai pas Ambroise, Jéricho.

C'est encore plus risqué, mais j'ajoute :

— Je veux qu'il sorte de prison.

Sans Ambroise, je ne survivrai pas à Enrico. C'est un fait immuable. Quand toute cette histoire sera terminée et que Wolfgang prendra la route pour le Canada, je serai toujours là, piégée dans le désert qui m'a vue naître et grandir, et j'aurai des dettes à payer – les siennes et les miennes. J'ai pu fuir Enrico une fois, et seulement parce qu'aveuglé par son arrogance, il croyait que je lui reviendrais. Maintenant qu'il sait que je ne lui serai jamais fidèle, il m'emprisonnera... ou il m'égorgera.

— Moi aussi, me surprend-il à répondre, sincère. Je veux retrouver ma liberté, et tant qu'il est emprisonné, je lui suis attaché, pieds et poings liés.

Si ce n'est pas une bonne raison de trahir quelqu'un... pensé-je en le dévisageant sans lui dissimuler le trouble qui m'habite.

— Je ne le trahirai pas, m'assure-t-il en se faisant l'écho de mes propres serments. Il a tué l'homme qui m'a violé. Comment renier ce genre de loyauté, King ?

Dios mío !

Mes yeux s'écarquillent de stupeur. J'en perds le souffle et la parole, estomaquée par son honnêteté aussi brutale qu'un coup de poing dans le ventre. Peut-être est-ce la drogue qui l'a poussé à me confier une chose aussi horrible, mais je crois que Jéricho a deviné que, et plus que n'importe qui dans cette ville, je pouvais le comprendre et l'entendre sans l'accabler de questions.

— On ne le peut pas, confirmé-je, la voix rauque d'une émotion que je me refuse à laisser dégouliner le long de mes joues.

— Non, on ne le peut pas. Et je sais que c'est pour ça que tu souhaites le libérer. Toi aussi, il y a un monstre que tu veux éliminer. Et comme moi, tu espères qu'il s'en chargera à ta place.

Je frémis de tout mon être.

— Qui es-tu vraiment, Jéricho Torres ?

Il glousse, sincèrement amusé par mon trouble.

— Je suis l'homme le plus malchanceux de cette planète, et toi ?

— La femme la plus malchanceuse, lui réponds-je en pensant à toutes les catastrophes que j'ai vécues et à toutes celles qui m'attendent encore, prêtes à me déchiqueter. Comment sais-tu toutes ces choses sur moi ?

D'une main tremblante, je balaie les cendres qui sont restées collées à son avant-bras, là où je l'ai brûlé avec le mégot de son joint. La culpabilité me dévore les entrailles, mais je la mets en sourdine en me concentrant sur la pensée qu'il n'a pas l'air de m'en vouloir... et qu'il est tellement défoncé qu'il ne s'en souviendra probablement pas, demain matin.

— Avant que ma vie ne parte en couille, j'étais un étudiant en droit pénal qui marchait sur les traces de son père. Tout me souriait. J'étais promis à un bel avenir, rien ne semblait pouvoir m'atteindre, là-haut, sur mon piédestal. Je vénérais mon père, que je considérais comme un véritable parangon de vertu, et j'avais une fiancée magnifique dont j'étais fou amoureux. Et puis, un soir, j'ai trop bu, persuadé d'être intouchable, et je me suis endormi au volant de ma décapotable. Quand je me suis réveillé, j'étais à l'hôpital, indemne, mais j'avais tué une femme...

C'est à son tour d'avoir les mains qui tremblent. Pour le cacher, il s'empare de son paquet de Winston et me propose une cigarette, que j'accepte d'un signe de tête. Il allume les deux d'un seul coup avec son briquet tempête, me la tend et attend que j'aie tiré une taffe pour reprendre, d'une voix dure :

— L'homme que j'admirais le plus au monde était là, près de moi, et il m'a dit : « C'est pas grave fiston. C'était qu'une ratée. Sa vie ne valait rien. Je vais te tirer de là. »

Je fais la moue, exaspérée par le jugement pédant de son paternel qui, malheureusement, est partagé par trop d'individus.

— Elle avait un gamin de huit ans, mais ça, mon père s'en fichait. Quand je lui ai dit que je ne voulais pas de son aide, qu'il fallait que je paye pour mon crime et que je rachète ma dette à la société, il s'est écrié : « Ne laisse pas ce petit bâtard gâcher ton avenir. Tu vaux mieux que ça ! Tu es un Torres ! La prison te détruira... »

L'espace d'une seconde, le visage de Jéricho disparaît derrière la fumée blanche de nos cigarettes. Mais je n'ai pas besoin de le voir pour sentir sa détresse, son angoisse, sa *folie*. Je me demande si Wolfgang sait que son meilleur ami est brisé, *foutu*. Peut-être même encore plus que moi. Et puis, même si je ne sais pas très bien pourquoi je m'en soucie, je maudis Ambroise d'avoir ajouté un autre fardeau sur les épaules déjà si frêles de Jéricho.

Rares sont les personnes qui parviennent à se relever après avoir chuté aussi brutalement de leur piédestal. C'est plus facile pour les gens comme moi, qui n'ont jamais flirté avec les hautes sphères de l'orgueil et de la vanité. J'ai toujours su que je m'en prendrais plein la tronche, et ce savoir m'a protégée des pires désillusions.

Je suis née pour souffrir et, chaque jour, j'accomplis ma destinée.

— Et tu sais quoi, King ?

Je baisse les yeux vers lui, il lève les yeux vers moi. Je sais ce qu'il va dire, et il sait que j'ai compris, mais il le dit quand même :

— Il avait raison. J'aurais dû laisser ce petit bâtard faire le deuil de sa mère sans coupable à blâmer. La prison m'a pulvérisé.

Je prends une longue bouffée de nicotine. Il ne veut pas que je le plaigne, et je ne le plaindrai pas. Ce qui lui est arrivé est horrible, et il ne mérite pas que j'y ajoute l'humiliation de subir ma pitié.

— Ça n'explique toujours pas comment tu me connais, dis-je, pour lui faire comprendre que je ne le juge pas.

Il s'écroule sur le canapé et s'allonge sur le dos, les bras calés derrière la tête, indifférent aux immondices qui jonchent la pièce et ses vêtements.

— Vois les choses comme un immense plateau d'échecs. Ambroise, c'est le Roi blanc. Wolfgang, le Cavalier. Celui qui a de l'honneur et qu'on n'utilise qu'après une intense réflexion, car il n'est pas facile à manipuler. Moi, je suis le Fou. L'enragé qui a le plus de liberté et qu'on jette dans la bataille sans vraiment s'en soucier, car il est considéré comme une pièce mineure dans le jeu. Mon père, c'est la Tour. Une pièce lourde, avec laquelle le Roi peut « roquer », s'il se sent menacé. Et toi... ah, toi, petit cœur, tu es la pièce essentielle. Tu es la Reine, la plus forte, l'ultime défense du Roi, qui peut se balader d'un bout à l'autre du plateau. Est-ce que tu sais ce qu'est un baiser de la Dame, King ?

Je le dévisage d'un air vide. Croit-il réellement que l'on m'a enseigné les arcanes des échecs, dans la rue et les bordels ?

— C'est une situation d'échec et mat, qui peut être formée par l'association de deux pièces. En l'occurrence, la Reine et le Fou, qui s'alignent sur une même trajectoire pour « baiser » le Roi de l'équipe adversaire.

Je commence à comprendre, et ça me met très, *très* en colère.

— Connais-tu le Roi Noir ?

— Pas autant que toi, souffle-t-il avec malice, mais oui, je le connais bien, ton bel Enrico.

Tous les organes dans ma poitrine se glacent sous l'effroi de cette révélation inattendue.

— Comment penses-tu qu'il parvienne à échapper à la justice ? Ce n'est pas un enfant de chœur, et il devrait déjà être derrière les barreaux.

Ce n'est que trop vrai...

— Il fait chanter ton père, c'est ça ?

Un autre sourire sombre lui monte aux lèvres. Il y a tant de haine, dans ce rictus !

— Non. Le chantage, c'est le truc d'Ambroise. Mon père s'est délibérément associé à Enrico pour faire fructifier son héritage. Il ne s'attendait pas à ce que je gâche son business en écopant d'une lourde peine de prison ferme pour un crime qu'il aurait pu m'éviter... et en me liant d'amitié à l'ennemi numéro un de son petit protégé. Il ne s'attendait pas non plus à ce qu'Enrico paye un mec pour me violer dans les douches afin d'acheter mon silence par la peur et l'intimidation. Et je peux te l'assurer, il ne s'attendait pas du tout à ce que je passe dans le camp ennemi pour me venger.

Son sourire s'agrandit, vibrant de menaces et d'une folie profonde, aux accents légèrement suicidaires.

— Je te suis, King. Je suis ta trajectoire, et si j'ai bien compris les règles de cette partie, toi et moi, on va baiser le Roi.

« Ne t'inquiète pas pour lui... » m'a dit Ambroise avec nonchalance.

Je comprends mieux son désintérêt pour la question. Finalement, Jéricho n'est pas celui que je croyais. Ambroise a dû bien se foutre de ma gueule quand je lui ai dit que son ami besognait les putes d'Enrico, lorsqu'il semble évident que c'est justement ce qu'il attend de lui. Mais alors... pourquoi s'est-il énervé ?

Je repasse notre conversation en boucle dans ma tête, et soudain, une étincelle s'allume dans les tréfonds de ma mémoire.

— Wolfgang ne sait rien de tout ça...

Et c'est pourquoi Ambroise a tiqué lorsque j'ai parlé de Karla. Il veut que son Cavalier reste en dehors des zones les plus dangereuses de son plateau d'échecs.

— Non, me confirme-t-il. Tu as payé sa protection au prix fort, King. Et Ambroise l'adore. On l'adore tous. C'est le plus vertueux d'entre nous. Le seul qui mérite sa couleur et de s'en sortir sans trop de casse.

Je ne peux qu'être d'accord avec lui sur ce point-là même si je suis malade de savoir que Jéricho est au courant de jusqu'où je suis allée pour protéger mon loup.

— C'est bien.

J'écrase mon mégot dans le cendrier sous le regard moqueur de Jéricho et me redresse, prête à partir, lorsqu'une question essentielle me traverse l'esprit.

— Et Jemar Thornton ?

Jéricho ne sourcille pas – impossible de dire s'il connaît, ou non, mon patron, mon sauveur… et probablement l'homme qui a volé la Mustang de Wolfgang.

— Il y a des questions que tu dois poser de toi-même aux bonnes personnes, King.

Reçu cinq sur cinq.

Le temps des révélations est terminé, et je vais devoir me satisfaire des demi-réponses qu'il m'a offertes pour m'aider à y voir plus clair. Je suis à peu près sûre qu'il m'a prise en pitié lorsqu'il m'a vue confesser mon amour impossible à Wolfgang dans un adieu qui m'a déchiré le cœur.

Avec un soupir de lassitude, je me relève et attrape ma veste, que j'enfile en refoulant un gémissement de douleur au moment où le tissu rugueux frotte contre l'ecchymose à vif que m'a laissée le violent coup de ceinture de Shelby.

— Hé, King ? m'interpelle Jéricho, alors que je prends la direction de la sortie.

Je tourne mon visage vers lui, un sourcil levé.

— Tu devrais te tirer d'ici, toi aussi.

— Je ne peux pas.

Il me fixe un long moment, aussi impassible que moi.

— Ce n'est même pas ton enfant.

Pendant un instant, mon cerveau refuse de comprendre les mots qu'il vient de prononcer avec une telle nonchalance, puis j'enregistre tous les détails d'un seul coup, et les bras m'en tombent. Je le dévisage, bouche bée, partagée entre l'envie de le gifler et celle de m'enfuir à toutes jambes.

— Comment…

Cet enfoiré de Zex ! s'exclame la partie de mon cerveau, froide et reptilienne, que ne renierait pas Ambroise.

— Zex, bien sûr, modulé-je à haute voix, furieuse. Il n'a pas mon sang, mais il a mon cœur. Je ne le laisserai jamais tomber !

Jéricho pose une main sur sa poitrine.

— C'est un geste très noble, King. Tu es un ange.

Sa comparaison m'arrache un éclat de rire rauque.

— Un ange ? Certainement pas !

C'est même le dernier qualificatif que l'on songerait à me donner ! Surtout après les folles acrobaties que j'ai enchaînées avec Wolfgang.

— Tu sais ce que l'on dit, Jéricho : « *God is a woman* ».

C'est à son tour d'éclater d'un rire sincèrement amusé, presque admiratif, que je me surprends à partager avec lui.

— Je dirais même plus : *King is a queen !*

Étrangement, mon cœur ébréché, amoché, me fait un peu moins mal, tout à coup. Je suis devenue une personne importante, une « pièce lourde » comme le dit Jéricho.

Et je vais offrir le baiser de la Dame à tous mes ennemis.

32

ATTERRISSAGE FORCÉ

Wolf

Wolfgang ne sait rien de tout ça...

Cette phrase transperce le brouillard ensommeillé dans lequel mon esprit se prélassait, à la fois ivre de plaisir et malade de chagrin. Je reprends brièvement connaissance, les tempes bourdonnantes. Pas tout à fait réveillé, mais plus vraiment endormi, je fixe le plafond et essaie de trouver l'origine du bruit qui vient de m'arracher aux bras de Morphée.

— Non, confirme Jéricho. Tu as payé sa protection au prix fort, King. Et Ambroise l'adore. On l'adore tous. C'est le plus vertueux d'entre nous. Le seul qui mérite de s'en sortir...

Je me redresse si brusquement dans mon lit que j'en ai la tête qui tourne.

Parle-t-il de moi ? Et quel prix a payé King pour ma « protection » ? C'est quoi, ces conneries ?!

Je regarde tout autour de moi, à la recherche de ma petite hirondelle, même si je sais pertinemment qu'elle n'est plus là. Je suis seul, emmitouflé jusqu'à la taille dans mes draps qui sentent le sexe et le parfum de King – une odeur insupportablement érotique qui m'enflamme les reins d'un besoin inépuisable.

— C'est bien, lui répond-elle avec un soulagement palpable. Et Jemar Thornton ?

J'ignore de quoi ils parlent, mais je sens que c'est important, et que, d'une manière ou d'une autre, ça me concerne plus qu'ils ne sont prêts à se l'avouer.

Indifférent à ma nudité, je m'extirpe du lit et me dirige jusqu'à la porte que j'entrebâille discrètement pour écouter leur conversation. Ils parlent par énigmes, et je ne comprends rien à ce qu'ils se disent, mais ils ont l'air... étrangement complices. Comme s'ils partageaient un secret. Et je ne le supporte pas. Un sentiment noir, terriblement mauvais, enfle à l'intérieur de ma poitrine, chassant le bien-être sensuel qui enveloppait mon corps d'une douce langueur.

Je n'en peux plus, des secrets. J'en ai ma claque, des mensonges. C'en est fini d'être patient, gentil et précautionneux.

Tu sais qu'elle bosse toujours pour Enrico, hein ? Tiens, si tu ne me crois pas : demande-lui où elle est allée, mercredi...

Je veux des réponses. J'ai besoin de certitudes. C'est mon histoire, ma vie, et pourtant, j'ai la désagréable impression de n'en connaître qu'une moitié. Oui, il me faut des réponses, et ils vont me les donner... ou je risque de me mettre très, *très* en colère.

M'efforçant de ravaler ma rage, j'attrape des vêtements piochés au hasard dans ma commode, m'habille à la hâte et sors en trombe de ma chambre étouffante des souvenirs de la veille. King est rentrée chez elle, et c'est tant mieux : je ne peux pas l'affronter si tôt après avoir goûté à l'extraordinaire plaisir de son étreinte. Un seul de ses regards noirs aurait suffi à me faire plier à sa volonté pour exaucer le moindre de ses caprices. J'ai toujours été incapable de lui résister. Elle me menait déjà à la baguette à cinq ans, alors qu'elle était haute comme trois pommes et qu'il lui manquait les deux dents de devant.

Je pénètre dans le salon, prêt à confronter Jéricho à tous ses secrets... mais je m'immobilise au beau milieu de la pièce, sous le choc, lorsque je le vois, roulé en boule sur le canapé. Je ne m'attendais pas à le retrouver ainsi, telle une loque pitoyable, la tête serrée entre ses avant-bras. Toute ma rancœur s'évapore d'un seul coup, et je me précipite vers lui, le cœur battant la chamade.

— Hé, mec ! m'écrié-je en m'agenouillant près de son visage, que je prends entre mes mains. Qu'est-ce que tu as ? Qu'est-ce qu'il se passe ?!

Les yeux bleus de Jéricho se lèvent mollement vers moi, comme s'il n'avait même plus assez de force pour relever la tête. Il pleure, mais aucune larme n'entache ses joues. Le blanc de ses yeux est d'un rouge violent, d'un écarlate morbide, et tout son corps tremble sur le canapé. Il a du mal à respirer, son front est couvert d'une fine pellicule de sueur. Pendant une seconde, je panique : *et s'il faisait une overdose ?* Mais je chasse très vite cette pensée de mon esprit. J'ai déjà vu des mecs se mettre à faire des crises à cause de la drogue, et c'était beaucoup plus violent. Pas de tremblements, mais des convulsions ; pas de sueur, mais de l'écume blanchâtre sur les lèvres ; pas de regard vide, mais des pupilles aussi dilatées qu'une tête d'épingle. La mort est affreuse, le supplice, interminable.

— Tu me fous les boules, mec. S'il te plaît, explique-moi ! Dis-moi ! J'suis là... Qu'est-ce qu'il t'arrive ? Qu'est-ce que je peux faire ?

Jéricho papillonne des cils, l'air troublé. Puis il se met à rire. À rire si fort qu'il se contorsionne dans tous les sens, comme un ver de terre aspergé par de l'eau salée. J'hésite à le frapper pour lui remettre les idées en ordre, mais je retiens mon poing lorsqu'il rétorque, essoufflé :

— Comment on fait pour oublier son passé, Wolfgang ? J'dois oublier. Il faut que j'oublie... et je n'y arrive pas, putain... c'est toujours dans ma tête ! J'en ai mal, j'en ai *toujours* mal...

Il se frappe le front d'un coup de poing rageur qui manque de m'éborgner. L'impact est d'une violence inouïe. Ça lui laissera un bel hématome sur la tempe. J'intercepte sa main lorsqu'il fait mine de se frapper une nouvelle fois et l'écrase contre mon torse, ignorant ses protestations embrouillées.

Ça recommence... songé-je, attristé. *Il a replongé.*

En prison, Jéricho avait aussi des « crises » dans ce genre-là. Il se mettait à hurler, à pleurer, à tout casser dans notre cellule, complètement anéanti par la culpabilité. Il cognait dans les murs, dans les poutres métalliques et dans toutes les choses susceptibles de le faire saigner. Au début, je n'osais pas intervenir, de crainte de le priver de son exutoire, et je le laissais se décharger de sa douleur mentale dans la souffrance physique. Jusqu'au jour où, et alors que je dormais à côté de lui, il a arraché les draps de son lit afin de s'en faire une corde suffisamment solide pour se pendre aux barreaux de notre cellule. Si je n'avais pas un sommeil extrêmement léger, il serait mort dans la prison minable de Santa Fe, comme un tiers des détenus du pénitentiaire.

— Calme-toi ! exigé-je d'une voix froide, acérée. Stop, Jéricho ! Arrête ! Tu es à Albuquerque, et tout va bien. Je suis là.

Mon sang-froid semble l'apaiser, et il s'y accroche de toutes ses forces lorsque je lui répète :

— Ce n'était qu'un accident. Un. Simple. Accident. Tu ne pourras jamais l'oublier, mais tu peux apprendre à vivre avec...

Il cligne lentement des yeux.

— Un accident ? bredouille-t-il, perdu.

On échange un regard perplexe ; pourquoi ai-je l'impression qu'il ne sait pas de quoi je parle ?

— Qu'est-ce que tu n'arrives pas à oublier ?

Ses yeux s'assombrissent et ses tremblements s'accentuent jusqu'à le faire claquer des dents, mais une lueur de compréhension vient illuminer les profondeurs tourmentées de ses iris, et peu à peu, mon ami revient à la raison.

— T'es quelqu'un de bien, Wolfgang.

Je penche la tête sur le côté, intrigué, et éteins la cigarette à moitié fumée qu'il a oubliée. Elle a creusé un trou enflammé dans le tissu bon marché du canapé – *encore un autre*. Un jour, Jéricho mettra le feu à l'appartement avec sa fichue manie d'oublier d'écraser le mégot de ses clopes dans le cendrier.

— Ah bon ? Alors pourquoi tu te fous de ma gueule ?

Jéricho sursaute, aiguillonné par la véhémence qui vibre dans ma voix.

— Quoi ? Mais de quoi…

Je le coupe, impitoyable :

— Qu'est-ce que je ne sais pas ? Qu'est-ce que tu me caches ? Et quel prix a payé King pour ma protection ?

La colère et l'incompréhension m'enflamment les entrailles. Je bouillonne intérieurement, sous pression, au bord de l'implosion. La flamme de King s'est frayé un chemin jusqu'à mon cœur froid, et maintenant, je brûle…

Oh, je brûle si fort que je pourrais réduire en cendres cette putain de ville maudite !

— Je ne vois pas de quoi tu parles ! feint-il de ne pas comprendre, en se dégageant de ma prise pour se rasseoir sur le bord du canapé le plus éloigné de moi.

— Tu as deux minutes pour m'expliquer ce qu'il se passe et à quel jeu tu joues, ou sinon, je te le jure…

Je ne termine pas ma phrase – l'imagination est la plus éloquente de toutes les menaces.

— Wolf… tente-t-il, avant de se fracasser les dents sur mon air déterminé. Mon pote…

— Plus qu'une minute, Jéricho.

Il me regarde sans rien dire pendant quelques secondes, et je suis à deux doigts de mettre mes menaces à exécution lorsque j'ajoute, sur une impulsion :

— S'il arrive quoi que ce soit à King à cause de tes secrets, tu en seras le seul responsable. Je ne peux pas la protéger si je ne sais pas contre qui je me bats ! Et là, crois-moi, ce ne sera pas un accident. Ce sera ta faute !

Je lui hurle les derniers mots au visage, fou de rage. Il tressaille sous la violence de mes paroles, stupéfait par mon agressivité, tandis que je me retiens *in extremis* de l'attraper par la gorge pour l'étrangler dans ses propres mensonges. Puis ses épaules s'affaissent et il expire bruyamment par les narines, se dégonflant sous le poids de la culpabilité.

— Ambroise lui a extorqué plus de vingt mille dollars pour

assurer ta protection en prison.

Pardon ?!

— À quelques centaines de dollars près, Ambroise a épargné cet argent pour toi, pour t'aider à te remettre à flot à la sortie, et c'est de là que je sors tous les billets que je te donne. C'est l'argent d'Ambroise… Enfin, de King… ou plutôt le tien, en fait.

Non, non, non, non ! Tout, mais pas ça… S'il vous plaît ! Ça ne peut pas être à cause de moi !

— Tu mens !

Une grimace douloureuse chiffonne son visage fatigué. Et là, tout s'éclaire tandis que je me remémore les paroles que King m'a jetées à la figure, quelques semaines plus tôt, alors que je lui parlais d'Ambroise.

Ne fais pas l'erreur de confondre un ange avec un démon sous prétexte qu'il s'est mis quelques plumes dans le cul.

Mais c'est pas dans son cul qu'il a foutu des plumes, ce connard. C'est dans le mien !

— Il ne m'aurait pas fait ça… m'étranglé-je à moitié en tombant sur les fesses. Pas lui. Pas à moi…

Le mec que je considérais comme mon meilleur ami, mon ange gardien, s'est servi de mon malheur, et plus particulièrement de la vulnérabilité de ma petite amie, pour… Pour quoi, au juste ? Pour du fric qu'il n'a même pas utilisé ? S'amuser et se divertir à nos dépens ?

À moins que…

Une pensée absolument abjecte me traverse l'esprit.

À moins qu'il n'ait œuvré dans mon dos, en se servant de la détresse de King pour la pousser dans les bras d'Enrico. Plus il lui demandait d'argent pour ma « protection », moins elle pouvait s'en sortir en usant des moyens légaux, et je ne serais pas surpris d'apprendre que c'est Ambroise qui lui a conseillé d'aller se vendre sur les trottoirs, là où elle attirerait inévitablement l'attention de son plus fidèle ennemi.

C'est même sûrement ce qu'il espérait, le fils de pute !

— T'es au courant depuis combien de temps ? m'entends-je demander d'une voix désincarnée, alors que le monde s'écroule sous mes pieds.

— Ambroise m'en a parlé un mois avant ta libération. Il a dit que je devais te donner le fric petit à petit, garder un œil sur toi et t'aider à te tirer d'ici lorsque tu te déciderais à quitter le nid.

C'est de pire en pire. Ambroise ne s'est pas simplement servi de moi pour atteindre King et l'utiliser comme une marionnette pour mener à bien sa petite vendetta personnelle contre Enrico, il a aussi parié sur le fait que je me montrerais suffisamment égoïste pour l'abandonner une seconde fois, avec du fric plein les poches, pour aller refaire ma vie ailleurs. Loin des emmerdes que j'ai contribué à créer.

On ne vaut pas mieux l'un que l'autre, au final.

« *Je devrais le laisser te mettre une balle dans le crâne. Ça irait plus vite et ça serait moins douloureux pour moi...* » m'a dit King avant de m'aimer aussi fort qu'il est possible d'aimer un homme que l'on déteste.

Plus j'y pense, moins je me supporte. Toute cette histoire me rend malade ; je me suis comporté comme un véritable connard irresponsable et irrespectueux. Et toutes les choses que je reproche à King sont en réalité de mon fait. Oui, c'est ma faute, à moi. Je l'ai abandonnée et mise sur la route d'Ambroise, qui l'a agitée sous le nez d'Enrico. Et voilà que je me réinvite dans son existence et que je remue toute la merde qu'elle était parvenue à tasser sous ses bottes.

— Pourquoi m'a-t-il fait ça ? murmuré-je pour moi-même, abattu. Je croyais que c'était mon ami...

Il a dû tellement se foutre de ma gueule, l'enfoiré ! Et moi qui lui parlais de mes doutes, de mes peurs et de mes maux de cœur.

Putain, j'ai envie de vomir !

Quand un détenu fraîchement arrivé m'a appris que King tapinait à son club de striptease et me trompait avec la moitié des mecs d'Albuquerque, j'ai cru devenir fou, et sans Ambroise, j'aurais fini par m'attirer de *très* gros ennuis. Il m'a soutenu, m'a écouté, m'a laissé déverser ma rage sur lui, encore et encore... Je pensais qu'il l'avait fait par amitié – *et un peu par pitié, soyons honnêtes* – mais ce n'était qu'une crise de remords à retardement. Une façon de me « protéger », comme King le lui avait demandé en le payant indirectement de son corps.

Mon cœur brisé vaut vingt mille dollars.

— C'est ton ami, je te le jure, plaide Jéricho d'un ton résolument convaincu. Ce n'est juste pas quelqu'un de... normal. Il utilise les gens autant qu'il les protège. C'est sa façon de faire : donner, oui, mais seulement s'il peut prendre quelque chose en retour.

J'émets un rire grinçant qui sonne faux.

— Alors ce n'est pas un ami, tranché-je, furieux. Et je vais aller le lui dire en face !

Jéricho blêmit, aussi pâle qu'un fantôme, mais je ne m'en préoccupe pas. Ce n'est pas à lui que j'en veux. Mon cerveau s'est déjà concentré sur toutes les demandes que je dois rédiger pour être en mesure de confronter celui que je considérais comme mon frère à tous ses mensonges. Les jours d'accueil au parloir sont le lundi, le mercredi et le...

Tu sais qu'elle bosse toujours pour Enrico, hein ? Tiens, si tu ne me crois pas : demande-lui où elle est allée, mercredi.

Je me pétrifie sous le baiser glacé de l'horreur.

Oh ! Putain de merde ! Non ! C'est impossible !

Ambroise n'aurait pas été jusque-là.

N'est-ce pas ?

33

MON FILS

King

Le regard dévasté de Danger me poignarde en plein cœur. Il sait où j'ai passé la nuit et ce que j'y ai fait. Il a compris *qui* m'a volé mon corps, mon cœur et les larmes qui perlent au coin de mes yeux. Et même si ça lui fait encore plus de mal qu'à moi, il m'entoure de ses bras forts et me berce contre son torse en me caressant les cheveux d'une main tremblante.

— Est-ce que je dois le tuer ? me chuchote-t-il à l'oreille alors que je me blottis contre lui, allongée à ses côtés sur notre canapé. Dis-moi ce que je dois faire pour que tu arrêtes de pleurer.

Je renifle dans son cou, brisée par la douceur qui enrobe sa voix rauque de souffrance.

— Rien, D. Rien du tout.

Il me serre plus fort et je lui rends son étreinte. Asher dort dans le lit de fortune que Danger lui a aménagé entre les coussins du canapé, son biberon de lait posé près de son poing fermé. Le devant de son pyjama orange est taché de chocolat ; mon petit monstre a dû faire un si vilain caprice que son papa a été obligé de le soudoyer avec du lait chocolaté. Le malin...

— Tu ne pleures jamais, King ! s'agace Danger en soulevant mon menton d'un doigt pour plonger son regard insupportablement bleu dans le mien. Et tu es blessée ! Que t'a-t-il fait, nom d'un chien ?

Il a élevé la voix sur les derniers mots, et je vois Asher froncer les sourcils dans son sommeil. De crainte que mon petit bonhomme se réveille, je pose ma main à plat sur la bouche charnue de Danger et... je lui ouvre mon cœur.

— J'ai toujours connu Wolfgang, et je l'ai toujours aimé. Pas d'un amour chaste et innocent. Non. D'une passion brûlante et interdite. Tout ce que je suis, c'est à lui que je le dois. Le bon comme le mauvais.

La nostalgie m'envahit tandis que je lui retrace les grandes lignes de mon histoire, de *notre* histoire. Ma vie a toujours été liée à celle de Wolfgang. Sa mère me gardait alors que je n'avais même pas deux ans, et il était là, plus âgé que moi, à me surveiller du coin de l'œil. Bien sûr, je ne m'en souviens pas. J'étais trop jeune, encore un bébé, mais la toute première image que j'ai de mon passé, c'est son visage trop sérieux, penché au-dessus de moi, à me contempler derrière le voile dentelé de ses longs cils noirs. Ses yeux bleus, sa peau pâle, ses lèvres rouges. J'ai toujours été d'une extrême possessivité avec lui. Déjà à cette époque, et alors que j'avais à peine six ans, je savais qu'il était à moi. C'était *mon* Wolfgang. Je ne le considérais pas comme mon frère – il n'y a jamais rien eu de fraternel, entre nous. C'était mon garçon, mon copain, mon ami. Et je ne supportais pas de le partager avec les autres filles. En grandissant, nos relations se sont tendues, électrifiées. J'étais casse-cou, grande gueule et populaire. J'aimais plaire aux hommes et être regardée de travers par les filles. Pas lui. Il était timide, discret et introverti. Être avec moi le mettait trop en lumière, et il détestait ça. Il a toujours préféré les ténèbres, le silence, la solitude. Je crois même que j'ai perdu ma virginité avant lui, à une fête où je n'avais rien à faire, avec un pauvre type dont je ne me souviens même plus le nom. J'avais beau aimer Wolfgang de toute mon âme, je pensais qu'il se fichait complètement de moi, qu'il me trouvait trop jeune pour lui. Ce n'était pas tout à fait faux : mon loup attendait que je grandisse un peu avant de me dévorer.

Malheureusement, il a trop attendu... et j'ai pris les choses en main – comme d'habitude.

Coucher avec un autre mec, c'était ma manière à moi de lui faire comprendre que j'étais prête pour lui. Le sexe était déjà un moyen de parvenir à mes fins – je suppose qu'on ne se refait pas... Je suis sortie avec un tas de types en attendant qu'il se décide à passer à l'acte, mais il a continué à se retenir, à patienter, à hésiter. Lui, il ne s'est jamais mis en couple. Si ce n'était pas moi, c'était personne. Et ça m'a fait l'aimer encore plus fort. Oh, je savais qu'il couchait avec d'autres filles dans les rares soirées où il allait avec Heath, le frère de Salomé, et Max. Mais il ne les invitait jamais dans son garage – *moi, si.* Il ne les amenait pas à l'école en voiture – *moi, si.* Il ne cassait pas la gueule aux gars qui les faisaient pleurer – *moi, si.* Il ne leur donnait pas de petits surnoms en allemand – *moi, j'étais déjà son trésor, sa petite hirondelle.*

Quand j'ai soufflé ma seizième bougie, je n'en pouvais plus de l'attendre. Ça me rendait dingue, et ma réputation était atroce. J'étais la fille la plus facile du quartier, la jolie poupée bien roulée avec qui l'on pouvait prendre du bon temps sans avoir à déblatérer des mots doux et des fausses promesses. Ces enfoirés m'appelaient Colgate : on n'avait qu'à m'étaler à l'horizontale sur une surface plane et se frotter énergiquement contre moi pour avoir un beau sourire.

Les garçons me vénéraient, les filles me crachaient à la gueule. Et je m'en fichais – *royalement*. La seule chose que je voulais, c'était Wolfgang.

Alors, je l'ai pris...

Le 12 avril 2013, j'ai enfilé un minuscule bikini blanc et je suis allée me baigner dans la vieille piscine en plastique, qui tenait plus de la pataugeoire pour enfants et qu'il avait installée pour faire plaisir à ses chipies de sœurs. Cette année-là, l'été était arrivé avec deux mois d'avance, et il faisait aussi chaud que dans un four. Je l'ai attendu en profitant du soleil, la peau enduite d'une huile qui sentait le monoï et le ventre brûlant d'excitation.

Il n'avait aucune chance de me résister, même s'il n'a pas été facile à convaincre...

Quand il m'a vue, à moitié nue et allongée dans l'eau chaude, ses yeux ont failli sortir de leurs orbites. Il avait une canette dans la main gauche, une clope dans la main droite, et il portait un bermuda de plage qui ne dissimulait rien de la réaction sanguine que son corps avait à la vue du mien. Il a essayé de fumer sa canette et de boire sa clope, les joues écarlates et l'œil affamé. Ça m'a fait rire et je lui ai fait signe de me rejoindre dans l'eau.

— *Hum, elle est toute chaude. Viens, Wolf...*

Je n'ai jamais été timide ou craintive. À ce moment-là de ma vie, le sexe n'avait déjà plus aucun secret pour moi et j'avais une conscience aiguë de mon pouvoir de séduction.

Je ne ressemblais pas à un mannequin. Je n'avais pas de longues jambes, de ventre plat ou de belle chevelure lisse et soyeuse. Mais j'aimais mon corps, j'adorais ma féminité toute en courbes douces et, surtout, je ne boudais pas mon plaisir.

Et pourtant, Wolfgang a dit non.

Non.

Un mot que je n'avais pas l'habitude d'entendre. Un mot que je ne m'attendais pas à recevoir de sa part. Un mot que j'ai refusé d'écouter, de croire, d'accepter.

Mais il ne m'a pas laissé le temps de répliquer. Il a pris ses jambes à son cou et s'est enfermé dans son garage, au fond du jardin, où il garait sa belle Mustang. Je savais pertinemment ce qu'il allait y faire, puisqu'il le faisait dès que je me trouvais dans les parages et que je lui faisais un peu trop de rentre-dedans : se masturber en imaginant ma main, ma bouche ou *moi*, à la place de son poing. Et je le savais parce que j'adorais l'espionner dans ces instants-là – *il est si beau, mon loup, dans l'extase !* Toutefois, je n'étais plus d'humeur à le laisser faire seul ce que je désespérais de finir avec lui. Aussi l'ai-je suivi, consciente de ce qui m'attendait à l'intérieur. Dans le cabanon, je me suis déshabillée sous son regard enflammé et je l'ai rejoint sur la banquette arrière de sa voiture, où il avait déjà commencé à s'offrir un plaisir solitaire.

Il s'est jeté sur moi comme un loup affamé sur la gorge vulnérable d'un agneau.

Et j'ai aimé chaque seconde, chaque caresse, chaque *morsure*.

On a commencé à sortir ensemble, et si les débuts ont été plutôt chaotiques, ça s'est imposé à nos proches comme une évidence. Personne n'a été surpris de notre rapprochement. Surtout pas nos mères. La mienne s'en était émerveillée, ravie de se débarrasser de moi, et la sienne… disons qu'elle avait été plus « réservée ». Les trois premiers mois se sont déroulés comme dans un cauchemar. Rien n'allait comme on le voulait et l'univers semblait se liguer contre nous. Mes ex-copains le charriaient, ses longs silences me rendaient folle et nos caractères diamétralement opposés avaient du mal à s'accorder. On alternait les violentes prises de bec et les parties de jambes en l'air démentielles. J'ai même cru qu'on allait devoir se séparer pour éviter d'avoir à s'entretuer…

J'ai dit à Wolfgang que c'était fini, que nous deux, ça ne marchait pas et qu'il fallait arrêter de se faire du mal en s'accrochant à quelque chose de fondamentalement imparfait.

Il a juste répondu : « *Non.* »

Un mot que j'avais pris l'habitude d'entendre, avec lui. Un mot que j'attendais de toutes mes forces. Un mot que j'ai été soulagée de recevoir, de croire, d'accepter.

Oh, comme les choses peuvent changer en à peine quelques mois !

Et c'est là que j'ai compris. La passion ne s'apaise pas, elle se vit à fond, avec les tripes.

Wolfgang n'essayait pas de me changer, mais de me canaliser, d'étouffer ma prédilection à l'autodestruction, et pour la toute première fois de ma vie, j'ai accepté les limites qu'il cherchait à m'imposer pour mon propre bien.

Avant lui, personne n'avait jamais pris soin de moi. Avant lui, personne ne s'était jamais soucié de mon avenir. Avant lui, et même si j'avais cru être très entourée, j'étais terriblement seule.

Wolfgang m'a aimée, aidée, dorlotée et soutenue pendant les dix mois qui ont suivi ce « non » fatidique et bouleversant. Puis il est tombé. Et fatalement, il m'a entraînée dans sa chute.

Quand la police est venue le chercher aux premières lueurs de l'aube, je savais déjà qu'il allait me quitter... Il m'avait fait l'amour avec une fièvre inextinguible, toute la nuit, comme un homme qui savait pertinemment qu'il n'aurait pas de seconde chance.

Ils l'ont emmené un mercredi, à la fin du mois de juin, en 2014. Et je ne l'ai revu qu'au milieu du mois de septembre 2015, lors de son procès, où il a écopé d'une peine de dix ans de prison ferme.

Contrairement à ce que l'on aurait pu penser, je ne me suis pas écroulée à l'annonce du verdict. Wolfgang m'envoyait des lettres presque tous les jours, et je lui répondais avec la même régularité. Ma vie était un véritable chaos, mais il constituait mon unique ligne directrice. Il était la seule certitude dont j'avais besoin pour avancer. J'étais prête à tout pour lui – sacrifier dix années de ma vie, de ma jeunesse, était la chose la plus facile qu'il attendait de moi. J'avais dix-sept ans, je savais que je le retrouverais à mes vingt-sept ans et que l'on aurait plusieurs décennies pour rattraper le temps perdu à s'aimer de loin. Ça m'allait... Toutefois, mon expérience de la rue m'avait inculqué une cruelle vérité : la prison pouvait broyer des hommes infiniment plus costauds que lui. Quand il a été transféré de la prison communale d'Albuquerque, peuplée de petites frappes inoffensives, au pénitentiaire régional et très mal réputé de Santa Fe, j'ai paniqué.

C'est là qu'Ambroise est rentré en scène.

Je me suis tournée vers Salomé, ma meilleure amie, et lui ai demandé de me mettre en contact avec son frère, le tristement célèbre Ambroise. Je voulais qu'il protège Wolf, il voulait de l'argent. Un arrangement honnête, en apparence. Au début, c'était assez facile de le satisfaire. Il réclamait des petites sommes, de temps en temps. Et puis, il a commencé à se montrer plus gourmand. Plus insistant. Il en voulait de plus en plus, et de plus en plus vite. Le job que j'avais trouvé chez Starbucks, après avoir été licenciée de chez McDo parce que j'avais refusé les avances de mon manager, ne suffisait plus à couvrir toutes mes dépenses. Les trois quarts de mon salaire allaient dans les poches d'Ambroise, et le reste, je le dépensais en leçons de conduite et en fringues. Ma mère s'était maquée avec un mec bizarre, qui me couvait de regards lubriques, et Isla, la mère de Wolfgang, songeait à refaire sa vie avec un nouvel homme. J'étais de trop, indubitablement, et je sentais bien que je les gênais, mais je n'avais nulle part où aller... Du moins, il m'aurait fallu deux fois plus de fric pour me louer un petit studio déjà meublé dans un coin pas trop dégueulasse de la ville.

Une fois n'est pas coutume, je me suis tournée vers Salomé, la seule personne en qui j'avais confiance, pour qu'elle m'aide à trouver un deuxième boulot. *Avec des horaires de nuit, de préférence,* lui avais-je précisé, naïve. Je travaillais déjà toute la journée en tant que serveuse, et je songeais à un post d'aide-soignante ou de femme de ménage. Quand elle m'a parlé du Knockout, je me suis dit : *Oh, quelle bonne idée ! J'adore danser !*

Mais j'étais encore mineure, et je me suis occupée du ménage du club durant les mois qui me séparaient de mon anniversaire. À mes dix-neuf ans, ils en avaient marre d'attendre et m'ont collée si vite sur le podium que j'en ai encore la tête qui tourne. J'aimais bien le striptease. C'était drôle, sexy, excitant. Je savais que certaines filles faisaient des extras dans les salles privées, mais j'évitais d'y réfléchir. Ça ne me concernait pas. *Pour le moment.* Dès qu'il a appris que je m'étais mise à danser, Ambroise a exigé *encore plus* d'argent. Des sommes hallucinantes, qui me saignaient à blanc. Envolé, le rêve d'avoir mon appartement. J'avais à peine de quoi vivoter de droite à gauche.

Et c'est là que l'inévitable coup de massue m'a assommée.

Isla m'a fichue à la porte et l'atterrissage forcé chez ma tante, Alicia Di Lorentis, a été douloureusement tragique. Cette tarée aux pulsions suicidaires a fait de ma vie pourrie un véritable enfer. J'aurais tout donné pour la quitter... et c'est ce que j'ai fait.

Pour continuer à assurer la protection de Wolfgang et avoir suffisamment d'argent pour voler de mes propres ailes, j'ai cédé à l'attrait de l'argent facile. C'était à mon tour de faire des petits « extras » dans les salles privées. Je n'allais pas jusqu'à coucher, mais je m'étais spécialisée dans la pipe bien faite. Je n'y prenais aucun plaisir, même si ça ne me dégoûtait pas autant que j'aimerais le faire croire, et je me berçais de l'illusion que sucer, ce n'était pas tromper. Je me répétais que je le faisais pour Wolfgang, qui s'enfonçait de plus en plus profondément dans la dépression et l'isolement, et que s'il pouvait supporter d'être enfermé, alors moi aussi, j'étais assez forte pour surmonter cette épreuve.

Ça a duré six mois.

Et puis, j'ai enfin reçu l'autorisation d'aller rendre visite à Wolfgang en prison. Mon loup était fou de joie à l'idée de me revoir – enfin. Moi, j'étais plus tempérée – pour une fois. Toutes les choses que j'avais faites pour lui m'avaient désillusionnée, salie. J'avais peur qu'il s'en aperçoive et qu'il me rejette...

Oh, douce ironie !

C'est exactement ce qu'il s'est passé. J'y suis allée, habillée de ma plus belle robe, et je l'ai embrassé avec une fougue qui m'a fait saigner les lèvres. Dès que je l'ai revu, dans sa combinaison orange, j'ai su que toutes les galères que j'avais surmontées pour en arriver jusque-là étaient dérisoires en comparaison à la souffrance que je lisais dans ses yeux ternes. Je lui ai redit que je l'aimais, que je l'attendrais, qu'il n'avait pas à s'inquiéter et que tout allait bien se passer. Il m'a redit qu'il m'aimait, qu'il comptait m'épouser, que je n'avais pas à m'inquiéter et que tout allait bien se passer.

J'en ai pensé chaque mot...

Pas lui.

Une semaine plus tard, il me lâchait et je m'écrasais dans les bas-fonds pervers et crasseux d'Albuquerque.

Je n'étais plus assez bien pour lui et, comme je le craignais, il l'avait compris.

Là, c'est au tour d'Enrico de faire son entrée sur le devant de la scène. Abandonnée par Wolfgang, j'ai sauté tête la première dans le lit d'Enrico, persuadée qu'il saurait apaiser la douleur dans mon cœur.

Quelle idiote !

Je pensais que je méritais de me reposer, d'avoir un homme qui prendrait soin de moi plutôt que l'inverse. Et je suis tombée de très, très haut. Enrico m'a baisée – *littéralement*. Puis il m'a mise sur le trottoir et utilisée comme espionne / marionnette. Ça me tue de l'avouer, mais j'ai appris beaucoup de choses sur moi-même en étant avec lui. Déjà, que je ne supportais pas d'être dirigée, battue et contrôlée, même si cela me permettait d'accéder à une sécurité financière non-négligeable. Et ensuite, que je suis *extrêmement* rancunière et revancharde.

À ce moment-là, je n'avais toujours pas arrêté de payer Ambroise. Et j'ai vu en lui l'opportunité de me venger d'Enrico.

On s'est mis d'accord sur un nouvel arrangement : il protégeait toujours Wolfgang, mais en échange, je lui livrais les petits secrets honteux de son rival.

Ça aurait pu durer ainsi pendant des années, mais j'avais sous-estimé la perversion d'Enrico et surestimé ma capacité à encaisser les coups sans broncher. Un soir où j'avais refusé de mettre la robe qu'il m'avait achetée pour dîner, Enrico m'a frappée jusqu'à l'évanouissement. Il m'a cassé le bras et trois côtes. À mon réveil, je lui ai craché au visage et lui ai juré de le tuer.

Je le pensais. Il le sentait. Et on savait tous les deux comment ça se terminerait : lui ou moi.

Et il était hors de question que ce soit moi.

J'en ai parlé à Ambroise, qui m'a traitée de cinglée et m'a interdit de passer à l'acte.

Il te tuera avant même que tu ne bouges le petit doigt, idiota *!*

Dix jours plus tard, Jemar Thornton prenait un petit déjeuner au Knockout et se mettait en tête de me sauver.

— Et la suite, conclus-je, la bouche sèche à force de parler, tu la connais. Enrico a accepté de me laisser partir, en me spécifiant que j'avais une dette envers lui. Ton père m'a accueillie dans son garage et, petit à petit, j'ai recommencé une nouvelle vie. J'ai cessé de payer Ambroise, car je ne supportais plus que mon passé salisse mon présent. Et je t'ai rencontré, toi. Mon meilleur ami, mon amant, le père de la petite merveille qui me conforte tous les jours dans l'idée que toute ma vie n'a été qu'une immense attente de cette rencontre.

Danger me fixe, le regard brillant de larmes. Je pleure, moi aussi. De toute façon, je n'arrive plus à m'arrêter de sangloter depuis que j'ai quitté le lit de Wolfgang.

— Je ne le savais pas... murmure-t-il, perdu dans toutes mes révélations. Je te trouvais déjà tellement forte et courageuse... mais tu n'es pas une lionne, King. Tu es un putain de T-Rex !

La comparaison bancale me fait éclater de rire. Je me blottis encore un peu plus contre son épaule.

— Je suppose que tous les problèmes que tu as rencontrés récemment sont l'œuvre de ce chien galeux, relance-t-il d'une voix grinçante.

Je secoue la tête.

— Non. Quand Wolfgang a été libéré de prison, ça a remué la merde explosive qui couvait sous nos pieds depuis six ans. Le braquage qui l'a amené à faire de la prison avait été organisé par des hommes d'Enrico. Au cours de l'opération, l'un de ses proches a été tué et il en garde rancune à Wolfgang. Il croit aussi que ce dernier lui a dérobé plus de cent mille dollars en bijoux...

— Et c'est vrai ? me coupe-t-il, abasourdi.

L'espace d'une folle seconde, j'hésite à lui confier la vérité. Puis je me rappelle que si certains secrets valent de l'or, d'autres sont prêts à faire couler le sang.

— Peut-être. Je l'ignore. Quoi qu'il en soit, Enrico en est persuadé, et c'est là que j'interviens.

Une lueur de compréhension s'allume dans les yeux de Danger.

— Tu l'as ramené ici pour l'espionner et retrouver les bijoux.

J'ébauche un petit sourire piteux.

— C'est ce qu'Enrico croit, oui. Mais la vérité, c'est que je protège

Wolfgang en le gardant à l'œil, tout en œuvrant à la perte d'Enrico.

Mon regard dévie vers Asher, qui dort toujours profondément à côté de nous.

— Je suis désolée d'avoir ramené toute ma merde dans ta vie, D. Je te promets que...

C'est à son tour de me couper en plaquant sa main chaude sur ma bouche.

— Tais-toi, King. Ne t'excuse pas. Sans toi, je ne donnerais pas cher de ma peau. Tu as fait de moi un homme meilleur et un père responsable. Tu as plus aimé mon fils durant une seule seconde que sa mère durant toute sa grossesse. Et tu t'es occupée de lui, envers et contre tout. Tu ne m'as jamais reproché de l'avoir abandonné à la naissance. Tu as toujours été là pour moi, même quand je ne le méritais pas. Surtout quand je ne le méritais pas, en fait...

Sa main s'alanguit contre mes lèvres tandis qu'il me caresse la joue du bout des doigts.

— Mais tu aurais dû me dire plus tôt que je n'avais absolument aucune chance avec toi.

Je bats des paupières, déroutée.

— Tu ne cesseras jamais d'aimer Wolfgang. Tu l'as dit : il est toute ta vie.

Je repousse sa main.

— Wolfgang ne peut pas rester ici. C'est trop dangereux. D'ici à quelques semaines, il se tirera à l'autre bout du pays.

La peur transfigure le visage de Danger, et je sais exactement à quoi il pense.

— Non, D. Je n'irai pas avec lui.

— Pourquoi ? s'exclame-t-il, sincèrement choqué. Après tout ce que tu as fait pour lui, et alors qu'il est évident que vous êtes toujours très amoureux l'un de l'autre, *pourquoi* renoncerais-tu à le suivre ?

La réponse est d'une simplicité à fendre le cœur.

— Pour Asher. Pour toi. Pour Jemar. Pour Sonja. Vous êtes ma famille, désormais. Et je n'abandonne pas ma famille.

Danger laisse sa tête retomber sur mon épaule, le corps agité par de petits soubresauts.

— Ce n'est pas juste pour toi...

J'écarte ses cheveux et lui embrasse le front.

— La vie n'est pas juste, D.

On reste un long moment dans les bras l'un de l'autre, si bien que je suis à deux doigts de m'endormir lorsqu'il se redresse et me demande, en me regardant droit dans les yeux :

— Tu ne m'aimeras jamais comme tu l'aimes, n'est-ce pas ?

Un vague sentiment de nausée me tourneboule l'estomac.

— Je ne sais pas.

Mais en vérité, je le sais, et c'est non.

— Menteuse, rit-il un peu jaune.

Il se lève d'un bond, m'abandonnant sur le canapé, et court jusqu'à sa chambre. Pendant une minute, j'ai peur de l'avoir blessé – encore plus qu'en couchant avec Wolfgang. Mais il revient quelques secondes plus tard, une liasse de papiers dans une main et un stylo dans l'autre.

Hébétée, je le regarde s'agenouiller près de moi et me tendre les feuilles et le crayon.

— Tiens.

Je baisse les yeux sur le tas de papiers.

— C'est quoi ?

— Le formulaire d'adoption à remplir pour que tu puisses adopter légalement Asher. Je l'ai déjà signé, il ne te reste plus qu'à le compléter.

Mon cerveau cesse de fonctionner.

Mon cœur cesse de battre.

La Terre s'arrête de tourner.

Soudain, je suis tellement heureuse que j'ai l'impression que je vais éclater comme un ballon trop gonflé à l'hélium.

— Tu te fiches de moi ? Et le pari ?

Ma voix tremble, mon pouls s'emballe.

— On s'en fout, du pari. T'es sa mère, King. Et peut-être qu'un jour tu seras ma femme, ou peut-être pas... mais dans tous les cas, tu mérites qu'il t'appelle maman. Et s'il devait m'arriver quelque chose, tu es la seule personne sur cette Terre à qui je veux le confier.

Il n'a même pas le temps de finir sa phrase que j'ai déjà signé tous les documents et paraphé le bas de toutes les pages avec mes initiales. Ma réactivité lui arrache un puissant rire de gorge.

— Et voilà, King : tu es officiellement maman.

Je plaisante pour masquer mon trouble :

— Finalement, l'accouchement n'est pas aussi douloureux qu'on le raconte !

On échange un regard amusé, lourd en sentiments refoulés et en non-dits ambigus. Ma gorge se serre d'une émotion qui alterne entre l'amour platonique et la reconnaissance émerveillée.

Je t'aime, Danger. Mais mon cœur est sous l'emprise d'un autre prédateur.

— On est une famille, lâche-t-il après quelques secondes d'un silence inconfortable.

— On est une famille, approuvé-je, émue.

Soudain, il se penche et me plaque un rude baiser sur les lèvres. C'est douloureux, comme l'étincelle dans ses yeux.

— Si tu le suis...

Il inspire profondément par le nez.

— Moi, je te suivrai, *toi.*

Seigneur ! C'est qu'il a l'air sincère !

— Ce n'est pas tout le temps à toi de te sacrifier. Et je te l'ai promis : toi et moi, c'est pour toujours. Même si ce n'est que de l'amitié.

Je porte une main tremblante à ma bouche.

— *Dios mío,* Danger ! Tu n'es pas sérieux ?!

Il me gratifie d'une pichenette sur le bout du nez. Piètre tentative pour masquer les débris de son cœur brisé qui se répandent à mes pieds.

— Si, je le suis. Travailler au garage, ce n'est pas mon violon d'Ingres. Et puis, je n'ai pas totalement perdu espoir...

Il m'offre une moue canaille qui me rassure plus que des mots sur sa capacité à se remettre de... *moi.*

— Il peut toujours choper un cancer ou avoir une crise cardiaque, hein. Traverser en dehors des clous et se faire écraser par un bus. Ou louper une marche et se rompre le cou en bas des escaliers.

Une étincelle diabolique pétille dans ses yeux lorsque je fais semblant – *enfin, pas tout à fait...* – de m'offusquer.

— Je suis un homme patient, conclut-il, fier de lui. Et il y a tout un tas de jolies filles pour m'aider à passer le temps en t'attendant.

Je lui balance un coup de poing dans l'épaule, partagée entre le rire et la consternation.

— Tu es irrécupérable !

Je ris avec Danger, le cœur un peu plus léger, tout en essayant de mettre la petite voix dans ma tête en sourdine. Maintenant qu'elle sait que, *peut-être*, je pourrais refaire ma vie ailleurs, loin d'ici, avec Wolfgang, Asher et Danger... elle ne cesse de me répéter que mon loup ne m'a jamais demandé de l'accompagner.

34
RÉVÉLATIONS FRACASSANTES

Wolf

Le lundi est le jour que j'aime le moins dans la semaine. Jemar est un patron à l'ancienne. Un amoureux de la paperasserie et de la communication. Il tient à ce que l'on se réunisse à chaque début de semaine pour faire le point sur l'avancée de nos travaux en cours et l'état de nos stocks de pièces détachées. Assis en face de moi dans la petite salle de réunion vétuste, il disserte sur les retours globalement positifs qu'ont apportés les diverses publicités pour le garage qu'il a fait paraître dans quelques journaux locaux. Je ne l'écoute que d'une oreille, l'esprit tourné vers King, Ambroise et... toutes les choses que j'ignore encore à leurs sujets. Je m'interroge aussi sur l'honnêteté de l'homme qui se tient devant moi. Est-ce vraiment lui qui m'a volé mon bien le plus précieux ? J'ai peine à y croire, mais s'il l'a fait, je suis forcé d'admettre qu'il le cache bien. Aucune trace de culpabilité, de remords ou de duplicité n'entache son visage à l'expression perpétuellement stoïque. De fait, je ne vois pas comment ni pourquoi Jemar aurait été mêlé à toute cette histoire.

— Ah ! s'exclame-t-il d'un ton bourru. Enfin ! Vous n'avez que quarante-cinq minutes de retard, les enfants !

Je suis la direction de son regard et avise l'expression penaude de Danger tandis qu'il s'installe autour de la table en baissant la tête. Mes yeux sont immédiatement attirés par la fille qui le suit d'une démarche assurée, vêtue d'une robe pull à col roulé, aussi moulante qu'une seconde peau, de collants troués et d'une paire de bottes Dr. Martens qui lui remontent jusqu'au-dessous du genou.

King.

Une vague de chaleur déferle sur mon corps.

Je m'attends à ce qu'elle m'ignore après la nuit qu'on a passée ensemble, mais elle me surprend en venant m'embrasser tendrement sur la joue. Mon visage se met à brûler tandis que je vire au rouge pivoine – c'est ridicule.

Jemar n'en perd pas une miette et, lorsque King choisit de s'asseoir près de moi plutôt qu'à côté de Danger, je vois une étincelle de colère virevolter dans ses yeux.

Il n'est pas content. Pas content du tout.

Et moi, je n'ai qu'une envie : attirer ma petite hirondelle sur mes genoux et l'embrasser jusqu'à perdre haleine.

— Alors, lâche-t-elle, insolente, quoi de neuf, Jem' ? Y a-t-il quelque chose d'important que tu voudrais nous dire, pour une fois ?

Jemar plisse les yeux, énervé, et une petite veine se met à palpiter sur son front. Je déglutis, la gorge serrée. King a décidé de passer à l'offensive, sans subtilité. Comme un bulldozer.

— Tout ce que je dis est important, Tempérance.

Zex, Danger et moi retenons notre souffle dans un même mouvement de stupéfaction. King ne supporte pas d'être appelée par son nom de baptême, et Jemar doit le savoir. Il riposte à sa pique par une contre-attaque frontale, ouverte. Et au sourire narquois qu'affiche King en réponse à ce camouflet, c'est officiel, la guerre est déclarée.

— Tu as une haute opinion de toi-même, Jemar. C'est le propre de tous les menteurs, à ce qu'il paraît.

Waouh.

Je me raidis, à l'instar de Zex et Danger, qui ne semblent rien comprendre à leur joute verbale. Moi, je sais pourquoi King frappe aussi fort : elle veut le prendre par surprise et le pousser à se confesser avant qu'il ne puisse songer à un bobard crédible. Elle a toujours été du genre à tirer d'abord, tous azimuts, et à poser les questions ensuite. En revanche, je ne suis pas sûr que ce soit la bonne méthode à appliquer pour forcer Jemar à avouer ce qu'il sait. D'autant plus que je ne crois toujours pas à sa culpabilité. C'est un homme bien, un ancien flic et un ami de mon père : pourquoi m'aurait-il fait ça ?

— Et tu en sais quelque chose, King. N'est-ce pas ?

Les joues de ma petite hirondelle se mettent à rosir, comme si elle avait pris un coup de soleil, mais elle ne baisse pas la tête. Ses yeux noirs lancent des éclairs d'obsidienne à travers la pièce, et elle est si belle, à cet instant, abandonnée à la colère, que j'en suffoquerais presque sur ma chaise.

Elle se bat avec tant d'ardeur pour moi. Elle brûlerait la ville pour me sauver. Elle est si forte pour nous deux.

Je suis *fou, fou, fou* amoureux d'elle.

— Sortez, tonne subitement Jemar, d'une voix implacable. Tout de suite.

Comme montés sur des ressorts, Zex et Danger sautent sur leurs pieds et quittent la pièce en silence, en échangeant un long regard qui brille à la fois de compréhension *et* d'incompréhension. Le fait qu'ils obéissent sans rien dire me conforte dans l'idée qu'ils ont l'habitude de ce genre de scène ; King et Jemar ne doivent pas en être à leur première dispute. Mais aujourd'hui, c'est moi qu'elle concerne, et je refuse de laisser King se battre seule.

Elle a déjà tant fait pour moi. Le minimum que je puisse faire est de ne pas l'abandonner en pleine bataille.

— Je reste, m'entends-je dire, sans insolence mais avec détermination.

King appuie son épaule contre la mienne, comme pour me remercier. J'ai les mains moites et un tic de stress agite ma paupière, mais je ne flanche pas. Défier Jemar, un vieux de la vieille, me donne l'impression de me rebeller contre mon père. Et je n'ai *jamais* été un enfant insolent. Dire que je suis mal à l'aise serait un euphémisme, et je suis presque certain que mon père s'en retourne dans sa tombe, mais... bah, j'ai fait pire, hein...

— Je préférerais que tu sortes, Wolfgang.

Jemar me transperce du regard.

— Tu risques de ne pas aimer ce que tu vas entendre.

King assène un violent coup de poing sur la table.

— Et qu'est-ce qu'il va entendre, hein ?!

Jemar frappe sur la table à son tour, et je me demande, un peu confus, s'il faut que j'en fasse de même.

— La vérité !

King éclate d'un rire amer.

— Il la connaît déjà, la vérité. Il m'a larguée à cause d'elle !

Je grimace, pris en faute. C'est vrai, mais ce n'est pas exactement comme ça que les choses se sont déroulées. Une vérité délivrée sans explications peut être aussi fausse qu'un mensonge enrobé d'une épaisse couche de précisions.

Jemar hausse un sourcil.

— Alors, il sait qu'avant de travailler pour moi, tu bossais à la fois pour Enrico Ibanez, le criminel le plus dangereux de la ville, et pour son ennemi juré, Ambroise García Lopès... mon filleul ?

King sursaute tandis que je sens ma mâchoire se décrocher de mon visage : non, je ne le savais pas. Et visiblement, ma petite hirondelle non plus.

— Son père est un ami de longue date, explique-t-il en se ratatinant sur son siège. Il m'a aidé à plusieurs reprises quand j'étais jeune. On a grandi dans le même quartier, comme vous. Nous n'avons pas de lien de sang, mais c'est tout comme... Ambroise est de ma famille. Je l'ai tenu dans mes bras alors que ce n'était qu'un môme de trois jours aux pleurs hystériques. Déjà à cette époque, il avait une grande gueule et un penchant pour les emmerdes. Et lorsqu'il a buté ces deux types qui, soit dit en passant, méritaient complètement de s'en prendre une dans le crâne, j'avais déjà raccroché de la police et je n'ai pas pu l'aider à se défendre correctement des accusations portées contre lui. J'ai voulu payer les frais d'avocat, mais cette tête brûlée a refusé. Il m'a dit qu'il voulait faire de la prison. Qu'il en avait besoin...

Jemar ricane, comme s'il se souvenait de quelque chose de drôle. Moi, je suis tétanisé par la surprise. J'ai l'impression d'être tombé au cœur d'un complot qui dépasse, et de loin, mon champ de compétences.

J'suis qu'un mécano qui a fait quelques extras en conduisant des voitures lors de braquages, moi ! Pas un putain de criminel endurci qui aspire à monter sur le trône de la ville !

— Tu aurais dû me le dire plus tôt ! l'accuse King d'un ton rogue, elle qui semble avoir déjà totalement assimilé le fait que Jemar et Ambroise soient parents. En venant travailler pour toi, j'ai mis ma vie en danger ! Si Enrico avait su qu'il était ton filleul, il m'aurait...

Elle ne termine pas sa phrase et me lance un petit regard en biais qui me fait comprendre qu'elle a peur de me choquer... ou de me mettre en colère. Mais je suis tellement soufflé par la tournure qu'a pris la conversation que je n'arrive plus à réagir.

— Personne ne connaît notre lien, la rassure-t-il, l'œil sombre. Son père et moi... nous nous sommes disputés il y a plus de vingt ans, et depuis, nous sommes comme deux étrangers qui ne s'adressent plus la parole qu'en de très rares occasions. À part Ambroise, je ne suis pas sûr que les enfants de Yankel se souviennent de moi. Ils étaient si petits... Et les miens aussi.

Une tristesse poignante, déchirante, flotte sur les traits aiguisés de Jemar. C'est une vieille blessure pas tout à fait cicatrisée.

— Qu'est-ce qu'il s'est passé ? demande King d'une voix adoucie.

Jemar fait un vague mouvement de la main, comme pour chasser une mouche imaginaire.

— C'est important ?

— Non, convient-elle. Pas vraiment. Mais ces dernières années, je t'ai considéré comme le père que je n'ai jamais eu, et ça me déchire le bide de savoir qu'en réalité, je ne te connais pas et que tu as pris soin de moi pour satisfaire les désirs d'un autre.

King ne le montre peut-être pas, mais je sens sa douleur comme si c'était moi qui souffrais. Le rejet de son père a toujours été un point sensible, chez elle. Sa mère n'avait même pas une photo de ce dernier à lui donner, ni même un nom auquel elle aurait pu se rattacher. Tout ce qu'elle sait de l'homme qui a contribué à sa création, c'est qu'il excellait dans l'illégalité, qu'il a baisé sa mère sans capote et qu'il s'est tiré au Mexique, son pays d'origine, dès qu'il a senti le filet de la justice planer au-dessus de sa tête. Le désaveu de Jemar doit lui être insupportable...

– J'ai eu une aventure avec sa mère, lâche-t-il, cédant à la curiosité de King. C'était avant Sonja. Yankel était mon meilleur ami, mon frère – *presque*. Et pourtant, j'ai couché avec sa femme, encore et encore, en profitant d'une mauvaise passe dans leur relation pour me glisser dans son lit. J'étais fou amoureux de Concetta, et je crois qu'elle m'aimait, elle aussi. C'est une femme d'une trempe exceptionnelle. Un seul de ses regards noirs réussissait à faire flageoler les genoux de criminels endurcis. Quand elle est tombée enceinte de son premier enfant, Ambroise... Elle ne savait pas s'il était de moi ou de Yankel. Lui, il ignorait tout de notre petite aventure. J'ai essayé de la persuader de le quitter pour moi. Yaya a toujours été... trop doux et gentil pour vivre à Albuquerque. C'est un bon croyant, pauvre comme Job, sans ambitions particulières. Elle méritait mieux – tant pour elle que pour l'enfant qu'elle portait et qui était peut-être de mon sang.

La voix de Jemar s'essouffle tandis qu'il replonge dans le passé. Trente-deux années se sont écoulées depuis les événements qu'il nous raconte, mais dans ses yeux, rendus flous par l'émotion, on a l'impression que ça s'est passé hier.

– Durant les neuf mois de sa grossesse, j'ai vécu en étant persuadé que l'enfant qu'elle attendait était de moi. Mais Concetta m'a quitté quelques semaines avant l'accouchement. Elle n'en pouvait plus de mentir à Yankel et... j'étais peut-être dans la police, mais je n'étais pas le modèle d'honnêteté qu'elle aurait voulu que je sois.

Jemar s'empourpre violemment, et malgré sa colère latente, King tend la main vers lui pour lui caresser le bras. Je me sens de trop dans cette scène d'une intimité incroyable, mais je ne bouge pas d'un pouce. J'ai encore plus de respect pour cet homme que je n'en avais avant ses révélations empoisonnées ; il ne renie pas ses erreurs, son passé, et c'est admirable.

J'aimerais pouvoir en dire autant...

— Je trempais dans des affaires louches, j'avais tendance à ignorer la loi pour mes amis et à la durcir pour mes ennemis. J'étais...

Il rit jaune.

— J'étais le flic le moins crédible de la brigade. Pas tout à fait un ripou, mais il n'aurait pas fallu grand-chose pour que je me serve de ma fonction pour... mettre du beurre dans les épinards.

J'ai du mal à imaginer Jemar, un homme d'honneur et de principes, flirter avec l'illégalité. C'est comme essayer d'imaginer Blanche-Neige participer à un gang bang avec les sept nains. Ça a un petit côté excitant, mais c'est tellement pervers que ça fout la trouille.

— Concetta m'a demandé de prendre mes distances avec sa famille. Elle a dit que même si l'enfant était de moi, elle choisirait Yankel. Elle l'aimait plus qu'elle ne m'aimait. Ils étaient faits l'un pour l'autre, vraiment. Avec le recul, je me rends compte qu'interférer dans leur relation était stupide... mais j'étais jaloux et envieux, et moi aussi, je désirais cette femme.

King et moi sommes pendus à ses lèvres. Cette histoire est hallucinante. Je n'aurais jamais pu le deviner s'il n'en avait pas parlé, et Ambroise n'y a jamais fait la moindre allusion.

— L'accouchement a duré vingt heures. Ambroise a toujours aimé se faire désirer. Quand il est né, il avait la jaunisse. Un hasard malheureux. Sa peau était tellement foncée que j'ai cru... j'étais vraiment convaincu... Concetta ne voulait rien entendre, et Yankel, fou de joie, m'a désigné comme parrain. Je n'ai pas pu refuser, même si j'en avais envie. Cette période de ma vie est assez floue. J'ai cru que j'allais perdre la tête. Pour moi, c'était mon fils. Mon bébé. Mon garçon. Mais sa peau a commencé à s'éclaircir, à prendre une teinte moins foncée, identique à celle de ses parents. Je me disais que ça ne voulait rien dire. Qu'il était métissé. Mes origines jamaïcaines m'ont donné un teint noir foncé, mais Concetta était... et il aurait pu...

Il marque une pause, et King en profite pour traverser la pièce et le serrer dans ses bras. S'il y a bien une personne qui peut le comprendre, c'est elle. Moi, je reste à l'écart, muselant ma pitié pour ne pas le vexer.

— Un après-midi où je rendais visite à Yankel, j'ai profité d'un petit moment avec Ambroise pour prélever un peu de sa salive et faire un test de paternité. Il avait six mois, et même s'il était évident qu'il n'était pas de moi, il fallait que j'en aie le cœur sûr. Quand les résultats sont revenus, c'était trop tard. Je l'aimais déjà comme mon propre fils.

— Je sais ce que c'est... murmure King en faisant référence à Asher. Les sentiments ne s'effacent pas, lien de sang ou non. Quand on s'attache à un gamin, qu'on lui donne son cœur, c'est pour la vie.

Jemar pose sa tête contre la sienne tandis qu'elle le réconforte comme un grand enfant. J'ai la gorge nouée et les yeux brûlants.

— J'ai essayé de veiller sur Ambroise, mais c'était un électron libre. Yankel n'était pas taillé pour élever un gosse au caractère aussi volcanique. Il était trop rusé, trop sournois et roublard. Il menait ses parents à la baguette et dirigeait sa famille dans l'ombre. Ambroise n'était peut-être pas de moi, mais il avait hérité de mon mauvais côté, et la rue n'a pas amélioré sa prédilection pour le danger. Je venais le voir tous les week-ends, avec son père, et tous les trois, on allait se promener en ville pour les courses hippiques, boire des cafés et discuter de la vie. C'était difficile de rester à l'écart de Concetta, qui était retombée enceinte, mais je faisais de mon mieux pour donner le change. Tous les trois, je les aimais aussi fort que je le pouvais, ils m'ont aidé à ne pas foutre ma vie en l'air avec mon penchant destructeur pour l'argent facile. Et puis, un jour...

La vérité a éclaté, songé-je, en me frottant la poitrine. *Elle éclate toujours, d'une manière ou d'une autre.*

— Quand Yankel a appris, des années plus tard, que j'avais eu une liaison avec sa femme, il a coupé les ponts et m'a interdit de les recontacter. Il n'a pas crié, il ne s'est pas énervé. Non, il m'a rayé de sa vie en silence, avec un calme encore plus blessant qu'une gifle. Je venais de me marier avec Sonja, j'étais rentré dans le droit chemin et j'avais enfin tourné la page. J'aurais dû me battre pour continuer à faire partie de la vie de ce gamin que j'aimais tant... mais c'était trop dur, et je l'ai lâché.

Jemar déglutit, au bord des larmes. Et là, je comprends mieux pourquoi il tient tant à aider Ambroise : il s'estime responsable de sa déchéance.

— À cause de moi, Ambroise a sauté à pieds joints dans les emmerdes. Il était avide de pouvoir, de reconnaissance, de respect. Avant, j'étais là et je parvenais à le canaliser, mais quand les vieilles rancœurs du passé ont explosé, il m'a perdu et son père s'est détourné de lui. Il s'est retrouvé livré à lui-même, seul dans le dédale glauque d'Albuquerque, abandonné par les deux figures paternelles qu'il vénérait comme des saints. À onze ans à peine, il a compris qu'il ne pouvait compter sur personne d'autre que lui-même pour s'en sortir, et c'est là que sa propension naturelle à la manipulation a germé, pour le pire...

Ambroise me ferait *presque* de la peine... si seulement il ne s'était pas servi de King et de mon amitié pour fomenter ses petites intrigues à deux balles.

— Il a fait croire à tout le monde qu'il était illettré, même s'il lisait très bien. Il s'est fait passer pour un idiot, un crétin devant lequel on peut parler sans craindre des répercussions. Est-ce que vous imaginez à quel point il faut être tordu et intelligent pour duper tout le monde à un âge aussi tendre ?

Il y a une admiration dans la voix de Jemar que je suis forcé de partager.

Ambroise est un brillant sociopathe.

— Invisible sous le masque d'imbécile heureux qu'il s'était forgé au fil des années, il a escroqué *presque* tous les gangs d'Albuquerque et brassé des dizaines de milliers de dollars. En parallèle, il récoltait des preuves fiables contre les criminels les plus dangereux de la faune locale, tels que les pédophiles, les assassins professionnels et les dealers, qu'il me refilait en douce. J'avais rendu mon insigne, mais je communiquais les informations aux amis que j'avais gardés dans la police. J'ignorais que les tuyaux que je recevais de façon anonyme venaient de lui, et ça a été un véritable choc quand il me l'a annoncé.

Cette fois, j'en suis sûr, ma mâchoire s'est décrochée. Ambroise, justicier de l'ombre ? Non. Ça ne correspond à aucune des choses que je sais sur lui, et j'en sais énormément ; six ans de prison côte à côte, ça tisse des liens.

— Pourquoi faisait-il ça ? interviens-je pour la première fois, en regrettant de ne plus comprendre cet ami que j'appréciais plus que de raison. Ce n'est pas son genre…

King hoche la tête pour me donner raison, et Jemar esquisse un vague sourire.

— Oh, rien d'altruiste à son attitude ! Il déblayait simplement le passage et nettoyait la ville qu'il a toujours considérée comme *son* terrain de jeu personnel.

Oui, ça colle plus à la personnalité d'Ambroise. Un vilain fils de pute très malin qui n'hésite pas à employer tous les moyens à sa portée pour obtenir ce qu'il convoite.

— Et puis, il s'est passé quelque chose… je ne sais pas exactement quoi, même si j'ai des soupçons… et ça a tout changé. Il a pété les plombs et refroidi les deux hommes de main des Sinner's qui lui collaient aux basques. C'était en état de légitime défense, même si elle n'a pas été retenue, mais le mal était fait, et il a balancé un énorme coup de pied dans la fourmilière en dévoilant sa face cachée lors du procès.

Je n'avais que seize ans quand Ambroise est tombé pour meurtre, mais... je suis presque certain d'y avoir participé, de manière indirecte. Je me rappelle comme si c'était hier du jour où il a failli m'écraser avec sa voiture, alors que sa gueule ressemblait à de la viande hachée et que son petit frère, Heath, se vidait de son sang sur la banquette arrière après avoir été poignardé à l'estomac. Je l'avais viré sur le siège passager et j'étais passé derrière le volant pour les conduire dans une clinique illégale. On avait fait un détour par chez Max pour prendre de l'argent, et j'avais passé la soirée à les trimbaler d'un bout à l'autre de la ville. Je pense que c'est à ce moment-là qu'Ambroise s'est débarrassé du flingue qui lui a servi à buter Skelton et l'autre type dont je ne me souviens pas le nom.

— Et moi dans tout ça, Jemar ? murmure King avec une pointe de tristesse. Et Enrico ? Et Wolfgang ? Comment ça va se terminer, cette histoire ?

Les épaules de Jemar s'affaissent tandis qu'il se tasse sur sa chaise.

— C'est là que ça se complique...

Oh, non... J'ai un très mauvais pressentiment.

35
PLAN D'ATTAQUE

King

— C'est là que ça se complique...

J'ai beau être sonnée par toutes les révélations de Jemar, ce n'est pas pour autant que je perds de vue mon objectif : retrouver la *putain* de voiture de Wolfgang ! Enrico commence à s'impatienter, et ma petite visite chez Shelby a créé un tumulte dont je ne suis pas certaine d'assumer encore très longtemps les conséquences. Il se murmure dans la rue que Wolfgang est déterminé à faire le ménage chez mes ex-copains. Qu'il est à cran et armé. Une vraie bombe à retardement.

Les idiots...

Ils n'ont jamais compris que c'était de moi dont ils devaient se méfier. Pour le moment, je suis dans l'œil du cyclone, mais si je ne trouve pas très vite quelque chose à jeter sous la dent d'Enrico, il va me mordre à la jugulaire.

Et ça va saigner.

— C'est déjà compliqué, objecté-je, impatiente. Qu'est-ce que tu sais ?

Jemar se frotte les tempes, et tout à coup, je remarque l'abondance de filaments gris qui parsèment désormais sa chevelure drue. Les événements des dernières semaines l'ont fatigué, stressé, *vieilli.* Et ça ne risque pas de s'arranger, malheureusement ! Si Ambroise parvient à ses fins, une véritable guerre des rues éclatera dans Albuquerque, et je me retrouverai en première ligne...

— Enrico a débarqué de nulle part, commence-t-il, et pour une raison qui m'échappe encore à l'heure actuelle, Ambroise s'était mis en tête de l'aider en le prenant sous son aile. Partenaires dans le crime, associés dans les coups fourrés, ils étaient aussi déjantés l'un que l'autre. Y'a pas à dire, ils se sont bien trouvés, ces deux-là...

Ses yeux se fixent sur un point situé au-dessus de la tête de Wolfgang. Je jette un rapide coup d'œil à mon loup, mais je ne m'attarde pas sur l'expression mi-paniquée, mi-révulsée qu'il affiche depuis que Jemar a levé le voile sur une partie du passé nébuleux d'Ambroise. Je sais qu'il a toujours vénéré ce type plus que de raison, et je suis triste de penser qu'il a offert son amitié à un homme qui ne la méritait pas tout à fait, mais c'est lui qui a choisi de rester dans la pièce. Il a *choisi* le savoir à l'ignorance – néanmoins, si le savoir est bel et bien une arme, il peut très facilement se retourner contre vous. Pour ma part, je réserve encore mon jugement. J'ai beau avoir conscience qu'Ambroise apprécie sincèrement Wolfgang, je n'oublie pas le chantage qu'il m'a imposé en tirant les ficelles dans notre dos. Toutefois, je dois avouer que j'ai de l'admiration pour sa détermination et son intelligence.

Il ne sera jamais mon meilleur ami, mais il ne finira pas non plus dans la liste des noms inscrits sur ma version personnelle du *Death Note*[20].

— Enrico et Ambroise se livrent une guerre sans merci depuis dix ans, maintenant, reprend Jemar après s'être raclé la gorge. La seule

---

20 *Death Note* est un manga populaire écrit par Tsugumi Ōba et dessiné par Takeshi Obata. Dans ce manga, un lycéen découvre un mystérieux carnet intitulé Death Note, dans lequel il suffit d'inscrire les nom et prénom d'une personne que l'on connaît pour la condamner à mort.

chose que je sais, c'est qu'Enrico a des contacts à la fois dans la police et au sein du bureau du procureur.

Je renifle dédaigneusement.

— Ça, je le sais déjà, et je sais même qui lui sert de source d'informations ! Ce n'est pas le plus important. Du moins, pas à l'heure actuelle. Ce que je veux savoir, c'est où tu as mis la voiture de Wolfgang !

Jemar se tourne vers moi, la bouche béante, et me dévisage d'un air perdu. Mon sang se fige à l'intérieur de mes veines. *Et merde !* pesté-je en moi-même, alors que mon estomac fait une chute vertigineuse dans mon abdomen. *Il n'en sait rien !*

Je suis partie sur une fausse piste en élaborant toute ma théorie sur Jemar et maintenant, je suis de retour à la case départ.

Game over, Bitch! Try again!

Nom d'un chien ! Où est-elle passée, cette voiture de malheur ?! Quelle ironie ! J'ai toujours su que la Mustang chérie de Wolfgang finirait par me faire tuer, mais je pensais que je l'enroulerais autour d'un arbre après une sortie de route ou qu'on me poignarderait à la gorge pour me la piquer à un feu rouge.

— Je... je n'en sais rien...

Wolfgang blêmit, mais il garde le silence. J'inspecte son beau visage sombre, ses yeux plissés et illuminés par l'éclat polaire de ses prunelles glacées, et je sais qu'il pense à la même chose que moi : on est dans la merde jusqu'au cou !

Il triture son anneau à la lèvre et fait rouler son piercing à la langue contre l'arrière de ses dents. Cette agitation nerveuse, chez lui, est le signe d'une violente crise d'angoisse, et ça me rend fébrile. J'aimerais le rassurer, lui dire que ce n'est rien, que je vais tout arranger, comme d'habitude... mais là, j'avoue que je commence à perdre pied. Je ne sais plus où j'en suis, ni où je vais et vers quoi je me dirige, si ce n'est dans la gueule d'un loup prêt à me dévorer toute crue.

Il est grand, noir et très, très proche de toi...

Zex ne peut pas avoir volé la voiture, c'est impossible. Il ne connaît pas Enrico, ni Ambroise. Et comment aurait-il pu la trouver ? Je n'en ai jamais parlé devant lui ! Alors, oui : il est grand, noir et proche de moi, mais... Danger correspond lui aussi à cette description, à la fois trop vague et trop précise. Et tout comme Zex, il n'a aucune raison d'être mêlé à cette histoire.

— Pourquoi vous faut-il cette voiture ? relance Jemar, la mine inquiète.

Pour rester en vie, pensé-je, d'humeur maussade.

— Une vieille histoire entre Enrico et Wolfgang. Il la réclame à grands cris. Si nous ne lui amenons pas très vite, j'ai peur qu'il... s'énerve.

Et la colère d'Enrico est l'une des rares choses que je redoute. *Vraiment*. Il m'a blessée tant de fois et de tant de façons différentes que j'en garderai probablement des séquelles toute ma vie. Comme mon petit doigt qui ne se déplie plus, ma cicatrice à l'arcade sourcilière et les deux brûlures de cigarette sur ma fesse gauche.

— À quoi ressemble-t-elle ?

Wolfgang se lance dans une description *très* détaillée de sa voiture, et j'interviens à quelques reprises pour signaler les diverses « améliorations » que j'y ai ajoutées au fil des ans. Mon loup change de couleur en m'entendant parler de la longue balafre qui cisaille la portière du côté conducteur, mais il ne m'adresse aucun reproche, et ça me rend toute molle. Soudain, j'éprouve la compulsion stupide et suicidaire de lui offrir mon cœur à vif en me l'arrachant de la poitrine, pour l'aimer sans réserve, ni entraves. Je parviens à museler l'ardeur de ma passion en serrant les poings très fort sous la table.

D'abord, le sauver. Ensuite, s'il veut toujours de moi... On avisera à ce moment-là.

— Je l'ai déjà vue quelques fois, avec King au volant, mais je ne sais pas du tout où elle se trouve, soupire Jemar, abattu.

— Je commence à me demander si elle n'a pas été désossée et revendue à la pièce sur le marché de contrebande.

— Ne parle pas de malheur ! me hérissé-je en réprimant un frisson. Enrico ne l'accepterait pas ! Il nous faut impérativement une

Mustang GT 2007 avec une carrosserie rouge cerise, des bosses sur l'aile droite et des sièges en vinyle qui collent aux fesses ! Ou sinon...

Deux paires d'yeux trop sérieux se braquent sur moi tandis que je fais mine de me trancher la gorge d'une oreille à l'autre.

— Et si...

— Admettons que... commencent-ils en même temps, avant de s'interrompre pour se consulter d'un regard perçant qui déclenche tous les signaux d'alarme dans ma tête.

Je fronce les sourcils, le cœur battant à tout rompre.

C'est moi ou ça sent le sapin ?

— C'est faisable, finit par murmurer Wolfgang, avec un petit air de savant fou. Un coup de peinture, deux-trois coups de pied, un petit ravalement de façade, et hop ! Le tour est joué ! Je l'ai déjà fait, d'ailleurs...

Jemar hoche la tête avec un enthousiasme que je suis loin de partager.

— D'occasion, elle doit valoir entre 45000 $ et 50000 $.

Oh. *Dios mío...*

Ce n'est pas possible ! Ils vont réussir à me faire tuer, ces deux abrutis !

— C'est hors de question ! m'enflammé-je en me relevant d'un bond, le souffle court. Enrico n'est pas stupide ! Il verra tout de suite l'entourloupe !

Et il me défoncera à coups de marteau pour me le faire payer ! La seule fois où il m'a soupçonnée de le tromper, c'est ce qu'il a fait, et c'est aussi la raison pour laquelle mon petit doigt ne se déplie plus complètement dès qu'il commence à faire un peu froid.

— Il n'en saura rien, King ! me rassure Jemar, bien à l'abri du monde réel derrière ses œillères roses et aveuglantes. On peut demander à Hunk de nous trouver la bonne voiture et de la retaper en douce, chez lui, à Santa Fe.

— C'est une excellente idée ! approuve Wolfgang, tout ragaillardi. Il s'y connaît vraiment bien, et je crois qu'il doit me rester quelques photos de...

— Mais vous êtes complètement cons ou vous le faites exprès pour m'emmerder ?!

Mon hurlement s'élève avec tant de force dans l'étroite salle de réunion mal insonorisée – qui tient plus du bocal à poisson rouge que d'un véritable environnement de travail – que Danger et Zex, occupés à siroter leurs cafés dans l'atelier, se tournent vers nous.

Je grimace et baisse d'un ton pour ajouter :

— Il est déjà monté dans ma Mustang, alors il ne se laissera pas...

— Pardon ? Dis-moi que je rêve ! Ce fils de pute a posé ses fesses dans *ma* bagnole ?

Le regard écœuré que me renvoie Wolfgang est si glacial qu'il pourrait congeler une flamme. Je ne sais plus si je brûle ou si je gèle, et ça me fait mal à toutes les extrémités, comme s'il éparpillait des petits morceaux de moi dans toute la pièce. Il n'a pas crié – *pas exactement...* – mais j'aurais largement préféré un hurlement de colère à ce ton faussement stoïque et placide. Parce que plus Wolfgang a l'air calme, moins il se contrôle. Et quand il part en vrille... ça peut aller dans tous les sens.

— Une fois, tempéré-je, en roulant des yeux furieux dans sa direction. Mais là n'est pas la question. Je *sais* qu'il ne tombera pas dans le piège ! Faites-moi confiance. Je le connais mieux que personne...

Un tic nerveux fait tressaillir la paupière de Wolfgang, et je suis obligée de me mordre la lèvre inférieure pour ne pas lui rire à la figure – un rire jaune et maussade. De toutes les choses que j'ai faites durant son petit séjour à l'ombre, c'est la présence d'Enrico dans sa voiture qui semble l'énerver au point de le transformer en tueur à sang froid. Cet homme est un cas désespéré. Enrico m'a pénétré de toutes les façons possibles et imaginables, mais qu'il ait osé poser son cul sur le siège passager de *sa* Mustang et le voilà prêt à déclencher la troisième guerre mondiale...

Putain. De. Voiture.

Je la déteste.

— Est-ce que tu as une autre solution ? Hein ? On t'écoute,

riposte Wolfgang, de plus en plus calme.

Traduction : de plus en plus *furieux*.

— Non, avoué-je, les bras croisés sous la poitrine. Mais je connais Enrico...

— Oui, oui, m'interrompt-il encore une fois mais plus sèchement. On a compris que tu le connais par cœur, ton petit copain !

Je lève les yeux au ciel, exaspérée par son attitude.

— C'est très immature comme remarque, Wolfgang.

Il m'adresse un sourire qui tient plus du rictus sardonique que de l'esquisse d'un quelconque sentiment positif à mon égard.

— Il n'a pas tort, ma puce, s'interpose Jemar, avec une douceur qui dissipe un peu la tension électrique qui crépite dans l'atmosphère. Tu as besoin de la Mustang, au moins pour gagner un peu de temps. Ça ne veut pas dire qu'on ne va pas continuer à la chercher. C'est juste...

— Reculer pour mieux sauter ? proposé-je, piquante. OK. D'accord. Admettons que je vous suive dans votre délire... Où allons-nous trouver les 45000 $?

Silence.

— J'ai une petite somme de côté que j'épargne pour l'inscription d'Asher à la maternelle, mais ça ne suffira pas à racheter une Mustang. Et sauf erreur de ma part, Wolfgang est à la limite de la mendicité. Quant à toi, Jemar, tu as déjà hypothéqué deux fois le garage.

S'ils ne veulent pas comprendre à quel point leur plan est ridicule, je suis contrainte d'utiliser des arguments logiques pour faire valoir ce qu'ils devraient déjà savoir au sujet d'Enrico : ce n'est pas un imbécile. Il n'en est pas arrivé là où il est aujourd'hui pour se laisser abuser par un tel subterfuge ! Son intelligence est peut-être moins subtile que celle d'Ambroise, mais il n'en demeure pas moins aussi rusé et fourbe qu'un renard. Et je refuse d'être la poule sacrificielle de l'histoire.

— On pourrait la voler... suggère Wolfgang, les joues légèrement empourprées par l'excitation.

OK ! C'est acté : le voleur de voitures qui sommeille en lui n'a décidément rien dans le crâne.

— Tu te souviens que je suis un ancien flic, fiston ?

J'étouffe un soupir rauque que je dissimule derrière une légère quinte de toux, soulagée que cette option n'ait pas été retenue.

— Tu as aussi dit que tu n'avais jamais été un *bon* flic, riposte Wolfgang du tac au tac. Et on n'a plus d'autres solutions, là.

Jemar me soupèse d'un long regard scrutateur tandis que je retiens ma respiration, les doigts crispés sur le dossier de ma chaise.

Non, Jemar... Ne fais pas ça... Non, non, non...

— C'est vrai qu'on pourrait en voler une, au point où nous en sommes... finit-il par reconnaître, à mon plus grand désarroi. Je suppose que tu t'y connais, Wolfgang ?

Mon ex-copain acquiesce d'un sourire sombre.

Je suis une femme morte.

— C'est de pire en pire ! m'horrifié-je, sous le choc. Je refuse de vous suivre dans ce plan suicidaire à la con ! Oubliez-le ! Tout de suite !

Quand je me heurte à deux visages fermés et résolus, je comprends que mes hurlements hystériques ne changeront rien à leur décision : ils vont essayer de tricher pour gagner.

Mais tricher, c'est déjà perdre.

Furieuse, terrifiée, je repousse violemment ma chaise contre la table et piétine d'un pas saccadé vers la sortie en pestant dans ma barbe.

— Et tu vas dire quoi à Enrico quand il viendra te la réclamer, hein ? m'interpelle Wolfgang, une seconde avant que je sorte de la pièce.

J'ai la gorge tellement serrée par la peur que j'arrive à peine à articuler ces quelques mots :

— Je ne sais pas, mais je préfère qu'il me prenne pour une incompétente plutôt que pour une traîtresse.

Un gémissement pitoyable enfle dans ma poitrine lorsque j'ajoute :

— Il *punit* les idiots, mais il *charcute* les imposteurs.

Et je ne grillerai pas ma couverture avant d'être certaine de pouvoir lui planter un couteau dans le dos. Sinon, c'est dans ma poitrine qu'il l'enfoncera, sa lame – après me l'avoir fait payer de mon corps, de mon cœur et de mon âme.

La tête dans le brouillard, je repense au message qu'il m'a envoyé ce matin.

[Je t'attends depuis trop longtemps, King. Ne m'oblige pas à venir te chercher. Tu sais comment ça se finira...]

Oh, oui. Je le sais.

Dans le sang. Il me l'a promis, encore et encore, pendant qu'il me battait, m'insultait, *m'enseignait* toute la noirceur de sa cruauté.

Et aussi étrange que cela puisse paraître, Enrico tient toujours ses promesses.

36

PLUS DE LARMES

King

Trois heures plus tard, je ne suis toujours pas calmée. Mes doigts tremblent sur mon clavier, mes jambes s'agitent sous le bureau, et j'ai tellement tiré sur mes cheveux qu'on dirait que j'ai enfoncé une fourchette dans une prise électrique.

Je suis au bord de l'hyperventilation lorsque mon téléphone portable se met à sonner dans mon sac à main.

Les premières notes de *Folsom Prison Blues*, interprétée par Johnny Cash, envahissent mon bureau, et les nœuds dans mon estomac se distendent. Abandonnant mon bon de commande illisible, je me jette sur mon téléphone et décroche en poussant un pathétique :

— *Dios Mío*, enfin !

Un silence légèrement surpris m'accueille à l'autre bout du fil.

— *Mi querida*, finit par répondre Ambroise de sa voix de velours. Je te manquais à ce point-là ? C'est flatteur.

Sa plaisanterie tombe à l'eau, car je ne suis pas d'humeur à flirter avec lui – ni avec quiconque. Je peux presque sentir le flingue d'Enrico se braquer sur ma tempe et l'odeur de la poudre à canon me brûler les narines. Toutes les cicatrices qu'il m'a laissées sur le corps me démangent, comme pour me mettre en garde : *fais demi-tour ou creuse-toi une tombe !*

À ce rythme, je devrais peut-être aller directement à la quincaillerie du coin pour m'acheter une pelle.

— J'ai besoin de toi, Ambroise.

La panique dans ma voix est palpable, démesurée. Je sais que rien n'est encore fait, mais il suffirait d'une rumeur, d'un murmure, pour me condamner à un sort pire que la mort, et ça me crève le cœur que Jemar et Wolfgang ne le comprennent pas.

— Le ciel est bleu, les oiseaux célèbrent leur liberté. De quoi pourrais-tu avoir besoin de plus, *mi amor* ?

Je frémis de la tête aux pieds en comprenant que l'on est sur écoute. Des flics ou Enrico ? Peu importe, en fait. Dans les deux cas, c'est la merde...

— De toi, insisté-je, les mains crispées sur mon téléphone. J'ai besoin de toi, Ambroise. Plus que jamais.

Ces quelques mots suffisent à lui faire comprendre l'urgence de la situation, et ça me soulage d'avoir trouvé une oreille attentive.

De sa prison, il ne pourrait rien faire pour moi, si Enrico se décidait à passer à l'acte, mais... aussi ridicule que cela puisse paraître, j'ai une totale confiance en Ambroise pour faire entendre raison à Jemar et à Wolfgang. Moi, je suis une femme, et même si j'ai vécu des choses qu'ils ne pourraient même pas imaginer avec leur petit cerveau de mâle égocentrique, ils partiront toujours du principe qu'ils en savent plus que moi.

— Ça peut attendre mercredi ?

Peut-être, peut-être pas. Mais je ne suis pas du genre à jouer à la roulette russe avec ma vie.

— Mercredi, c'est trop loin, me lamenté-je, en m'efforçant de juguler ma panique pour affecter une voix sensuelle. J'aimerais te voir tout de suite, Ambroise.

Il étouffe un rire bas, rauque, dangereusement piquant. Ma peau sensible se couvre de chair de poule et mes poils se hérissent sur mes avant-bras. J'ignore ce qui l'amuse – et honnêtement, je m'en fiche –, aussi préféré-je garder le silence en espérant qu'il puisse trouver une solution satisfaisante à ma requête.

— Garde ton téléphone près de toi, *mi amor,* dit-il avec un sourire dans la voix. Je te reviens très vite.

Je pousse un long soupir de soulagement, la main plaquée sur la poitrine.

— Merci.

Il rit encore, et je ne comprends toujours pas.

— Je n'ai jamais été jaloux de ma vie, mais je crois que je commence à comprendre pourquoi les gens se plaignent et se plaisent à ressentir ces émotions. C'en est presque déstabilisant. Mais tu es comme moi, King. Et tous les deux, on n'est pas du genre à perdre notre objectif de vue, n'est-ce pas ?

Ce sont peut-être les paroles d'un sociopathe, mais elles ont une beauté qui me touche en plein cœur. Parce qu'elles louent ma force, mon entêtement, ma loyauté. De la part d'Ambroise, et à présent que je connais un peu mieux son histoire, c'est un magnifique compliment.

— Jamais.

— C'est bien, approuve-t-il. À très vite, *mi amor*. Ne fais rien que je ne ferais pas.

— Ça me laisse tout un éventail de possibilités, le taquiné-je, rassurée. Promis, je serai sage comme une image jusqu'à ce que tu me rappelles.

Je fais une pause.

— Mais reviens-moi vite, Ambroise. Ou il n'y aura bientôt plus d'oiseaux dans le ciel pour te chantonner des mots doux.

Il raccroche et je l'imite au son du *« bip, bip, bip »*. Le message est passé. Je n'ai plus qu'à attendre qu'il me rappelle. Satisfaite, je pose mon téléphone sur mon bureau et relève la tête avant d'étouffer un cri de terreur lorsque je remarque l'homme qui se tient à l'entrée de mon bureau, le visage indéchiffrable.

Un étau glacé se referme sur ma cage thoracique.

— Wolfgang ? glapis-je, troublée. T'es là depuis longtemps ?

Il me fixe un long moment sans rien dire, l'air distant et inaccessible. Puis il secoue la tête de droite à gauche.

Gracias a Dios !

Pendant un instant, j'ai vraiment cru qu'il m'avait surpris au téléphone avec Ambroise, et je ne veux surtout pas qu'il aille fouiner de ce côté-là.

— Tu voulais quelque chose ?

Encore une fois, il ne dit rien, ne fait rien, si ce n'est me fixer d'un air profondément vide.

OK. Il est toujours en colère à cause d'Enrico.

— Bon, grincé-je, exaspérée, en me relevant. Tu m'excuses, il faut que j'aille aux toilettes.

Je le regarde de haut en bas, volontairement hautaine.

— Tu devrais te remettre au travail. Je ne t'ai pas pistonné pour que tu te tournes les pouces.

Je peux presque entendre ses molaires se mettre à grincer de colère. C'est un coup bas, mais il m'a énervée.

Sans attendre de réponse, je cours jusqu'aux toilettes, situées dans le fond de mon bureau, à côté de la réserve de fournitures et du couloir étroit qui mène à l'espace de travail de Jemar. Échauffée par les derniers événements, je me plante devant le lavabo, ouvre l'eau froide et m'asperge le visage jusqu'à faire baisser ma température corporelle.

J'ai un mauvais pressentiment. Je sens que le vent se met à tourner, et pas en ma faveur. Il va se passer quelque chose... bientôt...

— King.

Cette fois, je ne suis pas surprise par l'apparition de Wolfgang sur le seuil de la porte, puisque je l'ai entendu me suivre. Mais j'aurais préféré qu'il tourne les talons et cesse de me pousser à bout. Un seul mot, un seul geste, et je pourrais exploser comme un volcan.

Prenant mon courage à deux mains, je redresse la tête et croise son regard bleu, prête à l'affronter.

Mais ce n'est plus la colère qui l'enflamme...

Ses pupilles se dilatent sous l'effet du désir, et ses yeux sont désormais aussi noirs qu'un puits sans fond. Nos ténèbres se reconnaissent, s'entremêlent. On se dévisage en silence à travers le miroir, et malgré la distance qui nous sépare, je sens la chaleur de son corps comme s'il était pressé contre moi.

— Wolfgang.

Je ne sais pas quoi dire. Je ne sais pas quoi faire. Quand il me regarde comme ça, je n'ai plus qu'une seule envie : arracher ses vêtements et me jeter sur lui pour le chevaucher jusqu'à l'aube.

— On avait dit une seule nuit, lui rappelé-je, apeurée par l'intensité de son regard fixé sur moi.

Il ricane et referme la porte des toilettes derrière lui. Le bruit du verrou qui se tourne m'oblige à déglutir mon excès de salive.

Mauviette ! m'insulté-je. *Ressaisis-toi. Ce n'est qu'un homme !*

Oui, mais c'est l'homme de ma vie, et à cause de cette certitude inaltérable, tout devient compliqué, avec lui. Et plus simple, aussi, pour les choses qui comptent vraiment.

— Je n'aurais même pas assez d'une vie pour me rassasier de toi, *mein Schatz*.

Il avance, et rien qu'à la chaleur qu'il exhale par tous les pores de sa peau pâle, je sais ce qu'il veut. Je pourrais protester – je *devrais* protester ! – mais je n'en ai pas la force ni le courage. Il est ma seule faiblesse, mon talon d'Achille.

Comme s'il m'avait entendu penser, il s'immobilise derrière moi et raidit les épaules, le menton relevé dans une attitude défiante. Son visage s'assombrit, et derrière le voile de ses yeux clairs, je vois que l'homme a cédé sa place au loup. Pendant un instant, à peine un battement de cœur, je crois qu'il est sur le point de tourner les talons et de s'enfuir, d'agir de la façon la plus raisonnable pour nous, mais il me prend par surprise lorsqu'il commence à défaire la boucle de sa ceinture.

— Écarte les jambes, penche-toi en avant et agrippe-toi au lavabo.

Je le regarde, confuse, trop perdue pour parler ou protester. Wolfgang serre les mâchoires et fait claquer la ceinture comme un fouet contre mes fesses. La douleur est cuisante, brûlante, mais elle n'a rien à voir avec celle que Shelby prenait plaisir à m'infliger. Oh, non... Celle-là, elle m'oblige à serrer les cuisses tellement je mouille.

— Accroche-toi.

Pantelante, je verrouille mes mains au lavabo et pose mon front contre le miroir, à deux centimètres de mon reflet enfiévré.

— Je vais imprimer mon souvenir dans ta chair, *mein Schatz*. Je vais infiltrer ton sang, pénétrer ton corps, asservir ton cœur. Comme tu l'as fait avec moi, ce putain de 12 avril 2013...

J'ai l'impression qu'il me dépossède de mon corps à l'instant même où il me touche, la main posée à plat sur mon dos, pour m'obliger à me cambrer encore plus au-dessus du lavabo. Le bord arrondi en céramique me rentre dans le ventre, mais je ne m'en soucie guère. Toutes les fibres de mon être sont concentrées sur l'homme qui presse une érection contre mes fesses douloureuses.

— Je vendrais mon âme pour une seule de tes pensées, King.

Dans cette position, aussi vulnérable qu'aguicheuse, ma petite robe noire couvre à peine le haut de mes cuisses, et lorsqu'il la soulève jusqu'à ma taille, un courant d'air froid me chatouille la peau à travers mon collant qui disparaît moins d'une seconde plus tard. Ce qu'il en reste s'enroule autour de mes bottes. Une faim puissamment sexuelle se met à gronder dans mon bas-ventre. Il ne m'a pas encore touchée que je suis déjà complètement prête à le recevoir.

— Tu me rends fou. Tout chez toi semble avoir été conçu pour m'embrouiller l'esprit.

Ses paroles n'ouvrent pas à la discussion et je suppose naïvement qu'il n'attend pas de réponse, mais je me trompe et mon silence l'agace. La claque qui soufflète la chair nue de mon postérieur est aussi puissante qu'érotique. Éperdue de désir, je gémis sourdement et mon souffle embue mon reflet tandis que je me perds dans un brouillard de lubricité.

— Dis-le. Avoue-le. Tu ne penses qu'à me torturer l'esprit, hein ? Tu n'as aucune pitié pour mon pauvre cœur...

— Pas de pitié, haleté-je, en recevant une nouvelle fessée. Je n'ai pas de pitié pour toi.

Que de l'amour, du désir et de la fureur. Il est mon feu glacé, mon blizzard en plein désert.

— Un jour, il faudra bien que ça s'arrête. Je n'ai plus assez de souffle pour survivre à cette course effrénée de celui qui fera le plus de mal à l'autre.

Nouvelle claque.

Nouveau gémissement.

Je suis incapable de parler.

— Tu as déjà gagné, tu sais... murmure-t-il. Tout en moi est brisé, et tous les morceaux sont à toi.

Dios mío ! Ces mots, cet homme. Je suis tellement trempée que mon entrejambe fourmille littéralement de désir. Et quand il m'assène une nouvelle claque, plus douce, je m'oblige à retenir mon souffle pour étouffer le cri de défaite victorieuse qui enfle dans ma gorge. Il se penche en avant et colle son corps contre le mien, m'écrasant de tout son poids. Puis il m'empoigne par les cheveux, incline ma tête sur le côté, plaquant ma joue contre le miroir, et m'embrasse dans le cou. Je frémis, transportée dans un monde d'extase et de jouissance par l'effleurement sensuel de son piercing à la langue. La preuve de son désir se niche entre mes fesses, qu'il malmène avec le tissu rugueux de son bleu de travail, et lorsqu'il se met à parler, son souffle chaud m'arrache un long frisson d'une intensité presque insupportable.

— Dis-moi que tu en as envie. Dis-moi que tu me veux à l'intérieur de toi. Que ça te tue de ne pas être comblée par ma bite.

— Tu le sais ! grondé-je avec colère. Arrête de jouer avec moi !

Il se redresse brusquement, et ma température corporelle dégringole jusqu'à me donner froid. J'essaie de le retenir en me retournant, mais c'est inutile : il ne va nulle part. Au contraire, il glisse ses doigts glacés sous la ficelle de mon string, qu'il abaisse jusqu'au milieu de mes cuisses et s'agenouille à mes pieds, la tête coincée sous le lavabo, pile à hauteur de mon sexe.

— Mets ta jambe sur mon épaule.

Oh. Son petit jeu est terminé, et la véritable partie commence enfin...

Sans me faire prier, j'obéis à son ordre lapidaire, édicté d'une voix aussi râpeuse qu'une langue de chat. Une seconde plus tard, sa bouche vorace se déchaîne entre mes cuisses, et je gémis, gémis et gémis si fort qu'une partie de moi se sent un peu honteuse. Hors de contrôle, il enfouit son visage dans mon intimité et me pénètre avec sa langue. Ça n'a rien de doux, de tendre ou d'affectueux. C'est désespéré, sauvage et violent. Mais ça ne me blesse pas, et j'en redemande. Il suçote mon clitoris, titille mes lèvres de son piercing et me lèche comme si c'était son dernier jour à passer sur terre. L'orgasme est presque là, impatient de me ravager, et je suis certaine de mourir lorsqu'il m'éclatera en mille morceaux.

— Ton goût, putain... Je n'arrive plus à m'en passer...

Il plonge deux doigts en moi et j'entrevois les étoiles derrière mes paupières closes. La langue percée de Wolfgang est tellement agile qu'elle réussirait presque à me dompter.

— Wolfgang !

— T'es tellement bonne, râle-t-il en me pénétrant de plus belle avec ses doigts. Tellement faite pour ça...

— Wolfgang ! m'écrié-je, désespérée. Plus fort !

Bien sûr, c'est à ce moment-là qu'il s'arrête, me volant le plaisir que je mérite pour m'empêcher de passer de l'autre côté sans lui.

— Qu'est-ce que tu fous, putain ?!

Il se relève d'un bond et se plaque de nouveau contre moi, laissant deux doigts inertes dans ma féminité frémissante. De sa main libre, humide de mon désir pour lui, il saisit une poignée de mes cheveux pour me tourner la tête sur le côté et s'empare de ma bouche, m'emportant dans un baiser si époustouflant que j'en perds l'esprit. Il est partout là où je suis ; nos odeurs, nos corps, nos respirations se confondent et s'unissent pour former un seul être de chair et de sang. Son érection est pressée contre moi, ses doigts sont plongés dans mon sexe, et sa bouche martyrise la mienne pour mon plus grand plaisir.

Je suis lui, il est moi, nous sommes enfin réunis.

— Dis-le, insiste-t-il, ou je ne te prendrai pas.

Je cligne des yeux, perplexe. Que veut-il que je lui dise, déjà ? Pas évident de s'en souvenir avec ses doigts en moi.

— Dis-moi que tu m'aimes.

Il me pousse plus fort contre le miroir et je plonge dans son regard enflammé, brillant, *déchaîné*.

— Dis-moi que tu me veux.

Sa voix se déchire et mon cœur part en lambeaux, lui aussi.

— Demande-moi de rester, finit-il par chuchoter.

Non, mon loup. Je ne t'emprisonnerai pas. Plus jamais de cage, pour toi.

— Si tu ne me lâches pas, je ne te lâcherai pas... dis-je simplement.

Sans rompre le contact visuel qui nous relie l'un à l'autre, il baisse son caleçon, frotte son sexe contre mes lèvres trempées et commence à me pénétrer, tout doucement, sur un ou deux centimètres, avant de se retirer et de recommencer. Encore et encore. Ses coups de reins vont de plus loin en plus loin, de plus en plus vite. Et lorsqu'il m'attrape par les hanches et s'abîme complètement en moi, me comblant de sa chair d'acier, je suis déjà au bord de l'orgasme.

Mes yeux se ferment d'eux-mêmes, mais Wolfgang s'empresse de me rappeler à l'ordre :

— Ouvre les yeux, King ! Regarde-moi ! Je suis là, avec toi ! Tu n'es à personne d'autre que moi !

Je plonge mes yeux dans les siens tandis qu'il s'enfonce en moi jusqu'à la garde.

— Je ne te laisserai pas m'oublier. Me *remplacer*.

Ça sonne comme une menace, et j'étouffe un rire en me retenant au lavabo pour éviter de me cogner la tête contre le mur.

— Comme si c'était possible...

Wolfgang ne perd pas de temps à me répondre. L'intensité de ses va-et-vient s'accroît jusqu'à prendre une allure qui me fait autant de mal que de bien. On bouge ensemble, en parfaite harmonie, sur le même rythme insoutenable. C'est charnel, un peu sale et bruyant. En un mot : fantastique. Et l'orgasme ne tarde pas à me court-circuiter le cerveau. Je gémis contre mon avant-bras en jouissant, pour étouffer mes cris suraigus de crainte que Jemar ou Danger ne surprennent nos ébats. Quand je reprends mes esprits, c'est au tour de Wolfgang d'atteindre l'orgasme, et sa façon de scander sans relâche « *King, oh ! King !* » en se déversant en moi est purement délicieuse.

On se serre encore plus fort l'un contre l'autre. Wolfgang me caresse les fesses et le bas du dos avec douceur, et il nous faut une bonne minute pour reprendre notre souffle. On échange un sourire dans le miroir, mais la félicité post-coïtale ne dure pas, car la réalité s'empresse de nous rattraper. Et quand il se recule pour sortir de ma chair endolorie, je redescends brutalement sur terre.

Retour au monde réel.

Les mains tremblantes, je m'empresse de prendre un morceau de papier pour m'essuyer l'entrejambe, puis je remonte mon collant déchiré sur mes cuisses et rabaisse ma robe chiffonnée sur mes fesses. J'affiche mon plus beau look « *retour de baise* » avec mes fringues qui empestent le sexe et mon rouge à lèvres étalé jusqu'au menton. Impossible de reprendre le travail avec cette apparence. Il faut que j'aille me changer avant de croiser Jemar ou Danger, ou ils me feront une attaque cardiaque.

Quand je me retourne vers lui, Wolfgang est adossé contre la porte et affiche une expression qui n'a plus rien à voir avec la luxure, et tout avec la colère.

— Pourquoi Enrico est-il monté dans ma voiture ?

Je le dévisage en silence, estomaquée par son impudence. Comment ose-t-il parler d'Enrico dans un moment pareil ?! Le simple fait d'évoquer son nom me donne l'impression d'être sale, indésirable.

— C'était au tout début de notre... euh... relation, expliqué-je, furieuse de me sentir coupable. Il avait envie de manger des wings de poulet, et j'avais envie de conduire ; on a pris ta voiture pour faire un aller-retour chez KFC. C'est aussi simple que ça...

Bien sûr, je ne dis pas que j'ai branlé Enrico et qu'il m'a peloté les seins dans la file d'attente du Drive ; ça ne servirait à rien.

— Pourquoi n'a-t-il pas pris les bijoux à ce moment-là ?

La question de Wolfgang est encore plus saisissante qu'un coup de poing dans la tronche.

Je n'y avais pas pensé...

— Je l'ignore, admets-je, incrédule. Je... Qui savait que tu avais volé les bijoux et que tu les avais cachés dans ta voiture ?

La mine déjà lugubre de Wolfgang s'assombrit.

— Pour faire court : moi.

— Et ? l'encouragé-je.

— C'est tout.

Je réfléchis quelques secondes à comment Enrico aurait pu l'apprendre, mais je n'en ai pas la moindre idée.

— Peu importe la façon dont il l'a su, Wolfgang.

Je lisse les plis de ma robe sur mes hanches.

— Tu ne dois pas essayer de le prendre pour un con avec une fausse voiture. C'est suicidaire !

— Je crois que tu le surestimes, King. Ou alors, c'est moi que tu sous-estimes ?

Wolfgang est si calme que ça me rend complètement folle. Je m'avance vers lui à grands pas et le bouscule d'un coup de poing à l'épaule. Comment peut-on passer aussi vite du chaud au froid, du désir à la rage ? C'est insensé !

— Arrête d'être borné ! Je sais de quoi il est capable. Pas toi. J'ai vécu avec lui pendant six mois. Pas toi. J'ai vu de mes propres yeux ce qu'il est capable de faire par vengeance. Pas toi ! C'est une affaire sérieuse, putain ! Et si tu te foires, c'est moi qui en payerai les pots cassés ! Comme d'habitude !

Wolfgang repousse la main que j'ai laissée sur son torse et me toise avec une condescendance qui me fait l'effet d'une gifle.

— Tu n'as pas plus confiance en moi que je n'ai confiance en toi.

Cette remarque, modulée sur un ton de voix aussi froid que la banquise, me blesse au cœur. Parce que... peut-être... oui, il se pourrait bien qu'il n'ait pas tort. J'ai peur qu'il me lâche, qu'il se plante, encore une fois, et lui, il n'arrive toujours pas à dépasser les doutes qu'il nourrit envers moi. C'est un cercle vicieux : on se trouve, on s'aime, on se déchire.

— Alors... à quoi ça rime, tout ça ?

D'un ample mouvement du bras, j'englobe toute la pièce, ma tenue débraillée et les griffures que j'ai laissées sur ses avant-bras.

— Qu'est-ce qu'on fait ?! le relancé-je, plus furieuse que jamais. C'était censé ne durer qu'une seule nuit...

Les regrets sont nettement perceptibles dans ma voix, et le masque de Wolfgang se fendille pour la toute première fois.

— On va le faire, King. Et toi, tu t'en accommoderas, un point c'est tout ! Si tu n'es pas contente, tu n'as qu'à te mettre sur les genoux pour le supplier... Il semblerait que tu ne fasses rien pour éviter de te retrouver dans ce genre de situations, de toute façon !

Quel enfoiré de merde !

— Va te faire foutre !

Il me jauge de la tête aux pieds.

— C'est déjà fait, merci. Plus envie de recommencer.

Je grimace, incapable de lui cacher la tristesse qui vient de m'écrabouiller le cœur.

— Parfois, je te déteste, lui avoué-je à mi-voix en le repoussant pour sortir des toilettes. Ne m'adresse plus la parole tant que tu ne seras pas revenu à la raison.

Il coince le battant avec son pied, m'empêchant de le fuir.

— Y'a plus d'autres options, King. On ne sait pas où elle est, cette foutue bagnole. Je ne vois pas Zex la voler, et Jemar m'a juré que Danger n'avait rien à voir avec ça. Sauf erreur de ma part, il ne reste personne pour coller à la description, probablement erronée, de Shelby.

Encore une fois, il n'a pas complètement tort, dans le fond. Mais la forme est clairement à revoir, et tant qu'il s'obstine à ne pas le comprendre, je refuse de lui faciliter la vie.

— Pousse-toi de mon chemin ou je t'éclate la tronche avec la porte.

Le tranchant de ma voix le pousse à m'obéir, même s'il n'en a visiblement pas envie. La porte s'ouvre devant moi, et je me force à sortir, les yeux brûlants de larmes qui ne coulent pas.

Si j'avais su que c'était la dernière fois que je lui parlerais en tête à tête, je lui aurais dit *« Je t'aime de toute mon âme, Wolfgang Müller, même si t'es qu'un gros connard ! »*

— C'est une idée de merde, Wolf, dis-je à la place, avant de m'enfuir pour de bon. Si tu t'entêtes dans cette voie, tu vas me faire tuer ! Et malgré toutes les choses que j'ai déjà faites pour te sauver, je refuse de mourir pour toi...

Mais je ne le savais pas.

Et je le quitte sur ces mots pleins de reproches, de rancœur et de larmes qui ne coulent toujours pas.

37

DE RETOUR AU BERCAIL

Wolf

La prison est à la fois plus petite et plus grande que dans mes souvenirs. C'est une drôle de sensation que d'être ici, de l'autre côté de la grille, vêtu en civil, sans menottes aux poignets ou aux chevilles. Pendant six ans, cet endroit a été l'unique point fixe de mon univers ; parfois étouffant, souvent labyrinthique. Mon pire cauchemar et ma seule réalité. Je ne pensais pas que j'y retournerais un jour, et pourtant, me voilà... C'est un retour à la case départ, ou presque.

Quelques minutes plus tôt, j'ai demandé à Raoul, le seul gardien que j'appréciais un tant soit peu dans ce bouge surpeuplé, de m'autoriser à parler à Ambroise, mais il n'a pas l'air d'être d'accord. OK, je ne m'attendais pas à ce qu'il me déballe le tapis rouge, mais... *merde !* J'suis parti depuis deux mois, pas deux ans. Il me connaît. Il sait très bien que je ne me suis pas fourré le rectum de petits ballons de cocaïne, prêt à faire la mule, et que je n'ai pas de lames de rasoirs cachées dans les semelles de mes godasses !

— Raoul, s'il te plaît... insisté-je, bloqué à l'accueil. C'est important, et je te le demande comme un service.

La voiture de King est garée dans l'espace réservé aux visiteurs, et si mes calculs sont bons, elle sortira du parloir d'ici à quinze minutes. Les visites prennent toujours fin à dix-sept heures, et pour notre bien à tous les deux, il vaut mieux que l'on évite de se croiser ici. Toute la journée, je l'ai surveillée, analysée, *maudite*. Il n'y a que King pour me rendre aussi fou et stupide.

Mais reviens-moi vite, Ambroise. Ou il n'y aura bientôt plus d'oiseaux dans le ciel pour te chantonner des mots doux.

Planté derrière la porte de son bureau, prêt à toquer pour essayer de faire la paix, j'ai assisté, complètement stupéfait, à toute sa conversation avec Ambroise. La fureur et l'incompréhension se sont mélangées dans ma tête et m'ont brièvement aveuglé au monde qui m'entourait ; j'aurais pu me faire scalper par un taré de passage que je n'aurais absolument rien senti, si ce n'est un léger picotement à la base du front. Quelques instants plus tard, face à son visage à l'expression faussement innocente, j'ai perdu mon sang-froid et je l'ai déshabillée pour la malmener de la même façon qu'elle me torture, *elle*, avec tous ses secrets empoisonnés.

En dénudant son corps, je n'aspirais qu'à dévêtir son cœur de tous les mensonges et de toutes les dissimulations derrière lesquels il se cache, mais c'est moi qui ai dévoilé le mien en me prenant à mon propre jeu. Je lui ai ouvert mon âme, la suppliant de me retenir et de m'aimer comme je l'aime, si désespérément, puis je l'ai refermée avant qu'elle ne me la rende, brisée en mille morceaux.

À quoi joues-tu, ma petite hirondelle ?

Je sais qu'elle n'a pas de relation amoureuse avec Ambroise. Comme je le lui ai déjà dit, je ne suis pas complètement stupide, et j'ai lu entre les lignes : leur discussion énigmatique était une sorte de code secret destiné à brouiller les pistes pour d'éventuels mouchards. Mais je n'avais pas réalisé qu'ils étaient aussi proches l'un de l'autre. Ni même qu'ils étaient toujours en contact. Et à en croire les mots qu'ils se murmuraient sur ce petit ton conspirateur qui n'appartient qu'à eux, ils se comprennent à un niveau qui me dépasse – *et de loin.*

Ambroise et King : amis, ennemis, amants ou partenaires dans le crime ? Je ne le sais pas, je ne le sais plus, mais être maintenu à l'écart me blesse au plus profond de ce que je suis.

Je croyais avoir compris où je mettais les pieds, dans quelle merde je m'engageais, les pièges qui m'attendaient au tournant et les récompenses que j'aurais pu recevoir pour les avoir évités. Mais plus j'avance, moins je gagne de terrain. King a toujours un train d'avance sur moi, et même si je sais qu'elle ne m'écrasera jamais pour aller plus vite ou plus loin, elle et moi, on ne suit plus le même chemin. Et si ça continue, nos routes vont se séparer plus tôt qu'il ne le faut, d'une façon irrémédiable.

Moi qui n'aspire qu'à vivre à ses côtés pour le restant de mes jours... Pourquoi faut-il toujours qu'elle me trahisse à grands coups de couteau dans le dos ?

— Tu n'as pas d'autorisation, Wolfgang, me répète le gardien rougeaud en tirant sur le col de son uniforme trop serré. Si je te laisse lui parler, je risque de me faire virer !

Je sens mes sourcils se froncer au-dessus de mes yeux rivés sur son visage.

— J'ai vu des gardiens faire des trucs bien plus répréhensibles et s'en sortir avec une vulgaire tape sur les doigts !

Ici, les matons sont parfois pires que les détenus. Mais peut-être faut-il être soi-même un peu fou pour veiller nuit et jour sur une bande de psychopathes sans foi ni loi...

— Ouais, grogne-t-il, en sachant très bien à quel « incident » je fais référence.

Une nuit, le gardien Avenzuto, un petit gars d'un mètre soixante avec une voix suraiguë et un amour refoulé pour les grands mecs bien membrés, a pété un câble et battu presque à mort un détenu qui l'avait insulté de « *pédale suceuse de queues* ». C'était plutôt ironique venant de la part d'un mec qui passait son temps à se faire prendre dans les douches, mais Avenzuto ne supportait plus les insultes constantes sur son orientation sexuelle qu'il n'assumait pas, et il s'est vengé en utilisant sa matraque d'une façon qui n'aurait jamais dû être mise en pratique… ni même pensée…

— La direction me tient à l'œil, en ce moment. J'ai… euh… j'suis un peu trop gentil, tu vois ?

Je me pince l'arête du nez.

Il faut à tout prix que je parle à Ambroise. J'ai besoin de savoir *pourquoi* il a menti à King en lui faisant miroiter ma protection à prix fort, *comment* il espère sortir de prison et, surtout, *quand* il comptait m'avouer le rôle qu'il a joué dans la déchéance de l'amour de ma vie.

Je le considérais comme mon meilleur ami, mon ange gardien et, là encore, je me suis trompé et j'ai été trahi par l'une des rares personnes que j'appréciais vraiment. Une partie de moi ne peut s'empêcher de se demander s'il ne serait pas plus simple de tout laisser tomber et de partir. Loin, très loin de ce désert qui n'aspire qu'à la violence et à la mort. Tout quitter et recommencer à zéro.

C'est *tellement* tentant d'abandonner…

— Écoute, Raoul : j'ai vraiment besoin de parler à Ambroise, insisté-je en me creusant les méninges pour dénicher un mensonge à peu près convenable, la vérité étant trop personnelle pour être utilisée à bon escient. J'ai appris quelque chose d'important. Il n'est pas en sécurité, ici. Et après toutes les choses qu'il a faites pour moi, je ne peux pas rester là, sans rien faire, à attendre qu'il se fasse assassiner !

Ma petite tirade a fait mouche, et je ne peux m'empêcher de jubiler en voyant l'hésitation ternir le regard chassieux de Raoul.

— De quoi tu parles, Wolfgang ? Quel danger ?

Le piège est posé, il n'y a plus qu'à l'y faire tomber…

— Il y a quelqu'un ici qui lui veut du mal.

Moi. Et au moins les deux tiers de cette prison. Ambroise n'est pas du genre à faire ami-ami ; si tu ne te plies pas à ses ordres, il te brise comme une vulgaire allumette. Il dirige son clan d'une main de fer, et tous les autres gangs de la prison, même celui des Sinner's, se tiennent à une distance prudente et respectueuse de lui. Ceux qui ne le craignent pas n'ont qu'une envie : lui voler sa couronne pour en ceindre leur front. Ils n'ont pas encore compris qu'il se l'est clouée sur la tête...

— Je te demande que dix petites minutes, Raoul. S'il te plaît. Dix minutes.

J'ai peu de chance d'obtenir une réponse franche et honnête d'Ambroise, mais je déteste être dans le flou comme en ce moment.

— Tu n'as qu'à me transmettre un message ! biaise-t-il, fier de son idée. Je te promets que je lui en ferai la commission ! Ou tu peux l'écrire, aussi. Il sait lire, maintenant.

Je fais la moue, irrité.

Ambroise a *toujours* su lire. Je ne comprends pas les raisons qui l'ont poussé à prétendre le contraire, mais je suppose qu'elles ont toutes un rapport avec la guéguerre interminable qu'il mène contre Enrico.

Et ça commence à faire beaucoup de victimes collatérales, là.

Il va falloir un gagnant, et vite. Ou il ne restera bientôt plus rien de bon à Albuquerque.

— Je ne peux pas faire ça.

— Pourquoi ? s'étonne-t-il.

Je prends mon mal en patience pour ne pas l'insulter de casse-couille. Heureusement que j'ai laissé mon flingue à la maison.

— Ambroise n'y croira que si je le lui dis en face à face. Tu le connais : plus paranoïaque que lui, ça n'existe pas.

Raoul se gratte la nuque, embêté de m'accorder ce point marqué sur un énorme coup de bluff.

— Wolfgang... Je ne peux pas te laisser entrer ici sans autorisation.

Je fais semblant de m'avouer vaincu, les épaules basses, et hoche convulsivement la tête avec un air que j'espère triste et abattu.

— Ouais... Ouais... j'comprends, tu sais. C'est juste que...

Je force ma déglutition, les mains enfoncées dans les poches et le regard fixé sur mes chaussures.

— Il m'a toujours protégé...

Aux dépens financiers, moraux et psychologiques de ma petite copine.

— Sans jamais rien exiger en retour...

À part de folles sommes d'argent à une fille mineure dont le seul crime était de m'aimer.

— Et alors que c'est à mon tour de l'aider, je n'en suis même pas capable. Ça me fout en l'air d'être aussi inutile.

Je lève un regard piteux vers Raoul, en surjouant le rôle du pauvre gars. Je sens qu'il est en train de flancher.

— Ça me rend malade de me dire que je vais avoir son sang sur les mains, d'une certaine manière... Tu ne trouves pas que... ne pas protéger une personne alors qu'on le peut, c'est comme la tuer soi-même ?

Ce n'est qu'en posant la question à Raoul que je réalise que c'est à double tranchant, pour moi.

— Wolfgang... soupire Raoul, le teint blême.

Je tente le tout pour le tout :

— S'il te plaît, Raoul. C'est une question de vie ou de mort.

Je sors les mains de mes poches pour les presser l'une contre l'autre dans un geste de supplication muette. J'en fais peut-être un peu trop, mais Raoul est trop gentil pour mettre ma parole en doute.

— OK ! abdique-t-il, à mon plus grand soulagement. Mais dix minutes, pas une de plus, et en dehors du parloir. La zone est trop sécurisée. On va passer par les salles annexes.

Je hausse les sourcils, surpris par sa prudence pleine d'ingéniosité. Pour être tout à fait honnête, j'ai l'impression que ce n'est pas la première fois qu'il accorde ce genre de passe-droit, et ça ne m'étonne qu'à moitié ; Raoul est le gardien le plus empathique... mais cela veut aussi dire qu'il est le plus influençable.

Je me demande vraiment ce qu'il fout là.

— Ça me va ! Putain ! Merci, mec !

Je lui tends la main et il la serre avec une expression à la fois embarrassée et agacée. La poignée que l'on échange par-dessus le bureau est courte, un peu gênante. Au même instant, trois hommes en uniforme de flics entrent dans l'accueil en parlant bruyamment. Ils accompagnent un quatrième homme blond, vêtu d'un costard qui doit coûter deux fois le salaire annuel de toutes les personnes présentes dans la pièce, et assez âgé pour être mon père. Ce dernier promène sur la pièce un regard froid de requin qui fait courir une douloureuse chair de poule sur mes membres et le long de ma colonne vertébrale. D'autres gardiens entrent à leur suite pour les guider à l'intérieur du bâtiment dédié aux visites de longue durée. Raoul semble troublé par quelque chose – *quelqu'un* ? Pendant une seconde, j'hésite à lui poser la question, mais il m'attrape subitement par le bras et me traîne avec force vers une porte située de l'autre côté de celle vers laquelle les flics et l'homme blond se dirigent, et où j'ai vu quelques personnes entrer pendant la demi-heure que j'ai passée à le convaincre de me laisser parler à Ambroise.

Alors que Raoul me pousse derrière la porte d'une puissante ruade dans le bas du dos, je me retourne et croise le regard intensément gris que l'homme blond a braqué sur moi. Le petit sourire plein de suffisance qu'il m'adresse du bout des lèvres est... méchant. Il n'y a pas d'autres mots pour le décrire. Ce n'est qu'un pur concentré de malfaisance et de roublardise.

— Merde ! C'est qui, le type ? demandé-je, perplexe.

Ses traits me laissent une étrange sensation de déjà-vu...

Raoul passe une main sur son crâne à moitié chauve, l'air encore plus troublé que tout à l'heure.

— Tu ne le connais pas ?

Je fais signe que non.

— C'est le juge Torres !

Le choc me coupe le souffle. Ce mec à la gueule de squale affamé de chair fraîche est *juge* ? Oh putain ! Encore pire ! C'est le *père* de Jéricho ?!

— Ce n'est pas lui qui a signé ta remise en liberté ? me questionne-t-il, en me poussant du coude pour que j'avance plus vite et le suive à travers les couloirs obscurs.

— Ouais, c'est lui. Mais je n'ai pas eu besoin de le voir. Toute l'affaire a été gérée par mon avocate.

Pourtant, la façon dont il m'a regardé laisse à penser que lui, au moins, m'a reconnu.

Bizarre.

– J'espère qu'il ne t'a pas remarqué, marmonne Raoul dans sa barbe, plus pour lui-même que pour moi.

Je ne le contredis pas, ne voulant pas l'inquiéter plus qu'il ne semble déjà l'être, et marche derrière lui en m'interrogeant sur le sens du « sourire » que m'a décoché le juge Torres. Les couloirs défilent et s'emmêlent tandis que je me fraye un chemin dans une partie de la prison que je ne connais pas. Lorsqu'on croise deux gardiens au détour d'une salle que je soupçonne d'être un local détourné pour s'en griller une discrètement, Raoul me dissimule à moitié derrière son gros corps et me presse d'aller encore plus vite. Cela ne fait aucun doute : il aura des ennuis si on me trouve là. Je n'arrive pas à m'en sentir désolé pour lui, et cela en dit long sur l'égoïsme de mon amour pour King.

Je ferais n'importe quoi et je sacrifierais n'importe qui pour...

Oh, merde !

Mes pieds s'immobilisent en pleine course et je manque de me casser la gueule lorsque je découvre, anéanti, la scène qui se déroule à l'autre bout du couloir. Malgré la pénombre environnante, mes yeux n'en perdent pas une miette. Je distingue très nettement les bras de King s'enrouler autour du cou d'Ambroise et les mains d'Ambroise se plaquer sur son cul, qu'il presse aussi fort qu'il le peut pour la rapprocher au maximum de l'érection qui tend le devant de son uniforme déboutonné jusqu'à la taille. Ça la fait rire – *rire, putain !* Et la seconde d'après, elle se hisse sur la pointe des pieds pour l'embrasser à pleine bouche. Un baiser charnel, passionné, tout en langue.

J'ai envie de vomir.

Je crois que je vais vomir.

Mon cœur bat à mes oreilles. Mon regard passe de l'un à l'autre, complètement éteint. J'ai le souffle court, j'ai chaud et je transpire à grosses gouttes.

Ça ne peut pas se reproduire...

Et pourtant, ça se produit. Devant moi. Encore une fois. Avec mon ami. Enfin... celui que je prenais pour un ami et qui, en fait, s'est servi de moi pour mieux baiser ma copine.

Comme dans un rêve, ou plutôt un cauchemar, je tourne les talons, plante Raoul au milieu du couloir et cours jusqu'à la sortie la plus proche.

Parfois, c'est plus que tentant d'abandonner.

Alors, j'abandonne. Et je pars. Loin, très loin.

38

GAME OVER, BITCH

King

— C'est une bonne idée, lâche Ambroise, à mon plus grand désespoir.

S'il se met à déconner, lui aussi !

— T'es sérieux ? m'agacé-je en me relevant sur les coudes. Si Enrico l'apprend, je suis une femme morte !

Personne n'a l'air de s'en soucier, et ça commence à me faire peur. S'ils poursuivent sur cette voie, je vais bientôt goûter à un repos éternel dans le sable brûlant du désert.

— Oui, il vaut mieux qu'il n'en sache rien, confirme Ambroise, avec un petit rictus goguenard qui m'irrite. J'aime bien cette jolie tête et j'ai envie qu'elle reste accrochée à ce corps magnifique...

Les mains d'Ambroise glissent sur mes fesses, uniquement couvertes de mon shorty en dentelle. Je grimace lorsqu'il niche son visage dans mon cou, qu'il parsème de baisers mouillés. Sa peau nue, à l'exception de ses tatouages morbides et de ses cicatrices atroces, se frotte contre la mienne. Il émet un petit râle qui me rappelle que jouer à ce jeu pervers avec un homme enfermé depuis presque dix ans, sans autre moyen pour se satisfaire que sa main, n'est pas forcément très intelligent. Mais le souvenir de Wolfgang m'empêche de savourer ce qui, à une autre époque, dans une autre vie, aurait été une étreinte *vraiment* agréable.

Être avec Ambroise, c'est comme essayer de dompter un tigre sauvage. L'adrénaline l'emporte sur la raison, et même si l'on sait qu'il finira par nous déchiqueter, on ne peut s'empêcher d'en profiter tant qu'il nous laisse le caresser.

Sauf que j'aime les loups, moi. Pas les tigres.

— Bas les pattes, Ambroise.

Il pousse un long soupir, mais le sourire qu'il me décoche en roulant sur le dos me confirme qu'il s'attendait à une rebuffade.

— Hé ! Tu ne peux pas m'en vouloir de tenter ma chance. T'as la peau tellement douce...

Je lève les yeux au ciel.

— Concentre-toi, s'il te plaît. Si je suis là, c'est parce que j'ai vraiment peur...

Dans mes sous-vêtements noirs, avec mes cheveux décoiffés et mon maquillage outrancier, je peux concevoir que les pistes sont suffisamment brouillées pour qu'il se sente le droit de « tenter sa chance ». Mais ce déguisement, c'est pour les autres, pour renforcer la crédibilité de notre spectacle, pas pour le séduire. J'ai beau l'apprécier, mon corps porte le sceau d'un autre homme. Alors, oui, si je l'avais trouvé avant le retour de Wolfgang dans ma vie, j'aurais été tentée de succomber sans état d'âme à sa beauté cruelle.

Mais ce n'est pas le cas. Et je ne le regrette pas.

Ambroise est un poison à l'exquise odeur d'amande amère. Et la femme assez folle pour s'abreuver à son amour en mourra probablement dans d'atroces souffrances.

— C'est une bonne idée, King, répète-t-il en repoussant une mèche de mes cheveux derrière mon oreille. Au moins, tu sauras pourquoi Enrico te la réclame, cette bagnole.

Je pince les lèvres en réfléchissant jusqu'à quel point je peux faire confiance à Ambroise.

— Et si... et si je le savais déjà ?

Il hausse un sourcil, l'air intéressé – *mais pas tant que ça.*

— Oh ? Vraiment ? Et pourquoi ?

Son attitude nonchalante me met instantanément la puce à l'oreille. Je me relève d'un bond, quittant le lit et ses bras, et me plante devant lui, en petite tenue, les poings sur les hanches.

— Tu es au courant pour les bijoux ! l'accusé-je, exaspérée d'être toujours la dernière à savoir ce qu'il se passe.

Ambroise n'essaie même pas de nier.

— Wolfgang s'est barré avec un butin de cent mille dollars. La vraie question, c'est plutôt : *qui* n'est pas au courant ?

Vu sous cet angle...

— Il ne l'a dit à personne !

Ambroise me regarde d'un air vide.

— *Mi amor...* T'es plus intelligente que ça, d'habitude. Ton mec a braqué une bijouterie dont le patron a déclaré une perte sèche de cent mille dollars en diamants. Il n'avait pas besoin de le dire. Toutes les personnes ayant accès à son dossier et, a fortiori, à son plan d'action, savent pertinemment qu'ils n'ont pas disparu et que c'est lui qui les a planqués quelque part en attendant sa sortie. Quand tu m'as parlé de sa voiture, j'ai additionné deux plus deux, et ça m'a donné quatre. C'est aussi simple que ça... Rien ne reste jamais secret à Albuquerque.

Rien ne reste jamais secret à Albuquerque, me répété-je en moi-même, le cerveau tournant à plein régime.

— Est-ce que c'est toi qui as la voiture ?

Comme il vient de le dire : deux plus deux, ça fait quatre.

— Je ne sais pas où elle est, me répond-il en me regardant droit dans les yeux, avec l'air d'un parent fier de son enfant. Mais j'ai peut-être un nom à te donner.

Je croise les bras sur ma poitrine, furieuse.

— Pourquoi ne me l'as-tu pas donné avant ?!

Encore une fois, il me dévisage d'un air vide.

— Réfléchis, King.

Dans un mouvement plein de colère, je me penche, attrape ma botte à semelle renforcée et la lui jette à la figure. Il rit en la rattrapant *in extremis*, s'amusant comme un petit fou à mes dépens – une mauvaise habitude que je me promets de lui faire perdre, un jour.

— Tu es si passionnée, *mi amor !* Ça m'excite !

— Oh, ta gueule ! À ce stade, une pierre bien roulée suffirait à te faire hisser la grand-voile !

Il éclate de rire, la tête rejetée en arrière. Ses dents de travers et la cicatrice qui lui relève un coin de la bouche lui donnent l'air aussi timbré qu'une lettre, mais sa réaction me réchauffe inexplicablement la poitrine.

Si Ambroise rit, c'est que les choses ne sont pas aussi désespérées que je le crains.

— Je vendrais un rein pour coucher avec toi, King ! admet-il en reprenant son souffle. Foutu Wolfgang ! Il n'a aucune idée de sa chance.

Je prends la mouche.

— J'suis plus à vendre, espèce de connard ! Et ne change pas de sujet !

Il rit encore plus fort et, d'une main puissante enroulée autour de mon biceps, il m'attire sur le lit où j'accepte de m'asseoir en tailleur, le plus loin possible de lui et de ses doigts curieux.

— Tu ne prends rien au sérieux, aujourd'hui.

Il s'assoit, lui aussi, le dos calé contre le mur et les jambes étendues de part et d'autre de moi. J'ai une vue plongeante sur son attribut viril, déployé dans toute la vigueur de sa fougue amoureuse, et ça ne semble pas le déranger. Pour être honnête, ça ne me dérange pas, moi non plus. J'en ai trop vu pour m'en émouvoir d'une quelconque façon. Une bite, c'est une bite. Celle d'Ambroise n'a rien de spécial, si ce n'est une épaisseur plutôt inhabituelle.

— Je commence à m'ennuyer, ici. Il y a tellement à faire dehors que je perds patience, m'avoue-t-il avec une franchise qui me déstabilise. Le vent tourne...

Ambroise sort un paquet de cigarettes et une boîte d'allumettes, puis il s'allume une clope, sans m'en proposer. Je ne lui ai jamais dit que je ne fumais pas, du moins pas de façon régulière, mais je ne suis pas étonnée qu'il le sache. Il sait tout.

— Je le sens, moi aussi. Et je sais que ça va me revenir en pleine gueule.

— Y'a de grandes chances, oui.

Sa franchise me prend une nouvelle fois de court.

— Enrico t'a dans le viseur, je ne peux rien faire contre ça. Et je ne te mentirai pas, King : il finira par appuyer sur la détente et ça fera mal.

Je frissonne de terreur rien qu'à l'idée de ce qu'Enrico me réserve. Inutile de le nier : je savais que je n'y couperais pas.

— C'est pour ça que l'idée de Wolfgang mérite d'être étudiée. L'important, ce n'est pas tant de retrouver sa voiture que de gagner du temps.

— Gagner du temps ? Jusqu'à quand ?

Son visage se transforme sous mes yeux écarquillés, la soif de sang aiguise ses traits de tueur. Ses yeux noirs se vident de toute forme d'humanité, sa bouche pulpeuse se pince en une ligne dure, intransigeante, ses sourcils se froncent et plissent à la fois ses cicatrices et ses tatouages.

« Sauvage » est le premier mot qui me vient à l'esprit, suivi d'un lapidaire « Sanguinaire ».

Soudain, il me fait froid dans le dos. Mon regard suit les lettres gothiques en capitales qui esquissent la phrase : *KILL ME.* C'est comme un défi morbide jeté à la tête des criminels les plus fous de cette prison.

Mais je pense que la seule personne capable de tuer Ambroise, c'est Ambroise lui-même.

— Jusqu'à ma sortie, *mi amor*.

On sait tous les deux qu'Enrico ne tiendra pas jusque-là.

— Il a menacé de s'en prendre à mon bébé, lui rappelé-je. La patience est un luxe que je ne peux pas me permettre.

J'ai l'estomac noué rien qu'à la pensée de ce qu'Enrico pourrait faire à Asher.

— Tu n'as pas d'enfant, soupiré-je. Tu ne peux pas comprendre...

Ambroise penche la tête sur le côté, comme un aigle affamé ayant repéré un lapin imprudent. Il est devenu si sérieux, tout à coup, que je regretterais presque de ne plus sentir ses mains sur mes fesses.

— Qui a dit que je n'avais pas d'enfant ?

Je le dévisage, incrédule et bouche bée.

— Parce que t'en as ?!

Il hoche lentement la tête.

— Une fille.

Je suis tellement choquée que je n'arrive même pas à parler. À poser toutes les questions qui me traversent l'esprit à un rythme aussi frénétique que les battements de mon cœur.

— Très peu de personnes le savent, continue-t-il en riant de ma surprise. J'étais ridiculement jeune quand j'ai engrossé une fille de passage. Elle était plus âgée que moi et, n'ayons pas peur des mots, complètement tarée. J'ai toujours attiré les déséquilibrées.

Et les suicidaires, me retiens-je d'ajouter.

— Elle est où, ta fille ?

— Le plus loin possible de toute cette folie.

Je pose une main sur mon cœur affolé et relâche le soupir que je n'avais pas eu conscience de retenir.

— Tant mieux.

— C'est un petit génie, me dit-il, et son regard noir se colore d'un amour si pur, si intense, que je commence à saisir le *pourquoi* d'Ambroise. Elle est tellement brillante qu'elle ferait passer Einstein pour un plouc. Et elle est gentille, douce, *fragile*. Trop fragile. Je vis dans la terreur constante qu'il lui arrive encore quelque chose.

— Encore ? m'inquiété-je en me penchant imperceptiblement vers lui. C'est-à-dire ?

Pour la toute première fois, Ambroise n'arrive pas à soutenir mon regard et préfère détourner les yeux.

— Alors, je sais exactement ce que tu ressens, et je te préviens : il y aura de la casse. On n'en ressortira pas tous indemnes. Ce n'est pas possible.

Je déglutis, la gorge serrée.

— Je n'ai jamais rien demandé de tout ça.

Ambroise me caresse le genou du bout des doigts. Une tentative de réconfort plutôt minable.

— Tu vois, le monde se divise en deux catégories : ceux qui ont un pistolet chargé et ceux qui creusent...

Surprise, j'explose de rire en chassant sa main d'une tape amicale.

— Ne cite pas *Le bon, la brute et le truand*, s'il te plaît ! J'ai toujours détesté les westerns spaghettis !

Ambroise affiche une mine scandalisée qui me fait rire encore plus fort.

— Nous ne pouvons plus être amis, toi et moi. C'est fini ! s'écrie-t-il.

Je renifle, dédaigneuse.

— Parce qu'on est amis, maintenant ?

Je sais que c'est une question étrange à poser au mec qui se tient devant moi, complètement nu, dans un lit où l'on s'est déjà retrouvés à plusieurs reprises... mais j'ai besoin de le savoir, de *l'entendre*. S'il est vraiment mon ami, alors je pourrai réellement compter sur lui. Ce dont je doute, pour le moment.

— Oui, King. On est amis.

Je contre-attaque :

— Prouve-le-moi.

De mon côté, je pense que je l'ai déjà suffisamment prouvé. Avec tous les sacrifices que j'ai faits, il devrait me baiser les pieds.

— Demande à Danger où est la voiture de Wolfgang.

Sa révélation me fait l'effet d'un électrochoc.

— Tu déconnes ?!

Il me sourit.

— Réfléchis.

Dios mío ! Je vais lui en coller une !

— C'est toi qui lui as demandé de la déplacer ?!

— Si Enrico avait mis la main dessus à la sortie de Wolfgang, il l'aurait descendu avant même que tu n'apprennes qu'il était de retour.

Il n'a pas tort, c'est exactement ce qu'il se serait passé.

— Si Wolf est toujours vivant, c'est parce qu'Enrico veut les bijoux.

Encore une fois, il est dans le vrai. Enrico me l'a plus ou moins avoué quand il m'est tombé dessus pour m'extorquer des promesses sous le joug de la menace.

— Le jour où il mettra la main sur le pactole, qu'importe ce qu'il t'a promis : Wolfgang mourra. Il ne lui permettra pas de vivre.

Mes yeux me brûlent et j'ai envie de lui crier qu'il se trompe, mais je sais qu'il dit la vérité. Je n'ai aucune confiance en Enrico pour tenir des promesses arrachées sous la contrainte – sauf celles qui peuvent me faire encore plus de mal.

— Pourquoi ? croassé-je d'une voix étranglée.

— Parce qu'il te veut, King. Et il croit qu'il ne peut pas t'avoir tant que Wolfgang est vivant.

J'ai si froid, tout à coup, que je claque des dents.

— Alors, si je résume bien la situation : tu as demandé à Danger de cacher la voiture de Wolfgang pour lui sauver la vie, mais tu ne sais pas où elle se trouve et tu me conseilles de ne pas le découvrir tant que tu n'es pas sorti. C'est bien ça ?

Il hoche la tête.

— Comment connais-tu Danger ? Jemar a dit…

Je m'interromps en me mordant la lèvre, mais c'est trop tard… J'en ai déjà trop dit.

— Jemar a dit *quoi* ? siffle-t-il d'un ton colérique.

Je lui liste brièvement les révélations que Jemar m'a faites ce matin. Ça n'a pas l'air de lui plaire, mais je sens qu'il n'est plus autant en colère après moi. Quoi que Jemar m'ait avoué, il a gardé un secret. LE secret pour lequel Ambroise vient de s'enflammer en s'en croyant dépossédé, et je me fais aussitôt la promesse de le découvrir, coûte que coûte, même si ce n'est probablement pas très judicieux.

— N'en parle à personne, finit-il par dire, radouci. Mon lien avec Jemar est un atout que je n'ai pas encore envie de mettre sur le tapis.

J'acquiesce.

— Et pour répondre à ta question, je ne connais pas vraiment Danger. Je lui ai passé un coup de téléphone, cet été, pour lui dire que s'il voulait que tu restes en vie, il valait mieux qu'il cache la Mustang là où personne ne pourrait la trouver.

Il marque une pause en me jaugeant par-dessous ses cils noirs, aussi longs que ceux d'une femme.

— Il serait prêt à tout pour toi, ce type.

Je me sens rougir comme une collégienne sous l'examen silencieux qu'il me fait subir avec son regard perçant.

— Tu fais beaucoup de victimes, King.

Je lui grimace mon plus beau sourire d'hypocrite.

— Attention à ton cœur, Ambroise.

Il me sourit, mais ce n'est pas tout à fait un sourire. C'est plus froid, moins joyeux, et aussi tranchant que la lame nue d'un scalpel.

— Je n'éprouve pas ce genre de sentiments.

— Tu n'es jamais tombé amoureux ?

La question, très innocente, semble étonnamment déplacée à l'intérieur de ces murs sinistres.

— Jamais, me confirme-t-il, sans émotion particulière. Les femmes sont...

Il s'arrête lorsqu'il se rappelle, après un coup d'œil éloquent à mes seins, que j'en suis une.

— OK, laisse tomber. Je n'ai pas envie d'entendre ton opinion machiste de petite bite complexée.

Loin de le vexer, ma repartie trempée au vitriol semble l'amuser au plus haut point. Cet homme est une véritable anomalie. À chaque fois que je pense le comprendre, ou du moins le cerner, il réagit d'une façon totalement différente de celle à laquelle je m'attends.

— Je ne suis pas complexé par ma « petite bite », comme tu l'appelles. Elle fait douze centimètres, et en moyenne, le vagin d'une femme fait huit centimètres de profondeur. Un peu plus après stimulation sexuelle. Alors j'ai tout ce qu'il faut pour te combler ! s'amuse-t-il en désignant son entrejambe d'un doigt. J'ai même du rab pour les gourmandes...

Je bats des cils comme une idiote, bouche bée.

— Tu songes à te reconvertir dans la gynécologie ?

Il rit, sincèrement amusé, après s'être emparé de son uniforme orange.

— Notre temps touche bientôt à sa fin, *mi amor*. Faisons semblant de nous rhabiller.

Ce brusque retour à la réalité me comprime l'estomac d'une crampe de panique. Rien n'y fait, j'ai toujours aussi peur de ce qui m'attend à l'extérieur, loin de la sécurité de cette prison où je n'ai qu'à crier pour qu'un troupeau d'hommes armés me vienne en aide.

— Qu'est-ce que je dois faire, Ambroise ?

Je passe du coq à l'âne, mais il ne me demande pas d'explications. Il suit le mouvement, aussi habile qu'un chat et rusé qu'un renard. Rien ne le déstabilise, et c'est rassurant : lui, au moins, sait ce qu'il fait. J'aimerais tellement pouvoir en dire autant !

— Gagne du temps. Triche. Mens. Vole. Si tu trouves les bijoux, Wolfgang est un homme mort.

— La patience d'Enrico n'est pas infinie.

Je termine de me rhabiller en pestant contre mes mains tremblantes. Mon instinct s'épuise à me mettre en garde, mais je ne sais plus quoi faire pour éviter d'être balayée par l'ouragan que je sens gronder à l'horizon.

— Tu as raison, concède Ambroise en m'aidant à reboutonner la chemise que j'ai passée plus tôt dans la matinée pour remplacer la robe que Wolfgang m'a déchirée. Donne-lui quelque chose sur moi.

Je hausse les sourcils.

— Quoi ? Je ne sais rien de toi, exception faite de la taille de ta bite ! Et désolée pour tes douze centimètres, mais je ne crois pas que ça l'intéresse.

Le rire d'Ambroise me chatouille le visage, m'obligeant à papillonner des cils. C'est un son rauque et éraillé auquel je suis surprise de m'habituer, et qui m'est étrangement agréable. Il a beaucoup d'autodérision, et je ne l'aurais jamais cru possible, mais c'est une qualité très sexy. Mon loup n'aime pas rire de lui-même, mais il n'aime pas rire des autres non plus. Ce dont je ne suis pas certaine qu'Ambroise puisse se vanter.

— Dis-lui que j'ai un moyen de pression contre le juge Torres, et que c'est grâce à ça que je vais sortir.

Deux plus deux...

— Ça a un rapport avec Jéricho ? Avec ce qu'il lui est arrivé... dans les douches ?

L'hébétude qui se peint sur son visage me ferait presque sourire si l'on ne parlait pas d'un sujet aussi grave. Le viol me touche de trop près pour que je parvienne à le traiter avec une quelconque légèreté.

— Il t'en a parlé ?

— Oui. Il m'a aussi dit que tu t'en étais... hum... occupé.

Ambroise se rapproche de moi jusqu'à me plaquer contre la porte. Je sais qu'il essaie de m'intimider, mais ça ne fonctionne pas.

Il l'a dit : on est amis, maintenant.

— Et pourtant, tu es là, avec moi, enfermée à double tour.

— Je te l'ai dit, Ambroise. Ça ne me dérange pas de recouvrir mes mains de sang pour protéger les gens que j'aime.

Il appuie sa main tatouée à plat sur ma poitrine pour m'écraser contre la porte.

— Je l'ai fait parce que le juge Torres m'a payé pour le faire, me chuchote-t-il à l'oreille, et je savais que je pourrais m'en servir contre lui. Un meurtre m'a conduit ici, un meurtre m'aidera à sortir de là. Je ne suis pas aussi noble et gentil que tu sembles le croire.

Il grimace comme s'il avait croqué dans un citron particulièrement acide.

— N'oublie jamais que je t'ai fait danser, *mi amor*.

Comme si je le pouvais...

— Déstresse, Tigrou. T'es un grand méchant, j'ai compris. Inutile d'en faire des tonnes.

Ambroise lutte contre un sourire, mais il échoue lorsque je le repousse en feignant de lui balancer un coup de genou dans les testicules.

— Tigrou ? s'amuse-t-il, tandis que la porte s'ouvre et manque de me faire tomber à la renverse.

Ambroise me rattrape par la taille et m'accompagne dans le

couloir. Son uniforme n'est pas tout à fait reboutonné, et la rose rouge tatouée entre ses pectoraux jure avec la couleur orange délavé.

— Tu me fais penser à un tigre : puissant, imprévisible et féroce, lui expliqué-je, en sentant le regard curieux du gardien peser sur l'arrière de mon crâne.

Je raidis les épaules, crochète mes bras derrière sa nuque et m'efforce de poursuivre le flirt insouciant qu'Ambroise attend de moi.

— Tu n'as pas peur que je te dévore ?

Je force mon rire pour lui donner un air aussi naturel que possible. Je me sens tellement épiée que je suis aussi crispée qu'avant une coloscopie.

— Tu l'as déjà fait...

Pour étayer mes dires, je me hisse sur la pointe des pieds et plaque mes lèvres contre les siennes. Ambroise me surprend en ouvrant la bouche, m'envahissant de sa langue agile. Je comprends que je n'ai pas suffisamment bien donné le change et qu'il rattrape mon éclat de rire complètement raté avec ce baiser faussement passionné.

Quand il se recule, le gardien barbu affiche un air grivois qui le fait ressembler à un détraqué sexuel.

— Bon, c'est l'heure de...

— Hé ! Tu vas où ?! s'exclame une nouvelle voix, depuis le fond du couloir, en l'interrompant au beau milieu de sa phrase. Putain ! Mais qu'est-ce qu'il me fait, ce crétin ?! Reviens là !

Un autre gardien, gros et court sur pattes, se lance à la poursuite d'un gars, probablement un détenu, qui s'est fait la malle en courant. J'observe la scène, assez cocasse, d'un œil distrait tandis qu'Ambroise se gratte la mâchoire.

— Allez, Ambroise ! On retourne dans le... intervient le barbu, avant d'être coupé pour la seconde fois en l'espace de trois secondes.

— Tiens, tiens, tiens. Qui vois-je là ? Ne serait-ce pas le petit García Lopès ?

La voix, aussi froide qu'une giclée d'eau glacée en pleine canicule, m'arrache un sursaut. Je m'aplatis contre le torse d'Ambroise, qui passe instinctivement son bras autour de mes épaules, et jette un regard prudent à l'inconnu qui s'est approché de nous avec l'intention manifeste de nous prendre par surprise.

Vêtu d'un costume élégant qui ne parvient pas à lui donner l'air abordable, l'homme blond aux yeux gris qui m'inspecte avec indolence est d'une beauté peu commune qui me laisse une désagréable sensation de déjà-vu sur laquelle je n'arrive pas à mettre de nom. Loin d'être rassurante, sa bonhomie me met extrêmement mal à l'aise, parce qu'elle sonne si faux que c'en est ridicule.

Mon instinct est formel : il y a un truc qui cloche, chez lui.

— Juge Torres, le salue Ambroise, le visage fermé. Quelle *bonne* surprise...

Il est évident qu'Ambroise n'en pense rien, mais je suis trop estomaquée par l'identité de ce nouvel interlocuteur pour réagir à la tension ambiante.

— Oh, tu n'as même pas idée d'à quel point elle est bonne, ma surprise, se gausse-t-il en réponse, avant de baisser un regard dégoûté sur moi. Débarrasse-toi de ta pute, j'ai à te parler.

Son insulte me coupe le souffle, mais elle ne m'atteint pas aussi durement qu'il semble l'espérer, et je m'en félicite. Jéricho avait raison à propos de son père : c'est une véritable ordure.

— Tu l'as entendu, Crazy Shady ?

Entendre mon nom de scène lorsque j'étais encore stripteaseuse dans la bouche d'Ambroise m'aide à m'extirper de ma stupeur indignée.

Crazy Shady, ou « Affaire Louche ».

À l'époque, ça m'avait paru drôle et osé. Un peu ironique, aussi. Mais en réalité, ça s'est révélé prémonitoire.

— Dégage.

Je ne m'offusque pas de son ton cassant – c'est sa façon à lui de me soustraire à l'intérêt du juge Torres – et prends mes jambes à mon cou sans demander mon reste. Le gardien barbu me raccompagne jusqu'à l'accueil, en me décochant des regards tantôt compatissants, tantôt condescendants. Je l'ignore, trop perturbée par cette brève – mais intense – rencontre.

Le trajet de retour jusqu'à Albuquerque me prend deux fois plus de temps qu'à l'accoutumée. Perdue dans mes pensées, je loupe une sortie et tombe dans les bouchons. Et quand je me gare enfin en bas de chez moi, il fait nuit noire et le garage est fermé. Je monte les escaliers quatre par quatre, pressée de retrouver mon petit bonhomme et de prendre une longue douche brûlante.

J'ouvre la porte en lançant à tue-tête :

— Chéri, je suis rentrée !

Je balance mes chaussures dans l'entrée, puis mon sac à main, qui émet un bruit sourd en tombant sur le parquet. Et pour cause, après mon agression, j'ai caché un couteau papillon dans le double fond que j'ai cousu dans la doublure en coton.

Repoussant mes boucles folles d'une main, j'utilise l'autre pour tâtonner le contenu de mes poches, à la recherche d'un élastique, et entre dans le salon, les yeux baissés sur mes chaussettes mises à l'envers.

— Salut, ma douce.

Dios mío !

Ma tête se relève si vite que toutes mes vertèbres craquent dans un bruit sinistre.

Le flingue braqué sur la tempe de Danger, ligoté à une chaise de la cuisine, Enrico me décoche un sourire cruel, malfaisant. Carlos est debout derrière eux, l'air goguenard. Il tient Asher dans ses bras de brute épaisse et à cette vision absolument atroce, mon cœur flanche, à l'instar de ma raison. Mon pauvre bébé a un gros morceau de scotch noir sur la bouche, son adorable visage est tout rouge et chiffonné par la colère. Une seule pensée parvient à transpercer le brouillard de terreur qui se drape, comme une camisole de force, autour de mon esprit brisé par la panique.

Game over, bitch.

39

UNE BALLE DANS LE BARILLET

King

— Allons, King. Ne tire pas cette tête. Tout va bien se passer si tu fais ce que je dis.

Enrico se régale de ma détresse et, même si j'essaie de garder mon calme et d'afficher un masque d'impassibilité stoïque pour ne pas lui donner satisfaction, je suis dans un état qui s'inscrit au-delà de la panique. Mon cœur bat la chamade, mes tempes rugissent sous le tambourinement de plus en plus rapide de mon sang et je tremble comme une feuille.

Il a gagné et il le sait.

— Enrico...

Ma voix s'éteint d'elle-même tandis que le manque d'oxygène fait exploser des étoiles multicolores à la périphérie de mon champ de vision, qui s'est restreint aux yeux écarquillés de Danger. Je n'arrive pas à reprendre ma respiration. J'inspire, j'inspire, j'inspire... mais ça ne fonctionne plus ! Mes poumons semblent s'être collés contre ma cage thoracique, et je me sens tellement oppressée que je suis contrainte de lutter contre mon corps pour ne pas haleter comme un cochon malade.

— Chut, s'amuse-t-il en désignant le siège vide placé en face de celui de Danger, dont la vue du visage tuméfié et ensanglanté me cueille comme un coup de poing dans l'abdomen. Assieds-toi, ma douce. Sans vouloir te vexer, tu n'as pas l'air d'être dans ton assiette…

Enrico émet un petit rire grinçant. J'en ai la chair de poule et un début de nausée, mais je serre les dents et pose mes fesses sur la chaise en ignorant les regards désespérés que me jette mon ami. Ses beaux yeux bleus crient : « Casse-toi de là ! Sauve ta peau ! » Et j'en réprimerais presque un sourire. Quelle naïveté ! Plutôt mourir que de les abandonner…

À quoi bon vivre s'ils ne sont plus là ?

— Je ne comprends pas pourquoi tu fais ça, Enrico, parviens-je à dire d'une voix posée, après m'être reprise d'une main de fer. C'est extrême, même pour quelqu'un comme toi…

Ce n'est pas tout à fait vrai : il a déjà fait bien pire, et pour de moins bonnes raisons. Mais j'ignore la voix railleuse qui s'élève dans ma tête pour me traiter de menteuse et me concentre sur le regard gris et froid qu'il braque sur moi, comme un deuxième canon prêt à me décharger du plomb dans la figure.

Pour une raison qui m'échappe, le visage du juge Torres me traverse l'esprit tandis que je focalise mon attention sur Enrico. Peut-être est-ce dû à leur blondeur éclatante et à leurs yeux gris acier qui vous transpercent comme des pics à glace. Toutefois, la ressemblance entre les deux hommes s'arrête là. Enrico est d'une beauté classique, tout en grâce et douceur, avec des traits plaisants, presque féminins, alors que le juge Torres est plus… agressif. Il a un nez busqué, des lèvres fines à la courbe provocatrice, des joues creuses et des pommettes saillantes, comme Jéricho. Il n'en est pas moins beau, mais là où Enrico respire la délicatesse, le juge Torres, lui, exhale la menace. Dès le premier coup d'œil, on sait que l'on se tient en face d'un dangereux prédateur. Enrico est plus subtil, mais tout aussi mortel.

Torres a l'air d'un bandit, bien qu'il œuvre à faire appliquer un semblant de justice. Alors qu'Enrico inspire la confiance, mais s'implique dans toutes les affaires illégales de la ville.

Le dicton populaire a raison : il ne faut jamais se fier aux apparences... *à quelques exceptions*.

— Quelqu'un comme moi ? reprend-il, la bouche pincée. Je braque un flingue sur la tête de ton mec, King. Tu ferais mieux d'éviter de m'insulter !

Il marque un point.

— Je ne t'insultais pas ! m'empressé-je de le détromper, en mentant comme une arracheuse de dents. Mais je croyais qu'on s'était mis d'accord.

Carlos ricane, et je me force à ne pas tourner les yeux vers lui. Je ne peux pas regarder Asher. Pas maintenant. Pas tant que je ne serai pas certaine qu'ils ne l'utiliseront pas contre moi. Je ne dois pas leur montrer qu'il est ma plus grande faiblesse et que je suis prête à tout pour lui...

— On avait un accord, oui. Et tu ne l'as pas respecté, alors me voilà !

Enrico me décoche son sourire « *t'as peut-être essayé de me baiser, mais c'est moi qui vais te la mettre dans le cul !* ». Mes cuisses se mettent à trembler sur la chaise, et j'ai beau les serrer l'une contre l'autre, j'ai si peur que je me mets à claquer des dents.

Il va me tuer.

Cette pensée lugubre s'impose à moi comme une évidence qui me déconnecte brièvement de mes émotions.

Je vais mourir ce soir...

Mon pouls ralentit, mes tremblements cessent et mon corps s'alanguit contre le dossier de ma chaise. J'accepte mon sort... à condition de sauver Danger et Asher. Et puis, je mentirais si je disais que je ne m'attendais pas à cette fin. Comme Ambroise l'a dit : je suis dans le viseur d'Enrico et il appuiera sur la gâchette rien que pour le plaisir d'avoir le dernier mot.

— Je l'ai cherchée partout, cette putain de Mustang ! Ce n'est pas ma faute si elle n'est plus à Albuquerque !

Les yeux de Danger s'écarquillent imperceptiblement lorsque je mentionne la voiture. Il a compris. Et moi, j'aurais dû savoir que c'était lui. Grand, noir et très proche de moi ? Putain, il avait le mot coupable tatoué en travers du front depuis le début !

— Ce n'est pas seulement la voiture, King ! s'emporte Enrico en rougissant sous une brusque flambée de colère.

Et merde !

Mettre Enrico en rogne revient à agiter un chiffon rouge sous le nez d'un taureau furieux. Sa raison s'éclipse et il fonce dans le tas, les cornes dressées sur le crâne pour t'empaler d'un coup de tête.

— Tu m'as baisé ! Encore une fois !

— Je ne vois vraiment pas de quoi tu parles...

Pour le coup, je suis réellement perplexe, parce que s'il est vrai que je comptais le « baiser » par-derrière, je n'ai encore rien fait pour concrétiser le passage à l'acte.

— Ne te fous pas de ma gueule ! hurle-t-il de plus belle en cognant la tempe de Danger avec le canon de son pistolet. Je vais te laisser une seule chance de te rattraper, King ! Une seule ! Et si tu échoues, je te jure que je bute ton joli cœur et le chiard qu'il t'a fait !

Je lève les mains devant moi et affecte l'attitude suppliante qu'il attend de moi.

— OK ! Calme-toi, s'il te plaît, et dis-moi ce que tu veux.

Loin de l'apaiser, ce que je dis semble jeter de l'huile sur le feu de sa colère.

— Ce que je veux ? Mais tu te fous de ma gueule, ou quoi ? Cette putain de voiture et la mort de tous les enfoirés qui espèrent me doubler !

— Je te l'ai déjà dit, je ne sais pas où...

Perdant patience, Enrico amorce le chien de son pistolet. S'il tire, la cervelle de Danger éclaboussera toute la pièce.

— Mais ! ajouté-je avec urgence. Lui, il le sait !

Je désigne Danger d'un geste de la main, le sauvant *in extremis* d'une mort aussi soudaine que brutale.

— C'est vrai, joli cœur ? Tu le sais ?

Pendant un long – trop long – moment, Danger ne réagit pas, les yeux baissés sur ses genoux. Son torse se soulève au rythme de ses inspirations rapides, erratiques, et c'est là que je remarque les égratignures que les cordes enroulées à même sa peau nue ont laissées sur la couche supérieure de son épiderme. Il est évident qu'il a été passé à tabac avant d'être attaché comme un animal. La culpabilité noie mon estomac sous un flot de bile acide.

Tout est ma faute.

Et c'est à moi de réparer mes torts.

Je calcule mes chances d'atteindre le flingue que je cache dans ma chambre – *aucune* – et m'efforce de contrôler ma rage dans l'attente d'un moment plus propice à la révolte.

Je vais mourir ce soir... mais j'emporterai Enrico avec moi de l'autre côté. Parole de scout – et j'ai fait mes classes chez les putes !

— Hé, joli cœur ! crache-t-il en lui assénant un autre coup de crosse sur l'arrière du crâne. Je te parle !

Danger relève les yeux vers moi, le corps figé dans une immobilité de prédateur. Il croise délibérément mon regard et s'ancre à l'intérieur de moi, avant de hocher la tête. Les épaules d'Enrico se détendent imperceptiblement, mais je le connais assez pour reconnaître les signes qui trahissent son soulagement, et ça m'intrigue... Pourquoi accorde-t-il autant d'importance à une vieille bagnole et à cent mille dollars ? Pour moi, c'est une somme énorme, mais pour lui, ce n'est qu'une goutte d'eau dans un océan *beaucoup* plus vaste.

— Il fallait le dire plus tôt. Je t'aurais frappé un tout petit peu moins fort, mon mignon ! s'esclaffe-t-il. Alors, où est-elle ?

Avec un large sourire, Enrico arrache le morceau de scotch de la bouche de Danger, qui s'empresse de cracher un gros mollard sanglant sur le sol. Ses lèvres éclatées s'étirent et révèlent une canine ébréchée lorsqu'il lui répond d'une voix enrouée :

— Dans notre dépôt-vente, près de Old Town.

Et c'était sûrement à ce moment-là que Shelby l'a surpris au volant... J'aurais dû le deviner, putain !

— Bien, se réjouit Enrico d'un ton guilleret, avant de me tendre son flingue.

Je pose des yeux écarquillés sur la crosse brillante, tendue vers moi, puis sur Enrico, et à nouveau sur la crosse.

— C'est la dernière chance que je te donne, King, m'explique-t-il, un sourire arrogant aux lèvres. Tue-le pour moi et j'effacerai toutes tes dettes.

Quoi ?!

— T'es sérieux ?

Ma question sonne comme une supplication.

— Tue-le, et je m'en vais. Tu ne me reverras pas. Jamais. Je te le promets.

Il m'attrape par le poignet et me fourre son flingue dans la main avant de serrer mes doigts autour de la crosse.

— C'est ta dernière chance, King.

Oui, c'est bel et bien ma *dernière* chance, que je vais m'empresser de saisir – tout de suite. Et tant pis pour les conséquences, j'emmerde la prudence !

Je glisse mon doigt sur la gâchette, lève le bras à la même hauteur que mon épaule et vise la tête de Danger. Me débarrasser d'Enrico pour toujours est mon plus grand rêve...

— Je suis désolée.

Danger hoche la tête.

— Je sais, me dit-il simplement. Moi aussi.

Mon doigt frémit sur la gâchette et, avant de tirer à bout portant dans le front couvert de sueur de Danger, je fais volte-face et le braque sur la poitrine d'Enrico.

En plein dans son cœur de pierre.

Mais le canon s'enraye et le flingue tire à vide. Il ne se passe rien – si ce n'est l'anéantissement de tous mes espoirs dans un silence au fracas assourdissant. Ma vie défile devant mes yeux dans un kaléidoscope de sang, de sexe et de sable rouge.

Piégée.

Cette immonde pourriture m'a piégée. Il n'y avait aucune balle dans le barillet, et donc, aucune chance pour moi d'en finir avec lui. Et lorsque nos regards se croisent par-dessus le canon de l'arme, j'éprouve un mélange étonnant de peur lancinante et de détachement stoïque qui m'empêche de réagir lorsqu'il m'ôte le flingue des mains et sort un chargeur plein de sa poche, qu'il insère à la place de l'autre.

— Ah... Mauvais choix, ma douce. Très mauvais choix !

Le violent coup de poing qu'il m'assène dans la figure, pile sur la bouche, avec la crosse du pistolet en guise de poing américain, ne me surprend qu'à moitié. Un sang tiède, aussi épais que de la mélasse, se répand sur ma langue que je mords pour retenir un cri de détresse. Danger ne se prive pas de hurler, lui. Tant de colère que d'impuissance. Mais Carlos sort une lame à double tranchant, la presse sur la jugulaire d'Asher et le rappelle à l'ordre d'un lapidaire :

— Ferme ta gueule ou je lui tranche la gorge.

Danger se tait et je m'immobilise, mais Enrico n'a pas fini de s'amuser avec moi, et il me frappe une nouvelle fois – au même endroit. Une douleur abominable me cisaille le bas du visage, du nez jusqu'au menton, tandis que ma tête part en arrière en émettant un craquement sinistre, qui ressemble à s'y méprendre à celui d'un os brisé sous une trop forte pression. Des étincelles de souffrance crépitent sous mes paupières closes. Le rideau tombe sur le devant de la scène. *Oyé, oyé, braves gens, le spectacle est terminé !* Je n'ai plus aucune chance de m'en sortir avec une pirouette, cette fois. Je suis à la fin de mon livre, et la dernière page vient d'être tournée.

Mais il est hors de question que je m'en aille sans lutter – même si le combat semble vain, on ne perd vraiment qu'en abandonnant la partie.

— Voilà, tu l'as, ta voiture... crachoté-je, la bouche pleine de sang. Maintenant, laisse ma famille tranquille et va-t'en !

Enrico se met à rire d'un air incrédule.

— Tu crois que tu vas t'en sortir aussi facilement, King ? Après m'avoir quitté pour ce moins-que-rien ? Après avoir donné naissance à son fils ? Et surtout, après m'avoir fait cocu avec deux de mes pires ennemis ?!

La dernière accusation m'arrache un froncement de sourcils.

— C'est toi qui m'as demandé de coucher avec eux. Je n'ai fait qu'obéir à tes ordres !

Il me gifle si fort que j'en ai la tête qui tourne et les oreilles bourdonnantes.

— Tu l'as fait pour rien et ça, je ne le tolère pas !

Je pourrais lui dire qu'au contraire, j'en sais beaucoup plus qu'il ne le croit, et qu'il est idiot de penser que je me laisse agiter dans tous les sens comme une marionnette sans y trouver mon compte. Je pourrais parler des bijoux volés, des intentions de Jéricho de se venger du viol qu'il a orchestré contre lui, ainsi que du chantage d'Ambroise au juge Torres qui en découle et risque de le faire sortir de prison avec vingt ans d'avance sur la peine initiale. Oh, oui ! j'ai énormément d'informations utiles à lui communiquer et un vivier d'hypothèses toutes plus folles les unes que les autres à y rattacher, avec de nombreux plans pour contrecarrer chacune des futures actions d'Ambroise – comme utiliser sa fille chérie, qu'il aime réellement, pour le contraindre à rester en retrait et à finir ses jours dans sa cage.

Mais je choisis de me taire.

Je veux qu'Enrico perde... quitte à y laisser ma peau. Au final, il semblerait que tous les secrets ne soient pas monnayables. Certains valent de l'or, d'autres font couler le sang, et quelques-uns, comme ceux-là, donnent la mort.

— J'ai pris mon pied, alors... Ce n'était pas tout à fait pour rien.

Encore une gifle, mais je m'y attendais, et la douleur est risible en comparaison à la satisfaction que j'éprouve de le voir s'étrangler de rage.

— T'es qu'une pute !

J'arbore un rictus sardonique.

— Merci.

Il ne l'entend sûrement pas comme un compliment, et ça n'en est pas un, mais ça m'amuse de le frustrer en prétendant le contraire.

— C'est ton karma de finir sur les genoux, m'insulte-t-il avec un dégoût manifeste, bien que teinté d'une convoitise qu'il n'arrive pas tout à fait à camoufler. Et bientôt, je vais te faire ramper.

Il me décoche un rictus venimeux.

Je lui retourne son sourire.

— Tu sais pourtant ce qu'on en dit, non ?

Il fronce les sourcils.

— Que le karma est une pute, comme moi. Alors, imagine ce qu'elle va te mettre quand ce sera à ton tour d'y passer...

Ça me fait rire, mais pas lui.

— Oui, tu ne peux que l'imaginer puisque tu ne seras plus là pour le voir.

1-1, la balle au centre.

— Carlos ? relance-t-il. Laisse le mioche ici et détache notre bourreau des cœurs. On y va.

— La joute verbale est finie ? raille Carlos, l'air de s'amuser comme un fou. C'est dommage. Notre King Kong a de la repartie.

Sans se départir de son air narquois, Carlos me gratifie d'un lent clin d'œil et dépose Asher sur le bord du canapé, sans se soucier une seule seconde de sa sécurité. Mon petit bonhomme s'agite furieusement sur les coussins, les membres entravés, le visage écarlate et les yeux larmoyants, consumé par la peur. Je sens qu'il me cherche, qu'il *m'appelle*. Je me précipite vers lui pour éviter qu'il tombe, mais avant que je ne puisse l'atteindre, Enrico m'attrape par les cheveux et me traîne vers la sortie de mon appartement. J'assiste, impuissante, au basculement d'Asher entre le canapé et la table basse, et mon cœur s'arrête littéralement de battre lorsqu'il se roule sur le dos, indemne, bien qu'un peu sonné. Heureusement, le tapis molletonné a amorti sa chute, mais l'air désorienté qu'il affiche en me cherchant du regard est comme un coup de semonce qui résonne en déclaration de guerre à mes oreilles.

Prise de furie, j'envoie l'arrière de ma tête dans le nez d'Enrico et la pointe de mon coude dans son estomac, avant d'écraser son pied avec la semelle renforcée de mes bottes militaires. Il pousse un glapissement pitoyable qui me transporte de joie tandis que je reviens à la charge avec un coup de poing...

Le canon dur et vicieux d'un pistolet se presse contre mon ventre.

— Ne m'oblige pas à tirer.

Je m'immobilise, le poing levé en direction de son visage d'ange qui cache en réalité la pire des ordures.

— Tu tireras dans tous les cas, lui rappelé-je.

Carlos, qui a détaché Danger de la chaise tout en le gardant prisonnier, les mains menottées dans le dos, riposte d'une voix légère :

— Tu as tellement hâte de mourir devant ton fils, King ?

— Ce n'est pas son fils, intervient Danger d'un ton rugueux. C'est le mien, pas le sien.

Une masse d'une tonne s'écrase sur ma cage thoracique lorsque j'entends ces mots que je redoute depuis... la naissance d'Asher, ou presque.

— Alors, laissez-le tranquille ! Il n'a rien à voir avec toute cette merde qu'elle a ramenée dans nos vies !

Je frémis de tout mon être, frappée en plein cœur. C'est l'une des plus terribles blessures que l'on aurait pu m'infliger, et je manque de m'effondrer contre Enrico lorsque Danger ajoute :

— Si tu veux vraiment faire du mal à cette petite menteuse infidèle, tu n'as qu'à t'en prendre à son véritable mec, et ce n'est pas moi ! On habite juste ensemble parce que mon père a pitié d'elle.

Je n'ai plus de souffle, plus de pouls, plus de cœur. Plus d'âme à sauver. Je suis ruinée de l'intérieur, anéantie et vaincue. Autant m'abattre tout de suite...

— Voyez-vous ça... se réjouit Enrico, les yeux pétillant comme ceux d'un enfant le matin de Noël. Ça te fait mal, hein ? Tu souffres d'entendre la piètre opinion que les hommes « biens » ont et auront toujours de toi, n'est-ce pas ?

Je ne réplique pas ; c'est inutile, il a déjà la réponse à sa question.

— Aussi succulentes soient tes paroles, joli cœur, je ne vais malheureusement pas accéder à tes requêtes. Tu ne l'aimes peut-être pas, et ce n'est manifestement pas la mère de ton fils, quoique je ne suis pas certain de te croire... mais King, elle, est prête à tout pour vous. Et rien que pour ça, je ne vous lâcherai pas. Jamais !

Danger se renfrogne et sa belle peau noire rougit sous la brûlure de la colère. Il n'est pas suffisamment fou pour se débattre, mais son regard bleu glacé promet une vengeance aussi froide et sale que les eaux tumultueuses du Gange.

— Va te faire foutre, espèce de connard ! Mon fils n'a...

— Bâillonne-le, Carlos ! le coupe Enrico. On n'a plus besoin de l'entendre, celui-là ! Il m'a déjà dit tout ce que je voulais savoir.

Moins d'une dizaine de secondes plus tard, un nouveau morceau de scotch entrave la bouche abîmée de Danger, et même si je ne le devrais pas, une partie de moi est soulagée qu'il en soit réduit au silence.

— Maintenant, en route pour Old Town.

Enrico me pousse du bout de son flingue vers la porte d'entrée. Au passage, j'ai la présence d'esprit d'attraper mon sac à bandoulière, qu'il m'ôte des mains avec un petit rictus indulgent avant d'en inspecter le contenu. Il n'y trouve que mes papiers d'identité, mes clés, des produits cosmétiques et le soutien-gorge rose que j'ai accroché au rétroviseur de Wolfgang. Il hausse un sourcil, caresse la dentelle d'un doigt songeur et enroule la lanière de mon sac à son poignet.

— J'ai envie de te voir le porter dans un contexte plus... intimiste, me susurre-t-il, avec une mimique qu'il croit sans doute sensuelle, mais qui lui donne seulement l'air ridicule.

Un frisson de dégoût me hérisse tous les poils du corps.

— T'es pas sérieux ?! Tu ne peux pas laisser un bébé par terre, tout seul et avec du scotch sur la bouche ! paniqué-je. S'il vomit, il risque de s'étouffer !

Même si un bébé de son âge respire principalement par le nez, Asher pleure si fort que je crains qu'il s'encombre les narines. Et lorsqu'il est contrarié, il a tendance à vomir, ce qu'il ne pourra pas faire s'il ne peut pas ouvrir la bouche.

Enrico déverrouille la porte et me propulse dans les escaliers, complètement indifférent au sort de mon... d'Asher.

— Qu'il s'étouffe et qu'il crève. Ça m'évitera d'avoir à le tuer.

En désespoir de cause, je me tourne vers Carlos, qui a un mal fou à entraîner Danger en dehors de l'appartement.

— Carlos, s'il te plaît... enlève le scotch...

Mais tout comme son ignoble patron, Carlos est dénué de la moindre miette de compassion.

— Non. Qu'il crève.

J'ai beau hurler, protester, menacer et marchander, ils ne m'écoutent pas. Danger et moi sommes jetés à l'arrière d'un SUV rutilant, à sept places, conduit par... cette petite pute de Shelby.

— Toi ! Espèce d'enfoiré de manipulateur !

Shelby m'ignore, la clope au bec, et démarre en trombe, me projetant tête la première contre la vitre froide.

— Tiens-toi bien, ma douce, et n'insulte pas notre ami.

Je ricane avec amertume et crache la bouillasse sanglante qui s'entasse dans ma bouche sur la veste de costume gris d'Enrico, qu'il a soigneusement pliée entre nous.

— Ce mec t'a volé, et toi, tu le récompenses... Finalement, tu n'es peut-être pas aussi malin que tu souhaites le faire croire !

Shelby m'assassine du regard à travers le rétroviseur et, son attention étant concentrée sur moi, il loupe le sourire sombre et anticipateur qu'Enrico se hâte de dissimuler sous un masque indifférent et un froncement de sourcils.

T'es le prochain sur la liste, Shelby.

Je me rencogne contre la portière, effondrée à la pensée d'Asher, seul et effrayé, lorsque quelque chose dans la poche arrière de mon pantalon me rentre dans la fesse. Mon téléphone portable. Mon cœur s'emballe, mais j'évite de me précipiter et relève les genoux pour les caler contre ma poitrine tandis que je m'installe de biais sur mon siège. Je porte une main à mes yeux, comme si je luttais contre les larmes, et glisse l'autre dans ma poche pour appeler discrètement le dernier numéro que j'ai composé – même si je suis incapable de me souvenir de l'identité de la personne. Dans un même temps, j'écoute d'une oreille distraite le récit qu'Enrico fait de mes exploits passés à l'intention d'un Danger impavide. Les miles jusqu'au hangar de Old Town se déroulent à la fois trop vite et trop lentement, et lorsque Shelby gare le SUV le long du trottoir qui encercle le bâtiment, j'ai la présence d'esprit d'enfoncer mon iPhone entre les coussins de la banquette. Si jamais mon appel a porté ses fruits et que l'on remarque notre disparition, la police pourra peut-être tracer la puce de mon téléphone et retrouver notre trace...

— Attends-nous ici, Shelby. Et tiens-toi prêt à démarrer.

Encore une fois, Enrico m'agrippe par les cheveux et m'oblige à sortir de la voiture tandis que Carlos guide Danger jusqu'au hangar sous la menace de son arme. La porte s'ouvre avec une clé qui se trouve à mon trousseau et un code de sécurité que je tape avec le canon d'Enrico braqué sur la tempe. C'est dans un silence presque religieux que nous pénétrons à l'intérieur. Une odeur de poussière et d'huile de moteur me titille les narines, les lumières automatiques s'allument sur notre passage grâce au détecteur de mouvements. C'est sombre et humide, mais les différentes carcasses de voitures rendent l'atmosphère un peu moins lugubre.

J'ignore pourquoi je m'attendais à ne pas trouver la voiture là où Danger a dit l'avoir cachée, mais ce n'est pas le cas. Elle est là, aussi belle et fière que dans mes souvenirs, avec ses jantes en aluminium et ses vitres teintées du même noir bleuté que le cuir des sièges.

La Mustang de Wolfgang, aussi rouge que la pomme de la discorde qui a fait expulser Ève du jardin d'Éden.

— Enfin... susurre Enrico, en la caressant avec des yeux lascifs.

Je renifle.

— Si tu la veux tellement... pourquoi ne l'as-tu pas prise à l'époque ?

Il ne m'accorde même pas un regard, trop occupé à bidouiller la serrure.

— Parce que j'ignorais qu'elle avait de la valeur.

— Quand as-tu appris que Wolf avait caché les bijoux dans sa Mustang ?

Les mains d'Enrico s'immobilisent sur la carrosserie abîmée tandis que le cliquetis du déverrouillage automatique résonne avec un écho accusateur à travers l'entrepôt.

— Et toi ? m'interroge-t-il avec une douceur trompeuse. Quand as-tu entendu parler des bijoux ?

Erreur de débutante.

Une vague de sueur glacée me dévale l'échine. Enrico se tourne avec une expression patibulaire, puis il ouvre la portière côté passager et me fait signe de me rapprocher de lui, ce que je refuse en secouant la tête.

— C'est ton cousin qui m'en a parlé, avoué-je, sans remords.

Enrico pince les lèvres – *Marco va passer un très mauvais moment, lui aussi.*

— Tu sais où ils sont.

Ce n'est pas une question, mais une accusation. Je n'y réponds pas, parce que je ne serai pas crédible, c'est une évidence.

— Ne me fais pas perdre encore plus de temps, King, et donne-moi les bijoux !

J'écarquille les yeux avec une innocence feinte et bredouille à mi-voix :

— Mais je n'en sais ri...

Je n'ai même pas le temps de finir ma phrase qu'Enrico sort son arme et tire deux balles dans la poitrine de Danger. Le bruit des détonations m'assourdit, mais c'est le choc combiné à la rapidité brutale de la scène qui me fait tomber sur les genoux en même temps que Danger. La violence de cette exécution me coupe le souffle, et lorsque D finit par s'écrouler, face contre terre, sur le ciment brut qui se colore très vite de son sang – *là encore, du même rouge que la Mustang...* – j'ai les joues baignées de larmes brûlantes.

— Oh, non. Non, non, non. Danger ! hurlé-je, en me jetant sur lui pour le retourner sur le dos. Danger, s'il te plaît ! Pitié, pitié, pitié !

Ne me laisse pas. Ne pars pas. Pas encore...

Deux fleurs écarlates s'épanouissent en plein milieu de son torse, qui se soulève à peine sous ses inspirations laborieuses. Mon regard flou se fixe sur son visage livide, à moitié dissimulé par le gros morceau de scotch qui l'empêche d'exprimer la douleur qui crispe ses traits parfaits. Ses paupières papillonnent au-dessus de ses yeux hallucinés, et j'ai beau compresser les deux points d'impact des balles de toutes mes forces, son sang me souille les mains, des poignets jusqu'aux coudes.

— Non, non, non, non...

Danger lève la tête vers moi, et je le ressens au plus profond de moi, *il est en train de partir...* C'est comme si mon âme se déchirait en centaines de petits morceaux. Ses lèvres remuent sous le ruban adhésif, mais je n'entends rien. Ses yeux bleus me supplient – de le sauver ? De me sauver ? De m'excuser ou de l'excuser, lui, pour les mots très durs qu'il m'a jetés à la figure tout à l'heure ?

Je ne le sais pas.

— Lève-toi, King, et trouve-moi les bijoux, ou la prochaine balle que je tire, c'est dans sa tête !

Et je crois que je ne le saurai jamais.

Quand mes mains quittent le corps de Danger, il est déjà froid. Oh, si froid... que mon propre cœur gèle dans ma poitrine.

— Plus vite !

Enrico vient de faire une erreur de débutant, lui aussi. En me volant Asher et Danger, il m'a dépouillée de tout ce qui comptait à mes yeux. Désormais, je n'ai plus rien à perdre, et je vais me faire un immense plaisir de tout lui prendre, après l'avoir mis à genoux et fait ramper à mes pieds. Puis je lui tirerai deux balles dans la poitrine et je le regarderai s'étouffer dans son propre sang.

Et je porterai ces putains de bijoux quand je l'achèverai.

40

DEAL AVEC LE DIABLE

Ambroise
Quelques heures plus tôt

King me sourit avec cette pointe d'arrogance féminine qui menace de me rendre fou. Elle pense qu'elle a dompté la bête, que je suis quelqu'un de bien, un homme d'honneur et de principes. J'aimerais dire qu'elle a raison – vraiment, j'aurais tout donné pour être différent. Moins froid, plus sensible. Mais je suis un prédateur de la pire espèce, et je refuse de me renier moi-même.

— Déstresse, Tigrou ! me taquine-t-elle, me prenant par surprise. T'es un grand méchant, j'ai compris. Inutile d'en faire des tonnes.

Je lutte contre un sourire, mais j'échoue à complètement le dissimuler lorsqu'elle me repousse en feignant de me balancer un coup de genou dans les couilles. Je l'aime bien, King. Je l'apprécie même un peu trop, et ça me fait chier. Elle m'aurait été tellement plus utile, si je n'avais pas dû la protéger.

— Tigrou ? m'amusé-je, incapable de me retenir de presser mon érection contre elle.

Ce n'est plus pour le spectacle que je recherche sa compagnie, mais pour le besoin, avide et pervers, de sentir sa peau chaude réchauffer la mienne. J'ai envie de la baiser. Tout le monde a envie de baiser avec King. C'est marqué sur son visage de pécheresse que le sexe est démentiel, avec elle. Crade et coquin, comme je l'aime. Elle respire la folie, elle exhale le danger. Son intelligence ne possède aucune limite, aucune frontière, comme la mienne. Et cette tristesse qu'elle n'arrive plus à cacher... Ah, c'est comme de l'opium ! On voudrait s'en gaver jusqu'à l'overdose.

Si j'avais été libre, je ne l'aurais même pas regardée. C'est une étoile trop brillante pour mes yeux habitués à l'obscurité. J'aime les filles plus sombres, moins... stables... et plus faciles à manipuler.

Mais King... elle aurait été parfaite pour moi, si Wolfgang n'avait pas été parfait pour elle.

Je n'ai ressenti cet... *attachement* – faute d'un terme plus approprié – qu'une seule fois dans ma vie. Paula Devaux, une jolie danseuse à la peau noire qui venait du fin fond des bayous. Elle était trop bête pour ressentir, et j'étais trop intelligent pour éprouver. On formait un couple parfait, au détail près que l'un le désirait plus que l'autre, et comme d'habitude, ce n'était pas moi.

Elle m'a quitté, et je l'ai laissée partir.

On est restés *amis*, parce qu'il n'y a qu'en amitié que je suis capable d'un tant soit peu d'humanité.

La seule femme qui peut se vanter de posséder *totalement* et *irrévocablement* mon cœur, c'est ma fille.

— King... gémis-je, en me frottant contre son ventre.

La porte s'ouvre à la volée et manque de la faire tomber à la renverse. Notre heure de liberté est terminée. *Dommage.* Je la rattrape par la taille et l'accompagne dans le couloir froid et impersonnel qui constitue l'essentiel de ma prison. Mon uniforme n'est pas tout à fait reboutonné, et la rose rouge que je me suis fait tatouer entre les pectoraux, sur le cœur, est exposée à la vue de tous.

— Pourquoi p-papa ne m'aime pas, Ambroise ?

— Ton papa t'adore, Inès. N'en doute jamais.

Inès remonte ses lunettes sur son nez rouge. Elle a beaucoup pleuré, ce soir. Plus que tous les autres soirs. J'aimerais tellement pouvoir lui dire la vérité... mais Mamá me l'a interdit, et légalement, c'est elle qui a toute l'autorité.

— Il a offert une r-rose r-rouge à Salomé et à Filipa. Mais p-pas à moi. P-pourquoi ? C'est parce que je ne suis pas j-jolie ?

— Tu es la plus jolie de toutes les roses, mi vida.

Mes sœurs sont belles, vraiment très jolies, mais ma fille est adorable. Elle ressemble à une petite poupée. Une beauté naturelle reçue de sa mère.

— La rose r-rouge est la reine de t-toutes les fleurs. J'aurais aimé être u-une reine.

Mais elle a hérité des ambitions de son papa.

— Tu es la reine de mon cœur, mi vida. *Ça compte, non ?*

— Oui. Ça compte p-plus que tout.

Je chasse le souvenir et reconcentre mon attention sur King, qui se tourne à moitié vers moi pour m'expliquer :

— Tu me fais penser à un tigre : puissant, imprévisible et féroce.

Le regard curieux du gardien pèse sur l'arrière de son crâne. À ce rythme, King va me transformer en légende. Depuis qu'elle me rend visite, les détenus sont à mes bottes. La plupart des petites frappes l'ont reconnue : c'est la très célèbre – ex – copine d'Enrico. Celle qui, paraît-il, lui a brisé le cœur. Leur histoire a été de courte durée, mais intense et bruyante. Surtout de son côté à lui. Toutes les raclures des rues d'Albuquerque savent que King appartient à Enrico, et ils se demandent, partagés entre l'admiration et la jalousie, comment j'ai fait pour la lui voler depuis le trou de ma cellule. Certains pensent que c'est Enrico qui me l'a envoyée, d'autres s'imaginent qu'elle cherche à m'utiliser pour se débarrasser de son emprise. Ils ont tous un peu raison *et* un peu tort. Enrico et King partagent quelques intérêts communs, mais la plupart sont très, très éloignés. Je m'interroge souvent à leur sujet : pourquoi Enrico l'a-t-il laissée partir ? Croyait-il vraiment qu'elle allait lui revenir ? N'avait-il pas compris qu'elle se servait de lui ? Ou sa folle arrogance l'a-t-elle aveuglé au point qu'il ne remarque pas le vide immense qui s'ouvre parfois dans les yeux de King ?

Quand elle vous regarde comme ça, elle pourrait tout aussi bien vous embrasser à perdre haleine que vous trancher la gorge.

C'est pour cette raison que je l'aime bien : elle est comme moi. Et c'est aussi pour ça qu'elle a besoin de Wolfgang : il tempère sa folie et l'oblige à garder les pieds sur terre.

— Tu n'as pas peur que je te dévore ? la taquiné-je à mon tour, pour donner le change devant le gardien.

King force son rire, et il sonne tellement faux que je suis à deux doigts de me pisser dans le froc. Elle a l'air un peu ridicule, à glousser comme une pimbêche.

— Tu l'as déjà fait... susurre-t-elle.

Et sa lascivité, elle, résonne comme une douce caresse lubrique à mes oreilles. Elle ne sait peut-être pas imiter la joie, mais elle sait feindre l'amour. Une des rares choses qu'elle a en commun avec sa défunte cousine.

Pour donner plus d'impact à ses paroles, elle se hisse sur la pointe des pieds et plaque ses lèvres contre les miennes. J'ouvre instinctivement la bouche, l'envahissant de ma langue pour déverser en elle des années de concupiscence réfrénée. Elle s'empare de tout le froid à l'intérieur de moi et le remplace par une lave incandescente qui me brûle les poumons. La passion me consume les tripes. Enrico et Wolfgang sont des idiots ; comment ont-ils pu lui redonner sa liberté ?

Si elle avait été mon hirondelle, je lui aurais coupé les ailes.

Quand je me recule pour reprendre ma respiration, je surprends le gardien à l'air grivois nous observer tel un détraqué sexuel.

— Bon, dit-il après s'être éclairci la gorge, c'est l'heure de...

— Hé ! Tu vas où ?! s'exclame une voix que je reconnais comme étant celle de Raoul. Putain ! Mais qu'est-ce qu'il me fait, ce crétin ?! Reviens là !

Je fais volte-face juste à temps pour voir Raoul se lancer à la poursuite d'une ombre noire. King observe la scène d'un œil distrait tandis que je me gratte la mâchoire en listant tous les trucs les plus dégueulasses qui me viennent à l'esprit pour faire retomber mon érection.

— Allez, Ambroise ! On retourne dans le... intervient Mick, le gardien, avant d'être interrompu pour la seconde fois.

— Tiens, tiens, tiens ! Qui vois-je là ? Ne serait-ce pas le petit García Lopès ?

La voix aussi froide qu'arrogante arrache un sursaut à King, qui s'aplatit contre mon torse. Mon cœur se met à battre un chouïa plus vite tandis que je passe un bras autour de ses épaules pour la serrer contre moi. Puis je jette un regard prudent au juge Torres, qui s'est rapproché de moi avec l'intention manifeste de me prendre par surprise. Vêtu de son sempiternel costume chic qui lui donne l'air plus dangereux que professionnel, il me dévisage avec une profonde satisfaction.

Et merde... moi qui avais tellement envie de baiser, je crois que c'est le juge Torres qui va se charger de me dépoussiérer les bijoux de famille.

— Juge Torres, le salué-je, faussement aimable. Quelle *bonne* surprise...

Il est évident que je n'en pense pas un mot, et ça le fait sourire. Je n'aime pas son sourire. Il ressemble au rictus qu'afficherait un requin une seconde avant de te dévorer les entrailles.

— Oh, tu n'as même pas idée d'à quel point elle est bonne, ma surprise ! se gausse-t-il en baissant un regard dégoûté sur King. Débarrasse-toi de ta pute, j'ai à te parler.

Je me raidis, insulté pour King, mais je ne commets pas l'erreur de prendre sa défense. Le juge Torres n'en ferait qu'une bouchée.

— Tu l'as entendu, Crazy Shady ?

J'utilise le nom qu'elle se donnait sur scène quand elle était encore stripteaseuse pour brouiller les pistes et éviter qu'il ne s'intéresse à elle d'un peu trop près...

— Dégage, lui craché-je durement, tout en lui caressant discrètement le dos pour éviter qu'elle se vexe.

King hoche la tête – juste une fois. Puis elle détale à toutes jambes, comme si elle avait senti le danger. *Intuitive*. Le juge Torres est un effroyable fils de pute auquel il vaut mieux éviter de se frotter. C'est aussi lui qui m'a bouclé pour meurtre, tout en sachant que j'ai été forcé d'agir en état de légitime défense et que je n'ai commis qu'un seul des deux chefs d'accusation retenus contre moi. Comme aujourd'hui, la vérité lui importait peu – il n'a pas choisi sa profession par vocation, mais par appât du gain. Avec mon affaire, il projetait d'aider l'un de ses amis, un crétin facile à manipuler, à atteindre le poste de maire de la ville, et pour cela, il avait besoin d'un imbécile à sacrifier à l'opinion publique : *moi*. Sauf que je ne suis pas un imbécile et que cette condamnation a servi tout autant mes intérêts que les siens.

— Qu'est-ce que vous me voulez ? ajouté-je d'une voix sèche.

Le juge Torres me sourit – *encore*.

— Allons-nous asseoir, veux-tu ?

Il ne me laisse pas vraiment le choix, et je me retrouve à le suivre jusqu'à l'étroite salle de réunion habituellement réservée aux entretiens entre les détenus et leurs avocats. Celle dépourvue de micros et de caméras. Ça sent la sueur et le renfermé, et je me réjouis secrètement de voir que l'odeur incommode le juge, qui plisse le nez avec le même dégoût qu'il a manifesté pour King.

Je m'assois à la place qu'occupent généralement les avocats ou les flics, et il me renvoie un sourire – *encore un autre, putain !* – en s'installant de l'autre côté de la table.

— Laissez-nous seuls, s'il vous plaît, dit-il à l'intention du gardien, qui s'empresse d'obéir et de sortir de la pièce en refermant la porte derrière lui. Bien, bien, bien...

Mauvais, mauvais, mauvais.

Le juge Torres s'apprête à m'enculer à sec et à me jouir dans le cul, et je ne peux rien faire pour l'en empêcher. Pour la première fois, je n'ai absolument aucune idée de ce qu'il a derrière la tête, et ça me déstabilise.

J'ai toujours été le plus intelligent. *Je* suis *le plus intelligent*.

Et on ne me surprend pas aussi facilement, d'habitude.

— Crazy Shady, hein ? commence-t-il, incapable de se retenir plus longtemps. Elle est bonne.

Je me mets immédiatement sur mes gardes. Si ça concerne King, c'est forcément lié à Enrico.

— Oui, et elle suce bien.

Encore un grand sourire. Mes couilles se ratatinent dans mon caleçon.

Ça va faire mal.

— Je sais, me répond-il sur le ton de la confidence.

Très mal.

— Vous vous l'êtes offerte à Noël, Torres ?

C'est une bravade ridicule, mais je ne suis pas encore prêt à lui avouer, et à m'avouer à moi-même, qu'il m'a pris au piège.

— Je me suis contenté d'une jolie blonde, pour réchauffer ma bûche. Mais je vais peut-être l'essayer, ce soir.

Je déglutis, la gorge serrée. Le juge Torres a King dans le collimateur – c'est très mauvais.

— Pensez à moi quand vous serez en elle. On y est comme dans des pantoufles.

Cette fois, il ne sourit pas. J'ai dit quelque chose qui l'a déconcentré, et je m'empresse de surenchérir pour garder l'avantage que je viens de me découvrir sur lui.

— Demandez-lui à ce qu'elle vous fasse ce truc avec sa langue et son petit doigt. C'est peut-être parce que ça fait dix ans que je suis en taule, mais un doigt dans le cul au bon moment, je vous garantis que ça vous recroquevillera tous les orteils quand vous lâcherez la purée !

Le juge vire à l'écarlate, et c'est à mon tour de sourire – même si je le dissimule discrètement derrière ma main tatouée. Je sais de source sûre que Torres est à voile et à vapeur, et même si mon informatrice ne me l'avait pas confirmé après l'avoir constaté de ses propres yeux, j'aurais fini par le deviner.

La façon dont il me regarde...

Bah, j'ai toujours attiré les tarés.

— Très élégant, Ambroise.

— Merci, répliqué-je du tac au tac. Je ne vis que pour vous satisfaire, Torres.

Le double sens de ma phrase le fait réagir, comme je m'y attendais. Et cette fois, je ne lui épargne pas la vision du sourire arrogant qui m'incurve les lèvres. Déstabilisé, il riposte avec une rage jalouse qui lui délie la langue et lui ôte toute prudence :

— Ça t'amuse, petit con ?! J'espère que tu as bien profité de ta pute, parce que c'est la dernière fois que tu la voyais !

Je ne suis plus amusé du tout par la situation. Le juge Torres ne fait jamais de fausses promesses. S'il me dit que je ne reverrai plus King, c'est sûrement parce qu'il s'en est personnellement assuré.

— Elle ou une autre, feins-je de m'en foutre avec un haussement d'épaules, ça n'a pas grande importance.

Trop aveuglé par la colère, qui est la pire des conseillères, il crache :

— Alors, ce n'est pas grave si j'ai fait en sorte que ta chienne retourne à son véritable propriétaire ?!

Enrico. *Bien sûr*. Quand ça pue la merde, cet enfoiré est toujours dans les parages.

— Et comment avez-vous fait ça, Toto ?

Le surnom ouvertement irrespectueux le fait bondir de sa chaise. Torres est incapable de se contrôler lorsqu'on parvient à le mettre en colère – même s'il faut y aller fort pour l'énerver. Il ne perd pas facilement la raison, mais quand il s'enflamme, il préfère brûler toute la maison plutôt que de réparer la petite fuite dans le robinet. C'est une caractéristique fascinante de sa personnalité perverse, et elle le rend à la fois très prévisible et trop instable. Impossible d'anticiper ses réactions, si ce n'est de savoir qu'il va surréagir à tous les coups.

C'est l'un de ses nombreux – vraiment très nombreux... – points communs avec Enrico.

— Je te ferai bientôt payer ton insolence...

Je penche la tête sur le côté et l'observe par-dessous mes cils, pensif.

— Promis ? me moqué-je de lui en susurrant de façon aguicheuse. Juré, craché ?

— Amuse-toi autant que tu le veux. Là, c'est Enrico qui se divertit avec ta copine.

Il s'avance sur sa chaise pour se rapprocher de moi et murmurer à voix basse :

— Tu savais qu'elle avait un gamin ?

Pas les enfants. C'est ma seule règle, mais j'ai appris à mes dépens que tout le monde ne la suivait pas.

Des traînées de sang écarlate à l'intérieur des cuisses toutes pâles, toutes fines, d'une gamine. Une culotte rose à nœud blanc roulée en boule dans une main d'homme adulte. Et des larmes qui n'en finissent plus de couler...

Pas les enfants. Jamais les enfants.

— J'ai demandé à Enrico de l'étrangler devant elle. Tu crois que ça la fera suffisamment réagir pour qu'elle lui dise où elle a caché les bijoux ?

C'est une façon détournée pour m'avouer qu'il sait tout et qu'il m'a piégé avant que je ne parvienne à le piéger, lui.

— Elle ne le sait pas.

Pas encore. Mais à cause de moi, elle ne va pas tarder à l'apprendre, et alors...

Bye-bye, Wolfgang. Bye-bye, King.

— Et toi non plus, je suppose...

— Non plus, confirmé-je en toute franchise.

J'ai tout fait pour éviter de le savoir, confiant à un autre le soin de s'en débarrasser pour moi. J'ai toujours su que c'était grâce à la disparition des bijoux qu'Enrico n'avait pas fait liquider Wolfgang dès son transfert à la prison de Santa Fe. Et quand Wolf m'a annoncé que le juge Torres lui avait accordé sa remise en liberté, j'ai compris qu'ils comptaient le manipuler pour remettre la main sur le pactole avant de se débarrasser de lui. Qu'ils aient attendu aussi longtemps me laisse perplexe, mais je suppose qu'ils avaient une raison.

— On avait un deal, lui rappelé-je avec une nonchalance trompeuse.

Retour du sourire. Retour des emmerdes.

— C'est justement ce qui m'amène...

Torres sort une liasse de documents préremplis qui portent déjà sa signature.

— Voilà ma nouvelle proposition : si tu tiens à ta copine, tu signeras cet accord de confidentialité qui spécifie que tu ne pourras pas utiliser ce que tu as appris sur moi durant notre... petite coalition temporaire... au risque de me devoir un dédommagement financier de dix millions de dollars. Des millions que je pourrais réclamer à ta famille, si jamais tu t'aventurais à quitter le pays pour renouer avec quelques racines oubliées du côté du Mexique où, comme tu le sais sûrement, l'extradition est interdite.

Baisé. Baisé. Baisé. *Baisé, putain !* Le juge Torres m'a niqué bien comme il faut, là ! Et comment a-t-il su que je projetais de me faire la malle une fois mes affaires réglées à Albuquerque ?

— Et pourquoi je signerais cette merde ?

Torres lisse sa cravate, l'air de prendre son pied.

— Parce que, si tu ne le signes pas, Enrico tuera ta copine. Il butera aussi son môme et sa mère.

Je le fixe, abasourdi. J'ai des acouphènes dans les oreilles et les tempes bourdonnantes sous le rugissement du sang qui me tape dans le front.

— Tu as l'air de beaucoup tenir à elle, alors laisse-moi te dresser le tableau de ce qu'Enrico s'apprête à lui faire : il va d'abord commencer par la tabasser. Lui briser les os, un par un, en l'obligeant à en rire plutôt qu'à en pleurer. Puis il la déshabillera et l'allongera sous lui. Il lui écartera les cuisses pour la pénétrer de force, et crois-moi, il adorera ça, parce que sa petite chatte sera toute serrée... Je le sais parce qu'il l'a déjà fait, et qu'il me l'a raconté avec une pluie de détails que je préfère t'éviter. Après tout, je n'écarte pas la possibilité que ce soit toi qui l'aies conduite jusqu'à lui, et je ne voudrais pas te choquer.

Ce salopard a reconstitué tout le puzzle de dix mille pièces de mon plan.

— Après, poursuit-il sur le ton de la conversation, il la laissera un peu tranquille et passera à la torture pour lui soutirer toutes les informations qu'elle détient sur toi. Et elle parlera – elles parlent toutes avec Enrico. Quand elle se sera suffisamment remise, il recommencera, encore et encore. Et au bout de quelques semaines, peut-être même des mois, il l'achèvera d'une balle dans la tête et brûlera ses restes dans un quelconque terrain vague.

Il pousse un soupir qui frôle le gémissement d'extase.

— Un programme fort réjouissant, n'est-ce pas ?

Je ne réponds pas. Je n'en suis pas capable. Il faut que je digère ce retournement de situation et que je réfléchisse à comment m'en sortir.

— Enrico sera moins créatif avec ton ami, le louveteau. Il se contentera de le poignarder deux ou trois fois, puis de le balancer dans une benne à ordures, là où est sa place.

— C'est aussi le meilleur ami de Jéricho, lui rappelé-je d'une voix étranglée par la rage. Il lui a sauvé la vie. Deux fois.

— *Mon* fils s'en remettra lorsqu'il retrouvera sa véritable place auprès de moi.

Il ponctue le pronom possessif d'une œillade réprobatrice.

— Enrico a payé un gars pour qu'il viole *ton* fils dans les douches et toi, tu continues à t'associer à lui...

Je crache sur la table, dégoûté.

— Tu me donnes envie de gerber, Toto.

Le juge Torres s'empourpre violemment à ce fait qu'il semble tout faire pour occulter de son esprit.

— Ne te mêle pas de ça, petite merde !

— Trop tard ! riposté-je sur le même ton. C'est toi qui m'as mêlé à tes histoires le jour où tu m'as payé pour liquider le violeur de Jéricho ! Et je l'ai fait, Torres. J'ai buté ce fils de pute ! Maintenant, je veux sortir d'ici !

Il serre les poings et s'adosse à sa chaise, bouillonnant de colère, comme s'il se retenait de m'en mettre une dans la gueule.

— Très bien, lâche-t-il en faisant mine de remballer ses papiers. Tu seras libre, Ambroise. Libre comme l'air pour aller te recueillir sur la tombe de ton ami et de ta copine.

Il se relève, réajuste sa cravate, attrape son attaché-case et se dirige vers la porte.

Bye-bye Wolfgang. Bye-bye, King...

— Attendez ! Putain... attendez... m'entends-je le rappeler, comme dans un cauchemar. Je signerai ce truc à une seule condition : Enrico ne s'en prendra plus jamais à eux. Qu'il trouve ou non les bijoux.

Torres me décoche une œillade triomphante par-dessus son épaule – j'ai perdu...

— Wolfgang, c'est jouable. Mais considère que King est déjà condamnée. Enrico se croit amoureux d'elle. Il n'est pas rationnel à son sujet.

Il me tend un stylo et je le prends.

— Mais je peux aussi t'offrir autre chose...

Je hausse un sourcil, conscient que je n'ai plus aucun moyen de pression contre lui. Pas si je signe son putain d'accord.

— Ton transfert à la prison d'Albuquerque. C'est plus petit, plus sécurisé et plus proche de tes amis. Ce serait presque comme un retour au bercail, pour toi.

Quitter Santa Fe pour Albuquerque ?

— Accepte le deal, Ambroise.

Et passer toute ma vie derrière les barreaux ?

— Accepte-le ou termine ce que tu as commencé en sacrifiant tous tes pions pour sauver ton roi. Mais sache une chose : si tu choisis la deuxième option, ça signifiera que Enrico et toi, vous êtes pareils. Lui non plus, il n'a pas hésité à se débarrasser de ses amis pour grimper les échelons jusqu'à moi.

Sans blague...

Torres me sourit de toutes ses dents en me rendant la liasse de papiers.

Je suis baisé.

41

LE VENT TOURNE

Wolf

Je contemple longuement ma valise, étendue sur mon lit comme une gueule béante prête à me dévorer. Elle est vide, et je n'arrive pas à me décider à la remplir. Si j'avais plus de couilles, elle serait déjà pleine et chargée dans ma voiture. Mais elle ne l'est pas, et moi, je comprends enfin ce qu'Ambroise et King ont essayé de m'expliquer tout au long de ces six dernières années.

S'accrocher à sa fierté ne réchauffe pas le cœur. Se cacher derrière un voile d'orgueil n'évite pas les désillusions. Choisir la haine plutôt que le pardon ne soigne pas un chagrin d'amour.

Supplier, implorer, ramper.

King l'a déjà fait pour moi. Elle s'est saigné les veines pour assurer ma protection – argent, sexe, dignité... elle a tout sacrifié pour me sauver. Ma petite hirondelle a drapé ses ailes autour de moi et s'est laissée brûler jusqu'à l'os pour m'éviter le retour de flamme que je méritais. J'ai la nausée rien qu'à l'idée d'apprendre un jour tout ce qu'elle a vécu par ma faute. Mon rôle était de la protéger, mais j'ai échoué, et quand j'ai lâché, elle s'est cramponnée pour m'éviter une descente aux enfers qui m'aurait définitivement brisé.

Tout ce que je suis, tout ce que j'ai été et serai à l'avenir, je le dois à sa persévérance. À sa force hors du commun, sa loyauté inébranlable et son courage sans limites.

Elle a tout abandonné par amour pour moi, et moi, par amour pour elle, j'ai failli l'abandonner.

Encore une fois.

Je ne lui arrive pas à la cheville.

Et Ambroise non plus.

Agacé par la violence de ma jalousie, je flanque un grand coup de pied dans ma valise et l'envoie valser à l'autre bout de la pièce. Elle se fracasse contre le mur, et j'éprouve une jouissance presque perverse lorsque l'une des roulettes se détache et creuse un petit trou dans le plâtre. La valise est cassée. Je ne peux plus partir. Où est-ce que je mettrais mes trois pulls, mes cinq t-shirts, mes deux jeans et mes six caleçons ?

Tu me fais pitié, mec ! se marre une petite voix dans ma tête qui, étrangement, a la voix rauque d'Ambroise.

Je serre les poings pour refouler ma rage, mais elle est trop profondément ancrée à l'intérieur de moi – mon âme brûle pour King, et j'ai besoin de me consumer avec elle. Un soupir fatigué s'échappe de mes lèvres.

Si seulement... tout était comme avant.

Je m'allume une clope, les mains tremblantes. Assis sur mon lit, le dos voûté et le regard fixé sur le reflet de mon visage que me renvoie l'écran noir de la télévision, je réfléchis à mon passé, à mon présent et à mon avenir. Si j'étais honnête envers moi-même, j'admettrais que je n'ai jamais eu l'intention de partir – bijoux ou non. Je ne peux pas quitter King. Qu'elle m'aime ou me déteste. Qu'elle soit avec moi ou un autre. C'est ma vie. Mon début et ma fin. Essayer d'être quelqu'un sans elle, c'est comme essayer de retenir de l'eau dans un gant de toilette : aussi vain qu'inutile. Je ne suis plus Wolfgang Müller sans Tempérance Kingsley Clark. Et je n'ai pas envie d'être quelqu'un d'autre...

J'inhale une longue bouffée de fumée toxique, m'emplissant les poumons de poison, et admire la danse des cendres grises de ma cigarette virevolter dans l'air avant de se disperser sur le sol.

King n'a pas pu me tromper avec Ambroise.

J'ai beau l'avoir surprise avec lui, dans ses bras, la bouche écrasée par la sienne, mon cœur refuse d'y croire.

King m'aime, elle aussi. Plus que tout. Elle n'a plus à le prouver. Et Ambroise, c'est... Ambroise. En prison, il m'a confié de lui-même que le sexe ne lui manquait pas. Alors que le besoin de trouver une femme dans laquelle jouir me taraudait les reins, il se moquait de moi et me traitait de faible. Il raillait ma dépendance aux plaisirs de la chair et tournait en ridicule mon amour extrême, passionné, dévorant pour King – une petite fille, comme il la désignait à l'époque. J'ai toujours considéré Ambroise comme une sorte de requin ou de serpent à la peau dure, aux yeux vigilants et au sang froid. Un être plus cérébral que physique, à l'instar d'une machine déconnectée du monde réel, des sentiments et sensations inhérentes à la condition humaine, et uniquement concentrée sur son objectif. Parfois, la solitude semblait lui peser, comme à tout un chacun, mais c'était toujours temporaire, et il suffisait qu'il se trouve un nouveau casse-tête à résoudre pour être fasciné des jours entiers et vaincre son ennui.

Pour Ambroise, le sexe est une lutte de pouvoir. Et pour King, une monnaie d'échange. La véritable question, c'est : qu'ont-ils réellement troqué dans cette transaction ? Pourquoi Ambroise a-t-il réclamé du sexe ? Qu'est-ce que King a exigé en retour ?

Protection.

C'est ce qu'elle lui a demandé la première fois qu'ils ont... collaboré. Ma protection contre de l'argent, qui provenait des revenus qu'elle gagnait en dansant dans le club de striptease d'Enrico.

Enrico.

Ce n'est pas une coïncidence si King a fini dans les bras, puis le lit, de cet immonde bâtard. Impossible. Le hasard est peut-être une créature imprévisible, mais il n'est jamais mieux dressé que par la nécessité. Et pour Ambroise, il était nécessaire d'avoir un coup d'avance sur son ennemi de toujours pour ne pas finir avec un couteau planté dans le dos. Il la connaissait à travers moi. Il savait de quoi elle était capable avec sa volonté d'acier, son corps de sirène et sa séduction irrésistible.

S'il y a bien une femme dans tout Albuquerque capable de mettre Enrico sur les genoux et de s'en sortir vivante, c'est King.

De fait, Ambroise pouvait la manipuler à sa guise, puisqu'il avait un contrôle total sur moi et qu'il savait qu'elle aurait fait n'importe quoi pour me protéger.

Et si j'ai bien compris tout ce qu'il se passe, le scénario se répète – mais à l'inverse.

Je pense qu'Enrico s'est servi de la loyauté de King envers moi pour retrouver les bijoux volés et piéger Ambroise. Je suis presque sûr qu'il lui a demandé de me surveiller jusqu'à ce que je fasse un faux-pas – *inévitablement.* Il devait penser qu'en se rapprochant de moi, elle pourrait accéder plus facilement à Ambroise et qu'ainsi, il n'aurait qu'à nous trahir tous les deux pour mieux se venger de nos offenses passées. C'est sûrement pour ça que King m'a laissé bosser au garage et aidé à retrouver ma Mustang.

Sauf que... Enrico a oublié que King est une âme rebelle, une hirondelle aux yeux noirs éprise de liberté. Et pour contrecarrer ses plans, elle a fait ce qu'elle fait de mieux : feindre l'amour pour mieux lui briser le cœur.

Elle m'a protégé de moi-même – *encore.*

Elle s'est ralliée à Ambroise en échange de son soutien pour vaincre Enrico – *encore.*

Et elle a refusé de m'en parler – *encore et toujours.*

— Hé, mec ! m'interrompt Jéricho à l'entrée de ma chambre. Ton téléphone sonne depuis cinq minutes !

Je cligne des yeux et reviens lentement au présent. Mon attention se fixe sur mon ami, échevelé et torse nu, un joint à la main et un verre de whisky dans l'autre. Appuyé contre le chambranle de la porte, il a l'air encore plus défoncé que d'habitude, et je suis prêt à parier qu'il n'est pas seul.

— J'essaie de baiser, me confirme-t-il, mais ta musique de merde me déconcentre ! La nana n'est pas fan de 50 Cent. Elle préfère Ariana Grande.

Il fait la grimace tandis que je le dévisage d'un air vide.

— Wolfgang ! s'impatiente-t-il. Ton téléphone !

Comme s'il venait d'appuyer sur un interrupteur, mon cerveau se remet en marche et j'entends les notes basses et agressives de la chanson « P.I.M.P. » de 50 Cent, dont les paroles me hérissent tous les poils du corps maintenant que j'en comprends la triste, et ô combien cruelle, signification.

I could care less how she perform when she in the bed

Je pourrais m'en foutre qu'elle soit bonne au lit

Bitch hit that track, catch a date, and come to pay the kid

Salope, fais le trottoir, attrape des clients, et reviens payer le gamin

À une certaine époque, Ambroise l'écoutait en boucle, plongé dans ses pensées. Désormais, je sais pourquoi il avait l'air si concentré lorsqu'il fredonnait les paroles – il articulait toutes les étapes de son plan autour de cette chanson.

Et moi qui pensais qu'il se contentait de bien l'aimer...

If ever you needed someone, I'm the one you should call

Si jamais tu avais besoin de quelqu'un, je suis celui que tu devrais appeler

I'll be there to pick you up, if ever you should fall

Je serais là pour te rattraper, si jamais tu devais tomber

Il a tout prémédité, il a tout calculé, il a tout prévu. Et on lui a tellement facilité la tâche...

In the hood they say, there's no b'ness like hoe b'ness ya know

Dans le quartier ils disent qu'il n'y a pas de business comme le business des putes tu sais

They say I talk a lil fast, but if you listen a lil faster

Ils disent que je parle un peu trop vite, mais si t'écoutais un petit peu plus vite,

I ain't got to slow down for you to catch up, BITCH

Je n'aurais pas à ralentir pour que tu comprennes, SALOPE

Ça ne m'étonne plus que ce soit la musique préférée d'Ambroise ; il s'en est servi comme d'une inspiration pour manipuler tout le monde. Et le pire, c'est qu'il a réussi... grâce à moi.

— C'est Ambroise, me précise Jéricho comme si j'en avais besoin. Tu devrais peut-être...

J'envoie délibérément l'appel sur la messagerie, puis j'écrase le mégot de ma cigarette sur les restes de ma valise cassée.

Un petit tas de cendres se forme à mes pieds.

J'ai le même à la place du cœur.

— J'peux pas lui parler. Pas maintenant.

Jéricho croise les bras, les sourcils froncés dans une expression de désapprobation muette.

— C'est le numéro d'urgence.

Quelques jours avant la libération de Jéricho, Ambroise s'est procuré un téléphone portable sur le marché noir dont il n'a donné le numéro qu'à trois personnes : Jéricho, une fille que je ne connais pas qui s'appelle Paula et, plus tard, lorsque mon tour est venu de retourner à la vie civile, *moi. Pour les urgences*, avait-il insisté, l'air mortellement sérieux.

— Je sais.

J'en sais même trop, désormais, et ça me rend malade de honte et de dégoût.

Ce n'est pas dans son cul qu'Ambroise a mis des plumes, mais dans le mien ! Et il m'a fait tourner dans tous les sens comme une putain de girouette...

— Wolfgang... soupire Jéricho avec une lassitude qui semble émerger du plus profond de ses tripes. Il n'est pas aussi fourbe que tu le crois. C'est un sale type, mais il n'est jamais volontairement cruel.

Je ricane avec amertume.

— Il est pire. Il me manipule depuis le début, et je l'ai laissé se servir de moi comme d'une marionnette.

Jéricho secoue la tête, l'air excédé par mon entêtement.

— Et dire que tu es son préféré et qu'il te considère vraiment comme un ami ! Si tu savais tout ce qu'il a fait pour toi, tu...

— Il a fait chanter King et l'a contrainte à se prostituer pour le compte d'Enrico, le mec que j'ai volé, et tout ça, dans le seul but d'avoir un cheval de Troie chez son ennemi !

— Oui, et grâce à ça, il t'a sauvé la vie.

Je me mets à rire jaune.

— Comment aurait-il pu savoir que...

— S'il n'avait pas fait ce qu'il a fait, tu serais mort à l'heure qu'il est – ou pire ! s'emporte Jéricho, rouge de colère. King n'est pas la seule à avoir payé pour toi ! Ambroise s'est sali les mains pour t'épargner d'avoir à raser les murs de la prison ! Tu n'as jamais eu à subir le tiers de ce que les autres détenus ont subi là-bas !

Pris en faute par la justesse de ses propos, je me rebiffe et montre les dents.

— Toi non plus !

Le visage de Jéricho se ferme et la flamme dans son regard s'éteint sous le souffle glacial de l'apathie.

— Sors-toi les doigts du cul, Wolfgang. Et arrête de te plaindre. Tu es celui qui s'en sort le mieux, ici !

Je n'ai pas le temps de lui répondre que mon téléphone sonne une troisième fois – et toujours la même chanson.

Trois fois, c'est *très* inquiétant.

— Réponds à ce putain de téléphone, mec.

Tout en défiant Jéricho d'un regard sévère, j'attrape mon iPhone, acheté avec ma première paie, et décroche en grondant d'une voix sèche :

— Quoi ?!

Silence à l'autre bout du fil.

— En voilà des manières, l'Allemand...

— Ne joue pas avec mes nerfs, Ambroise. Je sais tout !

Un petit sifflement moqueur me chatouille l'oreille. Ambroise se reprend si vite que je me demande s'il a vraiment été déstabilisé par mon agressivité ou s'il a joué la comédie.

— Ça m'étonnerait fortement, Wolfgang. Si tu savais tout, tu serais déjà chez King et ce n'est pas moi qu'elle appellerait à la rescousse.

Le tranchant de sa voix déclenche toutes mes alarmes internes : il s'est passé quelque chose de grave... Et c'est logique : Ambroise n'aurait jamais pris le risque d'utiliser le numéro d'urgence, dans le cas contraire.

— Qu'est-ce que tu racontes ?!

— Le juge Torres est ici, et il n'a pas l'air de vouloir partir. Il se passe un truc louche, je le sens, et je crois que si tu veux revoir King vivante, tu ferais mieux de te bouger les fesses.

Je ne prends même pas la peine de raccrocher – mon cerveau s'est mis en pilotage automatique. Je bondis hors de mon lit et sors en trombe de la chambre, bousculant Jéricho d'un puissant coup d'épaule. Mon colocataire essaie de me retenir par le bras, mais je m'en débarrasse d'une violente bourrade qui le fige de stupeur au milieu de couloir.

— Qu'est-ce qu'il se passe, Wolf ?

J'enfile mes slip-on et attrape ma veste de sport dans laquelle j'ai laissé mon semi-automatique, un Smith & Wesson Sigma, chargé de balles de 9mm parabellum – mes munitions préférées et les plus faciles à trouver au marché noir.

Si vis pacem, para bellum.

Qui veut la paix, prépare la guerre.

— Wolfgang ! m'interpelle Jéricho d'une voix forte lorsque j'ouvre la porte, sur le point de partir. Qu'est-ce qu'il se passe, putain ?!

— Je crois que King a des problèmes à cause de moi. Il faut que j'y aille. S'il lui arrivait quelque chose...

Mon ami approuve d'un signe de tête et s'empare de sa veste sans manches, en cuir noir et jean délavé, qu'il met habituellement par-dessus ses vieux t-shirts élimés. Là, sur son torse nu et avec son pantalon de jogging et ses boots de sécurité, l'effet est plutôt... inquiétant. Pour la première fois en deux mois de colocation, je me fais la réflexion que Jéricho n'est peut-être plus le gentil bourgeois malchanceux que je m'obstine à voir en lui. Il a la dégaine agressive et dangereuse d'un Hell's Angel. Et un coup d'œil à mon reflet dans le miroir me confirme que je n'ai pas meilleure allure que lui dans ma combinaison de travail noircie par les éclaboussures d'huile de moteur, dont j'ai déboutonné le haut et noué les manches autour de ma taille en guise de ceinture, mes slip-on tachées de sang et mes tatouages noirs qui recouvrent toutes les surfaces visibles de ma peau blanche.

— Allons-y !

Je jette un rapide coup d'œil en direction de sa chambre.

— Et la fille ?

— Je la paye à l'heure. Elle sera plus que ravie de m'attendre !

Je ne m'attarde pas sur cette réflexion un peu trop glauque pour moi – à cause de King, je me sens obligé de défendre l'honneur de ces filles qui font le commerce de leurs charmes.

— Et puis, elle n'est même pas sympa...

Jéricho claque la porte derrière lui et je dévale les escaliers en courant, le cœur serré d'effroi à l'idée qu'Enrico puisse s'en prendre à King pour me faire réagir. Pendant un instant, j'hésite à lui téléphoner, mais j'y renonce par crainte de commettre une bêtise. Dans les films, les personnages se font toujours trahir par la sonnerie de leur téléphone. Et si King a réussi à se cacher d'Enrico...

La Corvette jaune de Jéricho n'est pas la meilleure voiture pour passer incognito, mais elle roule vite. Et même, *très* vite. Sa silhouette svelte me permet de m'insérer facilement dans la circulation, et ce soir, je suis déterminé à exploiter toute la puissance de son moteur.

— Putain ! Ralentis ou tu vas nous tuer !

Jéricho s'accroche à sa ceinture de sécurité tandis que j'écrase la pédale d'accélérateur et fais rugir le moteur en plein centre-ville. La chance doit être de mon côté car je ne croise aucune voiture de police, et si quelques conducteurs abusent de leurs klaxons pour m'insulter, je n'accroche aucun pare-chocs et je parviens à éviter d'emboutir le cul d'une petite vieille complètement folle qui s'est arrêtée à un feu orange. La route est presque déserte, ce qui n'est pas très étonnant pour un lundi soir. En règle générale, le trajet jusqu'au garage me prend une douzaine de minutes, mais j'en mets à peine six pour arriver à destination. J'ai grillé tous les feux rouges, ignoré tous les panneaux « Stop » et refusé de céder le passage à tous les piétons – même les plus suicidaires !

Et pourtant, dès l'instant où je me gare derrière la voiture de King, à l'entrée de son immeuble, je sais que je suis arrivé trop tard pour la sauver.

— La porte d'entrée est grande ouverte... lâche Jéricho, le teint blême.

Je ne réponds pas – j'en serais bien incapable ! Mon cœur m'est remonté dans la gorge et il m'étouffe plus vite qu'un nœud coulant.

— Reste derrière moi, lui réponds-je d'un ton monocorde.

Je ne réfléchis plus. Je ne raisonne plus. Mon instinct a pris le contrôle de mon corps, et la dernière chose dont j'ai conscience, c'est de la sensation du métal froid contre ma paume moite de sueur tandis que ma main s'enroule autour de la crosse de mon flingue, que j'extirpe du holster cousu dans la doublure de ma veste. Je monte les escaliers en silence, concentré sur la porte ouverte, dans l'attente d'un son ou d'un signe qui trahirait une présence étrangère dans l'appartement.

Rien.

Quoi qu'il se soit passé chez King, c'est terminé.

Arrivé à la dernière marche, je m'immobilise et inspire profondément en priant tous les dieux que je connais pour ne pas retrouver... mais je ne peux même pas le formuler en prière tellement cette pensée m'est insupportable.

Si King venait à me quitter, j'en mourrais. *Littéralement.*

— Il y a du sang sur la rambarde. Et là, sur le paillasson, juste à côté de ton pied, me chuchote Jéricho à l'oreille, le visage sombre et l'œil perçant. Pas beaucoup, mais assez pour savoir qu'une personne, au moins, a été blessée.

Je sais que c'est trop beau d'espérer que les gouttes de sang appartiennent à Enrico, mais je ne peux pas m'en empêcher. J'espère que ce connard s'est fait plomber par King ou Danger, et qu'il souffre, seul et étendu face contre terre.

Pour en avoir le cœur net, je pénètre à pas de loup dans l'appartement, le canon de mon Smith & Wesson levé à hauteur de mes épaules et prêt à cracher ses balles.

Le salon ravagé m'apprend tout ce que j'ai besoin de savoir : Enrico est venu ici, et ça s'est très mal passé pour King et Danger. Deux chaises se font face au milieu de la pièce, et des cordes s'enroulent aux pieds de l'une d'entre elles. Il y a du sang, aussi. Beaucoup plus que dehors. Et...

— Oh, putain ! Non, non, non ! m'écrié-je, la bouche pleine de coton, en avisant le petit corps immobile sous la table basse.

Je tends mon arme à Jéricho, qui s'en empare comme un véritable professionnel, et me jette sur les genoux pour attirer Asher contre moi. Pris de nausées, je le prends dans mes bras et manque de m'évanouir lorsque je remarque la pâleur cadavérique de son teint et les hématomes violacés qui marbrent tout un côté de son visage. Je n'ai pas l'impression qu'il respire. Et pour cause, un gros morceau de scotch lui entrave la bouche et le dessous des narines.

Comment peut-on faire ça à un enfant ?!

Avec des gestes précautionneux, je l'allonge sur le canapé, à plat dos, et tente d'enlever le ruban adhésif, mais sa peau est si fine que j'ai peur de lui faire mal et de le blesser encore plus qu'il ne l'est déjà...

La panique enfle dans mon ventre comme une tumeur vorace. Mes mains tremblent et je n'arrive pas à recouvrer suffisamment mon sang-froid pour réfléchir à la meilleure chose à faire pour Asher. Appliquer les gestes des premiers secours ? Appeler les pompiers ? Prévenir les flics ? Courir chez Jemar ?

— J'sais pas quoi faire, mec ! Il ne respire plus ! J'sais pas quoi faire !

— Enlève le scotch ! riposte Jéricho, d'une voix suraiguë. Moi, je vais inspecter les autres pièces.

Je bouge la tête pour lui faire croire que je l'ai entendu, mais je ne l'écoute déjà plus – les paupières d'Asher commencent à bleuir !

Sur une impulsion, j'arrache le bout de scotch d'un coup sec et rapide. La peau délicate d'Asher se craquelle et ses lèvres se mettent à saigner, abîmées de la commissure jusqu'au centre de sa bouche. Comme il ne réagit toujours pas, je lui tapote la poitrine avec des petits coups encourageants assénés du plat de la main.

Tap. Tap. Tap.

Rien.

Tap. Tap. Tap.

Toujours rien.

Et maintenant, c'est sa bouche ensanglantée qui s'assombrit d'un bleu de mauvais augure.

— Asher, s'il te plaît... Pense à ta maman...

Je le soulève d'une main et cale sa tête contre mon épaule, comme je le faisais pour mes petites sœurs à l'époque où je devais les faire roter après leur biberon de lait. Cette fois, je lui tapote le milieu du dos, de plus en plus fort, tout en berçant son petit corps froid contre mon torse. Ses mains minuscules, coincées entre nous, sont glacées et sa couche, trempée, sent l'urine et les matières fécales.

Je tapote, encore et encore.

Je prie, tous les dieux et leurs saints.

J'implore, je *déplore*, mais...

Soudain, je perçois le son ténu d'un léger gargouillis remonter dans la gorge d'Asher. En réponse, j'assène un coup plus vif entre ses omoplates, et lorsqu'il se libère en vomissant du lait fermenté sur mon épaule, j'en suis tellement soulagé que j'éclate de rire comme un dément échappé de l'asile d'Arkham[21].

---

[21] L'Asile d'Arkham est un hôpital psychiatrique fictif servant de prison dans les comics américains publiés par DC Comics. Il est surtout présent dans les histoires du super-héros Batman.

Asher est vivant. Il respire, il bouge, il pleure.

— *Danke, Herr*[22]*!* m'exclamé-je en le serrant contre mon cœur. Mon petit bébé. Je ne laisserai plus jamais personne te faire du mal !

Asher sanglote si fort qu'il en devient écarlate – et c'est beaucoup plus engageant que le bleu morbide de tout à l'heure ! Trop heureux de l'entendre, je le laisse s'époumoner et l'enroule dans une couverture en mohair pour le réchauffer. Il ne quitte pas mes bras une seule seconde, mais lorsqu'il croit que je vais le poser sur le canapé, l'une de ses mains s'agrippe désespérément à mon t-shirt et il se presse contre moi.

— Putain ! Dieu soit loué ! gronde Jéricho en revenant vers nous. J'ai cru qu'il était mort !

— Moi aussi, dis-je en déglutissant mon excès de salive. Alors…

Je m'étrangle, incapable de lui demander s'il a retrouvé les corps de Danger et King dans les chambres.

— Rien, s'empresse-t-il de me rassurer. Enrico a dû les emmener.

Je me fige.

— Tu as l'air de bien le connaître…

Le regard foncé de Jéricho se concentre sur moi comme celui d'un prédateur en pleine chasse, et ses phalanges blanchissent sur la crosse de mon arme.

— On en parlera plus tard, OK ?

J'acquiesce à contrecœur – chaque chose en son temps… Ma seule préoccupation à l'heure actuelle, c'est de retrouver King.

— Il faut qu'on appelle Jemar, le père de Danger. Il a fait installer des caméras dans tout le garage. Et il faut qu'on rappelle Ambroise, aussi, parce que je suis sûr qu'il me cache des choses…

Jéricho sort son téléphone portable de la poche arrière de son jogging.

— Je m'occupe d'Ambroise.

Je hoche la tête, complètement à l'ouest. Mes jambes refusent de me soutenir plus longtemps, et je suis obligé de m'asseoir sur le

---

[22] *Merci Seigneur*, en allemand.

canapé pour éviter de m'étaler sur le sol. L'adrénaline reflue de mon organisme comme la marée d'une plage. Mes forces m'abandonnent, mes genoux s'entrechoquent, mon cœur bat à tout rompre et mes oreilles bourdonnent des pleurs incessants d'Asher.

Il réclame sa maman.

— Hé, Wolfgang ! me hèle Jéricho, en posant une main réconfortante sur mon épaule. Ça va aller. Je te le promets. On va la retrouver !

J'ai envie d'y croire, moi aussi, mais j'ai peur...

Oh, j'ai tellement peur !

— King est une guerrière. Où qu'elle soit, je suis sûr qu'elle se bat de toutes ses forces pour te revenir.

Je sais que Jéricho a raison. *Mais un cadavre ne peut pas se battre.*

Et j'ai l'odeur du sang de King dans les narines.

42
PURPLE RAIN

King

Les cheveux collés à mon front moite de sueur, je continue à danser autour de la barre verticale qui s'élève au milieu de la piste du Knockout. Les seules choses qui habillent mon corps perclus de douleur sont mes hématomes, mon sang et un minuscule string léopard. J'ai perdu la notion du temps depuis qu'Enrico m'a traînée dans le club, déshabillée devant ses hommes et battue jusqu'à transformer mes os en poussière blanchâtre. Puis il m'a embrassée et touchée à des endroits qui en frémissent encore de dégoût, et je l'ai laissé faire parce que je savais que je ne pouvais pas lutter contre lui.

Enrico a gagné cette bataille : Danger est mort, Asher est... *peut-être* blessé, et le pire, c'est qu'il a retrouvé les bijoux.

Assis sur l'énorme fauteuil en cuir lie-de-vin du box VIP qui jouxte la piste, un taser dans une main et un cigare cubain dans l'autre, Enrico m'observe à travers ses paupières mi-closes. Sa position alanguie met en exergue la satisfaction qu'il éprouve à l'idée de m'avoir battue – dans tous les sens du terme. Il sourit d'un air paresseux, mais je ne commets pas l'erreur de croire qu'il a baissé sa garde. Dès que je m'arrête de danser ou que je perds le rythme, il me balance plusieurs dizaines de volts dans le corps, me paralysant temporairement et me laissant à la merci de ses caresses libidineuses. C'est de la torture pure et dure, et la simple vision des dards recourbés du pistolet me donne envie de pleurer comme un bébé, mais je serre les dents, lutte contre les ampoules qui me brûlent les paumes et me déhanche sur la vieille chanson de Prince, *Purple Rain*.

I only want to see you,
Only want to see you
In the purple rain
Je veux juste te voir,
Juste te voir
Sous la pluie violette

Enrico a peut-être gagné cette bataille, mais il n'a pas gagné la guerre, et je sais être aussi patiente qu'une vipère cachée sous les feuilles. La souffrance, ça me connaît. Il peut me torturer autant qu'il le veut, je ne trouverai pas le repos avant de lui avoir plongé un couteau dans le cœur.

— Ça aurait dû bien se passer... lâche-t-il, le regard planté dans le mien, lorsque la musique s'arrête. Viens là, ma douce. C'est l'heure de ta pause.

J'obéis avec un empressement qui trahit mieux que des mots la profonde lassitude qui s'est emparée de mon corps courbaturé. Mes jambes flageolent tandis que j'avance vers lui, l'œil rivé sur le taser. Ma méfiance lui arrache un rire de plaisir rauque. Ça l'amuse tellement de me faire du mal... Dire qu'à une période extrêmement sombre de ma vie, je l'ai pris pour ma lumière !

— Ne t'inquiète pas, ma douce. Ça fait des heures que tu danses. Tu dois avoir soif, non ?

Il remplit un grand verre en cristal d'un mélange de whisky et de Coca-Cola ; je sais ce qu'il cherche à faire...

— Tiens. Bois-le cul sec. Ça t'aidera à oublier la douleur. J'en ai marre de te voir grimacer.

Je le fusille du regard, mais je prends le verre que je vide à longs traits. Il a raison : l'alcool soulagera les brûlures, les foulures, les blessures. Ça soignera tout, ou presque, à l'exception du trou béant qu'il a ouvert dans ma poitrine en abattant Danger comme un chien malade.

— Je crois que je me suis foulé le poignet, parviens-je à articuler, malgré le fait que ma bouche ait triplé de volume.

Il hausse les épaules, nonchalant.

— J'aurais pu te faire pire...

Il l'a déjà fait.

— Je vais te faire pire, ajoute-t-il, avec une impatience lubrique sur laquelle je refuse de m'appesantir. Bois encore un peu.

Il me ressert la moitié d'un verre – de vodka, cette fois. Il croit peut-être que ça va me soûler, mais comme à la douleur, j'ai un seuil de tolérance extrêmement élevé à l'alcool. Ma mère s'est bourré la gueule durant la moitié de sa grossesse, et je suis venue au monde avec une gueule de bois carabinée. Ce ne sont pas deux verres, aussi grands soient-ils, qui vont me rendre docile et malléable.

— Ça fait beaucoup de babioles pour seulement cent mille dollars, dis-je sur le ton de la conversation en lorgnant sur les diamants, les saphirs et les émeraudes étalés avec impertinence sur la table basse devant lui. Tu devrais peut-être faire profil bas.

Je tends le menton vers Carlos, installé au bar avec une bouteille de champagne et un Glock pointé sur ma tête.

— Ton chien a la rage. Il faudrait le faire piquer...

Enrico renverse la tête en arrière et éclate d'un rire presque enfantin.

Ce serait si facile de lui trancher la gorge d'une oreille à l'autre...

— C'est ma chienne qui est malade. Et pourtant, je ne m'en débarrasse pas.

Je lui rends son sourire – des larmes et du sang coulent de mon rictus haineux.

— Tu devrais. Parce qu'un jour, ta chienne t'arrachera la gorge et te bouffera le cœur.

Il s'humecte les lèvres, comme s'il était excité à l'idée que je mette mes menaces en pratique – ce qui ne saurait tarder...

— C'est pour ça qu'ils sont là. J'ai tendance à baisser ma garde avec toi. Mais pas eux.

Il désigne les deux hommes basanés et vêtus de costumes noirs à la *Men in Black* qui encadrent la porte d'entrée du club.

— Ce sont des dissidents des *Los Pelusos*. Je les ai recueillis chez moi, nourris et habillés, au risque de me mettre à dos l'un des gangs les plus dangereux de la planète. Ils me doivent la vie, et leur vie est à moi.

Je jauge les jumeaux colombiens d'un regard scrutateur – ils sont beaux, grands, forts et tatoués. Un vrai piège à minettes. Mais ils semblent complètement indifférents à mon sort – et au sort de toutes les personnes présentes dans le club, pour être honnête.

— À gauche, c'est Onésime, un as de la gâchette. Et à droite, c'est Lazare, le maître de l'éviscération. Alors, je te déconseille fortement de me provoquer, ma douce, ou tu risques de ne pas aimer ce qu'ils font aux jolies filles dans ton genre.

Je sais que je devrais avoir peur, mais je suis incapable de retenir le rire hystérique qui explose dans ma poitrine.

— Des prénoms de saints ? Quelle ironie...

Je renifle, dédaigneuse.

— Est-ce que tu sais que certaines espèces animales ne peuvent pas être domestiquées ? reprends-je en m'essuyant les joues. Regarde tes molosses : ils auront l'air doux et inoffensifs jusqu'au jour où ils t'arracheront la main avec laquelle tu les nourris et te la fourreront dans le cul.

Je baisse des yeux moqueurs sur ses mains pâles et manucurées – elles sont peut-être tachées de sang, mais le moins que l'on puisse dire à leur sujet, c'est qu'elles ne payent pas de mine...

— Tu tiens à ces jolies mimines, bébé ? C'est que tu en prends un soin particulier, en plus !

Je suis à peu près certaine d'avoir entendu le gloussement étouffé de l'un des jumeaux, mais lorsque je me tourne vers eux, ils affichent le même visage indifférent que tout à l'heure. Carlos, quant à lui, sourit franchement en caressant son gros calibre.

Il faut toujours qu'il cherche à surcompenser, celui-là...

— Ta grande gueule te perdra, King.

Enrico ne rit plus – je l'ai vexé.

— J'suis déjà perdue, Rico. Pourquoi voudrais-tu que je me taise ?

— Pour éviter d'avoir à souffrir encore plus ?

Je passe un doigt dans la traînée de sang qui part de mon arcade défoncée et rejoint celle de ma lèvre éclatée.

— Ça fait longtemps que je ne ressens plus rien.

C'est un mensonge, mais il l'ignore, et j'aime jouer avec ses nerfs. Ça m'évite de penser à Danger, à Asher et à Wolfgang. Même s'ils sont en permanence dans ma tête. J'entends encore le dernier râle de Danger, je revois le regard perdu d'Asher, et je ressens jusqu'au plus profond de mes tripes la froide distance de Wolfgang. J'ai foiré dans les grandes largeurs avec eux, et je ne pourrai me rattraper qu'en tuant l'homme qui est assis en face de moi.

— Allons, King. À une époque, tu m'aimais.

Je hausse les sourcils dans une expression qui mélange la stupeur et la moquerie. Je n'ai même pas besoin de me forcer ; Enrico est un idiot égocentrique qui n'a jamais vu plus loin que le bout de sa bite.

— Si tu l'as vraiment cru, c'est que tu es encore plus stupide que Carlos est nul au poker.

— Hé ! s'indigne-t-il en même temps que son fidèle acolyte. Ne me cherche pas !

Je pose mon verre vide sur la table, près des bijoux de Wolfgang, et m'assois sur le bord de la piste pour me débarrasser de mes chaussures à talons. Mes pieds saignent, comme le reste de mon corps.

— Tu me trouves idiot, King ? me relance-t-il d'un ton trop neutre pour être honnête.

Enrico accorde une grande importance à mon avis, et c'est

probablement grâce à ça que je suis toujours en vie. Il tient à m'impressionner, à me dominer, à me briser pour se prouver à lui-même qu'il est meilleur que moi ; il n'y arrivera jamais, mais c'est dans mon intérêt qu'il essaie, alors je garde mon opinion négative pour moi. Je ne suis pas aussi grande gueule qu'il le croit – encore une preuve que je suis plus intelligente que lui.

— Dario savait ce qu'il avait à faire, commence-t-il en vidant son whisky. Tout était prévu dans les moindres détails : entrer dans la bijouterie par la porte de derrière, buter le gardien et se tirer avec le sac de bijoux qui venait d'arriver et n'avait pas encore été répertorié dans les stocks.

Je pousse la table du bout du pied, un sourcil dressé très haut sur le front, et désigne les bijoux d'un geste de la tête.

— Je ne suis peut-être pas une fine connaisseuse, mais c'est évident qu'il y en a pour plus de cent mille dollars, là...

Ça brille tellement que j'en suis presque aveugle. Comme de nombreuses personnes, je suis fascinée par l'éclat cristallin des diamants, le reflet sanguin des rubis et la pureté parfaite des émeraudes.

— Le propriétaire de la bijouterie était un mec bien, m'explique Enrico, en s'installant plus confortablement. Un homme loyal et incorruptible comme on n'en fait plus. Mais son gardien de nuit, lui, avait besoin de fric, et moi, j'avais besoin d'un gars pour écouler ma marchandise de façon plus ou moins légale. Les beaux diamants que tu vois là viennent de Colombie, comme notre adorable paire de jumeaux. Je bossais avec des types vraiment pas sympas, tu vois. Des vrais durs à cuire, dans la veine d'Onésime et Lazare, capables de tout pour se faire de l'argent facile.

Quand je pense que Wolfgang s'est retrouvé au milieu de toute cette merde à seulement dix-neuf ans ! C'est un miracle qu'il ne se soit pas pris une balle dans la tête avant d'atterrir dans une cellule de la prison fédérale du Nouveau-Mexique.

— Ils ont braqué une joaillerie très renommée pour un montant absolument scandaleux. Le casse a fait la une des journaux, si bien qu'ils se sont retrouvés dans l'incapacité d'écouler leur précieux butin en Colombie. On en parlait même à l'international – de la France en passant par le Canada et la Chine. Je me suis dit : Rico, c'est la chance de ta vie !

Il sourit en prononçant la dernière phrase comme une parodie de lui-même.

— Tu vois cette bague, là ?

C'est plus fort que moi, je la dévore avec de grands yeux avides, la bouche légèrement entrouverte. Elle est magnifique. La plus belle chose que j'aie vue de toute ma pitoyable existence.

Enrico profite de ma distraction pour se pencher au-dessus de la table et murmurer à mon oreille :

— Le diamant rose qui couronne l'anneau en or blanc vaut trente-huit millions de dollars. Il fait presque vingt-cinq carats. Tu n'en verras plus jamais d'aussi gros, et moi non plus.

Mon cerveau s'éteint ; *c'est trop !* Je ne respire plus, et je ne bouge même pas lorsqu'Enrico se sert de ma stupéfaction pour écraser sa bouche contre la mienne et enfoncer sa langue dans ma gorge. Il m'embrasse avec une passion brûlante qui me laisse complètement froide jusqu'à ce qu'il effleure ma poitrine nue et que je lui morde cruellement la lèvre inférieure.

— Sale chienne ! siffle-t-il alors que c'est à son tour de saigner.

Je le repousse d'une main fébrile et recule hors de sa portée. Mes doigts laissent une empreinte écarlate, mélange de sang et de sueur, sur le devant de sa chemise blanche.

— Et le reste ? demandé-je, sans parvenir à lui cacher mon trouble.

Une telle somme d'argent... des dizaines de millions pour une si petite babiole... c'est indécent. Et *j'adore* l'indécence.

Un jour, cette bague sera à mon doigt.

— Le reste est beaucoup moins impressionnant en comparaison, réplique-t-il en se rassoyant sur son siège, le dos raide. Mais il y en a quand même pour plusieurs centaines de milliers de dollars.

En résumé : Wolfgang a volé plus de quarante millions de dollars à Enrico, qui les avait lui-même plus ou moins extorqués à de dangereux criminels colombiens.

J'étouffe un rire nerveux.

Mon loup a vraiment le chic pour s'attirer des emmerdes plus grosses que lui…

— Pourquoi avoir attendu aussi longtemps avant de les récupérer ? Je ne comprends pas.

— Tu vois, c'est drôle : Dario a buté le mauvais type ! Cette nuit-là, il y avait deux gardiens : mon gars et son stagiaire. Mon frère a plombé le petit nouveau et a laissé l'autre se faire la malle avant l'arrivée des flics. Ce dernier avait directement compris qu'on avait essayé de le doubler pour éviter d'avoir à lui donner sa part, et il a sauté dans le premier avion qu'il a trouvé. J'ai perdu sa trace au Brésil, et comme tu t'en doutes, j'étais persuadé qu'il avait emporté mes bijoux avec lui.

C'est logique : Enrico ne pouvait pas suspecter Wolfgang puisque ce dernier, contrairement au gardien en fuite, ne savait rien du braquage en Colombie et de la bague à trente-huit millions.

— Mais ce n'était pas lui…

Enrico préfère changer de sujet :

— Il y a quelques années, je me suis fait un nouvel ami.

Ça fait immédiatement *tilt* dans ma tête.

— Le juge Torres.

— Exactement, petite maligne, confirme-t-il avec un sourire glacial. Il m'a sorti d'un très mauvais pas et, de fil en aiguille, nous avons réalisé que nous avions bon nombre d'intérêts communs, entre autres choses. Tu n'imagines pas ma stupeur lorsqu'il m'a parlé de la requête de remise en liberté de notre Wolfgang. Il savait que je comptais le tuer pour me venger de ce qu'il avait fait à mon frère, même si j'avais décidé de lui parler de son miraculeux protecteur avant d'en finir avec lui. Le juge Torres me l'a livré sur un plateau d'argent, et je n'avais plus qu'à le cueillir à sa sortie de prison, mais j'ignorais que notre loup s'était tiré avec un *très* gros pactole. Quand Torres m'a fait part de ce petit détail au détour d'une conversation anodine, après des recherches fructueuses en Amérique latine, quelques semaines avant sa libération... j'ai tout de suite pensé que ma jolie bague pouvait faire partie du lot.

Nos regards se rejoignent sur la bague, qu'il caresse du bout des doigts.

— Et la voilà. Presque aussi belle que toi.

J'ignore le compliment et me concentre sur l'information essentielle qu'il m'a dévoilée sans même s'en rendre compte : je suis sûre que le juge Torres savait pour les bijoux depuis un bon bout de temps, mais il a attendu le moment qu'il a jugé le plus bénéfique pour ses intérêts avant de le lui dire.

Enrico ne s'est pas fait un ami. Oh, non ! Il a ouvert la porte de sa cabane au grand méchant loup...

— Qu'est-ce que tu vas faire de ce truc ?

Un truc à trente-huit millions de dollars.

— Si tu avais été moins stupide, je te l'aurais sûrement passée au doigt.

Je retiens de toutes mes forces un rire strident, hystérique, les deux mains crispées sur mon ventre douloureux. L'alcool commence à me monter à la tête, et même si je ne suis pas soûle, j'ai une conscience à la fois plus aiguë de ce qui m'entoure et moins acérée du danger mortel qui plane dans l'atmosphère.

— Oh. Tu veux dire que tu l'aurais mise...

Je lève ma main gauche devant moi.

— À l'un de ces doigts que tu as fracassés à coups de marteau ?

Enrico m'attrape d'un geste brusque et m'attire vers lui pour mordre la dernière phalange de mon annulaire. La douleur est lancinante, *préventive,* et me rappelle de rester sur mes gardes. Le taser est toujours posé à côté de lui, prêt à me décharger ses derniers et ultimes volts sur la peau.

— Tu as parfois besoin d'être dressée.

Il accompagne ses paroles pathétiques d'une magistrale gifle au visage qui me fait rouler sur le ventre. Sonnée, je pose la joue sur la piste de danse et ferme brièvement les yeux en lui répondant :

– Je suis peut-être une chienne, mais je ne suis pas complètement stupide. La seule chose que tu m'as passée, c'est une corde autour du cou avec laquelle me pendre !

Ça le fait rire aux éclats, et c'est à mon tour de profiter de sa distraction pour rouvrir les yeux et tenter de retrouver mon sac à main, dans lequel j'ai planqué mon couteau papillon. Onésime et Lazare ne font pas attention à moi, mais Carlos, lui, ne me quitte pas du regard. Et pour me débarrasser d'Enrico, il faut d'abord que je fausse compagnie à ses molosses...

– Il faut bien que je te montre qui détient le pouvoir, ma douce. Tu l'oublies un peu trop souvent à mon goût. Et tu te pendras quand je te dirai de le faire – pas avant, ni après.

Je me relève à bout de bras tandis qu'un plan hautement risqué s'esquisse dans ma tête.

Le meilleur moyen de me retrouver en tête à tête avec Enrico ? Le provoquer jusqu'à ce qu'il se sente obligé de me *dresser* avec ses poings ou son marteau fétiche. Ça va faire mal – surtout pour lui... – mais c'est probablement ma seule chance d'en finir. Et pour que ça fonctionne, il faut *juste* que je retrouve mon sac à main.

– *Tu* m'aimes ! riposté-je en promenant mes yeux dans tout le club. *Je* ne t'aime pas. Réfléchis, bébé. J'aurai toujours l'ascendant sur toi. Tu auras beau me battre, m'humilier, me violer, me tuer...

Là ! Trouvé !

Mon sac est près de ce connard apathique d'Onésime, qui me fixe avec ses yeux d'un vert extrêmement perçant. Je me détourne de lui, et de mon seul moyen de survivre, pour reporter mon attention sur Enrico.

C'est l'heure de passer à l'attaque !

– Je t'oublierai, Enrico. Toi et toutes les choses que tu m'as faites, vous disparaîtrez immédiatement de ma mémoire dès que tu auras appuyé sur la gâchette. Mais toi, tu seras incapable de te remettre de moi. J'habiterai chacune de tes pensées. Je te hanterai jusqu'à la fin de tes jours, comme je t'ai hanté ces deux dernières années. Et tu sais quoi... rajouté-je avec un rire mordant, le plus drôle, dans toute notre histoire, c'est que je n'ai jamais ressenti ne serait-ce qu'un dixième de l'amour que tu éprouves pour moi !

Un silence de plomb s'abat sur le club, mais je continue à tenter le tout pour le tout en détruisant méthodiquement son égo démesuré.

— T'as toujours été tout seul, Rico. Et tu resteras seul jusqu'à la fin de tes jours, parce que t'es qu'une grosse merde que personne n'aimera jamais !

Je me force à rire, même si je n'en ai pas envie, et lui assène le coup fatal en parlant de la seule femme au monde qu'il n'a jamais réussi à tromper avec son visage d'ange :

— Même ta mère a préféré t'abandonner avec les poubelles et se casser avec un camionneur plutôt qu'avoir à te supporter ! Tu crois qu'elle t'aime encore, elle ? Tu crois qu'elle pense à toi, des fois ? Je suis sûre qu'elle ne se souvient même plus de ton prénom ! Tu n'es qu'un visage flou et lointain pour elle...

Les mots sont d'une cruauté sans nom, mais ils me viennent spontanément aux lèvres. Enrico et moi partageons une blessure commune : celle d'avoir été lâchement abandonnés par nos parents. Lui, sa mère. Moi, mon père. Quand je le prenais encore pour mon sauveur, il m'a confié son affliction de ne pas savoir si elle était toujours en vie. Là, quelque part où, peut-être, il pourrait la rejoindre...

— Moi, je pense à elle tout le temps, et je n'en dors pas de la nuit.

À ce moment-là, j'ai pensé que je l'aimerais peut-être un jour suffisamment pour le soigner et combler le vide qu'il avait dans le cœur. Mais il n'a fait que creuser plus profondément celui que j'avais dans le mien.

— Ah... grimace-t-il, écarlate. Je vois que l'on a fini de jouer, tous les deux. C'est maintenant que l'on sort l'artillerie lourde ?

La question en apparence anodine me plombe l'estomac d'un très, *très* mauvais pressentiment.

— Onésime ? renchérit-il. Va me chercher la petite surprise que j'ai mise de côté pour notre jolie danseuse.

Le colosse colombien hoche la tête, stoïque, et quitte son poste près de la porte pour se diriger vers les loges mises à disposition des stripteaseuses. Il ouvre la porte, disparaît à l'intérieur de la pièce pendant quelques secondes et revient sur ses pas avec un corps sale et ensanglanté dans les bras.

Oh, Dios mío !

Cette crinière brune et indomptable, frisée dans tous les sens, et cette peau hâlée, bien qu'un peu défraîchie, et pleine de vilaines cicatrices...

C'est ma mère.

— Hé, King... me susurre Enrico en plongeant son visage dans mon cou. Tu crois que ta maman t'aimera encore quand j'en aurai fini avec toi ?

Je ravale la boule que j'ai dans la gorge et m'oblige à ricaner avec cynisme :

— Tu devras trouver autre chose pour m'atteindre. Elle ne m'a jamais aimée.

Même si je l'ai pratiquement suppliée pour qu'elle le fasse...

Enrico se rapproche encore plus de moi.

— Vraiment ? feint-il de s'étonner.

L'un de ses doigts glisse sous la ficelle de mon string, qu'il tire vers le bas. Mon cœur accélère comme un champion de course shooté à la dopamine.

— Et toi, ma douce ? Tu l'aimes ? Ou tu la trouves si faible que tu la laisserais crever sans éprouver la moindre pitié pour elle ?

Ni l'un ni l'autre.

— Je sais qu'elle est faible depuis que j'ai trois ans et qu'elle a laissé son abruti de copain me frapper jusqu'au sang avec la boucle de sa ceinture.

Enrico baisse mon string sur ma hanche tandis qu'Onésime dépose ma mère, inconsciente, près de nous. Son corps dégingandé par les excès de drogue et d'alcool s'affaisse sur le sol, comme celui d'une poupée désarticulée. Mes yeux s'écarquillent et mon pouls devient complètement erratique lorsque je réalise que ce n'est pas la seule chose qu'Onésime a posée sur la piste.

Je ne sais plus qui a dit : « tous les débauchés sont des saints qui s'ignorent ». Mais il avait raison.

— À ton avis, poursuit Enrico en m'enlaçant par-derrière. Jusqu'où crois-tu qu'elle me laissera aller avec toi pour survivre ?

Comme si elle avait entendu qu'Enrico parlait d'elle, ma mère s'éveille peu à peu, l'air paumée, et bat de ses cils trop maquillés. De longues dégoulinures noires souillent la lisière inférieure de ses yeux cernés et rougis par la fatigue.

Depuis combien de temps la garde-t-il prisonnière ?

— J'ai très envie de le savoir...

Enrico plaque son érection contre le bas de mon dos et mordille le lobe de mon oreille. Mes yeux noirs croisent ceux, horrifiés, de ma génitrice, et un frisson glacé me dévale l'échine.

— Tempérance, m'appelle-t-elle d'une voix faible. Je suis désolée, désolée, désolée...

Ma mère est *toujours* désolée, mais sans jamais l'être tout à fait. Ses excuses sont aussi vides que le trou dans la poitrine d'Enrico.

— Ne sois pas désolée, *bella,* s'amuse-t-il en me broyant dans son étreinte. Ta fille m'a raconté toutes les choses que tu as laissé tes copains lui faire subir. Et je me demandais jusqu'où tu supporterais que je la malmène.

Le souffle de ma mère s'accélère.

— Désolée, désolée, désolée... répète-t-elle, de plus en plus vite.

— Oh, rit-il, tu ne l'es pas encore, *bella* ! Je ne t'ai pas encore dit le meilleur : si jamais tu oses m'interrompre, c'est toi que je bute ! On va voir si tu aimes ta fille plus que tu ne t'aimes, toi...

Ma mère se ratatine sur elle-même, terrifiée à l'idée de souffrir – encore un peu plus.

— Pitié, Enrico. Par tous les saints, ne fais pas ça... Je n'ai pas parlé à King de ce que tu...

— Ta gueule ! lui hurle-t-il, en la faisant sursauter comme un petit lapin terrifié. Ferme ta putain de gueule, espèce de raclure !

— Désolée, désolée, désolée... recommence-t-elle à psalmodier comme un disque rayé.

Je ne l'écoute plus – elle n'en vaut pas la peine, malheureusement. Ce n'est sûrement pas elle qui va me sauver... Je braque un œil ardent sur mon sac à main et le couteau qu'il dissimule, abandonné à moins de trois mètres de moi. Le plus terrible, c'est que je n'aurais qu'à tendre le bras pour m'en emparer, mais j'ai à peine le temps de me faire cette réflexion qu'Enrico s'abat sur moi comme une tempête vengeresse, prêt à mettre à l'épreuve les limites de ma mère – et de mon corps, aussi.

Je saigne.

Mais je ne pleure pas.

Je gémis.

Mais je ne hurle pas.

Je vomis.

Mais Enrico ne s'arrête pas.

Et tout le temps que dure mon supplice, j'en profite pour me rapprocher, centimètre par centimètre, du couteau avec lequel je vais lui trancher la gorge.

— Stop ! s'époumone ma mère, bien après qu'Enrico a franchi la toute dernière barrière de mon corps. Pitié ! Arrête ! Pitié ! Je t'en supplie... Ne fais plus de mal à mon bébé !

Je ne sais pas qui est le plus étonné par son intervention : Enrico, ma mère ou moi ?

— Arrête de lui faire du mal ! sanglote-t-elle, brisée. Pourquoi me fais-tu ça ? Pourquoi ?

— Maman... m'étranglé-je, estomaquée par l'intense souffrance qui vibre dans sa voix. Tais-toi ! Ne dis plus rien ou...

Je m'étrangle avec mon propre sang et ramène mes bras contre mon torse couvert d'hématomes et de morsures pour dissimuler mes seins nus. Des bulles éclatent à la commissure de mes lèvres tuméfiée tandis que j'essaie de trouver les mots pour supplier Enrico, qui s'est déjà relevé sur les genoux, d'épargner la vie de ma mère.

— Promets-moi de ne pas finir comme moi, King... me souffle-t-elle en réponse, son visage identique au mien dévasté par une souffrance qui semble dépasser la mienne.

Des larmes brillent dans ses yeux noirs, mais je ne lui promets rien. J'en suis incapable : Enrico a passé une main autour de ma gorge pour m'étrangler.

— Carlos, crache-t-il.

Et il n'a pas besoin d'en dire plus pour que son chien d'attaque relève ses grosses fesses molles de son tabouret et sautille d'un pas guilleret jusqu'à nous, l'arme au poing. J'adresse une œillade désespérée aux jumeaux, qui m'ignorent royalement. Même Onésime fuit mon regard, la tête baissée vers ses godasses plus chères que toute ma garde-robe. Ça ne m'étonne pas. Ils n'ont pas bronché quand Enrico s'est défoulé sur moi, et je ne vois pas pourquoi ils prendraient ma mère en pitié...

— Car-los... essayé-je d'articuler.

Carlos me décoche l'un de ses insupportables clins d'œil en braquant son flingue sur la tempe de ma mère. Il a l'air tellement excité que je suis à deux doigts de lui cracher à la gueule.

— Tu veux dire un dernier mot à ta maman, Tempérance ? se moque-t-il en ôtant la sécurité de son Glock.

Ma mère pleurniche contre son épaule, les yeux fixés sur moi. Quand elle voit que je la regarde, elle m'offre un sourire si pitoyable qu'il me transperce le cœur d'une émotion que je n'ai plus éprouvée depuis l'enfance : de la compassion.

— Ne te sens pas coupable, King. J'ai toujours su que ça finirait comme...

La fin de sa phrase meurt avec elle lorsque Carlos presse la détente et macule la piste d'un mélange de sang frais, de matière cérébrale et d'autres fluides que je n'ose même pas nommer.

Non, non, non. Pas encore !

Soudain, un mur de bruit blanc s'interpose entre mon esprit anesthésié par le choc et la réalité, trop brutale pour moi. Comme prisonnière du même cauchemar que tout à l'heure, je vois le corps de ma mère s'affaisser sur le côté et une mare de sang aux reflets carmin se former autour d'elle, engloutissant mon sac et la pointe de mes cheveux bruns. Carlos rit à quelque chose que lui dit Enrico. Je ne les entends pas, mais je sais que ça me concerne, car ils se tournent tous les deux vers moi, dans l'attente d'une réponse. Mon absence de réaction agace Enrico, qui fait un geste vers les jumeaux et se lance dans une longue tirade qui se perd à mi-chemin de mon cerveau. Il est question d'un crématorium, du désert à minuit et d'un cadavre à transporter.

Je comprends qu'il leur a ordonné de se débarrasser du corps de ma mère lorsqu'ils viennent le chercher et qu'ils l'attrapent, l'un par les épaules et l'autre par les pieds.

Je suis Onésime des yeux, incapable de reprendre mes esprits... jusqu'au moment où il jette un coup discret, bien qu'éloquent, à mon sac à main.

– *C'est le moment,* articule-t-il en bougeant exagérément les lèvres, mais sans faire le moindre bruit.

Onésime a raison : Enrico et Carlos sont juste là, *à portée de lame.* Et moi, j'ai déjà la main dans mon sac et je prends mon couteau tout en regardant ma mère disparaître à tout jamais dans les coulisses du Knockout.

Les saints sont partis, et il ne reste plus que les pécheurs.

Que Dieu ait pitié de mon âme... car je n'aurai de pitié pour personne.

43

COUP DE BLUFF

Wolf

Quand Jemar déboule comme une avalanche dans le salon ravagé de King, je peux enfin mettre un visage sur l'expression « furie sanguinaire » et ça me fout les boules. Mon patron inspecte la pièce d'un œil perçant, les mâchoires tellement crispées que j'entends ses molaires grincer dans le fond de sa bouche, et lorsqu'il remarque les vilaines ecchymoses qui marbrent le visage d'Asher, ses yeux s'assombrissent de reflets écarlates qui électrisent l'atmosphère d'une violence sourde. Tendu comme un ressort, il se retourne et frappe du poing contre le mur, creusant un trou de la taille de ma tête dans le plâtre. Asher sursaute dans mes bras et se remet à pleurer. Je le berce du mieux que je le peux, mais je sais que je n'arriverai pas à le calmer. Il s'époumone à perdre haleine depuis tout à l'heure, toujours à la recherche de King, et ça me brise le cœur.

Je ne sais même pas si sa maman reviendra un jour à la maison.

— Monsieur ? intervient poliment Jéricho, sur ses gardes, en s'approchant de Jemar. Wolfgang m'a dit que vous aviez installé des caméras. Je pense que nous devrions...

Jemar n'attend pas la fin de sa phrase pour tourner les talons et dévaler les escaliers, bousculant une grande femme blonde près de la porte d'entrée. Un peu désorienté, je finis par reconnaître Sonja, la mère de Danger, tandis qu'elle se précipite vers Asher et me l'enlève des bras pour le serrer dans les siens.

Elle répète en boucle :

— Merci, Seigneur, merci.

Je ne m'attarde pas ; la scène est trop intime, et je m'y sens comme un étranger. Toutefois, avant de partir, je m'entends promettre à Asher :

— Je vais te ramener tes parents, petit mec. N'aie pas peur. Ça va aller, maintenant.

Les yeux bleus d'Asher se braquent sur moi, aussi perçants que des lasers, comme s'il avait compris ce que je venais de lui dire, et soudain, il s'arrête de pleurer. Cette reddition est sûrement liée à la présence maternelle de Sonja, mais je décide de prendre son silence comme un aveu de confiance et, avant de le quitter, je dépose un petit baiser sur le sommet de son crâne.

— Vous devriez l'emmener à l'hôpital, conseillé-je à Sonja. Quand je suis arrivé, il ne respirait plus. Et je crois... disons plutôt que je serais rassuré de savoir qu'il n'a rien de plus grave qu'un ou deux hématomes.

Les yeux de Sonja s'embuent de larmes, et je ne peux m'empêcher de lui frotter l'épaule. Elle me rappelle ma mère, avec ses longs cheveux blonds et son visage de madone. Ça me rend malade de voir une telle souffrance ravager ses traits fatigués, d'autant plus que je sais que je ne peux rien faire pour alléger son fardeau.

Et soyons honnêtes, ce n'est que le début des emmerdes.

— Merci, Wolfgang.

Sans rien ajouter à ses remerciements que je ne mérite pas, je sors de l'appartement de King et rejoins Jéricho et Jemar, installés dans le bureau de ce dernier. L'écran bleuté de son ordinateur portable est la seule source de lumière présente dans la pièce, mais elle est suffisamment forte pour me guider comme un phare à travers la tempête qui fait rage dans ma tête. Je m'approche presque à contrecœur du bureau, l'estomac noué par l'appréhension. J'ai les mains qui tremblent, les paumes moites de sueur et la respiration haletante d'un sprinteur à bout de souffle. Des petites étoiles clignotent à la périphérie de mon champ de vision. Je me prépare au pire, inspirant et expirant à plusieurs reprises, mais un seul coup d'œil à la vidéo suffit à me faire comprendre que c'est aussi grave qu'Ambroise le craignait ; la course contre la montre s'achève ce soir.

Et je crois qu'on va perdre...

Mais cette pensée défaitiste est presque immédiatement chassée de mon esprit par une étonnante prise de conscience. En moins d'une seconde, je repère et identifie l'énorme SUV d'un noir brillant garé sur le côté du parking réservé aux visiteurs.

— C'est la bagnole de Shelby !

J'ai toujours eu l'œil pour les voitures, et plus particulièrement les *belles* voitures. Pas besoin d'une plaque d'immatriculation ou d'un gros plan sur le visage du conducteur. J'ai vu cette bagnole dans l'allée de Shelby, samedi soir, et je sais d'instinct que c'est lui qui se trouve derrière le volant, à l'intérieur de l'habitacle plongé dans l'ombre du bâtiment.

— Shelby ? C'est qui, ça ? aboie Jemar.

Je ne prends pas offense de sa voix sèche et mordante. Des criminels s'en sont pris à sa famille, à la chair de sa chair. Sa colère est complètement légitime, et je ne suis pas dans un meilleur état d'esprit. Je crois que, pour la première fois, je suis *prêt* à tuer. Au diable les conséquences ! Certaines personnes *méritent* de mourir...

— Un dealer que King a contacté pour essayer de retrouver ma Mustang, lui expliqué-je, fébrile.

Puis je lui dicte l'adresse de Shelby, qu'il envoie par message à quelqu'un dont j'ignore l'identité.

— On doit y aller !

— Non, s'interpose Jéricho alors que Jemar se relève d'un bond, prêt à me suivre. On ne peut pas se pointer comme ça...

Mon ami se fige et ses yeux s'écarquillent imperceptiblement tandis qu'il fixe l'écran avec une horreur grandissante. Mon regard se dirige de lui-même vers l'ordinateur, et tout l'air est brutalement expulsé de mes poumons lorsque je vois un beau blond, à l'air angélique et propre sur lui, traîner King par les cheveux jusqu'au SUV de Shelby. Il la jette sur la banquette arrière et s'enferme avec elle, un sourire sombre et malsain accroché à ses lèvres expressives. Danger et un grand gars à la gueule de travers qui ne m'est pas complètement inconnu finissent par les rejoindre. Danger a beau se débattre de toutes ses forces, le type s'énerve et lui colle son gros calibre sous le nez, puis il le menace en pointant du doigt l'appartement – et, je le suppose, Asher. Danger finit par acquiescer, l'air furieux, et le suit à l'arrière de la voiture, qui s'empresse de démarrer sur les chapeaux de roues. Quelques instants plus tard, elle disparaît au bout de la rue et se fond dans la nuit.

— Carlos, murmure Jemar, la prunelle rétrécie comme celle d'un prédateur.

— Et Enrico... ajoute mollement Jéricho, l'air de s'être pris un coup sur la tête.

Je répète, la haine au ventre :

— *Enrico.*

Alors, c'est lui... L'ignoble et effroyable Enrico, avec sa tête d'ange et sa blondeur juvénile. Si je l'avais croisé dans la rue, je ne l'aurais jamais soupçonné d'être à la tête du plus grand réseau criminel d'Albuquerque !

Un rictus me déforme les lèvres tandis que je songe à tous les crimes que cet immonde fils de pute a commis ; il devrait avoir la gueule du diable, pas le charme de l'archange Gabriel. Succomber à nos bas instincts devrait toujours laisser une trace visible sur notre apparence pour prévenir de notre immoralité. Mon expérience carcérale m'a appris que les plus dangereux criminels ne ressemblent pas forcément à des démons sortis tout droit des Enfers, mais qu'il y a *toujours* quelque chose de déviant, chez eux.

Leur sourire froid, leurs yeux vides, la façon qu'ils ont de fixer les autres du regard... La folie d'Enrico s'exprime sur ses lèvres pulpeuses, anormalement pleines pour un homme. Et je vais me faire un immense plaisir de réduire sa bouche en bouillie informe et sanglante. C'est un homme mort. Je vais tuer cet enfoiré aux traits délicats qui semble prêt à jouir dans son froc à la seule idée de faire du mal à King.

Ma folie à moi, c'est cette femme aux yeux noirs et furieux, et pour elle, je suis prêt à devenir ce que j'ai toujours refusé d'être : un homme dénué de principes, de fierté et d'orgueil. Une arme. *Son* arme.

— Carlos dirige le Knockout, l'ancien club de King, marmonne Jemar en tapant furieusement sur son téléphone. C'est l'homme de main d'Enrico. Je sais où il habite.

— On ne peut pas débouler comme ça... réfute Jéricho. Ces mecs-là sont armés et n'hésiteront pas à ouvrir le feu sur nous. Il faut prévenir la police !

— Je suis la police ! s'emporte Jemar en postillonnant de colère.

— Vous *étiez* la police, le corrige mon ami, dont l'audace me ferait presque sourire.

Mais je ne souris pas et je sors mon flingue de son holster – il est chargé, plus lourd, et sa crosse est chaude contre ma peau, comme s'il brûlait lui aussi de cracher ses billes en métal dans la sale tronche d'Enrico.

— Moi non plus, je n'hésiterai pas à tirer sur ces raclures. Il faut qu'on y aille, Jéricho. King est avec lui depuis...

Je jette un œil à l'heure qu'affiche l'enregistrement de la caméra de surveillance.

— Une heure et demie ! Imagine ce qu'il est en train de lui faire...

Ma voix s'étrangle dans ma gorge, et je suis à deux doigts de perdre la boule lorsque la main de Jemar s'enroule autour de mon poignet et m'oblige à baisser le canon de mon flingue vers le sol.

— Ça pourrait gâcher ta vie, Wolfgang, me prévient Jemar avec un sérieux qui ébranle mes convictions. Je vais y aller. Mais toi, réfléchis bien à toutes les conséquences avant de me suivre.

Je réfléchis – l'espace d'une demi-seconde, tout au plus. J'ai une conscience pleine et totale de ce que je risque à me substituer à la police et à la justice. Mais je m'en fiche, des conséquences ! La seule chose qui compte, c'est King. Et la savoir entre ses mains perverses me troue le bide comme si je me prenais des centaines de coups de poignard.

— Je m'en fiche, Jemar. Il faut qu'on retrouve King ! Il le faut...

Jemar hoche la tête – une fois. Il ne dit rien, et je ne pose pas de questions. Quand il quitte la pièce malgré les protestations véhémentes de Jéricho, je le suis, l'arme au poing et la haine au ventre. En chemin vers la voiture, il reçoit un coup de téléphone auquel il répond d'un lapidaire :

— Knockout.

Avant de raccrocher et d'ouvrir sa portière.

Je fronce les sourcils et accélère l'allure pour ne pas le ralentir. Jéricho est là, lui aussi, et c'est seulement en le regardant que je remarque l'air résolu qu'il affiche en me suivant à la trace, comme une ombre.

— Tu viens ? m'étonné-je.

— Est-ce que tu connais les gestes de premiers secours ? me demande-t-il du tac au tac.

Il sait très bien que non, aussi ne lui réponds-je pas. Je ne suis pas vraiment content qu'il m'accompagne, mais je lui en suis reconnaissant. Et il a raison, je ne connais aucun geste de premiers secours, et si King ou Danger en ont besoin, il n'y aura pas à attendre les ambulanciers...

Sans un mot, je grimpe dans la voiture de Jemar, m'installe sur le siège passager, à l'avant, et boucle ma ceinture en priant pour qu'il n'y ait pas l'utilité d'un médecin. Une petite voix dans ma tête me rappelle qu'un médecin est toujours préférable à un employé des pompes funèbres. Juste avant de démarrer, le téléphone de Jemar sonne une nouvelle fois, mais c'est un message, et lorsqu'il s'affiche sur l'écran noir de son tableau de bord, ce que je lis m'arrache une série de frissons extrêmement désagréables.

[Détection intrusion, entrepôt Thornton, 1815 Old Town Road. Intervention police. Secours sur place.]

Jemar enfonce la pédale d'accélérateur, brûlant la moitié de ses pneus sur le macadam, et traverse la ville comme s'il avait le diable aux trousses. Au lieu du Knockout, il roule jusqu'à l'entrepôt dans Old Town Road – pas très loin de chez Shelby – qui semble lui appartenir. Plus les miles passent, moins je suis cohérent. Des images de corps brisés, de giclées de sang et de balafres immondes me troublent l'esprit. Je serre les poings sur le cuir de mon siège et me retiens de hurler.

— Fait chier... siffle Jemar en écrasant son poing sur le volant.

Des gyrophares noient l'angle de la rue – deux voitures de police et une ambulance sont garées devant l'entrepôt. Ça sent mauvais...

Putain, ça pue carrément la merde !

— Mets ton flingue dans la boîte à gants, Wolfgang ! m'ordonne Jemar.

Il arrête la voiture derrière l'ambulance et ouvre sa portière, qui heurte violemment le muret près duquel il s'est garé. J'abandonne mon arme dans la boîte à gants, comme il me l'a conseillé, et sors à toute vitesse pour interpeller le premier agent de police qui croise mon chemin. Jéricho me piétine l'arrière des chevilles, aussi frénétique et survolté que moi.

— Que s'est-il passé ? Où est King ?

L'agent de police nous toise d'un regard méfiant, un peu hostile, mais il consent à me répondre :

— Est-ce que vous êtes les propriétaires de cet entrepôt ?

J'ouvre la bouche, prêt à lui mentir.

— Je suis le propriétaire, riposte Jemar en s'avançant comme un taureau furieux. Jemar Thornton. L'ambulancier a dit qu'il y avait une victime, mais il a refusé de me communiquer son nom. Que se passe-t-il, ici ?!

Le flic tressaille sous la violence qu'exhale Jemar par tous les pores de sa peau noire et porte une main à son ceinturon, où repose son arme de service. C'est un réflexe, et ses épaules se détendent dès qu'un agent plus âgé s'interpose avec l'air de savoir ce qu'il fait.

— Thornton, le salue-t-il avec une amabilité prudente qui menace de me faire exploser le cœur dans ma poitrine. Je ne savais pas que c'était chez toi, ici. Il faudrait peut-être que tu me suives et, tu sais, que tu t'assoies un peu...

La main de Jéricho se pose sur mon épaule. J'ai fait deux pas en avant sans même m'en apercevoir, et je suis presque arrivé à la hauteur de Jemar lorsque je l'entends demander d'une voix sépulcrale :

— Est-ce qu'ils sont morts, Trent ?

Le flic prend une expression navrée, et je suis au bord de la syncope. Ma tension artérielle est si élevée que j'ai la vue trouble, mal à la tête et le nez qui saigne. Je m'essuie le visage d'un revers de la manche et me campe solidement sur mes pieds écartés, incapable de regarder en direction de l'ambulance.

— Quelqu'un a remarqué de la lumière dans l'entrepôt... explique Trent, et l'agitation autour de moi disparaît derrière un mur de bruit blanc qui me coupe du reste du monde. La jeune femme, Paula, est entrée et a trouvé une personne blessée par balle au niveau du thorax.

Jemar encaisse en silence, et je l'imite, le souffle coupé. Jéricho, lui, est plus expressif et lâche une litanie de jurons qui se calquent à la perfection au chaos indescriptible que je ressens.

— Une personne ?

La question est posée sur un ton calme, détaché. Mais je sais qu'elle écorche Jemar de l'intérieur, parce qu'elle me laisse à vif, moi aussi.

— Un homme noir ou métis, dans les vingt-cinq ou vingt-six ans.

Jemar vacille sur ses jambes, mais il ne s'écroule pas, et rien que pour ça, je le respecte plus que tout au monde.

— Mort ?

Cette fois, c'est moi qui ai parlé, et quand l'attention des flics se concentre sur moi, je ne me défile pas et relève le menton par défi.

— Non, finit par dire Trent à mon plus grand soulagement. Il n'est pas mort, mais il... disons qu'il est très grièvement blessé. Ce n'est peut-être qu'une question de temps.

Je hoche la tête tandis que Jemar se précipite vers l'ambulance, hermétique aux protestations des policiers qui essaient de l'arrêter – sans succès. Je poursuis mon interrogatoire :

— Y avait-il une fille, avec lui ?

L'agent Trent fronce les sourcils en triturant son épaisse moustache.

— Une fille ? Non, pas de fille. Pourquoi ?

J'hésite à lui dire la vérité, mais Jéricho tranche pour moi, et moins d'une seconde plus tard, il lui déballe toute l'histoire.

— Et vous pensez qu'ils l'ont emmenée de force, c'est ça ? Après avoir tabassé son bébé et tiré à bout portant sur son petit ami ?

L'agent Trent n'attend pas de confirmation et s'empresse de communiquer une suite de codes incompréhensibles dans son talkie-walkie.

— Où pensez-vous qu'ils sont allés avec elle ?

Je l'ignore, et Jéricho aussi. Il y a des centaines d'endroits tous plus glauques les uns que les autres à Albuquerque où Enrico aurait pu l'emmener. L'agent Trent note les quelques idées qu'on lui donne sur un petit calepin et part interroger Jemar, toujours au chevet de Danger.

L'effervescence a contaminé toute la rue, et une troisième voiture de police vient de se garer devant l'entrepôt. Je ne sais plus très bien ce que je dois faire – rester ou partir ? Et si je pars, où irai-je ? Comment savoir où se trouve King ?

— Excuse-moi, m'interpelle soudainement une voix féminine. Wolfgang ?

Je me retourne, nerveux, et croise le regard noisette d'une jolie fille à la peau noire et coiffée d'une longue tresse. Il me faut moins d'une demi-seconde pour la reconnaître : c'est l'une des filles qui étaient présentes chez Shelby. Un peu naïve et pas très intelligente, mais d'une grande beauté et gentille. Elle me sourit avec chaleur et, même si je suis complètement à la masse, ma poitrine se réchauffe un peu à cette vision d'une innocence si pure qu'elle me fait presque oublier l'extrême cruauté du monde réel.

— Je m'appelle Paula, continue-t-elle sans cesser de sourire. Ambroise m'a demandé de te transmettre un message.

Elle se tord le nez en réfléchissant, comme si elle l'avait déjà oublié, et avec son grand sourire, ça fait une expression vraiment bizarre. Jéricho et moi attendons qu'elle poursuive, pendus à ses lèvres.

— Il a dit… euh… ah oui ! s'exclame-t-elle en tapant joyeusement dans ses mains. Il a dit qu'il était l'heure de danser !

Puis elle cligne des yeux, perplexe.

— Mais je ne sais pas du tout ce qu'il veut dire par là… Et vous ?

Je ne perds pas de temps à lui répondre. L'adorable idiote d'Ambroise a répondu à toutes les questions que je me posais.

Je sais où est King…

44

MISE À MORT

King

Les doigts fermement enroulés autour du manche en métal de mon couteau, j'inspire profondément, les bronches humides de sang coagulé et la tête lourde de pensées criminelles. *C'est maintenant ou jamais*. Je lève des yeux fous vers Enrico, penché au-dessus de moi. Le temps semble se suspendre entre le moment où il me regarde et celui où il comprend que je ne suis plus une proie... *sa* proie... mais un prédateur.

Il recule, j'avance.

Il n'est pas assez rapide, mais je suis un peu trop lente.

La lame nue et brillante de mon couteau s'enfonce jusqu'à la garde dans son visage, au niveau de sa joue, qu'elle transperce de part en part avant de se heurter à ses dents d'une blancheur artificielle. Incrédulité et douleur explosent à égale mesure dans ses yeux gris, et ses pupilles s'étrécissent d'ombres cruelles qui suintent hors de ses orbites comme du sang noir. Ma satisfaction est intense mais de courte durée, car il s'empresse de battre en retraite et emporte mon couteau avec lui. Le mouvement brusque me déstabilise, et comme je refuse de relâcher mon arme, lestée de mon poids et de ma colère, elle lui sectionne tous les muscles de la joue, éraflant ses molaires jusqu'à ses dents de devant légèrement de travers. À la dernière seconde, je change l'inclinaison de ma lame pour entailler ses lèvres parfaites – qui ne le seront plus jamais... – sur toute la longueur de sa bouche perfide.

Plus de mensonges, mon amour.

Un sang chaud et épais ruisselle sur mes mains, se mêlant au mien et à celui de ma mère.

J'espère qu'il souffre autant qu'il m'a fait souffrir...

Et je crois que c'est le cas, parce qu'il hurle comme un porc qu'on égorge. Oh, quelle douce mélodie que la satisfaction d'une vengeance exécutée dans les larmes et le sang ! Mais aussi jouissifs soient ses cris d'agonie à mon oreille, tant qu'il peut hurler, c'est qu'il est vivant. Et c'est inacceptable.

Je me relève, déterminée à en finir...

Le coup de poing qui me percute à l'estomac est d'une telle brutalité qu'il me plie en deux. Sonnée, je tombe en arrière, sur le dos, et m'étends comme une loque gémissante en travers de la piste où j'ai perdu les dernières onces d'innocence qu'il aurait pu me rester après une vie de fille mal-aimée du désert.

J'avais oublié cette raclure de Carlos.

Une erreur stupide... *et peut-être mortelle.*

Alors que je lutte pour reprendre mon souffle, je vois Enrico tituber jusqu'à la porte de sortie et glisser dans la flaque de sang qu'a laissée le cadavre de ma mère avant d'être emporté à la décharge. Désorienté par la douleur, il s'écroule sur les genoux, à la recherche de sa respiration, lui aussi. Son visage n'est plus qu'un masque sanglant et défiguré. Sa peau molle pendouille contre l'os saillant de sa mâchoire et dévoile une rangée empourprée de dents cassées, ainsi qu'un bout de sa langue rosâtre tandis qu'il halète comme un chien crevé. Le délicieux spectacle d'Enrico s'étranglant dans son propre sang me redonne des forces, et je parviens à rouler sur le côté une seconde avant que Carlos écrase son énorme poing à l'endroit où se trouvait ma tête. Le choc de l'impact lui extirpe un petit gémissement plaintif qui menace de me faire éclater de rire – c'est sûrement l'excès d'adrénaline qui me rend aussi insouciante, mais je m'en contrefiche...

J'ai les mains pleines de sang. Mon corps a été battu presque à mort. Je vais probablement crever dans d'atroces souffrances. Mais pour la première fois de toute ma misérable existence, j'ai l'impression de contrôler les événements. D'avoir le pouvoir de choisir, de faire une différence, d'être enfin là où je dois être. Ne plus avoir aucune limite, *aucune emprise sur soi-même*, c'est ça, la véritable liberté.

Je vole, j'ai des ailes, je suis un oiseau. Un corbeau plutôt qu'une hirondelle. Car aujourd'hui, je n'annonce pas le renouveau du printemps, mais la mort de toutes les saisons. C'est la fin d'un cycle. Le leur ou le mien. Peu importe. C'est fini, et si je peux en rire, ils vont sûrement en pleurer.

Carlos se retourne pour me frapper, mais il ne s'attend pas à ce que je sois prête à répliquer, moi aussi. Tout mon corps proteste en hurlant son supplice à travers mes muscles ankylosés, mais mon esprit tranche dans le vif et se déleste des limites de mon enveloppe corporelle.

Je ne suis plus Tempérance Kingsley Clark.

Cette fille n'existe plus.

Je suis *autre chose*, et cette créature dénuée de raison que je suis devenue en baignant dans le sang de ma mère saute à la gorge de Carlos.

Désarmée et vulnérable, je lui assène un violent coup de boule dans la figure qui m'assomme à moitié, moi aussi, et enchaîne avec un puissant revers du coude. J'entends le chant, si douloureusement familier, du cartilage qui se brise en mille morceaux tandis que la patate qui lui sert de nez se met à pisser le sang. Le canon de son flingue ripe contre mon abdomen une seconde avant de déverser une pluie de balles mortelles sur les coussins du canapé en cuir du salon VIP.

— Trop lent, Carlos... me moqué-je, en lui renvoyant un coup de poing.

Du sang, encore plus de sang. Des cris, encore plus de cris. Cette fois, je n'arrive pas à retenir mon rire d'allégresse. Il enfle et explose dans ma poitrine tandis que le plat de ma main atteint Carlos à la trachée. Il suffoque, surpris par la force de la contre-attaque, et lâche son flingue qui tombe sur le sol dans un bruit assourdissant.

Je fixe l'arme avec des yeux avides, prête à m'en saisir, mais Carlos est malin et préfère s'en débarrasser d'un violent coup de pied pour le projeter hors de ma portée. Le flingue glisse sur le parquet vitrifié jusqu'à l'autre bout de la piste de danse, arrêtant sa folle course près du string que m'a arraché Enrico.

Carlos me plaque au sol dans une prise de catcheur qui me brise probablement quelques côtes. On roule par terre dans un enchevêtrement de membres et de coups, luttant l'un contre l'autre pour reprendre le contrôle de la bagarre. Son genou pointu s'enfonce dans mon ventre lorsqu'il parvient à me clouer sur le dos, les avant-bras coincés dans l'étau incassable de ses mains et comprimés entre nos deux corps. Un large sourire étire ses lèvres tuméfiées, et j'ai beau me débattre de toutes mes forces, il fait quarante kilos et trente centimètres de plus que moi. Le combat est inégal, perdu d'avance. Mais cette pensée défaitiste ne m'arrête pas, elle ne me ralentit même pas, et je continue à lutter contre son emprise, animée d'une volonté et d'une énergie qui transcendent toutes les barrières des lois physiques.

— Tue... la... ordonne une voix essoufflée, douloureuse, depuis le fond du club. Bute... cette... salope...

Enrico.

Entendre cet infernal fils de pute achève de me faire sortir de mes gonds. Je me cambre en criant de rage et parviens à désarçonner Carlos, qui vacille en arrière et desserre légèrement les doigts autour de mes poignets. L'avantage du striptease, en dehors des pourboires et de la drogue gratuite, c'est qu'il pousse le corps dans ses retranchements les plus extrêmes. Il aide à développer une extraordinaire souplesse, ainsi qu'une musculature plus subtile que puissante, mais tout aussi létale que celle d'un boxeur. Ça fait peut-être deux ans que je ne tourne plus autour d'une barre métallique pour gagner ma vie, mais je danse toujours en secret. Et je n'ai jamais oublié qu'un jour, j'aurais besoin de savoir me défendre.

Usant d'une technique de contorsion qui me permettait à l'époque de me délester de mes sous-vêtements tout en restant accrochée à la barre de pole dance, j'enroule mes jambes autour de la nuque de Carlos et effectue un mouvement de balancier avec les fesses qui le fait basculer cul par-dessus tête. Nos positions s'inversent, mais il réussit à garder mes mains prisonnières des siennes, et je me retrouve au-dessus de lui, incapable de le frapper comme je voudrais tellement pouvoir le faire...

C'est à son tour de me rire au nez.

— J'ai toujours eu un faible pour toi, King Kong.

Ses grandes mains me broient les os dans une étreinte si vigoureuse que la pression menace de me briser les deux bras.

— Qu'est-ce tu vas faire, maintenant ? Crier ? Oh oui, s'il te plaît, crie pour moi !

Il serre, serre, serre... *ça va casser*.

— J'adore t'entendre hurler. Quand Enrico s'occupait de toi, avant, j'écoutais toujours derrière la porte. Ça me faisait bander. Tu es encore plus belle quand tu souffres.

Le poignet qu'Enrico m'a cassé quelques années plus tôt est le premier à céder. Une douleur brûlante fuse à travers mes tendons broyés et ma chair écrasée lorsque mon cubitus se disloque. Je serre les dents pour ne pas lui offrir la satisfaction de m'entendre *souffrir* à haute voix et le fixe droit dans les yeux pendant qu'il me murmure d'une voix suave :

— J'ai adoré buter ta mère devant toi et je vais encore plus aimer te mettre un peu de plomb dans la cervelle. J'ai toujours rêvé de faire exploser ta jolie tête de petite chienne.

Quelque chose craque à l'intérieur de moi. Pas mon bras – même s'il se désarticule, lui aussi. Non, c'est une chose intangible, insaisissable, qui se fragmente en même temps que ma conscience de ce qui est bien et de ce qui... ne l'est pas. Peut-être mon âme ? Peut-être mon esprit ? Sûrement un peu des deux. Ça ne fait pas mal, mais ça ne fait pas du bien non plus. Et je sens au plus profond de moi que c'est irréversible lorsque je me jette à la gorge de Carlos, comme la chienne qu'ils ont faite de moi, et que je le mords à la carotide.

Il y aura un *avant* et un *après.*

Je m'enfonce en moi-même, et *en lui.* Je me déleste de toute pensée humaine, rationnelle, morale. Et je laisse surgir la bête. Celle qui sommeille en moi depuis que je suis toute petite, celle qui m'a soutenue quand il ne me restait plus personne à étreindre, celle qui m'a aidée à sortir de la rue, à survivre au trottoir et aux hommes. C'est une expérience à la fois magnifique et terrible que de permettre à son cerveau reptilien de s'exprimer dans toute la gloire de sa cruauté, de sa résilience.

Que serais-tu prête à faire pour survivre ?

C'est une question que l'on se pose souvent, mais à laquelle on a rarement la malchance d'avoir à répondre en toute honnêteté, dépouillé de notre arrogance naturelle et de notre retenue civilisationnelle, acquise sur les bancs de l'école ou de l'église.

Quand la bête observe le monde à travers le regard de son hôte, il n'y a plus de place pour les faux-semblants. Et vous n'êtes jamais plus à découvert et vulnérable que lorsque c'est vous qu'elle se met à regarder dans les yeux.

Qu'es-tu prête à faire pour survivre ? me demande-t-elle, attentive. *Tout, et plus encore...* lui réponds-je comme à moi-même.

Au-delà du rien, la bête m'apprend que l'immortalité se trouve dans le fait de savoir que l'on est tous bercés par le néant, enfantés par le chaos.

Tu ne peux pas sombrer dans l'abîme si tu t'envoles vers les ténèbres...

Le goût salé du sang de Carlos me recouvre la langue tandis que je le mords encore plus fort et qu'il hurle à s'en briser les cordes vocales.

Si j'arrête maintenant, il vivra. S'il vit, je mourrai. C'est lui ou moi. Et le choix est tellement facile que ce n'en est plus un. Non, c'est juste une évidence.

Et *évidemment,* je lui arrache la gorge.

Mes dents déchirent sa peau, pénètrent sa chair, écrasent ses muscles et sectionnent son artère carotide. Mais c'est plus difficile que je le croyais, et je suis obligée de secouer la tête dans tous les sens pour déchiqueter toutes les couches de son épiderme. Carlos finit par se vider de son sang dans ma bouche et sur le sol qui s'attiédit autour de nous. Ses yeux écarquillés par l'horreur sont fixés sur le plafond et deviennent de plus en plus vides, de moins en moins vivants. Il a beau me labourer les côtes et le bas du dos de violents coups de poing, je ne lui cède pas.

Il n'avait qu'à trouver sa bête avant moi.

Petit à petit, je sens les pulsations de son cœur ralentir et l'écoulement de son sang diminuer. Ses yeux s'éteignent, ses bras cessent de s'agiter contre mes flancs et son corps s'immobilise sous le mien.

Le baiser de la Dame.

Carlos est mort. Et je suis vivante.

— T'es… qu-qu'un… pu-putain… d'animal…

Je prends une petite minute avant de me redresser, chancelante, la bouche pleine de sang. De l'autre côté de la piste, Enrico me dévisage avec ce qui ressemble à… de la peur, de la colère, du dégoût et une admiration réticente. Son visage ravagé se tord d'une grimace qui ressemble probablement à la mienne. On ne sera plus jamais les mêmes, tous les deux.

Il est tombé de son piédestal, et j'ai grimpé sur le dos de ma bête intérieure.

On peut perdre même dans la victoire.

Le sang sur ma langue se fait de plus en plus épais et forme une pâte désagréable. Avaler ou cracher ? C'est le dilemme de ma vie, et aujourd'hui, *enfin,* je peux cracher à la gueule de mes ennemis.

Et on peut aussi gagner dans la défaite.

— Tu voulais une chienne, mais je t'avais prévenue qu'une chienne, ça mord... croassé-je, la voix rauque et éraillée.

Les jambes tremblantes, je me relève et me projette sur le côté, le plus loin possible du corps refroidissant de Carlos. Toutes mes dents sont douloureuses et mes gencives m'élancent comme si j'avais pris un méchant coup de poing dans la mâchoire, mais ça ne m'empêche pas de décocher un grand sourire sanguinolent à Enrico.

— Viens là, Rico.

On se fixe d'un bout à l'autre de la piste.

— Viens chercher ton baiser.

Soudain, un éclat métallique attire nos regards, qui se rejoignent sur le flingue abandonné de Carlos. Il est plus près d'Enrico, mais je suis plus rapide. On se jette dessus avec une synchronisation presque parfaite, animés par la même fureur de vivre et la même rage de tuer. Il l'attrape par la crosse, et moi, par le canon. Son doigt presse la détente et la balle effleure mon bras cassé qui ballote mollement contre mes côtes.

— Merde ! hurlé-je en tressautant sous le choc.

Je lâche le canon, mais j'ai le réflexe d'asséner une violente gifle à Enrico. Mes doigts pénètrent dans l'entaille que je lui ai faite avec mon couteau, et c'est à son tour de frémir de douleur et de perdre sa prise sur l'arme, qui retombe comme un jouet cassé sur nos jambes entremêlées.

— Tu vas mourir...

Ses yeux furieux me rétorquent dans un silence magistral : *Toi d'abord, chérie !*

Tout s'enchaîne dans un déferlement de violence qui me dépasse tant c'est vain et gratuit. J'ai beau le frapper de toutes mes forces de ma main valide, il ne lâche rien, lui non plus, et me renvoie chacun de mes coups. À commencer par les plus traîtres – c'est-à-dire ceux qu'il m'a lui-même enseignés.

On se bat, on se débat et, vers la fin, on se rabat sur ce que l'on peut infliger à l'autre sans aggraver nos propres blessures. Le flingue passe de sa main à la mienne, puis de la mienne à la sienne, et finit par voltiger dans les airs. L'arme va se perdre dans les méandres du club, sous l'un des canapés et, trop épuisés pour aller le chercher, on se contente de se regarder en chiens de faïence.

Il saigne. Je saigne.

Je n'ai plus de forces, et lui non plus.

Enrico recule tout doucement vers la sortie, et je ne peux rien faire pour l'en empêcher, si ce n'est mobiliser les dernières bribes de ma volonté pour ne pas tourner de l'œil et m'évanouir.

— Tu ne t'en tireras pas comme ça... le menacé-je en berçant mon bras blessé contre mon torse.

Il se traîne jusqu'au bar, fuyant devant moi comme une souris devant un chat. Une petite voix dans ma tête se demande s'il a oublié l'existence des bijoux lorsque je me souviens de ce qu'il y a, derrière le comptoir...

Un fusil à pompe modèle Supernova capable de m'envoyer au septième ciel d'un seul doigt.

Si je ne lui avais pas lacéré le visage, Enrico m'aurait gratifié du plus arrogant des sourires.

— Espèce de salaud !

Mon insulte éculée ne lui fait ni chaud ni froid. Il a pris l'avantage, et il le sait. Dans ces conditions, il n'a plus rien à prouver...

Soudain, des sirènes de police fracassent le silence en milliers de petits morceaux de bruits discordants et des gyrophares de lumière rouge et bleue s'insinuent comme des éclairs éphémères à travers la pénombre.

— Ah ! Sauvée par le gong... gloussé-je d'une façon légèrement hystérique.

Enrico fait un pas vers la table basse où il a étalé les bijoux dans une surenchère d'indécence, mais je gronde comme une lionne en lui montrant mes dents tachées de sang. Des portières claquent, des hommes s'interpellent, le club est cerné de lumières multicolores et de sirènes stridentes. Enrico me fusille une dernière fois du regard, conscient de sa défaite, et s'enfuit à toutes jambes. Il ne franchit pas le seuil de la porte principale, comme il avait prévu de le faire, mais court s'enfermer dans son bureau. Je sais qu'il y a une sortie secrète, dissimulée dans le mur du fond, qui mène dans les égouts, mais je ne fais rien pour l'arrêter.

La police est là et moi, j'ai tué un homme. Ce n'est plus qu'une question de secondes avant qu'elle envahisse le club, aussi m'emparé-je de mon sac et me laissé-je tomber dans l'énorme canapé en cuir d'Enrico. J'ai trente-huit millions de pensées en tête, mais une seule m'est réellement précieuse : Enrico peut fuir aussi loin qu'il le veut, j'ai gravé ma victoire dans les traits défigurés de son visage.

Ça mérite bien une petite pause...

Allongée sur le canapé, mon sac à main serré contre ma poitrine nue, je ferme les yeux et m'endors, bercée par le bruit des flics en train de défoncer la porte. Et peut-être... oui... peut-être que j'entends Wolfgang crier mon nom, mais je suis allée trop loin dans les ténèbres pour revenir à la réalité.

Le roi est mort, vive le roi !

45

LE ROI EST MORT, VIVE LE ROI

Wolf

— T'as prévenu les flics ?! m'agacé-je en foudroyant Jéricho d'un regard noir. Putain !

Mon ami ne prend même pas la peine de démentir mes accusations et se contente de hausser les épaules. Je serre les mâchoires, furieux, et me gare derrière la voiture défoncée d'un agent aux tempes grisonnantes, aussi ventripotent qu'un routier qui aurait abusé de la bière et des chips. Quand il nous voit sortir de la Corvette, il crispe les doigts autour de sa matraque et passe un appel codé à l'aide de son talkie-walkie. Je lève les yeux au ciel, exaspéré, et marche jusqu'à lui pour lui résumer la situation aussi rapidement que possible. Mon ton est sec, mais poli, et le flic finit par se calmer lorsqu'il comprend que je ne suis pas là pour faire du grabuge.

— Restez en dehors du périmètre et tout se passera bien, nous conseille-t-il, alors que deux de ses collègues martèlent la porte du club à coups de bélier sous la directive d'un troisième, plus vieux et expérimenté. A priori, il n'y a personne. C'est sous contrôle.

Je hoche la tête, malade de trouille à l'idée d'être arrivé trop tard.

Jéricho me tapote le dos dans un geste de réconfort aussi vain qu'inutile. Je vois bien qu'il grimace, autant inquiet que moi. Les yeux rivés sur l'épaisse porte rouge et pailletée du Knockout, je prie tous les dieux que je connais – et même ceux que je ne connais pas – pour que King soit toujours là... et en vie. Mais je le sens au plus profond de moi : elle est en danger et elle souffre.

Si je ne la retrouve pas très vite, j'ai peur qu'elle...

Non, non, non.

Je ne peux même pas le formuler en pensée. C'est trop douloureux. Imaginer un monde sans King, c'est tout simplement au-dessus de mes forces. Il n'y a rien, que du vide et des ténèbres, de l'affliction et du chagrin. Un néant prégnant et incoercible, prêt à me dévorer corps et âme.

— Ils ne vont pas tarder à entrer, me rassure Jéricho. Ça va aller...

Non, ça n'ira pas. Et ça n'ira peut-être plus jamais. Mais je ne le dis pas à mon ami, car j'ai autant besoin que lui de m'en convaincre. De toute façon, je suis incapable de parler, toute mon attention est focalisée sur la porte que la police défonce. Chaque impact résonne comme un coup de semonce à mes oreilles – c'est bientôt l'heure de l'attaque. Je me replie à l'intérieur de moi-même, prêt à lâcher la bride à ma fureur, tandis que la porte se gondole, s'enfonce et, finalement, s'ouvre dans un bruit grinçant de métal froissé.

Trois agents vêtus de la panoplie obligatoire des membres du SWAT entrent en trombe dans le club. J'arrive à patienter une seconde, puis une autre, et même une troisième... Mais c'est plus fort que moi, je ne peux pas rester inactif, sur le fil du rasoir qui me saigne le cœur à vif. Il faut que j'aille m'assurer de mes propres yeux qu'elle est là – et qu'elle va bien. Je peux presque entendre la voix de King m'appeler depuis les profondeurs obscures du club – *Wolfgang*. Sans réfléchir aux conséquences, je me mets à courir jusqu'à l'entrée enténébrée d'où s'échappe une musique lascive à la sensualité aberrante pour les circonstances. Les vives protestations du flic ventripotent et de Jéricho me parviennent dans le flou lointain d'une réalité qui s'efface pour tracer les contours sanglants de mon pire cauchemar, aussi n'y prêté-je aucune attention. Comme il n'y a personne pour m'arrêter, j'entre dans le club en hurlant le nom de King, submergé par la fragrance si reconnaissable de la poudre, du sang et de la mort.

Rouge, rouge, rouge.

Où que se pose mon regard, je ne vois qu'une rivière de sang écarlate répandre ses rigoles comme des larmes morbides sur le sol.

La mort a frappé, le sang a parlé.

Si King est toujours là, elle ne sera plus jamais la même, parce que cette nuit, elle a été baptisée par Albuquerque.

Ma petite hirondelle a-t-elle toujours ses ailes ?

— King...

Des mains puissantes m'attrapent par les épaules pour me forcer à ressortir du club, mais je suis déchaîné, au-delà de la fureur, et trop terrifié par la vision du corps avachi qui encombre la piste de danse pour rebrousser chemin.

— Lâchez-moi, putain ! craché-je au flic qui tente de me pousser vers la sortie. King ! *Mein Schatz* ! Réponds-moi, putain !

À bout de nerfs, j'assène un violent coup de boule au flic. Ma tête cogne contre son casque renforcé, mais je ne ressens rien d'autre qu'un léger étourdissement, et mon geste d'une stupidité sans nom me permet au moins de gagner quelques précieuses secondes durant lesquelles je parviens à identifier le cadavre.

C'est un homme, pas une femme. De forte corpulence, avec les cheveux noirs et la peau brune, le visage figé dans une expression de pure terreur qui me cueille aux tripes comme un coup de poing. Quelque chose, ou plutôt quelqu'un, lui a arraché la gorge. Il baigne dans une flaque de sang si épaisse qu'elle reflète les éclats noirâtres du plafond en obsidienne. Ses yeux vides et voilés sont tournés vers moi et, à travers eux, j'ai l'impression de distinguer les profondeurs abyssales de la mort.

— Appelle une ambulance, Smith. Et vite ! s'écrie l'un des flics à l'intention de celui qui me retient toujours par le bras. On a une fille blessée !

Une fille blessée. Ces trois mots me redonnent la vie.

— King ! m'écrié-je de plus belle, à la fois rassuré et horrifié. C'est ma copine, précisé-je à Smith. S'il vous plaît, laissez-moi...

Je ne termine pas ma phrase. Un bruit de cavalcade à l'arrière du club m'interrompt en pleine tirade. Puis un bref échange de balles se fait entendre par-dessus la musique, mais un vrombissement rageur de moteur finit par l'étouffer et je suis à peu près sûr que le tireur a réussi à s'échapper.

Smith me relâche presque immédiatement pour aller prêter main-forte au troisième flic qui a visiblement débusqué un laquais d'Enrico... ou Enrico lui-même, pour ce que j'en sais. Je profite de ma chance pour rejoindre l'immense canapé en cuir près duquel l'autre flic est agenouillé, l'arme au poing et le talkie-walkie aux lèvres. Il réclame des renforts et une ambulance.

— Smith et Rodrigues sont sur le coup, Kent et Juane étaient postés à l'arrière, explique-t-il dans un débit si rapide que j'ai du mal à le suivre. On a trouvé un cadavre. Ton indic' avait raison. Les bijoux sont ici, mais l'autre enfoiré s'est tiré...

Je ne l'écoute plus.

La scène effroyablement belle qui s'offre à mes yeux écarquillés m'ôte toutes mes facultés mentales.

Étendue sur le flanc dans le canapé en cuir souillé de sang et criblé d'impacts de balles, King dort à poings fermés, complètement nue... si l'on omet le sang qui la recouvre de la tête aux pieds. Elle en est maculée de la racine des cheveux jusqu'à la pointe des orteils, mais loin de l'enlaidir, cette peinture de guerre barbare ne fait que souligner la beauté gracile de son corps souple et délié qui porte autant de blessures que d'hématomes. Son visage est tuméfié et contusionné, ses lèvres gonflées et barbouillées d'une substance que j'ai du mal à identifier, et ses mains éraflées jusqu'à l'os. Une vilaine éraflure à l'épaule fait couler un mince filet de sang frais jusqu'à ses doigts crispés sur la lanière de son sac à main, et le bras qu'elle a plié sous sa tête est tordu dans un angle bizarre, comme s'il était cassé.

Il est évident qu'elle a été battue, violentée, *torturée*. Presque à mort, et au moins jusqu'à l'évanouissement.

Pourtant, King sourit dans son sommeil...

Et c'est un vrai et grand sourire qui crayonne la folie sur sa bouche ensanglantée, illuminé d'une satisfaction sombre et funeste qui contraste violemment avec son apparence défaite.

— Hé, gamin ! m'interpelle le flic en me sortant de mon état de stupéfaction. Tire-toi de là avant que je te casse la gueule ! Ce n'est pas un terrain de jeu, merde !

Je m'ébroue comme un animal et me jette sur les genoux, près de la tête de King, que j'entoure de mes mains tatouées en son honneur.

— *Mein Schatz*, je suis là... Je t'ai retrouvée. Ça va aller. Asher va bien. Ton bébé est sain et sauf... bredouillé-je dans la confusion la plus totale. L'ambulance sera bientôt là. Tiens le coup. Tiens le coup pour moi, ma petite hirondelle...

Je lui caresse les cheveux, et des mèches sanglantes s'accrochent à mes doigts tremblants. Je ne sais pas quoi faire pour l'aider ; mon premier instinct serait de la réveiller, mais je ne veux pas qu'elle souffre plus qu'elle n'a déjà souffert.

— C'est ta copine ?

Je regarde le flic, hébété. Il y a de la compassion dans ses yeux pâles, et je me fais la réflexion qu'il sait probablement quelque chose que j'ignore.

— C'est ma femme, le contredis-je, le cœur battant la chamade. C'est toute ma vie.

Et je ne la quitterai plus jamais. Qu'elle le veuille ou non. Je ne la lâcherai plus.

Peut-être que je le payerai plus tard, mais je m'en contrefous. Ma petite hirondelle a besoin de moi, et je serai là. Jusqu'à la fin.

Je ne te lâcherai plus jamais, mein Schatz.

Cinq jours plus tard

Jemar me fixe d'un œil maussade, le visage cerné par une fatigue extrême. L'épuisement, tant émotionnel que physique, l'a vieilli d'au moins dix ans, et ce n'est pas près de s'arranger. Danger est dans le coma, et les médecins se montrent plutôt réservés à son sujet. Même s'il se réveille, ce qui n'est pas encore certain, les spécialistes sont unanimes : son fils ne sera plus jamais le même homme. Il gardera de nombreuses séquelles de son flirt avec l'au-delà, qui l'a amené si près des portes du paradis qu'il a été déclaré mort pendant plus d'une minute et vingt secondes. À son arrivée aux urgences, son cœur s'est arrêté de battre. Deux fois. Pendant que je luttais pour rester auprès de King dans le club, Jemar se débattait avec les urgentistes pour ramener son fils à la vie. Ils ont réussi, mais la question est désormais de savoir à quel prix...

À côté de lui, Sonja s'efforce de faire bonne figure. C'est un rayon de soleil dans cette nuit noire et lugubre qui semble ne plus vouloir connaître de fin. Elle est abattue, évidemment, mais elle ne s'autorise pas le droit de flancher ; c'est elle qui s'occupe d'Asher pendant que King est...

Je déglutis, la gorge sèche, et me tourne vers le lit d'hôpital complètement vide. Les draps froissés sont tachés d'une multitude de petites gouttes de sang frais – c'est une vision macabre. Le parfum de King imprègne encore la chambre d'une touche de fleurs sucrées, mais il n'est plus assez fort pour chasser les effluves entêtants d'antiseptique et de détergent. J'ai beau essayer de garder la tête froide, je la revois, étendue sur le canapé du club, nue et ensanglantée, un sourire carnassier suspendu à sa bouche charnue.

– Je ne vois pas pourquoi la police l'interroge encore une fois... marmonné-je, ne supportant plus le silence lugubre qui s'épaissit de minute en minute. Elle leur a dit qu'elle ne se souvenait plus de rien !

Après un tel traumatisme, ça n'aurait rien d'étonnant. Les examens préliminaires ont démontré qu'elle avait été battue et torturée – exactement comme je l'avais craint. Un bras cassé, trois dents ébréchées, deux côtes fêlées, une plaie à l'épaule et d'autres, moins sérieuses, sur l'ensemble du corps, agrémentées d'une série d'hématomes bleuâtres sur les jambes ; quoi qu'il se soit passé au Knockout, il est évident qu'elle a agi en état de légitime défense.

Et pourtant...

Carlos est mort, la gorge déchiquetée par des dents humaines, et même s'il serait très tentant de se voiler la face, je sais que l'analyse des morceaux de chair retrouvés dans la bouche de King attestera de sa culpabilité.

Elle l'a tué.

Elle lui a déchiqueté la gorge.

Elle a... sauvé sa peau, tout simplement.

J'aimerais que la police cesse de la harceler en l'obligeant à revivre ce moment, encore et encore, comme si elle avait fait quelque chose de mal. Qu'elle était dangereuse et qu'elle cachait de terribles secrets. Carlos n'était qu'une ordure violente et malfaisante qui méritait d'être arrêtée – d'une façon ou d'une autre. Personne ne le pleurera, et s'il n'était pas mort, il aurait fini ses jours en prison pour kidnapping, séquestration et tentative d'assassinat. Les vidéos de surveillance de l'entrepôt et du garage de Jemar lui auraient valu de décrocher la célèbre carte « Allez directement en prison. Ne passez pas par la case départ. Ne recevez pas deux cents dollars » du Monopoly.

Une carte qu'Enrico a tirée, lui aussi. Même s'il n'a pas encore été arrêté, il a désormais toute la police d'Albuquerque aux fesses et une véritable chasse à l'homme a été lancée par la presse et les forces de l'ordre. En plus des derniers événements, les flics ont trouvé des dizaines de preuves toutes plus accablantes les unes que les autres dans les bureaux du Knockout. De quoi assurer une future condamnation à perpétuité : trafic de drogue, blanchiment d'argent, détention illégale et recel d'armes à feu, prostitution et extorsion de fonds, etc.

Le Knockout était visiblement la plaque tournante d'une grande partie des activités criminelles florissantes d'Albuquerque.

Les perquisitions au club de striptease le plus tristement célèbre de la ville ont entraîné une vague d'arrestations plutôt impressionnante. Plusieurs malfrats notoires, tels que Shelby, Karla et Marco – qui était loin d'être aussi sage et innocent que King le croyait – ont écopé d'un aller simple pour le centre pénitentiaire de Santa Fe.

Mes bijoux aussi ont été retrouvés – et mis sous scellés. Je n'ai pas jugé très judicieux d'en revendiquer la possession, aussi me suis-je contenté d'opiner du chef quand Jemar m'a ordonné de faire comme si je ne savais rien à ce propos.

Selon Zex et Jéricho, qui sont passés ce matin pour prendre des nouvelles de King et Danger avant de retourner au garage, toute la ville est en effervescence. La plupart des sbires d'Enrico se sont fait la malle direction le Mexique, livrant la ville aux petites frappes qui se hâtent de s'organiser pour reprendre le contrôle des marchés parallèles.

Le nom de King est sur toutes les lèvres. Ma petite hirondelle est sur le point de devenir une véritable légende urbaine.

L'ancienne prostituée qui a détruit l'empire d'Enrico, le plus grand criminel d'Albuquerque.

Il se murmure même qu'elle l'aurait défiguré.

L'ancienne prostituée qui a arraché la gorge de Carlos, le plus gros fils de pute de la ville.

Il se murmure même qu'elle l'a tellement effrayé qu'il s'est pissé dessus de trouille.

L'ancienne prostituée qui a vengé toutes les autres femmes victimes de ces deux pourritures.

Il se murmure même qu'elle ne compte pas en rester là.

L'ancienne prostituée qui travaillerait en réalité pour un autre génie du crime, Ambroise García Lopès.

Il se murmure même qu'elle a toujours été sous ses ordres et qu'elle lui a débarrassé le passage pour qu'il revienne coiffer sa couronne.

Entre réalité et illusion, hasard et destinée, la vérité se dissimule derrière les lèvres désespérément closes de King, qui s'obstine à garder le silence et à prétendre qu'elle ne se souvient plus de rien. Mais ses yeux noirs ne mentent pas, eux : elle se souvient de tout, dans les moindres détails.

Et non, elle ne compte pas en rester là.

— Ne t'inquiète pas, Wolfgang, me rassure Jemar d'une voix éteinte. King ne risque rien. Ce n'est pas pour la faire inculper de meurtre que la police l'interroge.

Je fronce les sourcils.

— Qu'en savez-vous ? Ils sont tout le temps après elle ! C'est presque du harcèlement. Elle est encore sous morphine pour ses blessures, mais ils n'ont pas hésité à la traîner de force en salle d'interrogatoire ! Ce n'est pas illégal, ça ?!

— J'ai gardé des amis dans les forces de l'ordre, me rappelle-t-il sèchement. Et ils ne l'interrogent pas... Ils essaient d'obtenir sa coopération.

— Pourquoi ? Je crois qu'elle en a assez fait, au contraire !

C'est même l'euphémisme du siècle.

— Retrouver Enrico, déjà. Et puis, ils chassent un poisson encore plus gros que ce petit merdeux.

— Ambroise ? m'étonné-je, arrachant un sourire sombre à Jemar.

C'est le premier qu'il esquisse en cinq jours, et loin d'exprimer de la joie, il exhale un vent de violence glaciale qui me fait froid dans le dos.

— Non. Pas Ambroise.

Le juge Torres ? m'interrogé-je en moi-même. *C'est le seul à être passé entre les mailles du filet. Rien, absolument rien, ne l'a relié de près ou de loin aux affaires d'Enrico.*

J'ouvre la bouche pour essayer d'en savoir plus, prêt à lui tirer les vers du nez par la force ou le chantage, lorsque la porte de la chambre s'ouvre dans mon dos. Je me retourne sur mon siège, le cœur battant à tout rompre dans ma poitrine.

— King...

Elle est là, devant moi, toujours aussi belle avec ses yeux noirs, sa peau hâlée, ses pommettes ciselées et son nez retroussé. Une autre cicatrice s'est ajoutée à celle qu'elle porte déjà à l'arcade – une fine ligne rouge et boursouflée, juste au-dessus de sa lèvre supérieure, qui témoigne des horreurs qu'est capable de commettre cette bouche sublime lorsqu'on essaie de lui voler son sourire.

Mon âme se gorge d'une émotion atrocement douloureuse qu'elle est la seule à faire naître en moi : l'amour. Aveugle et puissant. Aussi irrationnel qu'indescriptible. Elle est mon début et ma fin. Ma destinée offerte par le baiser du hasard. Le seul bijou dont j'ai besoin pour être riche et heureux.

Il n'y a rien que je ne lui pardonnerais pas.

Rien.

Son regard torve annonce le calme avant la tempête. Elle bouillonne de colère, et je sens qu'elle se retient d'exploser comme une putain de grenade à la gueule des flics qui l'encadrent sur le seuil de la chambre.

— Vous n'êtes pas amnésique et nous le savons tous les deux, déclare le plus grand en la retenant par la main. Les secrets sont des fardeaux, et si vous vous obstinez à les porter toute seule, ils finiront par vous écraser. Réfléchissez bien à notre proposition, Tempérance.

Pour la première fois en cinq jours, ma petite hirondelle use de sa voix rauque et éraillée, abîmée comme si elle l'avait trop utilisée pour hurler, en crachant avec véhémence :

— Mes amis m'appellent King. Et mes ennemis aussi, d'ailleurs. Je n'ai jamais pu me permettre d'être Tempérance, et je ne commencerai pas avec vous !

Elle le repousse et s'avance vers le lit, le bras gauche fermement plaqué contre sa poitrine par une attelle médicale qui a l'air de la gêner plus qu'autre chose. À chaque pas, elle retient une grimace de souffrance qui me plonge dans un état de fureur noire. Excédé, je finis par me lever et lui tendre la main pour l'aider à se rallonger.

Pendant un instant, elle me fixe comme si elle ne savait pas s'il fallait qu'elle s'en saisisse ou qu'elle s'en protège.

Mon cœur tombe à ses pieds, brisé par la peur qu'elle n'arrive pas tout à fait à me cacher.

Ne les laisse pas te couper les ailes, ma petite hirondelle... la supplié-je, mes yeux plongés dans les siens. *N'aie pas peur. Ne me lâche pas...*

Un début de sourire ourle ses lèvres meurtrières tandis qu'elle dépose sa petite main dans la mienne et qu'elle s'appuie contre moi pour se hisser sur le lit.

— Si tu ne me lâches pas... commencé-je avec un espoir brûlant.

— Je ne te lâcherai pas, termine-t-elle en s'accrochant à mes doigts de toutes ses forces.

Puis elle se tourne vers les deux agents de police qui la couvent d'un œil pénétrant – pas tout à fait hostile, mais prudent – et elle lâche sa bombe :

— Vous vous trompez : je ne suis pas seule. Et vous n'avez rien à m'offrir qui m'intéresse, agent Malone, pour la simple et bonne raison que je n'éprouve aucun désir de paix ou de pardon. Alors, appelez-moi King et allez vous faire foutre avec vos menaces à deux balles !

Le flic hausse un sourcil broussailleux.

— Nous sommes amis ou ennemis, King ?

Elle lui sourit, mais ce n'est pas un sourire, et je peux le jurer : l'agent Malone, un vieux de la vieille de presque deux mètres et cent kilos, frémit de tout son être.

— Ça aussi, c'est un secret...

46
TRENTE-HUIT MILLIONS DE BONNES RAISONS

King

Ça fait deux jours que je suis rentrée de l'hôpital, après deux semaines d'examens et de repos forcé – entrecoupés, çà et là, d'interrogatoires musclés –, et je n'ai pas encore réussi à trouver le sommeil. J'ai beau être épuisée, je n'arrive plus à fermer l'œil. *Il* est dans ma tête – en permanence. *Il* transforme chacun de mes rêves en cauchemars, et pour le fuir, je n'ai pas d'autres choix que de rester éveillée. *Il* me pourchasse parce qu'il sait que je suis déjà sur ses traces.

Enrico n'est pas stupide : c'est lui ou moi. Et pour l'instant, j'ai l'avantage. Mais il ne me faudrait pas grand-chose pour le perdre...

Dans un rictus plein d'amertume, je vide d'une traite ma tasse d'un café noir encore plus amer que moi. L'appartement est tellement vide et silencieux que j'ai l'impression d'être enfermée dans la cage de mes pensées les plus secrètes, les plus inavouables.

Danger n'est pas là. Asher non plus.

L'un est à l'hôpital, s'éveillant à peine de son coma, le corps profondément meurtri, mais l'esprit toujours aussi vaillant, et l'autre est chez ses grands-parents, à l'abri, en attendant que je me remette d'aplomb.

Leur absence est un véritable crève-cœur, et chaque seconde que je passe sans eux me tue à petit feu.

Toutefois, mon petit bonhomme va bientôt rentrer à la maison. Jemar est d'accord, même s'il aurait préféré que ce soit moi qui vienne habiter chez lui pour tous nous réunir sous le même toit. Mais la police a mis le garage sous étroite surveillance, et j'ai beau n'avoir qu'une maigre confiance en leurs capacités à assurer notre protection, je me dis que c'est l'endroit le plus sûr d'Albuquerque, pour le moment.

Certes, les flics n'ont pas réussi à attraper Enrico, alors que je lui avais lacéré le visage à coups de couteau et qu'il se vidait de son sang comme un porc égorgé...

Mais tous les regards sont braqués dans ma direction, ce qui me rend plus ou moins intouchable.

Pas étonnant que la police réclame si fortement mon aide.

Je suis un appât de choix.

Mon téléphone vibre dans ma main, m'arrachant à mes sombres ruminations.

Pile à l'heure.

— Ambroise, le salué-je, vide de toute forme d'émotion – bonne ou mauvaise.

— Ah, *mi amor*... Ça fait deux semaines que j'attends avec impatience d'entendre le son de ta voix.

Je grogne d'agacement. Moi aussi, j'ai attendu son appel, et c'est lui qui m'a fait poireauter, pas l'inverse.

— Tu aurais pu m'appeler plus tôt.

— J'étais en plein déménagement, vois-tu ! Me revoilà de retour au bercail, dans ma belle et sanglante Albuquerque. C'est une petite prison sympa, bien aérée, où il fait bon vivre. J'y ai retrouvé quelques amis d'enfance, tu sais ! On y parle beaucoup de toi, d'ailleurs...

Je veux bien le croire. À cause de la presse, mon nom est sur toutes les lèvres. Toute la ville pense savoir ce qu'il m'est arrivé, au Knockout : l'ex-prostituée qui s'est rebellée contre son ancien bourreau et a contribué à faire arrêter une dizaine de sales types. Certains journaux m'attribuent le meurtre de Carlos, d'autres disent qu'il a été abattu par la police. Dans tous les cas, et bien malgré moi, je suis devenue une espèce de symbole de... liberté.

Les idiots !

La seule chose que j'aie libérée, c'est la bête assoiffée de sang et de vengeance qui vivait à l'intérieur de moi.

— Dis-moi, *mi amor*... Est-ce vrai que tu lui as lacéré le visage ? Qu'il est atrocement défiguré ? Que tu lui as taillé un immense sourire sanglant en travers de sa belle gueule d'ange dont il prenait tellement soin ?

Je frémis à l'excitation nettement perceptible qui grésille dans sa voix métallique.

— Belle, elle ne l'est plus. Et d'ange, il n'en possède plus que la blondeur.

Un rire rauque, profondément satisfait, me parvient à l'autre bout du fil. Ambroise est un monstre, lui aussi. Aussi fourbe et déchaîné que moi. Et bizarrement, son approbation muette m'aide à me débarrasser d'une partie de la tension qui me raidissait la nuque.

L'agent Malone a tort : ce ne sont pas les secrets qui sont lourds à porter, c'est la culpabilité qui découle du silence qu'ils imposent.

— Ah, King... si tu n'avais pas besoin de Wolfgang comme de l'air que tu respires, je t'aurais demandé de m'épouser sur-le-champ.

Je déglutis, la gorge sèche, en baissant un regard vide sur le sac que j'avais avec moi au club, et qui m'a été rendu à ma sortie de l'hôpital. La police a gardé mon couteau, mais j'en ai racheté un autre, que j'ai remis à sa place, dans la couture secrète qui forme un double fond.

À côté de la bague à trente-huit millions de dollars que ces incapables n'ont même pas été fichus de retrouver dans mes affaires.

Les idiots, les idiots, les idiots !

— Pourquoi as-tu été transféré ? dis-je en changeant de sujet.

— Pour être plus près de toi ?

Je ricane.

— Arrête tes conneries. Je ne suis pas d'humeur.

— En effet, réplique-t-il du tac au tac, tu me sembles fatiguée. Est-ce que tu arrives à dormir ?

Il pose la question comme s'il savait pertinemment que *non,* je ne dors plus. Et peut-être qu'il le sait, oui. Après tout, c'est un assassin, lui aussi.

La mort, la peur, la culpabilité, le soulagement, l'envie de vengeance, le besoin d'expiation...

Ambroise connaît ces sentiments contradictoires et conflictuels probablement mieux que moi.

— Non. J'ai peur. Ce n'est pas fini.

Des phrases courtes dans un débit haché : mettre des mots sur ma vulnérabilité me confronte d'un peu trop près à la réalité.

Le plus dur n'a même pas encore commencé...

— Tant que Enrico respirera, conclus-je d'une voix chevrotante, je n'arriverai pas à reprendre mon souffle.

— Je ne le laisserai pas t'étouffer, King. Tu en as assez fait. Laisse-moi prendre le relais et repose-toi.

Je serais presque assez sotte pour le croire.

— Il va revenir pour me faire la peau.

Je le connais par cœur. Ce sera plus fort que lui. Enrico aura besoin de m'écraser pour se relever, et s'il espère rétablir un semblant de crédibilité à sa réputation émiettée, il n'a pas d'autre choix – c'est ma mort ou la sienne.

— Oui, il reviendra, et ce jour-là, tu ne seras pas seule. Wolfgang est là. Jemar est là. Jéricho est là.

Il marque une pause hésitante.

— Je suis là.

D'une main distraite, je triture la lanière de mon sac à main. J'ai trente-huit millions de bonnes raisons d'avoir peur, mais une seule m'aide à tenir, et c'est bien celle-là.

— Je le sais, et c'est ce qui m'empêche de devenir folle. Ce qu'il s'est passé au Knockout, je crois que ça m'a changée, Ambroise. Et pas forcément en bien. Je suis tellement en colère, et j'ai si peur...

Pour préserver Asher, pour venger Danger et ma mère, pour effacer de ma mémoire les tourments qu'ils m'ont infligés, je pense que je serais capable de faire pire. *Bien pire* que ce que j'ai fait à Carlos.

Oui, la chose qui me terrifie le plus désormais, c'est la bête sanguinaire qui s'impatiente dans la prison de mon esprit.

Vengeance ! réclame-t-elle. *Vengeance !*

— La folie n'est pas toujours une mauvaise chose, King. Parfois, c'est l'unique rempart qui se dresse entre toi et la cruauté du monde réel. Protège ton cœur, arme ton bras. Ton esprit et ton âme n'appartiennent qu'à toi, et tu es la seule à savoir jusqu'où tu es prête à aller.

Je ne suis pas sûre d'être d'accord avec lui, mais je n'ai pas la force d'en débattre pour le moment.

— Est-ce que tu sais où il s'est planqué ?

C'est la seule chose qui m'intéresse – le débusquer et le tuer. Après, je prendrai ma famille sous le bras et je quitterai définitivement cette ville de malheur.

Albuquerque et moi, c'est fini. La rupture est consommée.

— J'ai l'œil ouvert et l'oreille qui traîne. Rends-moi visite la semaine prochaine, *mi amor*. J'ai envie de te voir.

— OK, acquiescé-je. Je viendrai. Tu as besoin de quelque chose ?

Il rit comme si je venais de faire une bonne blague, sa voix basse et rauque me chatouille le tympan. C'est agréable.

— Seulement de toi, m'assure-t-il.

Et le plus fou, c'est qu'il a l'air sincère. Je ne sais pas très bien comment c'est arrivé, mais il semblerait qu'Ambroise et moi soyons devenus les meilleurs amis du monde.

— En fait, c'est moi qui ai un petit cadeau pour toi.

C'est à mon tour de marquer une légère pause pleine d'hésitation. Un cadeau d'Ambroise ? C'est toujours risqué de l'accepter.

— Hum ?

Il rit encore une fois, et ça m'apaise.

— Elle sera là ce soir et te tiendra compagnie durant les prochaines semaines.

— Quoi ? m'étonné-je, en fronçant les sourcils.

J'entends une voix étouffée en arrière-plan, celle d'une femme colérique et agacée qui me semble étrangement familière, puis le téléphone change de main et une minute s'écoule dans le silence le plus complet, comme si un doigt avait été plaqué contre le microphone. Alors que je m'apprête à raccrocher, la voix féminine murmure avec un léger accent :

— Salut, *mi guapa*. Ça fait longtemps.

Salomé.

Mon cœur se fige dans ma poitrine, et si je suis tout à fait honnête envers moi-même, je dois admettre que je suis heureuse de l'entendre. Ma meilleure amie m'a peut-être plongé un énorme couteau dans le dos pour aider son frère à réaliser ses sombres projets de vengeance, il n'en demeure pas moins qu'elle me manque. Je n'y peux rien, quand j'aime une personne, c'est pour toujours. Elle peut me piétiner ou m'arroser d'essence pour me mettre le feu, je finirai toujours par lui pardonner.

Wolfgang, Danger, ma mère et Salomé…

Les gens que l'on aime ne peuvent pas toujours être parfaits ou irréprochables. Je ne le suis pas, moi non plus, et je n'ai pas le droit d'attendre d'eux qu'ils le soient.

— Trop longtemps, approuvé-je, légèrement maussade. C'est toi, mon cadeau ?

Salomé rit comme son frère – avec un amusement sincère qui se fait l'écho d'un sens de l'humour un tantinet cruel.

Un vrai sourire s'épanouit sur mes lèvres.

Salomé se revendique d'elle-même comme une femme vénale et superficielle, mais c'est aussi pour ça que je l'aime. Elle est honnête, incisive, et elle n'a pas peur de s'entailler jusqu'au sang avec la vérité. Elle s'assume telle qu'elle est : une belle garce.

— Ça n'a pas l'air de t'enchanter.

— Ce n'est pas une période très facile pour moi.

Salomé fait preuve d'une étonnante douceur lorsqu'elle me répond :

— Ça n'a jamais été facile pour toi, King. Mais tu as toujours été une battante.

C'est peut-être un compliment, mais l'ignoble vérité dissimulée par ces mots flatteurs, c'est que je n'ai *jamais* eu le choix.

C'était me battre ou mourir.

— Merci, dis-je sans vraiment le penser. Et tu comptes venir t'installer chez moi, c'est ça ?

— Ambroise m'a dit que ça ne te poserait aucun problème.

Bien sûr qu'il a dit ça...

— Ça ne m'en pose pas, admets-je, honnête. Mais je suis dans la merde jusqu'au cou, et si tu t'approches trop près de moi, tu risques de te prendre une balle perdue.

D'autant plus qu'elle est la sœur d'Ambroise. L'abattre serait une belle consolation pour Enrico.

— Oh ! Ça sera comme autrefois, alors ! se réjouit-elle, aussi timbrée que son frère. J'ai hâte !

— Pas faux.

J'ai *toujours* été dans la merde.

— Dis voir, King... enchaîne-t-elle d'une voix faussement dégagée. Il les aime comment les filles, Jéricho ?

Et voilà... mystère résolu.

Je comprends immédiatement pourquoi Salomé est à Albuquerque – les vraies raisons, j'entends – et lui réponds :

— Faciles.

Je peux presque entendre le sourire de Salomé lorsqu'elle susurre :

— Ça ne pouvait pas mieux tomber.

J'envisage de la mettre en garde contre Jéricho, dont les blessures suppurantes sont trop profondes et infectées pour être traitées avec autant de légèreté, lorsqu'on toque à ma porte – deux fois.

Un frisson me parcourt la colonne vertébrale.

— Je dois te laisser. Dis à ton frère que j'accepte son cadeau. À ce soir.

Je n'attends pas sa réponse – tout a été dit, et je ne suis plus d'humeur à parler. Ma bouche me fait un mal de chien, mes dents me semblent fragiles et j'ai encore le goût rouillé du sang de Carlos sur la langue... Je raccroche précipitamment en me relevant pour aller ouvrir à mon visiteur inattendu – et tant attendu, aussi.

Comme je l'espérais de toutes les fibres de mon être, c'est bien Wolfgang qui se trouve derrière la porte, vêtu de son bleu de travail, d'un t-shirt blanc taché d'huile de moteur et d'un bonnet noir qui lui donne l'air d'un voyou. Ses yeux bleus me détaillent de la tête aux pieds avec un mélange de tendresse et d'inquiétude qui me tourneboule le cœur à l'intérieur de ma poitrine.

Ces deux dernières semaines, il a été aux petits soins pour moi, m'aidant à me remettre de mes traumatismes et me préparant des dizaines de plats succulents pour me forcer à m'alimenter. J'ai retrouvé mon loup, même s'il n'est plus tout à fait solitaire et sauvage. Et il m'avait tellement manqué ! Je ne sais plus comment j'ai fait pour vivre sans lui, et maintenant qu'il est de retour, j'ai peur de m'accrocher à une chimère. Je suis prête à aller jusqu'en enfer, et même plus loin, pour lui...

Mais ai-je le droit d'espérer qu'il m'y suive ? Et s'il finissait dans le même état que mon pauvre Danger ? Je ne le supporterais pas.

— Tu voulais me parler... commence-t-il, l'air troublé. Tu sembles éreintée, *mein Schatz*. Il faut que tu dormes.

Je m'efface sur le seuil pour le laisser entrer, retiens ma respiration lorsqu'il me frôle, et l'invite à s'asseoir à la table de la cuisine, où je le rejoins en prenant le siège le plus éloigné de lui. Ce que je m'apprête à faire est un crève-cœur, mais il le faut...

— Au fait, j'ai trouvé ça devant ta porte.

Il me tend un livre volumineux, à la couverture usée et cornée, que je mets quelques secondes à reconnaître. C'est une Bible.

Le cœur battant à tout rompre, je tire sur les trois feuilles qui dépassent des milliers de pages et lis les trois versets surlignés à l'encre rouge.

« Vous n'y comprenez rien ; vous ne réfléchissez pas qu'il est dans notre intérêt qu'un seul homme meure pour le peuple et que la nation tout entière ne disparaisse pas. »

Le premier est tiré de l'histoire de Lazare de Béthanie, ressuscité par Jésus, et je comprends à demi-mot l'offre folle et inattendue qu'il semble sous-entendre avec cette mise en garde.

« Mais s'il t'a fait quelque tort ou s'il te doit quelque chose, mets-le-moi en compte. »

« Je l'envoie avec Onésime, le fidèle et bien-aimé frère, qui est des vôtres. Ils vous informeront de tout ce qui se passe ici. »

Le second et le troisième font référence à Onésime, et le message est plutôt clair : les saints sont de mon côté, désormais.

— Mauvaise nouvelle ?

— Non, réfuté-je en repoussant la Bible. J'ai quelque chose à te donner, enchaîné-je, mais il faut d'abord que je te dise merci.

Wolfgang écarquille les yeux dans une grimace grotesque qui me donnerait presque envie de lui sourire. Toutefois, il me suffit de penser à ce que je m'apprête à lui donner pour que mon regard se voile de larmes amères.

— Merci ?

— Oui, merci. Merci d'être là. Merci d'être venu me chercher. Et surtout, merci d'être resté près de moi... malgré... le fait que tu saches... ce que j'ai fait, au club...

Le goût du sang s'intensifie sur mes lèvres.

— King...

— Non ! le coupé-je, alors qu'il me caresse tendrement la main, n'osant pas aller plus loin. Laisse-moi finir, s'il te plaît. Il faut que ça sorte, et je pense que tu dois l'entendre avant de prendre ta décision.

Je prends une profonde inspiration.

— Je t'aime, Wolfgang Müller. Je t'ai toujours aimé et je t'aimerai toujours.

Le bleu polaire des yeux de mon loup s'assombrit de plaisir... et d'angoisse.

Oui, mon amour. C'est peut-être la fin...

— Et je te demande pardon pour tout le mal que je t'ai fait. Ce n'était pas volontaire. Tu m'as beaucoup blessée, toi aussi, mais je te pardonne. En fait, je t'ai pardonné dès l'instant où tu es revenu dans ma vie.

Un seul regard, à peine l'ombre d'un sourire, et j'étais de nouveau à lui, corps et âme.

— Malheureusement, il s'est passé des choses... terribles... qui m'ont profondément changée. Je ne suis plus la petite fille perdue, mais résolument optimiste, que tu as connue autrefois. Ma vie est devenue un champ de mines qui risquent de t'envoyer au cimetière si tu me suis d'un peu trop près...

Il ouvre la bouche pour me contredire, mais je le fais taire d'un doigt plaqué en travers de ses lèvres boudeuses.

— Laisse-moi finir, insisté-je, en mettant la main dans mon sac pour ressortir les deux colliers en diamants que j'ai volés – en plus de la bague, que je continue à cacher. Ton plan était simple : prendre les bijoux et partir t'installer au Canada. Honnêtement, ce serait la meilleure des choses à faire, Wolfgang...

J'étale les deux colliers en face de lui, et ses yeux fous se rivent immédiatement sur les diamants d'une pureté hypnotisante.

— Y'a pas cent mille dollars, mais tu as un joli pactole qui t'aidera à recommencer une nouvelle vie, loin d'Albuquerque.

Je déglutis, une boule dans la gorge.

— Si tu choisis de partir, ce que je te conseille de faire, il faut que tu saches que je ne t'en voudrai pas. Je t'aime et je veux le meilleur pour toi. Et soyons honnêtes : le meilleur n'est pas ici.

Une larme roule sur ma joue – traîtresse !

— Tu as payé ta dette, Wolf. Maintenant, c'est à mon tour de payer la mienne.

Je lui tends les colliers.

— Prends-les et va-t'en.

Il relève les yeux vers moi, aussi silencieux qu'un loup prêt à dévorer sa proie. Je soutiens son regard, effondrée à la pensée que c'est peut-être la dernière fois que je le vois, que je le touche, que je le sens...

— Tu n'as vraiment rien compris, *mein Schatz.*

Je cille, étonnée par la dureté qui fige les traits de son visage fermé.

— Je ne vais nulle part, King. Ma place est ici, avec toi, et l'explosion, on l'affrontera tous les deux, cette fois.

Ses grandes mains tatouées s'emparent des colliers – qu'il remet dans mon sac – et finissent par s'enfoncer dans mes cheveux, qu'il tire pour approcher mes lèvres des siennes.

C'est tout contre ma bouche douloureuse qu'il murmure des mots que je n'avais plus entendus depuis six ans :

— Ich liebe dich, mein Schatz.

Je prends un coup au cœur. Le chant impétueux de la foudre amoureuse résonne dans mes oreilles.

— Tu es mon trésor, King. Ma petite hirondelle éprise de liberté. Je n'ai besoin de rien d'autre que ton sourire pour me sentir comme le plus riche des hommes. Et je ne veux pas d'une autre vie, ici ou ailleurs, parce que la seule vie que je désire, c'est celle qui me permet de rester auprès de toi.

Mon loup dépose un baiser sur mes lèvres. C'est un effleurement chaste, doux et sincère. La plus belle preuve d'amour qu'il aurait pu me donner.

— J'étais sincère avec l'agent Malone, Wolfgang : je n'ai aucun désir de paix ou de pardon.

Je dois obtenir ma vengeance.

Wolf recule sur son siège, l'air impassible, et nos regards se heurtent dans la pénombre de ma cuisine.

— Qu'est-ce que tu vas faire, King ?

Sa glace acérée rencontre ma flamme intérieure.

— Mettre le feu à Albuquerque.

Il me sourit, il me consume.

— Alors, regardons-la brûler ensemble, ma petite hirondelle.

Il me donne des ailes.

ÉPILOGUE

Centre pénitentiaire d'Albuquerque

King

En me voyant, assise sur l'étroite chaise en plastique située de l'autre côté de la vitre du parloir, Ambroise esquisse un sourire si doux qu'il menace de me briser en mille morceaux. Les larmes me montent aux yeux, comme à chaque fois que je repense à ce qu'il s'est passé au club, et je déglutis à plusieurs reprises pour essayer de dissoudre la boule d'angoisse qui m'obstrue la gorge.

Peine perdue. Je crois qu'elle restera là jusqu'à ce que les cendres d'Enrico soient dispersées aux quatre vents dans le désert.

Faisant fi de mes souvenirs trop sanglants, je m'efforce de grimacer un semblant de rictus à l'intention d'Ambroise. Mais je ne dois vraiment pas être convaincante, parce qu'il hausse l'un de ses épais sourcils noirs tandis qu'il s'installe en face de moi et s'empare du combiné grisâtre qui va nous permettre de communiquer.

Je l'imite, la main légèrement tremblante.

— Tu as l'air épuisée, *mi amor*.

Droit au but. Comme toujours avec lui.

— J'ai du mal à dormir, avoué-je avec une profonde lassitude.

Pourtant, je dois bien admettre que cette dernière semaine s'est déroulée comme dans un rêve après les terribles cauchemars que j'ai dû traverser pour survivre jusqu'ici.

Wolfgang a refusé les bijoux et m'a dit qu'il m'aimait. Depuis, il me tient dans ses bras toutes les nuits pour que je puisse dormir, ne serait-ce que quelques heures grappillées par-ci par-là.

Asher est rentré à la maison – *enfin*. Et Danger s'est réveillé, même s'il est encore très affaibli, coincé dans son lit d'hôpital, et qu'il va lui falloir plusieurs semaines de soins et de rééducation avant de pouvoir envisager un retour à la vie normale. Comme je n'ai toujours pas repris le travail, je peux rester avec eux à longueur de journée, les dorlotant peut-être un peu trop et les rendant encore plus capricieux, l'un comme l'autre.

Cela dit, après tout ce qu'ils ont dû et ce qu'ils doivent encore endurer par ma faute, j'estime que ce n'est qu'un juste retour des choses.

D'autant plus que c'est loin d'être terminé...

Par ma faute, là encore.

Bien que personne ne m'en tienne rigueur – même pas Danger, qui s'est répandu en excuses pour les paroles cruelles qu'il a été forcé de tenir cette maudite nuit –, je n'arrive pas à me débarrasser de la culpabilité que j'éprouve envers eux. Elle me bouffe de l'intérieur. J'ai beau savoir que je n'avais aucun contrôle sur la situation, que le drame couvait depuis trop longtemps pour pouvoir être évité et que j'ai fait de mon mieux pour minimiser les dégâts...

Enrico respire encore.

Et tant que ce sera le cas, je ne pourrai pas me débarrasser de ce fardeau qui m'éloigne toujours plus de ma famille de cœur.

— Je veux qu'il meure, Ambroise, lâché-je de but en blanc en ignorant l'innocente question qu'il m'a posée et que je n'ai même pas entendue.

Les pupilles d'Ambroise se dilatent, signe d'une brusque flambée d'excitation. Et lorsque ses yeux tombent sur mes lèvres, encore légèrement enflées, je ne devine que trop facilement à quoi il pense – à moi réduisant la gorge de Carlos en charpie et le visage d'Enrico en reproduction quasi-fidèle d'un tableau de Picasso.

— Je le veux aussi, King.

Je l'entends sans qu'il ait besoin de le dire.

— Mais…

Ambroise me regarde droit dans les yeux avant de répliquer :

— Mais il va falloir être patiente, *mi amor*.

Autant me demander d'arrêter de respirer.

— Je n'ai plus de patience !

Plus depuis qu'il s'en est pris à Asher, qu'il a tiré deux balles dans la poitrine de Danger et qu'il a froidement abattu ma mère, après l'avoir très probablement torturée pendant des jours.

— Il va bien falloir que tu en trouves, me rabroue Ambroise avec une certaine dureté qui me rigidifie tous les muscles du corps. J'ai payé cher ta protection et celle de Wolfgang. Alors ne fais pas tout foirer en voulant aller plus vite que la musique.

L'indignation me coupe le souffle.

— De quoi tu parles ?!

Ambroise désigne les lieux d'un revers agacé de la main. Le centre pénitentiaire d'Albuquerque est beaucoup moins surveillé que celui de Santa Fe. Plus petit, aussi. Et globalement mieux fréquenté. Pourtant, j'ai l'impression qu'il n'est pas du tout satisfait de ce changement de décor.

— Mon transfert n'était pas au programme.

— La prison d'Albuquerque est moins dangereuse, non ? m'enquiers-je, les sourcils froncés. Et plus facile d'accès, aussi. Je n'ai quasiment pas été contrôlée à l'entrée, tu m'as dit toi-même que l'on pouvait parler sans avoir à simuler de folles parties de jambes en l'air, et sauf erreur de ma part, tu es considéré comme une espèce de dieu vivant pour les types présents ici.

Le visage d'Ambroise s'assombrit d'une expression que j'ai un mal fou à déchiffrer.

— Les parties de jambes en l'air vont me manquer, soupire-t-il, même si elles étaient fausses.

Je lève les yeux au ciel.

— Réponds à ma question et arrête de tourner autour du pot.

Deux mois plus tôt, je n'aurais jamais osé m'adresser à lui d'une façon aussi sèche et directe. Pas sans trembler des genoux et bégayer comme une idiote terrifiée par le croquemitaine caché sous son lit. Et pourtant, aujourd'hui, j'ai le sentiment que lui et moi, on est sur un pied d'égalité. D'ailleurs, lui aussi semble le penser, parce que, et pour la toute première fois, il me regarde sans me juger. Sans me jauger. Sans chercher à me manipuler.

Ambroise me respecte.

Le crime nous a rapprochés, la mort nous a baptisés, et désormais, nous faisons partie de la même espèce : celle des meurtriers.

— Tu as raison sur tout ce que tu as dit, *mi amor*. Grâce à toi, je suis une légende vivante entre ces murs. Tous ces *pendejos* sont à mes pieds et, si je le voulais, je pourrais me tirer d'ici sans avoir à attendre que la justice accepte de me rendre ma liberté.

— Mais... répété-je, consciente du fait qu'il considère que sa situation, loin de s'être améliorée, s'est plutôt dégradée à cause de son transfert.

Il se frotte le crâne et attend qu'un autre détenu en combinaison orange ait rejoint son parloir pour m'expliquer :

— Ici, il y a beaucoup plus de zones d'ombre et d'angles morts. Je n'en suis que plus facile à assassiner.

Mon cœur se fige dans ma poitrine.

— Ne t'inquiète pas pour moi, s'empresse-t-il de me rassurer, avec ce sourire de cinglé qui me faisait tellement frissonner, à l'époque.

Et qui n'a désormais plus le moindre effet sur moi.

— Je gère, et pour être honnête, ça m'aide à dissiper l'ennui qui avait commencé à m'encrouter.

Je me force à lui rendre son sourire.

— Nos vies ne seront jamais simples, hein ?

Il hausse les épaules.

— La mienne, je ne l'espère pas. Pour ce qui est de la tienne, et si c'est ce que tu veux, alors je vais tout faire pour qu'elle le devienne.

Je penche la tête sur le côté, dans l'expectative.

— Pourquoi ferais-tu ça pour moi ?

Il met une longue minute à me répondre.

— Je t'ai mise dans cette situation, mais je vais aussi t'en sortir, King. Tu as assez donné, et je te l'ai déjà dit : c'est à moi de prendre le relais.

Je sens bien qu'il est sincère, mais là encore, je sais aussi qu'il ne me dit pas toute la vérité.

— Je ne comprends pas, Ambroise. Explique-moi ce qu'il va se passer. J'ai besoin de le savoir pour m'y préparer.

Ambroise se rapproche de la vitre et, pour une raison inconnue, je l'imite jusqu'à y former de la buée avec mon souffle.

— Enrico a trouvé refuge chez un homme qui, pour le moment, est intouchable. Autant pour toi que pour moi.

Mon cerveau tourne à plein régime.

— Le juge Torres.

— Exactement.

— Jéricho pourrait...

Ambroise baisse la voix et murmure à l'autre bout du fil :

— Torres n'a aucune confiance en son fils, King. Il sait qu'il est avec moi.

— Mais il y a bien un moyen de... m'agacé-je dans un murmure enragé, avant de m'interrompre de moi-même lorsqu'un nom éclate comme une bulle de savon dans ma tête. *Salomé.*

Voilà pourquoi Ambroise m'a envoyé sa sœur, qui s'est installée chez moi la semaine dernière et me remplace temporairement au garage, où Jéricho s'est lui-même porté volontaire pour aider Zex et Wolfgang jusqu'au retour de Danger. Ce n'est pas seulement pour garder un œil sur le fils du juge, comme je le croyais. Après tout, il avait déjà Wolfgang pour ça...

— Torres a un gros défaut qui le rend prévisible : il aime un peu trop les femmes qui s'intéressent à son fils.

Beurk.

— Est-ce que tu es vraiment en train de me dire que tu as

demandé à Salomé, ta propre sœur, de draguer Jéricho dans l'espoir qu'elle parvienne à atteindre le juge Torres ?

Ambroise affiche un large sourire un brin condescendant.

— L'envoyer directement dans son lit aurait manqué de subtilité, tu ne crois pas ?

Pour le coup, je ne sais plus si je le trouve stupide ou brillant.

— Tu n'as retenu aucune leçon de ce qu'il m'est arrivé, hein ?

Pourtant, mon corps en porte encore les stigmates.

— Oh, si... crois-moi ! Et je vais me faire un plaisir de leur en enseigner quelques-unes de mon cru en compensation !

Son plan ne me dit rien qui vaille. Et pour cause, Salomé n'est pas une guerrière. Pas comme moi. C'est une belle colombe au plumage d'un blanc éclatant, qui aime voler et chanter. Et ça a beau être la même peste qu'au lycée, quelque chose a changé, chez elle. Elle n'est plus aussi... *dure* qu'autrefois. Je sens une certaine fragilité, dans sa voix. Je vois une profonde vulnérabilité, dans ses yeux. Et même si elle le nierait probablement jusqu'à s'en rompre les cordes vocales, elle se sentait terriblement seule avant de revenir à Albuquerque.

Je crois que, quelque part en cours de route, Salomé a perdu toute estime d'elle-même. Et j'ai bien peur que ça la mène à une mort certaine.

— Tu vas mettre ton propre sang en danger, Ambroise.

— Salomé sait dans quoi elle s'engage.

Je ricane.

— Le savoir et le vivre sont deux choses différentes.

J'étais pétrie de la même arrogance avant d'être brisée par Enrico, sur une piste de danse qui m'a dérobé bien plus que mon innocence.

— En effet, et ça aussi, elle le sait.

— Elle risque d'y laisser plus que des plumes !

Et peut-être même d'y perdre davantage que moi.

— C'est son choix, King. Pas le mien. Et tu te dois de le respecter autant que moi.

Même si ça me coûte de l'admettre, il marque un point.

— Et ensuite ? le relancé-je. Que se passera-t-il ?

Ses yeux noirs se mettent à pétiller d'impatience.

— Ensuite, je sors d'ici, je fais le ménage et je me tire.

Son assurance me laisse circonspecte.

— Tu crois encore que tu parviendras à sortir de là ?

Ambroise éclate de rire, sincèrement amusé par mon air dubitatif.

— Maintenant plus que jamais.

Encore des secrets.

— Tu parles par énigmes, mais on est dans le même camp, lui rappelé-je.

— King, tu le sais mieux que quiconque, non ? Certains secrets sont trop dangereux pour être divulgués aux gens à qui l'on tient. Se taire est parfois la plus grande preuve d'amour que nos âmes sales peuvent leur offrir.

Mes joues s'empourprent et je dois mobiliser toute ma volonté pour ne pas toucher la bague que j'ai cachée sous mes vêtements, accrochée à une longue chaîne en argent qui me tombe jusqu'entre les seins. Pile là où bat mon cœur abîmé, balafré, mais toujours aussi… déterminé à survivre.

Personne ne sait que c'est moi qui ai récupéré ce diamant d'une valeur inestimable.

Ni Wolfgang, ni Enrico, ni la police.

Mais mon petit doigt me souffle qu'Ambroise a tout compris.

Comme d'habitude.

— Repose-toi, *mi amor*, me répète-t-il encore une fois, alors que ses yeux trop intelligents, insupportablement perspicaces, confirment mes soupçons. Profite des tiens, veille sur ton trésor, et ne t'inquiète pas : les saints vont prendre soin de toi, désormais.

— Je n'ai jamais été croyante.

— Oh, mais moi, je le suis depuis très, très longtemps…

Si je lis correctement entre les lignes, Ambroise vient plus ou moins d'avouer qu'Onésime et Lazare sont dans son camp depuis le début – ou presque. Ce qui explique pas mal de choses, à commencer par le petit coup de main d'Onésime, ce soir-là.

Sans lui, je serais morte et enterrée, à l'heure qu'il est.

Comment cela est-il possible ? Je n'en ai pas la moindre idée, et je ne perds pas de temps à poser la question. Je me doute bien qu'Ambroise ne me répondra pas. En tout cas, pas ici, en prison, où les murs ont des oreilles, des yeux et des crocs prêts à te déchiqueter en mille morceaux.

— Tu es en sécurité, King, finit par me dire Ambroise en plaquant son front contre la vitre. Je t'en fais la promesse. La police te garde à l'œil, la rue te vénère et tu es devenue un véritable symbole de liberté pour les gens comme nous. Tu n'as rien fait de mal, et rien de mal ne te sera plus jamais fait. Enrico n'arrivera pas à t'atteindre. Et s'il est assez fou pour essayer, c'est sur moi qu'il tombera.

C'est sûrement stupide, mais je... j'ai l'impression que... je peux le croire. Que je peux souffler. Et peut-être, *enfin*, me reposer.

— Je veux être là pour le voir mourir, m'entends-je lui ordonner en pressant mon front contre le sien – ou presque. Promets-le-moi.

Mon regard se verrouille à celui d'Ambroise.

Nos bêtes se reconnaissent.

Nos monstres se saluent.

Nos âmes noires se lient dans un sombre, si *sombre* serment.

— Je te le promets.

Quelques minutes plus tard, je quitte la prison froide et grisâtre en laissant derrière moi une partie du fardeau qui m'écrasait les épaules. Le pas plus léger qu'à mon arrivée, je prends une profonde inspiration et tourne mon visage vers les rares rayons de soleil qui parviennent à percer les nuages lourds d'une pluie tiède.

Je n'ai plus peur.

Je ne me sens plus monstrueuse.

J'ai survécu.

Et maintenant, je vais savourer la vie que je me suis moi-même offerte en m'abreuvant du sang de mes ennemis.

Littéralement.

Un large sourire incurve mes lèvres lorsque je croise le regard interrogateur de Wolfgang qui m'attend sagement près de sa fidèle Mustang, qu'il vient à peine de récupérer et qui porte encore les traces de mes mauvais traitements. Adossé à l'aile arrière de sa voiture, un Asher étrangement paisible blotti dans ses bras, il me regarde comme s'il n'arrivait toujours pas à croire que je suis bel et bien réelle.

Il y a tellement d'amour dans ses yeux bleus.

J'y vois le passé, le présent et l'avenir.

J'y vois tout ce qu'il y a de meilleur en moi.

Et je n'y vois plus le pire.

Plus jamais.

— Cette petite visite semble t'avoir fait du bien, *mein Schatz,* commente-t-il en venant à ma rencontre.

Dès qu'il est suffisamment proche de moi, je l'attrape par la nuque, me presse contre la partie libre de son torse et l'embrasse avec tout l'espoir que je viens de retrouver.

Pour nous.

Notre baiser est passionné, ardent et sauvage.

Quelque chose se déverrouille à l'intérieur de moi, et enfin... *enfin*... je sens mon entrejambe frémir et s'humidifier tandis que le désir me poignarde l'estomac d'une envie de sexe que j'avais bien peur d'avoir à jamais perdue.

Ses lèvres cruelles, tiédies par son anneau en métal, se referment sur les miennes avec une sensualité qui fait s'envoler tout un tas de papillons hystériques dans mon ventre. Je gémis de plaisir contre sa bouche, l'âme en paix.

Le cœur en joie.

Les larmes aux yeux.

— Tout est OK, ma petite hirondelle ? me demande-t-il à mi-voix, en se reculant lorsque Asher s'agite dans son étreinte et tend ses petits bras potelés vers moi.

Je récupère mon fils, que je presse tendrement contre mes

trente-huit millions de raisons de me battre, et gratifie mon loup d'une légère caresse sur la joue.

— Oui, ça va.

Mieux qu'hier, moins bien que demain.

J'ai décidé d'y croire et de m'accorder un peu de repos, comme n'a pas cessé de me l'ordonner Ambroise.

Aux côtés de mes deux plus grands amours, de ma famille de cœur et de mes amis.

Et lorsque le moment sera venu de replonger dans les eaux sombres et tumultueuses d'Albuquerque, je serai prête.

Prête à mettre le feu.

Et à tous les faire payer.

OCÉANE GHANEM

SANGLANTE ÉTERNITÉ

Romantic Thriller

Jusqu'à la folie, au-delà de la mort...

Cette année, Gabriella Cruz se l'est juré : elle arrête les bêtises et se concentre sur les études, parce que si elle loupe encore une fois ses examens, son père lui coupera les vivres et elle devra rentrer au bercail. Plutôt mourir pour elle qui a toujours rêvé d'être criminologue !

Et ce n'est pas Gabriel Del Vecchio – son meilleur ami et accessoirement l'homme idéal – qui mettra à mal ses bonnes résolutions. Beau, intelligent, parfait... à un détail près : c'est un véritable bourreau des cœurs. Gabriella sait très bien qu'elle doit arrêter de fantasmer sur lui car il s'est montré très clair : ils sont amis et amants... mais c'est tout !

Pourtant, tout bascule lorsqu'une série de meurtres atroces et pervers frappe le campus.

L'enquête la fascine, les secrets l'engloutissent. En qui peut-elle avoir confiance ?

Au jeu du chat et de la souris, Gabriella prend des risques, quitte à y laisser son cœur... et sa vie !

EMILY MCINTIRE

HOOKED

La Série Never After

Dark romance

Il veut se venger, mais il la veut plus encore...

James a toujours eu un seul objectif : détruire son ennemi, Peter Michaels. Lorsque Wendy, la fille de Peter, âgée de vingt ans, se présente dans son bar, il y voit un moyen de parvenir à ses fins : séduire la fille et l'utiliser pour sa revanche. C'était le plan parfait, jusqu'à ce que tout s'effondre...

Alors qu'il se trouve obligé de débusquer le traître qui sévit dans son propre camp, la vengeance de James se complique encore lorsqu'il commence à voir en la jeune femme plus qu'un simple pion dans son jeu.

Wendy a vécu cloîtrée la majeure partie de sa vie à cause d'un père riche et distant, pourtant une simple soirée avec des amis débouche sur une histoire d'amour intense, addictive, avec le sombre et inquiétant James. Même si elle sait qu'il est dangereux, elle ne parvient pas à se défaire de son attirance envers lui. Et tandis que leur relation s'intensifie et qu'elle en apprend davantage sur le monde dans lequel il évolue, elle ne sait plus si elle tombe amoureuse de l'homme qu'on appelle James, ou du monstre connu sous le nom de Hook...

Imprimé en France par
CPI Firmin Didot
en août 2023
N° d'impression : 176493
Dépôt légal : août 2023